MW01528743

Das Buch
Vor achtzehn Jahren wurde in Progress, South Carolina, ein Schulmädchen, Hope Lavelle, ermordet. Das Verbrechen konnte niemals aufgeklärt werden. Die beste Freundin von Hope, Tory Bodeen, findet seitdem keine Ruhe. Acht Jahre ist es her, dass Tory ihre Heimatstadt verließ. Nun ist die junge Frau nach Progress zurückgekehrt, um sich mit einer Geschenkboutique selbstständig zu machen. Doch heimlich stellt Tory Nachforschungen über den Tod ihrer Freundin an. Dabei verliebt sie sich in Hopes Bruder Cade, der ihr bei ihrer Suche nach dem Mörder zur Seite steht. Gemeinsam entdecken sie, dass Hope das erste Opfer einer Mordserie war. Seitdem wurde jedes Jahr im August ein blondes Mädchen umgebracht, das genau in dem Alter war, in dem auch Hope gewesen wäre. Alles deutet auf einen einzigen Täter, auf einen Menschen aus Torys unmittelbarer Nähe, hin.

Die Autorin
Nora Roberts, geboren in Maryland, zählt zu den erfolgreichsten Autorinnen Amerikas. Für ihre über 75 Bestseller, die in 26 Sprachen übersetzt wurden, erhielt sie nicht nur zahlreiche Auszeichnungen, sondern auch die Ehre, als erste Frau in die Ruhmeshalle der Romance Writers of America aufgenommen zu werden. Zuletzt erschienen von Nora Roberts im Wilhelm Heyne Verlag:
Tödliche Liebe (01 / 13289)
Rückkehr nach River's End (01 / 13288)
Verlorene Seelen (01 / 13363)
Die Unendlichkeit der Liebe (01 / 13265)

NORA ROBERTS

LILIEN IM SOMMERWIND

Roman

Aus dem Amerikanischen
von Margarethe van Pée

WILHELM HEYNE VERLAG
MÜNCHEN

HEYNE ALLGEMEINE REIHE
Nr. 01/13468

Titel der Originalausgabe
CAROLINA MOON

Umwelthinweis:
Das Buch wurde auf
chlor- und säurefreiem Papier gedruckt.

Redaktion: lüra – Klemt mues GbR

Deutsche Erstausgabe 12/2001
Copyright © 2000 by Nora Roberts
Published by Arrangement with Eleanor Wilder
Copyright © der deutschsprachigen Ausgabe 2001 by
Wilhelm Heyne Verlag GmbH & Co. KG, München
Dieses Werk wurde vermittelt durch die Literarische
Agentur Thomas Schlück GmbH, 30827 Garbsen
Printed in Germany 2001
Umschlagillustration: Corbis Stock Market/Michael Keller, Düsseldorf
Umschlaggestaltung: Eisele Grafik-Design, München
Satz: Pinkuin Satz und Datentechnik, Berlin
Druck und Bindung: Bercker, Kevelaer

ISBN 3-453-19983-9

http://www.heyne.de

Für die Freundinnen meiner Kindheit,
Blutsschwestern und Vertraute,
mit deren Hilfe gewöhnliche Gärten zu magischen Wäldern
wurden.

Tory

Für mich mein schöner Freund,
wirst du nie alt;
Wie ich dich erstmals sah,
erscheinst du mir noch heut,
so schön.

WILLIAM SHAKESPEARE

1

Sie erwachte im Körper einer toten Freundin. Sie war acht, groß für ihr Alter, mit leichten Knochen und zarten Gesichtszügen. Ihr seidiges Haar hatte die Farbe von reifem Weizen und fiel anmutig über ihren schmalen Rücken. Ihre Mutter kämmte es jeden Abend voller Liebe, einhundert Striche mit der weichen, silbergefassten Bürste, die auf dem zierlichen Kirschholzfrisiertisch des Kindes lag.

Der Körper der Kleinen erinnerte sich daran, sie spürte jeden langen, liebevollen Bürstenstrich. Sie kam sich dann immer vor wie eine Katze, die gestreichelt wurde. Sie erinnerte sich auch daran, wie das Licht über die Schachteln mit den Haarnadeln und über die Kristall- und Kobaltflaschen glitt und sich im silbernen Rücken der Bürste fing.

Sie erinnerte sich an den Duft im Zimmer und konnte ihn sogar jetzt riechen. Gardenien. Bei Mama waren es immer Gardenien.

Und im Spiegel konnte sie im Lampenlicht das blasse Oval ihres eigenen Gesichts sehen, so jung, so hübsch, mit nachdenklichen blauen Augen und einer glatten Haut. So lebendig.

Ihr Name war Hope.

Die Fenster und die Terrassentüren waren geschlossen, weil es Hochsommer war. Die Hitze presste ihre feuchten Finger gegen das Glas, aber innen war die Luft kühl, und ihr Baumwollnachthemd so gestärkt, dass es knisterte, wenn sie sich bewegte.

Sie selbst hatte nichts gegen die Hitze, und sie ersehnte das Abenteuer, aber sie behielt diese Gedanken für sich, als sie Mama einen Gutenachtkuss gab. Ihre Lippen streiften die parfümierte Wange nur.

Mama ließ stets im Juni die Läufer im Flur zusammenrollen und auf den Speicher bringen. Die dicken Piniendielen mit ihrer Schicht aus Bohnerwachs fühlten sich unter den bloßen Füßen des Mädchens glatt und weich an. Hope ging den Flur mit den einfachen Zypressenpaneelen und den goldgerahmten Gemälden entlang und dann die Wendeltreppe hinauf in das Arbeitszimmer ihres Vaters.

Dort war der Duft des Vaters. Tabak, Leder, Old Spice und Bourbon.

Sie liebte diesen Raum mit den runden Wänden und den großen, schweren Ledersesseln, die die Farbe des Portweins hatten, den ihr Papa manchmal nach dem Abendessen trank. Die Regale an den Wänden waren mit Büchern und Schätzen voll gestopft. Sie liebte den Mann, der mit einer Zigarre und dem Whiskeyglas an seinem riesigen Schreibtisch über den Büchern saß.

Die Liebe verursachte der Frau in dem Kind Herzschmerzen, sehnsüchtige, neidische Stiche – wegen dieser unkomplizierten und allumfassenden Liebe.

Seine Stimme war laut, seine Arme waren stark und sein Bauch fühlte sich weich an, wenn er sie in eine Umarmung zog, die so ganz anders war als der sanfte, zurückhaltende Gutenachtkuss von Mama.

Da ist meine Prinzessin,
sie geht jetzt ins Königreich der Träume.
Wovon werde ich träumen, Papa?
Von Rittern und weißen Rössern und Abenteuern über dem Meer.

Sie kicherte, ließ aber ihren Kopf noch ein bisschen länger als sonst an seiner Schulter liegen und schnurrte tief in der Kehle wie ein Kätzchen.

Wusste sie es? Wusste sie, dass sie niemals wieder sicher und geborgen auf seinem Schoß sitzen würde?

Dann wieder die Treppe hinunter, vorbei an Cades Zimmer. Für ihn war noch nicht Schlafenszeit, weil er vier Jahre älter und ein Junge war, der an Sommerabenden lange aufbleiben und fernsehen oder Bücher lesen durfte, solange er morgens pünktlich aufstand und seine Pflichten erledigte.

Eines Tages würde Cade der Herr von Beaux Reves sein

und selbst an dem großen Schreibtisch im Turmzimmer mit den Büchern sitzen. Er würde der Herr über die Angestellten sein, die Plantage und die Ernte überwachen und auf Sitzungen Zigarren rauchen und sich über die Regierung und den Preis für die Baumwolle beklagen.

Weil er der Sohn war.

Für Hope war das in Ordnung. Sie wollte nicht an einem Schreibtisch sitzen und Zahlen addieren müssen.

Vor der Tür ihrer Schwester blieb sie stehen und zögerte. Für Faith war es nicht in Ordnung. Für Faith schien nie etwas in Ordnung zu sein. Lilah, die Haushälterin, sagte immer, Faith würde sich sogar mit Gott dem Allmächtigen streiten, einfach nur, um ihn zu erzürnen.

Hope vermutete, dass das stimmte, und obwohl Faith ihre Zwillingsschwester war, verstand sie nicht, warum sie ständig an allem herumnörgelte. Gerade erst heute Abend war sie in ihr Zimmer geschickt worden, weil sie eine freche Antwort gegeben hatte. Jetzt war die Tür fest verschlossen, und es schimmerte auch kein Licht unter dem Türspalt durch. Hope stellte sich vor, dass Faith schmollend zur Decke starrte und die Fäuste so fest geballt hatte, als wolle sie mit den Schatten boxen.

Hope berührte den Türgriff. Meistens gelang es ihr, Faith aus ihren düsteren Stimmungen herauszuschmeicheln. Sie konnte mit ihr im Dunkeln im Bett kuscheln und Geschichten erfinden, bis Faith lachen musste und ihre Augen wieder trocken waren.

Aber heute Abend ging es um andere Dinge. Heute Abend ging es um Abenteuer.

Es war alles geplant, aber Hope ließ die Erregung erst zu, als sie in ihrem Zimmer war und die Tür hinter sich geschlossen hatte. Sie machte das Licht erst gar nicht an und bewegte sich leise in der vom Mondlicht silbern schimmernden Dunkelheit. Sie zog ihr Baumwollnachthemd aus und schlüpfte in Shorts und T-Shirt. Als sie die Kissen auf dem Bett so hinlegte, dass sie für ihre Kinderaugen aussahen wie ein schlafender Körper, klopfte ihr Herz angenehm heftig.

Dann zog sie unter dem Bett ihre Abenteuerkiste hervor. Die alte Frühstücksdose mit dem gewölbten Deckel enthielt eine warm gewordene Flasche Coca-Cola, eine Packung Plätzchen, die sie aus dem Küchenschrank stibitzt hatte, ein kleines, verrostetes Taschenmesser, Streichhölzer, einen Kompass, eine Wasserpistole – geladen – und eine rote Plastiktaschenlampe.

Hope setzte sich einen Moment lang auf den Fußboden. Sie konnte ihre Buntstifte riechen und das Puder, mit dem sie nach dem Baden eingepudert worden war. Sie konnte, ganz leise, die Musik aus dem Wohnzimmer ihrer Mutter hören.

Als sie ihr Fenster aufzog und vorsichtig das Mückengitter herausnahm, lächelte sie.

Geschickt und gelenkig schwang sie ein Bein über das Fensterbrett und fand Halt in der Pergola, an der sich die Glyzinie emporrankte.

Die Luft war dick wie Sirup, und ihr heißer, süßer Duft füllte Hopes Lungen. Sie kletterte die Pergola hinunter, zog sich dabei einen Splitter in den Finger und sog zischend die Luft ein. Aber sie kletterte unbeirrt weiter, die Augen fest auf die erleuchteten Fenster im Erdgeschoss gerichtet. Ich bin nur ein Schatten, dachte sie, und niemand wird mich sehen.

Sie war Hope Lavelle, die junge Spionin, und um Punkt zweiundzwanzig Uhr fünfunddreißig hatte sie ein Treffen mit ihrer Kontaktperson, ihrer Partnerin.

Sie musste ein Kichern unterdrücken. Atemlos sprang sie zu Boden.

Um ihre Erregung noch zu steigern schoss sie wie ein Pfeil hinter die dicken Stämme der großen alten Bäume, die das Haus beschatteten, und spähte von dort zu dem schwachen blauen Licht, das aus dem Fenster drang, wo ihr Bruder fernsah, und zu dem hellen gelben Schein der Fenster, hinter denen ihre Eltern den Abend verbrachten.

Wenn man mich jetzt entdeckt, ist das eine Katastrophe für meinen Auftrag, dachte sie, während sie gebückt durch den Garten lief, durch den süßen Duft der Rosen und des nachtblühenden Jasmins. Das musste sie um jeden Preis verhindern – schließlich ruhte das Schicksal der Welt auf ihren Schultern und denen ihrer tapferen Partnerin.

Die Frau in dem Kind schrie auf: *Geh zurück, o bitte, geh zurück!* Aber das Kind hörte sie nicht.

Hope holte ihr pinkfarbenes Fahrrad hinter den Kamelien hervor, wo sie es am Nachmittag versteckt hatte, legte ihre Kiste in den weißen Korb und schob das Rad über den Rasen neben der kiesbedeckten Auffahrt, bis das Haus und die Lichter verschwunden waren.

Dann radelte sie wie der Wind und stellte sich dabei vor, das hübsche kleine Fahrrad sei ein schnelles Motorrad. Die weißen Plastikwimpel an der Stange flatterten im Wind und schlugen fröhlich aneinander.

Sie flog durch die schwüle Luft, und der Chor der Grillen und Zikaden wurde zum brummenden Motorgeräusch ihrer schnellen Maschine.

An der Straßengabelung bog sie links ab und sprang dann vom Rad, um es von der Straße in den schmalen Graben zu schieben, wo die Büsche es verdeckten. Obwohl das Mondlicht hell genug war, nahm sie die Taschenlampe aus ihrer Kiste. Die lächelnde Prinzessin Leia auf ihrer Armbanduhr sagte ihr, dass sie eine Viertelstunde zu früh war. Ohne Angst und ohne nachzudenken bog sie auf den schmalen Pfad in den Sumpf ein.

Ins Ende des Sommers, ins Ende der Kindheit. Des Lebens.

Hier war alles voller Geräusche – von Wasser, Insekten und kleinen Nachttieren. Das Licht drang in schmalen Streifen durch das Dach der Schirmakazien und der Zypressen mit den tropfenden Moosflechten. Hier wurden die Magnolienblüten dick und fett und verströmten einen betörenden Duft. Der Weg zur Lichtung war ihr in Fleisch und Blut übergegangen. Dieser Treffpunkt, dieser *geheime* Ort, wurde gut gepflegt, behütet und geliebt.

Da Hope als Erste da war, nahm sie Zweige und knorrige Äste vom Holzstapel und entzündete ein Feuer. Der Rauch sollte die Moskitos fern halten, aber sie kratzte bereits an den Stichen, mit denen ihre Arme und Beine übersät waren.

Sie nahm sich ein Plätzchen und ihre Cola und setzte sich hin.

Nach einer Weile fielen ihr die Augen zu, und die Musik des Sumpfes lullte sie ein. Das Feuer fraß sich durch das Holz und wurde zu Glut. Schläfrig legte Hope den Kopf auf die hochgezogenen Knie.

Zuerst war das Rascheln nur Teil ihres Traums, in dem sie durch verwinkelte Pariser Straßen schlich, um dem bösen russischen Spion nicht in die Arme zu laufen. Als jedoch ein Zweig unter einem Schritt knackte, fuhr ihr Kopf hoch, und sie rieb sich den Schlaf aus den Augen. Sie grinste breit, verfiel dann aber rasch in das professionelle Verhalten einer Geheimagentin.

Passwort!

Außer dem monotonen Summen der Insekten und dem leisen Knistern des Feuers herrschte Stille im Sumpf.

Taumelnd sprang Hope auf und hielt die Taschenlampe wie eine Pistole in der Hand. »*Passwort!*«, rief sie wieder und richtete den kurzen Lichtstrahl vor sich.

Jetzt jedoch raschelte es hinter ihr, also fuhr sie herum, und ihr Herz machte einen nervösen Satz. Angst, etwas, das sie in ihren acht kurzen Lebensjahren so selten verspürt hatte, schnürte ihr heiß die Kehle zu.

Komm schon, sag es. Du jagst mir keine Angst ein.

Ein Geräusch von links, absichtlich, höhnisch. Wieder stieg die Angst in ihr auf, und sie trat einen Schritt zurück.

Und dann hörte sie das Lachen, leise, keuchend, dicht bei ihr.

Hope rannte los, rannte durch die Dunkelheit und die schmalen Lichtstreifen. Blankes Entsetzen schnürte ihr die Kehle zu, schnitt ihre Schreie ab, bevor sie sie ausstoßen konnte.

Hinter ihr schwere Schritte. Schnell, zu schnell, und viel zu nah. Etwas trifft sie von hinten. Ein heftiger Schmerz im Rücken, der ihr bis in die Fußsohlen schießt. Schwer fällt sie zu Boden, und schluchzend entweicht die Luft ihren Lungen, als er sie mit seinem Gewicht niederdrückt. Sie riecht Schweiß und Whiskey.

Sie schreit jetzt, einen langen verzweifelten Schrei, und ruft nach ihrer Freundin.

Tory! Tory, hilf mir!

Und die Frau, die in dem toten Kind gefangen ist, weint.

Als Tory wieder zu sich kam, lag sie auf den Fliesen in ihrem Patio. Sie trug nur ein Nachthemd, das von dem feinen Frühlingsregen bereits ganz durchweicht war. Ihr Gesicht war nass, und sie schmeckte das Salz ihrer eigenen Tränen.

Schreie hallten in ihrem Kopf wider, aber sie wusste nicht, ob es ihre eigenen waren oder die des Kindes, das sie nicht vergessen konnte.

Zitternd rollte sie sich auf den Rücken, damit der Regen ihre Wangen kühlen und ihre Tränen wegwaschen konnte. Die Episoden – *Anfälle* nannte ihre Mutter sie immer – ließen sie oft schwach und zitterig zurück. Es hatte eine Zeit gegeben, da hatte sie sie unterdrücken können, bevor sie sie überfielen. Oder der stechende Schmerz vom Gürtel ihres Vaters hatte sie verdrängt.

Ich peitsche dir den Teufel aus dem Leib, Mädchen!

Für Hannibal Bodeen war der Teufel überall – in jeder Angst und jeder Versuchung lauerte die Hand des Satans. Und er hatte sein Bestes getan, um seinem einzigen Kind das Böse auszutreiben.

In diesem Moment, während ihr die Übelkeit den Magen umdrehte, wünschte Tory, es wäre ihm gelungen.

Es erstaunte sie, dass sie jahrelang das, was in ihr war, angenommen hatte, es erforscht, benutzt, ja sogar willkommen geheißen hatte. Ein Vermächtnis, hatte ihre Großmutter zu ihr gesagt. Das zweite Gesicht. Das dritte Auge. Ein Geschenk des Blutes durch das Blut.

Aber da war Hope. Immer häufiger war da Hope, und die aufblitzenden Kindheitserinnerungen ihrer Freundin taten Torys Herzen weh. Und jagten ihr Angst ein.

Nichts, was sie je erlebt hatte, wenn sie ihre Gabe entweder unterdrückte oder annahm, hatte sie so mitgenommen, so überwältigt. Es machte sie hilflos, obwohl sie sich gelobt hatte, nie wieder hilflos zu sein.

Und doch lag sie hier auf ihrer Terrasse im Regen, ohne auch nur im Geringsten zu wissen, wie sie nach draußen gekommen war. Sie war in der Küche gewesen und hatte sich Tee gekocht, Licht und Radio waren an, und Tory hatte an der Theke gestanden und einen Brief von ihrer Großmutter gelesen.

Das war der Auslöser, stellte Tory fest, während sie langsam aufstand. Ihre Großmutter war das Bindeglied zu ihrer Kindheit. Zu Hope.

In Hope hinein, dachte sie, während sie die Terrassentür schloss. In den Schmerz und die Angst und das Entsetzen in jener schrecklichen Nacht. Und sie wusste immer noch nicht, wer es getan hatte oder warum.

Zitternd ging Tory ins Badezimmer, zog sich aus und stellte sich unter die heiße Dusche.

»Ich kann dir nicht helfen«, murmelte sie und schloss die Augen. »Ich konnte dir damals nicht helfen, und ich kann es auch jetzt nicht.«

Ihre beste Freundin, ihre Herzensschwester, war in jener Nacht im Sumpf gestorben, während sie, in ihrem Zimmer eingeschlossen, heiße Tränen weinte wegen der Schläge, die sie bekommen hatte.

Und sie hatte es gewusst. Sie hatte es gesehen. Sie war hilflos gewesen.

Schuldgefühle, so frisch wie vor achtzehn Jahren, überfluteten sie. »Ich kann dir nicht helfen«, sagte sie noch einmal, »aber ich komme zurück.«

Wir waren acht Jahre alt in jenem Sommer. In jenem lange vergangenen Sommer, als die heißen Tage endlos schienen. Es war ein Sommer der Unschuld und der albernen Streiche und der Freundschaft, die Art von Sommer, die uns wie eine hübsche Glaskugel umhüllt. Doch eine Nacht hat alles verändert. Seitdem war für mich nichts mehr wie vorher. Wie hätte es das auch sein können?

Die meiste Zeit im Leben habe ich es vermieden, darüber zu sprechen. Die Erinnerungen oder die Bilder hat das jedoch nicht verhindert. Aber eine Zeit lang versuchte ich, sie zu begraben, so wie Hope begraben war. Dies jetzt laut auszusprechen, wenn auch nur für mich, ist eine Erleichterung. Als zöge ich einen Splitter aus meinem Herzen. Der Schmerz wird noch eine Weile anhalten.

Sie war meine beste Freundin. Unsere Bindung besaß eine Tiefe und Intensität, wie sie nur Kinder herstellen können. Vermutlich waren wir ein seltsames Paar, die blonde, privilegierte Hope Lavelle und die dunkelhaarige, schüchterne Tory Bodeen.

Mein Vater hatte ein kleines Stück Land gepachtet, eine winzige Ecke der großen Plantage, die ihrem Vater gehörte. Manchmal, wenn ihre Mama ein großes Gesellschaftsessen oder eine ihrer prächtigen Partys gab, dann half meine Mama beim Saubermachen und Servieren.

Aber diese Kluft zwischen den gesellschaftlichen Schichten berührte unsere Freundschaft nie. Das kam uns einfach nie in den Sinn.

Hope lebte in einem prächtigen Haus, das einer ihrer exzentrischen Vorfahren so gebaut hatte, dass es eher einem Schloss glich als den georgianischen Villen, die damals so beliebt waren. Es war aus Stein, mit Türmen und Türmchen und Zinnen. Aber Hope hatte nichts von einer Prinzessin.

Sie lebte für Abenteuer. Und wenn ich mit ihr zusammen war, tat ich das auch. Ich floh aus dem Elend und dem Aufruhr in meinem Zuhause und meinem Leben und wurde ihre Partnerin. Wir waren Spione, Detektive, Ritter auf dem Kreuzzug, Piraten oder Raumfahrer. Wir waren tapfer und aufrichtig, kühn und wagemutig.

Im Frühling vor jenem Sommer ritzten wir uns mit ihrem Taschenmesser die Handgelenke auf. Feierlich tauschten wir unser Blut aus. Wir hatten wahrscheinlich Glück, dass wir keinen Wundstarrkrampf bekamen. Stattdessen wurden wir Blutsschwestern.

Sie hatte eine Zwillingsschwester. Aber Faith nahm selten an unseren Spielen teil. Sie fand sie zu albern oder zu rau und schmutzig. Irgendetwas hatte Faith immer daran auszusetzen.

Wir vermissten ihre Wutausbrüche oder ihre Klagen nicht. In jenem Sommer waren Hope und ich die Zwillinge.

Wenn mich jemand gefragt hätte, ob ich sie liebe, wäre ich verlegen geworden. Ich hätte die Frage nicht verstanden. Aber ich habe sie seit jener schrecklichen Augustnacht jeden Tag vermisst. Sie hat mir gefehlt wie jener Teil von mir, der mit ihr gestorben ist.

Wir wollten uns im Sumpf, an unserem geheimen Ort, treffen. Vermutlich war er gar nicht besonders geheim, aber er gehörte uns. Wir spielten oft dort, in der feuchten grünen Luft, und erlebten unsere Abenteuer zwischen Moos, wilden Azaleen und dem Gesang der Vögel.

Man hatte uns verboten, nach Sonnenuntergang dort hinzugehen, aber wenn man acht Jahre alt ist, ist es aufregend, Verbote zu missachten.

Ich wollte Marshmallows und Limonade mitbringen – zum Teil aus purem Stolz. Meine Eltern waren arm, und ich war noch ärmer, aber ich musste etwas dazu beitragen, und so hatte ich das Geld gezählt, das ich in dem Steinkrug unter meinem Bett versteckte. Ich besaß in jener Augustnacht noch zwei Dollar und sechsundachtzig Cents – nachdem ich die Sachen bei Hanson gekauft hatte –, und hatte mein restliches Vermögen, das nur noch aus Pennies, Nickels und einigen hart verdienten Vierteldollarmünzen bestand, in einem Einmachglas versteckt.

Zum Abendessen gab es Hühnchen und Reis. Im Haus war es, obwohl der Ventilator auf Hochtouren lief, so heiß, dass das Essen eine Qual war. Aber wenn man auch nur ein Reiskorn auf dem Teller hatte, erwartete mein Vater, dass man es aß und dankbar dafür war. Vor dem Abendessen wurde gebetet. Je nach Daddys Stimmung dauerte das zwischen fünf und zwanzig Minuten, und in der Zwischenzeit wurde das Essen kalt, und der Magen knurrte und der Schweiß rann einem in Bächen den Rücken hinunter.

Meine Großmama pflegte immer zu sagen: »Als Hannibal Bodeen zu Gott fand, versuchte der, ein anderes Versteck zu finden.«

Er war ein großer Mann, mein Vater, mit einer breiten Brust und kräftigen Armen. Ich habe gehört, dass er früher einmal als gut aussehend galt. Die Jahre prägen einen Mann auf unterschiedliche Art, und meinen Vater hatten die Jahre bitter gemacht. Bitter und streng, mit einer unterschwelligen Gemeinheit. Er trug sein dunkles Haar zurückgekämmt, und unter dieser Haube wirkte sein Gesicht wie ein scharfkantiger Fels im Gebirge. Ein Fels, der dir die Haut von den Knochen reißen konnte, wenn du einmal nicht aufgepasst hattest. Auch seine Augen waren dunkel, ein flammendes Dunkel, das ich heute in den Augen einiger Fernsehprediger oder Obdachloser wiedererkenne.

Meine Mutter hatte Angst vor ihm. Ich versuche, ihr zu verzeihen, dass sie so viel Angst vor ihm hatte, dass sie mir nie beistand, wenn er mir mit seinem Gürtel seinen rachsüchtigen Gott einbläute.

An jenem Abend war ich still beim Abendessen. Wenn ich still war und meinen Teller leer aß, bestand vielleicht die Chance, dass er keine Notiz von mir nahm. Die Vorfreude auf die Nacht bebte in mir wie etwas Lebendiges. Ich hielt meine Augen gesenkt und versuchte, so zu essen, dass er mir weder vorwerfen konnte zu trödeln noch mein Essen herunterzuschlingen. Alles war bei Daddy immer ein schmaler Grat.

Ich erinnere mich noch genau an das Surren der Ventilatoren und an das Kratzen der Gabeln auf den Tellern. Ich erinnere mich an das Schweigen, an das Schweigen der Seelen, die sich furchtsam versteckten.

Als meine Mutter meinem Vater noch etwas Hühnchen anbot, dankte er ihr höflich und nahm sich ein zweites Mal. Alle im Zimmer atmeten erleichtert auf. Das war ein gutes Zeichen. Ermutigt machte meine Mutter eine Bemerkung darüber, wie gut die Tomaten und der Mais wuchsen und dass sie in den nächsten zwei Wochen einmachen würde. Drüben in Beaux Reves würden sie auch einmachen, und ob er es nicht auch für eine gute Idee hielte, wenn sie dabei helfen würde, weil man sie darum gebeten hatte.

Sie erwähnte nicht, dass sie dafür auch Geld bekommen würde. Selbst wenn Daddy gute Laune hatte, war es nicht gut, von dem Geld zu reden, das die Lavelles für einen Dienst bezahlten. Er war der Ernährer in diesem Haus, und diesen überaus wichtigen Punkt durften wir keinesfalls vergessen.

Alle im Zimmer hielten erneut den Atem an. Manchmal

brachte allein schon die Erwähnung des Namens Lavelle Daddy in Rage. An jenem Abend jedoch erlaubte er es. Es sei eine ganz vernünftige Angelegenheit. Jedenfalls, solange sie darüber nicht ihre Pflichten vernachlässigte, die sie unter seinem Dach hatte.

Diese relativ freundliche Antwort brachte Mutter zum Lächeln. Ich erinnere mich noch, wie ihr Gesicht ganz weich wurde und wie sie fast wieder hübsch aussah. Ab und zu, wenn ich es ganz angestrengt versuche, kann ich mich erinnern, dass Mama einmal hübsch war.

Han, sagte sie lächelnd zu ihm, Tory und ich kümmern uns um alles hier, mach dir keine Sorgen. Ich gehe morgen zu Miss Lilah und rede mit ihr und sehe zu, dass wir alles schaffen. Von den Beeren mache ich auch Gelee. Ich weiß, dass ich hier irgendwo noch Paraffin habe, aber ich kann mich nicht entsinnen, wo es hingekommen ist.

Und das, diese rein zufällige Bemerkung über Gelee und Wachs und Vergesslichkeit, änderte alles. Vermutlich waren meine Gedanken während ihres Gesprächs abgeschweift, und ich war im Geiste bereits bei den Abenteuern, die wir erleben wollten. Und ohne nachzudenken, ohne über die Konsequenzen nachzudenken, sagte ich die Worte, die mich verdammten.

Die Schachtel mit dem Paraffin steht auf dem obersten Brett im Schrank über dem Herd, hinter der Melasse und dem Maismehl.

Ich sagte einfach, was ich in meinem Kopf sah, die viereckige Schachtel mit dem Wachsblock hinter der dunklen Flasche mit dem Sirup, und griff dann nach meinem kalten, süßen Tee, um die Reiskörner hinunterzuspülen.

Bevor ich den ersten Schluck trinken konnte, hörte ich, wie das Schweigen wieder einkehrte, die stumme Welle, die selbst das monotone Summen der Ventilatoren übertönte. Mein Herz begann heftig zu schlagen, und mein Kopf dröhnte vom angstvollen Rauschen meines Blutes.

Ganz sanft, wie er es vor seinen Tobsuchtsanfällen immer tat, fragte Vater mich, woher weißt du, wo das Wachs ist, Victoria? Woher weißt du, dass es da oben steht, wo du es gar nicht sehen kannst? Wo du es nicht erreichen kannst?

Ich log. Es war dumm, weil ich bereits dem Untergang geweiht war, aber die Lüge sprudelte als verzweifelte Verteidigung aus mir heraus. Ich sagte, ich hätte wahrscheinlich gesehen, wie Mama es dort hinstellte. Mir sei gerade eingefallen, dass ich gesehen hätte, wie sie es dort hinstellte.

Er zerriss die Lüge in winzige Fetzen. Er hatte eine ganz bestimmte Art, Lügen zu durchschauen und sie in der Luft zu zerreißen. Wann wollte ich das gesehen haben? Warum ich denn nicht besser in der Schule sei, wenn ich so ein hervorragendes Gedächtnis hätte, dass ich noch ein Jahr nach der letzten Einmachzeit wüsste, wo das Paraffin war? Und woher wollte ich wissen, dass es hinter der Melasse und dem Maismehl stand und nicht davor oder daneben?

Oh, er war ein kluger Mann, mein Vater, und ihm entging nicht das kleinste Detail.

Mama sagte nichts, während er mit dieser sanften Stimme sprach und wie mit seidenumwickelten Fäusten mit den Wörtern auf mich einschlug. Sie faltete die Hände, und diese Hände zitterten. Zitterte sie um mich? Ich nehme an, mir gefiel der Gedanke. Aber sie sagte auch nichts, als seine Stimme lauter wurde, nichts, als er den Stuhl zurückschob. Nichts, als mir das Glas aus der Hand glitt und auf dem Boden zerschellte. Eine Scherbe schnitt mir in den Knöchel, und in dem wachsenden Entsetzen verspürte ich auch diesen kleinen Schmerz.

Vater prüfte es natürlich erst nach. Das tat er immer, wobei er sich einredete, dass das nur gerecht und richtig war. Als er den Schrank öffnete, die Flaschen beiseite schob und langsam die viereckige, blaue Schachtel mit dem Paraffin hinter der dunklen Melasse hervorholte, weinte ich. Damals hatte ich noch Tränen, weil ich noch Hoffnung hatte. Selbst als er mich hochzerrte, hatte ich die Hoffnung, dass die Strafe dieses Mal nur aus Gebeten bestehen würde, stundenlange Gebete, bis meine Knie taub wurden. Manchmal, zumindest manchmal in jenem Sommer, reichte ihm das aus.

Hatte er mich nicht gewarnt, den Teufel nicht mehr einzulassen? Aber ich brachte immer wieder das Böse in dieses Haus und beschämte ihn vor Gott. Ich sagte, es täte mir Leid, ich hätte es nicht gewollt. Bitte, Daddy, bitte, ich werde es nie wieder tun. Ich werde brav sein.

Ich flehte ihn an. Er schrie Bibelsprüche und zerrte mich mit seinen großen, harten Händen in mein Zimmer, und immer noch flehte ich ihn an. Es war das letzte Mal, dass ich es tat.

Ich wehrte mich nicht gegen ihn. Wenn man sich wehrte, wurde es noch schlimmer. Das vierte Gebot war heilig, man musste seinen Vater in seinem Haus ehren, auch wenn er einen blutig schlug.

Sein Gesicht war hochrot vor Selbstgerechtigkeit, die so groß und blendend war wie die Sonne. Er schlug mir nur einmal ins Gesicht. Das brachte mich zum Verstummen. Und es tötete meine Hoffnung.

Ich lag bäuchlings auf meinem Bett, wehrlos wie ein Opferlamm. Als er seinen Gürtel aus den Schlaufen seiner Arbeitshose zog, klang es wie das Zischen einer Schlange. Dann, als er ihn durch die Luft knallen ließ, gab es ein kurzes, scharfes, sausendes Geräusch.

Er ließ ihn immer dreimal knallen. Die heilige Dreieinigkeit der Grausamkeit.

Der erste Schlag ist immer der Schlimmste. Ganz gleich, wie oft es ein erstes Mal gibt, der Schock und der Schmerz sind qualvoll und dir entweicht ein Schrei. Dein Körper bäumt sich abwehrend auf. Nein, nicht abwehrend, eher ungläubig, und dann hageln der zweite und der dritte Schlag auf dich hernieder.

Bald klingen deine Schreie mehr wie die eines Tieres als wie die eines Menschen. Deine Menschlichkeit ist untergegangen in einer Woge von Schmerz und Demütigung.

Vater betete immer, während er mich schlug, und seine Stimme dröhnte. Und unter diesem Dröhnen schwelte eine verborgene Erregung, eine gemeine Art von Lust, die ich nicht verstand, nicht kannte. Kein Kind sollte etwas über diese schlüpfrigen Untertöne wissen, und eine Zeit lang zumindest blieb auch ich davon verschont.

Als er mich das erste Mal schlug, war ich fünf. Meine Mutter versuchte, ihn aufzuhalten, und er verpasste ihr dafür ein blaues Auge. Sie versuchte es nie wieder. Ich weiß nicht, was sie an jenem Abend tat, während er den Teufel aus mir herausprügelte, der mir die Visionen eingab. Vor meinen Augen und in meinem Kopf war nur ein blutroter Schleier.

Der Schleier war Hass, aber das wusste ich ebenfalls nicht.

Als er ging und die Tür von außen abschloss, weinte ich. Nach einer Weile schlief ich über den Schmerzen ein.

Als ich erwachte, war es dunkel, und mir kam es so vor, als ob ein Feuer in mir brannte. Ich kann nicht sagen, der Schmerz sei unerträglich gewesen, weil ich ihn ja ertrug. Was blieb mir anderes übrig? Auch ich betete, ich betete darum, dass das, was in mir herrschte, nun endlich ausgetrieben worden war. Ich wollte nicht böse sein.

Und noch während ich betete, baute sich der Druck in meinem Magen auf, und das Prickeln erschien, wie scharfe, kleine Finger, die über meinen Nacken tanzten. Es war das erste Mal, dass es so zu mir kam, und ich glaubte, ich sei krank und habe Fieber.

Dann sah ich Hope, so lebendig, als ob ich auf unserer Lichtung im Sumpf neben ihr säße. Ich roch die Nacht, das Wasser, hörte das Sirren der Moskitos, das Summen der Insekten. Und wie Hope hörte ich das Rascheln im Gebüsch.

Wie Hope empfand ich Angst. Heiß stieg sie in mir auf. Als Hope wegrannte, rannte auch ich, und meine Brust schmerzte von meinem keuchenden Atem. Ich sah, wie sie fiel, weil jemand sie ansprang. Ein Schatten, ein Umriss. Ich konnte ihn nicht klar erkennen, aber ich konnte sie sehen.

Sie rief nach mir. Schrie nach mir.

Dann sah ich nur noch schwarz. Als ich erwachte, war die Sonne aufgegangen, und ich lag am Boden. Und Hope war fort.

2

Sie hatte beschlossen, sich in Charleston zu verlieren, und fast vier Jahre lang war es ihr auch gelungen. Die Stadt war für sie wie eine hübsche, großzügige Frau, bereit, sie an ihren weichen Busen zu drücken und die Nerven zu beruhigen, an denen die gnadenlosen Straßen New Yorks gezerrt hatten.

In Charleston waren die Stimmen langsamer, und in ihrem warmen, fließenden Strom konnte sie untertauchen. Sie konnte sich verstecken, so wie sie einst geglaubt hatte, sich im Menschengewühl des Nordens verbergen zu können.

Geld war kein Problem. Sie lebte sparsam und war immer bereit zu arbeiten. Sie hütete ihre Ersparnisse wie ein Falke, und als die Summe größer wurde, begann sie von einem eigenen Geschäft zu träumen. Sie wollte für sich selbst arbeiten und jenes ruhige, friedliche Leben führen, das ihr nie vergönnt gewesen war.

Sie blieb für sich. Echte Freundschaften bedeuteten auch echte Bindungen. Dem wollte sie sich noch nicht wieder aussetzen. Vielleicht war sie auch noch nicht stark genug dazu. Die Leute stellten Fragen. Sie wollten etwas über einen wissen, oder sie taten zumindest so.

Tory hatte keine Antworten zu geben und sie hatte nichts zu erzählen.

Sie fand ein kleines Haus – alt, heruntergekommen, perfekt – und verhandelte hart, um es kaufen zu können.

Die Leute unterschätzten Victoria Bodeen oft. Sie sahen eine junge Frau, klein und schmächtig. Sie sahen die weiche Haut und die zarten Gesichtszüge, einen ernsten Mund und klare graue Augen, die sie fälschlicherweise für arglos hielten. Eine kleine Nase, ganz leicht nach oben gebogen, verlieh dem Gesicht, das von glatten braunen Haaren umrahmt wurde, etwas Niedliches.

Die Leute sahen Zerbrechlichkeit und hörten sie auch

in dem weichen südlichen Akzent ihrer Stimme. Aber die Härte in Tory sahen sie nie. Härte, gewachsen aus unzähligen Schlägen mit einem Sam-Browne-Gürtel.

Tory arbeitete für das, was sie wollte, und kämpfte mit aller Entschlossenheit darum. Sie hatte das alte Haus mit seinem zugewucherten Garten und der abblätternden Farbe gewollt, und sie hatte so lange darum gefeilscht und gehandelt, bis es ihr gehörte. Bei Wohnungen fiel ihr New York wieder ein und das Desaster, mit dem ihr Leben dort geendet hatte. Wohnungen kamen für Tory nicht mehr infrage.

Sie hatte ihre Investition gepflegt und viel Zeit und Mühe auf die Renovierung des Hauses verwendet, immer ein Zimmer nach dem anderen. Es hatte volle drei Jahre gedauert, und jetzt konnte sie sich durch den Verkauf und ihre Ersparnisse ihren Traum erfüllen.

Sie musste nur nach Progress zurückgehen.

Tory saß an ihrem Küchentisch und las zum dritten Mal den Mietvertrag über die Geschäftsräume in der Market Street. Sie fragte sich, ob Mr. Harlowe im Maklerbüro sich wohl an sie erinnerte.

Sie war gerade zehn gewesen, als ihre Familie von Progress nach Raleigh gezogen war, damit ihre Eltern die Chance auf eine feste Anstellung bekamen. Bessere Arbeit, hatte ihr Vater behauptet, als sich mühsam von dem ausgelaugten Stück Land zu ernähren, das den allmächtigen Lavelles gehörte.

Natürlich waren sie in Raleigh genauso arm gewesen wie in Progress. Sie hatten zudem noch weniger Platz gehabt.

Aber das spielt keine Rolle, dachte Tory. Sie würde nicht wieder arm werden. Sie war nicht mehr das ängstliche, dünne Mädchen von einst, sondern eine Geschäftsfrau, die in ihrer Heimatstadt einen neuen Laden aufmachte.

Und warum zittern Ihre Hände dann so?, würde die Therapeutin fragen.

Vor Freude, beschloss Tory. Vor Aufregung. Und Nervosität. Na gut, nervös war sie auch, aber das war nur menschlich. Sie hatte ein Recht darauf. Sie war normal. Sie war, was immer sie sein wollte.

»Verdammt!«

Mit zusammengebissenen Zähnen ergriff sie den Füller und unterschrieb den Vertrag.

Es war nur für ein Jahr. *Ein Jahr.* Wenn es nicht funktionierte, konnte sie wieder weggehen. Das hatte sie früher auch schon gemacht. Irgendwie kam es ihr so vor, als sei sie immer wieder weggegangen.

Doch bevor sie dieses Mal weggehen konnte, musste sie noch eine Menge erledigen. Der Mietvertrag war nur ein winziger Bestandteil des Papierberges, der vor ihr lag. Das meiste – die Lizenzen und Kontrakte für den Laden, den sie aufmachen wollte, war unterschrieben und besiegelt. Sie betrachtete den Staat South Carolina mittlerweile als Wegelagerer, aber sie hatte die Gebühren bezahlt. Als Nächstes kam der Kaufvertrag für das Haus, und die Anwälte, mit denen sie dabei zu tun hatte, waren noch schlimmer als Wegelagerer.

Aber am Ende des Tages würde sie ihren Scheck in der Hand halten und sich auf den Weg machen.

Mit dem Packen war sie beinahe fertig. Es ist gar nicht so viel, dachte sie jetzt. Sie hatte fast alles verkauft, was sie seit ihrem Umzug nach Charleston erworben hatte. Leichtes Reisegepäck vereinfachte die Dinge, und Tory hatte früh gelernt, ihr Herz nie an etwas zu hängen, was man ihr wegnehmen konnte.

Sie erhob sich, spülte ihre Tasse aus, trocknete sie ab und wickelte sie in Zeitungspapier, um sie in die kleine Kiste mit Küchenutensilien zu legen, die sie mitnehmen wollte. Sie blickte aus dem Fenster über der Spüle in ihren winzigen Garten.

Die kleine Terrasse war sauber geschrubbt. Tory wollte die Tontöpfe mit Verbenen und weißen Petunien für die neuen Besitzer dalassen. Sie hoffte, sie würden den Garten pflegen, aber wenn sie ihn umgruben, nun, dann war das ihre Sache.

Tory hatte das Haus geprägt. Die neuen Besitzer konn-

ten tapezieren und neu anstreichen, fliesen und neue Fuß-
böden verlegen, aber was sie gemacht hatte, war zuerst da
gewesen, und es würde für alle Zeit unter dem Neuen bewahrt bleiben.

Man konnte die Vergangenheit nicht ausradieren, nicht
ungeschehen machen. Genauso wenig wie man die Gegenwart und zukünftige Veränderungen beeinflussen
konnte. Alle Menschen waren in einem Kreis der Zeit gefangen, der sich um den Kern des Vergangenen drehte.
Und manchmal war das Vergangene so stark und beherr-
schend, dass es einen wieder zurückzog, ganz gleich, wie
sehr man sich dagegen wehrte.

Noch deprimierter kann ich wohl kaum werden, dachte
Tory seufzend.

Sie verschloss die Kiste, hob sie hoch, um sie zu ihrem
Auto zu tragen, und verließ die Küche, ohne sich noch einmal umzublicken.

Drei Stunden später war der Scheck vom Verkauf des Hauses ihrem Konto gutgeschrieben. Tory schüttelte den neu-
en Eigentümern die Hand, lauschte höflich ihrer über-
schwänglichen Begeisterung über den Erwerb ihres ersten
Hauses und verließ das Bankgebäude.

Das Haus und die Leute, die es nun bewohnten, gehörten nicht mehr zu ihrer Welt.

»Tory, warten Sie eine Sekunde!«

Tory drehte sich um, eine Hand an der Autotür und in
Gedanken bereits auf der Fahrt. Aber sie wartete, während
ihre Anwältin über den Parkplatz der Bank auf sie zukam.
Sich durchschlängelte trifft eher zu, korrigierte sich Tory.
Abigail Lawrence bewegte sich nie sonderlich schnell. Das
erklärte wahrscheinlich, warum sie immer so aussah, als
sei sie gerade anmutig der *Vogue* entstiegen.

Für den heutigen Termin hatte sie ein blassblaues Kostüm gewählt, dazu Perlen, die ihr wahrscheinlich von
ihrer Urgroßmutter vermacht worden waren, und hoch-
hackige Pumps, bei deren Anblick sich Torys Zehen schon
verkrampften.

»Huh!« Abigail wedelte mit der Hand vor ihrem Gesicht herum, als sei sie gerade zwei Meilen gelaufen. »Diese Hitze, und dabei ist es erst April.« Sie blickte an Tory vorbei in den Kombi und musterte die Kisten. »Das ist alles?«

»Ja. Danke, Abigail, dass Sie sich um alles gekümmert haben.«

»Sie haben das meiste ja selbst erledigt. Ich weiß nicht, wann ich jemals einen Klienten hatte, der auch nur die Hälfte der Zeit wusste, wovon ich redete, geschweige denn einen, der *mir* etwas beibringen konnte.«

Sie spähte noch einmal in den Kombi hinein und schien leicht überrascht zu sein, dass das, was eine Frau zum Leben brauchte, so wenig Platz einnehmen konnte. »Ich habe nicht geglaubt, dass Sie es ernst meinten, als sie sagten, sie wollten noch heute Nachmittag aufbrechen. Ich hätte es besser wissen müssen.« Ihr Blick glitt wieder zu Tory. »Sie meinen es immer ernst, Victoria.«

»Ich habe keinen Grund zu bleiben.«

Abigail öffnete den Mund, doch dann schüttelte sie den Kopf. »Ich wollte gerade sagen, dass ich Sie beneide. Sie nehmen nur das mit, was in Ihr Auto passt, und brechen auf an einen neuen Ort, in ein neues Leben, einen neuen Anfang. Und ich, ich tue gar nichts. Nicht ein kleines bisschen. Du meine Güte, wie viel Energie man dafür braucht, und wie viel Mut! Aber Sie sind ja auch noch jung genug, um beides im Überfluss zu haben.«

»Vielleicht ist es ein Neubeginn, aber ich kehre eigentlich zu meinen Wurzeln zurück. Ich habe schließlich noch Familie in Progress.«

»Wenn Sie mich fragen, braucht man mehr Mut, um zu seinen Wurzeln zurückzukehren, als irgendwo anders hinzugehen. Ich hoffe, Sie sind glücklich, Tory.«

»Mir geht es gut.«

»Wenn es einem gut geht, ist das eine Sache.« Zu Torys Überraschung ergriff Abigail ihre Hand und hauchte einen leichten Kuss auf ihre Wange. »Glücklichsein ist das andere. Seien Sie glücklich.«

»Das habe ich vor.« Tory wich zurück. Die Art, wie Abigail ihre Hand hielt, die Sorge in ihren Augen beunruhigte sie. »Sie wussten es«, murmelte Tory.

»Natürlich wusste ich es.« Abigail drückte Torys Finger leicht, bevor sie sie losließ. »Auch Nachrichten aus New York finden ihren Weg hier herunter, und ab und zu finden sie sogar Beachtung. Sie haben Ihre Frisur und Ihren Namen verändert, aber ich habe Sie erkannt. Ich erinnere mich gut an Gesichter.«

»Warum haben Sie nichts gesagt? Mich nichts gefragt?«

»Sie haben mich engagiert, damit ich mich um ihre Geschäfte kümmere, und nicht, damit ich darin herumschnüffele. Ich habe mir gedacht, wenn Sie gewollt hätten, dass die Leute wissen, dass Sie die Victoria Mooney sind, die vor ein paar Jahren in New York Aufsehen erregt hat, dann hätten Sie schon etwas gesagt.«

»Ich danke Ihnen.«

Torys Zurückhaltung und die förmliche Antwort brachten Abigail zum Grinsen. »Um Himmels willen, Schätzchen, glauben Sie, ich werde Sie fragen, ob mein Sohn jemals heiratet oder wo, zum Teufel, ich den Diamantverlobungsring meiner Mutter verloren habe? Ich weiß, dass Sie schwere Zeiten durchgemacht haben, und ich hoffe, dass es jetzt für Sie leichter wird. Also, wenn Sie da oben in Progress Probleme haben sollten, rufen Sie mich einfach an.«

Reine Freundlichkeit machte Tory immer verlegen. Sie tastete nach der Autotür. »Danke. Vielen Dank. Ich fahre jetzt besser. Ich muss noch ein paar Zwischenstopps einlegen.« Sie streckte der anderen Frau erneut die Hand entgegen. »Ich danke Ihnen für alles.«

»Fahren Sie vorsichtig.«

Tory schlüpfte auf den Fahrersitz, zögerte und öffnete dann das Fenster, während sie bereits den Wagen startete. »In der mittleren Schublade Ihres Aktenschranks in Ihrem Arbeitszimmer zu Hause, zwischen D und E.«

»Was ist da?«

»Der Ring Ihrer Mutter. Er ist Ihnen ein bisschen zu weit und ist Ihnen vom Finger gerutscht. Sie hätten ihn kleiner machen lassen müssen«, erwiderte Tory rasch und fuhr aus der Parklücke, während Abigail ihr verwirrt nachblinzelte.

Tory fuhr in westlicher Richtung aus Charleston hinaus und bog dann nach Süden ab, um ihre geplante Route hinter sich zu bringen, bevor sie schließlich nach Progress fuhr. Die Liste der Künstler und Handwerker, die sie besuchen wollte, lag sauber getippt in ihrer neuen Aktentasche. Hinter jedem Namen stand eine Wegbeschreibung, und das bedeutete unzählige Nebenstraßen. Zeitraubend, aber notwendig.

Sie hatte bereits mit einigen Künstlern aus dem Süden die Vereinbarung getroffen, ihre Werke in dem Laden, den sie in der Market Street eröffnen wollte, auszustellen und zu verkaufen, aber sie brauchte noch mehr. Klein anzufangen bedeutete nicht unbedingt, schlecht anzufangen.

Die Anfangskosten, die Ausrüstung und eine annehmbare Wohnung würden beinahe all ihre Ersparnisse verschlingen. Tory wollte, dass es sich lohnte, und sie wollte noch mehr.

Wenn alles so lief, wie sie es geplant hatte, würde sie in einer Woche mit der Einrichtung des Ladens anfangen. Ende Mai würde sie eröffnen. Und dann musste man weitersehen.

Mit dem Übrigen würde sie fertig werden, wenn es auf sie zukam. Und wenn die Zeit gekommen war, würde sie die lange, schattige Straße nach Beaux Reves fahren und den Lavelles entgegentreten.

Sie würde Hope entgegentreten.

Am Ende der Woche war Tory erschöpft, um einige hundert Dollar ärmer wegen eines kaputten Kühlers und wollte ihre Reise am liebsten beenden. Der Einbau des neuen Kühlers bedeutete, dass sie erst am folgenden Morgen in Florence ankommen würde und sich auf eine Nacht in einem drittklassigen Motel abseits der Route 9 einrichten musste.

Das Zimmer stank nach abgestandenem Rauch, und

sein Komfort erschöpfte sich in einem Stück Seife und Videofilmen, die den sexuellen Appetit der Stundenkundschaft anregen sollten, die das Etablissement vor dem Ruin bewahrte.

Auf dem Teppich waren Flecken, über deren Ursprung Tory sich lieber keine Gedanken machen wollte.

Sie hatte für die eine Nacht bar bezahlt, weil ihr die Vorstellung nicht gefiel, dem schmuddeligen Angestellten, der wie der Gin roch, den er clever in einer Kaffeetasse versteckte, ihre Kreditkarte in die Hand zu drücken.

Das Zimmer war genauso wenig verlockend wie die Aussicht, sich eine weitere Stunde hinter das Lenkrad zu klemmen, aber sie hatte keine Wahl. Tory trug den einzigen, wackeligen Stuhl zur Tür und klemmte ihn unter die Klinke. Er bot wahrscheinlich genauso wenig Sicherheit wie die dünne, rostige Kette, aber beides zusammen vermittelte ihr zumindest die Illusion, dass niemand hereinkommen konnte.

Sie wusste, dass es ein Fehler war, zuzulassen, dass sie sich derart verausgabte. Ihre Widerstandskraft ließ dann für gewöhnlich nach. Aber alles hatte sich gegen sie verschworen. Der Töpfer in Greenville hatte sich als aufbrausend und schwierig herausgestellt. Wenn er nicht so brillant gewesen wäre, hätte Tory sein Atelier schon nach zwanzig Minuten wieder verlassen, statt zwei Stunden lang auf ihn einzureden, ihn zu loben und zu besänftigen.

Die Autoreparatur hatte weitere vier Stunden gedauert. Der Wagen war abgeschleppt worden, und Tory hatte auf dem Schrottplatz um einen gebrauchten Kühler gefeilscht und den Mechaniker überredet, ihn sofort einzubauen.

Nun musste sie zugeben, dass sie aus eigener Dummheit in diesem Motel gelandet war. Sie hätte einfach ein Zimmer in Greenville nehmen oder an einem der achtbaren Rasthäuser an der Autobahn halten können.

Nur eine Nacht, rief sie sich ins Gedächtnis, während sie misstrauisch die schmierige grüne Überdecke auf dem Bett beäugte. Es gab hier bestimmt Ungeziefer.

Tory beschloss, darüber hinwegzusehen.

Nur ein paar Stunden Schlaf, und dann war sie auf dem Weg nach Florence, wo ihre Großmutter das Gästezimmer sicher schon vorbereitet hatte – saubere Bettwäsche, ein heißes Bad ...

Ohne die Schuhe auszuziehen, legte sie sich auf den Überwurf und schloss die Augen.

Körper, die sich bewegten, schweißbedeckt.

Baby, ja, Baby. Zeig's mir! Fester!

Eine weinende Frau, die der Schmerz durchströmte wie glühende Lava.

O Gott, Gott, was soll ich nur tun? Wo kann ich hingehen? Überallhin, nur nicht zurück. Bitte, lass ihn mich nicht finden.

Gedankenfetzen und tastende Hände, Erregung und Schuldgefühle.

Und wenn ich jetzt schwanger werde? Meine Mutter bringt mich um. Ob es wohl wehtut? Liebt er mich wirklich?

Bilder, Gedanken und Stimmen überfluteten sie.

Lasst mich in Ruhe, verlangte sie. Lasst mich einfach in Ruhe. Mit geschlossenen Augen stellte Tory sich eine dicke, hohe, weiße Wand vor. Sie baute sie Stein für Stein auf, bis sie zwischen ihr und den Erinnerungen stand, die den Raum wie Rauch erfüllten. Hinter der Mauer war nur kühles, klares Blau. Wasser, in dem sie sich treiben lassen konnte. Und in dem sie endlich einschlafen konnte.

Über dem blauen Pool strahlte die Sonne weiß und warm. Tory hörte Vögel singen, und das Wasser plätscherte, als sie mit den Händen hindurchfuhr. Ihr Körper war gewichtslos, und sie war von einer tiefen Ruhe erfüllt. Am Rand des Pools standen prächtige Korkeichen und eine Weide tauchte ihre Zweige in die klare Wasseroberfläche.

Lächelnd schloss Tory die Augen und ließ sich treiben.

Das Lachen war hoch und hell, die sorglose Fröhlichkeit eines Mädchens. Träge öffnete Tory die Augen.

Dort, bei der Weide, stand Hope und winkte.

Hey, Tory! Hey, ich habe dich gesucht!

Freudig winkte Tory zurück. Komm her! Das Wasser ist toll.

Sie werden uns wegen Nacktbadens verhaften. Dennoch schleuderte Hope kichernd die Schuhe von den Füßen und schlüpfte aus Short und Bluse. *Ich dachte, du seist weggegangen.*

Sei nicht blöd. Wohin sollte ich denn gehen?

Ich habe so lange nach dir gesucht! Langsam glitt Hope ins Wasser. Gertenschlank und marmorweiß. Ihr Haar breitete sich wie ein Schleier auf der Oberfläche aus. Gold auf Blau. *Eine Ewigkeit.*

Das Wasser wurde trübe und begann sich zu kräuseln. Die anmutigen Zweige der Weide schlugen wie Peitschen. Und das Wasser war auf einmal so kalt, dass Tory zu zittern begann.

Ein Sturm kommt auf. Wir gehen besser.

Es schlägt über mir zusammen. Ich kann nicht stehen. Du musst mir helfen!

Die Wellen wurden immer höher und Hope schlug wild mit den Armen um sich. Wie ein Vorhang drang Wasser aus ihrem Mund und es war so schlammig braun wie der Sumpf.

Tory schwamm voller Panik auf sie zu, aber mit jedem Zug entfernte sie sich mehr von der Stelle, an der das Mädchen um sein Leben kämpfte. Das Wasser brannte Tory in den Lungen, zog an ihren Füßen. Sie spürte, wie sie selbst unterging, spürte, wie sie ertrank, mit Hopes Stimme im Kopf.

Du musst kommen! Du musst dich beeilen!

Sie erwachte im Dunkeln, im Mund den Geschmack des Sumpfes. Da sie weder den Mut noch die Energie hatte, die Mauer wieder aufzubauen, stand sie auf. Im Badezimmer spritzte sie sich rostiges Wasser ins Gesicht, dann hob sie den Kopf, um in den Spiegel zu blicken.

Ihr Blick war noch glasig von dem Traum, und sie hatte Schatten unter den Augen. Zu spät, um umzukehren, dachte sie. Es war immer zu spät.

Tory ergriff ihre Tasche und das noch unbenutzte Reisenecessaire.

Die Dunkelheit war jetzt beruhigend, und der Schokoriegel und der Saft, die sie sich aus dem Automaten vor ihrem Zimmer gezogen hatte, hielten sie wach. Sie schaltete das Radio ein, um sich abzulenken. Sie wollte nur noch an die Fahrt denken.

Als sie die Autobahn erreicht hatte, war die Sonne aufgegangen, und der Verkehr wurde dicht. Bevor sie nach Osten abbog, tankte sie den Wagen auf. Als sie an der Ausfahrt vorbeifuhr, die dort hinführte, wo sich ihre Eltern wieder niedergelassen hatten, krampfte sich ihr Magen zusammen, und das blieb die nächsten dreißig Meilen so.

Tory dachte an ihre Großmutter, an die Sachen, die sie hinten im Auto hatte oder die nach Progress geliefert wurden. Sie dachte an ihr Budget für das nächste halbe Jahr und an die Arbeit, die es sie kosten würde, bis sie ihr Geschäft aufgebaut hatte.

Sie dachte an alles Mögliche, nur nicht an den wahren Grund, warum sie nach Progress zurückkehrte.

Kurz vor Florence hielt sie noch einmal an, kämmte sich auf der Toilette einer Tankstelle die Haare und legte ein wenig Make-up auf. Ihre Großmutter würde sich davon nicht täuschen lassen, aber einen Versuch war es immerhin wert.

Einem Impuls folgend hielt sie auch am Blumenladen noch einmal an. Der Garten ihrer Großmutter war jedes Jahr ein Ereignis, aber die zwölf rosafarbenen Tulpen waren ein weiterer Versuch, die Großmutter versöhnlich zu stimmen. Immerhin hatte sie nur knapp zwei Stunden von ihrer Großmutter entfernt gelebt, sich jedoch seit Weihnachten nicht mehr die Mühe gemacht, sie zu besuchen.

Als Tory in die hübsche Straße mit den blühenden Sträuchern einbog, fragte sie sich nach dem Grund dafür. Es war eine gute Gegend, wo die Kinder in den Gärten spielten und Hunde im Schatten dösten. Eine Gegend, in der die Leute über den Zaun hinweg ein Schwätzchen hielten, auf fremde Autos achteten und die Häuser der Nachbarn sowohl aus Vorsicht als auch aus Neugier im Auge behielten.

Iris Mooneys Haus lag inmitten der anderen Häuser. Es

war äußerst gepflegt und von alten, riesigen Azaleenbüschen umgeben. Die Blütezeit neigte sich dem Ende zu, aber die blassen Rosa- und Rottöne schufen einen weichen Übergang zu dem kräftigen blauen Anstrich, den ihre Großmutter für das Haus gewählt hatte. Wie erwartet, war der Vorgarten üppig und gepflegt, der Rasen gemäht und die Treppe sauber.

Ein Lieferwagen mit der Aufschrift ›Installationsarbeiten aller Art‹ stand in der Auffahrt hinter dem alten Kleinwagen ihrer Großmutter. Tory hielt am Straßenrand. Die Spannung, die sie während der Fahrt zu ignorieren versucht hatte, löste sich, als sie auf das Haus zuging.

Sie klopfte nicht an. An dieser Tür brauchte sie nie anzuklopfen, Tory hatte immer gewusst, dass sie jederzeit für sie offen stand. Es hatte Zeiten gegeben, in denen das allein sie vor dem Zusammenbrechen bewahrt hatte.

Überraschenderweise war es im Haus vollkommen ruhig. Es war fast schon zehn Uhr, als sie eintrat. Tory hatte eigentlich erwartet, ihre Großmutter im Garten oder bei der Hausarbeit anzutreffen.

Das Wohnzimmer war wie immer etwas chaotisch, voller Möbel, Kleinkram und Bücher. Und in einer Vase stand ein Dutzend roter Rosen, gegen die sich Torys Tulpen wie arme Verwandte ausmachten. Sie stellte ihren Koffer und die Tasche ab und trat in den Flur.

»Gran? Bist du zu Hause?« Mit den Blumen in der Hand ging Tory auf das Schlafzimmer zu, blieb aber stehen und zog die Augenbrauen hoch, als sie hinter der verschlossenen Tür zum Schlafzimmer ihrer Großmutter Geräusche hörte.

»Tory? Liebes, ich komme sofort! Geh und … nimm dir etwas Eistee.«

Achselzuckend ging Tory in die Küche. Sie warf jedoch einen Blick zurück, weil sie etwas hörte, das wie ein ersticktes Kichern klang.

Sie legte die Blumen auf die Arbeitsplatte, dann öffnete sie den Kühlschrank. Der Krug mit Tee stand bereit, und zwar so zubereitet, wie sie es am liebsten hatte, mit Zitronenscheiben und Minzeblättchen. Granny vergisst nie etwas, dachte Tory, und Tränen der Rührung und der Erschöpfung traten ihr in die Augen.

Sie drängte sie zurück, als sie die raschen Schritte ihrer Großmutter hörte. »Liebe Güte, du bist aber früh! Ich habe dich erst nach Mittag erwartet!« Klein, zierlich und behände kam Iris Mooney ins Zimmer geeilt und nahm Tory in die Arme.

»Ich bin früh losgefahren und habe kaum eine Pause gemacht. Habe ich dich aufgeweckt? Geht es dir nicht gut?«

»Wieso?«

»Du bist noch im Morgenmantel.«

»Oh. Ha!« Iris drückte Tory noch einmal fest an sich und trat dann einen Schritt zurück. »Mir geht es blendend. Sieh mich doch an. Aber du, Schätzchen, du siehst erschöpft aus.«

»Ich bin nur ein bisschen müde. Du siehst toll aus!«

Das war die reine Wahrheit. Siebenundsechzig Jahre hatten das Gesicht der Großmutter geprägt, aber sie hatten weder die magnolienfarbene Haut noch die tiefgrauen Augen beeinträchtigen können. In ihrer Jugend hatte sie rote Haare gehabt, und sie achtete darauf, dass es auch so blieb. Wenn Gott gewollt hätte, dass Frauen graue Haare bekamen, pflegte Iris zu sagen, dann hätte er die Haartönung nicht erfunden.

»Setz dich hierher. Ich mache dir Frühstück.«

»Mach dir keine Umstände, Gran.«

»Du weißt sehr wohl, dass du mir nicht widersprechen sollst, oder? Setz dich jetzt hin.« Iris wies auf einen Stuhl an dem kleinen Caféhaustisch. »Oh, die Blumen! Die sind wirklich schön!« Sie ergriff den Tulpenstrauß, und ihre Augen funkelten vor Entzücken. »Du bist richtig süß, Tory.«

»Du hast mir gefehlt, Gran. Es tut mir Leid, dass ich dich so lange nicht besucht habe.«

»Du führst eben dein eigenes Leben, und das habe ich auch immer für dich gewollt. Jetzt entspann dich einfach, und wenn du wieder ein bisschen zu dir gekommen bist, kannst du mir alles über deine Reise erzählen.«

»Sie war jede Meile wert. Ich habe ein paar wunderschöne Stücke gefunden.«

»Du hast mein Auge für hübsche Dinge geerbt.« Iris zwinkerte ihr zu, während ihre Enkelin mit offenem Mund den Mann anstarrte, der in der Küchentür aufgetaucht war.

Er war groß wie eine Eiche und hatte einen Brustkorb wie ein Buick. Seine krausen, grauen Haare sahen aus wie Stahlwolle. Seine Augen waren braun, und er hatte einen Blick wie ein Basset. Sein Gesicht war gebräunt. Er räusperte sich verlegen und nickte Tory zu.

»Guten Morgen«, sagte er. »Äh … Mrs. Mooney, ich habe den Abfluss repariert.«

»Cecil, hör auf, so dämliches Zeug zu reden, du hast ja noch nicht einmal eine Werkzeugkiste dabei.« Iris stellte die Packung mit den Eiern beiseite. »Du brauchst nicht rot zu werden«, erklärte sie ihm. »Meine Enkelin wird schon nicht in Ohnmacht fallen, nur weil ihre Großmutter einen Freund hat. Tory, das ist Cecil Axton, der Grund dafür, dass ich morgens um zehn noch nicht angezogen bin.«

»Iris!« Cecil wurde knallrot. »Freut mich, Sie kennen zu lernen, Tory. Ihre Großmutter hat sich schon sehr auf Ihren Besuch gefreut.«

»Wie geht es Ihnen?«, fragte Tory, weil ihr nichts Besseres einfiel. Sie streckte ihm die Hand entgegen, und benommen ahnte sie plötzlich, warum ihre Großmutter hinter der verschlossenen Tür gekichert hatte.

Sie verdrängte den Gedanken rasch wieder, als sie Cecils verlegenem Blick begegnete. »Sie sind … Sie sind Klempner, Mr. Axton?«

»Er kam vor einer Weile, um meinen Boiler zu reparieren«, warf Iris ein, »und seitdem hält er mich warm.«

»Iris!« Cecil zog den Kopf zwischen seine breiten Schultern, konnte jedoch ein Grinsen nicht unterdrücken. »Ich muss los. Ich hoffe, Sie verbringen hier eine schöne Zeit, Tory.«

»Denk bloß nicht, du könntest dich einfach davonstehlen, ohne mir einen Abschiedskuss zu geben.« Iris trat auf ihn zu, nahm sein wettergegerbtes Gesicht zwischen ihre Hände und küsste ihn fest auf den Mund. »Siehst du, der Blitz ist nicht eingeschlagen, der Donner hat nicht gegrollt, und dieses Kind hier ist nicht vor Entsetzen zusammengebrochen.« Sie küsste ihn noch einmal, dann tätschelte sie ihm die Wange. »Und jetzt verschwinde, mein Schöner, und hab einen guten Tag.«

»Das werde ich schon. Ähm, wir sehen uns dann später.«

»Aber sicher. So haben wir es ja beschlossen, Cecil. Und jetzt sieh zu, dass du fortkommst. Ich will mit Tory reden.«

»Ich bin schon weg.« Mit einem zögernden Lächeln wandte Cecil sich an Tory. »Wenn man dieser Frau widerspricht, bekommt man Kopfschmerzen.« Er setzte sich eine blaue Kappe auf und eilte hinaus.

»Ist er nicht goldig? Ich habe ein bisschen mageren Speck. Wie möchtest du deine Eier?«

»Mit Schokoladenplätzchen.« Tory holte tief Luft und stand auf. »Es geht mich ja nichts an, aber …«

»Natürlich geht es dich nichts an, es sei denn, ich rede mit dir darüber, was ich ja getan habe.« Iris legte den Speck in die alte, gusseiserne Pfanne. »Du würdest mich sehr enttäuschen, Tory, wenn dich die Vorstellung entsetzt, dass deine Großmutter ein Sexualleben hat.«

Tory zuckte zusammen. Es gelang ihr jedoch, Haltung zu bewahren, als ihre Großmutter sich zu ihr umdrehte. »Ich bin nicht entsetzt, ich fühle mich nur ein bisschen unbehaglich. Die Vorstellung, dass ich hier heute Morgen hineingeplatzt bin und fast in dein … ähm …«

»Na ja, du bist zu früh gekommen, Liebes. Ich brate dir jetzt die Eier, und dann genießen wir beide ein ausgedehntes, fettiges Frühstück.«

»Vermutlich hast du ordentlich Hunger bekommen.«

Iris zwinkerte, dann warf sie lachend den Kopf zurück. »Ja, so bist du wieder mein Mädchen! Ich mache mir Sorgen um dich, mein Zuckerstück, wenn du nicht lächelst.«

»Worüber soll ich schon lächeln? *Du* bist diejenige, die Sex hat.«

Amüsiert legte Iris den Kopf schräg. »Und wessen Schuld ist das?«

»Deine. Du hast Cecil zuerst gesehen.« Tory holte zwei Gläser aus dem Schrank und goss Tee hinein. Wie viele Frauen besitzen schon eine Großmutter, die eine heiße Affäre mit dem Klempner hat?, dachte sie. Sie war sich nicht sicher, ob sie stolz oder erheitert sein sollte, und beschloss schließlich, dass eine Kombination von beidem der Lage wohl am ehesten gerecht wurde. »Er scheint sehr nett zu sein.«

»Das ist er. Mehr noch, er ist ein sehr guter Mann.« Iris stocherte im Speck herum und beschloss, alles auf einmal loszuwerden. »Tory, er wohnt hier.«

»*Er wohnt hier?* Du wohnst mit ihm zusammen?«

»Er möchte mich unbedingt heiraten, aber ich bin nicht sicher, ob ich das will. Deshalb mache ich mit ihm gerade eine Art Probefahrt.«

»Ich glaube, ich muss mich wieder hinsetzen. Du meine Güte, Gran. Hast du es Mama schon gesagt?«

»Nein, und das habe ich auch nicht vor. Ich kann ganz gut ohne eine Lektion darüber auskommen, dass ich in Sünde lebe und Gott mich mit ewiger Verdammnis strafen wird. Deine Mama ist das größte Ärgernis seit der Erfindung der Selbstbedienungstankstellen. Wie je eine meiner Töchter eine solche Maus von einer Frau werden konnte, begreife ich bis heute nicht.«

»Reine Überlebenstaktik«, murmelte Tory, aber Iris schnaubte nur.

»Sie hätte wunderbar überlebt, wenn sie diesen Hurensohn, den sie vor fünfundzwanzig Jahren geheiratet hat, einfach verlassen hätte. Sie hat es nicht anders gewollt, Tory. Wenn sie auch nur ein bisschen Mumm hätte, dann hätte sie sich anders entschieden. So wie du.«

»Wirklich? Ich weiß nicht, welche Entscheidungen *ich* getroffen habe oder welche für mich getroffen worden sind. Ich weiß nicht, was falsch oder richtig war. Und jetzt sitze ich hier, Gran, und kehre genau dorthin wieder zurück, wo ich angefangen habe. Ich sage mir, dass ich dafür selbst die Verantwortung übernehme. Dass es meine Entscheidung ist. Aber eigentlich weiß ich, dass ich es gar nicht ändern kann.«

»Möchtest du das denn?«

»Ich weiß nicht.«

»Dann musst du so lange weitermachen, bis du es weißt. Du hast solch ein starkes Licht in dir, Tory! Du findest sicher deinen Weg.«

»Das hast du immer schon gesagt. Aber ich hatte immer nur schreckliche Angst davor, mich zu verirren.«

»Ich hätte dir mehr helfen sollen. Ich hätte mehr für dich da sein müssen.«

»Gran!« Tory stand auf, trat zu Iris und umarmte sie. »Du warst immer für mich da. Ohne dich wäre ich jetzt nicht hier.«

»Doch, das wärst du.« Iris tätschelte Tory die Hand und wendete dann rasch den Speck, der in der Pfanne brutzelte. »Du bist stärker als wir alle zusammen. Und wenn du mich fragst, hatte Hannibal Bodeen genau davor Angst. Er wollte dich brechen, um seine eigene Angst zu überwinden. Und am Ende hat er dich ja auch geprägt, oder? Dieser Idiot!« Iris schlug ein Ei am Pfannenrand auf und ließ es in die brutzelnde Masse gleiten. »Mach uns ein wenig Toast, Schätzchen.«

»Mama ist überhaupt nicht wie du«, sagte Tory, während sie das Brot in den Toaster steckte. »Kein bisschen.«

»Ich weiß nicht, wie Sarabeth ist. Ich habe sie vor Jahren schon verloren. Vermutlich schon damals, als dein Opa gestorben ist. Sie war erst zwölf. Ich selbst war ja gerade erst dreißig und stand mit zwei Kindern da, die ich allein großziehen musste. Das war das schlimmste Jahr meines Lebens. So schlimm ist es nie wieder gewesen. Du meine Güte, wie ich diesen Mann geliebt habe!«

Seufzend ließ Iris die Eier auf die Teller gleiten. »Er war meine Welt, mein Jimmy. In der einen Minute war diese Welt noch beständig, und in der nächsten war sie auf einmal weg. Und Sarabeth war zwölf und J.R. gerade sechzehn. Sie ist so aufsässig geworden! Vielleicht hätte ich mich mehr um sie kümmern müssen. Weiß Gott, das hätte ich wirklich tun sollen.«

»Du brauchst dir keine Vorwürfe zu machen.«

»Das tue ich auch nicht. Aber man kann gewisse Dinge erst im Nachhinein besser verstehen. Man sieht einfach, dass alles anders verlaufen wäre, wenn man nur eine einzige Sache anders gemacht hätte. Wenn ich damals aus Progress weggezogen wäre, wenn ich auf Jimmys Versicherung zurückgegriffen hätte, statt mir einen Job bei der Bank zu suchen, wenn ich nicht so erpicht darauf gewesen wäre, den Kindern das College zu ermöglichen.«

»Du wolltest nur das Beste für sie.«

»Ja.« Iris stellte die Teller auf den Tisch und holte Butter und Marmelade aus dem Kühlschrank. »J.R. hat seine College-Ausbildung gehabt und etwas daraus gemacht. Sarabeth hat Hannibal Bodeen bekommen. So sollte es eben sein. Und deshalb sitzen meine Enkelin und ich heute hier und haben ein üppiges Frühstück vor sich. Ich würde wahrscheinlich doch nichts anders machen, wenn ich jetzt noch einmal von vorn anfangen könnte. Weil ich nämlich dich dann nicht hätte.«

»Ich fange noch einmal von vorn an, Gran, und ich weiß genau, dass ich nichts anders machen kann.« Tory legte den Toast auf einen kleinen Teller und trug ihn zum Tisch. »Es macht mir Angst, dass ich so weit zurückgehen muss. Ich kenne diese Leute gar nicht mehr. Und ich habe Angst, mich selbst nicht mehr zu kennen, wenn ich erst einmal da bin.«

»Du kommst nicht zur Ruhe, bevor du das nicht in Ordnung gebracht hast, Tory. Seit du weggegangen bist, hast du eigentlich immer wieder nach Progress zurückgewollt.«

»Ich weiß.« Es half, dass jemand sie verstand. Lächelnd spießte Tory ein Stück Schinken auf. »So, und jetzt erzähl mir von deinem Klempner.«

»Oh, er ist ein solches Goldstück!« Mit Appetit machte

sich Iris über ihr Frühstück her. »Er sieht aus wie großer alter Bär, nicht wahr? Und du kannst dir gar nicht vorstellen, wie tüchtig er ist. Vor über vierzig Jahren hat er seine eigene Firma gegründet. Vor ungefähr fünf Jahren ist seine Frau gestorben, ich kannte sie flüchtig. Jetzt zieht er sich langsam aus dem Betrieb zurück. Zwei seiner Söhne führen die Firma. Er hat sechs Enkel.«

»Sechs?«

»Ja. Einer von ihnen ist übrigens Arzt. Gut aussehender junger Mann. Ich habe schon mal gedacht ...«

»Hör sofort auf.« Tory kniff die Augen zusammen und häufte sich Gelee auf ihren Toast. »Ich habe kein Interesse.«

»Woher willst du das wissen? Du kennst den Jungen ja noch nicht einmal.«

»Ich bin weder an Jungen noch an Männern interessiert.«

»Tory, du warst nicht mehr mit einem Mann zusammen, seit ...«

»Jack«, beendete Tory den Satz für sie. »Das stimmt, und ich habe auch nicht vor, jemals wieder eine Beziehung einzugehen. Eine hat mir gereicht.« Tory hatte immer noch einen bitteren Geschmack im Mund, wenn sie daran dachte. Sie griff nach ihrer Teetasse. »Nicht alle Menschen sind für eine Partnerschaft geeignet, Gran. Ich bin auch allein glücklich.«

Als Iris die Augenbrauen hochzog, zuckte Tory mit den Schultern. »Na gut, sagen wir, *ich habe vor*, allein glücklich zu sein. Und ich werde mein Möglichstes tun, um das zu erreichen.«

3

Es war schon viel zu lange her, seit sie im Schaukelstuhl auf einer Veranda gesessen, in den Himmel geblickt und dem Zirpen der Grillen gelauscht hatte. Tory war schon lange nicht mehr so entspannt gewesen, dass sie einfach dasitzen und die Luft genießen konnte.

Und es würde wahrscheinlich lange dauern, ehe sie es erneut tun konnte.

Morgen musste sie die letzten Meilen nach Progress fahren. Dort würde sie die einzelnen Stücke ihres Lebens zusammensuchen und endlich eine alte Freundin zur Ruhe tragen.

Aber heute Abend gab es nur die laue Luft und stille Gedanken.

Als die Tür knarrte, blickte sie auf und lächelte Cecil entgegen. Großmutter hat Recht, dachte sie. Er sah wirklich wie ein großer alter Bär aus. Und im Moment wirkte er ziemlich nervös.

»Iris hat mich aus der Küche geworfen.« Er hielt eine dunkelbraune Bierflasche in der Hand und trat unbehaglich von einem Fuß auf den anderen. »Sie hat gemeint, ich soll Ihnen ein Weilchen Gesellschaft leisten.«

»Sie möchte, dass wir Freunde werden. Warum setzen Sie sich nicht einen Moment? Ich fände es schön, wenn Sie mir Gesellschaft leisteten.«

»Ich komme mir ein bisschen komisch vor.« Cecil setzte sich neben Tory und warf ihr einen verstohlenen Blick zu. »Ich weiß, was Ihr jungen Leute denkt. Ein alter Kerl wie ich macht einer Frau wie Iris den Hof.«

Er roch immer noch nach der Lavaseife, mit der er vor dem Abendessen den Abwasch gemacht hatte. Lavaseife und Coors, dachte Tory. Es war eine angenehm männliche Mischung. »Ist Ihre Familie nicht mit der Verbindung einverstanden?«

»O doch, sie kommen inzwischen alle gut damit klar. Iris hat meine Jungen um den Finger gewickelt. Das kann sie unheimlich gut. Einer meiner Söhne, Jerry, hat einen ziemlichen Aufstand gemacht, aber sie ist mit ihm fertig geworden. Es ist nur …«

Er räusperte sich. Tory faltete die Hände und musste sich ein Grinsen verkneifen, da er zu einer offenbar vorbereiteten Rede ansetzte.

»Sie sind mächtig wichtig für sie, Tory. Sie sind für Iris wahrscheinlich das Allerwichtigste auf der Welt. Sie ist stolz auf Sie, sie macht sich Sorgen um Sie und sie gibt mit Ihnen an. Ich weiß, dass sie sich mit Ihrer Mam nicht so gut versteht. Vermutlich sind Sie deshalb etwas ganz Besonderes für sie.«

»Das beruht auf Gegenseitigkeit.«

»Ich weiß. Ich habe es beim Abendessen gemerkt. Es ist nur …«, sagte er wieder und nahm einen tiefen Schluck aus seiner Bierflasche. »Oh, zum Teufel! Ich liebe sie«, sprudelte er hervor und wurde rot. »Das klingt wahrscheinlich albern bei einem Mann, der über die fünfundsechzig schon hinaus ist, aber …«

»Warum sollte es albern klingen?« Tory berührte andere Menschen nicht gern, aber da er es jetzt offensichtlich brauchte, tätschelte sie ihm das Knie. »Was hat denn das Alter damit zu tun? Gran mag Sie. Das allein ist für mich schon Grund genug.«

Man sah Cecil die Erleichterung förmlich an. Er seufzte auf. »Ich hätte nie gedacht, dass ich so etwas noch einmal empfinde. Ich war sechsundvierzig Jahre mit einer wundervollen Frau verheiratet. Wir sind zusammen aufgewachsen, haben eine Familie gegründet und unser Geschäft aufgebaut. Als sie starb, habe ich gedacht, dass sich damit das Thema Liebe für mich erledigt hatte. Doch dann habe ich Iris kennen gelernt, und, du lieber Himmel, sie gibt mir das Gefühl, wieder zwanzig zu sein!«

»Sie bringen ihre Augen zum Strahlen.«

Wieder wurde er rot, aber seine Mundwinkel verzogen sich zu einem schüchternen, erfreuten Lächeln. »Ja? Nun,

ich bin gut mit den Händen.« Als Tory unwillkürlich auf-
lachte, blickte Cecil sie mit großen Augen an. »Ich wollte
sagen, ich bin handwerklich geschickt und repariere alles
Mögliche im Haus.«

»Ich weiß, was Sie sagen wollten.«

»Und Stella, meine Frau, na ja, sie hat mich ganz gut
erzogen. Ich achte darauf, dass ich keinen Schmutz ins
Haus trage, wenn die Böden frisch gewischt sind, und ich
werfe keine Handtücher auf den Boden. Ich kann ein bisschen kochen und ich habe ein bisschen Geld.«

Großmutter hat Recht, dachte Tory. Dieser Mann war
ein Goldstück. »Cecil, bitten Sie mich etwa um meinen Segen?«

Er stieß die Luft aus. »Ich möchte Iris gern heiraten. Im
Moment will sie noch nichts davon wissen. Ein störrischer
Maulesel, diese Frau. Aber ich habe auch einen dicken
Kopf. Ich wollte nur, dass Sie wissen, dass ich es ernst mei-
ne, dass meine Absichten …«

»Ehrenhaft sind«, beendete Tory gerührt seinen Satz.
»Ich bin auf Ihrer Seite.«

»Wirklich?« Er lehnte sich zurück und brachte dadurch
die Schaukel zum Schwingen. »Das erleichtert mich sehr,
Tory. Du lieber Himmel, ich bin froh, dass ich es ausge-
sprochen habe!« Kopfschüttelnd trank er noch einen
Schluck Bier. »Meine Zunge ist schon ganz verknotet.«

»Sie haben es sehr gut gemacht, Cecil, Sie machen meine Gran glücklich.«

»Das möchte ich auch.« Jetzt fühlte er sich wieder wohl.
Er legte den Arm über die Rückenlehne der Schaukel und
blickte auf Iris' Garten. »Schöner Abend.«

»Ja. Ein sehr schöner Abend.«

Sie schlief tief und traumlos im Haus ihrer Großmutter.

»Mir wäre es am liebsten, wenn du noch ein oder zwei
Tage bleiben würdest.«

»Ich muss los.«

Iris nickte und bemühte sich, ruhig zu bleiben, als Tory

ihren Koffer zum Auto trug. »Ruf mich an, wenn du dich ein bisschen eingerichtet hast.«

»Ja, natürlich.«

»Und geh gleich zu J. R., damit er und Boots dir weiterhelfen können.«

»Ich werde ihn besuchen, und auch Tante Boots und Wade.« Tory küsste ihre Großmutter auf beide Wangen. »Und jetzt hör auf, dir Sorgen zu machen.«

»Ich vermisse dich eben jetzt schon! Gib mir deine Hände.« Als Tory zögerte, ergriff Iris sie einfach. »Lass mich, Liebes.« Sie hielt Torys Hände fest, und ihre Augen verschleierten sich ein wenig, als sie sich konzentrierte.

Ihre seherische Gabe war nicht so ausgeprägt wie die ihrer Enkelin. Sie sah nur in Formen und Farben. Das schmutzige Grau der Sorge, das glänzende Rosa der Erregung, das stumpfe Blau des Kummers. Und durch alles hindurch leuchtete das dunkle, tiefe Rot der Liebe.

»Es wird dir gut gehen.« Iris drückte Torys Hände ein letztes Mal. »Ich bin hier, wenn du mich brauchst.«

»Das weiß ich doch.« Tory stieg ins Auto und holte tief Luft. »Sag ihnen nicht, wo ich bin, Gran.«

Iris schüttelte den Kopf. Sie wusste, dass Tory ihre Eltern meinte. »Nein, ich sage es nicht.«

»Ich liebe dich.« Als sie davonfuhr, blickte sie nicht mehr zurück.

Die Felder begannen sich zu wellen, sanfte Erdhügel, die mit dem ersten, zarten Grün bedeckt waren. Tory erkannte die Saaten wieder. Sojabohnen, Tabak, Baumwolle – die zarten Schösslinge bedeckten die braune Erde.

Sie hatte das Land vermisst.

Es hatte ihr nie so viel bedeutet wie manchen anderen Menschen. Sie arbeitete ab und zu ganz gern in einem Blumengarten, aber sie hatte nie das drängende Bedürfnis gehabt, Erde unter ihren Händen zu spüren, zu säen und zu ernten, das Wachstum zu beobachten.

Und doch liebte sie den Kreislauf, die Kontinuität, den Anblick der ordentlich abgeteilten Felder, auf denen die

Farmer arbeiteten, neben der üppigen Undurchdringlich-
keit der flechtenbehangenen Eichenwälder, dem allgegen-
wärtigen Sumach, den dunklen Flüssen, die nie wirklich
gezähmt werden konnten.

Überall roch es sehr intensiv nach Düngemittel und
Sumpfwasser. Das ist viel eher der typische Duft des Südens als jede Magnolie, dachte sie. Das ist sein eigentliches
Herz. Nicht nur die gepflegten Gärten mit den getrimm-
ten Rasenflächen symbolisierten den Süden, sondern vor
allem die Felder, der Schweiß und die geheimnisvollen
Schatten seiner Flüsse.

Tory fuhr über Nebenstrecken, um allein zu sein, und
mit jeder Meile spürte sie, wie sie dem Herz näher kam.

Im Westen von Progress waren einige der Farmen und
Felder neuen Häusern gewichen. Winzige Grundstücke
mit Gärten, die mit Sprinkleranlagen grün gehalten wur-
den. Gebrauchte Kombis und Kleinbusse standen in den
Auffahrten, und es gab breite, gepflasterte Bürgersteige.
Hier wohnen junge Ehepaare, dachte Tory, die meisten mit
doppeltem Einkommen, die in einem netten Haus in der
Vorstadt eine Familie gründen wollten.

Das waren die Kunden, die sie ansprechen wollte, und
einer der Hauptgründe, warum sie ihren Umzug hierhin
überhaupt hatte rechtfertigen können. Erfolgreiche Haus-
besitzer, mit genügend Geld, um sich ihr Heim hübsch einrichten zu können. Mit der richtigen Werbung und geschickt dekorierten Schaufenstern würde Tory sie in ihren
Laden ziehen.

Und sie würden kaufen.

Ob sie wohl noch jemanden aus ihrer Kindheit kannte?
Und würden sie sich an das kleine, dünne Mädchen erinnern, das mit blauen Flecken zur Schule gekommen war?
Würden sie sich daran erinnern, dass sie manchmal Dinge
gewusst hatte, die sie gar nicht wissen durfte?

Die meisten Leute haben ein kurzes Gedächtnis, dachte
Tory. Und selbst wenn sich jemand daran erinnern würde,
würde sie es eben dazu nutzen, ihrem Laden zu einem guten Umsatz zu verhelfen.

Als sie sich der Stadtmitte näherte, rückten die Häuser enger zusammen. Kurz blitzte vor ihren Augen ein Bild von der anderen Seite der Stadt auf, wo das schmale Flussband Progress begrenzte. In ihrer Jugend waren die Häuser dort klein und dunkel gewesen, mit undichten Dächern und verrosteten Lastern vor der Tür, die die meiste Zeit aufgebockt waren. Ein Ort, wo die Hunde knurrten und wild an ihren Ketten zerrten. Wo die Frauen graue Wäsche aufhängten und die Kinder auf Grasflecken spielten, die eigentlich mehr aus Schlamm bestanden.

Manche der Männer dort bearbeiteten ein kleines Stück Land, um etwas zu essen zu haben, aber die meisten von ihnen lebten nur von Schnaps und Bier. Als Kind war Tory von diesem jämmerlichen Schicksal nur einen winzigen Schritt entfernt gewesen. Und selbst als Kind hatte sie Angst davor gehabt, das Gleichgewicht zu verlieren und in dieses Loch hineinzufallen, wo jeder Tag mit Elend einherging.

Sie entdeckte den Treppengiebel der Kirche. Es gab vier Kirchen in der Stadt, aber beinahe jeder, den Tory kannte, hatte zur baptistischen Gemeinde gehört. Zahllose Stunden lang hatte sie auf den harten Bänken gesessen und verzweifelt der Predigt gelauscht, weil ihr Vater sie vor dem Abendessen ausführlich darüber befragen würde.

Wenn sie nicht die richtigen Antworten wusste, war die Bestrafung hart – und sie kam schnell.

Mittlerweile jedoch war Tory seit acht Jahren in keiner Kirche mehr gewesen.

Denk nicht darüber nach, befahl sie sich. Denk über das Jetzt nach. Aber das Jetzt war dem Damals sehr ähnlich. Ihr kam es so vor, als habe sich in Progress nur sehr wenig geändert.

Entschlossen bog sie auf den Live Oak Drive ein, um durch das älteste Wohnviertel der Stadt zu fahren. Die Häuser hier waren groß und schön, die Bäume alt und dicht belaubt. Torys Onkel war ein paar Jahre, bevor sie aus Progress weggegangen war, hierher gezogen. Vom

Geld seiner Frau, wie ihr Vater missgünstig bemerkt hatte.

Tory hatte ihn dort nicht besuchen dürfen, und selbst jetzt empfand sie noch einen Hauch von schuldbewusster Panik, als sie vor dem hübschen, alten, weißen Ziegelhaus mit den blühenden Sträuchern und den glänzenden Fenstern hielt.

Ihr Onkel ging bestimmt seiner Arbeit nach, als Direktor der Bank, die er schon so lange leitete, wie sie denken konnte. Und obwohl Tory ihre Tante mochte, war sie nicht in der Stimmung für Boots Mooneys fahrige Gesten und ihre leise Stimme.

Deshalb streifte sie durch die Straßen, vorbei an kleineren Häusern und einem Wohnblock, den es vor sechzehn Jahren noch nicht gegeben hatte. An der Ecke befand sich ein neuer kleiner Lebensmittelladen in hellen Rot- und Gelbtönen, der das alte Progress Drive-In ersetzt hatte.

Die High School hatte einen neuen Anbau, und wo früher einmal eine Reihe zerfallender Häuser gestanden hatte, gab es jetzt einen hübschen kleinen Park. Man hatte junge Bäume angepflanzt, und aus Steinkübeln wucherten Blumen.

Alles kam Tory hübscher, sauberer und frischer vor, als sie es in Erinnerung gehabt hatte. Sie fragte sich, wie viel von dem Alten wohl noch unter dieser neuen Fassade zum Vorschein kommen würde.

Als sie in die Market einbog, war sie seltsam erleichtert darüber, dass Hanson immer noch stand, immer noch dasselbe, mitgenommene alte Schild hatte und das Schaufenster immer noch mit Anzeigen und Werbesprüchen beklebt war.

Der Frisör hatte den Besitzer gewechselt, stellte sie fest. Aus Lou's Schönheitssalon war Hair Today geworden. Aber den Diner in der Market Street gab es noch, und die alten Männer, die plaudernd vor der Tür standen, trugen immer noch die gleichen Overalls. Jedenfalls kam es ihr so vor.

Mitten in dem Block, zwischen dem Malergeschäft und dem Blumenladen, lag die alte Reinigung. Das würde ihr Neubeginn werden, dachte Tory, als sie an den Randstein fuhr.

Sie stieg aus dem Auto. Die Mittagshitze schlug ihr entgegen. Von außen sah das Gebäude noch genauso aus, wie sie es in Erinnerung hatte. Die alten Ziegelklinker wurden von rauchgrauem Mörtel zusammengehalten. Das Schaufenster war hoch und breit, allerdings von Staub und Straßenschmutz bedeckt. Aber das würde sie schon in Ordnung bringen.

Die gläserne Eingangstür hatte einen Sprung. Das musste der Vermieter richten, beschloss sie und zog ihr Notizbuch heraus.

Sie wollte eine Bank vor die Tür stellen, eine schmale mit schwarzer, schmiedeeiserner Rückenlehne, die sie sich schicken ließ. Und daneben Töpfe mit purpurfarbenen und weißen Petunien. Freundliche Blumen.

Und oben auf dem Fenster über der Bank würde der Name des Ladens stehen.

SOUTHERN COMFORT

Und genau das würde sie ihrer Kundschaft bieten: eine behagliche Umgebung, in der die Ware hübsch ausgestellt und mit diskreten Preisschildchen versehen war.

In Gedanken füllte Tory bereits Regale, arrangierte Tische und Lampen. Sie hörte gar nicht, wie jemand ihren Namen rief, bis sie plötzlich hochgehoben wurde.

Das Blut rauschte in ihrem Kopf und ihr Puls raste vor Schreck.

»Tory! Ich habe mir doch gedacht, dass du das bist! Ich halte schon seit Tagen nach dir Ausschau.«

»Wade!«, rief sie.

»Ich habe dich erschreckt.« Sofort ließ er sie wieder hinunter. »Tut mir Leid. Ich habe mich nur so gefreut, dich wiederzusehen!«

»Lass mich erst mal zu Atem kommen.«

»Du kannst Luft holen, während ich dich ansehe. Verdammt, ist es wirklich schon zwei Jahre her? Du siehst wundervoll aus.«

»Ach ja?« Tory freute sich über das Kompliment, aber sie glaubte ihm nicht eine Minute lang. Langsam beruhigte sich ihr Pulsschlag und sie schob sich die Haare aus der Stirn.

Wade war zwar nicht ganz ein Meter neunzig, aber sie musste doch den Kopf in den Nacken legen, um ihn betrachten zu können. Er war immer hübsch gewesen, doch mittlerweile waren die weichen Züge seiner Kindheit ein wenig männlicher geworden. Seine Augen waren schokoladenbraun, und sein Gesicht war zwar nicht mehr so niedlich wie früher, doch die Grübchen hatte er immer noch. Seine Haare waren etwas heller als Torys und kurz geschnitten, damit sie sich nicht lockten.

Wade trug Jeans und ein einfaches Baumwollhemd in verblichenem Blau. Seine Mundwinkel verzogen sich amüsiert, während sie ihn musterte.

Sie fand, er sah jung und gut und erfolgreich aus.

»Wenn ich angeblich wundervoll aussehe, dann fehlen mir die Worte, um dich zu beschreiben. Du hast die besten Anlagen der Familie geerbt, Cousin Wade.«

Er strahlte wie ein kleiner Junge, widerstand aber dem Verlangen, sie noch einmal in seine Arme zu ziehen. Tory war immer schon spröde gewesen, was umarmen und streicheln anging. Also beließ er es dabei, sie ein bisschen an den Haaren zu ziehen.

»Ich bin froh, dass du wieder hier bist.«

»Ich hätte mir kein besseres Empfangskomitee vorstellen können.« Tory breitete die Arme aus. »Die Stadt sieht gut aus. In vieler Hinsicht genauso wie früher, nur … sauberer, wahrscheinlich.«

»Progress macht Fortschritte«, sagte Wade. »Vieles davon verdanken wir den Lavelles, dem Stadtrat und in den letzten fünf Jahren vor allem dem Bürgermeister. Erinnerst du dich noch an Dwight? Dwight Frazier?«

»Dwight, der zu dem mächtigen Dreierbund gehörte, der aus dir, ihm und Cade Lavelle bestand?«

»Genau. Er hat die Schönheitskönigin der Schule geheiratet, ist in das Baugeschäft seines Vaters eingetreten und hat viel zur Entwicklung von Progress beigetragen. Mittlerweile sind wir alle verdammt solide Bürger geworden.«

Ein paar Autos fuhren auf der Straße vorbei. Tory vernahm den vertrauten Rhythmus von Wades Stimme und sie wusste, warum sie ihn immer so gern gehabt hatte. »Dir fehlen die alten Zeiten, was, Wade?«

»Manchmal. Hör mal, ich bin gerade zwischen zwei Terminen. Ich muss zurück und eine Dänische Dogge davon überzeugen, dass sie gegen Tollwut geimpft werden muss.«

»Besser du als ich, Dr. Mooney.«

»Meine Praxis ist da drüben, am Ende des Blocks. Komm mit mir, dann lade ich dich anschließend zu einem Eistee ein.«

»Das würde ich gern tun, aber ich muss zum Makler und sehen, was er für mich hat.« Tory bemerkte das Flackern in Wades Blick, legte den Kopf schräg und fragte: »Was ist?«

»Ich weiß nicht, wie es dir dabei ginge, aber euer altes Haus vielleicht? Es steht leer.«

»Das Haus?« Instinktiv verschränkte Tory die Arme und umfasste ihre Ellbogen.

Das Schicksal legt manchmal einen langen Weg zurück, dachte sie. »Ich weiß auch nicht, wie es mir dabei ginge. Vermutlich muss ich es testen.«

In einer Stadt mit weniger als sechstausend Einwohnern war es schwierig, mehr als zwei Blocks zu gehen, ohne dass man jemandem begegnete, den man kannte – gleichgültig, ob man sechzehn oder sechzig Jahre weg gewesen war. Als Tory in das Büro des Maklers trat, saß nur eine einzige Person hinter dem Schreibtisch.

Die Frau war hübsch, zierlich und sehr gepflegt. Ihr langes blondes Haar umrahmte ein herzförmiges Gesicht, das von großen, babyblauen Augen beherrscht wurde.

»Guten Tag.« Die Frau klimperte mit den Wimpern und legte ein Taschenbuch, auf dem ein Pirat mit bloßem Oberkörper abgebildet war, beiseite. »Was kann ich für Sie tun?«

Tory durchzuckte ein Bild vom Spielplatz der Grundschule in Progress. Eine Gruppe kleiner Mädchen, die vor Angst und Ekel kreischten und wegrannten. Und der verschlagene, zufriedene Ausdruck in den großen blauen Augen der Anführerin, die sie verächtlich anschnaubte und ihr langes blondes Haar zurückwarf.

»Lissy Harlowe?«

Lissy legte den Kopf schräg. »Kenne ich Sie? Tut mir Leid, ich weiß nicht ...« Dann riss sie ihre Augen auf. »Tory? Tory Bodeen? Du meine Güte!« Sie gab einen leisen Schrei von sich und sprang auf. Ihrem Bauch unter der rosafarbenen Bluse nach zu urteilen war sie ungefähr im sechsten Monat. »Daddy hat gesagt, dass du irgendwann diese Woche vorbeikommen willst.«

Obwohl Tory automatisch einen Schritt zurücktrat, eilte Lissy um den Schreibtisch herum, um sie wie eine lang vermisste Freundin in die Arme zu schließen. »Das ist ja aufregend!« Sie strahlte sie an. »Tory Bodeen kommt nach so langer Zeit wieder zurück nach Progress. Und wie hübsch du aussiehst!«

»Danke.« Tory registrierte, wie Lissy sie musterte, und sah dann, dass ihre Augen zufrieden funkelten. Es gab keinen Zweifel daran, wer hübscher geworden war. »Du siehst noch genauso aus wie früher. Aber du warst ja schon damals das hübscheste Mädchen in Progress.«

»Ach, sei nicht albern.« Lissy machte eine abwehrende Geste, doch man sah ihr an, dass sie sich über Torys Worte freute. »Und jetzt setz dich her. Ich hole dir etwas Kaltes zu trinken.«

»Nein, mach dir keine Mühe. Hat dein Vater den Mietvertrag fertig gemacht?«

»Ich denke, ja. Die ganze Stadt redet von deinem Laden. Ich kann es gar nicht erwarten, bis du ihn eröffnest. Es gibt nicht viele hübsche Dinge in Progress.« Während

Lissy redete, trat sie wieder hinter den Schreibtisch. »Man kann ja schließlich nicht immer nach Charleston fahren, wenn man irgendetwas braucht, das ein bisschen Stil hat.«

»Gut zu wissen.«

Tory setzte sich und blickte auf das Schild auf dem Schreibtisch. Lissy Frazier stand darauf. »Frazier? Dwight? Du hast Dwight geheiratet?«

»Vor fünf Jahren. Wir haben einen Sohn. Mein Luke ist so süß!« Sie zeigte ihr ein gerahmtes Foto mit einem hell-äugigen, blonden Kleinkind. »Und am Ende des Sommers erwarten wir seinen Bruder oder seine Schwester.«

Sie klopfte sich zufrieden auf den Bauch, wobei sie mit den Fingern wackelte, sodass die Diamanten auf ihrem Ehe- und ihrem Verlobungsring im Licht funkelten.

»Und du hast nie geheiratet?«

Tory war klar, dass Lissy immer noch die Beste sein wollte. »Nein.«

»Ich bewundere euch Karrierefrauen so sehr! Ihr seid alle so mutig und klug. Ihr macht uns braven Hausmütter-chen richtig etwas vor.« Tory zog fragend die Augen-brauen hoch. Lissy lachte und wedelte mit der Hand. »Oh, ich komme nur ein paarmal in der Woche hierher, um Dad-dy ein bisschen zu helfen. Wenn das Baby erst einmal da ist, habe ich dazu wahrscheinlich keine Zeit und keine Energie mehr.«

Und ich werde wahrscheinlich zu Hause verrückt wer-den, dachte Lissy. Aber darüber konnte sie immer noch nachdenken, wenn es so weit war.

»Und jetzt erzähl mir, was du alles erlebt hast.«

»Ich würde schrecklich gern mit dir schwatzen, Lissy.« Aber dazu müsstest du mir erst die Zunge herausreißen und sie mir um den Hals wickeln. »Aber ich habe heute noch viel zu tun.«

»Oh, wie dumm von mir. Du musst ja völlig erschöpft sein.« Lissy lächelte dünn. »Wenn du dich erst einmal aus-geruht hast, dann setzen wir uns zusammen und reden über alte Zeiten.«

»Ich freue mich schon darauf.« Bleib freundlich, ermahnte sich Tory. Das ist genau die Art von Kundschaft, die du brauchst. »Ich habe vor ein paar Minuten Wade getroffen. Er meinte, das Haus – mein altes Haus – sei möglicherweise zu vermieten.«

»Ja, das stimmt. Die Pächter sind erst vor ein paar Wochen ausgezogen. Aber Schätzchen, du willst doch nicht wirklich da draußen wohnen, oder? Wir haben ein paar sehr schöne Wohnungen hier in der Stadt. River Terrace hat alles, was eine allein stehende Frau braucht, inklusive allein lebenden Männern«, fügte sie augenzwinkernd hinzu. »Moderne Installationen, Teppichböden in allen Räumen. Wir haben zum Beispiel eine Wohnung mit Garten im Angebot, die einfach reizend ist.«

»Ich bin nicht an einer Wohnung interessiert. Ich würde gern draußen auf dem Land leben. Wie hoch ist die Miete?«

»Ich sehe schnell einmal nach.« Natürlich wusste sie es. Lissy hatte einen viel schärferen Verstand, als die Leute annahmen. Aber sie liebte es, das zu verbergen. Sie rückte ihren Stuhl an den Computer und tippte auf ein paar Tasten herum. »Ich schwöre dir, ich werde mich nie an diese Technik gewöhnen. Du weißt, dass es zwei Schlafzimmer und ein Bad hat?«

»Ja, ich weiß.«

Die Höhe der monatlichen Miete erschien auf dem Bildschirm. »Also, du fährst gut fünfzehn bis zwanzig Minuten von der Stadt aus. Und diese süße, kleine Wohnung, von der ich dir erzählt habe, ist nicht weiter weg als zehn Minuten zu Fuß!«

»Ich nehme das Haus.«

Lissy blickte auf und blinzelte. »Du nimmst es? Willst du nicht erst einmal hinfahren und es dir ansehen?«

»Ich kenne es doch. Ich stelle dir einen Scheck aus. Die erste und die letzte Monatsmiete?«

»In Ordnung.« Lissy zuckte mit den Schultern. »Ich drucke dir rasch den Mietvertrag aus.«

Weniger als dreißig Sekunden, nachdem der Vertrag unterschrieben und Tory mit den Schlüsseln hinausgegan-

gen war, hängte Lissy sich ans Telefon, um allen die Neuigkeit zu berichten.

Auch hier hatte sich allerhand verändert. Das Haus stand
zwar noch da, wo es immer gestanden hatte, an einem
schmalen Feldweg nur einen Steinwurf vom Sumpf entfernt. Auf seiner Westseite erstreckten sich Felder. Die zarten Baumwollschösslinge sprossen bereits aus der Erde, in
ordentlichen Reihen wie fügsame Schulkinder. Aber jemand hatte rosafarbene und weiße Azaleen und neben
dem Fenster des Schlafzimmers einen jungen Magnolien-
baum gepflanzt.

Früher waren die Läden verrostet gewesen und die
weiße Farbe war grau geworden. Aber inzwischen hatte
sich jemand um das Haus gekümmert. Die Fenster glänz-
ten, und die Mauern waren in einem sanften Blau gestrichen worden. Man hatte eine vordere Veranda angebaut,
breit genug für den Schaukelstuhl, der neben der Tür
stand.

Es sah fast einladend aus.

Als Tory auf das Haus zutrat, schlug ihr Herz schneller.
Vermutlich würde sie den Geistern der Vergangenheit begegnen, aber wegen dieser Geister war sie zurückgekommen. Es war besser, ihnen entgegenzutreten.

Die Schlüssel klapperten in ihrer Hand.

Die Haustür knarrte. Tory redete sich ein, dass es ein
heimeliges Geräusch war. Eine Haustür hatte zu knarren,
und man musste sie zuschlagen können.

Sie steckte den Schlüssel ins Schloss und drehte ihn.
Dann holte sie tief Luft und trat ein.

Die zerschlissene Couch mit den verblichenen Rosen,
das alte Fernsehgerät, der durchgetretene Flickenteppich.
Leere gelbe Wände ohne Bilder. Der Geruch von zu lange
gekochtem Gemüse und Lysol.

*Tory! Du kommst sofort herein und wäschst dich. Habe ich
dir nicht gesagt, du sollst den Tisch für das Abendessen decken,
bevor Daddy nach Hause kommt?*

Das Bild verschwand und Tory stand in einem leeren

Zimmer. Die Wände waren cremefarben gestrichen, eine langweilige, aber angenehme Farbe. Die Böden waren sauber. Es roch leicht nach Farbe und Politur.

Tory ging in die Küche.

Es gab neue Arbeitsplatten, in neutralem Steingrau. Die Schränke waren weiß gestrichen. Der Herd war ebenfalls neu – oder jedenfalls neuer als der, an dem ihre Mutter geschwitzt hatte. Aus dem Fenster über der Spüle blickte man immer noch über den Sumpf. Üppig, grün und geheimnisvoll.

Tory nahm all ihren Mut zusammen und machte sich auf den Weg zu ihrem alten Schlafzimmer.

War es immer schon so klein gewesen?, fragte sie sich. Kaum groß genug für eine Katze, aber für ihre Bedürfnisse hatte es ausgereicht. Ihr Bett hatte nahe am Fenster gestanden. Nachts oder morgens hatte sie gern hinausgeschaut. Sie besaß eine kleine Kommode, deren Schubladen jeden Sommer klemmten. In der untersten Schublade hatte sie Bücher versteckt, weil Daddy es nicht erlaubte, dass sie etwas anderes als die Bibel las.

In diesem Zimmer mischten sich die guten Erinnerungen mit den schlechten. Wie sie heimlich spät in der Nacht gelesen hatte, ihre Träume geträumt und Abenteuer mit Hope geplant hatte. Und natürlich die Erinnerung daran, wie sie geschlagen worden war.

Niemand würde je wieder Hand an sie legen.

Es würde ein ganz brauchbares Arbeitszimmer sein, beschloss Tory. Ein Schreibtisch, ein Aktenschrank, vielleicht ein Sessel zum Lesen und eine Lampe.

Sie wollte im ehemaligen Zimmer ihrer Eltern schlafen. Ja, dort würde sie schlafen und es zu ihrem eigenen Zimmer machen.

Sie wollte das Zimmer schon wieder verlassen, konnte dann aber doch nicht widerstehen und öffnete die Tür des Wandschranks. Dort kauerte ihr eigener Geist im Dunkeln, das Gesicht tränenüberströmt. Bis sie acht war, hatte sie bereits die Tränen eines ganzen Lebens vergossen.

Tory hockte sich hin und fuhr mit den Fingern über das

unterste Bord. Zitternd ertastete sie die hineingeritzten Buchstaben, las sie mit geschlossenen Augen, so wie Blinde Brailleschrift lesen.

ICH BIN TORY

»Das stimmt. Das stimmt! Ich bin Tory. Das konntest du mir nicht nehmen, das konntest du nicht aus mir herausprügeln. Ich bin Tory. Und ich bin wieder da.«

Taumelnd richtete sie sich wieder auf. Luft. Sie brauchte Luft. Im Schrank war nie Luft gewesen, nie Licht. Ihre Hände wurden feucht.

Sie wollte aus dem Raum stürzen und wäre wahrscheinlich auch aus dem Haus gelaufen, aber vor der Scheibe der Hintertür lauerte ein Schatten. Und als die Strahlen der Nachmittagssonne darauf fielen, erkannte sie die Umrisse eines Mannes.

Die Tür knarrte, als Tory sie aufmachte, und sie war wieder acht Jahre alt. Allein, hilflos. Und verängstigt.

4

Der Schatten sagte ihren Namen, den vollständigen Namen, *Victoria*, und es klang so, als flösse eine schwere Flüssigkeit aus einer angewärmten Flasche.

Sie wäre am liebsten weggelaufen, und es beschämte und überraschte sie, dass in ihr immer noch so viel von dem Kaninchen steckte, das beim leisesten Knacken eines Zweiges in das nächste Loch sprang. Die Geister des Hauses drängten sich um sie und flüsterten ihr Drohungen ins Ohr.

Sie war schon oft weggelaufen. Mehr als einmal. Es hatte ihr nichts genutzt.

Wie erstarrt stand sie da. Als die Tür aufging, stieg Panik in ihr auf.

»Ich habe dich erschreckt. Tut mir Leid.« Seine Stimme klang ruhig, die Stimme eines Mannes, der gewohnt war, die Ängstlichen zu beruhigen oder eine Frau zu verführen. »Ich wollte nur rasch vorbeikommen und nachsehen, ob du irgendetwas brauchst.«

Er stand genau auf der Schwelle, und weil die Sonne von hinten auf ihn schien, war sein Gesicht nicht zu erkennen. Torys Gedanken überschlugen sich. »Woher wusstest du, dass ich hier bin?«

»Bist du so lange weggewesen, dass du nicht mehr weißt, wie schnell sich Klatsch in Progress verbreitet?«

In seiner Stimme lag ein Lächeln, das bestimmt dazu gedacht war, ihr das Unbehagen zu nehmen. Es galt der Angst, die sie gezeigt hatte, die sie zu einem leichten Ziel machte. Das zumindest konnte sie fortan verhindern. Sie verschränkte die Hände. »Nein, ich habe gar nichts vergessen. Wer bist du?«

»Wenn du jetzt ein Geräusch hörst, ist das mein Ego, das in sich zusammenfällt. *Ich* hätte dich selbst nach all diesen Jahren noch in der größten Menschenmenge erkannt. Ich bin's, Cade«, sagte er und kam einen Schritt näher. »Kincade Lavelle!«

Er trat aus dem Schatten heraus, und Torys Furcht ließ nach, weil sie ihn jetzt deutlich sah.

Kincade Lavelle. Hopes Bruder. Hätte sie ihn erkannt? Nein, wahrscheinlich nicht. Sie erinnerte sich an einen dünnen Jungen mit einem weichen Gesicht. Dieser Mann hier war schlaksig, aber muskulös. Er hatte die Ärmel seines blauen Arbeitshemdes hochgekrempelt, und Tory sah die Muskeln an seinen Unterarmen. Doch obwohl er unbekümmert lächelte, war an seinem Gesicht nichts Weiches mehr.

Seine Haare waren dunkler als früher, sie hatten die Farbe von Walnüssen, und die Spitzen waren von der Sonne gebleicht. Er war schon immer gern draußen gewesen, daran konnte sich Tory erinnern. Er war früher manchmal mit seinem Vater durch die Felder spaziert, in einer stolzen Haltung, an der man merkte, wie bewusst es ihm war, dass ihm das Land gehörte.

Die Augen. An den Augen hätte sie ihn vielleicht erkannt. Sie waren von dem gleichen tiefen Sommerblau wie Hopes Augen. Auch dort hatte die Sonne ihre Spuren hinterlassen und zahlreiche winzige Fältchen um die Augen eingegraben. Die Art von Falten, die einem Mann Charakter verliehen und eine Frau zur Verzweiflung brachten, dachte Tory.

Diese Augen musterten sie jetzt mit einer trägen Geduld, die sie sicher verlegen gemacht hätte, wenn ihr nicht immer noch vor Angst das Herz geklopft hätte.

»Es ist lange her«, brachte sie hervor.

»Fast ein halbes Leben lang.« Er streckte ihr nicht die Hand entgegen. Sein Instinkt sagte ihm, dass sie nur zurückzucken würde und sie dann beide verlegen wären. Also steckte er die Daumen in die Taschen seiner Jeans.

»Sollen wir auf die Veranda gehen und uns ein bisschen dort hinsetzen? Es sieht so aus, als wäre der alte Schaukelstuhl das einzige Sitzmöbel, das wir im Moment zur Verfügung haben.«

»Es geht mir gut. Alles in Ordnung.«

Sie war bleich wie der Tod, mit diesen großen, glänzenden, weichen grauen Augen, die ihn schon immer fasziniert hatten. Da er in einem Haushalt aufgewachsen war, der größtenteils von Frauen beherrscht wurde, wusste er, wie er mit dem kleinstmöglichen Aufwand an Energie mit weiblichem Stolz und Launen umgehen musste. Also wandte er sich einfach um und stieß die Tür wieder auf.

»Stickig hier drin«, sagte er und hielt ihr die Tür auf.

Da Tory keine andere Wahl hatte, trat sie auf die Veranda hinaus. Er roch ihren Duft und musste an den Jasmin denken, der nachts im Garten seiner Mutter blühte.

»Das muss schon eine besondere Erfahrung sein …« Er berührte sie leicht am Arm, um sie hinauszugeleiten. »Hierhin zurückzukommen.«

Tory zuckte zwar nicht zurück, entzog sich ihm aber mit einer raschen, entschlossenen Bewegung. »Ich musste irgendwo wohnen und wollte mich rasch einrichten.« Der Knoten in ihrem Magen löste sich nicht. Sie machte nicht gern mit Männern Konversation. Man wusste nie genau, was hinter den leichten Worten und dem netten Lächeln lag.

»Du hast eine ganze Weile in Charleston gewohnt. Das Leben hier ist sehr viel ruhiger.«

»Ich freue mich auf die Ruhe.«

Cade lehnte sich gegen das Geländer. Es lag eine gewisse Schärfe in ihrer Antwort, wie er fand. Es war seltsam, aber genau daran erinnerte er sich bei ihr am besten: an ihre Zerbrechlichkeit, scharf wie die Schneide eines Skalpells.

»Es gibt viel Gerede über deinen Laden.«

»Das ist gut.« Sie lächelte, ihre Augen jedoch blieben ernst und wachsam. »Gerede bedeutet Neugier, und Neugier bringt die Leute in den Laden.«

»Hattest du in Charleston auch ein Geschäft?«

»Ich habe eins geleitet. Aber es ist etwas anderes, wenn es einem gehört.«

»Das stimmt.« Beaux Reves gehörte jetzt ihm, und es war wirklich etwas anderes, wenn es einem gehörte. Cade blickte über die Felder, auf denen die Saat und die Schösslinge sich der Sonne entgegenreckten. »Wie sieht es hier für dich aus, Tory? Nach all dieser Zeit?«

»Genauso wie immer.« Sie schaute nicht auf die Felder, sondern sah ihn an. »Und trotzdem ganz anders.«

»Das Gleiche habe ich von dir gedacht. Du bist erwachsen geworden.« Er sah, wie sie ihre Finger um die Stuhllehne krampfte, als ob sie sich festhalten müsste. »Du bist in deine Augen hineingewachsen. Du hast immer schon die Augen einer Frau gehabt. Als ich zwölf war, haben sie mich verhext.«

Tory brauchte all ihren Stolz und ihre Willenskraft, um seinem Blick standzuhalten. »Als du zwölf warst, warst du viel zu sehr damit beschäftigt, mit meinem Vetter Wade und Dwight – Dwight Frazier – durch die Gegend zu rennen, als dass du mir überhaupt Beachtung geschenkt hättest.«

»Da irrst du dich«, sagte er langsam. »Als ich zwölf war, gab es eine Zeit, in der mir alles, was mit dir zu tun hatte, wichtig war. Ich trage dein Bild von damals immer noch in mir. Warum hören wir nicht einfach auf, so zu tun, als stünde sie nicht hier bei uns?«

Tory zuckte zusammen und sprang auf. Sie trat an das andere Ende der Veranda und blickte mit verschränkten Armen über die Felder.

»Wir haben sie beide geliebt«, sagte Cade. »Wir haben sie beide verloren. Und keiner von uns hat sie vergessen.«

Ein schweres Gewicht senkte sich auf Torys Brust. »Ich kann dir nicht helfen.«

»Ich bitte dich nicht um Hilfe.«

»Um was dann?«

Verwirrt trat er von einem Fuß auf den anderen und lehnte sich dann wieder zurück, um ihr Profil zu betrachten. Sie hatte sich wieder verschlossen, stellte er fest. Vielleicht hatte es eine winzige Öffnung gegeben, aber jetzt hatte sie sie wieder verschlossen. »Ich bitte um überhaupt nichts, Tory. Glaubst du, dass jeder nur etwas von dir will?«

Sie fühlte sich jetzt wieder stärker und blickte ihn unverwandt an. »Ja.«

Ein Vogel schoss hinter ihm vorbei, wie ein grauer Blitz, der durch die Luft fuhr, und ließ sich dann auf einer der Schirmakazien am Rande des Sumpfes nieder. Und dort, so kam es Tory vor, sang er stundenlang, ehe Cade weiterredete.

Sie hatte es fast vergessen. Diese langen Pausen, den trägen Rhythmus der Gespräche auf dem Land.

»Das ist schade«, erwiderte er schließlich. »Aber ich will nichts von dir, außer vielleicht ab und zu ein freundliches Wort. Tatsache ist doch, dass Hope uns beiden etwas bedeutete. Ihr Tod hat sich auf mein Leben ausgewirkt. Ich bezeichne ungern eine Dame als Lügnerin, aber wenn du vor mir stehst und mir sagst, er hätte auf dein Leben keine Auswirkung gehabt, dann muss ich es tun.«

»Was bedeutet es dir schon, wie ich mich fühle?« Am liebsten hätte Tory sich den eisigen Schauer von den Armen gerieben, aber sie tat es nicht. »Wir kennen einander gar nicht. Wir haben uns nie wirklich gekannt.«

»Wir kannten *sie*. Und vielleicht bringt deine Rückkehr längst Vergessenes wieder an die Oberfläche. Das ist nicht deine Schuld, es ist einfach so.«

»Ist dein Besuch eigentlich ein Willkommensgruß oder eine Warnung, mich fern zu halten?«

Einen Moment lang sagte Cade nichts, dann schüttelte er den Kopf. Seine Augen blitzten fröhlich auf. »Du bist ganz schön spröde. Ich fordere schöne Frauen grundsätzlich nicht auf, sich fern zu halten. Darunter würde doch nur ich leiden, oder?«

Tory erwiderte sein Lächeln nicht, und er trat entschlossen einen Schritt näher. Vielleicht war es die Bewegung, vielleicht auch das Geräusch seiner Arbeitsstiefel auf dem Holz – der Vogel verstummte und flog tiefer in den Sumpf hinein.

»Ich bin gekommen, um dich willkommen zu heißen,

Tory, und um dich in Augenschein zu nehmen. Ich habe ein Recht darauf, neugierig zu sein. Und dein Anblick bringt etwas von jenem Sommer zurück. Das ist ganz natürlich. Andere werden das genauso empfinden. Das musst du doch gewusst haben, als du dich entschlossen hast, hierher zu kommen!«

»Ich bin nur wegen mir gekommen.«

Sieht sie deshalb so krank, verletzt und müde aus?, fragte sich Cade. »Dann willkommen zu Hause.«

Er streckte die Hand aus. Tory zögerte, aber es war in gleichem Maße eine Herausforderung wie ein Angebot. Seine Hand war warm und der Druck härter, als sie erwartet hatte. Zudem spürte sie eine Verbindung, eine Art leises, inneres Klicken. Unerwartet. Und unwillkommen.

»Es tut mir Leid, wenn ich unfreundlich wirke.« Sie entzog ihm ihre Hand wieder. »Aber ich habe viel zu tun. Ich muss endlich anfangen.«

»Du sagst mir doch, wenn ich irgendetwas für dich tun kann?«

»Gern. Ah … du hast das Haus hübsch renoviert.«

»Es ist ein gutes Haus.« Cade blickte Tory an, während er das sagte. »Ich lasse dich jetzt arbeiten«, fügte er hinzu und ging die Stufen hinunter. Neben einem schäbig aussehenden Pickup, der dringend eine Wagenwäsche benötigte, blieb er noch einmal stehen.

»Tory? Ich hatte ein Bild von dir in meinem Kopf.« Er öffnete die Autotür, und ein kurzer Windstoß zerzauste seine Haare. »Das neue ist besser.«

Er fuhr davon und beobachtete sie im Rückspiegel, bis er vom Feldweg auf die asphaltierte Straße einbog.

Er hatte Hope gar nicht erwähnen wollen, jedenfalls jetzt noch nicht. Als Besitzer von Beaux Reves, als ihr Vermieter, als Kindheitsfreund hatte er sich eingeredet, er mache einen reinen Pflichtbesuch. Aber er hatte sich nicht täuschen können, und Tory offensichtlich auch nicht.

Die Neugier hatte ihn zu dem Haus getrieben, obwohl eigentlich ein Dutzend dringende Angelegenheiten seine volle Aufmerksamkeit erforderten.

Er war dazu erzogen worden, die Farm zu leiten, aber er leitete sie auf seine eigene Art. Eine Art, die nicht jedem gefiel. Er hatte gelernt, den Politiker und Diplomaten zu spielen. Er hatte gelernt, alle möglichen Rollen zu spielen, um zu bekommen, was er wollte. Jetzt fragte er sich, was für eine Rolle er wohl bei Tory spielen musste.

Ob sie es nun zugeben wollte oder nicht, ihre Heimkehr brachte etwas aus dem Gleichgewicht. Sie war der Stein, der in den Brunnen fällt, und ihr Erscheinen würde weite Kreise ziehen.

Cade war sich nicht sicher, was er mit ihr machen sollte. Aber er war ein Farmer, und Männer, die mit der Erde, der Saat und dem Wetter lebten, waren geduldig.

Aus einem Impuls heraus fuhr er an den Straßenrand, obwohl auf Beaux Reves jede Menge Pflichten auf ihn warteten. Die neue Saat ging auf, und wenn die Saat wuchs, wuchs auch das Unkraut. Er musste die Pflege der Felder überwachen. Dies war ein wichtiges Jahr für seine Pläne. Er musste jeden Schritt und jede Phase sorgfältig beobachten.

Dennoch stieg er aus dem Wagen und ging über die kleine Holzbrücke in den Sumpf hinein.

Hier war die Welt grün, üppig und lebendig. Pfade waren in die Wildnis geschlagen worden, und an ihren Rändern wuchsen, ordentlich wie in einem Park, Azaleen, die ständig blühten. Zwischen den Magnolien und Schirmakazien standen Wildblumen und kleine Hügel aus immergrünen Gewächsen. Es war nicht mehr die aufregende, ein wenig gefährliche Welt seiner Jugend.

Es war inzwischen der Schrein für ein verlorenes Kind.

Sein Vater hatte ihn errichtet, aus Trauer, aus Stolz, vielleicht auch aus Wut, die er nie gezeigt hatte. Aber sie hatte wie Krebs in ihm gewuchert, das wusste Cade. Und diese Geschwüre der Wut und Verzweiflung waren heimlich und leise gewachsen und hatten sich ausgebreitet.

Innerhalb der Wände von Beaux Reves war die Trauer wie eine Krankheit behandelt worden. Und hier, dachte Cade, hatte man sie in Blumen verwandelt.

Im Sommer blühten Lilien in allen Farben, und jetzt, im Frühling, standen schon überall die zarten gelben Iris, die es gern feucht hatten. Sie sahen aus wie winzige Sonnenstrahlen. Man hatte Lichtungen für sie geschaffen, das Gestrüpp zurückgeschnitten. Obwohl es schnell nachwuchs, hatte sein Vater zu seinen Lebzeiten immer dafür gesorgt, dass alles in Ordnung gehalten wurde. Auch diese Verantwortung hatte Cade übernommen.

Auf der Lichtung, wo Hope in ihrer letzten Nacht ein Feuer entzündet hatte, stand eine kleine Steinbank. Über den tabakbraunen, von Zypressen beschatteten Wasserlauf war eine Brücke gebaut worden. Am Ufer standen üppige Farne und weiß blühende Rhododendren. Im Winter würden Kamelien und Stiefmütterchen blühen.

Und zwischen der Bank und der Brücke, mitten in einem Beet aus rosafarbenen und blauen Blumen, stand die Marmorstatue eines lachenden kleinen Mädchens, das immer acht Jahre alt bleiben würde.

Vor achtzehn Jahren hatten sie sie beerdigt, auf einem Hügel, im Sonnenlicht. Aber hier, in den grünen Schatten und den wilden Düften, lag Hopes Seele.

Cade setzte sich auf die Bank und ließ die Hände zwischen den Knien baumeln. Er kam nicht oft hierher. Seit dem Tod seines Vaters vor acht Jahren kam sonst überhaupt niemand mehr hierher, zumindest niemand aus der Familie.

Was seine Mutter anging, so hatte es diesen Platz nicht mehr gegeben, nachdem man Hope gefunden hatte. Vergewaltigt, erwürgt und dann weggeworfen wie eine zerbrochene Puppe.

Wie viel von dem, was ihr angetan worden war, war seine Schuld?, fragte sich Cade, wie unzählige Male zuvor.

Er lehnte sich zurück und schloss die Augen. Er hatte Tory angelogen. Er wollte doch etwas von ihr. Er wollte Antworten. Antworten, auf die er mehr als die Hälfte seines Lebens gewartet hatte.

Es dauerte fünf Minuten, bis er sich wieder gefasst hatte. Seltsam, dass er erst jetzt merkte, wie sehr es ihn aufgewühlt hatte, sie wieder zu sehen. Sie hatte Recht gehabt, als sie sagte, dass er ihr kaum Aufmerksamkeit geschenkt hatte, als sie Kinder waren. Sie war das kleine Bodeen-Mädchen, mit dem seine Schwester herumzog, und es war unter der Würde eines zwölfjährigen Jungen gewesen, sich damit zu befassen.

Bis zu dem Morgen, jenem schrecklichen Morgen im August, als sie mit ihrer blau angeschwollenen Wange und den großen, erschreckten Augen an die Tür gekommen war. Von diesem Moment an hatte er jedes Detail an ihr zur Kenntnis genommen. Und er hatte nichts vergessen.

Er machte es zu seiner Sache, alles über Tory zu erfahren – wohin sie gegangen war, was sie getan hatte, wer sie gewesen war, lange, nachdem sie Progress verlassen hatte.

So hatte er fast auf die Stunde genau gewusst, wann sie anfing, Pläne für ihre Heimkehr zu schmieden.

Und doch war er nicht darauf vorbereitet gewesen, sie in diesem leeren Zimmer stehen zu sehen, mit leichenblassem Gesicht, in dem die Augen wie dunstige Teiche wirkten.

Es wird eine Zeit lang dauern, bis wir uns wieder aneinander gewöhnt haben, dachte Cade, während er aufstand. Und dann würden sie sich miteinander beschäftigen. Dann würden sie sich mit Hope beschäftigen.

Er ging zurück zu seinem Pickup und fuhr davon, um seine Pflanzungen und die Arbeiter zu kontrollieren.

Cade war verschwitzt und schmutzig, als er bei den beiden Steinsäulen einbog, die die lange, schattige Auffahrt nach Beaux Reves bewachten. Zwanzig Eichen, zehn auf jeder Seite, flankierten den Weg und wölbten sich so darüber, dass sie ein grüngoldenes Dach bildeten. Zwischen den dicken Stämmen konnte man die blühenden Sträucher, die weite Rasenfläche und einen gepflasterten Pfad erkennen, der zum Garten und zu den Nebengebäuden führte.

Wenn Cade müde war, so wie jetzt, kam es ihm auf diesem letzten Stück Weg immer so vor, als streichle jemand liebevoll seine Müdigkeit weg. Beaux Reves hatte alles überstanden – Kriege und Hungersnöte, Tod und Leben.

Mehr als zweihundert Jahre war das Land schon im Besitz der Lavelles. Sie hatten es beackert, gepflegt, missbraucht und verflucht, aber es hatte überlebt. Es hatte sie begraben, und es hatte sie geboren.

Und jetzt gehörte es ihm.

Das Haus wirkte trotz all seiner Eleganz ein wenig exzentrisch, mehr Festung als Haus, mehr abwehrend als anmutig. Die Steine glitzerten in der untergehenden Sonne. Die Türme ragten arrogant in den Himmel, der sich langsam blutrot färbte.

In dem Oval in der Mitte der Auffahrt befand sich ein riesiges Blumenbeet. Irgendwelche lang vergessenen Vorfahren hatten wohl versucht, die nüchternen, herben Züge des Anwesens zu mildern. Stattdessen bildeten die unzähligen Blumen und Sträucher nun einen scharfen Kontrast zu den massiven Haustüren aus geschnitzter Eiche und den geraden Balken der Fenster.

Cade ließ den Wagen in der Biegung stehen und ging die sechs Steinstufen hinauf. Die Veranda hatte sein Urgroßvater angebaut. Wenn Cade wollte, konnte er dort sitzen, wie schon Generationen vor ihm, und über den Rasen, die Bäume und die Blumen blicken, ohne sich die Sicht mit schwer arbeitenden, schwitzenden Menschen auf den Feldern zu verderben.

Deshalb saß er nur selten dort.

Er kratzte sich die Erde von den Stiefeln. Innerhalb dieser Türen befand sich das Reich seiner Mutter, und obwohl sie nichts sagen würde, waren ihr missbilligendes Schweigen und ihr kühler Blick, wenn sie auch nur eine Spur von dem Schmutz der Felder auf ihrem Fußboden sah, schlimmer als jedes Donnerwetter.

Der Frühling war mild, deshalb standen die Fenster am Abend offen. Der Duft aus dem Garten mischte sich mit demjenigen der Blumen, die im Haus arrangiert worden waren.

66

Die Eingangshalle war riesig, mit einem Fußboden aus meergrünem Marmor, der einem das Gefühl vermittelte, man stünde in klarem, kühlem Wasser.

Cade träumte von einer Dusche, einem Bier und einem guten Essen, bevor er sich am Abend um den Papierkram kümmern musste. Rasch und leise durchquerte er die Halle, in der Hoffnung, jeden Kontakt mit seiner Familie vermeiden zu können, bevor er sich nicht ausgeruht und gewaschen hatte.

Er war bis in den großen Salon gekommen und hatte sich gerade eine Flasche Bier geöffnet, als er Absätze klappern hörte. Er zuckte zusammen, aber seine Miene war entspannt und gelassen, als Faith ins Zimmer wirbelte.

»Schenk mir einen Weißwein ein, Liebling, ich brauche etwas zum Beruhigen!«

Sie warf sich seufzend aufs Sofa und fuhr sich mit den Fingern durch ihren kurzen, blonden Bob. Mittlerweile war sie wieder blond. Manche Leute behaupteten, dass Faith Lavelle ihre Haarfarbe genauso oft wechselte wie ihre Männer.

Mit ihren sechsundzwanzig Jahren war sie bereits zweimal geschieden und hatte mehr Liebhaber verschlissen, als man zählen konnte. Faith hatte selbst schon nicht mehr den Überblick. Und doch gelang es ihr immer noch, wie eine zarte Blume des Südens auszusehen, mit magnolienweißer Haut und den blauen Augen der Lavelles. Verträumte blaue Augen, die sich auf Befehl mit Tränen füllen konnten und die Versprechungen machten, die Faith je nach Laune entweder hielt oder nicht.

Ihr erster Ehemann war ein wilder und attraktiver achtzehnjähriger Junge gewesen, mit dem sie zwei Monate vor ihrem Abschlussexamen auf der High School davongelaufen war. Sie hatte ihn mit all ihrer jugendlichen Leidenschaft und Verspieltheit geliebt und war völlig niedergeschmettert und gebrochen gewesen, als er sie kaum ein Jahr später verließ.

Allerdings gab sie das nicht zu. Sie hatte aller Welt gegenüber behauptet, sie habe Bobby Lee Matthews sitzen gelassen und sei nach Beaux Reves zurückgekehrt, weil es sie gelangweilt habe, das Hausmütterchen zu spielen.

Drei Jahre später heiratete sie einen berühmten Country- und Western-Sänger, den sie in einer Bar kennen gelernt hatte. Sie ließ sich nur aus Langeweile auf eine Ehe mit ihm ein, aber sie hielt immerhin zwei Jahre lang aus, bis sie merkte, dass Clive genauso ein Leben führen wollte, wie er es in seinen Liedern besang, die er mit Hilfe von zahllosen Flaschen Bier und ebenso zahllosen Zigaretten schrieb.

Also war Faith wieder nach Beaux Reves zurückgekommen, mürrisch, unzufrieden und insgeheim auch angewidert von sich selbst.

Als Cade ihr ein Glas Wein reichte, schenkte sie ihm ein süßes, schmelzendes Lächeln. »Schätzchen, du siehst ganz erschöpft aus! Setz dich doch und leg für eine Weile die Füße hoch!« Faith ergriff seine Hand und zog daran. »Du arbeitest zu viel.«

»Wenn du dich beteiligen möchtest, jederzeit …«

Ihr Lächeln wurde hart. »Beaux Reves gehört dir. Das hat Papa uns unser ganzes Leben lang klargemacht.«

»Papa ist nicht mehr hier.«

Faith zuckte mit den Schultern. »Das ändert nichts an den Tatsachen.« Sie trank einen Schluck von ihrem Wein. Sie war eine hübsche Frau, die sich sehr um ihr gutes Aussehen bemühte. Selbst jetzt, für einen Abend zu Hause, hatte sie Rouge aufgelegt, ihren sinnlichen großen Mund mit einem pinkfarbenen Lippenstift betont und trug eine Seidenbluse und roséfarbene Hosen.

»Du kannst alles ändern, wenn du etwas ändern willst.«

»Ich bin dazu erzogen worden, dekorativ und nutzlos zu sein.« Faith warf den Kopf zurück und streckte sich wie eine Katze. »Und das kann ich gut.«

»Du irritierst mich, Faith.«

»Das kann ich auch gut.« Amüsiert fuhr sie mit ihrem bloßen Fuß über sein Bein. »Reg dich nicht auf, Cade. Wenn wir uns streiten, schmeckt mir der Wein nicht mehr.

Ich hatte heute schon eine Auseinandersetzung mit Mama.«

»Es vergeht kein Tag, an dem du dich nicht mit Mama streitest.«

»Das wäre nicht so, wenn sie nicht immer so an allem herumnörgeln würde. Meistens hat sie schlechte Laune.« Faiths Augen funkelten. »Und seit Lissy aus der Stadt angerufen hat, sowieso.«

»Dazu besteht gar kein Grund. Sie wusste doch, dass Tory zurückkommen würde.«

»Die Ankündigung, dass sie zurückkommen wird, ist etwas anderes, als die Tatsache, dass sie wieder da ist. Ich glaube, es gefällt ihr einfach nicht, ihr das Haus zu vermieten.«

»Wenn Tory nicht dort wohnt, wohnt sie eben irgendwo anders.« Cade legte den Kopf zurück und versuchte, die Verkrampfungen in seinem Nacken und seinen Schultern zu lösen. »Sie ist wieder zurück, und es sieht so aus, als wolle sie bleiben.«

»Also hast du sie schon besucht?« Faith trommelte mit den Fingern auf ihrem Oberschenkel. »Das habe ich mir gedacht. Unser Cade tut immer seine Pflicht. Nun ... und wie ist sie?«

»Höflich, zurückhaltend. Nervös, glaube ich, weil sie wieder hier ist.« Er trank einen Schluck Bier. »Und attraktiv.«

»Attraktiv? Ich kann mich an strubbelige Haare und knochige Knie erinnern. Dünn und gespenstisch.«

Cade erwiderte nichts. Faith schmollte, wenn ein Mann etwas über das gute Aussehen einer anderen Frau sagte – selbst, wenn es ihr Bruder war. Doch er hatte keine Lust auf ihre Launen. »Du könntest dich wenigstens bemühen, nett zu ihr zu sein, Faith. Tory ist nicht schuld an dem, was mit Hope passiert ist. Warum soll man ihr dann das Gefühl geben, es sei so?«

»Habe ich etwa gesagt, dass ich nicht nett zu ihr sein will?« Faith fuhr mit dem Finger über den Rand ihres Glases. Offenbar konnte sie ihre Hände nicht still halten.

»Ich könnte mir vorstellen, dass sie eine Freundin gebrauchen könnte.«

Faith ließ die Hand sinken, und ihre Stimme wurde dünn. »Sie war Hopes Freundin, nicht meine.«

»Mag sein, aber Hope ist nicht mehr da. Und du könntest auch eine Freundin gebrauchen.«

»Schätzchen, ich habe zahlreiche Freunde. Zufällig ist nur leider keiner von ihnen eine Frau. Jedenfalls ist es hier so langweilig, dass ich vielleicht heute Abend in die Stadt fahre. Mal sehen, ob ich für ein paar Stunden einen Freund finde.«

»Tu, was dir gefällt.« Er schob ihren Fuß beiseite und stand auf. »Ich muss unter die Dusche.«

»Cade«, sagte sie, bevor er die Tür erreichte. Sie hatte das verächtliche Funkeln in seinen Augen gesehen und war verletzt. »Ich habe ein Recht darauf, mein Leben so zu leben, wie ich es möchte.«

»Du hast das Recht darauf, dein Leben zu vergeuden, wenn du es möchtest.«

»Okay«, erwiderte sie gleichmütig. »Aber du machst es genauso. Und in einer Sache stimme ich vielleicht einmal mit Mama überein. Es wäre besser für uns alle, wenn Victoria Bodeen wieder nach Charleston zurückginge und dort bliebe. Und vor allem du solltest dich von dem Ärger fern halten, den sie mitbringt.«

»Wovor hast du eigentlich Angst, Faith?«

Vor allem, dachte sie, während er das Zimmer verließ. Einfach vor allem.

Unruhig erhob sie sich und trat an eins der großen Fenster. Von der matten Südstaatenschönheit war nichts mehr zu spüren. Ihre Bewegungen waren rasch und voller nervöser Energie.

Vielleicht werde ich wirklich in die Stadt fahren, dachte sie. Vielleicht sollte ich überhaupt ganz fortgehen.

Aber wohin?

Nichts und niemand wäre so, wie sie es sich vorstellte, wenn sie Beaux Reves verließ. Auch sie selbst nicht.

Jedes Mal, wenn sie gegangen war, hatte sie sich einge-

redet, es sei für immer. Aber sie war immer wieder zurückgekommen. Jedes Mal, wenn sie gegangen war, hatte sie
sich eingeredet, alles würde anders werden.

Aber das war nie der Fall.

Wie konnte sie erwarten, dass jemand verstand, dass alles, was zuvor geschehen war, und alles, was seitdem geschehen war, dass einfach *alles* mit dieser einen Nacht zu-
sammenhing, als sie – und Hope – acht Jahre alt gewesen
waren?

Und jetzt war die Person, die ebenso mit jener Nacht
verbunden war, wieder da.

Faith blickte in den Garten, über den sich die Dämmerung senkte, und wünschte Tory Bodeen zum Teufel.

Es war fast acht Uhr, als Wade mit seinem letzten Patienten fertig war, einem alten Mischling mit Nierenversagen
und Herzgeräuschen. Sein ebenfalls alter Besitzer brachte
es nicht über sich, den armen Hund einschläfern zu lassen, deshalb hatte Wade das Tier noch einmal behandelt
und sein Herrchen beruhigt.

Er war zu müde, um sich etwas zu essen zu kochen,
und überlegte, ob er sich ein Sandwich machen oder eine
Dose öffnen sollte.

Die kleine Wohnung über seiner Praxis gefiel ihm. Sie
lag nahe, war bequem und billig. Er hätte sich etwas Besseres leisten können, und seine Eltern hielten ihm das auch
ständig vor, aber er zog es vor, ein einfaches Leben zu führen und sein Geld in die Praxis zu stecken.

Im Moment hatte er keine eigenen Haustiere. Als Kind
allerdings hatte er einen ganzen Zoo gehabt. Hunde und
Katzen natürlich, die üblichen verletzten Vögel, Frösche,
Schildkröten, Kaninchen und einmal sogar ein Zwerg-
schwein namens Buster. Seine nachsichtige Mutter war
erst eingeschritten, als er eine schwarze Schlange ins Haus
bringen wollte, die er auf der Straße gefunden hatte.

Wade hatte gedacht, er könne sie dazu überreden, dass
er sie behalten dürfe, aber als er mit flehendem Blick und
der zappelnden Schlange in den Händen an die Küchen-

tür gekommen war, hatte sie so laut geschrien, dass Mr. Pritchett von nebenan über den Zaun gesprungen war.

Pritchett hatte sich die Achillessehne gezerrt, Wades Mutter hatte ihren geliebten gläsernen Milchkrug auf die Küchenfliesen fallen lassen, und die Schlange war an den Fluss vor der Stadt verbannt worden.

Aber sonst hatte seine Mutter klaglos alles toleriert, was er anschleppte.

Irgendwann einmal würde er ein Haus und einen Garten besitzen und genug Zeit haben, um sich um die Tiere zu kümmern. Aber bis er sich mehr Personal leisten konnte, dauerten seine Arbeitstage mindestens zehn Stunden, die Notdienste nicht eingerechnet. Leute, die keine Zeit hatten, sich um Tiere zu kümmern, sollten auch keine halten. Und wenn es um Kinder ging, dachte Wade genauso.

Er trat in die Küche und nahm sich einen Apfel. Das Abendessen musste warten, bis er sich gewaschen hatte.

Er biss in den Apfel und sah auf dem Weg ins Schlafzimmer die Post durch.

Er roch sie, bevor er sie sah. Ihr Duft umfing alle seine Sinne und zerstreute seine Gedanken. Sie lag wie hingegossen auf seinem Bett und lächelte ihn einladend an. Sie war nackt.

»Hallo, Liebster. Du hast lange gearbeitet.«

»Du hast doch gesagt, du wärst heute Abend beschäftigt!«

Faith lockte ihn mit einem Finger. »Das habe ich auch vor. Warum kommst du nicht her und gibst mir etwas zu tun?«

Wade legte die Post und den Apfel weg. »Ja, warum eigentlich nicht?«

5

Es ist jämmerlich, dachte Wade, wenn ein Mann ein ganzes Leben lang an einer Frau hängen muss. Mehr als jämmerlich noch, wenn diese Frau darauf bestand, durch sein Leben zu flattern wie ein sorgloser Schmetterling. Und wenn der Mann es zuließ.

Jedes Mal, wenn sie wieder zu ihm zurückkam, sagte er sich, dass er dieses Mal das Spiel nicht mehr mitspielen würde. Und jedes Mal zog sie ihn wieder so sehr in ihren Bann, dass er nicht entkommen konnte.

Er war ihr erster Mann gewesen. Und es gab keine Hoffnung, dass er auch ihr letzter sein würde.

Er konnte ihr jetzt genauso wenig widerstehen wie vor zehn Jahren, in jener hellen Sommernacht, in der sie durch sein Fenster geklettert und in sein Bett gekommen war, während er schlief. Er konnte sich immer noch daran erinnern, wie es gewesen war, als er aufwachte und ihr heißer, schlanker Körper über ihn glitt. Sie hatte ihn mit ihrem hungrigen Mund verschlungen, bis er steinhart und geil war.

Sie war fünfzehn gewesen, und sie hatte ihn mit der schnellen, gefühllosen Effizienz einer billigen Hure genommen. Dabei war sie noch Jungfrau.

Und genau darum, hatte sie ihm später gesagt, war es gegangen. Sie wollte keine Jungfrau mehr sein, und sie hatte beschlossen, diese Last mit so wenig Umstand wie möglich loszuwerden, und zwar durch jemanden, den sie kannte, mochte und dem sie vertraute.

So einfach war das.

Für Faith war es immer einfach gewesen. Aber für Wade war jene Sommernacht, ein paar Wochen, bevor er wieder aufs College gegangen war, nur die erste von zahlreichen Komplikationen, aus denen seine Beziehung zu Faith Lavelle bestand.

In jenem Sommer hatten sie miteinander geschlafen, so oft sie konnten. Auf dem Rücksitz seines Autos, spät in der Nacht, wenn seine Eltern am anderen Ende des Flurs schliefen, mitten am Tag, wenn seine Mutter auf der Veranda saß und mit ihren Freundinnen plauderte. Faith war immer bereit. Sie war der Fleisch gewordene feuchte Traum eines jungen Mannes.

Und für Wade war sie zur Obsession geworden. Er war sich sicher gewesen, dass sie auf ihn warten würde.

Aber kaum zwei Jahre später lief sie mit Bobby Lee davon, während er fleißig studierte und die Zukunft, ihre gemeinsame Zukunft, plante. Wade hatte sich eine ganze Woche lang betrunken.

Natürlich war sie zurückgekommen. Nach Progress, und schließlich auch zu ihm. Ohne Entschuldigung, ohne tränenreiche Bitten um Vergebung.

Das war das Muster ihrer Beziehung. Wade verachtete sie dafür, fast ebenso sehr, wie er sich verachtete.

»Nun …« Faith setzte sich auf ihn, nahm eine Zigarette aus dem Päckchen auf dem Nachttischschrank und zündete sie an. »Erzähl mir von Tory.«

»Wann hast du denn wieder angefangen zu rauchen?«

»Heute.« Lächelnd beugte sie sich zu ihm hinunter und küsste ihn leicht aufs Kinn. »Mach mir keine Vorhaltungen, Wade. Jeder Mensch braucht ein kleines Laster.«

»Gibt es denn eins, das du nicht hast?«

Sie lachte, aber es klang nicht ganz echt. »Wenn man sie nicht alle durchprobiert, woher soll man denn dann wissen, welches einem gefällt? Und jetzt komm schon, Baby, erzähl mir von Tory. Ich sterbe vor Neugier.«

»Da gibt es nichts zu erzählen. Sie ist wieder da.«

Faith stieß einen tiefen Seufzer aus. »Männer können einen zur Weißglut treiben. Wie sieht sie aus? Was hat sie vor?«

»Sie sieht erwachsen aus und benimmt sich auch so. Sie will einen Geschenkladen in der Market Street eröffnen.« Als Faith ihn weiterhin unverwandt anstarrte, zuckte er mit den Schultern. »Sie sieht müde aus, vielleicht ein bisschen zu dünn, wie jemand, dem es in der letzten Zeit nicht allzu gut gegangen ist. Aber sie hat einen gewissen Glanz um sich ... Was sie wirklich vorhat, kann ich nicht sagen. Warum fragst du sie nicht selbst?«

Faith fuhr mit der Hand über seine Schulter. Er hatte so wundervolle Schultern! »Sie würde es mir wahrscheinlich nicht erzählen. Sie hat mich nie gemocht.«

»Das stimmt nicht, Faith.«

»Ich muss es doch wissen.« Ungeduldig glitt sie von ihm herunter und stieg aus dem Bett, anmutig und geheimnisvoll wie eine Katze. Während sie hin und her lief, rauchte sie in tiefen Zügen. Ihre weiße Haut schimmerte im Mondlicht. Wade konnte verblassende blaue Flecken und Male erkennen.

Sie hatte es gern rau.

»Sie hat mich immer nur mit ihren gespenstischen Augen angesehen, kaum einen Ton gesagt und nur mit Hope geredet. Mit Hope hatte sie immer viel zu bereden! Dauernd haben die beiden miteinander getuschelt. Warum wollte sie unbedingt wieder in das alte Haus einziehen? Was denkt sie sich dabei?«

»Ich glaube, sie will einfach nur in einer netten, vertrauten Umgebung wohnen.« Er stand auf und zog die Vorhänge zu, damit die Nachbarn Faith nicht sahen.

»Du weißt genauso gut wie ich, was in dieser netten Umgebung passiert ist.« Faith wandte sich mit funkelnden Augen zu Wade um, der das Licht der Nachttischlampe herunterdrehte. »Wer geht denn zurück an einen Ort, an dem er gefangen gehalten wurde? Vielleicht ist sie wirklich so verrückt, wie die Leute immer gesagt haben.«

»Sie ist nicht verrückt«, widersprach Wade erschöpft und zog seine Jeans an. »Sie ist einsam. Manchmal kommen einsame Leute wieder nach Hause, weil sie sonst nirgendwo hingehen können.«

Das hatte gesessen. Faith wandte den Blick ab und drückte ihre Zigarette aus. »Manchmal ist Zuhause der einsamste Ort auf der ganzen Welt.«

Er streichelte ihr leicht über die Haare, und auf einmal

sehnte sie sich danach, sich in seine Arme zu werfen und von ihm festhalten zu lassen. Doch entschlossen hob sie den Kopf und lächelte ihn strahlend an. »Warum reden wir überhaupt über Tory Bodeen? Wir sollten uns etwas zu essen machen, und dann essen wir im Bett.« Langsam zog sie den Reißverschluss seiner Jeans wieder herunter, wobei sie ihn unverwandt ansah. »Ich habe immer solchen Appetit, wenn ich bei dir bin …«

Später wachte er im Dunkeln auf. Faith war weg. Sie übernachtete nie bei ihm. Manchmal fragte sich Wade, ob sie überhaupt jemals schlief oder ob ihre innere Maschine immer auf Hochtouren lief, angetrieben von Bedürfnissen, die nie ganz erfüllt wurden.

Es war vermutlich sein Fluch, eine Frau zu lieben, die unfähig war, aufrichtige Gefühle zu erwidern. Das Beste wäre, sie aus seinem Leben zu verbannen. Sie riss nur immer wieder alte Wunden auf. Früher oder später würde sein Herz nur noch aus Narbengewebe bestehen, und das hatte er sich ganz allein zuzuschreiben.

Er spürte, wie die Wut in ihm hochstieg, eine schwarze Hitze, die sein Blut in Wallung brachte. Er ließ das Licht ausgeschaltet und zog sich in der Dunkelheit an. Seine Wut brauchte ein Ziel, bevor sie sich nach innen wandte und implodierte.

Es wäre klüger und bequemer gewesen, wenn sie sich einfach ein Hotelzimmer genommen hätte. Oder sie hätte die Gastfreundschaft ihres Onkels annehmen und in einem der voll gestopften, überdekorierten Gästezimmer schlafen sollen, die Boots in dem großen Haus immer bereit hielt.

Als Kind hatte sie oft davon geträumt, in diesem perfekten Haus zu schlafen, wo alles nur nach Parfüm und Möbelpolitur roch.

Stattdessen hatte Tory eine Decke auf dem blanken Fußboden ausgebreitet und starrte nun schlaflos in die Dunkelheit.

Stolz, Eigensinn, das Bedürfnis, es sich zu beweisen? Sie war sich über ihre Motive, die erste Nacht in Progress in dem leeren Haus ihrer Kindheit zu verbringen, nicht ganz im Klaren. Aber sie hatte sich sozusagen ihr Bett gemacht und war entschlossen, auch darin zu liegen.

Am nächsten Tag würde sie viel zu tun haben. Bereits am Abend war sie ihre Listen durchgegangen und hatte noch einiges dazugeschrieben. Sie musste ein Bett kaufen und ein Telefon. Neue Handtücher, einen Duschvorhang. Sie brauchte eine Lampe und einen Tisch.

Während sie in der Dunkelheit lag, baute sie die Listen auf ähnliche Weise um sich herum auf, wie sie es mit der weißen Wand gemacht hatte. Jedes Teil, das ihr einfiel, war ein weiterer Stein, der eingesetzt wurde, um Bilder zu verdrängen und Tory in der Gegenwart zu halten.

Sie würde auf den Markt gehen und die Küchenausrüstung kaufen. Wenn sie das zu lange aufschob, ernährte sie sich am Ende doch wieder nicht vernünftig.

Sie würde zur Bank gehen und Konten eröffnen, ein Geschäftskonto und ein privates. Außerdem musste sie zum *Progress Weekly*. Ihre Anzeige hatte sie schon entworfen.

Und vor allem musste sie sichtbar sein, während sie in den nächsten Wochen ihren Laden ausstattete. Sie wollte daran arbeiten, freundlich und verbindlich zu sein.

Es würde eine Zeit lang dauern, bis sie sich über das Getuschel, die Fragen und das Starren der Leute hinwegsetzen konnte, aber darauf war sie vorbereitet. Bis sie ihren Laden eröffnete, würden sich die Leute daran gewöhnt haben, dass sie wieder da war. Und vor allem würden sie sich daran gewöhnt haben, sie so zu sehen, wie sie gesehen werden wollte.

Nach und nach würde sie zum Bild der Stadt gehören. Und dann wollte sie mit ihren Nachforschungen anfangen. *Sie* würde die Fragen stellen, würde nach den Antworten suchen.

Und wenn sie sie bekommen hatte, konnte sie sich von Hope verabschieden.

Tory schloss die Augen und lauschte auf die Geräusche

der Nacht, auf das monotone Quaken der Frösche, den scharfen Schrei einer Eule auf der Jagd, das Knarren der Dielen und das Trappeln der Mäuse, die hinter den Wänden auf und ab liefen.

Ich werde Fallen aufstellen müssen, dachte sie schläfrig. Es tat ihr Leid um die Tierchen, aber sie hatte keine Lust, ihr Haus mit Schmarotzern zu teilen. Sie würde auch Mottenkugeln unter die Veranda legen, um Schlangen fern zu halten.

Es waren doch Mottenkugeln, oder? Sie hatte schon so lange nicht mehr auf dem Land gelebt. Man legte Mottenkugeln gegen Schlangen aus, hing gegen das Wild Seife auf, beschützte sein Eigentum, auch wenn die Tiere zuerst da gewesen waren.

Und wenn Kaninchen in den Küchengarten kamen, legte man Schläuche so hin, dass sie dachten, es seien die von den Mottenkugeln vertriebenen Schlangen. Es sei denn, Daddy käme nach Hause und würde sie mit seinem Revolver erschießen. Dann musste man sie zum Abendbrot essen, obwohl einem danach übel wurde, weil sie so süß waren mit ihren zuckenden, langen Ohren. Man musste essen, was Gott einem bescherte, oder den Preis bezahlen. Und lieber wurde einem übel, als dass man verprügelt wurde.

Nein, denk nicht darüber nach, befahl sie sich und legte sich auf dem harten Fußboden zurecht. Niemand würde sie mehr zwingen können, etwas zu essen, was sie nicht essen wollte. Nie mehr. Und niemand würde mehr die Faust gegen sie erheben.

Jetzt war sie an der Reihe.

Sie träumte, sie säße auf dem weichen Boden an einem zuckenden, qualmenden Feuer und hielte einen Marshmallow an einem Stock in die Flamme, bis er fast verbrannte. Tory mochte Marshmallows am liebsten, wenn sie außen schwarz und verbrannt waren, während das Innere weiß und flüssig war. Sie zog ihn heraus und blies auf die Flamme.

78

Sie verbrannte sich den Gaumen, aber das gehörte zum Ritual. Ein kurzer Schmerz und dann die knusprige Süße.

»Du könntest genauso gut Holzkohle essen«, sagte Hope und drehte ihren eigenen Marshmallow, der goldene Blasen warf. »*So* sieht ein perfekt gerösteter Marshmallow aus!«

»Ich mag sie eben so am liebsten.« Um ihre Behauptung zu untermauern, spießte Tory einen weiteren auf ihren Stock.

»Wie Lilah sagt: ›Jedem das Seine, sagte die Lady, als sie die Kuh küsste.‹« Grinsend knabberte Hope an ihrem Marshmallow. »Ich bin froh, dass du wieder da bist, Tory.«

»Ich wollte eigentlich schon viel eher kommen. Vermutlich hatte ich einfach nur Angst. Und die habe ich immer noch.«

»Aber du bist hier. Du bist gekommen, genau wie es richtig ist.«

»Ich bin aber in jener Nacht nicht gekommen.« Tory blickte vom Feuer weg in die Augen der Kindheit.

»Das hast du auch nicht gemusst.«

»Ich hatte es dir aber versprochen. Zehn Uhr fünfunddreißig. Und dann bin ich nicht gekommen. Ich habe es noch nicht einmal versucht.«

»Du musst es eben jetzt versuchen, weil noch mehr passiert ist. Und es wird noch mehr passieren, bis du es unterbindest.«

Das Gewicht senkte sich schwer auf die Brust des achtjährigen Kindes. »Was meinst du mit mehr?«

»Mehr – wie mit mir. Genauso wie ich.« Ernste, blaue Augen, tief wie Teiche, blickten durch den Rauch in Torys Augen. »Du musst tun, was nötig ist, Tory. Aber du musst vorsichtig sein und klug, Victoria Bodeen, die Spionin.«

»Hope, ich bin kein Mädchen mehr.«

»Deshalb ist es ja auch an der Zeit.« Das Feuer loderte höher und wurde heller. Die Flammen tanzten wild in den tiefblauen Augen. »Du musst es unterbinden.«

»Wie?«

Hope schüttelte nur den Kopf und flüsterte: »Etwas ist in der Dunkelheit.«

Tory fuhr hoch. Ihr Herz hämmerte, und im Mund hatte sie den Geschmack von Angst und verbrannter Süße.

Etwas ist in der Dunkelheit. Sie hörte das Echo von Hopes Stimme und das Rascheln vor ihrem Fenster.

Und dann sah sie den Schatten, der in das Mondlicht trat.

Das Kind in ihr hätte sich am liebsten zusammengerollt, das Gesicht mit den Händen bedeckt, um unsichtbar zu werden. Sie war allein. Hilflos.

Irgendjemand wartete draußen, beobachtete sie. Trotz ihrer Angst konnte Tory es spüren. Sie versuchte, ihren Kopf klar zu bekommen, um das Gesicht, die Gestalt, den Namen sehen zu können, aber um sie herum war nur die gläserne Mauer des Entsetzens.

Das Entsetzen war jedoch nicht nur auf ihrer Seite.

Sie haben auch Angst, stellte sie fest. Angst vor mir. Warum?

Als sie langsam nach der Taschenlampe neben ihrer Decke tastete, zitterte ihre Hand. Sobald sie sie ergriffen hatte, ließ die Angst ein wenig nach. Sie würde nicht hilflos daliegen. Sie würde sich verteidigen, würde der Person entgegentreten, sie angreifen.

Das Kind war ein Opfer gewesen, die Frau war keins mehr.

Tory hockte sich hin, drückte auf den Schalter der Taschenlampe und schrie fast auf, als der Lichtstrahl aufleuchtete. Wie eine Waffe richtete sie ihn auf das Fenster.

Dort war nichts zu sehen außer dem Mond und Schatten.

Sie atmete keuchend, stand auf, eilte zur Tür und schaltete die Deckenbeleuchtung ein. Wer auch immer draußen war, konnte sie jetzt sehen. Sollen sie doch hinschauen, dachte sie. Sollen sie doch ruhig sehen, dass ich hier nicht im Dunkeln kauere.

Als sie vom Schlafzimmer in die Küche lief, schwankte

der Lichtstrahl hin und her. Auch dort schaltete sie das Licht ein. Sollen sie mich doch sehen, dachte sie wieder, und zog ein Messer aus dem Messerblock, den sie bereits ausgepackt hatte. Sollen sie doch sehen, dass ich nicht hilflos bin.

Sie hatte die Türen verriegelt, eine Angewohnheit, die sie in der Stadt entwickelt hatte. Aber sie war sich sehr wohl bewusst, wie wenig eine solche Vorsichtsmaßnahme hier nützte. Ein derber Tritt gegen die Tür würde alle Schlösser sprengen.

Tory trat aus dem Licht in die Schatten des Wohnzimmers. Mit dem Rücken zur Wand konzentrierte sie sich darauf, tief und ruhig zu atmen. Sie konnte nichts sehen, wenn sich ihre Gedanken überschlugen, und sie konnte nicht klar denken, wenn ihr Blut rauschte.

Zum ersten Mal seit über vier Jahren bereitete sie sich darauf vor, sich der Gabe zu öffnen, mit der sie seit ihrer Geburt verflucht war.

Doch da drang ein Lichtstrahl durch das Vorderfenster und glitt durch das Zimmer. Wieder überschlugen sich Torys Gedanken wie Blätter, die von einem Auto aufgewirbelt werden.

Autoreifen knirschten über den Kies, ein ungeduldiges, forderndes Geräusch. Keuchend ging Tory zur Vordertür. Sie steckte die Taschenlampe in die Tasche ihres Trainingsanzugs, packte das Messer fester und öffnete die Tür.

Als der Fahrer die Autotür öffnete, erloschen die Scheinwerfer. »Was wollen Sie?« Tory richtete die Taschenlampe auf den Besucher und schaltete sie wieder ein. »Was tun Sie hier?«

»Ich besuche nur eine alte Freundin.«

Als Tory die Person erkannte, die aus dem Wagen ausgestiegen war, wurden ihre Knie weich. »Hope«, würgte sie hervor. Das Messer glitt ihr aus den klammen Fingern und fiel zu Boden. »O Gott.«

Noch ein Traum. Noch eine Episode. Oder vielleicht war es auch der Wahnsinn. Vielleicht war es immer schon der Wahnsinn gewesen.

Tory trat auf die Veranda. Das Mondlicht schimmerte auf ihren Haaren, in ihren Augen. Die Glastür quietschte, als sie sie öffnete. »Du siehst aus, als hättest du ein Gespenst gesehen oder würdest eins erwarten.« Die Person bückte sich und hob das Messer auf. Prüfend fuhr sie mit einem Finger über die Schneide.

»Aber ich bin ganz lebendig.« Sie hielt den Finger hoch und zeigte den kleinen Blutstropfen. »Ich bin's, Faith«, fügte sie hinzu und trat ungefragt ins Haus. »Ich habe Licht gesehen, als ich vorbeifuhr.«

»Faith?« In Torys Kopf rauschte es. Die Freude, die wild in ihr aufgestiegen war, verebbte wieder, während sie den Namen noch einmal aussprach. »Faith.«

»Genau. Hast du was zu trinken?« Faith ging in die Küche.

Als ob ihr das Haus gehörte, dachte Tory, aber dann fiel ihr ein, dass es in der Tat den Lavelles gehörte. Sie fuhr sich mit der Hand übers Gesicht und durch die Haare. Dann folgte sie Faith in die Küche.

»Ich habe Eistee.«

»Ich meinte etwas Gehaltvolleres.«

»Nein, tut mir Leid. Ich bin noch nicht auf Besuch eingerichtet.«

»Ich verstehe.« Neugierig blickte sich Faith in der Küche um und legte das Messer auf die Theke. »Ein bisschen spartanischer, als ich erwartet habe. Selbst für dich.«

Genauso hätte Hope ausgesehen, wenn sie noch am Leben wäre. Tory bekam den Gedanken nicht aus dem Kopf. Sie hätte genauso ausgesehen, mit diesen tiefblauen Augen, der weißen Haut und den glänzenden Haaren in der Farbe von reifem Mais … Schlank und schön. Und lebendig.

»Ich brauche nicht viel.«

»Das war schon immer der Unterschied, vielmehr *ein* Unterschied zwischen uns. Du brauchtest nicht viel. *Ich* brauchte alles.«

»Hast du es jemals bekommen?«

Faith zog eine Augenbraue hoch, dann lächelte sie und

lehnte sich gegen die Theke. »Oh, ich sammle noch. Wie ist es denn so, wieder hier zu sein?«

»Ich bin noch nicht so lange wieder hier, dass ich das schon wüsste.«

»Aber lange genug, um mit einem Küchenmesser in der Hand an die Tür zu kommen, wenn dich jemand besucht.«

»An Besuche um drei Uhr morgens bin ich nicht gewöhnt.«

»Ich hatte noch eine späte Verabredung. Ich bin im Moment ohne Ehemann. Du hast nie geheiratet, oder?«

»Nein.«

»Ich schwöre, dass ich irgendwann mal gehört habe, du seist verlobt. Aber wahrscheinlich hat es nicht funktioniert.«

In Tory stieg ein Gefühl von Versagen, Verzweiflung und Verrat auf. »Nein, es hat nicht funktioniert. Vermutlich haben deine Ehen – zwei, wenn ich mich recht erinnere? – auch nicht funktioniert.«

Faith lächelte. Dieses Mal meinte sie es aufrichtig. Sie schätzte einen guten Schlagabtausch. »Du bist ganz schön schlagfertig geworden.«

»Ich will mich nicht mit dir streiten, Faith. Und ich fände es auch nicht angebracht, wenn du dich nach all dieser Zeit mit mir streiten wolltest. Ich habe sie auch verloren.«

»Sie war meine Schwester. Das vergisst du anscheinend immer.«

»Sie war deine Schwester. Aber sie war auch meine einzige Freundin.«

Etwas in Faith begann sich zu regen, aber sie verdrängte es. »Du hättest dir neue Freundinnen suchen können.«

»Da hast du Recht. Ich kann nichts sagen, um dich zu trösten, um die Situation zu verändern, um Hope zurückzubringen. Ich kann nichts sagen und ich kann nichts tun.«

»Warum bist du dann zurückgekommen?«

»Ich durfte mich nie von ihr verabschieden.«

»Für Abschiede ist es zu spät. Glaubst du an Neuanfänge und zweite Chancen, Tory?«

»Ja.«

»Ich nicht. Und ich sage dir auch, warum nicht.« Sie holte eine Zigarette aus ihrer Tasche und zündete sie an. Dann nahm sie einen Zug und schwenkte die Zigarette. »Niemand will neu anfangen. Diejenigen, die das behaupten, sind entweder Lügner oder machen sich etwas vor. Alle Leute wollen einfach an der Stelle weitermachen, wo sie aufgehört haben, wo irgendwas falsch gelaufen ist, und ohne den alten Ballast eine neue Richtung einschlagen. Diejenigen, denen das gelingt, haben Glück, weil sie Schuldgefühle und deren Konsequenzen einfach verdrängen können.«

Sie zog noch einmal an ihrer Zigarette und blickte Tory nachdenklich an. »Du siehst nicht besonders glücklich aus.«

»Weißt du was – du auch nicht! Und das überrascht mich.«

Faiths Lippen bebten, aber es gelang ihr ein dünnes Lächeln. »Oh, ich schlage mich so durch. Das wird dir jeder bestätigen.«

»Sieht so aus, als seien wir am gleichen Punkt angekommen. Warum machen wir nicht einfach das Beste daraus?«

»Solange du nicht vergisst, wer als Erste hier war, werden wir keine Probleme haben.«

»Ich kann es ja gar nicht vergessen, weil du es nicht zulässt. Aber jetzt ist dies mein Haus, und ich bin müde.«

»Dann lasse ich dich jetzt allein.« Faith ging auf die Tür zu. »Schlaf gut, Tory. Oh, und wenn du Angst hast, hier draußen allein zu wohnen, dann würde ich das Messer gegen eine Pistole eintauschen.«

Sie blieb stehen, öffnete ihre Tasche und holte eine kleine Pistole mit einem Perlmuttgriff heraus. »Eine Frau kann nicht vorsichtig genug sein, was?« Leise lachend ließ sie die Pistole wieder in die Tasche gleiten und zog die Glastür hinter sich ins Schloss.

Tory blieb auf der Schwelle stehen, obwohl die Scheinwerfer sie blendeten. Sie stand dort, bis das Auto gewendet hatte und auf der Straße verschwunden war.

Dann verriegelte sie die Tür und ging zurück in die Küche, um die Taschenlampe und das Messer zu holen. Am liebsten wäre sie ins Auto gestiegen und in die Stadt zu ihrem Onkel gefahren. Aber wenn sie die erste Nacht nicht in diesem Haus verbrachte, dann würde sie es wahrscheinlich auch in den nächsten Nächten nicht schaffen.

Tory setzte sich mit dem Rücken an die Wand und starrte aus dem Fenster, bis die Dunkelheit der Dämmerung wich und die ersten Vögel sangen.

Er hatte Angst gehabt. Als er leise ans Fenster geschlichen war, hatte er ein Gefühl verspürt, das er sonst kaum kannte. Angst hatte ihm die Kehle zugeschnürt.

Tory Bodeen war wieder dort, wo alles begonnen hatte.

Sie schlief, auf dem Boden zusammengerollt wie eine Landstreicherin, und er konnte im Mondlicht ihre Wangenlinie und die Form ihres Mundes erkennen.

Er würde etwas tun müssen. Das hatte er gewusst und folglich begonnen, sein Vorhaben ruhig und beharrlich zu planen. Aber sie hier zu sehen, wühlte ihn dennoch auf. Plötzlich erinnerte er sich wieder lebhaft an alles, nur weil er sie sah.

Er war verblüfft gewesen, als sie aufwachte und aus dem Schlaf hochschoss wie ein Pfeil von der Sehne. Trotz der Dunkelheit hatte er die Visionen in ihren Augen gesehen, und der Schweiß war ihm auf die Stirn getreten. Aber es war ja dunkel, und es gab viele Möglichkeiten, sich zu verstecken.

Er hatte sich eng an die Wand gedrückt und gesehen, wie Faith gekommen war. Ihr helles Haar, das im Mondlicht schimmerte, bildete einen interessanten Kontrast zu Torys dunklen Haaren. Tory, die das Licht eher zu absorbieren als abzugeben schien.

Er hatte natürlich in dem Moment, wo sie beieinander standen und ihre Stimmen sich vermischten, gewusst, wohin sie ihn führen würden. Wohin *er* sie führen würde.

Es würde so sein wie beim ersten Mal, vor so langer

Zeit. Es würde so sein, wie er es sich achtzehn Jahre lang immer wieder ins Gedächtnis gerufen hatte.

Es würde vollkommen sein.

Tory hatte vorgehabt, früh aufzustehen. Als das Klopfen an der Vordertür sie um acht Uhr weckte, wusste sie nicht genau, ob sie sich eher über sich oder über den neuen Besucher ärgern sollte. Sie rieb sich den Schlaf aus den Augen, taumelte blinzelnd aus dem Schlafzimmer und schloss die Tür auf.

Müde starrte sie durch die Glastür auf Cade. »Vielleicht brauche ich ja keine Miete zu zahlen, wenn die Lavelles beschlossen haben, dieses Haus zu ihrem Heim zu machen.«

»Wie bitte?«

»Nichts.« Sie schubste die Glastür halbherzig auf und drehte sich dann um. »Ich brauche einen Kaffee.«

»Habe ich dich geweckt?« Cade folgte ihr in die Küche. »Farmer denken immer, alle anderen müssten auch schon im Morgengrauen auf sein. Ich …« Fassungslos blieb er an der offenen Schlafzimmertür stehen. »Du meine Güte, Tory, du hast ja noch nicht einmal ein Bett!«

»Ich kaufe mir heute eins.«

»Warum hast du nicht bei J. R. und Boots geschlafen?«

»Weil ich nicht wollte.«

»Du schläfst lieber auf dem Fußboden? Was ist das denn?« Genauso selbstverständlich wie seine Schwester in der Nacht zuvor trat er ins Zimmer und kam mit dem Messer in der Hand zurück.

»Na, meine Häkelnadel, was denn sonst? Ich häkele mir gerade eine Decke.« Als Cade Tory nur anstarrte, atmete sie zischend aus und ging in die Küche. »Es ist spät geworden heute Nacht und ich habe schlechte Laune, also pass auf, was du sagst.«

Schweigend steckte er das Messer wieder in den Messerblock. Während sie Wasser aufsetzte und Kaffeepulver in die Kanne gab, stellte er einen Teller auf die Theke.

»Was ist das?«

»Lilah hat es mir mitgegeben, weil sie wusste, dass ich heute früh hierher kommen wollte.« Cade hob eine Ecke der Folie über dem Teller an. »Kaffeekuchen. Sie sagte, du isst ihren Kaffeekuchen mit saurer Sahne so gern.«

Tory starrte ihn an, und sie erschraken beide, als sich ihre Augen mit Tränen füllten. Doch bevor er sich rühren konnte, hob sie abwehrend die Hand und wandte sich ab.

Cade konnte nicht widerstehen und fuhr ihr mit der Hand über die Haare, ließ sie aber wieder sinken, als Tory entschlossen einen Schritt zurücktrat.

»Sag ihr vielen Dank. Geht es ihr gut?«

»Warum kommst du nicht einfach und überzeugst dich selbst davon?«

»Nein, jetzt noch nicht.« Tory hatte sich wieder gefasst, öffnete den Schrank und holte eine Tasse heraus.

»Bietest du mir auch etwas an?«

Sie blickte über die Schulter. Ihre Augen waren wieder trocken und klar. Er sieht nicht wie ein einfacher Farmer aus, dachte sie. Er war schlank und gebräunt, und sein Haar von der Sonne golden gesträhnt. Seine Jeans waren alt und sein Hemd schimmerte blassblau. Eine Sonnenbrille hing lässig an einem Bügel aus einer Brusttasche.

Eigentlich sah er eher aus, wie sich ein Hollywood-Regisseur einen erfolgreichen, jungen Südstaatenfarmer vorstellt, der mit seinem Lächeln Charme und Sex-Appeal versprühte, fand Tory.

Solchen Bildern misstraute sie.

»Vermutlich muss ich höflich sein.«

»Du könntest auch grob und eigenbrötlerisch sein«, erwiderte er, »aber später würdest du dich schrecklich fühlen.«

Sie hat vier Tassen, stellte er fest, und vier Teller, alle in schlichtem Weiß. Sie besaß eine automatische Kaffeemaschine, aber kein Bett. Die Regale waren bereits ordentlich aufgereiht, auch in Weiß. Im ganzen Haus gab es keinen einzigen Stuhl.

Was sagt das wohl über Tory Bodeen aus?, fragte er sich.

Sie zog ein anderes Messer heraus und blickte ihn fragend an, während sie ein Stück vom Kuchen abmaß. Er deutete mit den Fingern ein größeres Stück an. »Hast du noch nichts gegessen?«, fragte sie.

»Ich habe den Kuchen den ganzen Weg über gerochen.« Cade ergriff die Teller. »Sollen wir auf die Veranda gehen? Ich nehme meinen Kaffee schwarz«, fügte er beim Hinausgehen hinzu.

Tory seufzte und schenkte zwei Tassen ein.

Er saß bereits auf den Stufen, den Rücken ans Geländer gelehnt, als sie herauskam. Sie setzte sich neben ihn, trank einen Schluck Kaffee und sah über seine Felder.

Der Anblick hatte ihr gefehlt. Diese Feststellung überraschte und schockierte sie. Ihr hatten die Morgen hier gefehlt, wenn es noch nicht so heiß war, wenn die Vögel durchdringend sangen und die Felder grün und still dalagen.

Selbst als Kind hatte sie solche kostbaren Morgen gekannt, wenn sie auf den Stufen sitzend den kommenden Tag überdachte und alberne Träume träumte.

»Das ist ein nettes Lächeln«, sagte er. »Hat das der Kuchen oder meine Gesellschaft bewirkt?«

Ihr Lächeln verschwand. »Warum bist du schon wieder hier, Cade?«

»Ich muss die Felder und meine Leute inspizieren.« Er brach eine Ecke von seinem Kaffeekuchen ab. »Und ich wollte noch einmal einen Blick auf dich werfen.«

»Warum?«

»Um zu sehen, ob du noch genauso hübsch bist, wie ich von gestern in Erinnerung hatte.«

Kopfschüttelnd biss sie ein Stück von ihrem Kuchen ab, der sie sofort in Miss Lilahs wundervolle Küche versetzte. Unwillkürlich musste sie wieder lächeln. Sie biss noch einmal ab. »Und warum bist du in Wahrheit gekommen?«

»Du hast gestern ein bisschen besser ausgesehen«, sagte er beiläufig. »Aber ich muss natürlich in Betracht ziehen, dass du auf dem Fußboden nicht besonders gut geschlafen hast. Du machst einen guten Kaffee, Miz Bodeen.«

»Du musst dich nicht verpflichtet fühlen, dich um mich zu kümmern. Mir geht es gut hier. Ich brauche nur noch ein paar Tage, um mich einzurichten. Die Hälfte der Zeit werde ich sowieso nicht hier, sondern in meinem Laden sein.«

»Das kann ich mir denken. Gehst du heute Abend mit mir essen?«

»Warum?« Als er nicht antwortete, wandte sie den Kopf zu ihm um. Fröhlich blickte er sie an, seine Mundwinkel waren leicht hochgezogen. Und in diesem milden, freundlichen Gesichtsausdruck lag etwas, das sie seit Jahren gemieden hatte. Aufrichtiges, männliches Interesse.

»Nein. Nein. O nein.« Sie hob ihre Tasse und stürzte den Kaffee hinunter.

»Das war deutlich. Morgen Abend?«

»Nein, Cade. Deine Einladung ist sehr schmeichelhaft, aber ich habe keine Zeit und auch keine Lust zu irgendetwas in … in der Art.«

Er streckte seine langen Beine aus und überkreuzte sie an den Knöcheln. »Welche Art meinst du? Ich habe lediglich von Zeit zu Zeit gern ein schönes Essen, und ich genieße es umso mehr in netter Gesellschaft.«

»Ich verabrede mich grundsätzlich nicht.«

»Aus religiösen oder aus gesellschaftlichen Gründen?«

»Aus persönlichen Gründen. Nun …« Weil Cade sich offenbar auf ein längeres Bleiben eingerichtet hatte, stand Tory auf. »Es tut mir Leid, aber ich muss jetzt langsam anfangen. Ich liege schon hinter meinem Zeitplan zurück.«

Er erhob sich ebenfalls und als er ihr eine Spur zu nahe rückte, sah er, dass ihre Augen groß und wachsam wurden. »Irgendwas hat dich ganz schön hart gemacht, nicht wahr?«

»Lass mich in Ruhe.«

»Genau darum geht es, Tory.« Weil er nicht wollte, dass sie wieder vor ihm zurückschreckte, wandte er sich ab. »Ich würde dir nie etwas tun. Danke für den Kaffee.«

Er ging zu seinem Pickup, drehte sich noch einmal um, als er die Tür öffnete, warf ihr einen Blick zu und befand, dass es wohl für sie beide gut wäre, wenn Tory sich an seine Anwesenheit gewöhnen könnte. »Ich habe mich geirrt!«, rief er, während er ins Auto stieg. »Du siehst heute genauso hübsch aus.«

Tory musste unwillkürlich lächeln. Cade grinste vor sich hin und bog schließlich auf die Straße ein.

Als Tory wieder allein war, setzte sie sich noch einmal hin. »Oh, zum Teufel«, murmelte sie und stopfte sich den restlichen Kuchen in den Mund.

6

Unabhängige Kleinstadtbanken gab es kaum noch. Das wusste Tory, weil ihr Onkel, der seit zwölf Jahren die Progress Bank and Trust leitete, von nichts anderem redete. Doch selbst ohne die familiäre Verbindung hätte sie diese Bank gewählt. Es war eine Frage der Politik.

Das Bankgebäude lag an der Ostseite der Market, zwei Blocks von ihrem Laden entfernt, was zusätzlich angenehm war. Das alte Ziegelgebäude war sorgfältig und liebevoll restauriert worden. Die Lavelles hatten die Bank 1853 gegründet und sorgten dafür, dass alles erhalten blieb.

Darin besteht die Politik, dachte Tory, als sie auf die Eingangstür zuging. Wenn man in Progress erfolgreich Geschäfte machen wollte, musste man mit den Lavelles zusammenarbeiten.

Es gab fast nichts, worin sie nicht involviert waren.

Das Innere der Bank hatte sich verändert. Tory konnte sich noch an Besuche mit ihrer Großmutter erinnern, bei denen sie gedacht hatte, die Schalterbeamten würden in Käfigen arbeiten, wie exotische Tiere im Zoo. Jetzt jedoch war der Schalterraum offen, und hinter einem langen Tresen standen vier Bankangestellte.

Sie hatten auch einen Drive-In-Schalter angebaut, und hinter einem hüfthohen Holzgeländer mit Tor saßen zwei weitere Angestellte an hübschen alten Schreibtischen, auf denen Computer mit Flachbildschirmen standen. An den Wänden hingen hübsche Gemälde, auf denen das Land und die Küste von South Carolina zu sehen waren.

Jemand hatte sich die Mühe gemacht, das Gebäude zu modernisieren, ohne ihm die Seele zu nehmen. Tory fragte sich, ob sie ihren Onkel wohl dazu bringen könnte, eins der Bilder oder einen der Wandteppiche zu kaufen, die sie bald anbieten würde.

»Tory Bodeen, bist du das?«

Tory zuckte leicht zusammen und wandte ihre Aufmerksamkeit der Frau hinter dem Geländer zu. Sie zwang sich zu lächeln, obwohl ihr das Gesicht nichts sagte.

»Ja, hallo.«

»Na, das ist aber nett, dich wieder zu sehen, und so erwachsen!« Die Frau war winzig, höchstens ein Meter fünfzig groß. Sie kam durch das Tor und streckte Tory beide Hände entgegen. »Ich wusste ja immer schon, dass du ein hübsches Ding bist. Du kannst dich wohl an mich nicht erinnern?«

Tory kam sich angesichts der aufrichtigen Freude der Frau ungezogen vor, weil sie sich wirklich nicht erinnern konnte. Einen Moment lang war sie versucht, ihre seherischen Fähigkeiten zu bemühen, um auf den Namen zu kommen. Aber wegen etwas derart Trivialem konnte sie ihr Gelübde nicht brechen. »Es tut mir Leid.«

»Das braucht dir doch nicht Leid zu tun! Als ich dich zum letzten Mal gesehen habe, warst du noch ganz klein. Ich bin Betsy Gluck. Deine Großmutter hat mich unterrichtet, als ich gerade die High School beendet hatte. Ich kann mich noch gut daran erinnern, wie du ab und zu hereinkamst und mäuschenstill daneben gesessen hast.«

»Sie haben mir immer Lutscher gegeben.« Es war eine solche Erleichterung, sich zu erinnern, den süßen Kirschgeschmack auf der Zunge zu spüren …

»Nun sieh mal an, das weißt du noch nach so langer Zeit!« Betsys grüne Augen funkelten, während sie Tory die Hand drückte. »Du willst bestimmt J. R. besuchen.«

»Wenn er beschäftigt ist, kann ich auch …«

»Ach was. Ich habe die Anweisung erhalten, dich sofort in sein Büro zu bringen.« Betsy schlang einen Arm um Torys Taille und führte sie durch das Tor.

Daran werde ich mich gewöhnen müssen, dachte Tory. Berührt zu werden. Angefasst, irgendwohin geführt zu werden. Sie konnte hier nicht als Fremde leben.

»Es muss so aufregend sein, einen eigenen Laden zu eröffnen! Ich kann es gar nicht erwarten, bei dir einkaufen zu kommen. Ich wette, Miz Mooney platzt vor Stolz.« Betsy klopfte an eine Tür am Ende eines kurzen Flurs. »J. R., deine Nichte ist hier.«

Die Tür ging auf, und J. R. Mooney stand im Rahmen. Tory war immer wieder aufs Neue erstaunt, wie massig er war. Wie dieser große, muskulöse Mann aus ihrer Großmutter gekommen war, bedeutete für sie eins der Rätsel des Lebens.

»Da ist sie ja!« Seine Stimme war genauso mächtig wie sein Körper.

Als er Tory hochhob und sie wie ein Bär an seine Brust drückte, bekam sie kaum Luft. Und wie immer brachte diese heftige Umarmung sie zum Lachen.

»Onkel Jimmy!« Tory drückte ihr Gesicht an seinen Hals und fühlte sich endlich, endlich zu Hause.

»J. R., du wirst dieses Mädchen noch wie einen Zweig zerbrechen!«

»Sie ist zwar klein« – J. R. zwinkerte Betsy zu –, »aber sie ist drahtig. Sorgst du dafür, dass wir hier ein paar Minuten ungestört sind, Betsy?«

»Mach dir keine Sorgen. Willkommen zu Hause, Tory«, fügte Betsy hinzu und schloss die Tür hinter sich.

»So, jetzt setz dich erst einmal. Kann ich dir etwas anbieten? Coca Cola?«

»Nein, danke, nichts.« Tory setzte sich nicht, sondern hob die Hände und ließ sie wieder sinken. »Ich hätte schon gestern zu dir kommen sollen.«

»Mach dir deswegen keine Gedanken. Jetzt bist du ja hier.« J. R. lehnte sich an seinen Schreibtisch. Seine blonden Haare waren mit den Jahren zwar nicht matter geworden, aber sie waren jetzt von zahlreichen silbernen Strähnen durchzogen. Der Schnauzbart, der seinem runden Gesicht etwas Verwegenes verlieh, war sogar ganz weiß, genau wie seine buschigen Augenbrauen. Die Augen waren mehr blau als grau, und seit Tory denken konnte, blickten sie freundlich in die Umgebung.

Jetzt grinste J. R. sie breit an. »Mädel, du siehst aus wie eine Städterin! Genauso hübsch und poliert wie ein Fernsehstar. Boots wird begeistert sein, dich herumzeigen zu können.« Er lachte, als Tory automatisch zusammenzuckte. »Ach komm, sei ein bisschen nachsichtig mit ihr, ja? Sie hat nie die Tochter bekommen, nach der sie sich so sehnte, und Wade spielt einfach nicht mit und heiratet, um ihr kleine Enkeltöchter zu schenken, die sie hübsch anziehen kann.«

»Wenn sie versucht, mir eine Spitzenschürze umzubinden, werden wir Ärger bekommen. Aber ich gehe sie besuchen, Onkel Jimmy. Ich muss mich nur erst einrichten. In den nächsten Tagen kommt die Ware und meine Ladeneinrichtung.«

»Du bist bereit zu arbeiten, nicht wahr?«

»Ich bin ganz versessen darauf. Ich wollte diesen Schritt schon lange tun. Ich hoffe, bei der Progress Bank and Trust ist noch Platz für ein weiteres Konto.«

»Wir haben immer Platz für mehr Geld. Ich mache gleich selbst alles für dich fertig, Schätzchen. Ich habe gehört, du hast das alte Haus gemietet?«

»Hält Lissy Frazier mittlerweile den Rekord für das größte Mundwerk in Progress?«

»Sie liegt Kopf an Kopf mit ein paar anderen. Nun, ich will dich nicht bedrängen, aber Cade Lavelle würde dich nicht zu dem Mietvertrag zwingen, wenn du deine Meinung ändern möchtest. Boots und ich hätten gern, dass du bei uns wohnst. Wir haben weiß Gott genug Platz.«

»Danke, Onkel Jimmy …«

»Nein, warte. Sag jetzt nur nicht ›aber‹. Du bist eine erwachsene Frau. Ich habe schließlich Augen im Kopf. Aber ich mag einfach die Vorstellung nicht, dass du dort draußen wohnst, in diesem Haus. Ich glaube nicht, dass das gut für dich ist.«

»Gut oder nicht gut, es ist notwendig. Er hat mich in diesem Haus geschlagen.« Als J. R. die Augen schloss, trat Tory einen Schritt näher. »Onkel Jimmy, ich sage das nicht, um dir wehzutun.«

»Ich hätte etwas dagegen unternehmen müssen. Ich hätte dich dort herausholen müssen. Euch beide.«

»Mama wäre nicht gegangen.« Torys Tonfall war jetzt ganz sanft. »Das weißt du doch.«

»Ich wusste damals nicht, wie schlimm es war. Ich habe nicht genau genug hingesehen. Aber heute weiß ich es, und ich mag gar nicht daran denken, dass du da draußen bist und dich an all das erinnerst.«

»Ich erinnere mich *überall* daran. Und dort zu wohnen beweist mir, dass ich mich dem Ganzen stellen kann. Ich kann damit leben. Ich habe keine Angst mehr vor ihm. Das lasse ich nicht zu.«

»Warum kommst du nicht wenigstens für ein paar Tage zu uns? Bis du mit deinen Vorbereitungen fertig bist.« Als sie den Kopf schüttelte, seufzte J. R. nur. »Es ist mein Verhängnis, dass ich von lauter eigensinnigen Frauen umgeben bin. Na, dann setz dich mal, damit ich den Papierkram erledigen und dir dein Geld abknöpfen kann.«

Mittags um zwölf läuteten die Glocken der Baptistenkirche. Tory trat einen Schritt zurück und wischte sich den Schweiß von der Stirn. Ihr Schaufenster funkelte wie ein Diamant. Sie hatte die Kisten aus ihrem Auto hereingetragen und sie im Lagerraum gestapelt. Sie hatte den Platz für die Regale und die Theke ausgemessen und eine Anforderungsliste für den Makler gemacht.

Gerade arbeitete sie an einer zweiten Liste, mit der sie ins Möbelgeschäft gehen wollte, als jemand an die gesprungene Scheibe der Ladentür klopfte.

Während sie näher trat, musterte sie den Mann im Arbeitsanzug. Dunkles, gut geschnittenes Haar, ein glattes, gut aussehendes Gesicht mit einem freundlichen Lächeln. Eine Sonnenbrille verbarg seine Augen.

»Es tut mir Leid, es ist noch geschlossen«, sagte Tory, während sie die Tür öffnete.

»Sieht so aus, als ob du einen Schreiner bräuchtest.« Der Mann fuhr mit dem Finger über den Sprung in der Tür. »Und einen Glaser. Wie geht es dir, Tory?« Er nahm seine Sonnenbrille ab, und sie blickte in dunkle, intensive Augen. Unter dem rechten war eine winzige hakenförmige Narbe. »Dwight Frazier.«

»Ich habe dich nicht erkannt.«

»Ein paar Zentimeter größer und einige Pfund leichter, seit du mich das letzte Mal gesehen hast. Ich dachte, ich komme mal vorbei, begrüße dich als Bürgermeister und schaue mir dabei an, ob die Baufirma Frazier etwas für dich tun kann. Hast du was dagegen, wenn ich kurz hereinkomme?«

»Nein, natürlich nicht.« Tory trat einen Schritt zurück. »Es ist noch nicht viel zu sehen.«

»Es ist ein guter Laden.«

Er hat sich verändert, stellte Tory fest. Er ähnelte überhaupt nicht mehr dem linkischen, dicklichen Jungen, der er früher einmal gewesen war. Die Zahnklammer war verschwunden und ebenso der unsägliche Topfschnitt, auf den sein Vater bestanden hatte. Dwight sah fit und erfolgreich aus. Nein, dachte Tory, ich hätte ihn nicht erkannt.

»Es ist ein solides Gebäude«, fuhr er fort, »mit einem starken Fundament. Und vor allem ist das Dach dicht.« Er drehte sich um und schenkte ihr ein strahlendes Lächeln. »Ich weiß es, weil wir es vor zwei Jahren gedeckt haben.«

»Dann weiß ich ja, an wen ich mich wenden muss, wenn es undicht ist.«

Dwight lachte und steckte seine Sonnenbrille in den Ausschnitt seines T-Shirts. »Frazier baut für die Ewigkeit. Du wirst Theken, Regale und Displays brauchen.«

»Ja, ich habe gerade ausgemessen.«

»Ich kann dir zu einem angemessenen Preis einen guten Schreiner schicken.«

Es war sicher klug, ortsansässige Handwerker zu beschäftigen. Wenn die ortsansässigen Handwerker nicht zu teuer waren. »Nun, vielleicht stimmen deine Vorstellungen von einem angemessenen Preis und meine nicht überein.«

Dwights Lächeln war voller Charme. »Ich sage dir was: Lass mich ein paar Dinge aus meinem Laster holen. Du kannst mir sagen, was du dir vorstellst, und ich mache dir ein Angebot. Dann können wir ja sehen, ob wir uns einig werden.«

Er war sich darüber im Klaren, dass sie ihn mit Blicken maß, so wie er ihre Wände maß. Er war daran gewöhnt. Als Junge hatte ihn auch sein Vater gemessen – und ihn für zu leicht befunden.

Dwight Frazier, Ex-Marine, begeisterter Jäger, Mitglied des Stadtrats und Gründer der Baufirma Frazier hatte hohe Standards für die Frucht seiner Lenden. Als diese Frucht sich als zu klein und weich herausgestellt hatte, war er schrecklich enttäuscht gewesen. Der junge Dwight Junior hatte das nie mehr vergessen dürfen.

Zu allem Übel besaß er Verstand. Und es gab keine schlimmere Kombination für einen Jungen, als dicklich und ungeschickt zu sein und dabei einen scharfen Verstand zu besitzen. Seine Lehrer hatten ihn geliebt, was nichts anderes bedeutet hatte, als dass er sich genauso gut ›Gib mir einen Tritt in den Hintern‹ auf den Rücken hätte schreiben können.

Seine Mutter hatte sich redliche Mühe gegeben, um ihn so gut sie konnte dafür zu entschädigen. Indem sie ihn zum Beispiel mit Essen voll gestopft hatte. Ihrer Meinung nach ging nichts über Unmengen von Süßigkeiten, um sich mit der Welt wieder auszusöhnen.

Seine Rettung waren Cade und Wade gewesen. Warum sie sich eigentlich mit ihm angefreundet hatten, wusste Dwight bis heute nicht. Es hatte wohl etwas mit der Gesellschaftsschicht zu tun. Sie kamen alle drei aus den prominentesten Familien in der Stadt. Dafür war er heute noch dankbar.

»Als ich vierzehn war, habe ich mit dem Laufen angefangen«, sagte er beiläufig, während er sein Maßband wieder anlegte.

»Wie bitte?«

»Du wunderst dich bestimmt.« Dwight hockte sich hin und kritzelte wieder etwas auf seinen Block. »Ich war es Leid, immer der Außenseiter zu sein, und beschloss, etwas dagegen zu unternehmen. Innerhalb weniger Monate nahm ich zwölf Pfund ab. Die ersten paar Male bin ich nur nachts gelaufen, wenn mich keiner sehen konnte. Mir wurde speiübel. Ich hörte auf, Kuchen, Süßigkeiten und Chips zu essen, obwohl meine Mutter mir das Zeug weiterhin jeden Morgen in mein Pausenpaket packte. Ich hatte das Gefühl, ich würde verhungern.«

Er erhob sich und lächelte Tory wieder an. »Im ersten Jahr an der High School bin ich nachts auf den Sportplatz gegangen, um zu laufen. Ich hatte immer noch Übergewicht und war immer noch langsam, aber ich kotzte wenigstens mein Abendessen nicht mehr aus. Anscheinend kam auch Trainer Heister nachts immer mit seinem Chevy dorthin, um sich mit der Frau eines anderen Mannes zu treffen. Ich sage dir nicht, wer es war, denn die Dame ist immer noch verheiratet und mittlerweile stolze Großmutter von drei Enkelkindern. Halt das mal für mich, Schätzchen.«

Fasziniert ergriff Tory das Ende des Maßbandes, während Dwight ein paar Schritte zurückging, um den Thekenbereich auszumessen.

»Nun, eines Nachts entdeckte ich zufällig den Trainer und die zukünftige Großmutter. Es war, wie du dir vorstellen kannst, ein ziemlich peinlicher Augenblick für alle Beteiligten.«

»So könnte man sagen.«

»Der Trainer hätte mich fast erwürgt, und dann machte er mir einen Vorschlag, dem ich zustimmen musste. Wenn ich weiter trainierte und noch weitere zehn Pfund abnahm, wollte er mir im nächsten Frühjahr einen Platz in der Laufmannschaft geben. Das war unser stillschweigendes Abkommen, damit ich den Vorfall vergaß und er mich nicht umbringen und irgendwo verscharren musste.«

»Anscheinend hat es gut geklappt.«

»Für mich auf jeden Fall. Ich nahm ab und erstaunte alle, auch mich selbst, weil ich nicht nur in die Mannschaft kam, sondern beim Zweihundertmeterlauf auch noch alle Konkurrenten ausschaltete. Ich habe drei Jahre hintereinander den All Star Pokal gewonnen, und das hat mir die Liebe der hübschen Lissy Harlowe eingebracht.«

Tory freute sich für ihn. »Das ist eine nette Geschichte.«

»Ein glückliches Ende. Ich glaube, hier in deinem Laden kann ich dir dabei helfen, dass es für dich auch so ausgeht. Komm, ich lade dich zum Essen ein, und wir reden ein bisschen.«

»Ich ...« Tory brach ab, weil die Tür aufging.

»Sag bloß nicht, dass du diesen Gauner hier engagiert hast.« Wade kam herein und legte Tory den Arm um die Schultern. »Gott sei Dank bin ich noch gerade rechtzeitig gekommen.«

»Dieser Schoßhündchenarzt hier hat nicht die blasseste Ahnung vom Bauen. Geh und gib irgendeinem Pudel einen Einlauf, Wade. Ich will gerade mit deiner hübschen Kusine und meiner potenziellen Kundin zum Mittagessen gehen.«

»Dann muss ich mitkommen und ihre Interessen wahren.«

»Ich brauche eigentlich eher Regale als ein Sandwich.«

»Ich sorge dafür, dass du beides bekommst.« Dwight zwinkerte ihr zu. »Komm schon, Schätzchen, und lass uns diesen überflüssigen Kerl mitnehmen.«

Tory gestattete sich eine halbe Stunde Pause und genoss sie mehr, als sie erwartet hatte. Es war eine Freude, den freundschaftlichen Umgang der beiden Männer zu beobachten.

Tory merkte auf einmal, wie sehr sie Hope vermisste.

Für eine Frau, die sich selten in Gegenwart von Männern wohl fühlte, war es leicht, sich zu entspannen, wenn einer der Männer ihr Vetter und der andere verheiratet war. Und zwar offenbar so glücklich, dass Dwight Bilder seines Sohnes herumzeigte, bevor die Sandwiches serviert wurden. Der kleine Junge war einfach hinreißend, er hatte Lissys hübsches Gesicht und Dwights faszinierende Augen.

Als sie schließlich aufbrach, um Besorgungen zu machen, sagte sie sich, dass es nicht nur ein nettes Mittagessen gewesen war, sondern auch ein sehr konstruktives. Dwight verstand nicht nur genau, was sie wollte, sondern er verbesserte ihre ursprünglichen Entwürfe sogar noch, und sein geschätztes Angebot fügte sich wunderbar in

Torys Budget ein. Zumindest nachdem sie verhandelt, abgelehnt, infrage gestellt und gedrängt hatte. Schließlich wischte sich Dwight imaginäre Schweißtropfen von der Stirn und versprach, die Arbeit noch vor Mitte Mai erledigen zu lassen.

Zufrieden zog Tory los und kaufte ein Bett.

Eigentlich hatte sie nur eine Matratze und einen Lattenrost haben wollen.

Als sie das Bett sah, war sie verloren.

Sie ging zweimal weg und kam zweimal wieder. Der Preis war nicht unbezahlbar hoch, aber sie brauchte schließlich kein hübsches, klassisches Eisenbett. Ja, es war praktisch, aber notwendig war es nicht.

Sie stritt mit sich selbst – als sie ihre Kreditkarte hervorzog, als sie zur Laderampe fuhr, als sie nach Hause fuhr. Und dann hatte sie keine Zeit mehr, mit sich selbst herumzustreiten, weil sie vollauf damit beschäftigt war, zu fluchen, zu schleppen und zu ziehen.

Cade stand zwischen den Reihen frisch angepflanzter Baumwolle und sah zehn Minuten lang zu, wie sie sich abmühte. Dann fluchte er leise, ging zu seinem Wagen und fuhr zu ihr.

Er schlug die Tür nicht zu, als er ausstieg, aber er hätte es am liebsten getan.

»Du hast deine magischen Armbänder vergessen!«

Tory war außer Atem. Einige Haarsträhnen hatten sich aus ihrem Zopf gelöst und hingen ihr ins Gesicht, aber sie hatte die riesige, schwere Kiste schon halb zur Veranda hochgeschleppt. Sie richtete sich auf und versuchte, ihr Keuchen zu unterdrücken. »Was?«

»Ohne deine magischen Armbänder kannst du nicht Superwoman sein. Ich packe mit an.«

»Ich brauche keine Hilfe.«

»Stell dich nicht an und geh zur Tür.«

Sie riss die Tür auf. »Bist du eigentlich immer hier?«

Cade nahm seine Sonnenbrille ab und legte sie beiseite. Das war eine Angewohnheit, die ihn für gewöhnlich zwei neue Brillen im Monat kostete. »Siehst du das Feld dort drüben? Es gehört mir. Und jetzt geh aus dem Weg, damit ich das Paket hier hochwuchten kann. Was für ein Bett ist das, zum Teufel?«

»Eisen«, erwiderte Tory voller Genugtuung, als sie feststellte, dass auch er die Kiste kaum angehoben bekam.

»Das hätte ich mir denken können. Wir müssen es kippen, damit wir es durch die Tür bekommen.«

»Das wusste ich.« Sie packte an ihrem Ende an. Nach vielem Stöhnen, Schieben und einem zerkratzten Fingerknöchel ihrerseits bekamen sie die Kiste schließlich durch die Tür und trugen sie in das Schlafzimmer.

»Danke.« Torys Arme fühlten sich an wie Gummi. »Hier kann ich jetzt allein weitermachen.«

»Hast du Werkzeug?«

»Natürlich habe ich Werkzeug.«

»Gut. Dann hol es, damit ich nicht noch einmal zum Auto gehen muss. Bevor wir den Rest hereinholen, kann ich das Bett noch schnell aufbauen.«

Gereizt schob sich Tory die verschwitzten Haare aus der Stirn. »Das kann ich auch allein.«

»Wenn du dich weiter so aufführst, lasse ich es dich tatsächlich allein machen. Nur meine gute Erziehung hindert mich daran.« Er ergriff ihre Hand, musterte die abgeschürfte Haut und hauchte einen Kuss darauf, bevor sie sich ihm entziehen konnte. »Während ich das Bett aufbaue, kannst du dir ein Pflaster auf die Wunde kleben.«

Tory überlegte, ob sie ihn beschimpfen, wegschicken oder sogar hinauswerfen sollte, beschloss dann aber, dass alles nur Zeitverschwendung wäre. Also holte sie das Werkzeug.

Bewundernd betrachtete er die professionelle schwarze Werkzeugkiste. »Bist du eigentlich auf alles vorbereitet?«

»Du kannst vermutlich eine Zange nicht von einem Schraubenzieher unterscheiden.«

Amüsiert zog er eine Kneifzange heraus. »Eine Schere, ja?«

Tory musste unwillkürlich lachen, und Cade machte

sich daran, das Bett zusammenzubauen. »Los, versorge deinen Knöchel.«

»Es geht schon.«

Er sah sie weder an, noch änderte er den Tonfall seiner Stimme, aber es klang doch wie ein Befehl, als er sagte: »Kümmere dich darum! Und vielleicht könntest du uns auch etwas Kaltes zu trinken machen?«

»Cade, ich bin kein kleines Frauchen.«

Er maß sie mit einem kühlen Blick. »Du bist klein und du bist eine Frau. Und ich habe die Schere.«

»Dir würde das Lächeln wahrscheinlich auch dann nicht vergehen, wenn ich dir vorschlüge, wohin du dir diese Zange schieben kannst, oder?«

»Vermutlich würdest du auch dieses Bett nach dem Aufbau nicht mit mir einweihen, wenn ich dir sagte, dass du sehr sexy aussiehst, wenn du erschöpft bist.«

»Du meine Güte«, erwiderte Tory und flüchtete aus dem Zimmer.

Sie hörte, wie er geräuschvoll und gelegentlich fluchend das Bett zusammenbaute, während sie die Lebensmittel, die sie gekauft hatte, ins Haus schleppte, sie einräumte und Tee kochte. Er hat lange Finger, dachte sie. Elegante Pianistenfinger, die gar nicht zu seinen harten Handflächen passen. Er konnte sicher gut pflanzen und ernten. Er war so erzogen worden. Aber alltägliche Tätigkeiten im Haus? Nein, das war etwas anderes.

Da sie nicht annahm, dass er in seinem privilegierten Leben je ein Bett zusammengebaut hatte, erwartete sie, im Schlafzimmer auf ein komplettes Chaos zu stoßen. Und sie war entschlossen, ihm viel Zeit zu lassen, damit er alles durcheinander bringen konnte.

Sie hängte ihr neues Küchentelefon auf, räumte die neuen Geschirrtücher weg und zerteilte träge die Zitronen für den Tee. Als sie fand, er habe jetzt genug Zeit gehabt, um sich zu blamieren, goss sie den Tee in zwei Gläser mit Eiswürfeln und ging langsam ins Schlafzimmer.

Cade drehte gerade die letzte Schraube fest.

Torys Augen leuchteten auf, und sie gab einen entzückten Laut von sich. »Oh! Es ist wundervoll! Es ist wirklich wundervoll! Ich *wusste* es!« Impulsiv drückte sie ihm die beiden Gläser in die Hand und fuhr mit den Fingern über die Eisenstäbe.

Cade war amüsiert und befriedigt zugleich. Während er einen Schluck Tee trank, trat Tory in die Mitte des Rahmens und betastete auch dort das Eisen.

Seine Befriedigung verwandelte sich in Lust, die so stark wurde, dass er entschlossen einen Schritt zurücktrat. Er konnte sich so gut vorstellen, wie sie sich an diesen Pfosten festhielt, während er in sie eindrang und mit festen Stößen zustieß. Wie sich ihr Blick dabei verschleierte.

»Es ist wirklich solide.« Tory gab dem Kopfteil einen kleinen Schubs, und Cades Magen zog sich zusammen.

»Das ist auch gut so.«

»Du hast gute Arbeit geleistet, und ich war so grob zu dir! Danke, und es tut mir Leid.«

»Gern geschehen. Vergiss es.« Er reichte ihr ihr Glas und griff dann zur Kette des Deckenventilators. »Es ist warm hier drinnen.« Am liebsten hätte er sie auf die Stelle unter ihrem linken Ohr geküsst, dort wo ihr Kinn begann.

Weil seine Stimme belegt klang, sagte sie schuldbewusst: »Ich war wirklich grob, Cade. Ich bin im Umgang mit Menschen nicht besonders geschickt.«

»Nein? Und dann willst du einen Laden aufmachen, wo du jeden Tag mit ihnen umgehen musst?«

»Das sind Kunden«, erwiderte sie. »Mit Kunden kann ich großartig umgehen.«

»Ach …« Er trat an den Bettrahmen. »Wenn ich also etwas von dir kaufe, bist du nett zu mir?«

Sie brauchte nicht seine Gedanken zu lesen, sondern ihm nur in die Augen zu schauen. »*So* nett nun auch wieder nicht.« Hastig ging sie an ihm vorbei auf die Zimmertür zu.

»Ich könnte ein sehr guter Kunde sein.«

»Du versuchst schon wieder, mich durcheinander zu bringen.«

»Das muss ich gar nicht versuchen, Tory.« Er legte ihr

die Hand auf die Schulter. »Entspann dich«, sagte er leise, als sie erstarrte. Dann stellte er sein Glas auf den Fußboden und drehte sie so, dass sie ihn ansehen musste. »Siehst du, das hat doch gar nicht wehgetan, oder?«

Er hatte sanfte Hände. Es war schon lange, sehr lange her, seit sie von einem Mann sanft berührt worden war. »Ich bin an Flirts nicht interessiert.«

»Ich schon, aber wir können ja einen Kompromiss schließen. Lass uns versuchen, Freunde zu sein.«

»Ich bin keine gute Freundin.«

»Aber ich bin ein guter Freund. Nun, warum holen wir nicht endlich den Rest deines Bettes hinein, damit du heute Nacht anständig schlafen kannst?«

Er war schon fast an der Tür. Tory hatte sich vorgenommen, nicht darüber zu reden. Nicht mit ihm jedenfalls. Und auch mit keinem anderen, bevor sie nicht stark und sicher war. Aber jetzt drängte es einfach aus ihr heraus.

»Cade! Du hast nie gefragt, damals nicht, und heute auch nicht. Du hast nie gefragt, woher ich es wusste.« Ihre Hände wurden feucht. Er drehte sich um, und sie umfasste ihre Ellbogen. »Du hast nie gefragt, woher ich wusste, wo ihr sie finden konntet. Woher ich wusste, was geschehen war.«

»Ich brauchte nicht zu fragen.«

Ihre Worte sprudelten nun hervor, überschlugen sich. »Manche Leute denken, ich sei bei ihr gewesen, obwohl ich gesagt habe, dass es nicht so war. Dass ich weggelaufen sei und sie im Stich gelassen hätte. Dass ich sie einfach im Stich gelassen …«

»Ich denke das nicht.«

»Und diejenigen, die mir geglaubt haben, die annahmen, dass ich es gesehen hatte, zogen sich von mir zurück und hielten ihre Kinder von mir fern. Sie konnten mir nicht mehr in die Augen sehen.«

»Ich kann dir noch in die Augen sehen, Tory. Damals so gut wie heute.«

Sie holte tief Luft, um sich zu beruhigen. »Warum? Wenn du glauben kannst, dass ich das in mir habe, warum hast du dich dann nicht zurückgezogen? Warum kommst du dann jetzt her? Erwartest du von mir, dass ich dir die Zukunft voraussage? Das kann ich nicht. Oder dir Börsentipps gebe? Das will ich nicht.«

Ihr Gesicht war gerötet, ihre Augen dunkel und sprühend vor Emotionen. Eine dieser Emotionen war stärker als alle anderen. Es war Wut.

Cade wollte nicht auf ihre Fragen eingehen. »Ich lebe lieber jeden Tag so, wie er kommt, vielen Dank. Und ich habe einen Broker, der sich um mein Portfolio kümmert. Ist dir jemals in den Sinn gekommen, dass ich jetzt vielleicht hierher komme, weil ich dich gern anschaue?«

»Nein.«

»Dann bist du die erste und einzige Frau ohne einen Funken Eitelkeit. Es könnte dir nicht schaden, wenn du ein bisschen eitler würdest. Nun …« Cade legte den Kopf schräg. »Möchtest du jetzt die Matratze im Bett haben, oder willst du mich lieber verblüffen, indem du mir sagst, was ich heute zu Mittag gegessen habe?«

Mit offenem Mund sah Tory ihm nach. Hatte er wirklich einen Witz darüber gemacht? Die Leute verdrehten normalerweise die Augen. Oder sie zogen sich vorsichtig zurück. Manche kamen zu ihr und baten darum, dass sie all ihre Probleme löste. Aber noch nie hatte jemand einen beiläufigen Scherz darüber gemacht.

Sie rollte die Schultern, um die Spannung zu lösen, dann ging sie nach draußen, um Cade beim Tragen der Matratze zu helfen.

Als das Bett fertig war, trank Cade seinen Tee aus, trug das Glas in die Küche und wandte sich zum Gehen.

»Den Rest schaffst du allein. Ich muss mich jetzt sputen.«

»Ich danke dir für deine Hilfe. Wirklich.« Impulsiv ergriff Tory ihn am Arm, bis er stehen blieb und sie ansah.

»Nun, dann träum schön von mir, wenn du heute Nacht einschläfst.«

»Ich weiß, dass deine Zeit kostbar ist. Oh, hattest du nicht irgendwas übers Mittagessen gesagt?«

Verblüfft schüttelte er den Kopf. »Mittagessen?«

»Ja, dein Mittagessen heute. Ein halbes Schinkensandwich mit scharfem und süßem Senf. Die andere Hälfte hast du diesem mageren, schwarzen Hund gegeben, der dich immer anbettelt, wenn er dich auf den Feldern sieht.« Lächelnd trat Tory einen Schritt beiseite. »Du solltest bald ans Abendessen denken.«

Cade dachte kurz nach, dann beschloss er, seinem Instinkt zu folgen. »Tory, warum sagst du mir eigentlich nicht, was ich jetzt denke?«

Sie lachte. »Das kannst du gern für dich behalten.«

Und dann schlug sie die Glastür hinter sich zu.

7

Es waren die Blumen, die sie bei Verstand hielten, dachte Margaret immer. Ihre Blumen gaben keine Widerworte, sagten ihr nie, dass sie keine Ahnung habe, rissen nie ihre Wurzeln heraus und gingen beleidigt weg.

Sie konnte die wilden Triebe stutzen, die Teile, die einfach so hervorwuchsen und dachten, sie könnten ihren eigenen Weg gehen, bis die Pflanze wieder so aussah, wie sie ihrer Meinung nach aussehen sollte.

Es ginge mir viel besser, dachte sie manchmal, wenn ich allein geblieben wäre und Pfingstrosen statt Kinder großgezogen hätte.

Kinder brachen einem das Herz, einfach nur, weil sie Kinder waren.

Aber man hatte von ihr erwartet, dass sie heiratete. Und solange sie denken konnte, hatte sie immer das getan, was man von ihr erwartete. Gelegentlich tat sie auch ein bisschen mehr, aber selten, ganz selten nur, tat sie weniger.

Sie hatte ihren Mann geliebt, denn das hatte man bestimmt auch von ihr erwartet. Jasper Lavelle war ein gut aussehender junger Mann gewesen, als er um sie warb. Oh, und er war charmant gewesen und hatte das gleiche einnehmende Grinsen gehabt, das sie manchmal über das Gesicht ihres gemeinsamen Sohnes huschen sah. Er hatte Temperament besessen, aber als Margaret jung war, hatte sie das nur aufregend gefunden. Doch genau dieses Temperament, das rasche Aufflammen von Wut, erkannte sie in ihrer Tochter wieder. In der Tochter, die noch lebte.

Jasper war groß und stark gewesen, ein beeindruckender Mann mit einem lauten Lachen und harten Händen. Vielleicht sah sie deshalb so viel von ihm und so wenig von sich selbst in den Kindern, die ihr geblieben waren.

Wenn sie darüber nachdachte, ärgerte es sie immer, wie wenig sie den Ton dieser Leben, an deren Entstehen sie be-

teiligt gewesen war, mitgeformt hatte. Also hatte sie sich –
vernünftigerweise, wie sie fand – dazu entschlossen, wenigstens Beaux Reves ihren Stempel aufzudrücken. Deshalb war ihr Einfluss dort so tief eingedrungen wie die
Wurzeln der alten Eichen, die die Auffahrt säumten.

Und das war ihr ganzer Stolz, mehr als ihr Sohn oder
ihre Tochter.

Wenn Hope noch am Leben wäre, wäre es anders gekommen. Margaret knipste den verwelkten Kopf einer
Nelke ab, ohne eine Spur des Bedauerns für die einst duftende Blüte zu empfinden. Wenn Hope am Leben geblieben wäre, hätte sie alle Hoffnungen und Träume erfüllt,
die eine Mutter in ihre Tochter projiziert. Sie hätte dem
Namen Lavelle neuen Glanz verliehen.

Jasper wäre stark und beständig geblieben, hätte sich
nicht mit leichten Frauen eingelassen und Skandale pro-
voziert. Er wäre nie von dem Pfad abgewichen, den sie
beide eingeschlagen hatten, und hätte es nicht seiner Frau
überlassen, ihren Namen rein zu halten.

Aber Jasper hatte am Schluss nur noch Aufruhr verursacht – oder sich grübelnd zurückgezogen. Das Leben mit
ihm war eine einzige Kette von Ereignissen gewesen, wobei das letzte in der Geschmacklosigkeit bestanden hatte,
dass er im Bett seiner Geliebten einen tödlichen Herzan-
fall erlitt. Die Tatsache, dass die Frau den Verstand und die
Würde besessen hatte, sich im Hintergrund zu halten, als
der Vorfall vertuscht wurde, saß Margaret immer noch wie
eine Gräte quer im Hals.

Alles in allem war es sicher leichter, Jaspers Witwe zu
sein, als seine Frau gewesen zu sein.

Margaret konnte nicht sagen, warum sie gerade jetzt so
viel an ihn dachte, an diesem herrlich kühlen Morgen, an
dem der Tau noch auf den Blüten lag und der Himmel in
einem sanften, klaren Frühlingsblau erstrahlte.

Jasper war ein guter Ehemann gewesen. In der ersten
Zeit ihrer Ehe war er ein starker und zuverlässiger Ernährer, ein Mann, der die Entscheidungen so traf, dass sie sich
um die Details nicht zu kümmern brauchte. Er war auch

ein aufmerksamer Vater, vielleicht lediglich eine Spur zu nachsichtig.

Die Leidenschaft zwischen ihnen hatte sich am ersten Jahrestag ihrer Hochzeit gelegt. Aber Leidenschaft war ohnehin problematisch und lenkte nur ab. Doch selbstverständlich hatte Margaret Jasper nie abgewiesen.

Darauf war sie stolz. Sie war stolz, dass sie eine gute und pflichtbewusste Ehefrau gewesen war. Hatte sie nicht sogar, als allein der Gedanke an Sex ihr Übelkeit bereitete, schweigend dagelegen und ihm erlaubt, sich Erleichterung zu verschaffen?

Sie knipste weitere verwelkte Blüten ab und legte sie in ihren Korb.

Jasper war derjenige gewesen, der sich abwandte. Er hatte sich verändert. Nichts war mehr so wie früher gewesen in ihrer Ehe, in ihrem Leben, in ihrem Heim, seit jenem schrecklichen Morgen, jenem heißen, stickigen Augustmorgen, als sie Hope im Sumpf gefunden hatten.

Die süße, fröhliche Hope, dachte Margaret mit einer Trauer, die mit den Jahren sowohl dumpfer als auch schwerer geworden war. Hope, ihr heller kleiner Engel, das einzige ihrer Kinder, mit dem sie sich wirklich verbunden gefühlt hatte, das wirklich ihres gewesen war.

Nach all diesen Jahren gab es immer noch Zeiten, in denen Margaret sich fragte, ob dieser Verlust wohl eine Art Strafe gewesen war, weil ihr gerade *das* Kind genommen wurde, das sie am meisten liebte. Aber welches Verbrechen, welche Sünde hatte sie begangen, die eine solche Strafe verdiente?

Nachsichtigkeit vielleicht. Sie war zu nachsichtig mit dem kleinen Mädchen gewesen. Sie hätte ihrer süßen, unschuldigen Hope den Umgang mit dem Bodeen-Mädchen verbieten müssen. Dies nicht zu tun, war sicher ein Fehler gewesen, aber bestimmt keine Sünde.

Und wenn es eine Sünde gewesen wäre, hätte eher Jasper sie begangen. Er hatte ihre Befürchtungen weggewischt, er hatte sogar darüber gelacht. Das Bodeen-Mädchen sei harmlos, hatte er erklärt. Harmlos.

Jasper hatte für diese Fehleinschätzung, diesen Fehler, diese Sünde, den Rest seines Lebens teuer bezahlt. Und es war immer noch nicht genug. Es würde nie genug sein.

Das Bodeen-Mädchen hatte Hope getötet, es war, als ob es ihr selbst mit seinen kleinen, schmutzigen Händen die Kehle zugedrückt hätte.

Und jetzt war sie wieder da. Wieder in Progress, wieder in ihrem alten Haus, wieder in ihrem Leben. Als ob sie geradezu ein Recht dazu hätte.

Margaret riss eine Winde aus und warf sie in ihren Korb. Ihre Großmutter hatte immer gesagt, Unkräuter seien nur Wildblumen, die an der falschen Stelle wuchsen. Aber das stimmte nicht. Sie waren Eindringlinge und mussten ausgerissen, abgeschnitten und zerstört werden.

Auch Victoria Bodeen durfte in Progress keine Wurzeln fassen und blühen.

Sie sieht hübsch aus, dachte Cade. Seine Mutter, diese bewundernswerte, unerreichbare Frau. Sie zog sich für den Garten genauso an, wie sie sich für alle Gelegenheiten anzog. Sorgfältig und perfekt.

Sie trug einen breitkrempigen Strohhut mit einem hellblauen Band, farblich zu dem Baumwollrock und der Bluse passend, über die sie eine graue Gartenschürze gebunden hatte.

In ihren Ohrläppchen steckten Perlen, runde weiße Monde, die wie die Gardenien schimmerten, die sie so liebte.

Sie hatte auch ihre Haare weiß werden lassen, obwohl sie erst dreiundfünfzig war. Es war, als ob sie dieses Symbol für Alter und Würde demonstrativ trug. Ihre Haut war glatt. Sorgen zeichneten sich darauf scheinbar nie ab. Der Kontrast zwischen diesem hübschen, jugendlichen Gesicht und den vollen weißen Haaren war faszinierend.

Seine Mutter hatte auch ihre Figur behalten. Sie arbeitete unermüdlich daran, indem sie Diät hielt und Sport trieb. Unerwünschte Pfunde wurden genauso wenig toleriert wie Unkraut in ihrem Garten.

Sie war jetzt seit acht Jahren Witwe, und sie war so übergangslos in diese Rolle hineingeschlüpft, dass Cade sie sich anders kaum noch vorstellen konnte.

Er wusste, dass sie unzufrieden mit ihm war, aber das war nichts Neues. Missfallen drückte sie auf die gleiche Weise aus wie Zustimmung. Mit ein paar kühlen Worten.

Er konnte sich nicht daran erinnern, wann sie ihn das letzte Mal liebevoll berührt hatte. Und er konnte sich auch nicht daran erinnern, ob er das jemals erwartet hatte.

Aber sie blieb seine Mutter, und er würde tun, was er konnte, um die Kluft zwischen ihnen zu schließen. Er wusste nur zu gut, wie schnell sich eine solche Kluft zu einem Meer des Schweigens ausdehnen konnte.

Ein kleiner, gelber Schmetterling flatterte um ihren Kopf, aber sie ignorierte ihn. Sie wusste, dass der Schmetterling da war, genauso wie sie wusste, dass Cade mit langen Schritten über den gepflasterten Weg auf sie zukam. Aber sie achtete weder auf den Schmetterling noch auf ihn.

»Ein schöner Morgen, um draußen zu sein«, begann Cade.

»Wir könnten etwas Regen gebrauchen.«

»Heute Abend soll es leicht regnen. Der April war bisher trockener als sonst.« Er trat näher. In den Azaleen summten die Bienen. »Die erste Saat ist fast abgeschlossen. Jetzt muss ich mich um das Vieh kümmern. Es gibt ein paar Bullenkälber, die bald soweit sind. Und ich muss ein paar Besorgungen machen. Brauchst du irgendetwas?«

»Ich könnte etwas Unkrautvernichtungsmittel gebrauchen.« Endlich hob sie den Kopf. Ihre Augen waren von einem blasseren Blau als seine. Aber sie blickten genauso direkt. »Es sei denn, du hättest irgendwelche moralischen Einwände dagegen.«

»Es ist dein Garten, Mama.«

»Und es sind deine Felder, wie du mir gerade klar gemacht hast. Du tust damit, was du für richtig hältst. So als ob dir alles gehörte. Du vermietest die Häuser, an wen du willst.«

»Das stimmt.« Wenn er wollte, konnte er genauso kühl sein wie sie. »Und die Einkünfte aus diesen Feldern und diesen Häusern werden Beaux Reves in den schwarzen Zahlen halten. Jedenfalls, solange alles in meinen Händen ist.«

Margaret knipste mit den Fingern ein Stiefmütterchen ab. »Die Einkünfte sind nicht der Maßstab, nach dem man leben sollte.«

»Sie machen das Leben aber sehr viel einfacher.«

»Es besteht keine Veranlassung, in diesem Ton mit mir zu reden.«

»Ich bitte um Verzeihung. Cades Hände begannen zu zittern, und er legte sie auf die Oberschenkel. »Ich führe die Farm seit über fünf Jahren auf meine Art. Und es funktioniert. Aber du weigerst dich immer noch anzuerkennen, dass ich gute Arbeit geleistet habe. Daran kann ich nichts ändern. Und auch unseren Besitz verwalte ich auf meine eigene Art. Ich mache es eben anders als Papa.«

»Glaubst du, er hätte diese Bodeen auch nur einen Fuß auf unser Land setzen lassen?«

»Ich weiß es nicht.«

»Und es ist dir auch egal«, stellte Margaret fest und widmete sich wieder ihrem Unkraut.

»Vielleicht nicht.« Cade wandte sich ab. »Ich kann aber nicht mein Leben damit verbringen, mich zu fragen, was er wohl getan oder gewollt oder erwartet hätte. Ich weiß jedoch mit Sicherheit, dass Tory Bodeen keine Verantwortung trifft für das, was vor achtzehn Jahren passiert ist.«

»Da irrst du dich.«

»Nun, einer von uns beiden irrt sich.« Cade erhob sich. »Auf jeden Fall ist sie hier. Sie hat ein Recht dazu, und wir können nichts dagegen tun.«

Seine schlechte Laune hielt den ganzen Tag über an. Ganz gleich, wie oft er versuchte, an seine Mutter heranzukommen und dabei scheiterte, ihr abweisendes Verhalten tat immer noch so weh wie beim ersten Mal.

Cade versuchte nicht mehr, die Veränderungen, die er

auf der Farm vorgenommen hatte, zu erklären und zu rechtfertigen. Er erinnerte sich an den Abend, als er ihr die Pläne, Grafiken und Statistiken gezeigt hatte. Sie hatte ihn angestarrt, und bevor sie ging, hatte sie mit eisiger Stimme erklärt, Beaux Reves könne nicht einfach zu Papier gebracht und analysiert werden.

Es hatte wahrscheinlich umso mehr wehgetan, weil sie Recht gehabt hatte. Man konnte es nicht zu Papier bringen. Genauso wenig wie das Land, das er beschützen, bewahren und an die nächste Generation der Lavelles weitergeben wollte.

Er war nicht weniger stolz auf Beaux Reves als Margaret, fühlte sich nicht weniger verpflichtet. Aber für Cade war es immer schon etwas Lebendiges gewesen, das atmete, wuchs und sich mit den Jahreszeiten veränderte. Für sie hingegen war es statisch, wie ein sorgfältig gepflegtes Denkmal. Oder ein Grab.

Er tolerierte, dass sie nicht an ihn glaubte, genauso wie er es hinnahm, dass sich die Nachbarn über ihn lustig machten. In den ersten drei Jahren, als er die Farm leitete, hatte er zahllose schlaflose Nächte gehabt aus Angst und Sorge, dass er sich irrte, dass er scheitern würde, dass ihm das Erbe, welches ihm übergeben worden war, durch die Finger rinnen würde, weil er alles unbedingt so tun musste, wie er es für richtig hielt.

Aber er hatte sich nicht geirrt, jedenfalls nicht mit der Farm. Natürlich war es zeitaufwendiger, anstrengender und teurer, Baumwolle biologisch anzubauen. Aber das Land – oh, das Land gedieh. Es war fruchtbar im Sommer, ruhte im Winter und war im Frühjahr bereit, die neue Ernte aufzunehmen.

Cade setzte keine Giftstoffe ein, ganz gleich, wie viele Leute ihm sagten, dass er dadurch dem Boden und der Ernte schaden würde. Sie bezeichneten ihn als Wirrkopf, hielten ihn für eigensinnig, dumm und noch Schlimmeres.

Doch als er zum ersten Mal die staatlichen Standards für ökologische Baumwolle erfüllt hatte, als er seine Ernte eingefahren und verkauft hatte, hatte er sich zur Feier des Tages still betrunken, ganz allein in dem Turmbüro, das seinem Vater gehört hatte.

Er kaufte mehr Vieh, weil er an Vielfalt glaubte. Auch mehr Pferde kaufte er, weil er sie liebte. Und weil sowohl Pferde als auch Kühe Dünger produzierten.

Cade glaubte an die Stärke und den Wert grüner Baumwolle. Er studierte und experimentierte. Er stand so fest zu seinen Überzeugungen, dass er das Gras von Hand mähte, wenn es nötig war, und seine Blasen ertrug, ohne sich zu beklagen. Er beobachtete den Himmel und die Börsenkurse mit gleicher Hingabe, und er steckte seine Profite genauso wieder in das Land, wie er die Baumwollereste nach der Ernte wieder unterpflügte.

Andere Besitztümer seiner Familie, Gebäude und Fabriken, die er verpachtete oder vermietete, nutzte er, arbeitete mit ihnen, jonglierte mit ihnen. Aber sie standen seinem Herzen nicht nahe.

Nur das Land zählte.

Cade konnte es nicht erklären und hatte es auch nie versucht. Aber er liebte Beaux Reves so, wie manche Männer eine Frau lieben. Vollständig, besitzergreifend, eifersüchtig. Jedes Jahr rauschte sein Blut, wenn das Land für ihn gebar.

Aus dem kühlen Morgen war ein stickiger Nachmittag geworden, ehe er alle seine Arbeiten und Pflichten erledigt hatte.

Cade hielt an der Gärtnerei, um Unkrautvernichtungsmittel für seine Mutter zu kaufen. Die Blumengestelle vor dem Laden zogen seine Blicke auf sich. Aus einem Impuls heraus wählte er eine Palette mit rosafarbenen Fleißigen Lieschen aus und trug sie nach drinnen.

Die Clampetts führten die Gärtnerei bereits seit zehn Jahren. Begonnen hatten sie mit einem Stand an der Straße, als Nebenerwerb zu ihrer Sojabohnen-Farm. In den vergangenen zehn Jahren hatten sie mit Blumen mehr Erfolg gehabt als mit ihrer Ernte. Je erfolgreicher die Gärtnerei war, desto großspuriger wurden die Clampetts.

»Es gibt zwanzig Prozent Preisnachlass, wenn du noch eine Palette nimmst.« Billy Clampett zog an einer Camel, direkt unter dem ›No smoking‹-Schild, das seine Mutter an die Wand gehängt hatte.

»Dann berechne mir zwei. Ich nehme mir die andere dann, wenn ich hinausgehe.« Cade stellte die Palette auf die Ladentheke. Er war mit Billy zur Schule gegangen, allerdings waren sie nie richtige Freunde gewesen. »Wie läuft's?«

»Langsam, aber stetig.« Billy blinzelte durch den Rauch. Seine Augen waren dunkel und blickten unzufrieden drein. Seine Haare waren so hochgebürstet, dass sie scharf wie Nadeln wirkten, und sie hatten keine bestimmte Farbe. Seit der High School hatte er an Gewicht zugelegt – und gleichzeitig die Muskeln verloren, die ihn zu einem Starstürmer gemacht hatten.

»Willst du damit deine Felder bepflanzen?«

»Nein.« Cade hatte keine Lust auf ein Gespräch und trat zu einem Regal mit Kübeln. Er suchte zwei graugrüne aus und stellte sie ebenfalls auf die Theke. »Ich brauche Roundup.«

Billy drückte die Zigarette aus und warf die Kippe in die Flasche, die unter der Ladentheke stand. »Ach nee! Ich dachte, du magst solche Sachen nicht! Wann hast du denn aufgehört, deine Bäume zu besprechen?«

»Und einen Sack Blumenerde für die Fleißigen Lieschen.« Cade wollte sich nicht ablenken lassen.

»Ich kann dir auch Aldicarb besorgen. Brauchst du Insektizide?«

»Nein, danke.«

»Nein, stimmt ja.« Billy lachte dröhnend. »Du stehst ja nicht auf Insektizide, Pestizide und diesen schlimmen chemischen Dünger. Deine Saaten sind ja völlig jungfräulich. Deswegen hat ja sogar schon was über dich in der Zeitung gestanden.«

»Wann hast du angefangen zu lesen?«, fragte Cade freundlich. »Oder hast du dir nur die Bilder angeguckt?«

»Deine schlauen Reden bedeuten gar nichts. Jeder weiß

115

doch, dass du dich nur zurücklehnst und den Nutzen aus dem ziehst, was deine Nachbarn in ihre Felder stecken.«

»Ach, tatsächlich?«

»Ja, genau«, stieß Billy hervor. »Du hattest ein paar gute Jahre. Aber wenn du mich fragst, war das nur das Glück des Dummen.«

»Ich habe dich aber nicht gefragt, Billy. Schreibst du mir bitte die Rechnung?«

»Früher oder später kriegst du es heimgezahlt. Du holst uns allen die Pest auf den Hals!« Es war ein langer, langweiliger Tag gewesen, und Cade Lavelle war eines von Billys Lieblingsopfern. Der Schwächling wehrte sich schließlich nie. »Deine Saat wird krank werden, und die der anderen auch. Und dann wirst du bezahlen müssen!«

»Ich werde an deine Worte denken.« Cade zog ein paar Geldscheine aus seiner Brieftasche und warf sie auf die Theke. »Ich trage jetzt die Sachen zum Wagen, und in der Zwischenzeit kannst du die Rechnung fertig machen.«

Er hielt seine Wut im Zaum, als sei sie ein besonders bösartiger Hund. Wenn er ihr freien Lauf ließ, war sie kalt und wild. Doch Billy Clampett war die Zeit und die Mühe nicht wert, die es kosten würde, seine Wut wieder unter Kontrolle zu bekommen.

Als Cade von seinem Wagen zurückkam, lagen das Roundup und ein Zwanzigpfundsack mit Blumenerde auf der Ladentheke.

»Du bekommst drei Dollar und sechs Cents zurück.« Billy gab ihm das Wechselgeld absichtlich langsam. »Ich hab deine Schwester ein- oder zweimal in der Stadt gesehen. Sie sieht wirklich gut aus!« Er blickte Cade lächelnd an. »Verdammt gut.«

Cade steckte das Wechselgeld in die Tasche und ließ auch gleich seine Faust darin, sonst wäre sie womöglich noch von selbst in diesem höhnisch grinsenden Gesicht gelandet. »Wie geht's denn deiner Frau so, Billy?«

»Darlene? Ach, der geht's gut. Wieder mal schwanger, zum dritten Mal. Wahrscheinlich habe ich schon wieder einen strammen Sohn gezeugt. Wenn ich ein Feld oder eine

116

Frau pflüge, dann mache ich es richtig.« Seine Augen glitzerten, und er grinste Cade breit an. »Brauchst bloß deine Schwester zu fragen.«

Blitzschnell schoss Cades Hand aus der Tasche, und er zerrte Billy am Kragen hoch. »Merk dir eins«, sagte Cade leise. »Du solltest daran denken, wem das Haus gehört, in dem du wohnst. Und du solltest die Finger von meiner Schwester lassen.«

»Du kannst nur mit deinem Geld herumschmeißen, aber du hast nicht den Mumm, deine Fäuste wie ein Mann zu gebrauchen.«

»Lass die Finger von meiner Schwester«, wiederholte Cade, »sonst wirst du ziemlich bald herausfinden, wie viel Mumm ich habe.«

Er ließ Billy los, ergriff seine restlichen Einkäufe und ging hinaus. Er fuhr aus der Parklücke und bis zum ersten Stoppschild. Dort blieb er einfach stehen und wartete mit geschlossenen Augen, bis seine heiße Wut abgekühlt war.

Er war sich nicht sicher, was schlimmer war: sich in aller Öffentlichkeit mit Clampett zu prügeln, oder ständig daran denken zu müssen, dass seine Schwester sich von solchem Abschaum wie Clampett anfassen ließ.

Cade legte den ersten Gang ein, wendete und fuhr zur Market. Dort fand er einen halben Block von Torys Laden entfernt eine Parklücke, direkt hinter Dwights Lieferwagen. Er atmete tief durch, hob die Töpfe aus dem Wagen und stellte sie vor die Tür.

Noch bevor er eintrat, konnte er das hohe Singen einer Kreissäge hören.

Das Untergestell der Ladentheke stand bereits, und auch die erste Reihe von Regalen war schon aufgebaut. Tory hatte sich für klarlackierte Pinie entschieden. Eine kluge Wahl, dachte Cade. Schlicht und sauber, würden die Regale die Aufmerksamkeit auf die Waren lenken, statt von ihnen abzulenken. Der Boden war mit Holzspänen und Werkzeugen bedeckt, und die Luft roch nach Sägemehl und Schweiß.

»Hey, Cade.« Dwight kam auf ihn zu, wobei er es sorgfältig vermied, auf die Werkzeuge zu treten.

Cade zog leicht an Dwights blau-golden gestreifter Krawatte. »Na, du bist heute aber hübsch!«

»Hatte eine Sitzung. Ein Haufen Bankleute.« Und als ob
ihm gerade einfiele, dass die Sitzung jetzt vorüber war,
lockerte Dwight den Knoten seiner Krawatte. »Ich bin nur
kurz vorbeigekommen, um mich vom Fortgang der Arbeiten zu überzeugen, bevor ich wieder ins Büro gehe.«

»Du machst Fortschritte.«

»Die Kundin hat feste Vorstellungen darüber, *was* sie
will, und *wann* sie es will.« Dwight verdrehte die Augen.
»Wir sind hier zwar die Fachleute, aber ich kann dir sagen,
sie lässt uns nicht das kleinste bisschen Spielraum. Aus
dem dünnen kleinen Mädchen ist eine sture Geschäftsfrau
geworden.«

»Wo ist sie?«

»Hinten.« Dwight wies mit dem Kopf auf die geschlossene Tür. »Will uns nicht im Weg sein, nehme ich an. Aber
eigentlich ist sie uns nur dann nicht im Weg, wenn sie wieder einmal ihren Kopf durchgesetzt hat.«

Cade blickte sich um. »Macht aber einen guten Eindruck«, sagte er.

»Ja, das muss ich zugeben. Hör mal, Cade …« Dwight
trat von einem Fuß auf den anderen. »Lissy hat da so eine
Freundin …«

»Nein.«

»Himmel, hör mich doch erst einmal an.«

»Das brauche ich nicht. Sie hat eine Freundin, eine allein stehende Freundin, die genau richtig für mich wäre.
Soll ich diese allein stehende Frau nicht einfach mal anrufen oder bei euch vorbeikommen, und wir essen gemeinsam zu Abend oder trinken was?«

»Nun, warum eigentlich nicht? Lissy lässt mir jedenfalls keine Ruhe, bevor du es nicht tust.«

»*Deine* Frau, *deine* Ruhe, *dein* Problem. Erzähl Lissy einfach, du hättest gerade herausgefunden, ich sei schwul
oder so.«

»O ja, das wird hervorragend funktionieren.« Dwight brüllte vor Lachen. »Das wäre wirklich toll. Wahrscheinlich fängt sie dann an, Männer für dich auszusuchen.«

»Allmächtiger.« So ganz unwahrscheinlich war das nicht, stellte Cade fest. »Dann sag ihr lieber, ich hätte eine aufregende heimliche Affäre mit irgendjemandem.«

»Mit wem?«

»Such dir eine aus«, erwiderte Cade mit einer abwehrenden Geste und trat auf die Tür zum Hinterzimmer zu. »Sag ihr einfach, ich will nicht.« Er klopfte und trat ein, ohne auf Antwort zu warten.

Tory stand auf einer Leiter und brachte an der Decke eine Neonröhre an.

»Warte, lass mich das tun.«

»Ich hab's schon. Das ist Sache des Mieters, nicht des Vermieters.« Es tat immer noch ein bisschen weh zu wissen, dass ihm das Gebäude gehörte.

»Ich habe gesehen, dass die Scheibe in der Eingangstür ausgetauscht worden ist.«

»Ja. Danke.«

»Und es sieht so aus, als hätten sie auch die Klimaanlage repariert.«

»Stimmt.«

»Wenn du heute sauer auf mich sein möchtest, musst du dich hinten anstellen. Es gibt eine ziemliche lange Schlange.«

Cade wandte sich ab und steckte die Hände in die Taschen. In diesem Raum hatte sie Metallregale aufgestellt, stellte er fest. Grau, hässlich, stabil und praktisch. Sie standen bereits voller Pappkartons, die peinlich genau beschriftet waren.

Tory hatte auch einen Schreibtisch gekauft, ebenfalls stabil und praktisch. Es standen bereits ein Telefon und ein Computer darauf und sogar ein säuberlich aufgeschichteter Stapel an Unterlagen.

In zehn Tagen hatte sie Beachtliches geleistet. Nicht ein einziges Mal hatte sie ihn um Hilfe gebeten. Er wünschte, es würde ihn nicht so ärgern.

Sie trug schwarze Shorts, ein graues T-Shirt und graue Sneakers. Cade wünschte, ihr Anblick würde ihm nicht so gefallen.

Als sie die Leiter herunterkam, drehte er sich um und nahm sie ihr aus der Hand. »Ich stelle sie für dich weg.«

»Das kann ich schon allein.«

Beide zerrten plötzlich an der Leiter. »Verdammt noch mal, Tory!«

Sein plötzlicher Temperamentsausbruch und das gefährliche Aufblitzen in seinen Augen ließen Tory zurückweichen. Sie ließ die Leiter los. Cade klappte sie zusammen und stellte sie in einen Wandschrank.

Mitgefühl und ein leises Schuldgefühl stiegen in ihr auf. Seltsamerweise empfand sie jedoch keine Angst, wie sie sie sonst bei wütenden Männern verspürte. »Setz dich doch, Cade.«

»Warum?«

»Weil du so aussiehst, als könntest du es gebrauchen.« Tory trat zu ihrem Mini-Kühlschrank, holte eine Flasche Coke heraus und öffnete sie. »Hier, kühl dich ab.«

»Danke.« Er setzte sich auf den Stuhl an ihrem Schreibtisch und nahm einen tiefen Schluck aus der Flasche.

»Schlechter Tag?«

»Es gab schon bessere.«

Schweigend öffnete Tory ihre Tasche und zog das emaillierte Pillendöschen hervor, in dem sie Aspirin aufbewahrte. Als sie Cade zwei Tabletten reichte, zog er die Augenbrauen hoch.

Sie spürte, wie ihr die Röte in die Wangen stieg. »Ich habe nicht … Man sieht es dir einfach nur an.«

»Ich danke dir.« Er schluckte das Aspirin hinunter und rollte seufzend die Schultern. »Ich nehme nicht an, dass du dich auf meinen Schoß setzen möchtest, damit es mir wieder besser geht?«

»Nein.«

»Ich musste einfach fragen. Wie ist es mit Abendessen und Kino? Bitte, sag jetzt nicht nein, ohne darüber nachzudenken. Zum Teufel, eine Pizza oder einen Hamburger, irgendwas Kleines. Ich verspreche auch, nicht zu fragen, ob du mich heiraten willst.«

»Das ist eine Erleichterung, aber trotzdem keine große Beruhigung.«

»Denk einfach fünf Minuten darüber nach.« Cade stellte die Flasche auf den Schreibtisch und erhob sich. »Komm mit nach draußen. Ich habe etwas für dich.«

»Ich bin hier noch nicht fertig.«

»Weib, musst du eigentlich über alles und jedes herumstreiten? Das macht mich fertig!« Um das Problem zu lösen, ergriff Cade ihre Hand und zog sie einfach hinter sich her.

Tory hätte sich zur Wehr setzen können, einfach aus Prinzip. Aber im Laden befanden sich zwei Schreiner, was vier Augen und vier Ohren bedeutete. Tory wollte nicht, dass die Männer sich die Mäuler zerrissen.

»Die haben mir gefallen«, sagte Cade draußen und wies auf die Töpfe. Dann zog er Tory den Bürgersteig entlang zu seinem Wagen. »Wenn sie dir nicht gefallen, kannst du sie bei Clampetts umtauschen. Das Gleiche gilt wohl auch für diese hier.«

Er blieb stehen und nahm eine der beiden Paletten von der Lieferfläche. »Ich finde allerdings, dass sie gut passen.«

»Zu was passen?«

»Zu dir, zu deinem Laden. Betrachte sie als Glücksgeschenk, auch wenn du sie selbst einpflanzen musst.« Er reichte ihr die erste Palette, dann holte er die zweite und den Sack Erde aus dem Auto.

Verwirrt und gerührt stand Tory da. Sie hatte Blumen haben wollen, in Kübeln vor dem Laden. Sie hatte an Petunien gedacht, aber diese hier waren hübscher und wirkten genauso freundlich.

»Das ist nett von dir. Und aufmerksam. Danke.«

»Könntest du mich mal ansehen?« Cade wartete, bis Tory seinen Blick erwiderte. »Gern geschehen. Wo möchtest du sie hinhaben?«

»Wir stellen sie einfach vor die Tür. Ich pflanze sie dann ein.«

Während sie nebeneinander den Bürgersteig entlang-
gingen, warf sie ihm von der Seite einen Blick zu. »Oh,
zum Teufel ... Du könntest gegen sechs vorbeikommen.
Ich hätte nichts gegen eine Pizza. Und wenn wir dann
noch Zeit haben, können wir ja noch übers Kino reden.«

»Gut.« Cade stellte die Blumen und die Erde vor ihr
Schaufenster. »Ich komme dann wieder.«

»Ja, ich weiß«, murmelte sie, als er davonschlenderte.

8

Vielleicht kann man nicht gerade vor Langeweile sterben, dachte Faith, aber sie wusste auch nicht, wie sie damit leben sollte.

Wenn sie sich als Kind beklagt hatte, sie habe nichts zu tun, hatten die Erwachsenen das gar nicht gern gehört und sich gleich irgendwelche Pflichten für sie ausgedacht. Pflichten hatte sie jedoch beinahe genauso gehasst wie Langeweile. Aber manche Lektionen lernt man eben auf die harte Tour.

»Hier gibt es gar nichts zu tun.« Faith kauerte am Küchentisch und knabberte an einem Hörnchen. Es war bereits nach elf, aber sie hatte sich noch nicht die Mühe gemacht, sich anzuziehen. Sie trug den seidenen Morgenmantel, den sie sich im April in Savannah gekauft hatte.

»Immer das Gleiche hier, Tag für Tag, Monat für Monat. Ich schwöre, es ist ein Wunder, dass wir hier nicht alle schreiend in die Nacht hinauslaufen.«

»Du hast einen Anfall von Ennui, was, Miss Faith?«, ertönte Lilahs Reibeisenstimme mit französischem Akzent. Sie setzte ihn manchmal ein, weil ihre Großmutter Kreolin gewesen war, aber hauptsächlich deshalb, weil es ihr Spaß machte.

»Hier passiert überhaupt nichts. Jeden Morgen das Gleiche wie am Tag zuvor, und der ganze Tag liegt wie ein Nichts vor mir.«

Lilah schrubbte weiter die Küchentheke. Eigentlich putzte sie schon seit über einer Stunde in der Küche, aber sie hatte gewusst, dass Faith hereinkommen würde, und auf sie gewartet.

»Wahrscheinlich verlangst du nach irgendeiner Tätigkeit.« Sie warf Faith einen Blick aus arglosen braunen Augen zu. Dieser Blick hatte einige Übung erfordert, da Lilah normalerweise recht tückisch sein konnte.

Aber sie kannte ihr Ziel. Sie hatte sich um Miss Faith gekümmert, seit das Mädchen zur Welt gekommen war – schreiend und mit geballten Fäustchen, erinnerte sich Lilah voller Zuneigung. Lilah gehörte seit ihrem zwanzigsten Lebensjahr zum Haushalt der Lavelles. Damals war sie zum Putzen eingestellt worden, weil Mrs. Lavelle mit Cade schwanger war.

In jenen Zeiten war ihr Haar noch schwarz gewesen, und nicht graugesträhnt wie jetzt. Ihre Hüften waren eine Spur schmaler gewesen, aber sie hatte sich nicht gehen lassen. Sie war jetzt, so sah sie es gern, eine reife Frau.

Ihre Haut war so dunkel wie der Zucker, den sie an Halloween immer zu Karamell schmolz, um damit Äpfel zu überziehen. Sie betonte sie gern mit einem leuchtend roten Lippenstift, den sie immer in ihrer Schürzentasche mit sich herumtrug.

Lilah hatte nie geheiratet. Nicht, dass sie keine Gelegenheit dazu gehabt hätte. Lilah Jackson hatte früher viele Verehrer gehabt. Und sie genoss es immer noch, mit einem gut aussehenden Mann auszugehen.

Aber einen heiraten? Na, das war etwas ganz anderes.

Es war ihr lieber, alles blieb so, wie es war, und das bedeutete, dass sie ab und zu von einem Mann abgeholt wurde, der mit ihr ausging. Wenn er ein zweites Mal mit ihr ausgehen wollte, dann tat er gut daran, ihr Schokolade oder Blumen mitzubringen und ihr wie ein Gentleman die Tür aufzuhalten.

Wenn man dagegen einen Mann heiratete, musste man sein Leben lang hinter ihm her räumen. Er furzte und kratzte sich und Gott weiß was, während man im Schweiße seines Angesichts dafür sorgen musste, dass das Geld reichte, um Leib und Seele zusammenzuhalten und damit man sich auch noch ein paar hübsche Sachen kaufen konnte.

Nein, so besaß sie ein schönes Haus – denn Beaux Reves gehörte ihr genauso gut wie allen anderen. Sie hatte drei Kinder großgezogen und sich zu Tode gegrämt über das verlorene Kind. Zudem besaß sie, so wie sie es sah, alle Vorteile männlicher Gesellschaft, ohne dabei irgend-ein Problem zu haben.

Ein bisschen Kuscheln ab und zu verschmähte sie natürlich nicht. Wenn der Herr nicht gewollt hätte, dass Seine Kinder miteinander kuschelten, dann hätte Er ihnen nicht das Bedürfnis danach eingepflanzt.

Auch Miss Faith steckte voller Bedürfnisse und wusste noch nicht, wie sie sie erfüllen sollte, ohne sich selbst Kummer zu bereiten, sinnierte Lilah. Das Mädchen steckte nämlich voller Probleme. Die meisten hatte sie sich selbst zuzuschreiben. Manche Hühnchen brauchten einfach länger, um sich auf dem Hof zurechtzufinden.

»Vielleicht solltest du einfach einen schönen Ausflug machen«, schlug Lilah vor.

»Wohin denn?« Faith trank gelangweilt einen Schluck von ihrem Kaffee. »Es sieht doch überall gleich aus.«

Lilah zog ihren Lippenstift heraus und nutzte die spiegelnde Chromoberfläche des Toasters, um sich die Lippen nachzuziehen. »Ich weiß immer, was mich aufheitert, wenn ich deprimiert bin. Ich gehe dann einkaufen.«

»Das werde ich wahrscheinlich auch tun.« Seufzend überlegte Faith, ob sie nach Charleston fahren sollte. »Ich habe sowieso nichts Besseres vor.«

»Na, das ist doch gut. Geh einkaufen und muntere dich auf. Hier ist die Liste.«

Blinzelnd betrachtete Faith die Einkaufsliste, die Lilah vor ihr hin und her schwenkte. »Lebensmittel? Ich wollte keine Lebensmittel einkaufen!«

»Du hast doch selbst gesagt, dass du nichts Besseres zu tun hast. Und achte darauf, dass die Tomaten reif sind, hörst du? Und hol das Putzmittel, das ich aufgeschrieben habe. Die Werbung im Fernsehen hat mich zum Lachen gebracht, da sollte ich es zumindest mal ausprobieren.«

Lilah wandte sich wieder zum Spülbecken, um ihren Putzlappen auszuwaschen. Der Mund des Mädchens stand offen, und Lilah musste ein Kichern unterdrücken. »Und dann fährst du noch bei der Drogerie vorbei und holst mir mein Oil of Olaz, aber nicht das in der Flasche, sondern das im Topf. Und Schaumbad. Das mit Milch und Honig. Auf dem Heimweg kannst du bei der Reinigung vorbeifahren und alles abholen, was ich letzte Woche hingeschleppt habe. Die meisten Sachen waren sowieso von dir. Der Himmel weiß, was du mit fünfzig Seidenblusen anstellst.«

Faith kniff die Augen zusammen. »Sonst noch was?«, fragte sie zuckersüß.

»Es steht alles auf der Liste, klar und deutlich. Dann ist dir auch nicht mehr langweilig. Und jetzt zieh dich an, es ist schon gleich Mittag. Es ist eine Sünde, den halben Tag faul im Morgenmantel herumzulungern. Na los, mach schon!«

Lilah ergriff Faiths Tasse und Teller und scheuchte das Mädchen aus der Küche hinaus.

»Ich habe noch nicht zu Ende gefrühstückt!«

»Mir ist gar nicht aufgefallen, dass du überhaupt gegessen hast. Du hast doch nur daran herumgepickt. Und jetzt raus hier, und mach dich zur Abwechslung mal nützlich.«

Lilah verschränkte die Arme und starrte Faith mit schief gelegtem Kopf an. Sie konnte einen auf eine Art und Weise anstarren, die selbst den Tapfersten erzittern ließ. Faith marschierte schniefend aus der Küche. »Warte nur, bis ich wieder zurück bin!«, rief sie über die Schulter.

Kopfschüttelnd und schmunzelnd trank Lilah Faiths Kaffee aus. »Manche Hühnchen lernen nie, wer den Hühnerhof beherrscht.«

Wade hatte drei Jahre und sechzehn Welpen gebraucht, um Dottie Betrum davon zu überzeugen, dass sie ihren übernervösen Labrador-Retriever-Mischling sterilisieren lassen sollte. Der letzte Wurf von sechs war gerade entwöhnt, und während die Mama sich von der Narkose erholte, impfte Wade die fröhlich bellenden Welpen.

»Ich kann die Nadeln gar nicht sehen, Wade. Mir wird dann immer ganz schwindlig.«

»Sie brauchen ja nicht hinzusehen, Mrs. Betrum. Wollen

Sie nicht lieber so lange draußen warten? Ich bin in ein paar Minuten fertig.«

»Oh.« Sie hob nervös die Hände an ihre Wangen, und ihre kurzsichtigen Augen blickten Wade hinter den dicken Brillengläsern bekümmert an. »Ich habe das Gefühl, ich sollte hier bleiben. Es kommt mir nicht richtig vor, einfach…« Sie brach ab, als Wade die Nadel unter das Fell schob.

»Maxine, bring bitte Mrs. Betrum ins Wartezimmer.« Er blinzelte seiner Sprechstundenhilfe zu. »Ich komme hier schon allein zurecht.«

Ich komme sogar besser allein zurecht, dachte er, während Maxine der taumelnden Frau aus dem Zimmer half, wenn nette, alte Damen mir nicht zusammenbrechen.

»So, fertig, kleiner Kerl.« Wade rieb den Bauch des Welpen und machte mit den Untersuchungen weiter. Er wog die Hunde, putzte die Ohren aus, untersuchte sie auf Parasiten und füllte Krankenblätter aus, während das Fiepen und Bellen den Raum erfüllte.

Mrs. Betrums Sadie schlief friedlich ihre Narkose aus, der Kater des alten Mr. Klingle lief fauchend in seinem Käfig hin und her, und Speedy Petey, das Hamstermaskottchen der dritten Klasse der Grundschule in Progress, drehte sich in seinem Rad und bewies so, dass er sich von seiner leichten Blaseninfektion wieder erholt hatte.

Für Dr. Wade Mooney war dies alles sein ganz persönliches Paradies.

Er versorgte den letzten Welpen, während die Geschwister übereinander purzelten, an seinen Schnürsenkeln zerrten oder auf den Fußboden pinkelten. Mrs. Betrum hatte ihm versichert, dass sie für fünf der Welpen schon ein gutes Zuhause gefunden hatte. Wie immer hatte er ihr Angebot, doch selbst auch einen zu nehmen, freundlich abgelehnt.

Aber er hatte schon eine Idee, wo der letzte aus dem Wurf gut untergebracht werden könnte.

»Doc Wade?« Maxine stand in der Tür.

»Ich bin fertig. Dann wollen wir die Truppe mal wieder einsammeln.«

»Sie sind so süß!« Maxines dunkle Augen funkelten. »Ich dachte, dieses Mal würden Sie schwach werden und einen nehmen.«

»Wenn man einmal damit anfängt, hört man nie wieder auf.« Doch Wades Grübchen wurden tiefer, als ein Welpe auf seiner Hand herumzappelte.

»Ich wünschte, ich könnte einen nehmen.« Maxine schmuste mit einem Welpen, der ihr mit rasender Geschwindigkeit liebevoll das Gesicht ableckte.

Sie vergötterte Tiere, deshalb empfand sie die Möglichkeit, bei Doc Wade arbeiten zu können, als vom Himmel gesandt. Aber sie hatten zu Hause schon zwei Hunde, und Maxine war klar, dass sie ihre Eltern nie dazu würde überreden können, noch einen weiteren aufzunehmen.

Sie stammte aus ärmlichen Verhältnissen, und ihre Eltern hatten sich die Finger wund gearbeitet, um ihrer Tochter und ihren beiden jüngeren Brüdern etwas Besseres zu ermöglichen. Doch das Geld war immer noch knapp. Und das würde auch noch eine Weile lang so bleiben. Seufzend erinnerte sich Maxine daran, dass sie die Erste aus ihrer Familie war, die aufs College ging, wofür jeder Penny gespart werden musste.

»Sie sind so süß, Doc Wade! Aber zwischen Arbeit und College hätte ich nicht genug Zeit, um mich um einen zu kümmern.« Sie setzte den Welpen wieder ab. »Außerdem würde Daddy mich umbringen.«

Wade grinste nur. Maxines Vater vergötterte seine Tochter. »Ist im College alles in Ordnung?«

Maxine verdrehte die Augen. Sie war im zweiten Collegejahr, und Zeit war genauso knapp wie Geld. Wenn ihr Doc Wade nicht eine so flexible Arbeitszeit ermöglicht und dafür gesorgt hätte, dass sie in der ruhigen Zeit in der Praxis lernen konnte, wäre sie nie so weit gekommen.

Er war ihr Held, und früher war sie einmal schrecklich verliebt in ihn gewesen. Heute jedoch war ihre einzige Hoffnung nur noch, dass sie eines Tages auch einmal eine so gute Tierärztin sein würde.

»Die Abschlussklausuren stehen vor der Tür. Ich habe so viel im Kopf, dass er bald platzen wird. Ich bringe die Kleinen hinaus, Doc Wade.« Maxine ergriff den Korb mit den Welpen. »Was soll ich Mrs. Betrum wegen Sadie sagen?«

»Sie kann sie heute Nachmittag abholen. Sag ihr, so gegen vier. Oh, und bitte sie, sie soll den letzten Welpen nicht weggeben. Ich habe jemanden für ihn.«

»Ja. Ist es in Ordnung, wenn ich jetzt Mittagspause mache? Wir haben eine Stunde lang keine Patienten, und ich dachte, ich gehe in den Park und lerne ein bisschen.«

»In Ordnung.« Wade drehte sich zum Waschbecken, um sich die Hände zu waschen. »Mach die ganze Stunde frei, Maxine. Wir wollen doch mal sehen, was in dein Hirn noch alles hineinpasst.«

»Danke.«

Er würde es bedauern, wenn sie nicht mehr da war. Und das würde unweigerlich passieren, wenn sie vor dem Abschluss stand. Es würde nicht leicht sein, jemanden zu finden, der so kompetent und willig war und zugleich so gut mit den Tieren umgehen konnte. Außerdem konnte sie tippen, wurde mit panischen Haustierbesitzern fertig und bediente das Telefon.

Er wollte gerade nach Sadie sehen, als Faith durch die Hintertür hereinkam.

»Dr. Mooney! Genau dich habe ich gesucht.«

»Um diese Tageszeit bin ich leicht zu finden.«

»Nun, ich kam zufällig vorbei.«

Er zog eine Augenbraue hoch. »Ganz schön elegant für einfach mal so vorbeikommen.«

»Oh.« Sie fuhr mit den Fingern über die weiche Baumwolle des dünnen, klatschmohnroten Trägerkleids mit dem weiten, schwingenden Rock. »Gefällt es dir? Mir ist es heute nach rot.« Faith warf die Haare zurück und umhüllte Wade mit verführerischen Duftwolken. Dann trat sie vor und ließ ihre Hände über seine Brust und seine Schultern gleiten. »Magst du raten, was ich darunter trage?«

Jedes Mal brauchte sie nur mit dem Finger zu schnipsen, brauchte er sie nur anzusehen, und er war besiegt.

»Warum gibst du mir nicht einen Tipp?«

»Du bist doch solch ein kluger Mann. Akademiker.« Sie ergriff seine Hand und ließ sie ihren Oberschenkel hinaufgleiten. »Ich wette, das findest du blitzschnell heraus.«

»Du meine Güte!« Wades Herz machte einen Satz. »Du läufst fast unbekleidet durch die Stadt?«

»Und nur wir beide wissen es.« Faith blickte ihn fröhlich an und knabberte an seiner Unterlippe. »Und was gedenkst du mit diesem Wissen anzufangen, Wade?«

»Komm mit nach oben.«

»Zu weit.« Mit einem kehligen Lachen schob sie mit dem Fuß die offene Tür zu. »Ich will dich jetzt. Und ich will dich schnell.«

Die Hündin schlief ruhig, und ihr Atem ging regelmäßig. Im Zimmer roch es nach Hund und Antiseptikum. Der alte Stuhl, auf dem Wade so viele Stunden zubrachte, um seine Patienten zu beobachten, war voller Haare von unzähligen Hunden und Katzen.

»Ich habe nicht abgesperrt.«

»Lass uns gefährlich leben.« Faith öffnete den Knopf an seinen Jeans und zog den Reißverschluss herunter. »Na sieh mal, was ich gefunden habe.« Sie umschloss sein Glied mit der Hand und sah, wie sich ein Schleier über seine schokoladenbraunen Augen zog, bevor sich sein Mund auf ihren senkte und er sie leidenschaftlich küsste.

Die verstohlene Erregung, die sie empfunden hatte, als sie sich anzog und in dem Wissen in die Stadt fuhr, dass sie zu ihm gehen und ihn verführen würde, wurde auf einmal zu Bedürftigkeit. Sie tat fast weh.

»Tu es mit mir.« Sie bog den Kopf zurück, und sein Mund glitt über ihren Hals. »Tu es heiß und dunkel und wild mit mir. Ich brauche es. Beeil dich!«

Ihre Erregung brachte Wades Blut um Kochen. Wild stürzten sie übereinander her, und es war nichts Süßes und Sanftes daran. Als sie seinen Namen keuchte, ging es ihm nicht mehr um Süße und Sanftheit.

Er wollte nur noch Faith.

Er schob den roten Rock hoch und packte ihre Hüften. Sie war heiß und nass, und als er in sie eindrang, bog sie sich ihm bereitwillig entgegen.

Stöhnend schlang sie ein Bein um seine Taille. Er füllte jetzt ihre Leere aus. Es war ihr gleichgültig, ob es nur für den Moment war, ob die Leere später zurückkam. Er füllte sie, und das gelang niemand anderem.

Wild stieß er in sie hinein, und als sie zum Höhepunkt kam, entfuhr ihr ein leiser, erstickter Schrei. Bei Wade kam sie immer schnell und heftig.

Danach wurde er langsamer, seine Stöße wurden tiefer, und etwas in ihr brach auf.

Nur bei ihm konnte sie sich hingeben. Er würde immer da sein, wenn sie fiel.

Das Telefon klingelte. Vielleicht war das Geräusch auch nur in Wades Ohren. Faith bewegte sich im gleichen Rhythmus wie er, Stoß für Stoß, hörte nicht auf, wurde nicht langsamer.

Immer wieder sagte sie seinen Namen, keuchend und wimmernd. Und kurz bevor er sich in sie ergoss, sah er, dass sie andächtig die Augen geschlossen hatte.

»Himmel!« Ein Schauer überlief sie, und sie lehnte den Kopf an die Tür. Die Augen hatte sie immer noch geschlossen. »Ich fühle mich wundervoll! Wie Gold, innen und außen.« Faith öffnete die Augen und streckte sich träge. »Wie geht es dir?«

Er wusste, was sie von ihm erwartete, deshalb widerstand er dem Wunsch, sein Gesicht in ihren Haaren zu vergraben und Worte zu murmeln, die sie ihm doch nicht glauben würde.

»Das war wesentlich appetitanregender als das Sandwich mit Schinken, Salat und Tomate, das ich zu Mittag essen wollte.«

Lachend schlang sie ihm die Arme um den Hals. »Es gibt bei mir immer noch Stellen, an denen du nicht geknabbert hast. Wenn du also …«

»Wade? Wade, Liebling, bist du oben?«

»Du meine Güte.« Er zuckte zusammen. »Meine Mutter.«

»Na, das ist ja … interessant.«

Faith lachte auf, aber Wade drückte ihr die Hand auf den Mund. »Sei still. Um Gottes willen, das kann ich nun wirklich nicht gebrauchen.«

Faiths Körper wurde von Lachen geschüttelt, und mit blitzenden Augen murmelte sie etwas unter seiner Hand.

»Das ist nicht komisch«, zischte er zurück, musste allerdings selbst ein Lachen unterdrücken. Er hörte, wie seine Mutter durchs Haus ging und fröhlich in einer Art Singsang seinen Namen rief, so wie früher, wenn sie ihn zum Essen gerufen hatte.

»Sei still«, flüsterte er Faith zu. »Und bleib hier. Rühr dich nicht von der Stelle und gib keinen Mucks von dir.«

Langsam ging er zur Tür und kniff drohend die Augen zusammen, weil Faith leise kicherte.

»Wade, Liebster …«, begann sie, als er nach der Türklinke griff, hielt sich dann aber mit der Hand den Mund zu, weil er ihr einen finsteren Blick zuwarf.

»Keinen Mucks«, wiederholte er.

»Okay, ich dachte nur, du solltest das vielleicht vorher noch verstauen.«

Er blickte an sich hinunter, fluchte und schloss hastig seine Jeans. »Mama?« Er warf Faith einen letzten warnenden Blick zu und ging hinaus, wobei er die Tür fest hinter sich zuzog. »Ich bin hier unten. Ich habe gerade nach einem Patienten gesehen.«

Wade eilte die Treppe hinauf, froh darüber, dass seine Mutter ihn oben gesucht hatte.

»Da bist du ja, mein Kleiner. Ich wollte dir gerade eine Nachricht hinterlassen.«

Boots Mooney war ein Bündel von Widersprüchen. Sie war eine große Frau, aber auf andere wirkte sie klein. Sie hatte eine Stimme wie ein Kätzchen, aber einen eisernen Willen. In ihrem letzten Jahr auf der High School war sie Baumwollkönigin gewesen und danach war sie zur Miss Georgetown County gewählt worden.

Ihr Aussehen, gesund, rosig und hübsch, hatte ihr gute Dienste geleistet. Und sie widmete sich ihrer Schönheit mit großem Eifer, nicht aus Eitelkeit, sondern aus einem Gefühl der Verpflichtung heraus. Ihr Gatte war ein wichtiger Mann, und sie würde nie zulassen, dass sie an seiner Seite einen nachlässigen Eindruck machte.

Boots mochte hübsche Dinge. Einschließlich sich selbst.

Jetzt breitete sie für Wade die Arme aus, als ob er ein Zweijähriger sei und sie nicht erst vor zwei Tagen gesehen hätte. Als er sich zu ihr hinunterbeugte, küsste sie ihn auf beide Wangen und trat dann rasch zurück.

»Liebling, du siehst ganz erhitzt aus! Hast du Fieber?«

»Nein.« Zum Glück zuckte er nicht zurück, als sie ihm die Hand auf die Stirn legte. »Nein, es geht mir gut. Ich war … im Aufwachraum. Es ist dort ein bisschen warm.«

Er musste sie unbedingt ablenken und wusste auch schon ganz genau, wie. »Sieh dich lieber an!« Er ergriff Boots' Hände, zog ihre Arme auseinander und musterte sie beifällig von Kopf bis Fuß. »Du siehst heute besonders hübsch aus.«

»Ach was.« Sie lachte, wurde jedoch rot vor Freude. »Ich war nur gerade beim Frisör, das ist alles. Du hättest mich sehen sollen, bevor Lori mit mir fertig war. Ich sah aus wie eine Lumpensammlerin.«

»Unmöglich.«

»Du bist voreingenommen. Ich habe einige Besorgungen gemacht und konnte doch nicht nach Hause gehen, ohne meinen Jungen gesehen zu haben.« Sie tätschelte ihm die Wange und wandte sich zur Küche. »Ich wette, du hast noch nichts zu Mittag gegessen. Ich mache dir schnell etwas.«

»Mama, ich habe einen Patienten. Sadie von Miss Dottie.«

»O Liebling, was fehlt ihr denn? Dottie wäre ohne den Hund rettungslos verloren.«

»Ihr fehlt nichts, sie ist nur gerade operiert worden.«

»Wenn ihr nichts fehlt, warum musste sie dann operiert werden?«

Wade fuhr sich mit der Hand durch die Haare, während seine Mutter in den Kühlschrank blickte. »Ich habe sie operiert, damit sie nicht mehr jedes Jahr Welpen bekommt.«

»O Wade, du hast nicht genug zu essen im Haus, um Leib und Seele zusammenzuhalten. Ich kaufe im Supermarkt schnell ein bisschen für dich ein.«

»Mama ...«

»Nichts da! Seit du von zu Hause ausgezogen bist, isst du nicht mehr richtig, da kannst du mir doch nichts vormachen! Ich wünschte, du kämst öfter zum Essen nach Hause. Ich bringe dir morgen einen schönen Thunfischauflauf vorbei. Den magst du doch so gern.«

Wade hasste Thunfischauflauf, aber er hatte seine Mutter nie davon überzeugen können. »Das wäre schön.«

»Vielleicht bringe ich der kleinen Tory auch etwas. Ich habe eben kurz bei ihr reingeschaut. Sie sieht so erwachsen aus!« Boots setzte Wasser auf und legte drei Eier hinein. »Ihr Laden blüht und gedeiht. Ich weiß gar nicht, wo das Mädchen die Energie hernimmt. Soweit ich mich erinnere, hatte ihre Mutter kein bisschen davon, und ihr Vater – nun, am besten sagt man gar nichts, wenn man nichts Nettes sagen kann.«

Boots presste die Lippen zusammen und holte ein Glas Pickles aus dem Kühlschrank. »Ich hatte schon immer eine Vorliebe für das Kind, obwohl ich ihr nie wirklich nahe gekommen bin. Das arme kleine Lämmchen! Früher hätte ich sie am liebsten immer mit zu mir nach Hause genommen.«

Liebe macht einen hilflos, dachte Wade. Gleichgültig, woher sie kommt. Er schlang seine Arme um Boots und legte seine Wange an ihre frische Dauerwelle. »Ich liebe dich, Mama.«

»Ich liebe dich auch, mein Schatz. Deshalb mache ich dir jetzt auch einen netten, kleinen Eiersalat, damit ich nicht zusehen muss, wie mein einziger Sohn verhungert. Du wirst immer dünner.«

»Ich habe nicht ein einziges Gramm verloren.«

»Dann warst du schon von Anfang an zu dünn.«

Er musste lachen. »Warum kochst du nicht noch ein wei-

134

teres Ei, Mama, damit es für uns beide reicht? Ich gehe nur noch mal rasch hinunter und sehe nach Sadie, und dann komme ich zurück und wir essen zusammen zu Mittag.«

»Das wäre schön. Lass dir ruhig Zeit.«

Boots legte ein weiteres Ei ins Wasser und sah ihm über die Schulter nach.

Sie war sich sehr wohl darüber im Klaren, dass ihr Sohn ein erwachsener Mann war, aber gleichzeitig war er immer noch ihr kleiner Junge. Und eine Mutter sorgte sich eben ihr Leben lang um ihre Kinder.

Männer, dachte sie seufzend. Sie waren so zart besaitet, so *unwissende* Geschöpfe. Und eine Frau, nun ja, *bestimmte* Frauen konnten das zu ihrem Vorteil nutzen.

Die Wände des alten Gebäudes waren nicht so dick, wie ihr Sohn vielleicht glaubte. Und eine Frau wurde nicht dreiundfünfzig, ohne bestimmte Geräusche als das zu erkennen, was sie waren. Sie hatte eine ziemlich klare Vorstellung davon, wer sich unten bei ihrem Sohn befunden hatte. Sie würde sich jedoch eines Urteils darüber enthalten, sagte sie sich, während sie die Pickles klein schnitt.

Aber sie würde Faith Lavelle fortan wie ein Falke beobachten.

Faith war weg. Wade hätte es sich denken können. Sie hatte ein Post-it an die Tür geklebt, ein Herz gezeichnet und ihre Lippen darauf gedrückt. Ein sexy roter Kuss für ihn.

Er nahm es ab, und obwohl er sich selbst einen Narren schalt, legte er es in eine Schreibtischschublade. Wenn ihr danach war, würde sie wiederkommen. Und er würde es zulassen. Er würde es so lange zulassen, bis er sich selbst zu sehr verachtete, oder, wenn er Glück hatte, bis er von ihr kuriert war und sie nur noch als interessante Abwechslung betrachten konnte.

Er fuhr mit der Hand über Sadies Kopf und überprüfte die Operationswunde. Da sie jetzt wach war und ihn aus ihren tiefbraunen Augen benommen ansah, nahm er sie vorsichtig auf den Arm. Er wollte sie mit nach oben nehmen, damit sie nicht allein war.

9

Sex machte sie immer durstig. Viel fröhlicher als vorher beschloss Faith, zu Hanson zu gehen und sich ein süßes, kaltes Getränk zu kaufen, das sie dann auf dem Weg zum Supermarkt genießen konnte.

Sie warf einen Blick zurück auf die Tierarztpraxis und zu den Fenstern von Wades Wohnung. Im Geiste schickte sie ihm einen Kuss. Vielleicht würde sie ihn später anrufen und ihn fragen, was er von einer Ausfahrt hielte. Vielleicht konnten sie ja heute Abend nach Georgetown fahren und sich einen hübschen Platz am Wasser suchen.

Es war nett mit Wade, einerseits vertraut, andererseits aufregend. Er war so verlässlich wie der Sonnenaufgang, immer da, wenn sie ihn brauchte.

Unvermittelt dachte sie an einen lange vergangenen Sommer, als er ganz selbstverständlich von Liebe und Ehe, Haus und Kindern gesprochen hatte. Entschlossen verdrängte sie den Gedanken. Ihr ging es um schnellen, geheimen Sex. Genau das wollte sie und er inzwischen glücklicherweise auch.

Sie würde sich Cades Cabrio leihen, und dann konnten sie an die Küste fahren, irgendwo anhalten und sich wie Teenager benehmen.

Faith hatte ihr Auto ein Stück von der Praxis entfernt geparkt. Schließlich musste sie es ja nicht darauf anlegen, dass sich die Leute das Maul über sie zerrissen, was sie ja ohnehin schon pausenlos taten. Sie wollte gerade einsteigen, als sie sah, dass Tory aus der Ladentür trat und dann einfach mitten auf dem Bürgersteig stehen blieb und in die Gegend starrte.

Irgendwie ist sie ein komisches Huhn, das sich nie ganz gemausert hat, dachte Faith, aber aus Neugier überquerte sie die Straße.

»Hast du einen deiner Trancezustände?«

Tory zuckte zusammen. »Ich wollte bloß sehen, wie das Schaufenster wirkt. Der Schriftmaler ist eben fertig geworden.«

»Hmm.« Faith stemmte eine Hand in die Hüfte und betrachtete ebenfalls das Schaufenster. Die schwarzen Druckbuchstaben wirkten frisch und nobel. »Southern Comfort. Verkaufst du das?«

»Ja.« Torys Freude an dem Moment war verflogen, und sie trat wieder zur Tür.

»Du bist nicht sehr freundlich zu einer potenziellen Kundin.«

Sanft blickte Tory sie an. Faith sieht großartig aus, dachte sie. Schick, gepflegt und zufrieden. Aber Tory hatte keine Lust auf ihre Gesellschaft. »Ich habe noch nicht geöffnet.«

Verärgert packte Faith den Türgriff, bevor Tory ihr die Tür vor der Nase zuschlagen konnte, und warf einen Blick in den Laden. »Meiner Meinung nach sieht es noch nicht besonders fertig aus«, kommentierte sie, nachdem sie die fast leeren Regale gemustert hatte.

»Das scheint nur so. Ich habe zu arbeiten, Faith.«

»Oh, nimm auf mich keine Rücksicht. Mach ruhig weiter.« Faith vollführte eine beiläufige Handbewegung und begann herumzuwandern, teil aus Interesse, teils auch aus Eigensinn.

Das Ladenlokal war äußerst einladend, das musste sie zugeben. Das Glas der Schaukästen, die Dwights Leute gebaut hatten, funkelte, das Holz war auf Hochglanz poliert. Selbst die Verpackungskartons waren ordentlich aufgestapelt, und das Füllmaterial, das man für die Verpackung brauchte, befand sich in einer großen Plastikwanne.

»Hast du genug Ware?«

»Ja.« Ungerührt packte Tory weiter Material aus. Wie sie Faith Lavelle kannte, würde sie sich bald langweilen und wieder verschwinden. »Falls es dich interessiert, ich habe vor, nächsten Samstag zu eröffnen. Nur an diesem Tag wird es ausgewählte Ware zehn Prozent billiger geben.«

Faith zuckte mit der Schulter. »An den Wochenenden habe ich meistens etwas vor.« Sie schlenderte an einer hüfthohen Theke mit Glaseinsatz vorbei. Darin lagen auf weißem Satin ausgesuchte Musterstücke von handgearbeitetem Schmuck – Silber, Perlen und farbige Steine, verlockend angeordnet.

Unwillkürlich wollte Faith die Haube anheben, und sie fluchte leise, als sie sie verschlossen fand. Vorsichtig sah sie zu Tory hin und war froh, dass sie nichts gemerkt hatte.

»Du hast hier hübsche Klunker.« Ihr gefielen die baumelnden Silberohrringe mit den kleinen Lapislazulikugeln, und sie hätte sie am liebsten sofort besessen. »Ich habe gar nicht gedacht, dass du auch Schmuck verkaufst. Du selbst trägst kaum welchen.«

»Mittlerweile fertigen drei Künstler für mich Schmuck an«, erwiderte Tory trocken. »Mir persönlich gefällt besonders die Brosche in der Mitte. Der Draht ist aus Sterlingsilber, und die Steine sind Granaten, Citrin und Karneol.«

»Ich verstehe. Sie sind wie Sterne über den Draht verstreut, so wie diese Feuerwerkskörper, die die Kinder am Vierten Juli anzünden.«

»Ja, so ähnlich.«

»Sie ist wirklich hübsch, aber ich stehe nicht so sehr auf Broschen und Anstecknadeln.« Faith biss sich auf die Lippen, aber dann siegte ihre Gier über ihren Stolz. »Mir gefallen diese Ohrringe hier.«

»Komm am Samstag.«

»Da bin ich vielleicht beschäftigt.« Sie wollte diese Ohrringe unbedingt *jetzt*. »Verkauf sie mir doch einfach schon. Deshalb eröffnest du doch den Laden, oder? Um zu verkaufen.«

Tory stellte eine Öllampe aus Ton auf das Regal. Ohne zu lächeln drehte sie sich um. »Ich habe noch nicht eröffnet, aber …« Sie trat auf die Theke zu. »Um der alten Zeiten willen.«

»Wir beide hatten keine ›alte Zeiten‹ zusammen.«

»Wahrscheinlich hast du Recht.« Tory löste den Schlüssel, der an ihrer Gürtelschnalle festgehakt war. »Welche willst du haben?«

»Die da.« Faith tippte auf das Glas. »Die silbernen mit dem Lapislazuli.«

»Sie sind wirklich hübsch. Sie werden dir gut stehen.« Tory nahm sie von dem Satin und hielt sie gegen das Licht, bevor sie sie Faith gab. »Du kannst sie vor einem der Spiegel anprobieren, wenn du möchtest. Die Künstlerin lebt außerhalb von Charleston. Sie macht wunderschöne Sachen.«

Während Faith zu einem dreiteiligen Spiegel trat, der in Bronze und Messing gerahmt war, nahm Tory eine lange Kette aus dem Schaukasten. Warum sollte Faith nur ein Stück kaufen, wenn es auch genauso gut zwei sein konnten? »Das ist eines meiner Lieblingsstücke von ihr. Es passt gut zu den Ohrringen.«

Faith versuchte, nicht übermäßig interessiert zu wirken, blickte aber neugierig auf die Kette. Der Anhänger war ein großer Lapislazuli, der von zwei Silberhänden gehalten wurde. »Ungewöhnlich.« Sie legte ihre Ohrringe ab, um die neuen anzustecken, und dann überwand sie sich und nahm auch die Kette. »Es wäre allerdings nicht besonders lustig, wenn einem die gleiche auf der Straße entgegenkommt.«

»Keine Sorge.« Tory gestattete sich ein Lächeln. »Ich werde nur Einzelstücke verkaufen.«

»Ich sollte beide nehmen. Ich habe mir seit einer Ewigkeit schon nichts mehr gekauft. Hier in der Gegend gibt es irgendwie immer dasselbe.«

Ruhig schloss Tory die Auslage wieder ab. »Jetzt nicht mehr.«

Mit geschürzten Lippen betrachtete Faith das Preisschild an der Kette. »Manche Leute werden sagen, dass du zu billig bist.« Sie fuhr mit den Fingern über die Kette und sah Tory an. »Das stimmt aber nicht. Das ist ein fairer Preis. Tatsache ist allerdings, dass du in Charleston mehr verlangen könntest.«

»Da bin ich aber nicht. Ich verpacke dir die Sachen.«

»Mach dir keine Mühe. Ich trage sie einfach schon.«
Faith öffnete ihre Tasche und ließ ihre alten Ohrringe einfach hineingleiten. »Schneid mir nur die Preisschilder ab und gib die Beträge in die Kasse ein.«

»Ich muss sie zusammenrechnen«, korrigierte Tory sie. »Ich habe die Registrierkasse noch nicht aufgestellt.«

»Was auch immer.« Faith legte Kette und Ohrringe ab. »Ich schreibe dir sowieso einen Scheck.« Als Tory die Hand ausstreckte, zog Faith die Augenbrauen hoch. »Ich kann ihn dir erst ausstellen, wenn du mir die Gesamtsumme sagst!«

»Nein, gib mir deine alten Ohrringe. So darfst du nicht mit ihnen umgehen. Ich gebe dir eine Schachtel dafür.«

Lachend holte Faith den Schmuck aus der Tasche. »Na gut, Mutter.«

Sex und Einkaufen, dachte Faith. Es gab keine bessere Art, den Tag zu verbringen. Und so wie es aussah, konnte man die Zeit in Torys Laden auf angenehme Weise verbringen.

Wer hätte gedacht, dass die kleine, verhuschte Tory Bodeen als Erwachsene einmal solch einen guten Geschmack haben würde? Und lernen würde, ihn so geschickt zu vermarkten?

Es war bestimmt ungeheuer viel Arbeit gewesen, die richtigen Sachen zu finden, die Leute, die sie herstellten. Und auszurechnen, wie viel sie dafür bezahlen konnte, und den Laden zu entwerfen …

Und es gehörte noch mehr dazu, überlegte Faith. Buchhaltung und solche grässlichen Dinge.

Widerwillig war sie beeindruckt und auch ein bisschen neidisch auf Torys Fähigkeit und den Mut, ein Geschäft aus dem Boden zu stampfen.

Nicht, dass sie selbst ein Unternehmen hätte haben und all die Verantwortung hätte tragen wollen. Mit einem solchen Laden war man so angebunden! Aber es war hübsch, dass er so nahe bei Wades Praxis lag. Vielleicht würde das Leben in Progress wenigstens für eine Zeit lang unterhaltsamer werden.

»Du solltest diese Schale schräg auf eine Halterung stellen.« Faith hatte noch einmal ein paar Schritte durch den Laden gemacht, blieb nun stehen und arrangierte die Schale selbst. »Damit die Leute gleich erkennen, wie sie innen aussieht.«

Tory hatte genau das vorgehabt, jedoch die Halterungen noch nicht ausgepackt. Da sie gerade im Geiste Zahlen addierte, blickte sie kaum auf. »Willst du einen Job? Ich habe deine Rechnung jetzt fertig, einschließlich Steuer, aber du solltest noch mal nachrechnen.«

»Du hattest doch immer bessere Zensuren als ich.« Faith trat auf sie zu. In diesem Moment ging die Ladentür auf, und Faith hätte schwören können, dass sie Tory stöhnen hörte.

Lissys kreischende Stimme war, nach Torys Meinung, nur eine ihrer ärgerlichen Angewohnheiten. Außerdem gehörte noch ihre Neigung dazu, sich in betäubenden Maiglöckchenduft zu hüllen, der den Raum schon erfüllte, bevor sie eingetreten war, und noch lange in der Luft hing, wenn sie schon längst wieder verschwunden war.

Als jetzt der Duft und die kreischende Stimme den Laden erfüllten, bleckte Tory die Zähne. Sie hoffte sehr, dass Lissy es für ein Lächeln hielt.

»Oh, ist das nicht wunderbar! Ich war gerade beim Frisör und auf dem Rückweg ins Büro habe ich euch hier stehen sehen.«

Lissy schlug die Hände zusammen und blickte sich um. Tory warf Faith einen einzigen, beschwörenden Blick zu, und verständnisvoll grinsend klimperte Faith mit den Wimpern.

»Ich bin zufällig vorbeigekommen, als Torys Ladenschild gerade fertig war.«

»Und es sieht *gut* aus! Alles fügt sich ganz *wunderbar*, nicht wahr?« Lissy legte eine Hand auf ihren runden Bauch und wandte sich um, um die Regale zu mustern. »Es ist alles so *hübsch*, Tory! Du musst ja geschuftet haben wie ein Maulesel, um so viel in solch kurzer Zeit zu schaffen. Und hat Dwight seine Arbeit nicht gut gemacht?«

»Ja, ich bin auch richtig froh darüber.«

»Klar. Er ist der Beste hier. Oh, ist das nicht *entzückend*?«

Sie ergriff die Öllampe, die Tory gerade aufs Regal gestellt hatte. »Ich *liebe* Dekorationsstücke! Staubfänger nennt Dwight sie immer, aber diese Akzente machen ein Heim doch erst gemütlich, nicht?«

Tory holte tief Luft. Eine weitere ärgerliche Angewohnheit von Lissy war es, jeden Satz als Ausruf zu formulieren. »Ja, das finde ich auch. Wenn sich Staub nirgendwo ansammeln kann, fällt er einfach auf einen leeren Tisch.«

»Da hast du Recht!« Verstohlen drehte Lissy das Preisschild um und formte mit dem Mund ein erstauntes O. »Du meine Güte, die ist aber teuer, was?«

»Sie ist handgefertigt und signiert ...«, begann Tory, aber Faith unterbrach sie einfach.

»Sie ist das Geld wert, oder, Lissy? Und Dwight verdient schließlich genug, um dich zu verwöhnen, vor allem, seit du wieder schwanger bist. Ich schwöre dir, wenn ich neun Monate lang ein solches Gewicht mit mir herumschleppen müsste, dann müsste der Mann, der das verursacht hat, mir den Mond und die Sterne schenken!«

Nicht sicher, ob das eine Beleidigung oder ein Kompliment sein sollte, runzelte Lissy die Stirn. »Dwight verwöhnt mich maßlos.«

»Natürlich. Ich habe mir übrigens gerade diese Ohrringe gekauft.« Faith tippte an den, der schon an ihrem Ohr baumelte. »Und noch eine Kette. Tory hat mir schon einen kleinen Vorgriff auf ihre Eröffnung am Samstag gewährt.«

»Ach, wirklich?« Lissy kniff die Augen zusammen.

Faith wusste ganz genau, dass sie es nicht ertragen konnte, wenn ihr jemand zuvorkam. Gierig drückte sie die Öllampe an die Brust. »Tory, dann *musst* du mir jetzt die hier aber auch verkaufen! Ich habe mich schon in sie verliebt! Und ich weiß nicht, ob ich gleich am Samstagmorgen hier vorbeikommen kann, und am Ende schnappt sie mir noch einer weg. Sei ein Engel, bitte, und verkauf sie mir heute!«

Tory umkringelte Faiths Summe, damit sie von neuem

anfangen konnte zu rechnen. »Du musst entweder bar oder mit Scheck bezahlen, Lissy, ich bin heute noch nicht auf Kreditkarten eingestellt. Aber ich kann sie dir auch gern beiseite legen, wenn …«

»Nein, nein, ich kann dir einen Scheck ausstellen. Vielleicht könnte ich mich ja einfach mal umsehen, wo ich schon einmal hier bin? Es ist ein bisschen so wie Kaufladen spielen.«

»Natürlich.« Tory ergriff die Lampe und stellte sie auf die Theke.

Offensichtlich hatte sie schon eröffnet.

»Oh! Verkaufst du diese Spiegel?«

»Ich verkaufe alles hier.« Tory holte eine kleine, marineblaue Schachtel unter der Theke hervor und legte Faiths Ohrringe hinein. »Ich lege dir die Karte der Künstlerin zu den alten Ohrringen.«

»Gut. Du brauchst dich nicht bei mir zu bedanken«, fügte Faith leise hinzu.

»Ich frage mich noch, ob du mir helfen oder mich ärgern wolltest«, erwiderte Tory gelassen. »Oder *sie* ärgern wolltest. Aber …« Sie schrieb den Preis der Lampe auf. »Ein Verkauf ist ein Verkauf, also danke ich dir. Du weißt genau, welche Knöpfe du drücken musst.«

»Bei ihr?« Faith blickte zu Lissy hinüber, die unablässig Laute der Bewunderung ausstieß. »Sie ist einfach gestrickt.«

»Wenn sie einen von den Spiegeln kauft, ist sie demnächst meine beste Freundin.«

»Na, großartig.« Vergnügt holte Faith ihr Scheckbuch heraus. »Ich werde einfach beiseite geschoben, und dabei habe ich als Erste etwas bei dir gekauft.«

»Ich *muss* diesen Spiegel einfach haben, Tory! Den ovalen mit den Lilien an der Seite. So etwas habe ich noch nie gesehen. Er wird so hübsch in meinem kleinen Wohnzimmer aussehen!«

Tory warf Faith einen funkelnden Blick zu. »Tut mir Leid, gerade hat sie dich ausgestochen.« An Lissy gewandt rief sie: »Ich hole die Verpackung aus dem Hinterzimmer!«

»Ja, bitte. Ich schwöre dir, mir gefällt schon so vieles hier, und dabei bist du noch nicht einmal zur Hälfte eingerichtet! Ich habe erst gestern Abend zu Dwight gesagt, dass ich gar nicht weiß, wo du die Zeit für das alles hernimmst. Du musst ja einen Sechsundzwanzig-Stunden-Tag haben, wenn man bedenkt, dass du gerade erst umgezogen bist, hier alles einrichtest, mit den Lieferanten verhandelst und dann auch noch deine Abende mit Cade verbringst!«

»Cade?«, fragten Tory und Faith wie aus einem Mund.

»Der Mann hat schneller gehandelt, als ich geglaubt habe.« Lissy trat wieder an die Theke. »Ich muss sagen, ich konnte mir euch zwei nie zusammen vorstellen, als Paar sozusagen. Aber du weißt ja, was man über stille Wasser sagt.«

»Ja. Eh, nein …« Tory hob die Hand. »Ich weiß nicht, wovon du redest. Cade und ich sind nicht zusammen.«

»Oh, du brauchst nicht rot zu werden. Wir sind doch hier unter uns. Dwight hat mir alles erzählt und gesagt, dass du es wahrscheinlich noch eine Weile geheim halten möchtest. Ich habe es keiner Menschenseele erzählt, mach dir keine Sorgen.«

»Es gibt nichts zu erzählen. Überhaupt nichts. Wir haben nur …« Beide Frauen blickten Tory scharf an, und sie hatte das Gefühl, als ob ihre Zunge ganz unbeweglich wurde. »Nichts. Dwight hat sich geirrt. Ich hole jetzt die Verpackung.«

»Keine Ahnung, warum sie es unbedingt geheim halten will«, sagte Lissy, als Tory in den Lagerraum lief. »Schließlich sind sie doch beide nicht verheiratet oder so. Allerdings passt die Vorstellung, dass sie sich mit Cade in den Laken wälzt, nachdem sie kaum einen Monat hier ist, vermutlich nicht zu dem damenhaften Image, das sie gern von sich errichten möchte«, fügte sie grinsend hinzu.

»Bitte?« Cades Angelegenheiten gingen nur ihn etwas an, fand Faith. Aber sie wollte verdammt sein, wenn sie es zuließ, dass diese kleine Katze ihre Krallen in ihn schlug. »Haben richtige Damen keinen Sex?« Mit strahlendem Lächeln tippte sie auf Lissys Bauch. »Wahrscheinlich ist dein Bauch so dick, weil du zu viel Schokolade gegessen hast?«

»Ich bin eine verheiratete Frau!«

»Das warst du aber noch nicht, als du mit Dwight auf dem Rücksitz seines gebrauchten Camaro herumgerollt bist.«

»Ach, du meine Güte, Faith, du hast dich damals auch ständig mit irgendjemandem herumgerollt!«

»Genau. Deshalb bin ich auch verdammt vorsichtig, wenn ich auf jemanden Steine werfe.« Schwungvoll unterschrieb sie ihren Scheck und befestigte dann den zweiten Ohrring.

»Ich will ja nur sagen, dass sie sich für jemanden, der gerade erst nach Progress zurückgekehrt ist und in den letzten Jahren Gott weiß was getrieben hat, bemerkenswert schnell an einen Lavelle herangemacht hat.«

»Niemand macht sich an einen Lavelle heran, wenn wir das nicht wollen.« Faith wollte jedoch über diese Neuigkeit nachdenken. Und zwar gründlich.

Tory hätte am liebsten zugemacht, nachdem ihre beiden unerwarteten Kundinnen wieder verschwunden waren. Aber das hätte ihren Terminplan durcheinander gebracht und außerdem Lissys albernem Klatsch mehr Bedeutung verliehen als nötig.

Also arbeitete sie weitere drei Stunden in ihrem Laden, zeichnete systematisch ihre Ware aus, trug sie ein und stellte sie auf. Die körperliche Arbeit und der lästige Papierkram hielten sie vom Grübeln ab.

Auf der Fahrt nach Hause hatte sie jedoch reichlich Gelegenheit dazu.

Sie hatte nicht vor, sich so wieder in Progress einzuführen. Sie würde nicht eine Minute lang tolerieren, dass sie zum Mittelpunkt des Stadttratsches würde. Am besten ignorierte sie das Gerede einfach.

Und hielt sich von Cade fern.

Beides würde ihr nicht schwer fallen.

Sie war daran gewöhnt, Klatsch zu ignorieren – und es

war in der Vergangenheit um wichtigere Dinge gegangen als um eine erfundene Romanze. Sie musste ganz gewiss keine Zeit mit Cade Lavelle verbringen. Und sie war bisher ja auch kaum mit ihm zusammen gewesen. Sie hatten ein paar Mal zusammen gegessen, sich ein oder zwei Filme angesehen und einmal hatten sie einen Ausflug gemacht. Lauter harmlose Vergnügungen.

Von jetzt an würde sie eben alles allein machen.

In dem Moment sah sie seinen Wagen am Feldrand stehen.

Tory nahm sich vor, vorbeizufahren. Es gab keinen Grund anzuhalten und über die Sache zu reden. Es wäre viel vernünftiger, nach Hause zu fahren und die ganze alberne Angelegenheit eines natürlichen Todes sterben zu lassen.

Doch bei diesem Gedanken sah sie das hungrige Funkeln in Lissys Augen vor sich.

Tory riss das Lenkrad herum und fuhr auf den Seitenstreifen. Sie würde es nur kurz erwähnen, mehr nicht. Und sie würde Cade auffordern, den Mund zu halten und aufzuhören, mit seinen blöden Freunden über sie zu reden. Sie waren schließlich nicht mehr auf der High School.

Piney Cobb zog lange und nachdenklich an seiner letzten Marlboro. Er hatte gesehen, wie der Kombi an den Feldrand fuhr, hatte gesehen, wie die Frau – verdammt, war das nicht die kleine Bodeen? – über das Feld auf sie zukam.

Neben ihm stand Cade und betrachtete den Fortschritt der Saat. Nach Pineys Meinung hatte der Junge komische Ideen, aber sie funktionierten. Und es ging ihn ja schließlich nichts an. Er verdiente immer das Gleiche, egal ob er die Pflanzen zu Tode sprühte oder ob er sie mit Kuhmist und Marienkäfern hätschelte.

»Wir könnten noch etwas Regen gebrauchen, so wie vorgestern Nacht«, sagte Cade.

»Allerdings.« Piney kratzte sich über das stoppelige, graue Kinn und schürzte die Lippen. »Ihre Pflanzen hier sind ein paar Zentimeter höher als auf den traditionellen Feldern.«

»Organisch angebaute Baumwolle wächst schneller«, sagte Cade geistesabwesend. »Chemie behindert das Wachstum.«

»Ja, das haben Sie schon erwähnt.« Und es hatte sich, trotz Pineys Zweifeln, als wahr erwiesen. Manchmal dachte er, dass ein Studium vielleicht doch nicht so verkehrt war.

Das sagte er allerdings nicht laut.

»Boss?« Piney zog ein letztes Mal an seiner Zigarette und drückte die Kippe dann sorgfältig mit der Schuhsohle aus. »Haben Sie Probleme mit einer Frau?«

Da er in Gedanken ganz bei der Arbeit war, dauerte es eine Weile, bis Cade ihn verstand. »Wie bitte?«

»Also, ich habe mich ja von Frauen immer fern gehalten, aber ich bin schon lange genug auf der Welt, um erkennen zu können, wann eine Frau wütend ist.«

Blinzelnd wies er mit dem Kopf in die Richtung, in der Tory sich einen Weg durch die Ackerfurchen bahnte. »Da kommt gerade eine. So wie es aussieht, sind Sie schon tot.«

»Ich habe keine Probleme.«

»Bei der irren Sie sich, würde ich sagen«, murmelte Piney und trat einen Schritt zurück, um nicht in die Schusslinie zu geraten.

»Cade!«

Er freute sich, Tory zu sehen. »Tory! Das ist aber eine nette Überraschung.«

»Wirklich? Das werden wir erst noch sehen. Ich muss mit dir reden.«

»Gut.«

»Allein.«

»Wir können ja ein bisschen spazieren gehen.«

Tory holte tief Luft und erinnerte sich ihrer Manieren. »Verzeihung, Mr. Cobb.«

»Nicht nötig. Ich hätte nicht gedacht, dass Sie mich wiedererkennen.«

Das hatte sie auch nicht getan, jedenfalls nicht bewusst. Sie hatte seinen Namen genannt, ohne darüber nachzudenken. Jetzt wurde ihre Wut einen Moment lang von dem alten Bild eines dürren Mannes mit blonden Haaren überdeckt, der nach Alkohol roch und ihr heimlich Pfefferminzbonbons zusteckte.

Dürr war er immer noch, stellte Tory fest, aber Alter und Alkohol hatten sein Gesicht verwüstet. Es war rot und faltig, und das Haar war so schütter geworden, dass seine alte graue Kappe es fast vollkommen verdeckte.

»Ich weiß noch, dass Sie mir immer Süßigkeiten gegeben haben, und Sie haben auf dem Feld neben dem meines Vaters gearbeitet.«

»Ja, das stimmt.« Piney lächelte und entblößte dabei braune, schadhafte Zähne. »Jetzt arbeite ich für den Studierten hier. Zahlt besser. Ich mache mich jetzt mal auf. Bis morgen dann, Boss.«

Er tippte an seine Kappe, dann zog er ein Pfefferminz aus der Tasche und reichte es Tory. »Wenn ich mich recht erinnere, haben Sie die immer am liebsten gemocht.«

»Ich mag sie heute noch gern. Danke.«

»Es hat ihm gefallen, dass du dich an ihn erinnert hast«, sagte Cade, während Piney über das Feld auf die Straße zuging.

»Mein Vater hat ihm immer Vorträge darüber gehalten, dass Whiskey von Übel sei, aber ungefähr einmal im Monat haben sie sich zusammen betrunken. Am nächsten Tag arbeitete Piney dann wieder wie immer auf dem Feld. Und mein Vater brüllte ihm wie immer über die Furchen hinweg seine Vorträge ins Ohr.«

Kopfschüttelnd drehte sich Tory zu Cade um. »Ich habe nicht hier angehalten, um in Erinnerungen zu schwelgen. Was denkst du dir eigentlich dabei, deinem Freund Dwight zu erzählen, wir seien zusammen?«

»Ich bin nicht sicher …«

»Wir sind *nicht* zusammen!«

Cade zog eine Augenbraue hoch, nahm seine Sonnenbrille ab und hängte sie an einem Bügel in sein Hemd.

»Nun, Tory, doch, das sind wir. Im Moment stehst du direkt neben mir.«

»Du weißt ganz gut, was ich meine. Wir haben keine Verabredungen.«

Cade lächelte nicht, obwohl er es gern getan hätte. Stattdessen kratzte er sich am Kopf und sah sie nachdenklich an. »Wir sind in den letzten zehn Tagen viermal miteinander ausgegangen. Und meiner Meinung nach ist es eine Verabredung, wenn ein Mann und eine Frau miteinander essen gehen.«

»Da irrst du dich. Wir haben keine Verabredungen, also stell das bitte bei deinen Freunden richtig.«

»Ja.«

»Grins mich nicht so an.« Drei Krähen mit glänzendem Gefieder hockten sich nicht weit von ihnen entfernt aufs Feld. »Und selbst wenn du es so gesehen hast, so hattest du kein Recht dazu, Dwight zu erzählen, wir seien zusammen. Er hat es sofort Lissy weitererzählt, und jetzt hat sich in ihrem erbsengroßen Hirn festgesetzt, wir hätten eine wilde Affäre miteinander. Ich will nicht, dass die Leute hier glauben, ich sei dein neuester Flirt.«

»Mein neuester?« Er hakte die Daumen in die Taschen seiner Jeans. Was seine Unterhaltung anging, so war das bestimmt das Highlight des heutigen Tages. »Wie viele Flirts habe ich denn deiner Meinung nach gehabt?«

»Das interessiert mich nicht.«

»*Du* hast mit dem Thema angefangen«, erinnerte er sie und sah mit Vergnügen, wie sie wütend wurde.

»Du hast schließlich Dwight erzählt, wir seien zusammen!«

»Nein, habe ich nicht. Und ich verstehe nicht …« Da fiel es ihm wieder ein. »Oh, ja, hmmm …«

»Siehst du!« Triumphierend streckte Tory den Zeigefinger aus. »Du bist schließlich ein erwachsener Mann und solltest über solche jungenhaften Angebereien hinaus sein.«

»Es war ein Missverständnis.« Und zwar seiner Meinung nach ein faszinierendes. »Lissy versucht ständig, mich unter die Haube zu bringen. Sie kann es anscheinend nicht ertragen, dass ein ungebundener Mann noch frei herumläuft. Sie geht mir furchtbar auf die Nerven damit. Als das Thema das letzte Mal aufkam, habe ich Dwight gesagt, er solle ihr erzählen, ich hätte mit irgendjemandem eine heiße Affäre, um sie mir vom Hals zu halten.«

»Eine *Affäre* mit mir?« Tory wunderte sich, dass sie kein Feuer spuckte. »Warum zum …«

»*Dich* habe ich gar nicht erwähnt«, unterbrach Cade sie. »Wahrscheinlich hat Dwight dich nur ins Spiel gebracht, weil wir uns in deinem Laden unterhalten haben. Wenn du jemanden fertig machen willst, dann tu es, aber ich persönlich verstehe nicht, worüber du dich eigentlich aufregst. Wir leben beide allein, wir sehen einander – jetzt gerade auch, Tory«, fügte er hinzu, bevor sie ihm widersprechen konnte. »Und wenn Lissy denkt, wir hätten was miteinander, was ist denn daran so schlimm?«

Ihre Stimme wollte ihr nicht gehorchen. Cade war amüsiert, das sah sie ganz deutlich in seinen Augen, hörte es an seiner Stimme. »Du findest das also lustig?«

»Ich halte es eher für eine gute Anekdote.«

»Eine Anekdote, ach was! Lissy wird die Geschichte im ganzen Landkreis verbreiten, wenn sie es nicht bereits getan hat.«

Die Krähen kamen wieder zurück und kreisten über ihnen. »Na, was für eine Tragödie! Vielleicht sollten wir eine Gegendarstellung in die Zeitung setzen.«

Tory gab ein grollendes Geräusch von sich. Als sie sich zum Gehen wandte, packte Cade sie am Arm und hielt sie fest. »Jetzt beruhige dich doch wieder, Victoria.«

»Sag mir nicht, dass ich mich beruhigen soll! Ich versuche, ein Geschäft aufzubauen, mir ein Zuhause zu schaffen, und ich möchte nicht zum Gegenstand von Nachbarschaftsklatsch werden.«

»Aber das ist doch der Treibstoff, der Kleinstädte am Leben erhält. Wenn du das vergessen hast, hast du zu lange in der Großstadt gelebt. Und wenn die Leute reden, kommen sie in deinen Laden, um dich aus der Nähe zu betrachten. Was macht das schon?«

Aus seinem Mund klang es freundlich und vernünftig. »Ich hasse es, angegafft zu werden! Das ist mir oft genug passiert.«

»Du wusstest, dass du damit rechnen musstest, als du wieder hierher kamst. Und wenn die Leute eine Frau angaffen wollen, die Cade Lavelles Aufmerksamkeit errungen hat, dann brauchen sie dich nur anzusehen, um den Grund zu erkennen.«

»Du drehst mir das Wort im Mund herum.« Irgendwie kam es Tory so vor, als befände sie sich auf schwankendem Boden. »Faith war im Laden, als Lissy es erzählt hat.« Mit einiger Befriedigung sah sie, dass Cade zusammenzuckte. »Na, das findest du auch nicht so witzig, oder?«

»Wenn Faith darüber dumme Bemerkungen macht – und ich denke, sie kann der Gelegenheit nicht widerstehen – dann ist es Zeit, dass ich endlich etwas davon habe.« Cade packte Torys Arm fester und warf seine Sonnenbrille zu Boden. Dann trat er einen Schritt näher.

Alarmglocken schrillten in Torys Kopf, und sie schlug gegen seine Brust. »Was hast du vor?«

»Du brauchst nicht gleich aus der Haut zu fahren.« Mit der freien Hand umfasste Cade ihren Nacken. »Ich will dich nur küssen.«

»Nicht.« Aber seine Lippen näherten sich ihren bereits.

»Es tut nicht weh. Ich verspreche es.«

Er hielt Wort. Es tat nicht weh. Es beruhigte und erregte, es erfüllte und weckte die Bedürfnisse, die sie so angestrengt unterdrückt hatte. Aber es tat nicht weh.

Sein Mund war weich, sanft und verführerisch. So wie er. Wärme breitete sich in Torys Bauch aus. Als sie ihr Herz erreichte, löste er sich von ihr.

»Ich hatte so ein Gefühl«, murmelte er und hörte nicht auf, ihren Nacken zu streicheln. »Das hatte ich schon, als ich dich das erste Mal wieder sah.«

In Torys Kopf drehte sich alles, und sie war nicht besonders froh darüber. »Das ist ein Irrtum. Ich …« Sie wich zurück und spürte, wie etwas unter ihrem Schuh krachte.

»Verdammt, schon die zweite in dieser Woche!« Kopf-schüttelnd betrachtete Cade die zerbrochene Sonnenbrille. »Das Leben ist voller Irrtümer«, fuhr er fort und küsste Tory rasch noch einmal. »Das hier fühlt sich zwar nicht so an, aber wir werden es weiter ausprobieren müssen, um es herauszufinden.«

»Cade, ich kann so etwas nicht gut.«

»Was denn? Küssen?«

»Nein.« Zu ihrer eigenen Überraschung musste sie lachen. Wie konnte er sie zum Lachen bringen, wenn sie solche Angst hatte? »Diese Beziehungsdinge.«

»Dann musst du eben üben.«

»Ich will aber nicht üben.« Sie seufzte auf, als er ihr einen Kuss auf die Stirn drückte. »Cade, es gibt so vieles, was du von mir nicht weißt.«

»Das gilt für uns beide. Dann lass es uns doch heraus-finden. Es ist ein schöner Abend.« Er griff nach ihrer Hand. »Warum fahren wir nicht ein bisschen spazieren?«

»So können wir mit dem Thema nicht umgehen.«

»Wir können unterwegs anhalten und etwas essen, wenn uns danach ist.« Er bückte sich, um seine zerbroche-ne Sonnenbrille aufzuheben. Dann führte er Tory Richtung Straße. »Ein Schritt nach dem anderen, Tory«, sagte er ru-hig. »Ich bin ein geduldiger Mann. Wenn du dich hier auf-merksam umsiehst, dann erkennst du, wie geduldig ich bin. Es hat drei Jahre gedauert, bis ich die Farm soweit hat-te, wie ich wollte. Und ich habe daran geglaubt, obwohl ich mich gegen jahrhundertealte Traditionen durchsetzen musste. Es gibt Leute, die immer noch daran herumnör-geln oder mich verfluchen. Und alles nur, weil ich nicht den bequemsten, den verständlichsten Weg gewählt habe. Was die Leute nicht verstehen, jagt ihnen für gewöhnlich Angst ein.«

Tory warf ihm einen Blick zu. Der charmante, sorglose Mann, der über ihren Wutausbruch geschmunzelt hatte, besaß ein Rückgrat aus Stahl. Daran sollte sie besser im-mer denken. »Ich weiß. Damit lebe ich.«

»Warum betrachten wir uns dann nicht einfach wie

zwei Ausgestoßene und sehen einmal, wohin es uns führt?«

»Ich weiß nicht, wovon du redest. In Progress ist kein Lavelle ein Ausgestoßener.«

»Das glaubst du, weil ich dich bisher noch nicht mit dem Wunder organischen Ackerbaus und der Schönheit grüner Baumwolle um den Verstand gebracht habe.« Beiläufig hob er ihre Hand und küsste sie auf den Handrücken. »Aber das werde ich zweifellos tun, weil ich schon seit Monaten kein neues Opfer mehr hatte. Weißt du was, du fährst jetzt nach Hause. Ich muss mich ein bisschen frisch machen. In ungefähr einer Stunde komme ich vorbei und hole dich ab.«

»Ich habe noch zu tun.«

»Gott weiß, dass kaum ein Tag vorübergeht, an dem man nichts zu tun hätte.« Cade öffnete ihre Autotür. »In einer Stunde«, wiederholte er noch einmal, als sie sich hinter ihr Lenkrad setzte. »Und – Tory? Nur damit es keine Verwirrung gibt: Das ist eine Verabredung.«

Dann schlug er die Tür zu und schlenderte mit den Händen in den Taschen zu seinem Pickup.

10

»Oh, sei doch nicht gemein, Cade! Ich bitte dich doch nur um einen kleinen Gefallen.« Faith lag quer über dem Bett ihres Bruders, das Kinn in die Hände gestützt, und blickte ihn mit ihrem gewinnendsten Lächeln an.

Sie hatte sich nach Hopes Tod angewöhnt, zu ihm ins Zimmer zu kommen, wenn sie es nicht ertragen konnte, allein zu sein. Mittlerweile jedoch kam sie meistens nur noch, wenn sie etwas wollte. Das wussten sie beide, aber anscheinend machte es ihm nichts aus.

»Dein Lächeln ist an mich verschwendet.« Bis zur Taille nackt, die Haare noch feucht vom Duschen, holte Cade ein frisches Hemd aus dem Schrank. »Ich brauche das Auto heute Abend.«

»Du kannst doch immer damit fahren.« Faith zog einen Schmollmund.

»Genau. Das kann ich. Und heute Abend brauche ich es.« Er schenkte ihr das strahlende Lächeln, das lästigen Geschwistern vorbehalten war.

»Ich habe das Essen eingekauft, das du dir in den Mund gestopft hast.« Faith kniete sich hin. »Und bin in der Reinigung gewesen, um deine blöden Klamotten abzuholen, und jetzt bitte ich dich doch nur, mir dein verdammtes Auto einen einzigen Abend lang zu leihen! Aber du bist so egoistisch!«

Cade schlüpfte in sein Hemd und begann, es zuzuknöpfen. Das zufriedene Lächeln verschwand nicht aus seinem Gesicht. »Und was hast du dagegen einzuwenden?«

»Ich *hasse* dich!« Sie schleuderte ein Kissen nach ihm, verfehlte ihn aber. Sie hatte noch nie gut zielen können.

»Ich hoffe, du fährst die verdammte Karre zu Bruch und steckst in einem brennenden Schrotthaufen fest.« Das nächste Kissen segelte über seinen Kopf hinweg. Er brauchte sich noch nicht einmal zu ducken. »Ich hoffe, dir gerät Glas in die Augen, und du wirst blind, und dann lache ich mich kaputt, wenn du gegen die Wände läufst.«

Entschlossen drehte er ihr den Rücken zu. »Nun, morgen Abend wirst du dir das, was von dem Auto übrig ist, wahrscheinlich nicht mehr leihen wollen.«

»Ich will es jetzt!«

»Faith, mein Schatz ...« Cade steckte das Hemd in die Hose und ergriff seine Uhr, die auf dem Sekretär lag. »Du willst *alles* immer *jetzt*.« Da er nicht widerstehen konnte, ergriff er die Schlüssel und ließ sie vor ihren Augen hin und her baumeln. »Aber du kannst es nicht bekommen.«

Faith schrie empört auf und schwang sich vom Bett. Cade hätte ausweichen können, aber es war viel unterhaltsamer, mit ihr ein bisschen zu rangeln und ihr die Arme festzuhalten, bevor sie ihm mit ihren langen Nägeln das Gesicht zerkratzen konnte.

»Du wirst dir wehtun«, warnte er sie.

»Nein, ich werde dich *umbringen*. Ich werde dir die Augen auskratzen!«

»Du bist ja heute Abend regelrecht davon besessen, dass ich blind werde. Wenn du mir die Augen auskratzt, wie soll ich dann noch sehen, wie hübsch du bist?«

»Lass mich los, du Bastard. Kämpfe wie ein Mann.«

»Wenn ich wie ein Mann kämpfen würde, würde ich dich einfach beiseite schieben, und das wäre es dann.« Um sie noch wütender zu machen, gab er ihr rasch einen Kuss. »Dann würde ich nicht so viel Energie verschwenden.«

Sie sank in sich zusammen, Tränen in den Augen. »Ach, lass mich los. Ich will dein blödes altes Auto sowieso nicht.«

»Diese Tour funktioniert ebenfalls nicht. Du bist viel zu geübt im Weinen.« Cade küsste sie erneut auf die Wange. »Morgen kannst du das Auto haben, den ganzen Tag und die halbe Nacht, wenn du willst.« Liebevoll drückte er ihren Arm und trat einen Schritt zurück.

Und sah Sterne, als sie ihn vors Schienbein trat. »Verdammt noch mal! Meine Güte!« Er schob Faith beiseite und rieb sich das Bein. »Du hinterhältige Schlange!«

»Sei froh, dass ich nicht dem ersten Impuls nachgegeben und das Knie genommen habe! Ich war nahe dran.« Als er sich vorbeugte, um sich das Schienbein zu reiben, machte sie einen Satz auf ihn zu, um ihm die Schlüssel zu entreißen. Fast gelang es ihr, aber er wirbelte sie herum, und sie fiel polternd zu Boden.

»Kincade! Faith Ellen!« Die Stimme klang wie ein Peitschenknall auf Seide. Margaret stand starr und mit blassem Gesicht in der Tür. Sofort hielten beide inne.

»Mama.« Cade räusperte sich.

»Ich habe euer Fluchen und Schreien bis unten gehört. Ebenso wie Richter Purcell, den ich heute Abend zu Besuch habe. Und auch Lilah und das Tagesmädchen und der junge Mann, der sie gerade abholen wollte.«

Sie machte eine Pause, um ihren Kindern die Ungehörigkeit ihres Benehmens vor Augen zu führen. »*Ihr* mögt euer Betragen vielleicht für akzeptabel halten, aber ich nicht, und ich dulde nicht, dass Gäste, Dienstboten und Fremde annehmen, ich hätte in diesem Haus zwei Hyänen aufgezogen.«

»Es tut mir Leid.«

»Er soll sich bei mir entschuldigen«, verlangte Faith und rieb sich schmollend ihren wunden Ellbogen. »Er hat mich zu Boden geschleudert.«

»Das habe ich nicht. Du bist über deine eigenen Füße gestolpert.«

»Er war grausam und gemein.« Sie hatte noch einen Schuss frei, fand Faith, und sie gedachte auch, ihn zu nutzen. »Ich habe ihn nur höflich gefragt, ob er mir für heute Abend seinen Wagen leiht, und er hat mich beschimpft und herumgeschubst.« Sie zuckte zusammen und betastete vorsichtig ihren Arm. »Ich habe blaue Flecken.«

»Vermutlich war es mehr als nur eine kleine Provokation, aber es gibt keine Entschuldigung dafür, dass du Hand an deine Schwester gelegt hast.«

156

»Nein, Ma'am.« Cade nahm den Tadel mit einem steifen Nicken zur Kenntnis. Er bedauerte es, dass ein albernes Gerangel so kalt und unversöhnlich dargestellt wurde. »Du hast Recht. Ich bitte um Entschuldigung.«

»Nun gut.« Margaret wandte sich an Faith. »Cade darf mit seinem Eigentum verfahren, wie ihm beliebt. Und jetzt hör auf damit.«

»Ich wollte doch nur für ein paar Stunden aus dem Haus«, sprudelte Faith wütend hervor. »Er kann genauso gut den Pickup nehmen. Er will doch nur an ein dunkles, ruhiges Plätzchen fahren, damit er in aller Ruhe mit Tory Bodeen knutschen kann.«

»Das hast du nett gesagt, Faith«, murmelte Cade. »Ganz toll.«

»Nun, es stimmt doch! Jeder in der Stadt weiß, dass ihr beide was miteinander habt.«

Margaret trat zwei Schritte vor und rang um Fassung. »Willst du – hast du etwa vor, dich heute Abend mit Victoria Bodeen zu treffen?«

»Ja.«

»Könnte es sein, dass du dir über meine Gefühle ihr gegenüber nicht im Klaren bist?«

»Doch, Mama, ich bin mir darüber im Klaren.«

»Offenbar spielen meine Gefühle jedoch keine Rolle. Die Tatsache, dass sie am Tod deiner Schwester beteiligt war, die Tatsache, dass ihre Anwesenheit hier ständig an diesen Verlust erinnert, bedeutet dir nichts.«

»Ich gebe ihr nicht die Schuld an Hopes Tod. Es tut mir Leid, dass du es tust, und noch mehr tut es mir Leid, dass meine Freundschaft mit ihr dir Kummer und Schmerzen bereitet.«

»Spar dir deine Beteuerungen«, erwiderte Margaret kalt. »Sie sind nur eine Ausrede für dein jämmerliches Betragen. Es ist deine Entscheidung, wenn du diese Frau in dein Leben lassen willst, aber du wirst sie von meinem fern halten. Ist das klar?«

»Ja, Ma'am.« Seine Stimme war genauso eisig wie ihre. »Vollkommen klar.«

Ohne ein weiteres Wort drehte sich seine Mutter um und ging mit gemessenen Schritten hinaus.

Cade starrte ihr nach. Er wünschte, er hätte nicht dieses Aufflackern von Trauer in ihren Augen gesehen, hätte sich nicht so verantwortlich dafür gefühlt. Er warf Faith einen bitteren Blick zu.

»Sehr gut gemacht, wie immer. Viel Spaß heute Abend.«

Als er hinausging, hielt sie die Augen fest geschlossen. Ihre Gedankenlosigkeit quälte sie. Einen Moment lang saß sie da und schaukelte hin und her, um sich zu trösten, dann aber sprang sie auf und rannte die Treppe hinunter. Doch sie hörte nur noch, wie die Haustür zuschlug.

»Es tut mir Leid«, murmelte sie und setzte sich auf den Treppenabsatz. »Ich habe nicht nachgedacht. Ich habe es nicht so gemeint. Bitte hasse mich nicht.« Sie ließ den Kopf auf die Knie sinken. »Ich hasse mich ja selbst schon.«

»Ich hoffe, du entschuldigst das Benehmen meiner Kinder, Gerald.« Margaret rauschte in den Salon, in dem ihr alter Freund wartete.

Wenn meine Kinder noch unter meinem Dach lebten, würde es solche Ausbrüche nicht geben, dachte er. Aber seine Töchter waren ja auch so erzogen worden, dass sie sich immer und überall wie Damen benahmen.

Trotzdem schenkte er Margaret ein mitfühlendes Lächeln. »Du brauchst dich nicht zu entschuldigen, Margaret. Sie sind eben lebhaft.« Er ergriff das Sherryglas, das sie abgestellt hatte, als sie nach oben gegangen war, und reichte es ihr.

Leise Musik erklang. Bach. Ein Lieblingskomponist von ihnen beiden. Gerald hatte ihr Rosen mitgebracht, wie immer, und Margaret hatte sie schon in einer Vase auf den Flügel gestellt.

Das Zimmer mit seinen bequemen blauen Sofas und dem alten, polierten Holz war gemütlich, friedlich und genauso, wie Margaret es verlangte. Auf dem Flügel spielte selten jemand, dennoch wurde er regelmäßig gestimmt. Es war ihr Wunsch gewesen, dass ihre beiden Töchter Klavier spielen lernten, aber sie war enttäuscht worden.

In diesem Zimmer gab es keine Familienfotos. Jedes Erinnerungsstück war sorgfältig auf die Einrichtung abgestimmt, sodass sich Ererbtes nahtlos mit ihren eigenen Erwerbungen verband.

Es war kein Zimmer, in dem ein Mann seine Stiefel auf den Tisch legen oder ein Kind auf dem Teppich spielen konnte.

»Lebhaft«, wiederholte sie. »Es ist nett von dir, dass du es so bezeichnest.« Margaret trat ans Fenster und sah Cades Wagen nach, der die Auffahrt hinunterfuhr. Unzufriedenheit nagte an ihr. »Leider ist es keineswegs Lebhaftigkeit.«

»Unsere Kinder werden erwachsen, Margaret.«

»Manche.«

Einen Moment lang schwieg er. Er wusste, dass das Thema Hope für sie nie leicht war. Und da er es lieber leicht hatte, tat er so, als hätte er nichts gesagt.

Er kannte sie seit fünfunddreißig Jahren, und früher einmal hatte er sie umworben. Doch sie hatte Jasper Lavelle gewählt, der reicher war und blaueres Blut gehabt hatte. Es hatte Gerald nicht besonders viel ausgemacht – jedenfalls sah er es gern so.

Damals, als junger Anwalt, war er ehrgeizig gewesen. Er hatte selbst gut geheiratet, zwei Kinder großgezogen, und war nun seit fünf Jahren aufs Angenehmste verwitwet.

Wie seine alte Freundin zog er den Witwerstand der Ehe vor. Er erforderte so viel weniger an Zeit und Energie!

Gerald ging auf die Sechzig zu, war groß, und seine buschigen, schwarzen Augenbrauen, die sich wie zerrupfte Federn in seinem ansonsten würdigen, eckigen Gesicht aufschwangen, verliehen ihm ein dramatisches Aussehen.

Das Gesetz mit all seinen Facetten war sein Leben, und damit hatte er sich einen geachteten Platz in der Gemeinde gesichert.

Er war gern mit Margaret zusammen. Sie genossen ihre

Diskussionen über Kunst und Literatur, und er war ihr ständiger Begleiter bei allen Ereignissen und Anlässen. Mehr als einen kühlen Kuss auf die Wange hatten sie jedoch nie ausgetauscht.

Was den Sex anging, so griff er auf junge Prostituierte zurück, die sexuelle Fantasien gegen Bargeld erfüllten und namenlos blieben.

Er war ein gesetzestreuer Republikaner, ein gläubiger Baptist. Seine sexuellen Abenteuer betrachtete er als eine Art Hobby. Schließlich spielte er ja nicht Golf.

»Ich glaube, ich bin heute Abend keine gute Gesellschaft, Gerald.«

Er war auch ein Mann mit festen Gewohnheiten. Heute war der Abend in der Woche, an dem sie immer gemeinsam in Beaux Reves aßen. Anschließend gab es Kaffee und eine angenehme halbe Stunde im Garten.

»Wir sind zu lange miteinander befreundet, als dass du dir darüber Gedanken machen solltest.«

»Ich kann wirklich einen Freund gebrauchen! Ich habe mich aufgeregt, Gerald. Victoria Bodeen … Ich hatte gehofft, ich könnte damit fertig werden, dass sie wieder nach Progress zurückgekehrt ist. Aber jetzt habe ich erfahren, dass Cade sich mit ihr trifft.«

»Er ist ein erwachsener Mann, Margaret.«

»Er ist mein Sohn.« Sie drehte sich wieder zu ihm um, und ihr Gesicht war hart wie Stein. »Ich werde es nicht dulden.«

Beinahe hätte er geseufzt. »Mir scheint, wenn du zu sehr auf diesem Thema herumreitest, machst du es für ihn – und für sie auch – zu wichtig.«

»Ich habe nicht vor, darauf herumzureiten.« Nein, sie wusste, was getan werden musste, und sie würde dafür sorgen. »Er hätte deine Deborah heiraten sollen, Gerald.«

Dass er das nicht getan hatte, bedauerten sie beide, und er lächelte traurig. »Dann hätten wir gemeinsame Enkelkinder.«

»Was für ein Gedanke«, murmelte Margaret und beschloss, sie könnte noch einen Sherry gebrauchen.

Tory wartete schon auf ihn. Sie hatte ihre Gedanken wieder sortiert. Sie brauchte immer eine Weile, bis sie merkte, dass Cade sie manipulierte. Er tat es angenehm, sehr ruhig und sehr geschickt, aber deswegen manipulierte er sie trotzdem.

Doch sie hatte schon zu lange die Verantwortung für ihr Leben übernommen, um irgendjemandem zu erlauben, das Steuer an sich zu reißen.

Cade war ein netter Mann, und Tory konnte nicht leugnen, dass sie gern mit ihm zusammen war. Sie war stolz darauf, wie ruhig und reif das klang, als sie es vor ihrem Spiegel einstudierte. Auch der Rest der kleinen Rede, die sie vorbereitet hatte, klang in ihren Ohren gut.

Sie war einfach zu beschäftigt damit, ihren Laden einzurichten und sich wieder einzugewöhnen, als dass sie Zeit oder Mühe in eine Beziehung mit ihm oder sonst jemandem stecken konnte.

Natürlich fühlte sie sich geschmeichelt, dass er an ihr interessiert war, aber es würde das Beste sein, wenn sie es für den Moment einfach dabei beließen. Sie hoffte, sie könnten weiterhin Freunde bleiben, aber etwas anderes konnte nie aus der Sache werden.

Tory fuhr sich mit der Zunge über die Unterlippe. Sie konnte sich in Erinnerung rufen, wie er schmeckte. Darin war sie gut.

Der heiße, süße Duft der Pfirsiche, die von dem alten, verzweigten Baum am Fluss vor der Stadt abgefallen waren. Bienen, trunken von dem gegorenen Saft, schwärmten über dem Fallobst und summten anheimelnd.

Sie hatte nicht erwartet, dass sein Kuss sich so heiß und süß und so kraftvoll anfühlen würde.

Sie hatte nicht erwartet, dass sie in diesem Augenblick so perfekt zueinander passen würden wie zwei Teile eines Puzzles.

Ich romantisiere den Zufall, ermahnte sie sich. Es war albern, so zu tun, als hätte sie sich nicht schon vorgestellt, wie es wäre, ihn zu küssen. Sie war ja schließlich auch nur ein Mensch.

Sie war normal.

In ihrer Vorstellung jedoch war alles ziemlich harmlos, freundschaftlich und einfach gewesen. Die Wirklichkeit hingegen war nicht einfach nur ein Kuss, sondern eher eine Art Vorgeschmack auf das Kommende. Wahrscheinlich hatte er das absichtlich gemacht.

Klug von ihm, dachte sie. Er war ein kluger Mann. Aber es würde nicht funktionieren.

Jetzt war sie für ihn bereit. Keine Wut, keine Verlegenheit würden ihr den Verstand vernebeln. Sie würde hinausgehen, wenn er vorfuhr, damit er nicht hereinkam und abermals Gelegenheit hatte, sie zu verwirren. Sie würde ihre nette kleine Rede halten, ihm alles Gute wünschen, und dann wieder hineingehen und die Tür schließen.

Und dort bleiben, wo sie in Sicherheit war.

Der Plan bewirkte, dass sie das Gefühl hatte, die Dinge wieder in der Hand zu haben. Deshalb seufzte sie erleichtert auf, als sie seinen Wagen vorfahren hörte. Jetzt würde alles wieder in Ordnung kommen.

Sie trat vor das Haus und sah sein Gesicht.

Cade saß in dem hübschen Cabrio, die Haare windzerzaust, die Hände auf dem Lenkrad. Fröhlich lächelte er Tory an, aber dahinter sah sie Wut und Frustration. Und vor allem bitteren Kummer.

Nichts hätte sie wirkungsvoller an ihrer schwachen Stelle treffen können.

»Das liebe ich am meisten an dir, Tory. Du bist immer pünktlich.« Er stieg aus und ging auf die Beifahrerseite, um ihr die Tür zu öffnen.

Sie berührte ihn nicht. Mit körperlichem Kontakt wurde die Verbindung zu eng. »Erzähl mir, was passiert ist.«

»Passiert?« Er blickte sie verständnislos an, und als er begriff, was sie meinte, wurde sein Gesicht verschlossen. Während sie einstieg, ging er wieder auf die Fahrerseite. »Brichst du ein Gehirn einfach so auf und wirfst einen Blick hinein?«

Ihr Kopf fuhr zurück, als ob er sie geschlagen hätte. Dann faltete sie die Hände in ihrem Schoß. Es war besser so. Letztendlich wäre es ja doch passiert. Dann war es besser, es so schnell wie möglich hinter sich zu bringen.

»Nein. Das wäre unhöflich.«

Lachend setzte er sich hinters Steuer. »Oh, ich verstehe. Es gibt eine Etikette beim Gedankenlesen.«

»Ich lese keine Gedanken.« Sie verschlang die Finger ineinander. Dann stieß sie die Luft aus, um den Druck in ihrer Brust zu lösen, und blickte starr geradeaus. »Es ist mehr ein Lesen von Gefühlen. Ich habe gelernt, es zu verdrängen, weil es nicht angenehm ist – was immer du auch denken magst –, wenn andere Menschen dich mit ihren Gefühlen belasten. Es ist ziemlich leicht, es zu filtern, doch ab und zu, wenn ich nicht aufpasse, kommen ein paar besonders starke Emotionen trotzdem durch. Es tut mir Leid, dass ich in deine Privatsphäre eingedrungen bin.«

Einen Moment lang sagte er nichts, sondern saß nur da, mit zurückgelehntem Kopf und geschlossenen Augen. »Nein, ich muss mich entschuldigen. Das war ungezogen. Ich fühle mich nicht gut, wie du vielleicht gemerkt hast, und wahrscheinlich musste ich einfach um mich schlagen, und du warst gerade da.«

»Ich kann verstehen, dass es ein unangenehmes Gefühl ist, mit jemandem zusammen zu sein, dem du nicht vertrauen kannst. Jemand, bei dem du das Gefühl hast, dass er sich deiner Gedanken und Gefühle bemächtigt und sie dazu benutzt, um dich zu verletzen oder dein Leben in eine bestimmte Richtung zu lenken. Das ist einer der Gründe, warum ich nicht gut in Beziehungen bin und warum ich keine Beziehung haben möchte. Es ist vollkommen verständlich, dass man Fragen und Zweifel hat und dass diese Fragen und Zweifel zu Misstrauen und Vorwürfen führen.«

Sie schwieg und wappnete sich für das Kommende.

»Das ist Quatsch«, sagte Cade sanft. »Macht es dir was aus, wenn ich dich frage, wessen Worte du mir gerade in den Mund gelegt hast?«

»Es waren meine eigenen Worte.« Sie wandte sich zu ihm um. »Ich bin, was ich bin, und ich kann es nicht ändern. Ich weiß, wie ich damit umgehen muss. Ich erwarte nicht, dass jemand zu mir steht. Ich brauche auch niemanden. Ich habe gelernt, mein Leben so zu akzeptieren, wie es ist, und mir ist es ziemlich egal, wenn du oder sonst jemand das nicht kann.«

»Pass gut auf Erdlöcher auf, Tory. Das ist ein ziemlich hohes Ross, auf dem du sitzt.« Als sie nach dem Türgriff greifen wollte, zog er eine Augenbraue hoch. »Feigling.«

Ihre Finger schlossen sich um den Griff, aber dann ließ sie ihn wieder los. »Bastard.«

»Das stimmt, das war ich auch, weil ich meine schlechte Laune an dir ausgelassen habe. Du dagegen schreibst mir Meinungen zu, die ich nicht ausgedrückt habe, und die ich auch nicht vertrete. Ich kann dir nicht sagen, was ich denke, weil ich noch nicht gründlich genug darüber nachgedacht habe. Wenn etwas wichtig ist, nehme ich mir gern Zeit zum Nachdenken. Du scheinst wichtig zu sein.«

Er wandte sich ihr zu. Instinktiv wich sie zurück. »Das ist auch etwas, was mich schrecklich irritiert.« Ruhig zog er ihren Sicherheitsgurt zu sich herüber und schnallte sie an. »Und zugleich ist es eine Herausforderung. Ich bin fest entschlossen, dich auch weiterhin zu berühren und dir immer näher zu kommen, bis du aufhörst, vor mir zurückzuweichen.«

Er ließ den Motor an, legte einen Arm über die Rückenlehne und musterte Tory, bevor er den Wagen zur Straße zurücklenkte. »Wenn du willst, kannst du das meinem Stolz und meinem Ego zuschreiben. Es ist mir egal.«

Auf der Straße trat Cade aufs Gaspedal. »Ich habe noch nie eine Frau geschlagen.« Er sagte es leichthin, aber Tory hörte die sorgsam gehütete Wut hinter den Worten. »Ich werde bei dir nicht damit anfangen. Ich möchte dich gern anfassen, aber ich werde dich nicht verletzen.«

»Ich glaube nicht, dass jeder Mann mit Fäusten auf Frauen losgeht.« Tory blickte aus dem Fenster und versuchte, ihre Kontrolle wieder zu finden. »Das und einige andere Themen habe ich in der Therapie erarbeitet.«

»Gut«, erwiderte Cade einfach. »Dann brauche ich mir

keine Gedanken darüber zu machen, dass dir jede meiner Bewegungen wie eine Bedrohung vorkommt. Es macht mir nichts aus, dich nervös zu machen, aber ich will dir keine Angst einflößen.«

»Wenn ich Angst vor dir hätte, wäre ich nicht hier.« Der Wind strich über ihr Gesicht, durch ihre Haare. »Ich bin nicht jedermanns Fußabtreter, Cade. Schon lange nicht mehr.«

Er ließ sich mit der Antwort Zeit. »Wenn das so wäre, würde ich dich auch nicht hier haben wollen.«

Sie warf ihm einen Seitenblick zu. »Da sagst du etwas Kluges. Vielleicht das Beste, was du überhaupt sagen konntest. Und noch besser ist, dass du es sogar so meinst.«

»Ich bin eins dieser seltenen Geschöpfe, die immer versuchen zu meinen, was sie sagen.«

»Das glaube ich auch.« Tory holte tief Luft. »Ich wollte heute Abend eigentlich nicht mitkommen. Ich wollte aus dem Haus treten und dir sagen, ich käme nicht mit. Und nun sitze ich hier.«

»Ich habe dir Leid getan.« Cade warf ihr einen Blick zu. »Das war dein erster Fehler.«

Sie lachte kurz auf. »Vermutlich. Wohin fahren wir?«

»An keinen besonderen Ort.«

»Gut.« Sie lehnte sich zurück, überrascht, wie schnell und leicht sie sich entspannen konnte. »Das ist schön.«

Cade fuhr weiter, als er vorgehabt hatte, über kleine Seitenstraßen, aber immer nach Osten. Zum Meer. Hinter ihnen sank die Sonne immer tiefer und sandte rote Streifen über den Himmel, die über den Feldern zu bluten schienen, durch die Bäume schimmerten und den Fluss färbten.

Er überließ Tory die Musikauswahl, und obwohl er eher Rockmusik als Mozart genommen hätte, schien er zur Dämmerung zu passen.

Cade fand ein kleines Restaurant am Meer, etwas südlich von den Menschenmassen am Myrtle Beach. Es war immer noch warm genug, um draußen zu sitzen, an einem kleinen Tisch, auf dem eine weiße Kerze in einem Windlicht flackerte und die Gespräche um sie herum im ständigen Rauschen der Wellen untergingen.

Am Strand jagten Kinder den stieläugigen Sandkrabben nach oder warfen Brotkrumen für die kreischenden Möwen in die Luft. Eine Gruppe von jungen Leuten tummelte sich im Wasser.

Noch war der Himmel tiefblau, aber der Abendstern funkelte schon wie ein Diamant.

Die Spannung und die Wut des Tages fielen von Tory ab.

Sie hatte nicht das Gefühl, hungrig zu sein, zumal sie nie besonders viel Appetit hatte. Trotzdem pickte sie an ihrem Salat herum, während Cade begann, von seiner Arbeit zu erzählen.

»Wenn du merkst, dass dir die Augen zufallen, dann unterbrich mich einfach.«

»Ich langweile mich nicht so schnell. Und ich weiß auch einiges über organisch angebaute Baumwolle. Der Laden, in dem ich in Charleston gearbeitet habe, hat Hemden aus dieser Baumwolle im Angebot. Wir haben sie aus Kalifornien bezogen. Sie waren teuer, haben sich aber gut verkauft.«

»Sag mir den Namen von diesem Laden! Lavelle Cotton hat letztes Jahr mit der Herstellung von Hemden angefangen. Ich kann garantieren, dass wir die kalifornischen Preise unterbieten, aber ich komme nicht so gut mit diesem Geschäft zurecht, wie ich eigentlich wollte. Wenn du erst einmal etabliert bist, ist organischer Anbau durchaus konkurrenzfähig gegenüber chemischen Methoden, aber du brauchst natürlich Aufträge.«

»Um Profit zu machen.«

»Genau.« Er strich Butter auf ein Brötchen und reichte es ihr. »Die Leute achten mehr auf Profit als auf Umweltprobleme. Ich kann über Pestizide reden, die Auswirkungen auf die Tierwelt und Randspezies …«

»Randspezies?«

»Wachteln und andere Vögel, die im Gras neben den Feldern nisten. Jäger schießen Wachteln, essen sie und verzehren damit die Pestizide. Und erst die Insektizide … Natürlich töten sie die Schädlinge, aber sie töten auch die guten Käfer, infizieren Vögel und reduzieren die Nahrungskette. Ein Huhn pickt ein totes oder sterbendes Insekt, das besprüht worden ist, und dann ist das Huhn ebenfalls infiziert. Das ist ein Kreislauf, den man erst unterbricht, wenn man es mit anderen Methoden versucht.«

Seltsam, dachte Tory, weil sie sich an das Bild erinnerte, das ihr Vater von Landwirtschaft gehabt hatte. Bei ihm war die Natur ein Feind gewesen, den man Tag für Tag bekämpfen musste, gleich hinter der Regierung.

»Du liebst die Landwirtschaft.«

»Ja. Warum nicht?«

Sie schüttelte den Kopf. »Viele Leute verdienen ihren Lebensunterhalt mit etwas, woran sie keinen Spaß haben und das sie zudem nicht wirklich beherrschen. Ich sollte nach der High School in der Werkzeugfabrik arbeiten. Insgeheim habe ich Weiterbildungskurse besucht, statt zu widersprechen. Also weiß ich, wie es ist, gegen seine wirklichen Interessen zu arbeiten.«

»Woher wusstest du denn, was du tun wolltest?«

»Ich wollte einfach nur klug sein.« Um zu entkommen, dachte sie, sprach es aber nicht aus. »Die organische Methode ist vernünftig und sicher zukunftsweisend, aber wenn du nicht sprühst, riskierst du Unkraut, Krankheiten und Schädlingsbefall. Du hast kranke Pflanzen.«

»Baumwolle wird seit über viertausend Jahren angebaut. Was, glaubst du, haben die Leute vor sechzig, siebzig Jahren gemacht, bevor es die ganzen chemischen Mittel gab?«

Es faszinierte und interessierte Tory, wie Cade sich ereiferte. Zu spüren, wie er die Leidenschaft für seine Arbeit ausstrahlte. »Sie hatten Sklaven. Und danach Feldarbeiter, die sie zu Sklavenlöhnen ausbeuten konnten. Das ist im Übrigen einer der Gründe, warum die Südstaaten den Krieg gegen den Norden verloren haben.«

»Über Geschichte können wir ein anderes Mal reden.« Cade beugte sich vor, um seinen Standpunkt darzulegen.

167

»Organisch angebaute Baumwolle erfordert natürlich mehr Handarbeit, aber sie nutzt auch natürliche Ressourcen. Mist und Kompost statt chemischer Düngemittel, die das Grundwasser verunreinigen können. Deckpflanzen, um Unkraut und Krankheiten im Rahmen zu halten und den Ertrag zu steigern, rotierender Anbau, um den Boden nicht auszulaugen. Nicht schädliche Käfer – Marienkäfer, Gottesanbeterinnen und so weiter –, die sich von der Baumwollpest ernähren, damit du nicht Landarbeiter, Nachbarn und Kinder den Pestiziden aussetzen musst. Wir lassen die Pflanzen eines natürlichen Todes sterben, statt sie zu entlauben.«

Cade lehnte sich zurück, da ihre Vorspeisen serviert wurden, und schenkte ihnen Wein ein. Aber von seinem Thema konnte er nicht lassen. »Wir arbeiten mit Entkörnung. Wir säubern die Entkörnungsmaschine von den Rückständen der konventionellen Baumwolle, das ist Bundesgesetz. Wenn die Baumwolle also verkauft wird, ist sie rein und frei von Chemikalien. Manche denken, das spiele keine so große Rolle für ein Hemd oder für Shorts, aber Baumwolle ist sowohl Saat als auch Faser. Und Baumwollsaat ist in einigen Nahrungsmitteln enthalten. Was glaubst du, wie viel Pestizide du jedes Mal zu dir nimmst, wenn du eine Tüte Kartoffelchips isst?«

»Ich glaube nicht, dass ich das wissen möchte.« Tory erinnerte sich daran, wie ihr Vater stets das Land verfluchte. Sie erinnerte sich daran, wie die Sprühmaschinen ihre Wolken über dem Feld abließen und wie sie auf das Haus zutrieben.

Sie erinnerte sich an den beißenden Geruch. Und wie die Luft gebrannt hatte.

»Wann hast du angefangen, dich für die ganzheitliche, organische Methode zu interessieren?«

»Im ersten Jahr auf dem College. Ich habe darüber gelesen, und, nun ja, es gab da ein Mädchen …«

»Aha.« Amüsiert zerlegte Tory ihre Forelle. »Das Bild wird langsam klarer.«

»Sie hieß Lorilinda Dorset, aus Mill Valley in Kalifornien. Die Zunge hing mir aus dem Mund, als ich sie das erste Mal sah. Eine große, schlanke Brünette in engen Jeans.«

Seufzend hing Cade der Erinnerung nach. »Sie war aktives Mitglied bei allen möglichen Umweltschutzorganisationen. Und um sie zu beeindrucken, las ich natürlich alles über die Rechte der Tiere, über ökologische Landwirtschaft und Gott weiß was. Zwei Monate lang habe ich kein Fleisch gegessen.«

Tory zog die Augenbrauen hoch und blickte auf das Steak auf seinem Teller. »Das muss Liebe gewesen sein.«

»Ein paar fröhliche, strahlende Wochen lang. Ich ließ mich von ihr in ein Seminar über organischen Ackerbau mitschleppen, und dafür gestattete sie mir, ihr die engen Jeans auszuziehen.« Cade lächelte verschmitzt. »Aber schließlich war mein verzweifeltes Bedürfnis nach einem Hamburger größer als meine Liebe und Lorilinda wendete sich angeekelt von dem Fleischfresser ab.«

»Was hätte sie sonst tun sollen?«

»Genau. Aber ich merkte mir das, was ich in diesem Seminar gehört und was ich in den Büchern gelesen hatte, und es leuchtete mir immer mehr ein. Ich sah, wie man die Felder bestellen konnte, und warum es so sein musste. Und als ich dann Beaux Reves übernahm, begann ich mit dem langen und durchaus nicht konfliktfreien Prozess der Umgestaltung.«

»Lorilinda wäre stolz auf dich.«

»Nein. Sie hat mir den Hamburger nie verziehen. Das war ein ernsthafter Vertrauensbruch. Noch Monate danach konnte ich keinen Burger ohne Schuldgefühle hinunterwürgen.«

»Männer sind Schweine.«

»Ich weiß.« Cade wusste auch, dass Tory wahrscheinlich eine ganze Mahlzeit zu sich nehmen würde, wenn er sie weiterhin so angeregt unterhielt. »Aber von diesem genetischen Makel einmal abgesehen – was hieltest du davon, in deinem Laden exklusiv Lavelles ökologische Baumwollprodukte zu vertreiben?«

»Ich soll deine Hemden in meinem Laden verkaufen?«, fragte Tory überrascht.

»Nicht unbedingt Hemden, wenn das nicht zu deinen Waren passt. Aber Leinenwäsche? Tischdecken, Servietten, so etwas?«

»Nun …« Sie richtete ihre Gedanken aufs Geschäft. »Ich möchte natürlich ein paar Muster sehen. Aber da das Produkt hier in unserem Bundesland produziert wird, würde es schon zu meinem Angebot passen. Wir müssen natürlich über Kosten, Lieferbedingungen, Qualität und Stil reden. Ich verkaufe Einzigartiges und will zeigen, wie beeindruckend unterschiedlich Künstler und Handwerker in South Carolina sind.«

Schweigend trank sie einen Schluck Wein und dachte nach. »Schadstofffreies Leinen«, murmelte sie. »Vom Feld über den Laden auf den Tisch, und alles hier in Georgetown County. Das könnte reizvoll sein.«

»Gut.« Cade hob sein Glas und stieß mit ihr an. »Wir finden schon einen Weg, damit es für uns beide funktioniert. Damit *alles* funktioniert«, fügte er hinzu.

Der Abend endete sehr viel schöner, als er begonnen hatte. Der Vollmond stand am Himmel, und Tory fühlte sich angenehm beschwipst. Sie hatte gar nicht vorgehabt, Alkohol zu trinken, was sie sowieso selten tat, aber es war so nett gewesen, am Wasser zu sitzen und dabei Wein zu trinken …

Und so hatte sie zwei Gläser statt nur einem getrunken, und jetzt war sie angenehm müde. Das Auto fuhr ruhig und schnell dahin, und der Wind, der ihr übers Gesicht strich, roch nach dem nahen Sommer.

Tory dachte an Geißblatt und üppig blühende Rosen, den Geruch von Teer, der in der Sonne schmolz, und das träge Summen der Bienen, die um die Magnolienbäume herumschwirrten.

Hoffentlich wurde es jetzt ein wenig kühler, wo die Sonne untergegangen war. Wenn nicht endlich ein Auto vorbeikam, das sie anhalten konnte, müsste sie zu Fuß an diesen gottverdammten Strand laufen. Natürlich war Marcie schuld, die Schlampe.

Hatte sie einfach abgehängt, damit sie es mit diesem Arschloch Tim treiben konnte. Nun, Marcie konnte ihr gestohlen bleiben, sie würde eben nach Myrtle Beach trampen und sich dort eine schöne Zeit machen.

Sie brauchte nur endlich jemanden, der anhielt. Na komm schon, Schätzchen, halt an! Ja! Endlich!

Tory fuhr im Sitz hoch und rang nach Luft wie ein Schwimmer, der zu lange getaucht war.

»Sie ist in das Auto gestiegen! Sie hat ihren Rucksack auf den Rücksitz geworfen und ist in das Auto gestiegen!«

»Tory?« Cade fuhr an den Straßenrand und packte sie an den Schultern. »Ist schon in Ordnung. Du bist kurz eingeschlafen.«

»Nein.« Verzweifelt setzte sie sich gegen ihn zur Wehr und zerrte an ihrem Sicherheitsgurt. Ihr Herz klopfte heftig. »Nein!« Sie riss die Tür auf, sprang hinaus und begann, am Straßenrand entlangzulaufen. »Sie trampt an den Strand. Sie ist hier bei ihm eingestiegen, irgendwo dahinten.«

»Warte. Bleib stehen.« Cade holte sie ein und zog sie an sich. »Liebling, du zitterst ja!«

»Er hat sie mitgenommen.« Bilder und Formen stiegen in ihrem Kopf auf, und in ihrer Kehle brannte es. »Er hat sie mitgenommen, ist von der Straße abgebogen und mit ihr in den Wald gefahren. Und er hat sie mit irgendetwas geschlagen. Sie kann nicht sehen, was es ist, sie fühlt nur den Schmerz, und sie ist ganz benommen. Was geschieht mit ihr? Was ist los? Sie wehrt sich gegen ihn, aber er zerrt sie aus dem Wagen.«

»Wer?«

Tory schüttelte den Kopf, versuchte, wieder zu sich zu kommen, den Schmerz, das Entsetzen loszuwerden. »Hier entlang. Genau hier entlang.«

»In Ordnung.« Ihre Augen waren riesig, blicklos, und ihre Haut fühlte sich feucht an. »Willst du ein bisschen hier entlanggehen?«

»Ich muss. Lass mich in Ruhe.«

»Nein.« Fest schlang er einen Arm um sie. »Das werde

ich nicht tun. Wir gehen zusammen. Ich bin hier. Du kannst mich neben dir spüren.«

»Ich will das nicht. Ich will es nicht.« Trotzdem begann sie zu gehen. Sie öffnete sich, achtete nicht auf ihren instinktiven Selbstschutz. Als die Bilder deutlicher wurden, wehrte sie sich nicht.

Am Himmel blinkten blendend hell die Sterne. Hitze umschloss sie wie eine Faust.

»Sie wollte zum Strand, und keiner nahm sie mit. Sie war wütend auf ihre Freundin. Eine Freundin namens Marcie. Eigentlich hatten sie zusammen fahren und dort das Wochenende verbringen wollen. Und jetzt will sie trampen. Bei Gott, sie lässt sich doch von der blöden Kuh nicht das Wochenende verderben! Er kommt vorbei, und sie freut sich. Sie ist müde und durstig, und er sagt, er fährt bis nach Myrtle Beach. Mit dem Auto ist man in weniger als einer Stunde da.«

Tory blieb stehen und hob eine Hand. Ihr Kopf fiel nach hinten, aber ihre Augen waren geöffnet. Weit offen. »Er gibt dir eine Flasche. Jack Black. Blackjack. Du nimmst einen tiefen Schluck. Weil du Durst hast, und weil es so cool ist, durch die Gegend zu fahren und Whiskey zu trinken.

Es muss die Flasche gewesen sein, mit der er dich geschlagen hat. Das muss so gewesen sein, weil du sie ihm gereicht hast und lachtest, und dann krachte etwas gegen deine Schläfe. O Gott. Es tut so weh!«

Tory taumelte und hob ihre Hand an die Wange. Sie schmeckte Blut.

»Nein! Nicht.« Cade zog sie an sich, beinahe überrascht, dass sie sich in seinen Armen nicht auflöste wie Rauch.

»Ich kann nichts sehen. Ich kann es nicht. In ihm ist nichts. Nur Leere. Warte. Warte!« Ihr Atem kam stoßweise, und sie ballte die Hände zu Fäusten, als sie versuchte, das Bild deutlicher zu bekommen. Übelkeit überflutete sie, aber es gelang ihr, und sie konnte es sehen.

»Er hat sie dahin mitgenommen.« Tory begann, hin und her zu schaukeln. »Ich kann nicht! Ich kann es einfach nicht.«

172

»Du musst auch nicht. Es ist jetzt gut. Komm mit zurück zum Auto.«

»Er hat sie da hineingezerrt.« Mitleid und Trauer überdeckten alles andere. »Er vergewaltigt sie.« Jetzt schloss Tory die Augen und ließ zu, dass sich das Bild ihr einbrannte. »Du wehrst dich. Er tut dir weh, und du hast solche Angst! Er schlägt dich wieder, zweimal, fest ins Gesicht. Oh, es tut so weh, es tut so weh, es tut so weh … Du willst nicht hier sein. Du willst zu deiner Mutter. Du schreist, während er grunzt und keucht.

Du riechst seinen Schweiß und sein Geschlecht und dein eigenes Blut und du kannst dich nicht mehr wehren.« Tory fuhr sich mit den Händen durch das Gesicht. Sie musste die Linien ihrer Wangen, ihrer Nase, ihres Mundes fühlen, damit sie sich wieder erinnern konnte, wer sie war.

»Ich kann ihn nicht sehen. Es ist dunkel, und er ist nur ein Ding. Es gibt nichts an ihm, das mir real vorkommt. Sie sieht ihn auch nicht, nicht wirklich. Auch nicht, als er sie mit seinen eigenen Händen erwürgt. Es dauert nicht lange, weil sie sowieso kaum noch bei Bewusstsein ist und sich kaum wehrt. Sie war nur eine halbe Stunde mit ihm zusammen, und jetzt ist sie tot. Sie liegt nackt im Schatten der Bäume. Dort lässt er sie zurück. Er … er hat gepfiffen, als er zum Auto zurückging.«

Entschlossen trat Tory einen Schritt von Cade zurück. Er konnte nur ihr Gesicht sehen, bleich wie der Mond, mit verhangenen Augen.

»Sie war erst sechzehn. Ein hübsches Mädchen mit langen blonden Haaren und langen Beinen. Sie hieß Alice, aber sie mochte den Namen nicht, deshalb nannte sie sich Ally.«

Anstrengung und Kummer überwältigten sie und sie brach zusammen.

Cade fing Tory auf und hob sie hoch. Schlaff wie eine Tote lag sie in seinen Armen. Erschüttert über die Geschichte, die sie ihm erzählt hatte, und besorgt darüber, dass sie so still war, trug er sie rasch zum Auto. Er hoffte, dass es ihr wieder besser ging, wenn sie diesen Ort erst einmal verlassen hatten.

Als er sie auf den Rücksitz des Wagens legte, rührte sie sich. Ihre Augen waren dunkel und verschleiert.

»Alles ist in Ordnung. Dir geht es gut. Ich fahre dich nach Hause.«

»Ich brauche nur noch eine Minute.« Die Übelkeit wurde stärker, und ihr war kalt. Aber das würde vorübergehen. Das Entsetzen hingegen würde länger anhalten. »Es tut mir Leid.« Sie zuckte hilflos mit den Schultern. »Es tut mir so Leid.«

»Warum?« Cade ging um die Motorhaube herum und setzte sich wieder hinter das Steuer. Einen Moment lang saß er nur still da. »Ich weiß nicht, was ich für dich tun soll. Ich müsste doch irgendetwas tun können! Ich fahre dich jetzt nach Hause, dann kehre ich wieder hierher zurück und ... ich werde sie finden.«

Verwirrt starrte Tory ihn an. »Sie ist jetzt nicht mehr hier! Das ist schon vor langer Zeit passiert. Vor Jahren.«

Cade wollte etwas sagen, brach dann aber ab. Alice, hatte sie gesagt. Ein junges, blondes Mädchen namens Alice. Eine Erinnerung stieg in ihm auf, und ihm wurde übel. »Überkommt es dich immer einfach so? Aus dem Nichts?«

»Manchmal.«

»Es tut dir weh.«

»Nein, es erschöpft mich, bereitet mir Übelkeit, aber es tut nicht weh.«

»Es tut dir weh«, widersprach er und ließ den Motor an.

»Cade.« Zögernd berührte sie seine Hand. »Es war ... Es tut mir Leid, dass ich das erwähnen muss, aber du sollst es wissen. Es war wie bei Hope. Deshalb überfiel es mich auch so heftig. Es war wie bei Hope.«

»Ich weiß.«

»Nein, du verstehst mich nicht. Der Mann, der das arme Mädchen umgebracht und hier zwischen den Bäumen liegen gelassen hat, hat auch Hope umgebracht.«

Progress

Fortschritt

Willst du wissen, was Revolution ist, nenn es Fortschritt, und willst du wissen, was Fortschritt ist, nenn es Morgen.

VICTOR HUGO

11

Ich wollte es nicht glauben. Es gab Dutzende von rationalen und logischen Gründen, warum Tory sich irrt, und es gibt sie noch. Kleinere und größere Details, die ihre Behauptung, der Teenager sei am Straßenrand umgebracht worden, unmöglich machen. Das Mädchen konnte unmöglich von demselben Monster umgebracht worden sein wie meine Schwester.

Die kleine Hope mit ihren wehenden Haaren und den Augen voller Freude und Geheimnisse.

Ich kann diese Details jetzt hier auflisten, aber gestern Abend konnte ich sie Tory nicht sagen. Ich weiß, dass ich sie enttäuscht habe. Ich habe es daran gemerkt, wie sie mich angesehen hat, wie sie sich wieder hinter ihrer Mauer aus Schweigen verschanzt hat. Ich weiß, dass ich sie verletzt habe, weil ich ihre Geschichte beiseite geschoben habe, weil ich vorgeschlagen, nein, darauf bestanden habe, dass sie sie auf sich beruhen lassen soll.

Aber was sie mir erzählt hat, was ich durch ihre Augen gesehen habe, das Entsetzen, das sie vor meinen Augen durchlebt hat und von dem sie später mit so ruhiger Zurückhaltung sprach, hat alles wieder zurückgebracht. Hat mir jenen längst vergangenen Sommer, in dem sich alles änderte, wieder zurückgebracht.

Vielleicht hilft es mir mehr, von Hope zu schreiben, als von dem unglückseligen jungen Mädchen, das ich nie gekannt habe.

Ich sitze hier am Schreibtisch meines Vaters – denn er wird für jeden, und auch für mich, immer der Schreibtisch meines Vaters bleiben – und drehe die Tage, Monate und Jahre zurück, bis ich wieder zwölf bin, noch unschuldig genug, um sorglos mit den Menschen umzugehen, die ich liebe, um meine Freunde für wichtiger zu halten als die Familie, um noch von dem Tag zu träumen, an dem ich endlich Auto fahren oder trinken oder irgendeine dieser magischen Sachen tun darf, die der Welt der Erwachsenen vorbehalten sind.

Wie immer hatte ich an jenem Morgen meine Pflichten erle-

digt. *Mein Vater nahm es mit Verantwortung sehr genau, und er hämmerte mir ein, was er von mir erwartete. Zumindest war er so, bevor wir Hope verloren. Ich war am späten Vormittag mit ihm über die Felder gegangen. Ich erinnere mich noch, wie ich dastand und über dieses Meer von Baumwolle blickte. Mein Vater baute hauptsächlich Baumwolle an, auch wenn die meisten der benachbarten Farmen bereits zu Sojabohnen, Tomaten oder Tabak übergegangen waren. Beaux Reves bedeutete Baumwolle, und das durfte ich nie vergessen.*

Ich vergaß es auch nie.

An jenem Tag war der Grund dafür ganz einfach zu verstehen. Ich blickte über die unendlichen Weiten, sah die Magie der aufbrechenden Ballen. Die Pflücker, gebeugt unter der Last — manche von ihnen trugen weit über hundert Ballen, alle aufgeplatzt wie Eier. Und so spät im Jahr waren die Felder derart üppig, dass die ganze Luft nach Baumwolle roch. Der heiße Geruch des sterbenden Sommers.

Es sollte in jenem Jahr eine gute Ernte werden. Die Baumwolle ergoss sich über die Felder, wurde gepflückt, verpackt und verarbeitet. Beaux Reves blühte und gedieh.

Kurz nach Mittag entließ mich mein Vater. Er erwartete zwar von mir, dass ich arbeitete, lernte und schwitzte, aber er wollte auch, dass ich mich wie ein Junge benahm. Er war ein guter Mann, ein guter Vater, und in den ersten zwölf Jahren meines Lebens bedeutete er für mich Geborgenheit, Wärme und Güte.

Er fehlte mir schon, lange bevor er starb.

Als er mir jedoch an jenem Tag freigab, nahm ich mein Fahrrad, das schnittige Zwölfgangrad, das ich zu Weihnachten bekommen hatte, und fuhr durch die schwülheiße Luft zu Wade. Er hatte ein Baumhaus hinten im Garten in einer alten Platane. Dwight und Wade waren schon da, tranken Limonade und lasen Comics. Es war viel zu heiß, um irgendetwas anderes zu tun, selbst, wenn man erst zwölf war.

Aber Wades Mama ließ uns nie in Ruhe. Ständig kam sie aus dem Haus und rief hinauf, ob wir nicht dieses oder jenes wollten, ob wir nicht hereinkommen und etwas Kaltes trinken und ein Thunfisch-Sandwich essen wollten. Miss Boots war wirklich liebenswert, aber in jenem Sommer ging sie uns allen gewaltig

auf die Nerven. Wir standen an der Schwelle zum Mannsein,
zumindest sahen wir das so, und es war mehr als peinlich, von
einer Mutter mit einer gestärkten Schürze und einem nachsich-
tigen Lächeln, das uns wieder zu Kindern machte, Thunfisch
und Pepsi Cola angeboten zu bekommen.

Wir flüchteten an den Fluss, um schwimmen zu gehen. Un-
serem Alter entsprechend machten wir rüde Bemerkungen über
Dwights dicken weißen Hintern. Er revanchierte sich, indem er
unsere männlichen Teile mit verschiedenen unattraktiven Ge-
müsesorten verglich. Solche Aktivitäten hielten uns eine Stunde
lang bei Laune.

Es war leicht, zwölf Jahre alt zu sein. Wir redeten über wich-
tige Themen: Würde die Rebellenvereinigung zurückkehren und
Darth Vader und das Imperium besiegen? Wer war cooler – Su-
perman oder Batman? Wie konnten wir unsere Eltern dazu
überreden, mit uns in die Fortsetzung von Freitag der Drei-
zehnte *zu gehen? Wir würden unseren Klassenkameraden nie*
wieder ins Gesicht blicken können, wenn wir nicht gesehen hat-
ten, wie der wahnsinnige Jason seine jährliche Ration an Teen-
agern schlachtete.

Das waren die wichtigen Fragen unseres Lebens.

Irgendwann nach vier, nachdem uns von den vielen wespen-
zerstochenen Pfirsichen und den unreifen Birnen fast schlecht
geworden war, musste Dwight nach Hause. Seine Tante Char-
lotte kam aus Lexington zu Besuch, und er musste gewaschen
und rechtzeitig zum Abendessen erscheinen. Dwights Eltern
waren streng, und es würde ihm nicht gut bekommen, wenn er
zu spät kam.

Wir wussten, dass sie ihn zwingen würden, am Abend Shorts
mit Bügelfalten und eine Fliege zu tragen, und als gute Freunde
warteten wir, bis er außer Hörweite war, bevor wir uns darüber
vor Lachen ausschütteten.

Bald darauf brachen auch Wade und ich in entgegengesetzte
Richtungen auf – er in die Stadt und ich nach Beaux Reves.

Auf dem Heimweg kam mir Tory entgegen. Sie hatte kein
Fahrrad und ging wohl nach Hause. Wahrscheinlich hatte sie
mit Hope gespielt. Ihre bloßen Füße waren staubig und ihr T-
Shirt war ihr zu klein. Damals fiel mir das nicht wirklich auf,

aber jetzt erinnere ich mich wieder, wie sie aussah, mit ihren schweren braunen Haaren, die sie zurückgebunden hatte, den großen grauen Augen, die mich direkt ansahen, als ich ohne ein Wort vorbeisauste. Meiner männlichen Würde war es nicht zuzumuten, dass ich auch nur einen Moment lang anhielt und das Wort an ein Mädchen richtete.

Aber ich erinnere mich, dass ich zurückblickte und sah, wie sie auf ihren kräftigen, von der Sommersonne gebräunten Beinen weiterging.

Als ich ihre Beine das nächste Mal sah, waren sie von frischen Striemen bedeckt.

Hope war auf der Veranda, als ich zu Hause ankam, und spielte Jacks. Ob das die kleinen Mädchen heute wohl immer noch spielen? Hope konnte es gut, und sie schlug jeden, den sie überreden konnte, mitzuspielen. Sie versuchte an jenem Tag, mich zum Mitspielen zu bewegen, und versprach mir sogar, mir einen Vorsprung zu gewähren. Was mich natürlich über die Maßen beleidigte. Ich glaube, ich sagte zu ihr, Jacks sei etwas für Babys, und ich hätte Wichtigeres zu tun. Ihr Lachen und das Geräusch des hüpfenden Balles verfolgten mich ins Haus.

Ich würde ein Jahr meines Lebens opfern, um diesen Moment noch einmal zurückholen zu können: mit ihr auf der Veranda zu sitzen, während sie mich beim Jacks schlägt.

Der Abend verging so wie alle Abende. Lilah scheuchte mich nach oben, damit ich badete. Sie behauptete, ich rieche wie ein Flussstinktier.

Mama war im vorderen Salon. Ich wusste das, weil von dort die Musik ertönte, die sie gern hörte. Ich ging nicht hinein, weil ich aus Erfahrung wusste, dass sie nicht viel für schlecht riechende, verschwitzte Jungen übrig hatte.

Rückblickend ist es komisch, wie sehr wir, Wade, Dwight und ich, von unseren Müttern beherrscht wurden. Wades Mutter mit ihren unruhigen Händen und den warmherzigen Augen, Dwights Mutter mit ihren Tüten voller Kekse und Süßigkeiten, und meine mit ihren unbeugsamen Ansichten über das, was erträglich war und was nicht.

Mir ist das zuvor noch nie so aufgefallen, und wahrscheinlich spielt es jetzt auch keine Rolle mehr.

An jenem Abend ging es mir jedoch nur darum, nicht das Missfallen meiner Mutter zu erregen, deshalb rannte ich gleich die Treppe hinauf. Faith war in ihrem Zimmer und zog ihren Barbie-Puppen irgendwelche schicken Kleider an. Ich weiß das, weil ich mir die Mühe machte und einen Blick in ihr Zimmer warf.

Ich duschte mich, weil ich kurz vorher beschlossen hatte, dass Vollbäder etwas für Mädchen und runzelige, alte Männer waren. Und ich warf sicher meine schmutzige Wäsche in den Wäschekorb, weil Lilah mir sonst die Ohren lang gezogen hätte. Dann zog ich saubere Sachen an, kämmte mir die Haare, nahm mir wahrscheinlich einen Moment lang Zeit, meinen Bizeps anzuspannen und das Ergebnis im Badezimmerspiegel zu bewundern. Schließlich ging ich hinunter.

Zum Abendessen gab es Hühnchen. Gebratenes Hühnchen mit Kartoffelpüree und Soße, und dazu Erbsen, die frisch aus dem Garten waren. Faith mochte keine Erbsen und weigerte sich, sie zu essen, was man ihr vielleicht auch zugestanden hätte. Aber sie brach eine Diskussion darüber vom Zaun, wie sie das oft tat, und schließlich schickte Mama sie erbost auf ihr Zimmer.

Ich glaube, Chaucy, Papas treuer alter Hund, der im Winter darauf starb, bekam die Reste von Faiths Teller.

Nach dem Essen stromerte ich draußen herum und fragte mich, wie ich Papa am besten dazu überreden konnte, dass er mich ein Fort bauen ließ. Bis dahin waren alle Anstrengungen in dieser Richtung fehlgeschlagen, aber ich dachte, wenn ich nur die richtige Stelle ausfindig machen konnte, eine, an der man den Bau nicht so deutlich sah, hätte ich vielleicht Erfolg.

Auf diesem Erkundungsgang entdeckte ich Hopes Fahrrad, das sie hinter den Kamelien versteckt hatte.

Mir kam nicht in den Sinn, sie zu verpetzen. So gingen wir als Geschwister nicht miteinander um, es sei denn, Wut oder Eigeninteresse wogen schwerer als Loyalität. Ich machte mir auch keine Gedanken deswegen, obwohl ich mir gut vorstellen konnte, dass sie sich an jenem Abend heimlich davonschleichen und mit Tory treffen wollte, weil die beiden schon den ganzen Sommer über so dicke Freundinnen waren. Ich wusste, dass Hope das schon öfter getan hatte, und konnte ihr keinen Vor-

wurf daraus machen. Aber Mama war mit ihren Töchtern viel
strenger als mit ihrem Sohn. Deshalb sagte ich nichts über das
Fahrrad und dachte weiter über das Fort nach.

Doch ein Wort von mir, und ihre Pläne hätten sich zerschla-
gen. Sie hätte mir unter gesenkten Wimpern einen heißen, wü-
tenden Blick zugeworfen und sich wahrscheinlich einen, oder
auch zwei Tage geweigert, mit mir zu sprechen.

Und sie wäre am Leben geblieben.

Stattdessen ging ich in der Dämmerung zurück ins Haus
und setzte mich vor den Fernseher, was ich an langen Sommer-
abenden durfte. Da ich erst zwölf war, hatte ich unbändigen
Appetit, und machte mich schließlich auf die Suche nach einer
geeigneten Zwischenmahlzeit. Ich aß Kartoffelchips, schaute mir
Polizeirevier Hill Street *an und fragte mich, wie es wohl sein*
mochte, ein Polizist zu sein.

Als ich zu Bett ging, mit vollem Magen und müden Augen,
war meine Schwester bereits tot.

Cade hatte gedacht, er könnte mehr schreiben, aber es gelang ihm nicht. Er hatte vorgehabt, niederzuschreiben,
was er über den Mord an seiner Schwester und den Mord
an einem jungen Mädchen namens Alice wusste, aber seine Gedanken waren von den Tatsachen und der Logik abgeschweift, und er hatte sich in Erinnerungen und Trauer
verstrickt.

Er hatte nicht geahnt, dass sie für ihn wieder lebendig
werden würde, wenn er über sie schrieb. Dass die Bilder
jener Nacht und die schrecklichen Bilder des nächsten
Morgens in seinem Kopf ablaufen würden wie ein Film.

Ob es für Tory auch so war?, fragte er sich. Wie ein Film,
der sich im Kopf abspielte und nicht angehalten werden
konnte?

Nein, es war mehr. Wusste sie, dass sie, als sie am
Abend zuvor die Vision hatte, eher *mit* dem Mädchen als
über sie gesprochen hatte? Vielleicht hatte ja auch das
Mädchen Alice durch sie gesprochen.

Wie stark musste man sein, um sich dem zu stellen, es
zu ertragen und sich trotzdem ein Leben aufzubauen?

Cade nahm die beschriebenen Blätter und wollte sie in eine Schublade des alten Schreibtischs schließen. Aber dann faltete er die Seiten und steckte sie in einen Umschlag.

Er würde noch einmal mit Tory reden müssen. Er hatte Recht gehabt, als er am ersten Tag sagte, der Geist seiner Schwester stünde zwischen ihnen.

Ihre Beziehung würde sich nicht entwickeln können, bevor sie sich nicht beide mit dem Verlust auseinander gesetzt hatten.

Mit ihrem widerhallenden, tiefen Dröhnen schlug die alte Standuhr die volle Stunde. Zwei Uhr. In vier Stunden musste er schon wieder aufstehen, sich im blassen Licht des Morgens ankleiden, das Frühstück zu sich nehmen – darauf bestand Lilah immer – und dann von Feld zu Feld fahren und die Pflanzen prüfen.

Trotz, oder vielleicht auch gerade *wegen* seines Studiums war Beaux Reves für Cade eher eine Plantage als die Farm seines Vaters. Er stellte mehr Landarbeiter ein und machte viel mehr von Hand als die Generationen vor ihm. Er steckte mehr Mühe und auch einen größeren Anteil des Gewinns in die Entkörnung, Lagerung und Bearbeitung, als sein Vater und sein Großvater es getan hatten. So ähnelte Beaux Reves einer autarken Vorkriegsplantage und zugleich einer Art von Fabrik.

Doch trotz aller Statistiken, Berechnungen und sorgfältigen Planung musste Cade immer noch den Himmel beobachten und hoffen, dass die Natur mitspielte.

Letztendlich war alles Schicksal, dachte er, während er den Umschlag ergriff.

Cade schaltete die Schreibtischlampe aus und ging im Mondlicht, das durch die Fenster schien, die Treppe hinunter. Die vier Stunden Schlaf würde er brauchen, da er nach der Morgenarbeit am Nachmittag auch noch Sitzungen im Werk hatte. Er musste unbedingt daran denken, ein paar Leinenmuster für Tory mitzunehmen und einen Vorschlag für ihr Geschäft auszuarbeiten.

Wenn er das alles schaffte, könnte er sie am nächsten

Abend sehen. Nachdenklich wog Cade den Umschlag in seiner Hand. Dann trat er in sein Zimmer, schaltete das Licht ein und steckte den Umschlag in die Aktentasche, die neben seinen Feldstiefeln stand.

Er knöpfte gerade sein Hemd auf, als er bemerkte, dass Zigarettenrauch durch die Terrassentüren drang. Sie standen einen Spalt offen, und durch die Scheibe sah Cade die rote Glut einer Zigarette.

»Ich habe mich schon gefragt, ob du überhaupt noch mal herunterkommst.« Faith drehte sich zu ihm um.

»Warum rauchst du nicht vor deinem eigenen Fenster?«

»Ich habe nicht so eine schöne Terrasse wie der Herr des Hauses.« Diese Tatsache hatte wie so vieles schon immer an ihr genagt. Zwar war auch Cade der Ansicht, dass sie aus den Räumen des Hausherrn mehr gemacht hätte als er, aber er hatte keine Lust gehabt, seiner Mutter zu widersprechen, als sie nach dem Tod seines Vaters darauf bestand, dass er dort einzog.

Faith zog an ihrer Zigarette und inhalierte den Rauch tief. »Du bist immer noch böse auf mich, und ich kann dir keinen Vorwurf daraus machen. Es war gemein von mir. Ich denke einfach nicht nach, wenn ich so wütend bin.«

»Wenn das eine Entschuldigung sein soll, nehme ich sie an. Und jetzt verschwinde und lass mich ins Bett gehen.«

»Ich schlafe mit Wade.«

»Du meine Güte.« Cade presste sich die Finger auf die Augen. »Findest du, dass ich das unbedingt wissen muss?«

»Ich habe eins deiner Geheimnisse herausgefunden, deshalb erzähle ich dir auch eins von meinen. Jetzt sind wir quitt.«

»Ich werde eine Anzeige in die Zeitung setzen. Mit Wade!« Cade sank auf einen der Eisenstühle auf der Terrasse. »Verdammt noch mal.«

»Oh, sei doch nicht so. Wir verstehen uns gut.«

»So lange, bis du ihn wieder fallen lässt.«

»Das habe ich nicht vor.« Faith stieß ein freudloses Lachen aus. »Das habe ich nie vor, es passiert einfach.« Sie

warf die glimmende Zigarette über die Brüstung, wobei
sie nicht daran dachte, dass ihre Mutter sie finden und sich
darüber ärgern würde. »Er gibt mir ein gutes Gefühl. Was
soll daran falsch sein?«

»Gar nichts. Es ist deine Angelegenheit.«

»So wie die Geschichte mit Tory und dir deine ist.« Sie
hockte sich vor ihn. »Es tut mir Leid, Cade. Es war gemein
und ekelhaft von mir, das auszuplaudern, und ich
wünschte, ich könnte es zurücknehmen.«

»Das tust du doch immer.«

»Nein. Ich sage es zwar, aber meistens meine ich es
nicht so. Dieses Mal aber meine ich es ernst.« Weil Cade
eher müde als wütend wirkte, fuhr Faith ihm mit den Fingern durch die Haare. Sie hatte ihn schon immer um seine
Locken beneidet.

»Hör nicht auf Mama. Sie hat dir nicht zu sagen, was
du tun sollst. Auch wenn sie vielleicht Recht hat.«

Der Duft des nachtblühenden Jasmins wehte herüber.
»Sie hat nicht Recht.«

»Nun, ich bin die Letzte, die irgendwelche Ratschläge
über romantische Verwicklungen erteilen kann ...«

»Genau.«

Sie zog eine Augenbraue hoch. »Aua. Das war ein
schneller, kleiner Stich. Aber – wie ich sagen wollte, bevor
ich anfing zu bluten – unsere Familie hat genug Probleme
mit sich selbst, als dass wir noch ein fremdes Element wie
Tory Bodeen brauchen könnten.«

»Sie ist Teil dessen, was in jener Nacht geschah.«

»O Gott, Cade, wir hatten schon Probleme, lange bevor
Hope gestorben ist.«

Cade blickte seine Schwester so müde und frustriert an,
dass sie das Thema beinahe mit irgendeinem Scherz abge-
tan hätte. Aber sie hatte viel nachgedacht, seit Tory zurückgekehrt war. Es war an der Zeit, darüber zu reden.

»Denk mal darüber nach.« Zorn auf ihn und auch auf
sich selbst machte ihre Stimme scharf. »Wir waren schon
so, als wir geboren wurden. Alle drei. Und Mama und
Papa vor uns auch. Glaubst du, sie haben aus Liebe gehei-

ratet? Vielleicht möchtest du ja lieber die schönen Seiten des Lebens sehen, aber in Wahrheit weißt du es besser.«

»Sie haben eine gute Ehe geführt, Faith, bis …«

»Eine gute Ehe?« Mit einem Laut des Abscheus sprang sie auf und holte ihr Zigarettenpäckchen aus der Tasche ihres Morgenmantels. »Was soll das denn heißen? Eine gute Ehe? Dass sie gut zueinander gepasst haben, dass es klug und angebracht für den Erben der größten und reichsten Plantage im Umkreis war, die vermögende Debütantin zu heiraten? Na gut, es war eine gute Ehe. Vielleicht empfanden sie ja auch eine Zeit lang etwas füreinander. Sie haben ihre Pflicht getan«, fügte sie bitter hinzu und zündete ihr Feuerzeug. »Sie haben uns gemacht.«

»Sie haben ihr Bestes getan«, widersprach Cade müde. »Das wolltest du nie sehen.«

»Vielleicht war ja ihr Bestes nicht gut genug für mich. Und ich sehe auch nicht, dass es für dich gut genug gewesen wäre. Haben sie dir denn jemals eine Wahl gelassen, Cade? Dein ganzes Leben lang wurde von dir erwartet, dass du einmal Beaux Reves übernimmst. Und wenn du nun Klempner hättest werden wollen?«

»Das war schon immer mein geheimer Traum. Manchmal repariere ich tropfende Wasserhähne, um mir etwas Gutes zu tun.«

Faith lachte, und ihre Wut ließ nach. »Du weißt ganz gut, was ich meine. Du hättest vielleicht Ingenieur, Schriftsteller oder Arzt werden wollen, aber du hattest ja nicht einmal die Chance, es dir auszusuchen. Du warst der älteste Sohn, und damit war dein Weg vorherbestimmt.«

»Du hast Recht. Und ich weiß nicht, was passiert wäre, wenn ich vielleicht einen anderen Beruf hätte ergreifen wollen. Tatsache ist aber, Faith, dass ich den Wunsch nicht hatte.«

»Na ja, wie konntest du auch, da du ja ständig gehört hast: ›Wenn Cade Beaux Reves einmal leitet‹ und ›Wenn Cade verantwortlich ist‹? Du konntest ja gar nicht an etwas anderes denken, konntest nicht einfach sagen ›Ich spiele jetzt Gitarre in einer Rock-’n’-Roll-Band‹.«

Dieses Mal musste er lachen, und seufzend lehnte Faith sich an die Brüstung. Sie wusste, warum sie so oft in sein Zimmer kam und seine Gesellschaft suchte. Bei Cade konnte sie sagen, was sie dachte. Er hörte ihr zu.

»Siehst du denn nicht, Cade, dass sie uns zu dem gemacht haben, was wir sind? Vielleicht hast du ja am Ende wirklich bekommen, was du wolltest, und ich freue mich für dich. Wirklich.«

»Ich weiß.«

»Aber richtig ist es deswegen noch lange nicht. Man hat von dir erwartet, dass du klug bist, etwas lernst, Pläne entwickeln kannst. Und während du draußen dein Geschäft gelernt hast, war ich hier, musste mich gut benehmen, leise reden und durfte nicht im Haus herumrennen.«

»Es muss dich doch trösten, dass du selten gehorcht hast.«

»Vielleicht hätte ich das ja getan«, murmelte Faith. »Ich hätte es vielleicht sogar getan, wenn ich nicht schon gewusst hätte, dass dieses Haus ein Übungsplatz für eine gute Ehefrau, eine gute Ehe war. Niemand hat mich jemals gefragt, ob ich etwas mehr oder etwas anderes wollte, und wenn ich nachfragte, wurde ich zum Schweigen gebracht. ›Überlass das deinem Vater oder deinem Bruder. Spiel Klavier. Lies ein gutes Buch, damit du dich gescheit darüber unterhalten kannst. Allerdings nicht zu gescheit, schließlich soll kein Mann denken, du könntest klüger sein als er. Wenn du heiratest, ist es deine Aufgabe, ihm ein angenehmes Heim zu schaffen.‹«

Sie starrte auf ihre glühende Zigarette. »Ein angenehmes Heim. Das sollte, nach den Regeln der Lavelles, die Gesamtsumme meines Ehrgeizes sein. Und ich war natürlich entschlossen, das genaue Gegenteil zu erreichen. Ich wollte mit dreißig keine vertrocknete, unterdrückte Frau sein. Nein, wirklich nicht. Und ich sorgte dafür, dass mir das nicht passierte. Lief davon mit dem erstbesten, wilden Jungen, der mich fragte, mit einem, der genauso war, wie ich nicht sein durfte. Und ich war verheiratet und geschieden, noch bevor ich zwanzig wurde.«

»Damit hast du es ihnen aber gezeigt, was?«, murmelte Cade.

»Ja. Genau wie mit meiner nächsten Ehe und Scheidung. Ehe war schließlich das Einzige, worauf man mich vorbereitet hatte. Allerdings nicht Mamas Auffassung von Ehe. Ich wandelte sie für mich um und erstickte beinahe daran. Und jetzt bin ich sechsundzwanzig und kann nur hier bleiben.«

»Sechsundzwanzig Jahre alt, wunderschön, klug und erfahren genug, um deine Fehler nicht zu wiederholen. Du hast nie darum gebeten, auf der Plantage mitzuarbeiten. Wenn du etwas lernen willst, wenn du arbeiten willst ...«

Der nachsichtige Blick, den Faith Cade zuwarf, brachte ihn zum Schweigen. »Du bist wirklich zu gut für uns. Weiß der Himmel, wie du das schaffst. Dafür ist es zu spät, Cade. Ich bin ein Produkt meiner Erziehung und meiner Rebellion dagegen. Ich bin faul, und mir gefällt das. Eines Tages werde ich einen reichen, alten Tattergreis finden und mich von ihm heiraten lassen. Ich werde natürlich gut für ihn sorgen, und sein Geld wird mir durch die Finger rinnen. Vielleicht bin ich ihm sogar treu. Das war ich bei den anderen auch, obwohl es mir nichts eingebracht hat. Und dann bin ich mit etwas Glück irgendwann eine reiche Witwe, und das wird das Beste für mich sein.«

So wie bei Mama, dachte sie bitter.

»Du bist viel mehr, als du denkst, Faith. Viel, viel mehr.«

»Das stimmt nicht, Schätzchen. Vielleicht wäre alles anders gekommen, wenn Hope am Leben geblieben wäre. Aber sie hatte ja noch nicht einmal die Chance zu leben.«

»Daran ist nur der Bastard schuld, der sie umgebracht hat.«

»Glaubst du?«, fragte Faith ruhig. »Ich habe mich oft gefragt, ob sie in jener Nacht wohl zu ihrem Abenteuer mit Tory aufgebrochen wäre, wenn sie sich nicht auch so eingesperrt gefühlt hätte wie ich. Wäre sie aus dem Fenster geklettert, wenn sie am nächsten Morgen hätte tun und lassen können, was sie wollte und mit wem sie es wollte? Ich kannte sie besser als jeder andere in diesem Haus. Das ist so bei Zwillingen. Sie hätte etwas aus sich gemacht, Cade, aber sie hatte nie die Chance dazu. Und als sie starb, starb mit ihr jede Illusion, in diesem Haus würde ein gewisses Gleichgewicht herrschen. Sie liebten sie am meisten, weißt du.«

Faith presste die Lippen zusammen und warf erneut einen Zigarettenstummel über die Brüstung. »Mehr als mich oder dich. Ich kann gar nicht zählen, wie oft sie mich danach angeblickt haben, weil ich genauso aussah wie sie, und wie ich in ihren Augen las, was sie dachten. Warum war nicht *ich* statt Hope draußen im Sumpf gewesen?«

»Nein.« Cade stand auf. »Das stimmt nicht. Das hat nie jemand gedacht.«

»Doch, ich. Und sie haben es mir vermittelt. Ich war die ständige Erinnerung daran, dass *sie* tot war. Und das haben sie mir nicht verziehen.«

»Nein.« Er berührte Faiths Gesicht, sah die Frau und das Kind, das sie einmal gewesen war. »Du warst die Erinnerung daran, dass sie gelebt hatte.«

»Aber ich konnte nicht sie sein, Cade.« Tränen schimmerten in ihren Augen. »Unsere Eltern teilten sie auf eine Weise, wie sie sonst nichts miteinander teilten. Aber ihren Verlust konnten sie nicht miteinander teilen.«

»Das stimmt.«

»Also errichtete Papa ihr einen Schrein und suchte Trost im Bett einer anderen Frau. Und Mama wurde immer kälter und härter. Du und ich, wir entwickelten uns einfach so weiter, wie es vorgesehen war. Und jetzt stehen wir hier mitten in der Nacht und nennen nichts unser Eigen. Und es gibt immer noch niemanden, der uns am meisten liebt.«

Es schmerzte, die Worte zu hören und zu wissen, dass sie wahr waren. »Es muss ja nicht so bleiben.«

»Cade, wir *sind* so.« Faith lehnte sich an ihn und legte den Kopf auf seine Schulter. Er nahm sie in die Arme. »Keiner von uns hat jemals einen anderen so sehr geliebt, dass das Gleichgewicht wiederhergestellt wurde. Vielleicht haben wir Hope sehr geliebt, weil wir auch damals schon gewusst haben, dass sie uns Stabilität verlieh.«

»Wir können nicht ändern, was geschehen ist. Nur was wir jetzt tun, können wir beeinflussen.«

»Darum geht es doch, oder? Ich möchte einfach nichts tun. Ich hasse Tory Bodeen, weil sie hierher zurückgekommen ist. Wegen ihr muss ich wieder an Hope denken, vermisse sie und trauere wieder um sie.«

»Du kannst Tory nicht die Schuld daran geben, Faith.«

»Vielleicht nicht.« Sie schloss die Augen. »Aber irgendjemandem muss ich doch die Schuld geben.«

12

Die Angelegenheit musste geregelt werden, und zwar so schnell und effizient wie möglich. Geld bewirkte bei bestimmten Leuten immer etwas, das wusste Margaret. Man konnte damit ihr Schweigen, ihre Loyalität und das kaufen, was sie für ihre Ehre hielten.

Sie wählte ihre Kleidung für das Treffen besonders sorgfältig: ein adrettes, marineblaues Kostüm und dazu die Perlenkette ihrer Großmutter. Wie jeden Morgen hatte sie sich dezent geschminkt.

Aussehen, Charakter und Stellung waren Schwert und Schild zugleich.

Um Punkt acht Uhr fünfzig verließ sie das Haus, wobei sie zu Lilah sagte, sie habe einen frühen Termin und würde dann in Charleston an einem Mittagessen teilnehmen. Gegen drei Uhr dreißig würde sie zurück sein.

Margaret rechnete damit, dass die Angelegenheit, die sie zu erledigen hatte, bevor sie weiter nach Süden fuhr, nicht länger als dreißig Minuten in Anspruch nehmen würde, hatte aber dennoch fünfundvierzig Minuten dafür eingeplant, damit sie vor dem Mittagessen noch Besorgungen machen konnte.

Sie hätte sich einen Fahrer nehmen und die Besorgungen einem Dienstboten überlassen können. Aber das waren Annehmlichkeiten, die sie nicht zulassen konnte.

Die Herrin von Beaux Reves musste sich ihrer Meinung nach in der Stadt zeigen, bestimmte Läden selbst besuchen und die richtigen Beziehungen zu den richtigen Kaufleuten unterhalten. Diese Verpflichtung konnte sie nicht aus Bequemlichkeit vernachlässigen.

Margaret tat mehr, als nur großzügige Schecks für ihre verschiedenen Wohltätigkeitsorganisationen ausschreiben. Sie saß in mehreren Komitees. Die Mitgliedschaft im örtlichen Kunstrat und in der Historischen Gesellschaft mochten zwar auf ihr persönliches Interesse zurückzuführen sein, aber sie steckte dennoch beachtlich mehr Zeit, Energie und Geld hinein als nötig.

In den mehr als zweiunddreißig Jahren, die sie nun schon Herrin auf Beaux Reves war, hatte sie nie ihre Pflichten vernachlässigt. Und das hatte sie auch heute nicht vor.

Margaret zuckte nicht zusammen, als sie an den moosbehangenen Bäumen am Rande des Sumpfes vorbeifuhr, und sie veränderte auch ihre Geschwindigkeit nicht. Ihr fiel nicht auf, dass die Planken der kleinen Brücke erneuert worden waren und der Sumach abgehackt worden war.

Ruhig fuhr sie an dem Ort vorbei, an dem ihre Tochter gestorben war. Und wenn es sie doch schmerzte, so sah man es ihrem Gesicht nicht an.

Man hatte es ihr auch nicht angesehen, als das Kind beerdigt wurde, obwohl sie damals das Gefühl hatte, man habe ihr das Herz aus dem Leibe gerissen.

Margarets Gesicht blieb gefasst, als sie in den schmalen Weg einbog, der zum Sumpfhaus führte. Sie parkte hinter Torys Kombi, ergriff ihre Tasche, stieg aus dem Auto, warf die Tür zu und schloss ab.

Sie war seit sechzehn Jahren nicht mehr am Sumpfhaus gewesen. Sie wusste, dass es renoviert worden war. Das hatte Cade veranlasst und trotz ihrer schweigenden Missbilligung bezahlt. Ihrer Meinung nach änderten frische Farbe und blühende Büsche nichts an dem, was geschehen war.

Eine Hütte. Ein Slum. Man hätte sie besser abgerissen, statt sie zu vermieten. In der Zeit, als ihre Trauer am größten war, hätte sie die Hütte am liebsten niedergebrannt und Feuer im Sumpf gelegt, um zu sehen, wie alles in Flammen aufging.

Aber das war natürlich albern. Und sie war keine alberne Frau.

Das Haus gehörte den Lavelles und musste deshalb – trotz allem – erhalten und an die nächste Generation weitergegeben werden.

Margaret stieg die Treppe hinauf und klopfte an den hölzernen Rahmen der Glastür.

Tory hatte gerade nach einer Tasse greifen wollen und hielt mitten in der Bewegung inne. Sie war gerade erst aufgestanden, weil sie so spät eingeschlafen war, und musste sich noch anziehen. Sie hatte gehofft, der Kaffee würde ihre Lebensgeister so weit wecken, dass sie genügend Begeisterung aufbringen konnte, um zum Laden zu fahren und die letzten Vorbereitungen für die Eröffnung zu treffen.

Die Unterbrechung war nicht nur höchst unwillkommen, sie war geradezu unerträglich. Tory wollte niemanden sehen, mit niemandem reden. Am liebsten wäre sie wieder ins Bett gegangen und in einen tiefen, traumlosen Schlaf gefallen – was ihr in der Nacht versagt geblieben war.

Dennoch ging sie zur Tür, weil es eine Schwäche gewesen wäre, das Klopfen zu ignorieren. Das zumindest hätte Margaret verstanden.

Als Tory Hopes Mutter vor sich stehen sah, fühlte sie sich sofort schuldbewusst und verlegen. »Mrs. Lavelle!«

»Guten Morgen, Victoria.« Margarets eiskalter Blick glitt über Torys bloße Füße, den zerknitterten Morgenmantel und ihre zerzausten Haare. Diese Aufmachung war genau das, was sie von einer Bodeen erwartet hatte. »Ich bitte um Verzeihung. Ich dachte, um neun seien Sie bereits aufgestanden und auf den Tag vorbereitet.«

»Ja. Ja, das ist normalerweise auch so.« Verlegen zerrte Tory am Gürtel ihres Morgenmantels. »Ich habe ... ich habe heute leider verschlafen.«

»Ich möchte kurz mit Ihnen reden. Wenn ich hereinkommen dürfte?«

»Ja. Natürlich.« Um Fassung ringend öffnete Tory die Glastür. »Es tut mir Leid, aber das Haus ist nicht viel präsentabler als ich.«

Sie hatte einen Sessel gefunden, der ihr gefiel, einen großen, dick gepolsterten Ohrensessel in verblichenem Blau. Daraus und aus einem kleinen Tisch, den sie noch herrichten wollte, bestand ihre gesamte Wohnzimmereinrichtung.

Es gab keinen Teppich, keine Vorhänge, keine Lampe. Das Haus war zwar nicht schmutzig oder staubig, aber Tory kam sich trotzdem so vor, als habe sie eine Königin in eine Hütte eingeladen.

Ihre Stimme hallte in dem fast leeren Zimmer, während Margaret sich mit verächtlichen Blicken umsah.

»Ich habe mich darauf konzentriert, meinen Laden einzurichten, und hier noch nicht …« Tory ertappte sich dabei, dass sie die Hände zusammenpresste, und zwang sich, ihre Finger wieder voneinander zu lösen. Verdammt, sie war doch nicht mehr acht Jahre alt, kein Kind mehr, das bei der Missbilligung der Mutter einer Freundin erstarrte!

»Ich habe gerade Kaffee gekocht«, sagte sie höflich. »Möchten Sie einen?«

»Kann ich mich hinsetzen?«

»Ja. Bitte kommen Sie mit. Ich lebe im Moment hauptsächlich in der Küche und im Schlafzimmer, und das wird auch so bleiben, bis mein Geschäft erst einmal läuft.« Hör auf zu plappern, sagte Tory sich, während sie auf einen Stuhl wies. Du brauchst dich nicht zu entschuldigen.

»Bitte, setzen Sie sich doch.«

Zumindest habe ich einen guten, soliden Küchentisch und stabile Stühle gekauft, dachte sie. Und die Küche war sauber und wirkte fröhlich, mit den Kräutertöpfen auf der Fensterbank und der dunkel glasierten Schüssel aus ihrem Laden, die auf dem Tisch stand.

Tory entspannte sich, während sie den Kaffee einschenkte und die Zuckerdose herausholte, aber als sie den Kühlschrank öffnete, wurde sie aufs Neue verlegen.

»Leider habe ich keine Sahne oder Milch.«

»Es geht schon so.« Margaret schob ihre Tasse unmerklich zur Seite. Ein subtiler Schlag ins Gesicht. »Würden Sie sich bitte auch setzen?« Margaret schwieg einen Moment lang. Sie wusste, wie wichtig Schweigen zum rechten Zeitpunkt war.

Als Tory sich gesetzt hatte, legte Margaret ihre gefalteten Hände auf die Tischplatte und begann.

»Mir ist zu Ohren gekommen, dass Sie sich mit meinem Sohn eingelassen haben.« Erneutes Schweigen, während sie beobachtete, wie sich Überraschung auf Torys Gesicht abzeichnete. »Kleinstadtklatsch ist ebenso unattraktiv wie unvermeidlich.«

»Mrs. Lavelle …«

»Bitte.« Margaret schnitt ihr das Wort ab, indem sie einen Finger hob. »Sie waren viele Jahre weg. Sie haben zwar familiäre Bindungen in Progress, sind aber eigentlich neu zugezogen. Buchstäblich eine Fremde. Aus was für einem Grund auch immer haben Sie beschlossen, zurückzukehren und hier ein Geschäft zu eröffnen.«

»Wollen Sie die Gründe dafür wissen, Mrs. Lavelle?«

»Ihre Gründe interessieren mich nicht. Ich will aufrichtig sein: Ich habe es nicht gebilligt, dass mein Sohn ihnen den Laden und dieses Haus hier vermietet hat. Aber Cade ist das Familienoberhaupt, und daher obliegen ihm die geschäftlichen Entscheidungen. Wenn jedoch diese Entscheidungen und ihre Resultate das Ansehen unserer Familie beeinträchtigen, dann ist das etwas anderes.«

Je länger Margaret in diesem sanften, unversöhnlichen Ton mit ihr sprach, desto leichter fiel es Tory, ihre Fassung wiederzuerlangen. Zwar verkrampfte sich ihr nach wie vor der Magen, aber als sie das Wort ergriff, klang ihre Stimme genauso sanft und genauso unversöhnlich. »Und wie, Mrs. Lavelle, beeinträchtigen mein Geschäft und mein Wohnsitz das Ansehen Ihrer Familie?«

»Ihre Anwesenheit allein wäre schwierig genug zu ertragen gewesen. Aber dieses persönliche Element ist in keiner Weise zu akzeptieren.«

»Sie wollen also, zumindest im Augenblick, meine geschäftliche Verbindung zu ihrer Familie dulden, bitten mich jedoch, Cade nicht mehr auf einer persönlichen Ebene zu treffen? Ist das korrekt?«

»Ja.« Wer war diese kühle Frau, die so gefasst und ruhig blieb? Wo war das spindeldürre Kind geblieben, das sich davongeschlichen oder sie von weitem angestarrt hatte?

»Das ist problematisch, da er sowohl der Vermieter meines Ladenlokals als auch meines Hauses ist und diese Verantwortung sehr ernst zu nehmen scheint.«

»Ich kann Sie für die Zeit und die Mühe, die ein Umzug kosten würde, entschädigen. Vielleicht gehen Sie zurück nach Charleston oder nach Florence, wo sie noch Familie haben.«

»Mich entschädigen? Ich verstehe.« Ruhig ergriff Tory ihre Kaffeetasse. »Wäre es ungehörig zu fragen, an welche Art von Entschädigung Sie gedacht haben?« Sie lächelte ein wenig, als sie sah, wie Margaret die Lippen zusammenpresste. »Schließlich bin ich eine Geschäftsfrau.«

»Das ganze Thema ist ungehörig und in meinen Augen beklagenswert. Ich sehe keine andere Wahl, als mich auf Ihre Ebene zu begeben, um meine Familie und ihren Ruf zu retten.« Margaret öffnete die Tasche, die auf ihrem Schoß lag. »Ich bin bereit, Ihnen einen Scheck über fünfzigtausend Dollar auszustellen, wenn Sie Ihre Beziehung zu Cade abbrechen und aus Progress wegziehen. Die Hälfte dieser Summe kann ich Ihnen gleich geben, und der Rest wird Ihnen nach Ihrem Umzug zugeschickt. Ich gebe Ihnen zwei Wochen Zeit.«

Tory erwiderte nichts. Auch sie kannte die Waffe des Schweigens.

»Dieser Betrag«, fuhr Margaret in schärferem Tonfall fort, »wird Ihnen erlauben, in der Übergangszeit recht komfortabel zu leben.«

»Oh, zweifellos.« Tory trank einen Schluck Kaffee, dann stellte sie die Tasse sorgfältig wieder auf die Untertasse. »Ich habe eine Frage, Mrs. Lavelle. Was veranlasst Sie zu der Annahme, dass ich durch eine Bestechung zu beleidigen bin?«

»Geben Sie keine Würde vor, die Sie nicht besitzen. Ich kenne Sie«, sagte Margaret und beugte sich vor. »Ich weiß, woher Sie kommen. Sie mögen ja glauben, Ihre Herkunft durch ruhiges Betragen und gespielte Respektabilität verstecken zu können. Aber ich *kenne* Sie.«

»Sie *glauben*, mich zu kennen. Aber ich kann Ihnen versichern, dass ich mich im Moment weder ruhig noch respektabel fühle.«

Margarets Haltung fiel in sich zusammen, und sie rang um Fassung. »Ihre Eltern waren asozial und haben Sie wie eine wilde Katze herumstreunen lassen! Sie haben mein Kind von seiner Familie weg und schließlich in den Tod gelockt! Sie haben mich bereits ein Kind gekostet, und Sie werden mir kein weiteres nehmen. Sie werden mein Geld annehmen, Viktoria! Genau wie Ihr Vater!«

Tory schlug das Herz bis zum Hals, aber sie erwiderte ruhig: »Was meinen Sie damit, wie mein Vater?«

»Für ihre Eltern waren fünftausend genug. Fünftausend, damit sie mir Sie aus den Augen schafften. Mein Mann wollte ihre Eltern nicht davonjagen, obwohl ich ihn darum gebeten habe.«

Margarets Lippen zitterten, und sie presste sie wieder aufeinander. Das war das erste und letzte Mal gewesen, dass sie ihn um etwas gebeten hatte. Überhaupt jemanden um etwas gebeten hatte. »Schließlich musste ich mich selbst darum kümmern. Genau wie jetzt. Sie werden gehen, und Sie werden Ihr Leben, das eigentlich *Sie* in jener Nacht hätten verlieren sollen, woanders führen. Und Sie werden sich von meinem Sohn fern halten.«

»Sie haben meinem Vater fünftausend gezahlt, damit er geht«, sagte Tory nachdenklich. »Das wäre viel Geld für uns gewesen. Ich frage mich, warum wir niemals etwas davon gesehen haben. Was mag er wohl damit gemacht haben? Nun, das spielt jetzt keine Rolle mehr. Es tut mir Leid, Sie enttäuschen zu müssen, Mrs. Lavelle, aber ich bin nicht mein Vater. Nichts, was er mir jemals angetan hat, konnte mich zu dem machen, was er war, und Ihr Geld wird daran auch nichts ändern. Ich bleibe, weil ich bleiben muss. Es wäre leichter für mich, wenn ich es nicht müsste. Sie werden das zwar nicht verstehen, aber es wäre tatsächlich leichter. Und was Cade angeht …«

Tory fiel ein, wie distanziert und zurückhaltend er sich nach ihrer Geschichte in der letzten Nacht verhalten hatte. »Es ist nicht so viel zwischen uns, wie Sie anscheinend denken. Er ist einfach nett zu mir gewesen, weil er ein freundlicher Mann ist. Ich beabsichtige nicht, seine Freundlichkeit dadurch zu vergelten, indem ich unsere Freundschaft abbreche oder ihm von diesem Gespräch erzähle.«

»Wenn Sie gegen meine Wünsche handeln, werde ich Sie ruinieren. Sie werden alles verlieren, wie es schon einmal geschehen ist. Wie damals, als Sie in New York das Kind getötet haben.«

Tory wurde blass, und zum ersten Mal zitterten ihre Hände. »Ich habe Jonah Mansfield nicht getötet.« Sie holte tief Luft. »Ich habe ihn nur nicht gerettet.«

Das war ihre wunde Stelle, und Margaret stieß sofort hinein. »Die Familie und auch die Polizei und die Presse haben Sie verantwortlich gemacht. Ein weiteres Kind, das wegen Ihnen gestorben ist. Wenn Sie hier bleiben, wird darüber geredet werden. Über die Rolle, die Sie dabei gespielt haben. Und es wird übles Gerede sein.«

Wie dumm von mir, dachte Tory, zu glauben, dass niemand mich mit der Frau in Verbindung bringen würde, die ich in New York war. Mit dem Leben, das ich mir dort aufgebaut und wieder zerstört habe.

Doch sie konnte nichts daran ändern. Sie musste sich der Tatsache stellen. »Mrs. Lavelle, ich habe mein ganzes Leben lang mit üblem Gerede gelebt. Aber ich habe gelernt, dass ich es in meinem eigenen Haus nicht dulden muss.« Tory stand auf. »Ich muss Sie bitten zu gehen.«

»Ich werde dieses Angebot nicht noch einmal machen.«

»Das habe ich auch nicht erwartet. Ich bringe Sie hinaus.«

Mit zusammengekniffenen Lippen erhob Margaret sich und ergriff ihre Tasche. »Ich kenne den Weg.«

Tory wartete, bis sie das Wohnzimmer durchquert hatte. »Mrs. Lavelle«, sagte sie dann leise, »Cade ist ein so viel wertvollerer Mensch, als Sie glauben. Und Hope war es genauso.«

Starr vor Schmerz und Wut packte Margaret die Türklinke. »Sie wagen es, von meinen Kindern zu sprechen?«

»Ja«, murmelte Tory, als die Tür zufiel und sie wieder allein im Haus war, »ja, ich wage es.«

Sie verriegelte die Tür. Das Klicken war wie ein Symbol. Jetzt konnte nichts mehr eindringen, wenn sie es nicht wollte. Und nichts, was bereits im Haus war, würde sie verletzen. Tory ging ins Badezimmer und zog sich rasch aus. Dann drehte sie das Wasser an der Dusche so heiß wie möglich und stellte sich unter den dampfenden Strahl.

Dort ließ sie ihren Tränen freien Lauf. Das ist keine Schwäche, sagte sie sich. So wie das Wasser ihre Haut reinigte, so wuschen die Tränen ihre Bitterkeit weg.

Sie dachte an das andere tote Kind und ihre eigene Hilflosigkeit.

Sie weinte, bis sie keine Tränen mehr hatte und das Wasser bereits kühl wurde. Dann wandte sie ihr Gesicht dem kalten Strahl entgegen.

Nachdem sie sich abgetrocknet hatte, wischte sie mit dem Handtuch den Dampf vom Spiegel. Leidenschaftslos und ohne Mitleid betrachtete sie ihr Gesicht. Angst, Leugnen, Ausweichen. All diese Gefühle hatte sie gehabt, gestand sie sich ein. Sie war zurückgekommen und hatte sich in ihrer Arbeit, der täglichen Routine und den vielen Kleinigkeiten vergraben.

Nicht ein einziges Mal hatte sie sich für Hope geöffnet. Nicht einmal war sie zu den Bäumen gegangen und hatte die Gedenkstätte besucht, die dort angelegt worden war. Nicht einmal war sie ans Grab ihrer einzigen wirklichen Freundin gegangen.

Nicht einmal hatte sie sich dem wahren Grund gestellt, warum sie hier war.

War das etwas anderes als weglaufen?, fragte sie sich. Hätte sie dann nicht auch das Geld nehmen und irgendwohin ziehen können?

Feigling. Cade hatte sie einen Feigling genannt. Und er hatte Recht gehabt.

Tory zog ihren Bademantel an und ging in die Küche, um die Nummer herauszusuchen. Dann wählte sie, wartete.

»Guten Morgen. Biddle, Lawrence und Wheeler.«

»Hier spricht Viktoria Bodeen. Kann ich Ms. Lawrence sprechen?«

»Einen Augenblick bitte, Ms. Bodeen.«

Kurz darauf war Abigail in der Leitung. »Tory, wie nett, von Ihnen zu hören! Wie geht es Ihnen? Haben Sie sich schon eingelebt?«

»Ja, danke. Ich eröffne den Laden am Samstag.«

»So schnell schon? Sie müssen ja Tag und Nacht gearbeitet haben. Ich komme demnächst auf einer Geschäftsreise bei Ihnen vorbei.«

»Das wäre schön. Abigail, ich muss Sie um einen Gefallen bitten.«

»Aber klar. Ich schulde Ihnen noch was für Mamas Ring.«

»Was? Oh, das hatte ich ganz vergessen.«

»Ich hätte ihn wahrscheinlich erst in ein paar Jahren gefunden, wenn überhaupt. Ich benutze diese alten Akten kaum. Was kann ich für Sie tun, Tory?«

»Ich … ich hoffe, Sie haben eine Verbindung zur Polizei. Zu jemandem, der mir Informationen über einen alten Fall beschaffen kann. Ich möchte nicht … ich denke, Sie verstehen, dass ich nicht selbst bei der Polizei nachfragen möchte.«

»Ich kenne ein paar Leute. Ich tue, was ich kann.«

»Es war ein Sexualmord.« Unbewusst begann Tory ihre rechte Schläfe zu reiben und zu drücken. »Ein junges Mädchen, sechzehn Jahre alt. Ihr Name war Alice. Der Nachname …« Sie drückte fester. »Ich bin nicht ganz sicher. Lowell oder Powell, glaube ich. Sie ist auf der, äh, 513 nach Myrtle Beach getrampt. Man hat sie von der Straße zwischen die Bäume geschleppt, sie vergewaltigt und erwürgt. Mit den Händen.«

Tory stieß die Luft aus, und der Druck in ihrem Brustkorb ließ nach.

»In den Nachrichten habe ich gar nichts darüber gehört.«

»Nein, es ist auch nicht jetzt passiert. Ich weiß nicht genau, wann. Tut mir Leid. Vielleicht vor ungefähr zehn Jahren. Im Sommer. Irgendwann im Sommer. Es war sehr heiß. Selbst nachts war es sehr heiß. Mehr kann ich Ihnen leider nicht sagen.«

»Na, das ist doch schon eine Menge. Ich sehe zu, was ich herausfinden kann.«

»Danke. Vielen Dank. Ich bin nur noch kurze Zeit zu Hause. Ich gebe Ihnen meine Privatnummer und die vom Laden. Mir würde alles helfen, was Sie herausfinden können.«

Nahezu fünf Stunden lang arbeitete Tory ununterbrochen, aber Abigail rief nicht an.

Den ganzen Tag über blieben Leute am Schaufenster stehen und bewunderten die Auslage, die Tory mit alten Kisten, handgewebten Stoffen und ausgewählten Stücken aus Ton, mundgeblasenem Glas und schmiedeeisernen Gegenständen gestaltet hatte. Sie räumte ihre Regale und Schränke ein, hängte Windspiele und Aquarelle auf.

Ihre Sonderangebote arrangierte sie auf dem Kassentisch, änderte aber dann ihre Meinung und wählte andere aus. Sie räumte Schachteln und Einkaufstüten fort und wartete ungeduldig darauf, dass das Telefon klingelte.

Als jemand an der Tür klopfte, war sie fast erleichtert. Dann jedoch sah sie Faith durch die Glasscheibe. Konnten die Lavelles sie denn nicht einen verdammten Tag lang in Ruhe lassen?

»Ich brauche ein Geschenk«, sagte Faith, als Tory die Tür öffnete, und wenn Tory ihr nicht den Weg versperrt hätte, wäre sie eingetreten.

»Ich habe nicht geöffnet.«

»Oh, zum Teufel, gestern hattest du auch nicht auf! Ich brauche nur eine Sache, und es dauert höchstens zehn Minuten. Ich habe den Geburtstag meiner Tante Rosie vergessen, und sie hat eben angerufen, um uns mitzuteilen, dass sie zu Besuch kommt. Ich kann doch nicht mit leeren Händen dastehen, oder?« Faith setzte ein flehendes Lächeln auf. »Sie ist sowieso schon halb verrückt, und das würde sie sicher vollends in den Wahnsinn treiben.«

»Kauf ihr am Samstag was.«

»Aber sie kommt doch schon morgen! Und wenn ihr das Geschenk gefällt, kommt sie am Samstag bestimmt selbst hierher. Tante Rosie ist sehr reich. Ich werde ihr etwas Teures kaufen.«

»Na gut.« Mürrisch gab Tory den Weg frei.

»Hilfst du mir?« Faith wirbelte an ihr vorbei und schaute sich um.

»Was gefällt ihr denn?«

»Oh, ihr gefällt alles. Ich könnte ihr einen Papierhut falten und sie wäre hoch erfreut. Gott, du hast ja viel mehr hier drin, als ich gedacht habe!« Faith nahm ein Windspiel aus Metall in die Hand. »Es soll nichts Praktisches sein. Ich meine, ich will ihr keine Salatschüssel oder so etwas schenken.«

»Ich habe ein paar hübsche Schmuckkästchen.«

»Schmuck ist Tante Rosies zweiter Name.«

»Dann solltest du ihr die große Dose kaufen.« Um es hinter sich zu bringen, griff Tory nach einer großen, geschliffenen Glasdose, die mit winzigen Veilchen und rosa Rosen handbemalt war.

»Spielt sie irgendeine Melodie?«

»Nein.«

»Auch gut. Tante Rosie hört nämlich den ganzen Tag und die halbe Nacht über Musik und macht uns damit alle wahnsinnig. Wahrscheinlich wird sie alte Knöpfe oder verrostete Schrauben hinein tun, aber sie wird ihr gefallen.«

Faith drehte das Preisschild herum und pfiff durch die Zähne. »Na, ich sehe schon, ich halte mein Wort.«

»Sie ist von Hand geschliffen und bemalt. Es gibt keine zweite Dose, die genauso aussieht.« Zufrieden trug Tory das Stück zum Tresen. »Ich packe sie dir als Geschenk ein.«

»Sehr großzügig.« Faith holte ihr Scheckheft heraus. »Offenbar bist du schon fertig eingerichtet. Warum willst du denn noch bis Samstag warten?«

»Ich muss noch ein paar Kleinigkeiten erledigen. Und Samstag ist ja schon übermorgen.«

»Die Zeit verfliegt.« Faith blickte auf die Summe, die Tory ausgerechnet hatte, und stellte den Scheck aus, während Tory das Geschenk verpackte.

»Such dir einen Geschenkanhänger aus und schreib darauf, was du willst. Ich hänge ihn an das Band.«

»Hmm.« Faith nahm einen mit einer kleinen Rose in der Mitte und kritzelte einen Geburtstagsgruß darauf. »Großartig. Ich werde monatelang ganz oben auf ihrer Beliebtheitsskala stehen.«

Sie sah zu, wie Tory die Schachtel mit einem glänzenden weißen Band umwickelte, die Karte daran hängte und eine elegante Schleife band.

»Ich hoffe, es gefällt ihr.« Gerade als sie die Schachtel über den Tresen reichte, klingelte das Telefon. »Wenn du mich entschuldigen würdest …«

»Klar.« Etwas in Torys Blick ließ Faith zögern. »Ich muss nur noch schnell die Summe in mein Scheckheft eintragen. Das vergesse ich immer.« Das Telefon läutete wieder. »Geh nur schon dran. Ich bin gleich weg.«

Notgedrungen nahm Tory den Hörer ab. »Guten Tag. Southern Comfort.«

»Tory, es tut mir Leid, dass ich erst jetzt zurückrufe.«

»Nein, ist schon gut. Schön, dass Sie anrufen. Haben Sie irgendwelche Informationen bekommen?«

»Ja, ich glaube, ich habe das, wonach Sie suchen.«

»Bleiben Sie bitte einen Moment dran? – Ich mache dir die Tür auf, Faith.«

Achselzuckend ergriff Faith die Schachtel. Während sie hinausging, fragte sie sich, wer wohl am Telefon sein mochte und warum Torys flinke, geschickte Hände auf einmal zitterten.

»Es tut mir Leid, es war jemand im Laden.«

»Kein Problem. Der Name des Opfers war Alice Barbara Powell, weiß, weiblich. Sechzehn. Ihre Leiche ist erst fünf Tage nach dem Mord entdeckt worden. Drei Tage lang galt sie gar nicht als vermisst, weil ihre Eltern dachten, sie sei mit Freundinnen am Strand. Die Überreste ... nun, Tory, sie war schon von Tieren angefressen.«

»Hat man den Täter gefasst?« Tory kannte die Antwort zwar schon, musste sie aber trotzdem noch einmal hören.

»Nein. Der Fall ist immer noch ungelöst, aber die Polizei arbeitet nicht mehr daran. Es ist zehn Jahre her.«

»Wie war das Datum? Das genaue Datum des Mordes?«

»Das habe ich hier. Eine Minute. Es war am dreiundzwanzigsten August 1990.«

»Gott.« Tory erschauerte bis ins Mark.

»Tory? Was ist los? Kann ich etwas tun?«

»Ich kann es Ihnen jetzt nicht erklären. Darf ich Sie bitten, Ihren Kontakt noch einmal zu nutzen, Abigail? Können Sie versuchen herauszufinden, ob es in den sechs Jahren vorher und den zehn Jahren danach irgendein ähnliches Verbrechen gegeben hat? Ob es an diesem Datum oder um dieses Datum herum in anderen Jahren andere Verbrechen dieser Art gegeben hat?«

»Gut, Tory. Ich versuche es. Aber wenn ich etwas herausfinde, müssen Sie mir sagen, warum Sie es wissen wollen.«

»Ich brauche zuerst die Antwort. Es tut mir Leid, Abigail. Ich muss jetzt auflegen. Tut mir Leid.«

Tory legte rasch auf und setzte sich dann auf den Fußboden.

Am dreiundzwanzigsten August 1990 war Hope genau acht Jahre tot gewesen. In jenem Sommer wäre sie sechzehn Jahre alt geworden.

13

Die Lebenden brachten den Toten Blumen, elegante Lilien oder einfache Gänseblümchen. Aber Blumen starben rasch, wenn man sie einfach nur aufs Grab legte. Tory hatte diesen Symbolismus nie verstanden. Wie konnte man etwas auf das Grab eines geliebten Menschen legen, das verwelkte und verfaulte?

Wahrscheinlich brachte es den Hinterbliebenen Trost.

Sie nahm Hope keine Blumen mit. Stattdessen brachte sie ihr eins der wenigen Andenken, die sie behalten hatte. Es war eine kleine Kugel, in die ein geflügeltes Pferd eingegossen war, und wenn man sie schüttelte, wirbelten silberne Sternchen herum.

Es war ein Geschenk gewesen, das letzte Geburtstagsgeschenk einer verlorenen Freundin.

Tory trug es über den weiten Hang, an dem Generationen von Lavelles, Generationen von Bewohnern von Progress zur letzten Ruhe gebettet waren. Es gab einfache Grabsteine, manche waren aber auch so auffallend wie zum Beispiel ein steigendes Bronzepferd, auf dem ein Soldat saß.

Hope hatte den Reiter Onkel Clyde genannt, und tatsächlich stellte er einen ihrer Vorfahren dar, einen Kavallerieoffizier, der im Krieg zwischen den Nord- und Südstaaten gefallen war.

Einmal hatte Hope es gewagt, sich hinter Onkel Clyde aufs Pferd zu setzen. Tory erinnerte sich daran, wie sie selbst auch auf die rutschige, heiße Metallfläche geklettert war, die ihre Haut rötete, und dass sie sich gefragt hatte, ob sie jetzt wohl wegen Gotteslästerung vom Blitz erschlagen würde.

Es war jedoch nichts passiert, und einen Moment lang, als sie vom Pferderücken auf die Welt um sie herum blickte und die Sonne auf sie herunter brannte, hatte sie sich unbesiegbar gefühlt. Die Türme von Beaux Reves waren zum Greifen nah gewesen. Sie hatte Hope zugerufen, sie würde mit dem Pferd losfliegen und auf dem höchsten Türmchen landen.

Beim Abstieg hatte sie sich fast den Hals gebrochen und noch Glück gehabt, dass sie auf ihrem Hintern statt auf dem Kopf gelandet war. Aber der blaue Fleck am Steißbein war nichts gewesen gegen den erhabenen Moment auf dem Pferderücken.

Zu ihrem achten Geburtstag hatte Hope ihr dann die Kugel geschenkt, und sie war das Einzige, was Tory aus diesem Lebensjahr behalten hatte.

Heute wie damals säumten Eichen und blühende Magnolien die Gräber und dämpften das Licht.

Es war ein angenehmer Spaziergang über den Friedhof zu der Familiengruft. Sie und Hope waren zahllose Male hier entlanggegangen, sommers wie winters. Hope hatte sich gern die Namen auf den Steinen angesehen und sie laut hergesagt, damit sie ihr Glück brachten.

Jetzt ging Tory allein zum Grab und dem Marmorengel mit der Harfe, der es bewachte. Und auch sie sagte den Namen laut.

»Hope Angelica Lavelle. Hallo, Hope.«

Tory hockte sich auf das weiche Gras. Ein leichter, warmer Wind trug den süßen Duft der rosafarbenen Babyrosen mit sich, die neben dem Marmorengel blühten. »Entschuldige, dass ich nicht früher gekommen bin. Ich habe es immer wieder aufgeschoben, aber ich habe in den letzten Jahren so oft an dich gedacht! Ich hatte nie wieder eine Freundin wie dich, eine, der ich alles sagen konnte. Ich hatte ein solches Glück, dass es dich gab!«

Während Tory die Augen schloss, um sich den Erinnerungen hinzugeben, beobachtete sie jemand aus dem Schutz der Bäume. Jemand, der die Fäuste so fest geballt hatte, dass die Knöchel weiß hervortraten. Jemand, der wusste, was es bedeutete, das Unaussprechliche zu ersehnen. Jahr für Jahr das Verlangen danach tief im Herzen zu begraben.

Achtzehn Jahre, und sie war zurückgekommen. Er hatte gewartet und beobachtet, und er hatte immer gewusst, dass sie eines Tages dorthin zurückkommen würde, wo alles begann.

Was für ein hübsches Bild sie abgegeben hatten. Hope und Tory, Tory und Hope. Die dunkle und die helle, die behütete und die vernachlässigte. Nichts, was er jemals zuvor getan hatte, nichts, was er nach jener Nacht im August getan hatte, hatte ihm die gleiche Erregung gebracht. Er hatte versucht, den Moment wieder einzufangen, immer, wenn sich der Druck heiß in ihm aufstaute, hatte er jene Nacht und ihre reine Pracht erneut nachvollziehen wollen.

Nichts jedoch war ihr gleichgekommen.

Jetzt bedeutete Tory eine Bedrohung für ihn. Er konnte leicht und schnell mit ihr fertig werden. Aber dann würde er keine Erregung mehr darüber verspüren, am Rande des Abgrunds zu stehen. Vielleicht, vielleicht hatte er gerade darauf die ganze Zeit gewartet. Dass sie zurückkam und für ihn wieder greifbar wurde.

Er würde jedoch bis zum August warten müssen. Eine heiße Nacht im August, wenn alles so war wie vor achtzehn Jahren.

Er hätte sie jederzeit aus dem Weg räumen können. Sie umbringen können. Aber er war ein Mann, der an Symbole glaubte, an das große Bild. Es musste hier geschehen. Hier, wo alles begonnen hatte, und während er sie beobachtete, befriedigte er sich selbst, wie er das auch früher getan hatte, wenn er Tory aus seinem Versteck beobachtet hatte. Hope und Tory. Tory und Hope.

Wo alles begonnen hatte, dachte er wieder. Und wo alles enden würde.

Ein Schauer durchrann Tory, als ob ein eisiger Finger ihre Wirbelsäule berührte. Sie blickte sich unbehaglich um, hielt das Gefühl aber für ein Produkt der Atmosphäre und ihrer eigenen Gedanken.

Schließlich war sie hier eingedrungen. Das Licht wurde schwächer, dicke graue Wolken zogen von Osten heran und verdeckten die Sonne. Heute Nacht würde es Regen geben.

Tory wollte sich nicht mehr lange hier aufhalten.

»Es tut mir so Leid, dass ich in jener Nacht nicht gekommen bin! Ich hätte mich fortschleichen müssen, trotz der Schläge. Er wäre nie auf den Gedanken gekommen, dass ich mich seinen Wünschen widersetzen und das Haus verlassen könnte. Niemand hätte nach mir gesehen. Ich konnte dir damals nie erklären, wie es war, wenn er mich mit seinem Gürtel verprügelte. Wie mit jedem Schlag mein Mut, mein ganzes Selbst schwand, bis ich am Schluss nur noch aus Angst und Erniedrigung bestand. Wenn ich den Mut gehabt hätte und in jener Nacht aus dem Fenster geklettert wäre, hätte ich uns vielleicht beide retten können. Ich werde es nie erfahren.«

Um sie herum zwitscherten die Vögel. Es war ein fröhliches Geräusch, das eigentlich nicht angebracht schien, und doch hierhin gehörte – die Vögel, das Summen der Bienen in den Rosen und der starke, lebendige Duft der Rosen selbst.

Tory hob die Kugel und ließ die silbernen Sterne glitzern.

»Aber ich bin zurückgekommen. Und ich werde alles tun, um das Geschehene wiedergutzumachen. Ich habe dir nie gesagt, was du mir bedeutet hast, wie du etwas in mir geöffnet hast, einfach weil du meine Freundin warst, und wie ich mich wieder zurückgezogen habe, als ich dich verlor. Viel zu lange. Ich werde versuchen, wieder so zu werden, wie ich war, als du noch lebtest.«

Tory blickte noch einmal zu den Bäumen und zu den Türmen von Beaux Reves, die dahinter emporstiegen. Stand jemand hinter den Fenstern und beobachtete sie?

Es fühlte sich zumindest so an, als ob jemand sie beobachtete. Und wartete.

Sollen sie mich doch beobachten, dachte sie. Lass sie warten. Sie blickte wieder auf den Engel und den Grabstein. »Sie haben ihn nie gefunden. Den Mann, der dir das angetan hat. Wenn ich kann, werde ich ihn finden.«

Sie schüttelte die Kugel und legte sie unter den Engel,

damit das Pferd fliegen und die Sterne funkeln konnten. Dann ging sie.

Als Cade aus der Stadt nach Hause fuhr, begann es heftig zu regnen. Es war ein guter Regen, der den jungen Pflanzen zwar Feuchtigkeit bringen, sie aber nicht zu Boden drücken würde. Wenn er Glück hatte, würde es die ganze Nacht über regnen und die Felder würden am nächsten Tag satt und feucht sein.

Er musste Bodenproben von seinen Feldern nehmen und den Erfolg verschiedener Deckpflanzen vergleichen. Im Jahr zuvor hatte er Favabohnen gepflanzt, weil sie die Baumwolle mit Stickstoff versorgten.

Morgen, nach dem Regen, würde er die Proben entnehmen und sie mit denen der letzten vier Jahre vergleichen. Die Favabohnen hatten sich als recht ertragreich erwiesen, jedoch nicht die Steigerung gebracht, die Cade erwartet hatte. Wenn er sie jetzt noch einmal anpflanzen wollte, musste er das rechtfertigen können.

Und zwar ganz allein vor sich selbst, da sonst niemand seinen Aufzeichnungen Beachtung schenkte. Selbst Piney, der normalerweise zumindest so tat, als sei er interessiert, hatte sich zu Tode gelangweilt, als Cade ihm die Statistiken zeigte.

Das ist egal, dachte Cade. Es musste sie ja niemand außer ihm verstehen.

Wenn er ehrlich war, musste er zugeben, dass selbst er im Moment nicht besonders daran interessiert war. Er kümmerte sich nur darum, weil das Ganze ihn von Tory und dem, was letzte Nacht passiert war, ablenkte.

Jetzt wollte er erst einmal alles mit ihr klären, bevor er nach Hause fuhr und sich duschte.

Stirnrunzelnd bemerkte Cade, dass das rote Mustang-Cabrio, hinter dem er hergefahren war, in Torys Feldweg einbog. Er hielt dahinter und zog die Brauen hoch, als J. R. ausstieg.

»Na, wie findest du es?« Grinsend klopfte J. R. auf die Kühlerhaube seines Autos. Cade trat auf ihn zu.

»Deiner?«

»Ich habe ihn erst heute Morgen abgeholt. Boots behauptet, ich steckte in einer Midlife-Krise, aber wenn du mich fragst, sehen die Frauen sich viel zu viele Talkshows an. Wenn das Auto mir doch gefällt und ich es mir leisten kann, was soll denn dann daran falsch sein?«

»Es ist wirklich ein schöner Wagen.« Beide Männer stellten sich im strömenden Regen vor die Motorhaube, die J. R. geöffnet hatte, und bestaunten den Motor.

»Starke Maschine«, bemerkte Cade. »Was bringt sie?«

»Unter uns, fünfundneunzig Meilen und du merkst es nicht. Liegt wie ein Brett in den Kurven. Ich war gestern bei Broderick, weil ich meine Limousine eintauschen wollte. Eigentlich hatte ich vor, mir wieder eine zu kaufen, aber dann habe ich dieses Schätzchen hier gesehen.« Grinsend rieb sich J. R. über seinen dicken, silbergrauen Schnurrbart. »Liebe auf den ersten Blick.«

Er tätschelte den Wagen liebevoll, dann blickte er zum Haus. »Wolltest du Tory besuchen?«

»Ja.«

»Gut. Ich habe Neuigkeiten für sie, die ihr nicht gefallen werden. Da ist es vielleicht gar nicht schlecht, wenn ein Freund dabei ist.«

»Was ist denn passiert?«

»Nichts Schlimmes, Cade, aber es wird sie bekümmern. Lass uns hineingehen, dann brauche ich es nicht zweimal zu erzählen.« Er trat auf die Veranda und klopfte. »Ein komisches Gefühl, bei der eigenen Familie anklopfen zu müssen, aber das habe ich mir bei meiner Schwester angewöhnt. Sie hat nie die Tür einladend offen stehenlassen. Da ist ja mein Mädchen!«, fügte er herzlich hinzu, als Tory die Tür öffnete.

»Onkel Jimmy! Cade!« Torys Herz tat einen Satz, als sie beide auf der Veranda stehen sah. »Kommt doch herein!«

»Ich habe Cade zufällig draußen getroffen, weil wir offensichtlich beide den gleichen Gedanken hatten. Ich habe ihm gerade mein neues Auto gezeigt.«

Tory blickte hinaus. »Das ist ja ein tolles …« Eigentlich

wollte sie Spielzeug sagen, fürchtete dann aber, dass sie damit wahrscheinlich seine Gefühle verletzen würde. »Ein toller Wagen.«

»Schnurrt wie eine große Katze. Wenn schönes Wetter ist, nehme ich dich mal mit.«

»Gern.« Kurz darauf hatte Tory zwei große, nasse Männer im Wohnzimmer, nur einen Sessel und bohrende Kopfschmerzen. »Kommt doch mit in die Küche! Dort können wir uns hinsetzen, und ich habe gerade einen heißen Tee gemacht, um die Feuchtigkeit zu vertreiben.«

»Klingt gut, aber ich möchte dir nicht die Nässe durchs Haus tragen.«

»Mach dir darüber keine Gedanken.« Tory ging voraus und hoffte, das Aspirin, das sie gerade genommen hatte, würde auch wirken, ohne dass sie sich hinlegte, wie sie es eigentlich vorgehabt hatte. Im Haus roch es nach Regen, nach dem reifen Duft des Sumpflandes. Zu jeder anderen Zeit hätte sie das genossen, aber im Moment gab es ihr nur das Gefühl, eingesperrt zu sein.

»Ich habe auch ein paar Kekse. Sie sind zwar nur gekauft, aber besser, als ich sie backen könnte.«

»Mach dir keine Mühe, Liebes. Ich muss gleich nach Hause.« Aber da sie die Kekse bereits auf einen Teller legte, griff J.R. nach einem. »Boots kauft in der letzten Zeit nichts Süßes mehr, weil sie abnehmen will. Und das gilt dann auch immer für mich.«

»Tante Boots sieht wundervoll aus.« Tory holte Tassen aus dem Schrank. »Und du auch.«

»Das sage ich ihr ja auch immer, aber jeden Morgen steht sie auf der Waage und regt sich auf. Als ob es das Ende der Welt bedeutet, wenn man hier und da ein Pfund zunimmt! Doch bis sie wieder zufrieden ist, bin ich notgedrungen auf Kaninchenfutter gesetzt.« Er nahm sich noch einen Keks. »Ich wundere mich, dass mir noch keine langen Ohren wachsen.«

Er schwieg, während Tory den Tee einschenkte. »Ich habe gehört, du machst schon bald deinen Laden auf. Leider hatte ich noch keine Zeit, ihn mir anzusehen.«

»Ich hoffe, du schaffst es am Samstag.«

»Das würde ich um nichts in der Welt verpassen wollen.« J. R. trank einen Schluck von dem Tee und rutschte unbehaglich auf seinem Stuhl hin und her. »Tory, ich hasse es, dir etwas erzählen zu müssen, was dich aufregt, aber ich denke, du solltest es wissen.«

»Warum legst du nicht einfach los?«

»Ich bin nicht sicher, ob ich das kann. Deine Mutter hat mich vor kurzem angerufen. Boots und ich hatten gerade zu Abend gegessen. Es geht ihr nicht gut, wie du dir denken kannst, denn sonst hätte sie sich wahrscheinlich nicht gemeldet. Wir telefonieren eigentlich nicht regelmäßig miteinander.«

»Ist sie krank?«

»Nein, nicht so, wie du meinst.« Er stieß die Luft aus. »Es hat etwas mit deinem Vater zu tun. Offenbar ist er vor einiger Zeit in Schwierigkeiten geraten. Verdammt!« J. R. schob die Tasse auf dem Unterteller hin und her, dann blickte er wieder Tory an. »Er hat wohl eine Frau angegriffen.«

Im Geiste hörte Tory das zischende Geräusch des dicken Ledergürtels. Ihre Hände begannen zu zittern, aber sie bemühte sich, sie ruhig zu halten. »Angegriffen?«

»Deine Mutter hat gesagt, es sei alles ein Irrtum, und ich musste ihr jede Einzelheit aus der Nase ziehen. Schließlich hat sie mir erzählt, dass irgendeine Frau behauptet hat, dein Vater habe sie angegriffen. Er habe versucht, sie zu, ähm … belästigen.«

»Er hat versucht, eine Frau zu vergewaltigen?«

Unglücklich rutschte J. R. in seinem Stuhl hin und her. »Nun, Sari hat sich nicht ganz klar ausgedrückt. Auf jeden Fall ist Han ins Gefängnis gekommen. Er hat wieder angefangen zu trinken. Sarabeth wollte mir gar nichts davon erzählen, aber ich habe es aus ihr herausgequetscht. Er hat Bewährung bekommen, mit der Auflage, einen Entzug zu machen und so. Wahrscheinlich hat er es nicht besonders gut aufgenommen, aber er hatte keine andere Wahl.«

J. R. trank noch einen Schluck Tee, weil sein Hals ganz

trocken war. »Und dann ist er vor ein paar Wochen verschwunden.«

»Verschwunden?«

»Er ist nicht mehr nach Hause gekommen. Sarabeth sagt, sie habe ihn jetzt seit zwei Wochen nicht mehr gesehen und er habe seine Bewährung verspielt. Wenn sie ihn jetzt fassen, wird er … nun, sie werfen ihn wieder ins Gefängnis.«

»Ja, vermutlich.« Tory hatte sich eigentlich immer schon gefragt, warum er bisher noch nie hinter Gittern gelandet war.

»Sarabeth ist außer sich vor Angst.« Ohne nachzudenken tunkte J. R. seinen Keks in den Tee, eine Angewohnheit, die seine Frau rasend machte. »Sie hat kaum noch Geld und ist krank vor Sorge. Ich fahre morgen zu ihr, damit ich mir einen besseren Eindruck verschaffen kann.«

»Und du meinst, ich sollte mitkommen.«

»Nein, Liebes, die Entscheidung überlasse ich dir. Schließlich kann ich das auch allein regeln.«

»Aber das brauchst du nicht. Ich komme mit.«

»Wenn du das wirklich möchtest, würde ich mich freuen. Ich wollte so früh wie möglich fahren. Kannst du um sieben Uhr fertig sein?«

»Ja, natürlich.«

»Gut. Das ist prima.« Verlegen stand er auf. »Wir kriegen das schon geregelt, du wirst sehen. Ich hole dich dann morgen früh ab. Und jetzt setz dich ruhig hin und trink deinen Tee.« Er tätschelte ihr den Kopf, bevor sie aufstehen konnte. »Ich finde schon allein hinaus.«

»Es ist ihm peinlich«, murmelte Tory, als die Haustür hinter ihm zugefallen war. »Für sich selbst, für mich, für meine Mutter. Er hat es mir in deiner Anwesenheit erzählt, weil er das Gerede von Lissy Frazier mitbekommen hat und es für besser hielt, dass du jetzt bei mir bist.«

Cade blickte sie unverwandt an. Sie hatte noch keine Reaktion gezeigt und ihre Beherrschung erstaunte und frustrierte ihn zugleich. »Hat er Recht?«

»Ich weiß nicht. Ich bin daran gewöhnt, allein zu sein.

Wunderst du dich, dass ich nicht besonders besorgt bin wegen meines Vaters oder meiner Mutter?«

»Nein. Ich frage mich nur, was zwischen euch geschehen ist, dass du so kühl und gelassen bist. Oder warum du entschlossen bist, keine anderen Empfindungen zu zeigen.«

»Warum sollte ich mir Sorgen machen? Was geschehen ist, ist geschehen. Meine Mutter möchte gern glauben, dass mein Vater nicht das getan hat, was man ihm vorwirft. Aber er hat es natürlich getan. Wenn er getrunken hat, wird er schnell auch außerhalb seiner eigenen vier Wände gewalttätig.«

»Hat er deine Mutter missbraucht?«

Tory verzog ironisch die Mundwinkel. »Nicht, solange ich da war. Da brauchte er das nicht.«

Cade nickte. Er hatte es gewusst. Ein Teil von ihm hatte es gewusst, seit dem Morgen, an dem sie an die Tür gekommen war, um ihnen von Hope zu erzählen. »Weil du die einfachere Zielscheibe warst.«

»Er hat schon eine ganze Weile nicht mehr auf mich zielen können. Dafür habe ich gesorgt.«

»Warum gibst du dir eigentlich die Schuld?«

»Das tue ich gar nicht.« Tory schloss die Augen, weil Cade sie weiterhin unverwandt ansah. »Ich weiß, dass er seine Wut an ihr ausgelassen hat, nachdem ich weg war. Ich habe nie versucht, daran etwas zu ändern. Natürlich hätte das auch keiner von beiden zugelassen, aber ich habe es eben auch nie versucht. Seit ich achtzehn war, habe ich ihn nur noch zweimal gesehen. Einmal, als ich in New York lebte und glücklich war, da hatte ich das Gefühl, wir könnten uns wieder näher kommen, zumindest ein wenig. Meine Eltern lebten damals in einem Wohnwagen in der Nähe der Grenze zu Georgia. Nachdem wir Progress verlassen hatten, sind sie ziemlich oft umgezogen.«

Still saß Tory da, mit geschlossenen Augen, während der Regen aufs Dach trommelte. »Daddy hielt es in keinem Job lange aus. Irgendjemand hatte immer etwas gegen ihn, wie er behauptete. Oder woanders winkte eine bessere Stelle. Ich weiß nicht mehr, an wie vielen verschiedenen Orten wir gelebt haben – andere Schulen, andere Wohnungen, andere Gesichter. Ich habe nie wirkliche Freundschaften geschlossen, also spielte es auch keine Rolle. Ich wartete nur sehnsüchtig darauf, erwachsen zu werden. Heimlich sparte ich Geld und wartete darauf, dass ich nach dem Gesetz zu Hause ausziehen konnte. Wäre ich vorher gegangen, hätte er mich zurückgeholt, und er hätte es mich büßen lassen.«

»Hättest du nicht jemanden um Hilfe bitten können? Deine Großmutter zum Beispiel?«

»Er hätte ihr wehgetan.« Tory öffnete die Augen und sah Cade an. »Er hatte Angst vor ihr, genauso wie vor mir, und er hätte ihr etwas angetan. Und meine Mutter hätte sich auf seine Seite gestellt. Das hat sie immer getan. Deshalb habe ich ihr auch nicht Bescheid gesagt, als ich ging. Wenn er es erfahren hätte, hätte er sich im Recht geglaubt. Ich kann dir nicht erklären, wie sehr eine Angst dich beherrschen kann. Wie sie deine Gedanken und dein Handeln diktiert, und wie sie dir vorschreibt, was du sagst und was du nicht zu sagen wagst.«

»Du bist einfach gegangen.«

Tory öffnete den Mund, dann schloss sie ihn wieder, bevor ihr etwas entschlüpfte, was sie lieber nicht sagen wollte. »Möchtest du noch Tee?«

»Setz dich wieder. Ich mache mir schon welchen.« Cade setzte den Kessel noch einmal auf. »Erzähl mir den Rest.«

»Ich sagte ihnen also nicht, dass ich von zu Hause weggehen würde, aber im Stillen plante ich jeden einzelnen Schritt. Ich packte, lief mitten in der Nacht davon, ging in die Stadt zum Busbahnhof und kaufte mir ein Ticket nach New York. Als die Sonne aufging, war ich schon meilenweit weg, und ich hatte nicht die Absicht, jemals wieder zurückzukommen. Aber …«

Tory löste ihre ineinander verschränkten Finger, dann legte sie sie wieder zusammen, als ob sie beten wollte. »In jener Zeit damals habe ich sie besucht«, sagte sie vorsichtig. »Ich war gerade zwanzig geworden und seit zwei Jahren von zu Hause weg. Ich hatte einen Job und arbeitete in einem Kaufhaus in der Innenstadt. Ein Kaufhaus mit schönen Dingen. Ich bekam ein gutes Gehalt und ich hatte eine eigene Wohnung. Sie war zwar nicht viel größer als eine Abstellkammer, aber sie gehörte mir. Als ich Urlaub hatte, fuhr ich mit dem Bus bis an die Grenze von Georgia, um sie zu besuchen, nun, vielleicht auch, um ihnen zu zeigen, dass ich es allein zu etwas gebracht hatte. Zwei Jahre lagen dazwischen – doch innerhalb von zwei Minuten war es so, als sei ich nie weg gewesen.«

Cade nickte. Er war zum College gegangen, und in diesen vier Jahren war er zum Mann geworden. Aber als er nach Hause zurückkehrte, war der Rhythmus wieder genau der gleiche.

Aber für ihn war es der richtige Rhythmus gewesen, und er hatte sich die ganze Zeit über heftig danach gesehnt.

»Nichts, was ich tat, getan hatte, tun konnte, war richtig«, fuhr sie fort. »Man brauchte sich ja nur anzusehen, wie ich mich aufgedonnert hatte. *Er* wusste, wie das Leben da oben im Norden war. Und ich war wahrscheinlich nur nach Hause gekommen, weil ich von einem der Männer, von denen ich mich umschwirren ließ, schwanger geworden war. Ich war zwar immer noch Jungfrau, aber für ihn war ich eine Nutte. In den zwei Jahren hatte ich jedoch mehr Rückgrat bekommen und ich widersprach ihm. Es war das erste Mal in meinem Leben, dass ich es wagte, ihm zu widersprechen. Den Rest meiner Urlaubswoche wartete ich darauf, dass die blauen Flecken in meinem Gesicht so weit abgeheilt waren, dass ich sie mit Make-up verdecken und wieder zur Arbeit gehen konnte.«

»Du meine Güte, Tory!«

»Er hat mich nur einmal geschlagen. Aber, bei Gott, er hatte große Hände. Große, harte Hände und er ballte sie gern zur Faust.« Geistesabwesend hob sie die Hand an ihr Gesicht und betastete ihre leicht gekrümmte Nase. »Mit einem Schlag hat er mich gegen die Theke in dieser schäbigen kleinen Küche geschleudert. Ich habe gar nicht gemerkt, dass meine Nase gebrochen war. Der Schmerz war so vertraut, weißt du.«

Unter dem Tisch ballte Cade seine Hände zu Fäusten, eine nutzlose Geste, und viel zu spät.

»Als er abermals auf mich losgehen wollte, nahm ich das Messer aus der Spüle. Ein großes Küchenmesser mit schwarzem Griff. Ich habe es gar nicht bewusst gemacht«, sagte Tory nachdenklich. »Auf einmal lag es in meiner Hand. Er muss mir angesehen haben, dass ich es auch benutzen würde. Dass ich es nur zu gern benutzen würde. Er stürmte aus dem Wohnwagen und meine Mutter rannte ihm nach und flehte ihn an, nicht zu gehen. Er wehrte sie ab, warf sie einfach zu Boden, aber sie rief ihm immer noch nach. Auf Händen und Füßen ist sie ihm nachgekrochen. Das werde ich nie vergessen. Nie.«

Cade trat an den Herd und nahm den Kessel mit dem kochenden Wasser herunter. Schweigend gab er Tee in die Kanne und goss das heiße Wasser darüber. Dann setzte er sich wieder und wartete.

»Du kannst gut zuhören.«

»Erzähl zu Ende. Werd die Geschichte endlich los.«

»Gut.« Ruhig öffnete Tory die Augen. Wenn sie in seinem Blick Mitleid gesehen hätte, hätte sie nicht weiterreden können. Aber sie sah nur Geduld.

»Ich hatte Mitleid mit ihr. Ich verabscheute sie. Und ich hasste sie. Ich glaube, in diesem Augenblick habe ich sie sogar mehr gehasst als ihn. Ich legte das Messer weg und ergriff meine Tasche. Als ich herauskam, saß Mutter immer noch im Staub und weinte. Aber sie blickte mich voller Zorn an. ›Warum musstest du hergehen und ihn wütend machen? Du hast immer nur Ärger gemacht.‹ Ihre Lippe blutete, ich weiß nicht, ob von seinem Schlag oder weil sie sich darauf gebissen hatte, als sie hinfiel. Ich ging einfach weiter und antwortete ihr nicht. Seitdem habe ich nicht mehr mit ihr gesprochen. Ich habe kein Wort mehr mit meiner eigenen Mutter geredet, seit ich zwanzig war.«

»Das ist nicht deine Schuld.«

»Nein, das ist nicht meine Schuld. Und doch war ich die Ursache für alles. Er lebte dafür, mich zu bestrafen, weil ich auf der Welt war. Weil ich so war, wie ich nun mal bin. Bis zu dem Moment, an dem es sich zum ersten Mal zeigte, dass ich anders war, hatte er mich leidlich in Ruhe gelassen. Ich war das Problem meiner Mutter und es gab selten mehr als einen abwesenden Klaps. Danach jedoch verging kaum eine Woche, ohne dass er mich missbrauchte. Nicht sexuell«, fügte Tory schnell hinzu, als sie Cades Gesicht sah. »In dieser Art hat er nie Hand an mich gelegt. Dabei wollte er es. Gott, er wollte es, und das jagte ihm noch mehr Angst ein, deshalb schlug er mich noch mehr. Und er empfand eine vertrackte Lust dabei. Sex und Gewalt sind tief in ihm miteinander verbunden. Das, was diese Frau ihm vorwirft, hat er auf jeden Fall getan. Er hat sie vermutlich nicht vergewaltigt, oder zumindest konnten sie ihm das nicht nachweisen, sonst hätte er keine Bewährung bekommen. Aber Vergewaltigung ist nur eine von vielen Methoden, mit denen ein Mann eine Frau verletzen und demütigen kann.«

»Ich weiß.« Cade stand auf, holte die Kanne und goss ihr Tee ein. »Du hast gesagt, du hättest sie noch zweimal gesehen.«

»Nicht beide. Nur ihn. Vor drei Jahren ist er nach Charleston gekommen. Er ist mir von der Arbeit nach Hause gefolgt. Er hatte herausgefunden, wo ich arbeitete. Als ich aus dem Auto stieg, fing er mich ab. Ich war zu Tode erschrocken und ich hatte nicht mehr so viel von der Widerstandskraft in mir, die ich mir in New York zulegte. Er sagte, meine Mutter sei krank und sie bräuchten Geld. Ich glaubte ihm nicht. Er hatte getrunken, ich konnte es riechen.«

Selbst jetzt noch konnte sie es riechen, wenn sie es zuließ, diesen schalen, stechenden Geruch. Tory hob ihre Tasse und atmete den Duft des Tees ein. »Er legte mir die Hände um den Arm. Ich wusste, dass er mir den Arm brechen wollte und dass ihn dieser Gedanke erregte. Ich schrieb ihm auf der Stelle einen Scheck über fünfhundert Dollar aus. Ins Haus ließ ich ihn nicht. Dann sagte ich, wenn er mich verletzen oder versuchen würde, ins Haus einzudringen, wenn er dorthin käme, während ich bei der Arbeit sei, würde ich den Scheck sofort sperren lassen und er bekäme nie mehr Geld von mir. Wenn er ihn aber jetzt nähme und ginge und nie mehr zurückkäme, würde ich jeden Monat hundert Dollar schicken.«

Tory lachte kurz auf. »Er war so überrascht, dass er mich losließ. Er war immer schon geldgierig gewesen. Er hielt zwar auch gern abfällige Vorträge über reiche Leute und Begehrlichkeit, aber er wollte selbst Geld haben. Ich lief ins Haus und verriegelte die Tür. Die ganze Nacht über saß ich da, mit dem Telefon und dem Feuerlöscher im Schoß. Aber er versuchte nicht, hereinzukommen, und er hat mich seitdem auch nie mehr aufgesucht. Mit hundert Dollar im Monat habe ich mir eine Art Seelenfrieden erkauft. Kein schlechter Preis, oder?«

Tory trank einen Schluck Tee. Er war zu heiß und zu stark, tat ihr aber trotzdem gut. Unruhig stand sie auf und starrte in den strömenden Regen. »So, jetzt weißt du es. Nur ein paar der hässlichen Geheimnisse der Familie Bodeen.«

»Die Lavelles haben auch ein paar hässliche Geheimnisse.« Cade trat zu ihr und fuhr mit der Hand über den fest geflochtenen Zopf, der über ihren Rücken herunterhing. »Du hattest immer noch genug Rückgrat, Tory. Auf jeden Fall konnte er dich nicht brechen. Er konnte dich noch nicht einmal beugen.«

Cade drückte ihr einen Kuss auf den Scheitel und freute sich, dass sie nicht zur Seite trat, wie sie es sonst immer tat. »Hast du etwas gegessen?«

»Bitte?«

»Wahrscheinlich nicht. Setz dich. Ich mache Rührei.«

»Wovon redest du?«

»Ich habe Hunger und du wahrscheinlich auch. Wir machen uns ein paar Eier.«

Sie drehte sich um, und als er die Arme um sie legte, zuckte sie kurz zusammen. Tränen standen in ihren Augen, und sie versuchte blinzelnd, sie zurückzudrängen. »Cade, das führt zu nichts. Mit uns beiden.«

»Tory.« Er legte ihr eine Hand in den Nacken und drückte ihren Kopf an seine Schulter. »Es hat ja schon zu etwas geführt. Warum belassen wir es nicht einfach eine Zeit lang dabei und warten ab, wie es uns gefällt?«

Sie fühlte sich in seiner Umarmung geborgen. »Ich habe keine Eier im Haus.« Sie löste sich von ihm und sah ihn an. »Ich koche uns eine Suppe.«

Manchmal war Essen eine Hilfe. Sie braucht sie jetzt, dachte Cade. Vielleicht brauchen wir sie beide. Sie machten eine Dosensuppe auf dem Herd warm und suchten alles zusammen, was sie für überbackene Käsetoasts brauchten. Ein nettes, heimeliges Essen an einem verregneten Abend. Mit leichten Gesprächen und einer guten Flasche Wein.

Cade hätte die Situation ausnutzen können. Stattdessen strich er Butter auf das Brot, wie Lilah es ihm beigebracht hatte, und versuchte, sich auszumalen, wie er Torys dünnen, stacheligen Panzer durchdringen konnte.

»Du bekämst in Beaux Reves sicher etwas Besseres als Suppe und ein Sandwich.«

»Bestimmt.« Er stellte die Pfanne auf den Herd und rückte näher an Tory heran. »Aber ich bin gern bei dir.«

»Dann stimmt mit dir etwas nicht«, sagte sie trocken.

Lachend legte er die beiden Toastscheiben in die Pfanne. »Da hast du wahrscheinlich Recht. Weißt du, ich bin nämlich eine ausnehmend gute Partie. Gesund, nicht besonders anspruchsvoll, ich habe ein großes Haus, gutes Land und genug Geld, um sich über Wasser zu halten. Und abgesehen von meinem subtilen Charme mache ich auch noch hervorragende Käsetoasts.«

»Wenn das alles stimmt, warum hat dich dann noch nicht irgendeine Frau weggeschnappt?«

»Tausende haben es versucht.«

»Du bist aalglatt, was?«

»Gewandt.« Er drehte die Toasts um. »Ich bezeichne mich lieber als gewandt. Einmal war ich sogar verlobt.«

»Tatsächlich?«, fragte Tory beiläufig, während sie Suppentassen aus dem Schrank holte.

»Hmmm.« Cade kannte die menschliche Natur gut genug, um zu wissen, dass er ihre Neugier geweckt hatte.

Sie hielt es aus, bis sie Teller und Suppentassen auf den Tisch gestellt und sich hingesetzt hatte. »Du hältst dich wohl für sehr klug, was?«

»Liebes, ein Mann in meiner Position muss klug sein. Kuschelig ist es hier drinnen, bei dem Regen und so, nicht wahr?«

»Na gut. Verdammt. Was war mit ihr?«

»Mit wem?« Es entzückte ihn, wie sie die Augen zusammenkniff. »Oh, mit Deborah? Die Frau, die ich beinahe geliebt und geehrt hätte, bis dass der Tod uns scheidet? Sie ist die Tochter von Richter Purcell. Du erinnerst dich vielleicht noch an ihn, obwohl ich glaube, dass er noch gar nicht Richter war, als du gegangen bist.«

»Nein, ich erinnere mich nicht an ihn. Die Bodeens haben nicht in diesen Kreisen verkehrt.«

»Jedenfalls hat er eine reizende Tochter und sie hat mich eine Zeit lang geliebt. Dann jedoch beschloss sie, dass sie auf keinen Fall einen Farmer heiraten wollte. Zumindest keinen, der auch wirklich arbeitet.«

»Das tut mir Leid.«

»Es war keine Tragödie. Ich habe sie nicht geliebt. Nur sehr gemocht.« Nachdenklich teilte Cade die Suppe aus. »Sie war reizend anzusehen, man konnte interessante Gespräche mit ihr führen und … na ja, in bestimmten wichtigen Bereichen haben wir gut zueinander gepasst. Bis auf eins. Wir wollten einfach nicht das Gleiche. Und das haben wir, zu unserer gegenseitigen Verlegenheit, ein paar Monate nach der Verlobung entdeckt. Wir haben uns dann äußerst freundschaftlich getrennt, was zeigt, wie erleichtert wir beide waren, und sie ist für ein paar Monate nach London gegangen.«

»Wie konntest du …« Tory brach ab und steckte sich einen Bissen Käsetoast in den Mund.

»Red weiter. Du kannst mich ruhig alles fragen.«

»Ich wundere mich nur, wie du jemanden bitten konntest, dich zu heiraten, den du dann ohne das leiseste Bedauern gehen lassen konntest.«

Cade dachte darüber nach, während er bedächtig auf seinem Toast herumkaute. »Ein wenig Bedauern habe ich vermutlich doch verspürt. Aber ich war damals erst fünfundzwanzig und es gab beträchtlichen Druck von der Familie. Meine Mutter und der Richter sind gute Freunde, und er war auch ein Freund meines Vaters. Ich habe wahrscheinlich gedacht, ich müsse eine Familie gründen.«

»Ziemlich kaltblütig.«

»Eigentlich nicht. Ich fand sie nett, und wir kannten die gleichen Leute. Ihr Daddy war seit Jahren der Anwalt meines Vaters. Und da war es leicht, in ein solches Arrangement hineinzurutschen, zumal es beiden Familien gefiel. Doch als dann der Zeitpunkt der Hochzeit näher rückte, bekam ich das Gefühl, als ob meine Krawatte eine Spur zu eng sei. So als ob ich nicht durchatmen könnte. Also fragte ich mich, wie wohl mein Leben ohne sie aussähe. Und wie es mit ihr in fünf Jahren sein würde.«

Er steckte einen weiteren Bissen in den Mund und zuckte mit den Schultern. »Es stellte sich heraus, dass mir die Antwort auf die erste Frage wesentlich besser gefiel als die auf die zweite. Und glücklicherweise empfand sie es genauso. Die Einzigen, die wirklich aufgebracht reagierten, waren unsere Familien.« Cade schwieg und sah Tory beim Essen zu. »Aber schließlich können wir ja unser Leben nicht nach dem ausrichten, was unsere Eltern wollen, oder, Tory?«

»Nein. Aber wir tragen trotzdem unser Leben lang dieses Gewicht mit uns herum. Meine Eltern konnten mich nie so annehmen, wie ich war. Und ich habe lange versucht, anders zu sein.« Sie sah ihn an. »Aber ich kann es nicht.«

»Ich mag dich so, wie du bist.«

»Gestern Nacht hattest du Probleme damit.«

»Ein bisschen«, gab er zu. »Ich habe mir Sorgen um dich gemacht. Du warst so außer dir«, fügte er hinzu und legte seine Hand auf ihre, bevor sie sie wegziehen konnte. »Und so zerbrechlich. Ich kam mir so unbeholfen vor! Ich wusste nicht, was ich tun sollte, und das passiert mir selten.«

»Du hast mir nicht geglaubt.«

»Ich bezweifle nicht, was du gesehen oder gespürt hast. Aber zum Teil hat es auch sicher etwas damit zu tun, dass du hierhin zurückgekehrt bist und an das denken musst, was mit Hope geschah.«

Tory dachte an Abigails Anruf, an die Daten der beiden Morde, erwiderte jedoch nichts. Sie hatte schon einmal jemandem vertraut und ihm alles erzählt. Und hatte alles verloren.

»Es hat *alles* etwas damit zu tun, dass ich hierher zurückgekehrt bin. Und auch mit Hope hat es zu tun. Du würdest nicht hier sitzen, wenn es Hope nicht gegeben hätte.«

Cade lehnte sich zurück und aß weiter. »Selbst wenn ich dich vor vier, fünf Wochen zum ersten Mal gesehen hätte, wenn wir uns nie zuvor begegnet wären, hätte ich trotzdem alles darangesetzt, jetzt hier zu sitzen. Wenn wir uns erst seit ein paar Wochen kennen würden und nicht schon seit Jahren, lägen wir jetzt bestimmt schon in deinem äußerst interessanten Bett.«

Er lächelte träge, da Tory der Löffel in die Suppe fiel. »Es war an der Zeit, das endlich einmal auszusprechen, damit du darüber nachdenken kannst.«

14

Die Fahrt war angenehm, und sie musste an all das denken, was ihr gefehlt hatte, als sie nicht in J.R.s Nähe war. Alles an ihm war irgendwie riesig, seine Stimme, sein Lachen, seine Gesten. Zweimal musste sie seinen Arm abwehren, weil er so weit ausholte, um ihr etwas am Straßenrand zu zeigen.

Er schien einen mit seiner Lebensfreude einfach zu schlucken.

J.R. saß in dem kleinen Auto, die Knie ragten ihm beinahe ans Kinn, und er packte den Schaltknüppel mit seinen großen Händen so wie kleine Jungen den Joystick eines Videospiels.

So wie er in den Tag hineintauchte, hätten sie genauso gut zu irgendeinem verrückten Picknick fahren können anstatt zu einer schmerzlichen Familienpflicht.

Er lebt im Jetzt, dachte sie. Das war sein Talent, eine Fähigkeit, die sie ihr ganzes Leben lang hatte erringen wollen.

Sein neues Auto machte ihm viel Spaß, und er fuhr mit laut dröhnender Musik über die Autobahn, eine karierte Kappe keck auf den Kopf gesetzt.

Kurz hinter der Ausfahrt nach Sumter verlor er die Kappe, als ein Windstoß sie ihm vom Kopf fegte und unter die Räder eines Kleinlasters trieb. J.R. nahm noch nicht einmal den Fuß vom Gas und lachte wie ein Irrer.

Da das Verdeck unten und die Musik so laut war, konnten sie sich nur schreiend verständigen, aber es gelang J.R. trotzdem, sich mit Tory über alles Mögliche zu unterhalten.

Als sie sich der Ausfahrt nach Florence näherten, schlug er vor, sie könnten doch hinterher noch rasch bei seiner Mutter vorbeifahren. Zum ersten Mal, seit er sie abgeholt hatte, erwähnte er die Familie.

Tory schrie ihm zu, sie würde furchtbar gern ihre Großmutter besuchen. Dann fiel ihr Cecil ein, und sie fragte
sich, ob J. R. wohl von ihm wusste. Das hielt sie beschäftigt, bis sie an Florence vorbei waren und weiter Richtung
Nordosten fuhren.

Tory war noch nie im Haus ihrer Eltern außerhalb von
Hartsville gewesen. Sie wusste nicht, wovon sie lebten
oder wie sie ihre Zeit miteinander verbrachten.

Sie hatte ihre Großmutter nie gefragt, und Iris hatte das
Thema nie angeschnitten.

»Wir sind fast da.« J. R. rutschte in seinem Sitz hin und
her, und Tory spürte, dass sich auch seine Laune veränderte. »Nach dem, was ich als Letztes gehört habe, hat Han in
irgendeiner Fabrik gearbeitet. Sie, äh, haben ein Stück
Land gepachtet und Hühner gehalten.«

»Ich verstehe.«

J. R. räusperte sich, als wolle er noch etwas sagen,
schwieg dann aber, bis er schließlich von der Hauptstraße
auf einen mit Splitt bestreuten Feldweg einbog. »Ich war
noch nie hier. Sarabeth hat mir den Weg beschrieben.«

»Ist schon gut, Onkel Jimmy, mach dir keine Gedanken
wegen mir. Wir wissen beide, was uns erwartet.«

Man sah ein paar kleine, verwahrloste Häuser. Ein ver-
rosteter Pickup mit geborstener Windschutzscheibe stand
aufgebockt auf einem staubigen Hof. Ein hässlicher
schwarzer Hund zerrte an seiner Kette und bellte wütend.
Direkt daneben saß ein Kind mit wirren schwarzen Haaren, das nichts als angegraute Baumwollunterwäsche trug,
auf einer kaputten Waschmaschine. Das kleine Mädchen
lutschte am Daumen und blickte dem schicken Cabrio
nach.

Ja, sie wussten, was sie erwartete, dachte Tory.

Der Weg stieg ein wenig an und gabelte sich dann. J. R.
stellte das Radio aus und fuhr langsam und vorsichtig um
die Schlaglöcher herum.

»Hier sind unsere Steuergelder gut angelegt«, versuchte er einen Witz zu machen. Dann jedoch seufzte er und
bog in den Weg ein, der zum Haus führte.

Nein, kein *Haus*, korrigierte sich Tory. Ein Schuppen. So etwas konnte man nicht als Haus bezeichnen, und noch viel weniger als Heim. Das Dach war eingefallen und wies große Lücken auf. Der ursprünglich graue Anstrich war abgeblättert, und eins der Fenster war mit Pappe geflickt. Der Garten war von Brennnesseln und Disteln überwuchert, und mitten in ihm lag eine alte gusseiserne Spüle mit einem faustgroßen Loch im Becken.

Hinten neben dem Haus stand eine graue, schmutzige Metallhütte mit dunklen Rostflecken. Ein Maschendrahtzaun war darum herumgezogen und in der Einfriedung pickten ein paar magere Hühner im Dreck.

Ein beißender Geruch hing in der Luft.

»Jesus Christus«, murmelte J.R. »Ich habe nicht gedacht, dass es so schlimm sein würde. Das muss doch nicht sein. So weit hätte es doch nicht kommen müssen.«

»Sie weiß, dass wir hier sind«, sagte Tory und öffnete die Wagentür. »Sie hat schon auf uns gewartet.«

J.R. schlug seine Wagentür zu und legte die Hand auf Torys Schulter, als sie auf das Haus zu gingen.

Sie fragte sich, ob er ihr Unterstützung geben wollte oder selbst danach suchte.

Die Frau, die auf der Schwelle erschien, hatte graue Haare. Steingraue Haare, die straff aus ihrem schmalen Gesicht zurückgekämmt waren. Sie hatte tiefe Falten um den Mund, und ihre Mundwinkel waren nach unten gezogen.

Sie trug ein zerknittertes Baumwollkleid, das ihr zu groß war, und ein kleines, silbernes Kreuz baumelte zwischen ihren schlaffen Brüsten.

Aus rot geränderten Augen blickte sie Tory an, dann sah sie schnell wieder weg, als ob der Anblick sie verbrennen könnte.

»Du hast nicht gesagt, dass du sie mitbringst.«

»Hallo, Mama.«

»Du hast nicht gesagt, dass du sie mitbringst«, wiederholte Sarabeth und drückte die Glastür auf. »Habe ich nicht schon genug Sorgen?«

J.R. drückte Torys Schulter. »Wir sind hier, um dir zu helfen, Sari.« Er trat ein, wobei er Tory immer noch an der Schulter festhielt.

Drinnen roch es nach Abfall und schalem Schweiß. Nach Hoffnungslosigkeit.

»Ich weiß nicht, was du tun kannst, es sei denn, du bringst diese Frau, diese verlogene Schlampe dazu, dass sie die Wahrheit sagt.« Sarabeth zog ein zerdrücktes Taschentuch aus der Tasche ihres Kleides und putzte sich die Nase. »Ich bin mit meinem Latein am Ende, J.R. Ich glaube, meinem Han ist etwas Schreckliches zugestoßen. So lange ist er noch nie weg geblieben.«

»Wollen wir uns nicht setzen?« J.R. legte seine Hand jetzt auf die Schulter seiner Schwester und blickte sich um. Der Magen zog sich ihm zusammen.

Es gab ein durchgesessenes Sofa mit einem schmutzigen gelben Überwurf und einen hässlichen grünen Sessel. Die Tische waren übersät mit Papptellern, Plastiktassen und Essensresten. Ein verrußter Holzofen stand in der Ecke, sein fehlendes viertes Bein war durch einen Holzklotz ersetzt worden.

An der Wand hing ein Bild des schmerzensreichen Jesus in einem billigen Drahtrahmen.

Da seine Schwester ihr Gesicht immer noch im Taschentuch vergraben hielt, führte J.R. sie zum Sofa und warf Tory dabei einen flehenden Blick zu.

»Soll ich Kaffee kochen?«

»Ich habe noch ein bisschen Instantpulver.« Sarabeth ließ das Taschentuch sinken und blickte an ihrer Tochter vorbei zur Wand. »Ich wollte nicht einkaufen gehen, weil ich das Haus nicht verlassen wollte, für den Fall, dass Han…«

Schweigend wandte sich Tory ab und ging in die Küche. In der Spüle stapelte sich der Abwasch, und der Herd war schmutzig und verkrustet. Der Linoleumboden klebte unter ihren Füßen.

Als Tory ein Kind gewesen war, war Sarabeth der reinste Putzteufel gewesen und hatte gegen den Schmutz gewütet, als sei er eine Sünde. Während Tory nun Wasser in den Kessel füllte, fragte sie sich, wann ihre Mutter diese nervöse Angewohnheit wohl aufgegeben hatte, wann Armut und Gleichgültigkeit stärker geworden waren als die Illusion, dass sie ein Zuhause schaffen könnte oder dass Gott zu ihr käme, solange nur alles sauber geputzt war.

Aber dann verdrängte sie diese Gedanken und konzentrierte sich nur noch auf die mechanischen Verrichtungen, Wasser zu kochen und einen Löffel Kaffeepulver von der im Glas festgebackenen Masse abzuschlagen.

Die Milch war sauer, und sie fand keinen Zucker. Sie trug zwei Becher der braunen Brühe zurück ins Wohnzimmer. Schon jetzt drehte sich ihr der Magen um.

»Diese Frau hat versucht, meinen Han zu verführen«, sagte Sarabeth gerade. »Sie hat seine Schwächen ausgenutzt. Aber er widerstand ihr. Er hat mir alles darüber erzählt. Ich weiß nicht, wo sie so misshandelt worden ist, wahrscheinlich hat sie sich an irgendeinen Perversen verkauft, aber sie hat behauptet, es sei Han gewesen, um sich dafür zu rächen, dass er sie abgewiesen hat.«

»Schon gut, Sari.« J. R. setzte sich neben sie auf das Sofa und tätschelte ihr die Hand. »Darüber machen wir uns jetzt keine Gedanken, okay? Hast du irgendeine Ahnung, wo Han sein könnte?«

»Nein!«, schrie sie und rückte so heftig von ihm ab, dass sie beinahe den Kaffee verschüttete, den Tory auf den Tisch gestellt hatte. »Glaubst du, ich würde nicht zu ihm gehen, wenn ich es wüsste? Eine Frau gehört zu ihrem Mann. Das habe ich auch den Polizisten gesagt. Ich erwarte ja gar nicht, dass ein Haufen korrupter Polizisten mir glaubt, aber ich habe gedacht, dass wenigstens mein eigenes Fleisch und Blut …«

»Natürlich glaube ich dir.« J. R. drückte ihr sanft einen Becher mit Kaffee in die Hand. »Ich habe nur gedacht, dir sei vielleicht etwas eingefallen, ein Ort, wo er schon früher hingegangen ist, wenn er weg war.«

»Es ist nicht so, als sei er weggelaufen.« Mit zitternden Lippen trank Sarabeth einen Schluck Kaffee. »Er muss nur manchmal mit sich allein sein, um nachzudenken. Männer stehen immer unter einem solchen Druck. Und manchmal muss Han einfach allein sein, um nachdenken und beten zu können. Aber jetzt ist er schon zu lange weg, und ich glaube, es ist ihm etwas zugestoßen.«

Wieder traten ihr Tränen in die Augen. »Es hat ihn sehr belastet, dass diese Frau Lügen über ihn verbreitet und ihn in Schwierigkeiten gebracht hat. Und die Polizei tut jetzt so, als sei er auf der Flucht. Sie verstehen ihn einfach nicht.«

»Hat er den Alkoholentzug gemacht?«

»Ich glaube schon.« Sie schniefte. »Han braucht das gar nicht. Er ist kein Trinker. Nur ab und zu ein Schluck zum Entspannen. Jesus hat schließlich auch Wein getrunken, oder?«

Jesus hat keine Flasche Wild Turkey getrunken und dann Frauen misshandelt, dachte Tory. Aber das würde ihre Mutter nicht verstehen.

»Bei der Arbeit sind sie ständig hinter ihm her und zerren an ihm herum, weil er klüger ist als sie. Und die Hühnerhaltung ist teurer, als wir gedacht haben. Dieser Bastard mit dem Hühnerfutter hat die Preise erhöht, damit er seine Geliebte in Samt und Seide hüllen kann. Han hat mir das erzählt.«

»Liebes, du musst dich der Tatsache stellen, dass Han seine Bewährung verloren hat, weil er einfach abgehauen ist. Er hat das Gesetz gebrochen.«

»Nun, dann ist das Gesetz eben *falsch*. Was soll ich bloß tun, J.R.? Ich bin außer mir vor Angst. Und alle wollen Geld von mir, und außer dem, was ich für die Eier bekomme, habe ich doch keins! Ich war schon auf der Bank, aber diese verlogenen Diebe haben sich einfach genommen, was auf dem Konto war, und behauptet, Han habe die Ersparnisse abgehoben.«

»Ich kümmere mich um die Rechnungen.« Das hatte J.R. schon öfter getan. »Darüber brauchst du dir keine Gedanken zu machen. Ich sage dir, was du tun solltest. Du solltest ein paar Sachen zusammenpacken und mit mir kommen. Du kannst bei Boots und mir wohnen, bis alles geregelt ist.«

»Ich kann hier nicht weg. Er könnte doch jede Minute zurückkommen.«

»Du kannst ihm ja eine Nachricht hinterlassen.«

»Das würde ihn nur wütend machen.« Sarabeths Augen wanderten unruhig umher, als suche sie einen sicheren Platz vor der rechtschaffenen Wut ihres Mannes. »Ein Mann hat das Recht darauf, seine Frau zu Hause vorzufinden, wenn er zurückkommt. Sie muss unter dem Dach, das er ihr bietet, auf ihn warten.«

»Dieses Dach hat Löcher, Mama«, sagte Tory ruhig und erntete einen missbilligenden Blick.

»Für dich war nie etwas gut genug, nicht wahr? Ganz gleich, wie hart dein Daddy gearbeitet hat und wie ich mich abgemüht habe, für dich war es nie gut genug. Du wolltest immer mehr.«

»Ich habe nie um mehr gebeten.«

»Du warst clever genug, es nicht laut auszusprechen. Aber ich habe es in deinen Augen gesehen. Eine Heimlichtuerin warst du, gerissen und schlau«, sagte Sarabeth mit zuckenden Lippen. »Du bist ja auch bei der ersten Gelegenheit weggelaufen, hast nie zurückgeblickt, um deinen Vater und deine Mutter zu ehren. Du hättest uns unsere Opfer zurückzahlen müssen, aber dazu warst du zu egoistisch. Wir haben in Progress ein anständiges Leben geführt und würden es noch, wenn du nicht alles ruiniert hättest.«

»Sarabeth ...« Hilflos tätschelte J. R. ihre Hand. »Das ist nicht fair, und es stimmt auch nicht.«

»Sie hat Schande über uns gebracht. Von der ersten Minute an, die sie auf der Welt war. Bevor sie kam, waren wir glücklich.« Torys Mutter begann wieder zu weinen und raue, abgehackte Schluchzer ließen ihre Schultern beben.

Verlegen legte J. R. ihr den Arm um die Schultern und gab beruhigende Laute von sich.

Mit ausdruckslosem Gesicht begann Tory, den Müll vom Tisch zu räumen.

Wie der Blitz sprang Sarabeth auf. »Was machst du da?«

»Da du ja unbedingt hier bleiben willst, wollte ich ein bisschen aufräumen.«

»Deine Kritik kannst du dir sparen.« Sarabeth schleuderte die Pappteller zu Boden. »Denk ja nicht, du könntest mit deinem arroganten Gehabe und deinen schicken Kleidern hierher kommen und an mir herummeckern. Du hast mir schon vor Jahren den Rücken zugedreht, und was mich angeht, kannst du da bleiben, wo der Pfeffer wächst.«

»Du hast dich schon von mir abgewandt, als du das erste Mal ruhig zusahst, wie er mich blutig schlug.«

»Gott hat den Mann zum Herrn in seinem Haus gemacht. Du hast nie eine Tracht bekommen, wenn du es nicht verdient hattest.«

Eine Tracht, dachte Tory. Ein harmloses Wort für das Entsetzen. »Redest du dir das ein, um nachts ruhig schlafen zu können?«

»Werde bloß nicht frech. Du sagst mir jetzt, wo dein Vater ist, verdammt noch mal. Du weißt es, du kannst es sehen. Sag mir, wo er ist, damit ich zu ihm gehen kann.«

»Ich werde ihn nicht suchen. Und wenn ich über ihn stolpern würde, während er in einem Graben verblutet, würde ich ihn da liegen lassen.« Als Sarabeth ihr eine Ohrfeige gab, schlug Torys Kopf nach hinten. Deutlich sah man die roten Abdrücke der Hand auf ihrer Wange, aber sie zuckte nicht einmal.

»Sarabeth! Allmächtiger, Sari!« J. R. hielt ihre Arme fest, während sie sich schreiend und schluchzend wehrte.

»Ich hoffe, er ist tot«, fuhr Tory ruhig fort. »Nein. Ich hoffe, er kommt zu dir zurück, Mama. Ich hoffe wirklich, er kommt zurück und lässt dich das Leben führen, das du anscheinend willst.«

Sie öffnete ihre Geldbörse und nahm den Hundertdollarschein heraus, den sie am Morgen hineingelegt hatte. »Und wenn er zurückkommt, kannst du ihm sagen, dass dies hier das letzte Geld ist, was er je von mir zu sehen bekommt. Du kannst ihm sagen, dass ich wieder in Progress wohne und mir da ein Geschäft aufbaue. Und wenn er dort hinkommen und wieder die Hand gegen mich erheben möchte, sollte er besser dafür sorgen, dass er mich dieses Mal totschlägt. Denn sonst bringe ich *ihn* um.«

Tory schloss ihre Tasche wieder. »Ich bin im Auto«, sagte sie zu J. R. und ging hinaus.

Ihre Beine begannen erst zu zittern, als sie im Wagen saß und die Tür zugemacht hatte. Das Zittern breitete sich in ihrem ganzen Körper aus. Sie schlang die Arme um sich und wartete mit geschlossenen Augen darauf, dass es nachließ.

Sie hörte das Weinen aus dem Haus und das monotone Glucken der Hühner, die nach Essbarem suchten. Irgendwo in der Nähe ertönte das heisere, wütende Bellen eines Hundes.

Und doch lag über allem das fröhliche Zwitschern der Vögel.

Tory konzentrierte sich auf dieses Geräusch, und in Gedanken stand sie auf einmal in ihrer Küche. Ihr Kopf ruhte auf Cades Schulter und seine Lippen streiften ihr Haar.

Sie hörte noch nicht einmal, dass ihr Onkel ins Auto stieg und die Fahrertür schloss.

J. R. sagte nichts, aber nach einer halben Meile hielt er an und saß einfach da, die Hände auf dem Lenkrad, den Blick ins Leere gerichtet.

»Ich hätte dich nicht mitnehmen dürfen«, sagte er schließlich. »Ich dachte … Ich weiß nicht, was ich gedacht habe. Wahrscheinlich habe ich geglaubt, sie würde dich sehen wollen und ihr zwei könntet euch versöhnen – jetzt, wo Han weg ist.«

»Ich gehöre nicht zu ihrem Leben. Sie macht mir immer nur Vorwürfe. *Er* ist ihr Leben. Sie will es nicht anders.«

»Warum? Um Gottes willen, Tory, warum will sie ein solches Leben führen? Warum will sie mit einem Mann leben, der ihr nie auch nur die kleinste Freude geschenkt hat?«

»Sie liebt ihn.«

»Das ist keine Liebe.« Wütend und angeekelt spie er die Worte aus. »Das ist krank. Du hast doch gehört, wie sie ihn ständig entschuldigt hat, wie sie alles auf andere geschoben hat. Auf die Frau, die er misshandelt hat, auf die Polizei, sogar auf die verdammte Bank!«

»Sie will es glauben. Sie braucht das.« Tory legte J. R. begütigend die Hand auf den Arm. Er war viel wütender als sie selbst. »Du hast getan, was du konntest.«

»Ach was! Ich habe ihr Geld gegeben und sie hier zurückgelassen, in dieser Hütte. Und ich will dir die Wahrheit sagen, Tory – ich danke Gott, dass sie nicht mit mir nach Hause kommen wollte, dass ich diesen Irrsinn nicht in mein Haus tragen muss. Ich schäme mich dafür.« Seine Stimme brach, und er ließ den Kopf auf das Lenkrad sinken.

Tory schnallte sich ab, legte den Kopf auf seinen Arm und strich ihm mit der Hand über den Rücken. »Du brauchst dich nicht zu schämen, Onkel Jimmy. Es ist keine Schande, dass du dein Haus und Tante Boots da heraushalten willst. Ich hätte tun können, um was sie mich gebeten hat. Ich hätte es ihr sagen können. Aber ich wollte nicht, und ich schäme mich nicht dafür.«

Er nickte und richtete sich langsam wieder auf. »Wir sind schon eine tolle Familie, was, Kleines?« Vorsichtig strich er mit den Fingerspitzen über die geschwollene Stelle auf ihrer Wange. Dann legte er den ersten Gang ein und fuhr an. »Tory, wenn es dir nichts ausmacht, möchte ich im Moment lieber nicht bei deiner Großmutter vorbeifahren.«

»Ich auch nicht. Lass uns einfach nach Hause fahren.«

Nachdem ihr Onkel sie zu Hause abgesetzt hatte, ging Tory gar nicht erst hinein, sondern direkt zu ihrem Auto und fuhr zu ihrem Laden. Sie hatte einige Stunden aufzuholen und war dankbar für die Arbeit, weil sie sie davon abhielt, über die Ereignisse des Morgens nachzudenken.

Als Erstes rief sie den Blumenhändler an, damit er den Ficus und die Blumensträuße lieferte, die sie vor einer Woche bestellt hatte. Der nächste Anruf galt dem Bäcker, denn sie wollte die Plätzchen und Petits Fours, die sie ausgesucht hatte, am nächsten Morgen gleich abholen.

Es war schon spät, als Tory sich zufrieden vergewisserte, dass die Arrangements im Schaufenster gut gelungen waren. Um dem Ganzen einen feierlichen Anstrich zu geben, schlang sie eine Lichterkette um den Ficus.

Als die Türglocke ertönte, fiel ihr ein, dass sie vergessen hatte, die Tür nach der letzten Lieferung abzuschließen.

»Ich kam gerade vorbei und habe dich gesehen.« Dwight blickte sich um und pfiff anerkennend durch die Zähne. »Ich wollte mich nur rasch vergewissern, ob alles in Ordnung ist und ob du noch Hilfe brauchst. Aber es sieht so aus, als hättest du alles unter Kontrolle.«

»Ich glaube schon.« Tory richtete sich auf, wobei sie das eine Ende der Lichterkette immer noch in der Hand hielt. »Deine Leute haben großartige Arbeit geleistet, Dwight. Ich bin vollauf zufrieden.«

»Sorge einfach dafür, dass der Name Frazier fällt, wenn sich jemand lobend über die Schreinerarbeiten äußert.«

»Darauf kannst du dich verlassen.«

»Oh, das ist aber eine hübsche Arbeit.« Er trat zu einem Schneidbrett, das aus schmalen Streifen verschiedener Hölzer bestand und ganz glatt geschmirgelt war. »Wunderschön. Ich arbeite in meinem Hobbyraum auch ein bisschen mit Holz, aber natürlich mache ich nicht so schöne Dinge. Fast zu schön, um es zu benutzen.«

»Form und Funktion. Das sind hier die Schlüsselwörter.«

»Lissy ist ganz glücklich mit diesem Kerzending, das sie hier gekauft hat, und bei jeder Gelegenheit führt sie den Spiegel vor. Sie sagte, sie hätte nichts dagegen, wenn ich einen Blick auf den Schmuck werfen und ihr was Hübsches mitbringen würde, um sie aufzuheitern.«

»Geht es ihr nicht gut?«

»O doch.« Dwight machte eine nachlässige Handbewegung. »Sie hat nur ab und zu den Baby-Blues.« Er hakte die Daumen in die Taschen seiner Hose und grinste Tory an. »Wo ich schon einmal hier bin, sollte ich mich wahrscheinlich entschuldigen.«

»Tatsächlich? Warum denn?«

»Weil ich Lissy in dem Glauben gelassen habe, du und Cade wärt zusammen.«

»Ich bin gern mit Cade zusammen.«

»Ach, komm, du weißt schon, was ich meine. Lissy verbeißt sich in manche Dinge. Sie versucht ständig, Cade unter die Haube zu bringen, und wenn er es nicht ist, dann ist es Wade. Sie ist ganz wild darauf, dass meine Freunde auch endlich heiraten. Cade wollte nur ihrem letzten Kupplerversuch entkommen, und hat mich gebeten, ich solle ihr sagen, dass er …«

Unter Torys Blick errötete er.

»Dass er mit jemandem zusammen sei. Also habe ich ihr erzählt, er sei mit dir zusammen. Ich dachte, sie glaubt es und lässt ihn eine Weile in Frieden.«

»Hmm.« Tory schaltete die Lichterkette ein und betrachtete das Ergebnis.

»Ich hätte es besser gelassen«, fuhr Dwight fort. »Schließlich bin ich ja nicht taub, und ich weiß, wie gern Lissy redet. Als Cade zu mir kam, um mir deshalb den Kopf zu waschen, hatte ich schon von sechs anderen Leuten gehört, dass ihr beide so gut wie verlobt wärt und Kinder wolltet.«

»Es wäre wahrscheinlich einfacher gewesen, Lissy klar zu machen, dass Cade nicht an Verabredungen interessiert ist.«

»Na ja, *einfacher* würde ich es nicht nennen.« Er lächelte sie strahlend an. »Wenn ich ihr das sage, will sie wissen, warum. Dann erkläre ich ihr, dass manche Männer eben nicht heiraten wollen. Und sie erwidert: ›Aber du bist doch gern verheiratet? Oder wärst du lieber allein und frei wie deine beiden besten Freunde?‹ Natürlich sage ich dann: ›Nein, Liebes‹ – aber eigentlich stehe ich dann schon mit einem Fuß in der Hundehütte.«

Er kratzte sich am Kopf und versuchte, Mitleid erregend auszusehen. »Ich kann dir sagen, Tory – Ehe ist so, als ob du auf einem rutschigen Hochseil balancierst, und jeder Mann, der behauptet, er würde nicht seinen Freund opfern, wenn ihn das vor dem Abstürzen bewahrt, ist ein verdammter Lügner. Außerdem habe ich gehört, dass du und Cade ein paarmal zusammen gesehen worden seid.«

»Ist das eine Behauptung oder eine Frage?«

Er schüttelte den Kopf. »Ich hätte sagen sollen, der Umgang mit Frauen ist generell wie das Balancieren auf einem rutschigen Seil. Lassen wir das Thema lieber.«

»Gute Idee.«

»Nun, Lissy veranstaltet heute eine Hühnerparty. Einen Frauenabend«, verbesserte er sich rasch, als Torys Brauen in die Höhe schossen. »Ich war gerade auf dem Weg zu Wade, um zu sehen, ob er mit mir zu Abend essen und mir Gesellschaft leisten will, bis ich mich wieder nach Hause trauen kann. Ich komme morgen noch einmal vorbei. Vielleicht kannst du mir ja dann dabei helfen, ein paar Ohrringe oder so etwas auszusuchen.«

»Das tue ich gern.«

An der Tür drehte Dwight sich noch einmal um. »Es sieht hübsch hier aus, Tory. Hat Klasse. Der Laden wird gut für die Stadt sein.«

Hoffentlich, dachte sie, während sie hinter ihm abschloss. Und hoffentlich würde die Stadt gut für *sie* sein.

Dwight überquerte die Straße an der Ampel. Als Bürgermeister musste er mit gutem Beispiel vorangehen. Er trank auch nicht mehr als zwei Bier pro Abend, wenn er in einer Bar war, und er hielt die Geschwindigkeitsbeschränkungen ein. Kleine Opfer. Doch ab und zu hatte er das Bedürfnis, über die Stränge zu schlagen. Wahrscheinlich kam das daher, weil er ein Spätentwickler gewesen war. Er hatte erst spät angefangen, mit Mädchen auszugehen, und es hatte ihn so überwältigt, dass sie überhaupt etwas mit ihm zu tun haben wollten, dass er gleich mit Lissy auf dem Rücksitz seines ersten Autos gelandet war. Nun ja, erst mit ein paar anderen und dann mit Lissy. Auf einmal ging er mit dem hübschesten und beliebtesten Mädchen der Schule. Und ehe er sich versah, lieh er sich einen Smoking für seine Hochzeit.

Nicht, dass er dies bedauern würde. Nicht eine Minute lang. Lissy war genau das, was er wollte. Sie war immer noch so hübsch wie auf der High School. Natürlich schmollte sie gern und machte immer so viel Wirbel um alles, aber das taten schließlich alle Frauen.

Sie hatten ein schönes Haus, einen wunderbaren Sohn, und ein zweites Kind war unterwegs. Ein verdammt gutes Leben. Und er war Bürgermeister in der Stadt, in der man sich früher über ihn lustig gemacht hatte.

Das war doch eine Ironie des Schicksals.

Und wenn es ihn ab und zu mal juckte, dann war das doch nur natürlich. Tatsache war, dass er mit keiner anderen als Lissy verheiratet sein wollte, dass er nirgendwo anders leben wollte als in Progress und dass sein Leben immer so weitergehen sollte wie bisher.

Als Dwight die Tür zu Wades Wartezimmer öffnete, wurde er beinah von einem panischen Hirtenhund über den Haufen gerannt.

»Tut mir Leid! O Mongo.« Eine hübsche Blondine versuchte, den Hund an der Leine zu halten. Er kannte sie nicht. Sie warf Dwight einen entschuldigenden Blick aus sanften grünen Augen zu, und ihre vollen Lippen verzogen sich zu einem Lächeln. »Er ist gerade geimpft worden und fühlt sich verraten.«

»Ich kann ihm keinen Vorwurf daraus machen.« Um seine Männlichkeit zu beweisen riskierte Dwight den Verlust seiner Finger und klopfte dem Hund auf die weißgraue Wolle. »Ich kann mich nicht erinnern, Sie oder Mongo jemals in der Stadt gesehen zu haben.«

»Wir wohnen erst seit ein paar Wochen hier. Ich komme aus Dillon und werde hier an der High School Englisch unterrichten – na ja, zunächst einmal nur die Sommerkurse, aber im Herbst fange ich richtig an. Mongo, sitz!« Sie warf ihre Haare zurück und streckte ihm ihre Hand entgegen. »Sherry Bellows. Sie können mir die Schuld für die Hundehaare auf Ihrer Jeans geben.«

»Dwight Frazier: Nett, Sie kennen zu lernen. Ich bin der Bürgermeister hier, also müssen Sie zu mir kommen, wenn Sie irgendwelche Klagen haben.«

»Oh, bis jetzt ist alles in Ordnung. Aber ich werde es mir merken.« Sie warf einen Blick auf das Untersuchungszimmer. »Bisher sind alle hier so freundlich und hilfsbereit gewesen. Ich bringe Mongo jetzt besser ins Auto, bevor er die Leine zerreißt und Sie mir einen Strafzettel geben müssen.«

»Brauchen Sie Hilfe?«

»Nein danke. Ich schaffe das schon.« Lachend trat sie mit dem Hund aus der Tür. »Einigermaßen jedenfalls. Es war nett, Sie getroffen zu haben, Bürgermeister Frazier. Wiedersehen, Max!«

»Dito«, murmelte Dwight. Dann wandte er sich zu Maxine, die am Empfang stand, und verdrehte die Augen. »Als ich auf der Progress High war, hatten wir nicht solche Englischlehrerinnen. Ich hätte noch ein paar Jahre länger dableiben sollen.«

»Männer!« Maxine holte kichernd ihre Tasche aus der untersten Schublade. »Ihr seid so leicht zu durchschauen! Mongo war unser letzter Patient, Bürgermeister. Doc Wade macht gerade hinten sauber. Würden Sie ihm bitte sagen, dass ich zu meinem Abendkurs musste?«

»Klar. Einen schönen Abend.«

Er ging nach hinten, wo Wade gerade den Medikamentenschrank aufräumte. »Hast du irgendwelche guten Drogen für mich?«

»Ein paar Steroide, damit dir endlich Haare auf der Brust wachsen. Du hattest ja nie welche.«

»Weil sie alle auf deinem Hintern gelandet sind«, erwiderte Dwight fröhlich. »Na, wie findest du denn die Blonde?«

»Hmm?«

»Du meine Güte, Wade, bist du in deine Betäubungsmittel gefallen? Die Blonde mit dem großen Hund, die gerade gegangen ist. Die Englischlehrerin.«

»Oh – Mongo.«

»Ich sehe schon, es ist zu spät.« Kopfschüttelnd schwang sich Dwight auf den mit Gummi ausgelegten Tisch. »Wenn dir hübsche Blondinen schon nicht mehr auffallen, sondern du dich nur an den Hund erinnerst, dann kann dich selbst Lissy nicht mehr unter die Haube bringen.«

»Ich gehe sowieso nicht mehr zu einem Blind Date. Und außerdem ist mir die Blonde sehr wohl aufgefallen.«

»Du ihr auch, würde ich sagen. Hast du sie angemacht?«

»Meine Güte, Dwight, sie ist eine Patientin.«

»Der Hund ist der Patient. Du verpasst eine goldene Gelegenheit, mein Sohn.«

»Hör auf, dir über mein Sexleben Gedanken zu machen!«

»Du hast ja keins.« Dwight lehnte sich nach hinten und stützte sich grinsend auf seine Ellbogen. »Wenn ich wie du ganz passabel aussähe und nicht verheiratet wäre, hätte ich statt ihres großen, haarigen Hundes die Blonde hier auf den Tisch gelegt.«

»Vielleicht habe ich das ja getan.«

»In deinen Träumen vielleicht.«

»Ja, aber es sind *meine* Träume, oder? Warum bist du eigentlich nicht zu Hause und wäschst dir vor dem Abendessen die Hände wie ein artiger Junge?«

»Lissy hat einen Haufen Frauen da, die sich Tupperware oder so was ansehen wollen. Ich halte mich da heraus.«

»Es geht um Make-up.« Wade schloss die Schranktür. »Meine Mutter geht auch hin.«

»Was auch immer. Meine Frau braucht eigentlich keine Farbtöpfe oder Plastikschüsseln mehr, aber sie langweilt sich zu Tode, wenn sie schwanger ist. Was hältst du von einem Bier und was zu essen? Wie in alten Zeiten …«

»Ich muss hier noch etwas erledigen.« Faith könnte vorbeikommen.

»Komm schon, Wade. Nur zwei Stunden.«

Er wollte schon wieder ablehnen. Was war eigentlich los

mit ihm, dass er sich in seiner Wohnung einschloss und darauf wartete, dass Faith anrief? Wie bei einem Teenager, der einen Football-Star anschwärmte. Schlimmer sogar.

»Du bezahlst.«

»Mist.« Vergnügt sprang Dwight vom Tisch. »Komm, wir rufen Cade an. Dann kann er alles bezahlen.«

»Das ist eine gute Idee.«

15

Sie hatte nicht damit gerechnet, dass sie nervös sein würde. Sie war gut vorbereitet und hatte jedes Detail wieder und wieder überprüft, bis hin zur Farbe der Kordel, mit der sie die Schachteln umwickelte. Sie hatte Erfahrung und kannte jedes einzelne Stück ebenso gut wie die Künstler oder Handwerker, die es gefertigt hatten.

Jeden Schritt auf dem Weg zu ihrem eigenen Laden hatte sie besonnen und ruhig geplant und durchgeführt. Es gab keine Fehler, keine Lücken, keinen Makel.

Der Laden wirkte einladend und hell. Sie selbst wirkte professionell und effizient. So sollte es auch sein, schließlich hatte sie die Stunde zwischen drei und vier Uhr morgens damit zugebracht, darüber nachzudenken, was sie anziehen sollte. Schließlich hatte sie sich für eine dunkelblaue Hose und ein weißes Leinenhemd entschieden.

Und jetzt überlegte Tory schon wieder, ob das nicht zu sehr nach einer Uniform aussah.

Bis zur Eröffnung war es nur noch eine knappe Stunde, und all das Lampenfieber, das sie monatelang erfolgreich unterdrückt hatte, überwältigte sie auf einmal.

Sie saß im Lagerraum an ihrem Schreibtisch und hatte den Kopf zwischen die Knie gesteckt.

Ihre Nervosität ärgerte und beschämte sie. Sie war doch stark! Sie musste es einfach sein. Sie war schließlich nicht so weit gekommen, um kurz vor dem Ziel zusammenzubrechen!

Sie würden kommen. Da machte sie sich gar keine Sorgen. Sie würden kommen und gaffen und ihr die raschen, verstohlenen Blicke zuwerfen, an die sie sich schon gewöhnt hatte.

Die kleine Bodeen. Du erinnerst dich doch noch an sie. Seltsames kleines Ding.

Es musste ihr egal sein. Aber es *war* ihr nicht egal. Sie war wahnsinnig gewesen, wieder hierher zurückzukommen, wo jeder sie kannte, wo es keine Geheimnisse gab. Warum war sie nicht in Charleston geblieben, wo sie in Ruhe und völlig zurückgezogen hatte leben können?

Verzweifelt sehnte Tory sich in ihr hübsches, vertrautes Haus, den ordentlichen Garten und den anstrengenden, aber unpersönlichen Job im Laden eines anderen zurück. Sie sehnte sich nach der Anonymität, in die sie sich vier Jahre lang wie in einen Umhang gehüllt hatte.

Sie hätte nie zurückkommen dürfen. Sie hätte sich selbst, ihre Ersparnisse, ihren Seelenfrieden nie aufs Spiel setzen dürfen. Was hatte sie sich nur dabei gedacht?

Ich habe an Hope gedacht, gestand sie sich ein und hob langsam den Kopf. Ich habe an Hope gedacht.

Albern und dumm. Hope war tot, und sie konnte nichts daran ändern. Und jetzt stand alles, wofür sie gearbeitet hatte, auf dem Spiel. Und um es zu erhalten, würde sie die Blicke und das Geflüster eben ertragen müssen.

Als es an der Tür klopfte, wäre sie zuerst am liebsten unter den Schreibtisch gekrochen und hätte sich die Ohren zugehalten. Doch dann sprang sie auf.

Es blieben ihr noch dreißig Minuten bis zur Eröffnung, dreißig kostbare Minuten, um wieder zu sich zu kommen. Wer auch immer vor der Tür stand, würde eben wieder gehen müssen.

Tory straffte die Schultern, fuhr sich mit der Hand über die Haare und ging hinaus, um den frühen Besuchern zu sagen, sie sollten um zehn wiederkommen.

Als sie auf der anderen Seite der Glastür das Gesicht ihrer Großmutter erblickte, öffnete sie hastig. »O Gran! Oh.« Sie schlang die Arme um Iris und klammerte sich an sie wie an einen Rettungsanker. »Ich bin so froh, dass du da bist! Ich habe nicht geglaubt, dass du kommst.«

»Wie könnte ich nicht zu deiner großen Eröffnung kommen? Ich konnte es kaum abwarten.« Sanft schob sie Tory in den Laden. »Ich habe Cecil fast in den Irrsinn getrieben, weil ich ihn ständig gedrängt habe, schneller zu fahren. Er steht da drüben, hinter der Maispflanze, und hinter ihm ist noch Boots.«

Tory schniefte gerührt, musste dann aber lachen, als Cecil seinen Kopf zwischen den großen Blättern hervorstreckte. »Die Pflanze ist wunderschön, und du auch. Ihr alle. Wir stellen sie am besten … Sie blickte sich prüfend um. »Da drüben hin, neben den Schaukasten an die Wand. Genauso etwas habe ich noch gebraucht.«

»Meiner Meinung nach sieht es so aus, als bräuchtest du gar nichts mehr«, sagte Iris. »Tory, hier ist es so bezaubernd wie eine Braut im Juni. All diese hübschen Sachen.« Iris legte Tory den Arm um die Schultern und musterte den Laden, während Cecil die Pflanze an die bezeichnete Stelle stellte. »Du hattest schon immer ein Händchen dafür.«

»Ich kann es kaum erwarten, etwas zu kaufen.« Boots klatschte aufgeregt wie ein kleines Mädchen in die Hände, sie sah in ihrem gelben Sommerkleid strahlend aus. »Ich möchte heute deine allererste Kundin sein. Ich habe J. R. schon gewarnt, dass seine Kreditkarte raucht, wenn ich hier fertig bin.«

»Macht nichts – ich habe einen Feuerlöscher.« Tory umarmte sie lachend.

»Und viele zerbrechliche Sachen.« Cecil verstaute seine Hände sicherheitshalber in den Hosentaschen. »Da komme ich mir immer so ungeschickt vor.«

»Wenn du etwas zerbrichst, musst du es kaufen«, sagte Iris augenzwinkernd. »Na los, Schätzchen, was können wir tun?«

»Einfach nur da sein. Es gibt wirklich nichts mehr zu tun. Ich bin vollkommen fertig.«

»Nervös?«

»Panisch. Ich muss nur noch den Tee und die Plätzchen hinstellen. Dann …« Als die Türglocke bimmelte, drehte sie sich um.

»Eine Lieferung für Sie, Miz Bodeen.« Der Junge aus dem Blumenladen überreichte ihr eine glänzende weiße Schachtel.

»Danke.«

»Meine Ma kommt heute auch noch vorbei. Sie hat gesagt, sie wolle sich einmal ansehen, wie ihre Blumensträuße wirken, aber wahrscheinlich will sie nur sehen, was Sie so verkaufen.«

»Ich freue mich auf ihren Besuch.«

»Sie haben ja mächtig viel Zeug.« Er verrenkte sich den Hals, während Tory einen Dollar aus der Kasse nahm. »Die Leute kommen bestimmt bald. Alle reden schon davon.«

»Hoffentlich.«

Er stopfte den Geldschein in seine Tasche. »Danke. Bis später.«

Tory stellte die Schachtel auf die Theke und hob den Deckel an. Sie enthielt Gerbera in hellen, fröhlichen Farben und dicke Sonnenblumen.

»Oh, wie hübsch!« Iris blickte ihr über die Schulter. »Und genau das Richtige. Rosen würden nicht zu deinen Keramiksachen und dem Holz passen. Da hat sich jemand wirklich Gedanken gemacht!«

»Ja.« Tory hatte die beiliegende Karte schon gelesen. »Dieser jemand scheint immer das Richtige zu tun.«

»Oohh, die sind aber hübsch!« Boots wedelte aufgeregt mit den Händen. »Tory, Liebes, du machst mich wahnsinnig, wenn du mir nicht sagst, wer sie geschickt hat!«

Ohne zu zögern ergriff sie die Karte, die Tory ihr hinhielt. »›Viel Glück an deinem ersten Tag. Cade.‹ Oohh!«

Iris legte den Kopf schräg und schürzte die Lippen. »Das ist doch nicht etwa Kincade Lavelle?«

»Doch. Doch, das ist er.«

»Hmm.«

»Sag nicht *hmm*. Er ist nur aufmerksam.«

»Wenn ein Mann einer Frau Blumen schickt, und zwar die richtigen Blumen, dann hat er es auf diese Frau abgesehen. Stimmt's, Cecil?«

»Denke ich auch. Eine Pflanze wäre aufmerksam. Blumen sind romantisch.«

»Verstehst du jetzt, warum ich diesen Mann liebe?« Iris

gab Cecil einen Kuss und brachte Boots damit zum Strahlen.

»Gerbera und Sonnenblumen sind nur eine freundliche Geste«, verbesserte Tory und unterdrückte mit Mühe ein Seufzen.

»Blumen sind Blumen«, erwiderte Boots beharrlich. »Wenn ein Mann Blumen schickt, dann heißt das, dass er an eine Frau denkt.« Und ihr gefiel der Gedanke sehr, dass Cade Lavelle an ihre Nichte dachte. »Und jetzt stell sie in eine Vase. Ich hole deine Plätzchen. Ich tue nichts lieber, als eine Party vorzubereiten.«

»Wärst du so lieb? Ich habe im Lager noch eine Keramikvase, die perfekt wäre. Die Blumen würden einen hübschen Farbspritzer für die Theke abgeben.«

»Dann los.« Iris scheuchte sie weg. »Du musst uns nur sagen, was wir tun sollen. Wir schmeißen den Laden schon.«

Die ersten Kunden kamen um viertel nach zehn, angeführt von Lissy. Tory beschloss, sämtliche unfreundlichen Gedanken über die frühere Schönheitskönigin zurückzunehmen, als Lissy all ihre Freundinnen durch den Laden führte und mit ihnen die Waren bestaunte.

Um elf standen fünfzehn Kundinnen im Laden, und Tory hatte bereits vier Verkäufe getätigt.

Gegen Mittag war sie viel zu beschäftigt, um noch nervös zu sein. Es gab zwar Blicke und Geflüster, und sie schnappte auch das eine oder andere auf, aber sie wappnete sich gegen das Unbehagen und packte stattdessen die Einkäufe der Neugierigen ein.

»Sie waren doch mit der kleinen Lavelle befreundet, nicht wahr?«

Tory wickelte die eisernen Kerzenleuchter in braunes Papier. »Ja.«

»Schrecklich, was mit ihr passiert ist.« Die Frau beugte sich vertraulich vor. »Sie war ja fast noch ein Baby. Sie haben sie gefunden, nicht wahr?«

»Ihr Vater hat sie gefunden. Möchten Sie eine Schachtel oder eine Tüte?«

244

»Eine Schachtel. Sie sind für die Tochter meiner Schwester. Sie heiratet nächsten Monat. Ich glaube, Sie sind mit ihr zur Schule gegangen. Kelly Anne Frisk.«

»Ich kann mich nicht mehr an viele Leute erinnern, mit denen ich zur Schule gegangen bin«, log Tory freundlich lächelnd, während sie die Leuchter in die Schachtel legte. »Es ist schon so lange her. Soll ich es als Geschenk einpacken?«

»Das mache ich schon, Schätzchen. Kümmere du dich um deine anderen Kunden«, schaltete sich Iris ein. »Kelly Anne heiratet also! Ich glaube, ich kann mich noch gut an sie erinnern. Das ist doch Marshas älteste Tochter, oder? Du meine Güte, wie die Zeit vergeht!«

»Kelly Anne hatte nach dem Tod der kleinen Lavelle noch monatelang Albträume«, erwiderte die Frau mit einer Genugtuung, die in Tory nachhallte.

Am liebsten wäre sie kurz ins Hinterzimmer geschlüpft, bis ihr Herzklopfen nachließ. Stattdessen wandte sie sich an eine große Brünette, die sich nicht unter den Servierschüsseln entscheiden konnte. »Kann ich Ihnen behilflich sein?«

»Bei dieser großen Auswahl fällt mir die Entscheidung so schwer. Ist das da drüben JoBeth Hardy, Kelly Annes Tante? Sie ist eine unangenehme Person. Und Sie können kaum etwas dagegen sagen. Sie waren schon immer sehr besonnen und zurückhaltend. Wahrscheinlich erinnern Sie sich nicht an mich.«

Die Brünette streckte Tory die Hand entgegen.

»Nein, es tut mir Leid.«

»Nun, ich war damals beträchtlich jünger, und Sie waren nicht in meiner Klasse. Ich habe die zweite Klasse der Grundschule in Progress in Englisch unterrichtet, und das tue ich auch heute noch. Marietta Singleton.«

»Oh, Miss Singleton. Natürlich erinnere ich mich an Sie! Wie nett, Sie wiederzusehen.«

»Ich habe mich sehr auf Ihre Eröffnung gefreut. Ich habe in den letzten Jahren häufig an Sie gedacht. Sie wissen vielleicht nicht, dass ich früher einmal mit Ihrer Mutter befreundet war. Natürlich Jahre, bevor Sie zur Welt kamen. Die Welt ist klein.«

»Ja.«

»Manchmal ein bisschen zu klein.« Sie blickte zur Tür, durch die gerade in diesem Moment Faith trat. Die beiden Frauen maßen sich mit einem funkelnden Blick, dann wandte sich Marietta wieder den Schüsseln zu. »Aber wir können nun mal nirgendwo anders leben. Ich glaube, ich nehme diese hier. Das Blau auf dem Weiß ist bezaubernd. Können Sie sie mir zurücklegen, während ich mich noch ein wenig umsehe?«

»Gern. Ich hole Ihnen eine aus dem Lager.«

»Victoria«, sagte Marietta leise und legte ihre Hand kurz auf Torys. »Es war sehr mutig von Ihnen, hierher zurückzukommen. Sie waren immer schon sehr mutig.«

Sie ging weiter, während Tory verwirrt und überrascht stehen blieb. Eine Welle von Trauer war von der Frau ausgegangen.

Sie ging in den Lagerraum, um den Kopf wieder klar zu bekommen und die Schüssel zu holen. Verärgert stellte sie fest, dass Faith ihr nachkam.

»Was wollte diese Frau?«

»Wie bitte? Hier dürfen nur Angestellte hinein.«

»Was wollte sie – Marietta?«

Kühl griff Tory nach der Schüssel. »Das hier. Die meisten Leute, die hierher kommen, wollen etwas kaufen. Deshalb wird das ja auch als Laden bezeichnet.«

»Was hat sie zu dir gesagt?«

»Warum sollte dich das etwas angehen?«

Faith stieß einen zischenden Laut aus und holte ein Päckchen Zigaretten aus ihrer Tasche.

»Rauchen verboten.«

»Verdammt.« Sie steckte die Packung wieder ein und schritt erregt auf und ab. »Diese Frau hat kein Recht, in der Stadt herumzustolzieren.«

»Mir kam sie ganz nett und normal vor. Außerdem habe ich jetzt keine Zeit für deinen Klatsch.« Allerdings konnte Tory nicht leugnen, dass ihre Neugier geweckt war. »Und falls du mir nicht helfen willst, Ware aufzufüllen oder neuen Eistee zu machen, muss ich dich bitten, mein Lager zu verlassen.«

»Du würdest sie nicht für so nett halten, wenn sie mit deinem Daddy geschlafen hätte.« Schnaubend griff Faith nach der Türklinke, doch bevor sie sie packen konnte, versperrte Tory ihr den Weg.

»Mach jetzt keine Szene. Wage es nicht, die Probleme deiner Familie hier bei mir auszutragen. Wenn du dich mit ihr streiten willst, dann geh woanders hin.«

»Ich mache keine Szene«, erwiderte Faith bebend. »Ich habe nicht die Absicht, den Leuten hier eine Vorstellung zu bieten. Vergiss einfach, was ich gesagt habe. Ich hätte es nicht sagen sollen. Wir haben ziemliche Mühe gehabt, die Verbindung zwischen meinem Vater und dieser Frau geheim zu halten. Wenn es also jetzt Gerede geben sollte, weiß ich, dass es von dir stammt.«

»Spar dir deine Drohungen. Du kannst mich schon lange nicht mehr nach Belieben herumschubsen, also zieh besser deine Krallen ein, denn heute wehre ich mich.«

Eigentlich hätte Tory es dabei belassen, aber Faiths Lippen zitterten und auf einmal sah sie Hope vor sich. »Warum bleibst du nicht noch eine Minute hier? Setz dich und beruhige dich wieder. Wenn du in dieser Verfassung hinausgehst, gibt es auch Gerede, ohne dass du eine Szene machst. Außerdem sind sie gerade damit beschäftigt, über *mich* zu reden.«

Sie öffnete die Tür, warf Faith aber noch einen Blick über die Schulter zu und wiederholte: »Rauchen verboten«. Dann schloss sie die Tür hinter sich.

Faith ließ sich auf einen Stuhl fallen und zog ihre Zigaretten wieder hervor. Als die Tür erneut aufging, stopfte sie sie schuldbewusst in die Tasche zurück.

Es war jedoch nicht Tory, sondern Boots, die das Zimmer betrat. Sie genoss zwar die Stimmung im Laden, war aber deswegen ihrer Umgebung gegenüber noch lange nicht blind. Boots war die heiße Wut auf Faiths Gesicht aufgefallen, und jetzt sah sie auch, wie kläglich und elend sie wirkte.

»Schwer was los da draußen«, sagte sie freundlich und fächelte sich mit der Hand Luft zu. »Ich musste einfach mal für einen Augenblick aus der Menge verschwinden.« Ihrer Meinung nach war dies die perfekte Gelegenheit, sich einmal die Frau vorzunehmen, die Wade an der Angel hatte.

»Setzen Sie sich doch einen Moment, Miss Boots.« Faith stand rasch auf. »Ich wollte gerade wieder hinausgehen.«

»Oh, wollen Sie mir nicht einen Moment lang Gesellschaft leisten, mein Kind? Hübsch sehen Sie heute wieder aus!«

»Danke. Das Kompliment gebe ich zurück.« Faith wünschte, sie könnte etwas mit ihren Händen anfangen. »Sie sind bestimmt sehr stolz auf Tory.«

»Ich war immer schon stolz auf Tory. Und wie geht es Ihrer Mama?«

»Gut.«

»Vergessen Sie bitte nicht, ihr Grüße von mir auszurichten, ja?« Lächelnd griff Boots in die Plätzchendose und nahm sich einen Keks. »Sie haben Wade heute noch nicht gesehen, oder? Er wird wohl auch noch hier vorbeikommen.«

»Nein, ich habe ihn nicht gesehen.« Noch nicht.

»Der Junge arbeitet so viel.« Seufzend knabberte Boots an dem Plätzchen. »Ich wünschte, er käme endlich mal zur Ruhe und fände eine Frau, mit der er eine Familie gründen kann.«

»Ah. Hmm.«

»Sie brauchen nicht rot zu werden, Herzchen.« Boots knabberte unschuldig weiter, doch ihr Blick war scharf genug, um selbst einen so cleveren Schmetterling wie Faith aufzuspießen. »Er ist ein erwachsener Mann und Sie sind eine schöne Frau. Warum sollten Sie einander nicht anziehend finden? Ich weiß, dass mein Junge ein Sexualleben hat.«

Na, da kommen wir der Sache doch schon näher, dachte Faith. »Aber es wäre Ihnen lieber, wenn er es nicht mit mir hätte.«

»Ich glaube nicht, dass ich etwas Derartiges gesagt habe.« Sie suchte ein anderes Plätzchen aus und reichte es Faith. »Wir sind hier unter uns, Faith, und wir sind beide Frauen. Wir wissen also, wie wir einen Mann dazu bringen können zu tun, was wir wollen – jedenfalls meistens. Sie sind eine wilde Person. Mir macht das nichts aus. Vielleicht habe ich mir für meinen Wade eine andere Frau vorgestellt, aber er stellt sich nun einmal Sie vor. Ich liebe ihn, also will ich, was er will. Und das sind anscheinend Sie.«

»So ist es nicht zwischen uns, Mrs. Mooney.«

Die formelle Anrede amüsierte Boots. Wenn sie sich nicht täuschte, war Faith eingeschüchtert. »Nicht? Sie gehen doch immer wieder zu ihm, oder? Fragen Sie sich jemals, warum?«, sagte sie und hob einen Finger. »Vielleicht sollten Sie einmal darüber nachdenken. Sie sollen wissen, dass ich Sie immer gemocht habe und auch jetzt noch mag. Überrascht Sie das?«

Es verblüffte Faith. »Ja. Vermutlich.«

»Das sollte es aber nicht. Sie sind eine kluge junge Frau und haben es nicht so leicht gehabt, wie manche Leute meinen. Aber wenn Sie meinem Wade dieses Mal wehtun, dann breche ich Ihnen Ihren hübschen kleinen Hals. Verstanden?«

»Nun.« Faith kniff die Augen zusammen und biss in ihr Plätzchen. »Das klärt ja wohl alles.«

Plötzlich war Boots' Gesicht wieder weich und ihre Augen blickten mild und verträumt wie immer. Sie lachte trillernd auf, und zu Faiths Überraschung schloss Boots sie in die Arme und gab ihr einen Kuss auf die Wange.

»Ich mag Sie wirklich.« Mit dem Daumen wischte sie den Abdruck ihres Lippenstifts fort. »Und jetzt setzen Sie sich einen Moment und essen Sie Ihr Plätzchen, bis es Ihnen wieder besser geht. Ich glaube, ich kaufe jetzt noch etwas. Es geht doch nichts über Einkaufen, oder?«, fügte sie hinzu, während sie hinausschlüpfte.

»Du meine Güte.« Sprachlos setzte sich Faith und aß gehorsam ihren Keks.

Tory war ständig beschäftigt. Trotzdem sah sie, dass Faith zehn Minuten später hinausging, und sie sah auch Cade hereinkommen, seine Tante Rosie im Schlepptau.

Es war unmöglich, Rosie Sikes LaRue Decater Smith nicht zu erkennen. Mit ihren vierundsechzig Jahren war sie immer noch genauso eine Aufsehen erregende Erscheinung wie auf ihrem Debütantinnenball. Damals hatte sie die Gesellschaft schockiert, indem sie barfuß auf dem Tennisrasenplatz des Country Clubs einen Jitterbug getanzt hatte. Mit siebzehn hatte sie Henry LaRue von den LaRues aus Savannah geheiratet und ihn noch vor dem ersten Hochzeitstag in Korea verloren. Sechs Monate lang hatte sie getrauert und dann beschlossen, die lustige Witwe zu spielen. Sie hatte eine heiße Affäre mit einem hungerleidenden Künstler angefangen, der unter dem Verdacht stand, Kommunist zu sein, und ihn dann mit zwanzig geheiratet. Sie und der Künstler vertraten beide die freie Liebe und feierten auf ihrem Landsitz auf Jekyll Island Orgien – zumindest dachten das viele Leute.

Nach neunzehn aufregenden Jahren begrub sie Ehemann Nummer zwei. Er war aus einem Fenster im dritten Stock gestürzt, nachdem er den Abend mit einer Flasche Napoléon Brandy und einer Dreiundzwanzigjährigen verbracht hatte.

Manche Leute behaupteten, Rosie habe nachgeholfen, aber es konnte nichts bewiesen werden.

Im reifen Alter von achtundvierzig heiratete sie einen ihrer treuesten Verehrer, mehr aus Mitleid als aus Liebe. Er wurde zwei Jahre später während ihrer zweiten Hochzeitsreise nach Afrika von einem Löwen angefallen und zerfleischt.

Es beeinträchtigte Rosies Stil nicht im Geringsten, dass sie drei Ehemänner und unzählige Liebhaber hinter sich gebracht hatte. Sie trug eine platinblonde Perücke, ein bodenlanges, rot-weiß gestreiftes Kleid und so viel Schmuck, dass eine weniger kräftige Frau darunter zusammengebrochen wäre.

Zwischen Plastikperlen erblickte Tory echte Diamanten.

»Spielzeug!«, sagte Rosie mit ihrer quietschenden Stimme zu Cade und rieb sich die Hände. »Bleib bei mir, Junge. Ich bin in Einkaufsstimmung.«

Sie trat zu dem Schaukasten mit den mundgeblasenen Glas-Paperweights und begann, sie in ihren Händen aufzustapeln.

Mit einer Mischung aus Erheiterung und Entsetzen eilte Tory herbei. »Kann ich Ihnen helfen, Miss Rosie?«

»Ich brauche sechs davon. Die sechs hübschesten.«

»Ja, natürlich. Äh, als Geschenke?«

»Von wegen Geschenke! Für mich.« Sorglos stieß sie die Glaskugeln aneinander und brachte damit Torys Herzschlag zum Aussetzen.

»Soll ich sie für Sie auf die Theke legen?«

»Gut. Sie sind schwer.« Rosies Augen wandten sich Tory zu. Ihre falschen Wimpern sahen aus wie Spinnenbeine. »Sie sind das Mädchen, das immer mit der kleinen Hope gespielt hat.«

»Ja, Ma'am.«

»Ich habe eine Frage an Sie. Ich habe mir einmal von einer Zigeunerin aus der Hand lesen lassen. Sie sagte, ich würde vier Ehemänner haben, aber ich will verdammt sein, wenn ich noch einen möchte.« Rosie streckte ihre beringte Hand aus. »Was sagen Sie?«

»Es tut mir Leid.« Statt verlegen zu werden, amüsierte Tory sich köstlich. »Ich lese nicht aus der Hand.«

»Dann also Teeblätter oder so was. Einer meiner Liebhaber, ein junger Kerl aus Boston, hat immer behauptet, er sei in einem früheren Leben Lord Byron gewesen. Von einem Yankee sollte man so ein Zeug eigentlich nicht erwarten, oder? Cade, komm mal her und halt diese Glasdinger fest. Wozu hat man denn einen Mann dabei, wenn man ihn nicht als Packesel benutzen kann?«, sagte sie augenzwinkernd zu Tory.

»Das weiß ich auch nicht. Möchten Sie etwas Eistee, Miss Rosie? Oder ein paar Plätzchen?«

»Ich kaufe mir erst mal Appetit an. Was, zum Teufel, ist denn das?« Sie ergriff ein poliertes Holzgestell.

»Ein Weinhalter.«

»Das ist ja göttlich. Ich habe mich schon immer gefragt, warum man einer anständigen Flasche Wein zwischendurch nicht wenigstens ein bisschen Halt gönnt. Packen Sie mir zwei davon ein. Lucy Talbott!«, schrie sie quer durch den Laden einer anderen Kundin zu. »Was kaufst du da gerade?« Und dann schoss sie wie eine Rakete davon.

»Tante Rosie ist einfach unverbesserlich«, sagte Cade lächelnd. »Wie läuft es denn bei dir?«

»Sehr gut. Danke für die Blumen. Sie sind wunderschön.«

»Freut mich, dass sie dir gefallen. Ich hoffe, ich darf dich heute Abend zum Essen einladen, um deinen ersten Tag zu feiern.«

»Ich …« Tory hatte bereits das Abendessen bei ihrem Onkel abgesagt und es auf ein Sonntagsessen mit der Familie verschoben, weil sie bestimmt todmüde und gerädert sein würde. Keine besonders gute Gesellschaft. »Gern.«

»Ich komme gegen halb acht bei dir vorbei. Ist dir das recht?«

»Ja, das wäre perfekt. Cade, will deine Tante wirklich all diese Sachen haben? Ich weiß nicht, was jemand mit sechs Paperweights anstellt.«

»Sie wird sich daran freuen, und dann wird sie vergessen, wo sie sie gekauft hat, irgendeine Geschichte erfinden und behaupten, sie habe sie in einem verstaubten kleinen Laden in Beirut gefunden. Oder sie ihrem Liebhaber, dem bretonischen Grafen, gestohlen, als sie ihn verließ. Und dann wird sie sie dem Zeitungsjungen oder den Zeugen Jehovas schenken.«

»Oh. Gut.«

»Du solltest ein Auge auf sie haben. Sie neigt dazu, sich einfach Sachen in die Tasche zu stecken. Ohne es zu merken«, fuhr er fort, als Tory die Augen aufriss. »Du musst einfach nur aufpassen, was sie einsteckt, und es am Schluss auf die Rechnung setzen.«

»Aber …« In dem Moment sah sie, wie Rosie sich einfach ein Messerbänkchen in die große Tasche ihres Kleides steckte. »Ach du meine Güte!« Tory stürzte auf sie zu, während Cade schmunzelnd stehenblieb.

»Rosie hat sich kein bisschen verändert«, kommentierte Iris.

»Nein, Ma'am, nicht die Spur. Gott segne sie. Wie geht es Ihnen, Miz Mooney?«

»Fit wie ein Turnschuh. Aber Sie sehen auch gut aus. Wie geht's Ihrer Familie?«

»Gut, danke.«

»Das mit Ihrem Daddy tut mir Leid. Er war ein guter Mann, und außerdem interessant. Beides gleichzeitig findet man nicht oft.«

»Vermutlich nicht. Er hat immer voller Hochachtung von Ihnen gesprochen.«

»Er hat mir die Chance gegeben, meine Familie zu ernähren, nachdem ich meinen Mann verloren hatte. Das vergesse ich nicht. Um die Augen herum haben Sie viel von ihm. Ist aus Ihnen auch so ein fairer Mann geworden, Kincade?«

»Ich versuche es zumindest.« Cade blickte zu Rosie, die ein begeistertes Kichern ausstieß und die Windspiele zum Klingen brachte. Tory warf ihm einen erschöpften Blick zu. »Tory hat ganz schön zu tun.«

»Sie kann damit umgehen. Darin ist sie gut. Manchmal vielleicht sogar ein bisschen zu gut.«

»Sie will sich ja nicht helfen lassen.«

»Das stimmt«, erwiderte Iris. »Allerdings denke ich, dass Sie Tory nicht nur helfen wollen. Ich würde sagen, Sie haben etwas viel Wesentlicheres im Sinn, und ich möchte Ihnen gern etwas geben, das jeder braucht, aber niemand gern entgegennimmt.«

Er rückte die Paperweights zurecht. »Sie wollen mir einen Rat geben?«

Iris strahlte ihn an. »Sie sind ein kluger Junge. Genau, einen Rat. Ziehen Sie sich nicht zurück. Zumindest einmal im Leben verdient es jede Frau, im Sturm erobert zu werden. Und jetzt geben Sie mir ein paar von den Dingern, damit sie nicht zerbrechen.«

»Sie ist sich noch nicht sicher.« Cade reichte ihr zwei Paperweights und trug die übrigen vier zur Ladentheke. »Sie braucht etwas Zeit.«

»Hat sie Ihnen das gesagt?«

»Mehr oder weniger.«

Iris verdrehte die Augen. »Männer. Wissen Sie denn nicht, dass es bei einer Frau, die so etwas sagt, drei Möglichkeiten gibt? Entweder ist sie nicht wirklich interessiert, sie gibt sich kokett oder sie ist schon einmal verletzt worden. Tory würde es Ihnen geradeheraus sagen, wenn sie nicht interessiert wäre, sie ist noch nie in ihrem Leben kokett gewesen, also bleibt nur noch die dritte Möglichkeit. Sehen Sie den Mann dort drüben?«

Verwirrt blickte Cade zu Cecil, der mit Händen, so groß wie Räucherschinken, Plätzchen auf einem Teller arrangierte. »Ja, Ma'am.«

»Wenn Sie meinem Baby wehtun, dann jage ich Ihnen diesen großen, alten Bär auf den Hals. Ich glaube jedoch nicht, dass Sie das vorhaben, daher würde ich vorschlagen, Sie zeigen ihr, dass man manchen Männern durchaus vertrauen kann.«

»Ich arbeite daran.«

»Da mein Mädchen gerade versucht, sich einzureden, Sie beide seien nur gute Freunde, empfehle ich Ihnen, schneller zu arbeiten.«

Darauf kannst du herumkauen, dachte Iris und rauschte davon, um einen weiteren Kunden zum Kauf zu überreden.

»Sie hat fünf Serviettenringe in ihre Tasche gesteckt!« Es war zehn nach sechs, die Tür hatte sich hinter den letzten Kunden geschlossen, und Cecil machte ein Nickerchen im Hinterzimmer. Tory ließ sich auf den Hocker hinter der Theke sinken und hob die Hände. »Fünf! Irgendwie könnte ich es ja verstehen, wenn man vier oder sechs mitnimmt. Aber wer klaut schon fünf Serviettenringe?«

»Ich glaube, sie hat sie nicht als Ganzes betrachtet.«

»Dazu zwei Messerbänkchen, drei Flaschenkorken und ein Salatbesteck. Sie hat sie einfach in die Tasche gesteckt, während ich mich mit ihr unterhalten habe. Sie hat sie in die Tasche gesteckt, gelächelt und mir dann ihre rosa Plastikperlen geschenkt.«

Immer noch verwirrt befingerte Tory die Perlenkette um ihren Hals.

»Sie mag dich eben. Rosie hat immer schon die Leute beschenkt, die ihr gefallen haben.«

»Es kommt mir irgendwie nicht richtig vor, dass sie all diese Sachen bezahlen musste. Sie hat sie wahrscheinlich noch nicht einmal haben wollen. Gott, Gran, sie hat über tausend Dollar ausgegeben! Tausend Dollar«, wiederholte Tory und drückte sich die Hand auf den Bauch. »Ich glaube, mir wird übel.«

»Ach was. Wenn du es nur zulässt, wirst du bald sehr glücklich sein. Ich gehe jetzt Cecil wecken und nehme ihn mit, damit du zu Atem kommst. Du bist doch morgen auch bei J. R., oder? Wir hatten schon viel zu lange kein Familienessen mehr.«

»Na klar. Gran, ich weiß gar nicht, wie ich dir dafür danken soll, dass du den ganzen Tag über hier geblieben bist. Du musst müde sein.«

»Meine Füße tun ein bisschen weh, und ich würde sie gern hochlegen und mir von Boots ein Glas Wein geben lassen.« Sie küsste Tory auf die Wange. »Du feierst jetzt noch, hörst du?«

Feiern?, dachte Tory. Gern, wenn sie abgerechnet, aufgeräumt und abgeschlossen hatte. Sie konnte kaum einen klaren Gedanken fassen, geschweige denn feiern. Aber sie hatte den Tag überstanden. Sogar mehr als überstanden, sagte sie sich, während sie heimfuhr. Sie hatte allen gezeigt, dass sie wieder da war.

Und dieses Mal war es nicht nur um das Überleben gegangen, sondern um den Erfolg. Manche mochten in ihr ja immer noch das kleine, hohläugige Mädchen in abgetragenen Kleidern sehen, aber das war egal. Immer mehr

Leute würden das sehen, was sie aus sich gemacht hatte. Was sie sein *wollte*.

Sie würde nicht versagen, und sie würde nicht weglaufen. Dieses Mal würde sie endlich gewinnen.

Als sie in ihre Straße einbog und das Haus sah, begann sie dieses Wunder zu begreifen. Wie hatte es früher ausgesehen – und wie sah es jetzt aus? So, wie ich früher war und wie ich jetzt bin.

Tory legte den Kopf aufs Lenkrad und ließ ihren Tränen freien Lauf.

Sie saß auf dem Boden und versuchte, nicht zu weinen. Nur Babys weinten. Und sie war *keine* Heulsuse. Dennoch konnte sie die Tränen nicht zurückhalten.

Sie hatte sich Knie, Ellbogen und den Knöchel an der Hand aufgeschlagen, als sie vom Fahrrad gefallen war. Die Hautabschürfungen brannten und Blut tröpfelte hervor. Am liebsten wäre sie zu Lilah gegangen und hätte sich von ihr in den Arm nehmen und trösten lassen. Lilah würde ihr einen Keks geben und alles wäre wieder gut.

Sie wollte sowieso nicht lernen, auf diesem blöden Fahrrad zu fahren. Sie hasste dieses Fahrrad.

Es lag neben ihr, und ein Rad drehte sich noch immer, als wolle es sie verspotten. Schniefend legte sie den Kopf auf ihre verschränkten Arme.

Sie war gerade erst sechs Jahre alt.

»Hope! Was machst du da?« Cade kam den Weg heruntergerannt. Sein Vater hatte ihn am Eingang zu Beaux Reves abgesetzt und ihm für den restlichen Samstag freigegeben, und er hatte an nichts anderes denken können, als möglichst schnell zu seinem Fahrrad zu kommen und zum Sumpf zu radeln, um sich dort mit Wade und Dwight zu treffen.

Und jetzt lag sein altes, geliebtes Dreigang-Fahrrad kaputt am Boden und seine kleine Schwester kauerte daneben.

»O Mann, sieh dir das an! Die Farbe ist abgegangen.

Verdammt!«, zischte er leise. Er hatte gerade erst damit begonnen, heimlich zu fluchen. »Du durftest mein Fahrrad nicht nehmen. Du hast selbst eins.«

»Bloß ein Babyfahrrad.« Tränen strömten über Hopes schmutzige Wangen. »Mama erlaubt nicht, dass Papa die Stützräder abmacht.«

»Na ja, klar, warum wohl!« Erbost hob Cade sein Fahrrad auf und warf ihr einen überlegenen Blick zu. »Geh rein und lass dich von Lilah waschen. Und rühr meine Sachen nicht an.«

»Ich will es doch nur lernen.« Sie wischte sich den Rotz unter der Nase weg und sagte trotzig: »Ich könnte genauso gut Fahrrad fahren wie du, wenn es mir jemand beibrächte.«

»Ja, klar.« Schnaubend schwang er ein Bein über die Stange. »Du bist doch nur ein kleines Mädchen.«

Empört sprang sie auf. »Ich werde aber größer«, erwiderte sie wütend. »Ich werde größer und dann fahre ich schneller als du oder irgendjemand sonst. Und dann wird es dir Leid tun.«

»Oh, ich zittere vor Angst.« Erheitert blickte er sie aus seinen tiefblauen Augen an. Wenn ein Junge schon mit zwei kleinen Schwestern gestraft war, dann konnte er sich wenigstens schadlos halten, indem er sie neckte. »Ich werde immer größer sein, ich werde immer älter sein. Und ich werde immer schneller sein als du.«

Ihre Unterlippe bebte, ein sicheres Zeichen dafür, dass noch mehr Tränen im Anmarsch waren. Er zuckte höhnisch mit den Schultern und begann, den Weg entlangzufahren, wobei er kleine Kunststückchen vollführte, um seine überlegenen Fähigkeiten zu demonstrieren.

Als er sich breit grinsend umsah, um sich zu vergewissern, dass sie es mitbekommen hatte, stand sie mit gesenktem Kopf da. Ihre Haare fielen wie ein Vorhang vor ihr Gesicht und von ihrem Schienbein tröpfelte Blut.

Kopfschüttelnd hielt er an und verdrehte die Augen. Seine Freunde warteten auf ihn, und es gab unendlich viel zu tun. Der halbe Samstag war schon vorbei. Er konnte doch seine Zeit nicht mit Mädchen vergeuden. Vor allem nicht mit Schwestern.

Schwer seufzend wendete er, fuhr zurück und stieg verärgert vom Rad.

»Dann steig schon auf. Los, verdammt.«

Schniefend blickte sie ihn an. »Wirklich?«

»Ja, ja, komm schon. Ich habe nicht den ganzen Tag Zeit.«

Freudestrahlend und mit klopfendem Herzen kletterte Hope auf den Sattel. Als ihre Finger sich um die Gummigriffe des Lenkers schlossen, kicherte sie.

»Gib Acht. Das ist ernste Arbeit.« Er warf einen Blick zum Haus und hoffte, dass seine Mutter sie nicht sah. Sie würde ihnen beiden das Fell über die Ohren ziehen.

»Und jetzt musst du deinen Körper irgendwie ausbalancieren.« Es war ihm peinlich, *Körper* zu sagen, obwohl er eigentlich nicht wusste, warum. »Und sieh immer nach vorn.«

Vertrauensvoll blickte sie ihn an, und ihr Lächeln strahlte wie die Frühlingssonne. »Okay.«

Cade dachte daran, wie sein Vater ihm Fahrrad fahren beigebracht hatte, hielt den Sattel fest und lief neben ihr her, während sie in die Pedale trat.

Das Fahrrad wackelte hin und her. Sie schafften es ein paar Meter weit, bevor Hope umfiel.

Sie weinte nicht und stieg ohne zu zögern wieder auf. Und sie versuchte es immer weiter, den Weg hinauf und hinunter, vorbei an den großen Eichen, den Narzissen und den Tulpen, während aus dem Vormittag langsam Nachmittag wurde.

Hope schwitzte, und ihr Herz klopfte heftig. Mehr als einmal biss sie sich auf die Unterlippe, um nicht laut aufzuschreien, wenn das Fahrrad schwankte. Sie hörte, wie Cade keuchend neben ihr herlief, spürte seine Hand, die den Sattel festhielt. Und sie liebte ihn sehr.

Mittlerweile war sie fest entschlossen, es für ihn zu lernen.

»Ich schaffe es. Ich schaffe es«, flüsterte sie, kniff die

258

Augen zusammen und konzentrierte sich ganz auf ihr Ziel. Ihre Beine zitterten und sie spannte die Muskeln in ihren Armen an.

Das Fahrrad wackelte zwar noch, aber es fiel nicht mehr um. Und plötzlich lief Cade breit grinsend neben ihr her.

»Du kannst es! Mach weiter, du kannst es!«

»Ich fahre!« Das Rad wurde zu einem majestätischen Hengst. Mit hoch erhobenem Kopf fuhr sie dahin wie der Wind.

Tory wachte auf dem Boden neben ihrem Auto auf, ihre Muskeln zitterten und ihr Puls raste. Schmerzhafte Freude erfüllte ihr Herz.

16

Erst kurz bevor Cade klopfte, fiel Tory das Abendessen wieder ein. Sie hatte gerade noch Zeit, sich das Gesicht zu waschen, aber überhaupt keine Zeit, sich eine Entschuldigung auszudenken, mit der sie ihn wieder wegschicken konnte.

Nach dem Tränenausbruch fühlte sie sich völlig leer, und der Rückfall in Hopes Vergangenheit bereitete ihr Unbehagen und Kummer – aber auch eine gewisse Erregung. Das war das Seltsamste daran. Die leise Erregung über die erste Fahrt allein auf dem Fahrrad, die Freude darüber, über diesen hübschen, schattigen Weg zu radeln, während Cade nebenherlief und sie mit seinen blauen, fröhlichen Augen anlachte.

Die Liebe, die sie für ihn empfand, die unschuldige Liebe einer Schwester, strahlte immer noch in Tory und mischte sich auf gefährliche Weise mit ihren eigenen Empfindungen, denjenigen einer Erwachsenen, die nichts mit Verwandtschaft zu tun hatten.

Die Kombination machte sie verletzlich, und eigentlich war es klüger, allein zu bleiben, bis das Gefühl wieder verging.

Sie würde ihm einfach sagen, sie sei zu müde und erschöpft, um etwas zu essen. Das war zumindest nicht gelogen.

Cade war ein vernünftiger Mann. Fast schon *zu* vernünftig. Er würde sie verstehen und in Ruhe lassen.

Als Tory die Tür öffnete, stand er da mit einer Auflaufform in der Hand. Die Nachbarn bringen zum Totenmahl etwas zu essen mit, dachte sie. Nun, sie war todmüde, also passte es ja wohl.

»Viele Grüße von Lilah.« Er trat ein und reichte ihr die Form. »Sie hat gesagt, jemand, der so hart arbeitet wie du, sollte nicht auch noch kochen müssen. Du sollst das in den

260

Kühlschrank stellen und einfach warm machen, wenn du das nächste Mal nach Hause kommst.« Er betrachtete sie prüfend. »Sieht aus, als wäre das heute Abend schon soweit.«

Ja, er ist fast zu vernünftig, dachte sie. »Ich habe gar nicht gemerkt, wie sehr mich der Tag heute geschafft hat. Ich bin völlig abgeschlafft.«

»Du hast geweint.«

»Verspätete Reaktion. Reine Erleichterung.« Tory trug die Form in die Küche und überlegte, was sie als Nächstes tun musste. »Es tut mir Leid wegen heute Abend. Es war eine nette Idee, auszugehen und zu feiern. Vielleicht können wir ja in ein paar Tagen …« Als sie sich umdrehte, prallte sie gegen ihn, weil er ihr hinterher gekommen war. Er drückte sie gegen die Theke.

Auf einmal empfand sie Lust.

»Du hattest heute ja auch eine Menge zu tun.« Er ließ ihr keinen Raum, stützte beide Hände rechts und links auf der Theke ab und fing sie einfach ein. Misstrauisch blickte sie ihn an. »All diese Leute und die Erinnerungen, die sie mitbringen.«

»Ja.« Sie wollte sich losreißen, merkte aber, dass sie nicht weg konnte. »Mir kam es so vor, als ob alle Erinnerungen wie von einer Steinschleuder auf mich abgefeuert würden.« Verlegen stellte sie fest, dass sie ihn begehrte.

»Und alle waren sie schmerzlich.«

»Nein.« O Gott, berühr mich nicht, dachte sie, aber da glitten seine Hände bereits über ihre Arme. Alles in ihr begann zu pulsieren. »Es war wundervoll, Lilah wieder zu sehen … und Will Hanson. Er sieht mittlerweile genauso aus wie sein Vater. Als ich ein kleines Mädchen war, hat Mr. Hanson – der alte Mr. Hanson – mir immer Grape Nehi auf Kredit gegeben, wenn ich nicht genug Geld hatte. Und das war oft der Fall. Cade …«

Sie sagte seinen Namen beinah flehend.

Tory zitterte. Seine Hände erregten sie. »Mir hat gefallen, wie du heute ausgesehen hast. So ordentlich und frisch. Äußerlich ganz ruhig und kühl. In solchen Momenten frage ich mich immer, was wohl unter der Oberfläche vor sich geht.«

»Ich war nervös.«

»Das hat man dir nicht angemerkt. Nicht so wie jetzt. Wehr dich nicht, Tory. Lass die Wand einstürzen. Ich will sehen, was dahinter ist.«

»Cade, in mir ist nichts.«

»Warum zitterst du dann?« Er zog ihr das Band aus den Haaren und hörte, wie sie scharf die Luft einsog. Er blickte sie unverwandt an und sah, wie ihre Pupillen dunkel wurden, als er mit gespreizten Fingern durch ihre Haare fuhr und den festen Zopf löste. »Warum hältst du mich nicht auf?«

»Ich …« Ihre Knie wurden weich. Sie hatte ganz vergessen, wie schön das Gefühl war. Sich zu ergeben war nicht immer Schwäche. »Ich denke noch darüber nach.«

Er lächelte sie liebevoll an. »Denk ruhig weiter darüber nach.« Langsam begann er, ihre Bluse aufzuknöpfen.

Er hat Hope Fahrrad fahren beigebracht, dachte sie. Er war erst zehn Jahre alt und doch schon Mann genug, um sich zu kümmern.

Heute hatte er ihr Blumen geschickt. Die richtigen Blumen, weil er gewusst hatte, dass sie ihr gefallen würden.

Und jetzt berührte er sie so, wie sie schon lange nicht mehr berührt worden war.

»Ich bin aus der Übung.«

Er öffnete den dritten Knopf. »Im Denken?«

»Nein.« Sie lachte leise. »Im Denken bin ich meistens ganz gut.«

»Dann denk darüber nach.« Er zog ihr die Bluse aus der Hose. »Ich möchte dich berühren. Ich möchte deine Haut unter meinen Händen spüren. So.« Seine Hände glitten an ihren Seiten herunter. Ihr Magen bebte, als er ihre Hose öffnete. »Nein, lass die Augen offen.«

Er beugte sich vor und ließ seine Zähne über ihr Kinn gleiten. Ihr ganzer Körper war von Verlangen erfüllt. »Da du aus der Übung bist, führe ich dich einfach. Und ich möchte, dass du mich ansiehst, wenn ich dich berühre.«

262

Sieh immer nach vorne, hatte er zu Hope gesagt. Und hatte sie gehalten.

»Ich möchte dich ansehen«, sagte sie zu ihm.

Langsam zog er den Reißverschluss auf. Ihr eigenes leises Stöhnen hallte wie Donner in ihren Ohren.

So lange schon hatte kein Mann sie mehr begehrt. Hatte *sie* keinen Mann mehr begehrt. Am liebsten wäre sie bei seinen Berührungen erstarrt, aber ihr Körper bog sich ihm bereits entgegen.

»Tritt heraus«, murmelte er, als die Hose zu ihren Füßen hinunterrutschte. Blinzelnd öffnete sie den Mund, um etwas zu sagen, aber er schloss ihn ihr einfach mit einem Kuss.

Dann umschlang er sie und tanzte eine Art verführerischen Walzer mit ihr.

»Cade«, flüsterte sie.

»Ich will dich im Licht sehen.« Sie gehörte ihm bereits. Er würde sich von keinem Zweifel aufhalten lassen. »Ich möchte dich sehen können, wenn du unter mir liegst. Wenn ich in dir bin.«

An der Tür zum Schlafzimmer hob er sie hoch. »Ich habe mir alle möglichen Sachen vorgestellt, die wir miteinander in diesem Bett machen können. Lass mich.«

Die Abendsonne ergoss sich in goldenen Strahlen über das Bett und streifte Torys Gesicht, als er sie hinlegte. Die Matratze gab unter seinem Gewicht nach, und er verschränkte seine Finger mit ihren. Und während er sie unverwandt ansah, küsste er sie.

Langsam zuerst und süß, bis sie sich entspannte, bis ihre Lippen sich weich und einladend teilten. Er spürte, wie ihr Herzschlag sich verlangsamte. Und als sich ihr Mund für ihn öffnete, wurde sein Kuss leidenschaftlicher.

Hitze baute sich in ihr auf, und mit einem unterdrückten Stöhnen bog sie sich ihm entgegen.

Er wollte, dass sie an nichts anderes mehr dachte als an die Lust, die er brachte. Sie sollte an ihn denken, nur an ihn. Dafür würde er sorgen. Dann würde er sie endlich haben.

Ihr Körper war schlank, die Muskeln überraschend fest, fast hart, ein reizvoller Kontrast zu ihrer zarten Haut.

Er zog sie hoch und streifte ihr die Träger ihres BHs über die Schultern. Leicht fuhr er mit den Fingern über die Rundung ihrer Brüste, während er mit den Daumen die Nippel durch den Stoff reizte.

»Fällt es dir wieder ein?«

Ihre Haut war so heiß, und ihr Kopf so schwer. »Was?«
»Gut.«

Er hakte ihren BH auf und warf ihn beiseite. Als sie nach ihm greifen wollte, presste er ihre Hände flach auf das Bett. »Dieses Mal will ich, dass du nimmst. Du sollst es von mir nehmen, bis du nichts mehr nehmen kannst. Und dann wirst du geben. Alles geben.« Sein Mund raste über ihren Körper und alles in ihr schrie nach ihm.

Sie wollte ihm widerstehen, wollte ihn fortstoßen, bevor er sie in den Abgrund zog, aber da war sein Mund schon wieder über ihr. Heiße Lust durchströmte sie und sie begann, rhythmisch mit den Hüften zu zucken.

Die Erregung baute sich rasch auf. Dann durchzuckte sie ein schneller, heftiger Orgasmus, der sie verlegen machte. Cade zog sie an sich und hielt sie fest.

»Lass dich fallen.«

Dann ließ er sie wieder auf das Bett zurücksinken und zog sein Hemd aus. Ein Schleier lag über ihren Augen, und ihr Atem kam stoßweise, genau wie seiner. Als sie dieses Mal nach ihm griff, schmiegte er sich in ihre Arme.

Sie streichelten sich gierig. Tory zerrte an seiner Hose. Er zog sie aus und warf sie einfach zur Seite. Mit beiden Händen hob er ihre Hüften an und drückte sein Gesicht zwischen ihre Beine.

Sie warf den Kopf von einer Seite auf die andere, als dunkle Lust sie überflutete. Es gab nur noch ihn. Und wieder kam sie in einem endlosen Höhepunkt.

Er hielt ihre Hände fest. Sein Herz klopfte heftig. Das letzte Licht des Tages strich über ihr Gesicht. Ihr Haar lag wie ein Schleier auf dem Kopfkissen, und ihre Wangen waren gerötet.

Er würde sich immer an diesen Moment erinnern. Und sie auch, das gelobte er sich.

»Mach die Augen auf. Tory, sieh mich an!« Als sie mit flatternden Lidern die Augen aufschlug, küsste er sie lange und leidenschaftlich. »Sag meinen Namen.«

Wieder baute sich Lust in ihr auf. »Cade.«

»Noch einmal.«

Sie hätte am liebsten geweint. Oder geschrien. »Cade.«

»Noch einmal.« Er drang in sie ein.

Alles in ihr begann zu leuchten. Sie bewegte sich mit ihm, passte sich mühelos seinem Rhythmus an. Sie nahm ihn auf und ihre Empfindungen wurden zu einem rauschenden Fest.

Cade war heiß und hart in ihr. Als er schneller wurde, war sie bereit. Unverwandt sah er sie aus seinen leuchtend blauen Augen an.

»Bleib bei mir.« Er war jetzt in ihr verloren. Er ertrank in ihr. Ihre Herzen schlugen aneinander, als er sein Gesicht in ihren Haaren vergrub.

Sie hielten sich immer noch an den Händen und ließen es beide geschehen.

Noch nie zuvor hatte jemand sie so beherrscht. Niemand. Nicht einmal der Mann, den sie geliebt hatte. Eigentlich sollte sie sich deswegen Sorgen machen, aber im Moment brachte Tory nicht die Energie für Sorgen und Bedenken auf.

Sie lag unter ihm, während das Licht im Zimmer schwächer wurde. Zum ersten Mal seit langer Zeit fühlte sie sich vollkommen entspannt.

Als Cade den Kopf drehte und seine Lippen ihre Brust streiften, lächelte sie träge.

»Wir haben wohl doch noch gefeiert«, murmelte sie und fragte sich, ob es wohl sehr ungezogen sei, jetzt einfach einzuschlafen.

»Von jetzt an werden wir viele Gründe finden, um zu feiern. Ich wollte dich in diesem Bett haben, seitdem ich dir geholfen habe, es hier herein zu tragen.«

»Ich weiß.« Tory hatte die Augen fast schon geschlossen, doch sie spürte, dass er sie ansah. »Du hast dir nicht gerade viel Mühe gemacht, es zu verbergen.«

»Doch, viel mehr, als ich wollte.« Er dachte daran, wie er sich das erste Mal vorgestellt hatte. Mit Kerzen und Musik.

»Es ging auch wunderbar ohne«, sagte sie schläfrig.

»Ohne was?«

»Ohne Musik und …« Entsetzt riss sie die Augen auf und sah ihn an. »Es tut mir Leid. Es tut mir Leid.« Sie versuchte, sich aufzurichten, aber sein Gewicht hielt sie unten.

»Was tut dir Leid?«

»Ich wollte das nicht.« Beinah begann sie zu zittern. »Es wird nicht wieder vorkommen. Es tut mir so Leid.«

»Dass du meine Gedanken gelesen hast?« Er drehte sich zur Seite, sodass er sich auf den Ellbogen stützen und ihr Gesicht zwischen die Hände nehmen konnte. »Hör auf damit.«

»Ja. Es tut mir schrecklich Leid.«

»Nein. Tory, hör auf, dir Vorwürfe zu machen. Hör auf, meine Reaktionen vorherzusehen. Und hör verdammt noch mal endlich auf, dich zu fragen, wann und ob ich dir etwas übel nehme.«

Er setzte sich auf und zog sie an sich. Ihre Wangen hatten den rosigen Schimmer verloren und waren blass, und sie blickte ihn verängstigt an. Er hasste das. »Ist dir jemals in den Sinn gekommen, dass es Zeiten gibt, in denen ein Mann es ganz gern hat, wenn eine Frau seine Gedanken lesen kann?«

»Es ist ein unentschuldbarer Eingriff in die Privatsphäre.«

»Ja, ja.« Cade rollte sich auf den Rücken und zog sie mit sich, sodass sie auf ihm lag. »Mir scheint, dass wir beide noch vor ein paar Minuten ziemlich wirkungsvoll in die Privatsphäre des anderen eingedrungen sind. Wenn du dir irgendeinen Gedanken aus meinem Kopf schnappst, sage ich dir schon, ob es mich ärgert oder nicht.«

»Ich verstehe dich nicht.«

»Das solltest du aber, da ich schon nackt hier in deinem Bett liege.« Sorglos fügte er hinzu:»Und wenn das noch nicht reicht, dann wirf doch noch mal einen Blick in mein Inneres.«

Sie wusste nicht, ob sie beleidigt oder entsetzt sein sollte.»So geht das nicht.«

»Nein? Dann erzähl mir doch mal, wie es geht.« Als sie den Kopf schüttelte, begann er, ihren Nacken zu reiben.

»Erzähl es mir.«

»Ich kann keine Gedanken lesen. Es passiert auch kaum jemals zufällig. Wir waren eben nur sehr eng miteinander verbunden.«

»Dem kann ich nicht widersprechen.«

»Und ich war fast eingeschlafen. In diesem Zustand schleicht es sich manchmal ein. Du hattest ein Bild in deinem Kopf. Es war ein sehr klarer Gedanke, und ich habe ihn empfangen. Kerzenlicht, Musik, und wir beide standen am Bett. Ich habe es in meinem Kopf ganz deutlich gesehen.«

»Also ... was hast du angehabt?« Als sie ihn vorwurfsvoll ansah, zuckte er mit den Schultern.»Ist auch egal. Du empfängst also Bilder von Gedanken.«

»Manchmal.« Er wirkte so entspannt. Warum war er nicht wütend?»Gott, du verwirrst mich.«

»Gut, das hält dich wach. Funktioniert es immer so?«

»Nein. Nein. Wenn man auch nur einen Funken Anstand besitzt, dann stöbert man nicht in den privaten Gedanken anderer Leute herum. Ich verdränge sie einfach. Das ist nicht schwer, weil sie sowieso nur mit Mühe zu mir durchdringen – oder wenn sie mit starken Gefühlen belastet sind. Oder wenn ich sehr müde bin.«

»Gut, dann halte ich mich das nächste Mal, wenn wir uns lieben und du hinterher einschläfst, besser mit meinen Fantasien über Meg Ryan zurück.«

»Meg ...« Bestürzt richtete Tory sich auf und verschränkte automatisch die Arme über der Brust.»Meg Ryan?«

»Natürlich, sexy, klug.« Cade öffnete die Augen. »Scheint mein Typ zu sein.« Er neigte den Kopf und musterte Tory. »Ich versuche mir dich gerade mit blonden Haaren vorzustellen. Es könnte funktionieren.«

»Ich werde mich nicht an irgendwelchen lüsternen Fantasien beteiligen, die du über irgendeine Hollywood-Schauspielerin hast.« Beleidigt wollte sie aus dem Bett steigen, aber er drehte sie auf den Rücken und legte sich auf sie.

»Ach komm, Liebling, nur dieses eine Mal.«

»Nein.«

»Gott, du hast gekichert. Meg hat auch dieses kleine, sexy Kichern.« Er knabberte an Torys Schulter. »Das erregt mich.«

»Geh von mir runter, du Idiot.«

»Ich kann nicht.« Er überschüttete ihr Gesicht mit Küssen. »Ich bin ein hilfloses Opfer meiner eigenen Fantasien. Kicher noch einmal. Ich flehe dich an!«

»Nein.« Aber sie tat es doch. »Nein! Wag es nicht ... Himmel noch ...« Ihr Lachen verebbte, als er in sie eindrang. Sie bog ihm die Hüften entgegen. »Wag es nicht, mich Meg zu nennen.«

Lachend küsste er sie.

Sie aßen Lilahs Auflauf und spülten ihn mit Wein hinunter. Und dann fielen sie wieder ins Bett. Sie liebten sich bei Mondaufgang, und das silberne Licht glänzte auf ihren Körpern. Dann schliefen sie bei offenem Fenster ein, und der Wind trug den Duft des Sumpfes zu ihnen herein.

»Er kommt zurück.«

Hope saß mit gekreuzten Beinen auf der Veranda des Sumpfhauses. Diese Veranda hatte es noch nicht gegeben, als sie ein Kind war. Sie warf ihre silbernen Jacks aus und begann, mit dem kleinen roten Gummiball auf die sternförmigen Metallstückchen zu zielen.

»Er beobachtet uns.«

»Wer? Wer beobachtet uns?« Tory war wieder acht, mit

schmalem Gesichtchen und zerschrammten Knien. Misstrauisch blickte sie sich um.

»Er tut Mädchen gern weh.« Sie sammelte den letzten Jack auf und warf sie erneut. »Dadurch kommt er sich groß und wichtig vor.« Wieder begann sie, mit dem Ball nach den Metallstückchen zu zielen.

»Er tut auch anderen Mädchen weh. Nicht nur dir.«

»Nicht nur mir«, stimmte Hope zu. »Das weißt du schon.« Die Jacks klapperten. Ein leichter Wind kam auf und brachte den Duft von blühenden Rosen und Geißblatt mit sich. »So wie damals, als du das Bild von dem kleinen Jungen gesehen hast.«

»Das kann ich nicht mehr machen.« Torys Herz begann heftig zu klopfen. »Ich will es nicht mehr.«

»Du bist zurückgekommen«, sagte Hope einfach. »Du musst vorsichtig vorgehen, nicht zu schnell und nicht zu langsam«, fuhr sie fort, während sie mit dem Ball an der Schnur vier Metallstückchen auf einmal traf. »Sonst bist du aus dem Spiel.«

»Sag mir, wer er ist, Hope. Sag mir, wo ich ihn finde.«

»Das kann ich nicht.« Sie ließ den Ball wieder aufprallen, verfehlte aber dieses Mal die Jacks. »Uups.« Dann sah sie Tory an. »Jetzt bist du an der Reihe. Sei vorsichtig.«

Tory fuhr erschreckt aus dem Schlaf auf. Ihr Herz hämmerte schmerzhaft gegen ihre Rippen und sie hatte die Hand zur Faust geballt.

Es war vollkommen dunkel. Der Mond war untergegangen und hatte die Welt undurchdringlich schwarz zurückgelassen. Kein Lüftchen regte sich mehr. Es war totenstill.

Dann hörte sie ein Käuzchen schreien. Neben ihr in der Dunkelheit atmete Cade gleichmäßig, und sie stellte fest, dass sie im Schlaf so weit wie möglich von ihm weggerückt war.

Kein Kontakt beim Schlafen, dachte sie. Ihre Gedanken waren zu verletzlich, als dass sie sich hätte erlauben können, sich an ihn zu kuscheln.

Sie schlüpfte aus dem Bett und schlich auf Zehenspitzen in die Küche. An der Spüle drehte sie den Wasserhahn auf, bis das Wasser eiskalt war, und füllte es in ein Glas. Der Traum hatte sie durstig gemacht und sie daran erinnert, dass sie besser nicht mit Kincade Lavelle schlafen sollte.

Seine Schwester war tot, und sie war zwar nicht verantwortlich dafür, aber sie hatte eine Verpflichtung. Das hatte sie immer schon so empfunden, und der Weg, den sie deswegen eingeschlagen hatte, hatte ihr sowohl große Freude als auch überwältigenden Kummer beschert. Damals hatte sie mit einem anderen Mann geschlafen, sich ihm aus sorgloser, unschuldiger Liebe hingegeben. Dann verlor sie ihn und schwor sich, sie würde nie wieder einen solchen Fehler machen und sich nie wieder verlieben.

Und nun beging sie den Fehler doch wieder.

Cade war ein Mann, in den sie sich verlieben konnte. Und wenn das erst einmal geschehen war, würde es alles verändern.

Es durfte also nicht geschehen. Nicht noch einmal.

Sie würde die körperliche Anziehung akzeptieren und auch mit ihm schlafen, aber sie würde ihre Gefühle unter Kontrolle halten. Schließlich hatte sie doch ihr ganzes Leben lang nichts anderes getan, oder?

Liebe war gefährlich, unberechenbar. Irgendetwas Schreckliches lauerte immer in ihrem Schatten.

Als Tory das Glas an die Lippen hob, hatte sie eine Vision. Im Schatten, dachte sie. Er wartet. Das Glas glitt ihr aus den Händen und zerschellte am Boden.

»Tory?« Cade fuhr aus dem Schlaf, sprang aus dem Bett und stolperte im Dunkeln. Fluchend kam er in die Küche.

Sie stand da im grellen Lampenlicht, hielt sich beide Hände an die Kehle und starrte auf das Fenster. »Da draußen ist jemand.«

»Tory.« Er bemerkte die Glassplitter auf dem Boden. »Hast du dich geschnitten?«

»Da draußen ist jemand«, wiederholte sie, und ihre Stimme klang wie die eines Kindes. »Er beobachtet mich.

Aus der Dunkelheit. Er ist schon einmal hier gewesen. Und er wird wiederkommen.« Sie blickte Cade an, blickte durch ihn hindurch. Sie sah nur Schatten, Silhouetten. Und ihr war kalt.

»Er muss mich töten. Es geht nicht um mich, aber er muss es tun, weil ich hier bin. Es ist meine Schuld, wirklich. Jeder weiß das. Wenn ich in jener Nacht bei ihr gewesen wäre, hätte er uns nur beobachtet. So wie sonst. Er hätte uns nur beobachtet und sich vorgestellt, er täte es und es sich mit der Hand gemacht, damit er sich wie ein Mann fühlen konnte.«

Ihre Knie gaben nach, aber sie wehrte sich, als Cade sie hochhob. »Es geht mir gut. Ich muss mich nur kurz hinsetzen.«

»Hinlegen«, korrigierte er sie. Er brachte sie wieder ins Bett und griff nach seiner Hose. »Du bleibst hier drin.«

»Wohin gehst du?« Die plötzliche Angst davor, allein zu sein, ließ sie aufspringen.

»Du hast gesagt, da draußen sei jemand. Ich sehe nach.«

»Nein.« Auf einmal galt all ihre Angst ihm. »Du bist nicht an der Reihe.«

»Was?«

Sie hob beide Hände und sank zurück auf das Bett. »Es tut mir Leid. Ich bin ganz durcheinander. Er ist weg, Cade. Er ist nicht mehr da draußen. Er hat uns vorher beobachtet. Ich glaube, es war vorher. Als wir …« Ihre Stimme zitterte. »Als wir uns geliebt haben.«

Grimmig nickte Cade. »Ich sehe trotzdem nach.«

»Du wirst ihn nicht finden«, murmelte sie, als Cade hinausging.

Aber Cade wollte jemanden finden, mit den Fäusten auf ihn einschlagen und seine Wut an ihm auslassen. Er schaltete die Außenbeleuchtung ein und blickte sich um. Dann ging er zu seinem Pickup, holte eine Taschenlampe aus dem Werkzeugkasten und auch das Messer, das er dort verwahrte.

Er ging um das Haus herum und leuchtete alles sorgfältig ab. Unter dem Schlafzimmerfenster, wo das Gras hoch stand, hockte er sich neben eine flachgetretene Stelle, an der sehr wohl jemand hätte gestanden haben können.

»Bastard!«, zischte er, während seine Hand sich fester um den Griff des Messers schloss. Dann richtete er sich auf und marschierte in Richtung Sumpf.

Am Rand blieb er stehen und rang mit sich. Er konnte jetzt weiter suchen und seine Wut abreagieren. Aber wenn er das tat, musste er Tory allein lassen.

Also ging er zurück und legte die Taschenlampe und das Messer auf den Küchentisch.

Tory saß im Bett und hatte die Fäuste auf die Knie gelegt. Als er hereinkam, hob sie den Kopf, sagte aber nichts.

»Was wir hier miteinander gemacht haben, ist unsere Sache«, sagte Cade. »Er ändert nichts daran.« Er setzte sich neben sie und ergriff ihre Hand. »Das kann er gar nicht, wenn wir es nicht zulassen.«

»Er hat es schmutzig gemacht.«

»Für sich, nicht für uns, Tory«, murmelte Cade und drehte ihr Gesicht zu sich.

Seufzend streichelte sie seinen Handrücken. »Du bist so wütend. Wie hast du dich abreagiert?«

»Ich habe ein paarmal gegen meinen Wagen getreten.« Er drückte ihr einen Kuss auf den Scheitel. »Erzählst du mir, was du gesehen hast?«

»Seine Wut. Schwärzer als deine jemals sein könnte, aber nicht … Ich weiß nicht, wie ich es erklären soll, nicht substanziell, nicht real. Und eine Art von Stolz. Vielleicht war es eher Befriedigung. Ich kann es nicht sehen – kann *ihn* nicht sehen. Eigentlich will er nicht mich, aber er kann mich nicht hier bleiben lassen. So nahe bei Hope kann er mir nicht trauen. Ich weiß nicht, ob das meine Gedanken sind oder seine.« Sie kniff die Augen zu und schüttelte den Kopf. »Ich kann ihn nicht klar sehen. Es ist so, als würde etwas fehlen. Bei ihm oder bei mir. Ich weiß nicht. Aber ich kann ihn nicht sehen.«

»Es war also nicht so, wie wir all die Jahre über geglaubt haben – derjenige, der sie getötet hat, ist nicht zufällig vorbeigekommen.«

»Nein.« Tory öffnete wieder die Augen und wandte sich ihm zu. »Es war jemand, der sie kannte. Der sie beobachtet hat – uns. Ich glaube, ich wusste das damals schon, aber ich hatte solche Angst, dass ich es verdrängte. Wenn ich am Morgen danach dorthin gegangen wäre, wenn ich den Mut aufgebracht hätte, mit dir und deinem Vater zu gehen, statt euch nur zu sagen, wo sie liegt, dann hätte ich ihn vielleicht gesehen. Ich kann es nicht mit Sicherheit sagen, aber ich hätte ihn vielleicht gesehen. Dann wäre es gleich vorbei gewesen.«

»Das wissen wir doch gar nicht. Aber wir können *jetzt* anfangen, der Sache ein Ende zu machen. Wir rufen die Polizei.«

»Cade, die Polizei ...« Ihre Kehle schnürte sich zu. »Selbst die fortschrittlichsten, offensten Polizisten hören jemandem wie mir nur in den seltensten Fällen zu. Und ich gehe nicht davon aus, dass es hier in Progress solche Polizisten gibt.«

»Chief Russ muss vielleicht erst überredet werden, aber dann wird er dir zuhören.« Dafür würde Cade schon sorgen. »Zieh dir bitte etwas an.«

»Du willst ihn wirklich anrufen? Um vier Uhr morgens?«

»Ja.« Cade ergriff den Telefonhörer. »Dafür wird er schließlich bezahlt.«

17

Polizeichef Carl D. Russ war kein großer Mann. Mit sechzehn Jahren war er einen Meter achtundsechzig groß gewesen, und dabei war es geblieben.

Er war auch kein gut aussehender Mann. Er hatte ein breites Gesicht, von dem die Ohren abstanden wie riesige Henkel an einer Tasse. Seine Haare waren so borstig wie eine abgetretene Fußmatte.

Außerdem war er schmächtig und wog nicht mehr als hundertdreißig Pfund – voll bekleidet und völlig durchnässt.

Seine Vorfahren bestanden aus Sklaven und Feldarbeitern, später aus Kleinbauern, die sich auf Pachtland mühsam durchgeschlagen hatten.

Seine Mutter hatte ein besseres Leben für ihn gewollt und ihn so lange bedrängt und angetrieben, bis auch er mehr wollte.

Carls Mutter freute sich über die Tatsache, dass ihr Sohn nun Polizeichef war, fast genauso wie er selbst.

Er war nicht brillant. Informationen drangen in sein Hirn und nahmen dort verschlungene Pfade, bis sie sich schließlich in vollständige Gedanken verwandelten. Er neigte zur Schwerfälligkeit.

Er neigte jedoch auch dazu, gründlich zu sein.

Aber vor allem war Carl D. ein freundlicher Mensch.

Er murrte nicht, weil er um vier Uhr früh geweckt wurde. Er stand einfach auf und zog sich leise im Dunkeln an, um seine Frau nicht zu stören. Er hinterließ ihr eine Nachricht an der Pinnwand in der Küche und steckte ihre neueste Liste mit Besorgungen ein, als er hinausging.

Was er davon hielt, dass Kincade Lavelle um vier Uhr morgens in Victoria Bodeens Haus war, behielt er für sich.

Cade machte ihm die Tür auf. »Danke, dass Sie gekommen sind, Chief.«

»Oh, schon gut.« Carl D. kaute zufrieden auf dem Kaugummi herum, ohne den er nie vor die Tür ging, seit seine Frau ihn dazu überredet hatte, das Rauchen aufzugeben.

»Sie hatten einen Spanner?«

»Auf jeden Fall war jemand da. Ich zeige Ihnen die Stelle.«

»Wie geht's Ihrer Familie?«

»Danke, gut.«

»Habe gehört, Ihre Tante Rosie sei zu Besuch. Richten Sie ihr doch bitte meine besten Grüße aus.«

»Ganz bestimmt.« Cade wies mit dem Strahl der Taschenlampe auf die Stelle vor dem Schlafzimmerfenster und wartete, während Carl D. sich den Flecken ansah.

»Nun, hier könnte ganz gut ein Spanner gestanden haben. Könnte aber auch ein Tier gewesen sein.« Nachdenklich kaute er Kaugummi.

»Das ist ein ruhiger Fleck, ziemlich weit von der Straße entfernt. Ich wüsste nicht, warum jemand hier herumschleichen sollte. Er ist wahrscheinlich drüben von der Straße gekommen oder durch den Sumpf. Haben Sie ihn gesehen?«

»Nein, ich habe gar nichts gesehen. Nur Tory.«

»Dann rede ich zuerst einmal mit ihr, und danach sehe ich mich um. Wer auch immer hier war, hat sich sowieso schon längst wieder davongemacht.«

Carl erhob sich ächzend und ließ den Strahl seiner Taschenlampe über die Bäume am Rand des Sumpfes wandern. »Ja, das ist ein ruhiges Fleckchen hier. Ich möchte hier nicht wohnen. Wahrscheinlich hören Sie die ganze Nacht lang Frösche und Eulen und solches Getier.«

»Daran gewöhnt man sich«, erwiderte Cade, während sie wieder zur Hintertür gingen. »Nach einer Weile hört man die Geräusche gar nicht mehr.«

»Vermutlich. An die üblichen Geräusche gewöhnt man sich, aber etwas Ungewöhnliches schreckt einen natürlich sofort auf. Wollten Sie das sagen?«

»Ja, wahrscheinlich. Aber ich habe nichts gehört.«

»Ich habe einen leichten Schlaf. Ich wache schon beim

kleinsten Geräusch auf. Aber meine Ida-Mae würde sich nicht rühren, wenn eine Bombe neben ihr hochginge.« Er trat blinzelnd in die hell erleuchtete Küche und nahm höflich seine Kappe ab. »Morgen, Miss Bodeen.«

»Es tut mir Leid, dass Sie so früh aufstehen mussten, Chief Russ.«

»Machen Sie sich darüber keine Gedanken. Rieche ich da Kaffee?«

»Ja, ich habe gerade welchen gekocht. Ich gieße Ihnen eine Tasse ein.«

»Danke. Ich habe gehört, die Eröffnung von Ihrem Laden war ein voller Erfolg. Meine Frau fand es großartig. Sie hat sich eins von den Windspielen gekauft und keine Ruhe gegeben, bis ich es endlich aufgehängt hatte. Es klingt hübsch.«

»Ja, das tun sie. Wie möchten Sie Ihren Kaffee?«

»Oh, ein halbes Pfund Zucker reicht.« Er zwinkerte ihr zu. »Wenn es Ihnen nichts ausmacht, setzen wir uns jetzt hierhin, und Sie erzählen mir von dem Spanner.«

Tory warf Cade einen Blick zu. »Jemand war am Fenster, am Schlafzimmerfenster, als Cade und ich ...«

Carl D. zog seinen Notizblock heraus und nahm einen der drei abgekauten Bleistifte aus seiner Tasche. »Ich weiß, dass das mächtig peinlich für Sie ist, Miz Bodeen. Versuchen Sie, sich zu entspannen. Haben Sie die Person am Fenster gesehen?«

»Nein. Nein, nicht wirklich. Ich bin aufgewacht und in die Küche gegangen, um einen Schluck Wasser zu trinken. Während ich an der Spüle stand, sah ich ... Er hat das Haus beobachtet. Mich ... uns beobachtet. Er will nicht, dass ich hier bin. Es hat ihn aufgeschreckt, dass ich zurückgekommen bin.«

»Wen?«

»Es ist der gleiche Mann, der Hope Lavelle umgebracht hat.«

Carl D. legte den Bleistift weg, schob den Kaugummi in seine Backentasche und trank einen Schluck Kaffee. »Woher wissen Sie das, Miz Bodeen?«

Seine Stimme klingt ganz sanft, dachte sie, aber sein Blick ist der kühle, gleichgültige Blick eines Polizisten. Sie kannte Polizisten ganz genau. »Ich weiß es – genauso, wie ich wusste, wo Hope lag, nachdem sie umgebracht worden war. Sie waren auch da.« Tory war klar, dass ihre Stimme aggressiv klang, aber sie konnte es nicht ändern. »Sie waren damals noch nicht Chief.«

»Nein, ich bin erst seit sechs Jahren im Amt. Das war damals Chief Tate. Er ist mittlerweile pensioniert und nach Naples in Florida gezogen. Hat sich ein Motorboot gekauft und angelt den ganzen Tag. Er hat schon immer gern geangelt.« Russ schwieg eine Weile lang. »Als die kleine Hope Lavelle ermordet wurde, war ich Polizist. Schreckliche Geschichte. Das Schlimmste, was jemals hier in der Gegend passiert ist. Chief Tate glaubte damals, ein Landstreicher habe das kleine Mädchen umgebracht. Und einen Gegenbeweis haben wir auch nie gefunden.«

»Sie haben überhaupt nichts gefunden«, korrigierte ihn Tory. »Wer auch immer sie getötet hat, hat sie gekannt. Genauso, wie er mich und Sie und Cade kennt. Er kennt Progress. Und er kennt den Sumpf. Heute Nacht ist er an mein Fenster gekommen.«

»Aber Sie haben ihn nicht gesehen.«

»Nicht so, wie Sie es meinen.«

Carl D. lehnte sich zurück, schürzte die Lippen und dachte nach. »Die Oma mütterlicherseits meiner Frau unterhält sich ständig mit toten Verwandten. Na ja, ich will nicht sagen, ob das stimmt oder nicht, ich verstehe nichts davon. Aber in meinem Beruf kommt es auf Fakten an, Miz Bodeen.«

»Fakt ist, dass ich wusste, was mit Hope passiert war, und wo Sie sie finden konnten. Der Mann, der sie umgebracht hat, weiß das. Chief Tate hat mir nicht geglaubt. Er dachte, ich sei mit ihr da draußen gewesen und wäre weggelaufen, weil ich Angst bekam. Und hätte sie allein gelassen. Oder ich hätte sie gefunden, als sie schon tot war, und wäre einfach nach Hause gegangen und hätte mich bis zum Morgen versteckt.«

Carl D. blickte Tory freundlich an. Er hatte selbst zwei Töchter. »Sie waren damals doch noch ein kleines Kind.«

»Aber jetzt bin ich erwachsen. Und ich sage Ihnen, dass der Mann, der Hope Lavelle getötet hat, heute Nacht hier war. Er hat auch andere umgebracht, zumindest *eine* andere. Ein junges Mädchen, das er als Anhalterin nach Myrtle Beach mitgenommen hat. Und er hat schon wieder jemanden im Auge. Aber nicht mich. Ich bin nicht diejenige, die er will.«

»Sie können mir all das erzählen, aber nicht sagen, wer er ist?«

»Nein, das kann ich nicht. Ich kann Ihnen nur sagen, *was* er ist. Ein Soziopath, der glaubt, er habe das Recht, so zu handeln. Er braucht die Erregung und die Macht. Ein Frauenhasser, der glaubt, Frauen seien dazu da, um von Männern benutzt zu werden. Ein Serienmörder, der nicht die Absicht hat, aufzuhören oder sich aufhalten zu lassen. Er ist achtzehn Jahre lang damit durchgekommen«, sagte sie ruhig. »Warum sollte er jetzt aufhören?«

»Das habe ich wohl nicht sehr gut gemacht.«

Cade schloss die Hintertür und setzte sich wieder an den Tisch. Er war mit Carl D. noch einmal ums Haus und zum Sumpf gegangen. Aber sie hatten nichts gefunden, weder frische Fußspuren noch abgerissene Stofffetzen an den Ästen.

»Du hast ihm gesagt, was du weißt.«

»Er glaubt mir nicht.«

»Das ist egal, solange er seine Arbeit tut.«

»So wie sie vor achtzehn Jahren ihre Arbeit getan haben?«

Einen Moment lang sagte Cade nichts. Die Erinnerung an jenen Morgen tat immer noch weh. »Wem willst du die Schuld geben, Tory? Den Polizisten oder dir?«

»Beiden. Niemand hat mir geglaubt, und ich konnte mich nicht verständlich machen. Ich hatte Angst. Ich wusste ja, ich würde bestraft werden, und je mehr ich sagte, desto schlimmer würde die Bestrafung ausfallen.

Schließlich habe ich alles darangesetzt, mich selbst zu retten.«

»Haben wir das nicht alle getan?« Er stand auf und trat an den Herd, um sich einen Kaffee einzuschenken. »Ich wusste damals, dass sie vorhatte, sich abends aus dem Haus zu schleichen. Ich habe nichts gesagt – damals nicht, und auch nicht am nächsten Tag. Nie habe ich erwähnt, dass ich ihr verstecktes Fahrrad gesehen hatte. An jenem Abend dachte ich, das muss so sein. Man petzt nicht, wenn man dadurch nichts gewinnt. Was war denn schon dabei, wenn sie für ein paar Stunden mit dem Fahrrad wegfahren wollte?«

Er drehte sich wieder zu Tory um. »Als wir sie am nächsten Tag fanden, sagte ich nichts. Das war reiner Selbstschutz. Sie hätten mir die Schuld gegeben, so wie ich mir selber die Schuld gab. Nach einer Weile kam es dann sowieso nicht mehr darauf an. Uns allen fehlte ein Stück, und wir konnten nie wieder heil werden. Aber immer wieder muss ich an jenen Abend denken und spiele in meinem Kopf alles noch einmal durch. Nur sage ich dabei meinem Vater, dass Hope ihr Fahrrad versteckt hat, und er schließt es weg und hält ihr eine Strafpredigt. Und am nächsten Morgen wacht sie sicher in ihrem Bett auf.«

»Es tut mir Leid.«

»O Tory. Mir auch. Es hat mir achtzehn Jahre lang Leid getan. Und die ganze Zeit über musste ich zusehen, wie die Schwester, die mir geblieben ist, alles tat, um ihr Leben zu ruinieren. Ich merkte, wie mein Vater sich von uns zurückzog, als könne er es nicht mehr ertragen, mit uns zusammen zu sein. Und wie meine Mutter immer verbitterter und rechthaberischer wurde. Und das alles nur, weil mir meine eigenen Angelegenheiten wichtiger gewesen waren, als dafür zu sorgen, dass Hope in ihrem Bett blieb.«

»Cade, dann wäre es eine andere Nacht gewesen.«

»Eine solche Nacht hätte es nicht mehr gegeben. Ich kann es nicht anders erklären, Tory. Und du auch nicht.«

»Ich kann ihn finden. Früher oder später werde ich ihn

finden.« Oder er wird mich finden, dachte sie. Er hat mich schon gefunden.

»Ich habe nicht die Absicht, noch einmal tatenlos zuzusehen, wie jemand sich in Gefahr begibt, den ich liebe.« Cade stellte seine Kaffeetasse ab. »Du musst jetzt ein paar Sachen zusammenpacken und zu deinem Onkel und deiner Tante ziehen.«

»Das will ich nicht. Ich muss hier bleiben. Ich kann es dir nicht erklären, ich kann nur sagen, dass ich hier bleiben muss. Wenn ich mich irre, gibt es kein Risiko, und wenn ich Recht habe, spielt es sowieso keine Rolle, wo ich bin.«

Cade beschloss, nicht seine Zeit damit zu verschwenden, sich mit ihr herumzustreiten. Er würde einfach nach einem Weg suchen, um alles so zu arrangieren, wie er es für das Beste hielt.

»Dann packe ich eben.«

»Wie bitte?«

»Ich werde viel Zeit hier verbringen, und da ist es praktischer, wenn ich das, was ich brauche, gleich bei der Hand habe. Sieh mich nicht so überrascht an! Eine Nacht zusammen im Bett macht aus uns noch kein Liebespaar. Aber genau das werden wir sein«, sagte er und zog sie vom Stuhl hoch.«

»Du hältst zu vieles für selbstverständlich, Cade.«

»Das glaube ich nicht.« Er nahm ihr Gesicht in beide Hände und küsste sie zärtlich. »Ich finde, dass ich gar nichts für selbstverständlich halte. Vor allem nicht dich. Lass uns einfach sagen, dass du manche Dinge spürst, Tory. Dinge, die du weißt, ohne dass du sie erklären kannst. Genauso geht es mir auch. Bei dir hatte ich so ein Gefühl, und ich werde mich an deine Fersen heften, bis ich es erklären kann.«

»Anziehung und Sex sind nicht besonders rätselhaft, Cade.«

»Doch, wenn dir noch bestimmte Puzzleteile fehlen. Lass mich einfach hier bleiben, Tory. So leicht wirst du mich nicht wieder los.«

»Das ist clever. Du kannst einen gleichzeitig wütend machen und trösten.« Sie löste sich von ihm. »Aber ich bin mir nicht sicher, ob ich dich hier bleiben lasse. Du tust einfach, was dir gefällt.«

Er machte sich gar nicht erst die Mühe, das zu leugnen. »Willst du mich hinauswerfen?«

»Sieht nicht so aus.«

»Gut, dann brauchen wir uns nicht zu streiten. Und da wir schon einmal aufgestanden und angezogen sind, könnten wir doch eigentlich auch Geschäfte besprechen.«

»Geschäfte?«

»Ich habe Leinenmuster im Pickup. Ich hole sie herein, und dann verhandeln wir.«

Tory blickte zur Uhr. Es war noch nicht einmal sieben. »Warum nicht? Aber dieses Mal kochst *du* Kaffee.«

Faith wartete bis halb elf, dann konnte sie sicher sein, dass ihre Mutter und Lilah zur Kirche gegangen waren. Margaret hatte es schon lange aufgegeben, Faith zum Besuch des Sonntagsgottesdienstes überreden zu wollen, aber Lilah war dickköpfig, wenn es um Gott ging und hielt sich für seinen wachhabenden Offizier auf Erden. Sie jagte die Truppen unter Androhung ewiger Verdammnis aus dem Bett und in die Kirche.

Daher versteckte sich Faith wohlweislich, wenn sie sonntagsmorgens zu Hause war. Nur gelegentlich zog sie sich ein züchtiges Kleidchen an und ließ sich von Lilah zur Kirche schleppen.

Heute Morgen jedoch war Faith nicht in der Stimmung, auf einer harten Bank zu sitzen und der Predigt zu lauschen. Sie wollte sich schmollend vor eine Schüssel Schokoladeneiscreme setzen und darüber nachdenken, dass alle Männer Bastarde waren.

Wenn sie überlegte, welche Mühe sie sich für Wade Mooney gegeben hatte, wurde ihr übel. Sie hatte sich mit parfümierter Bodylotion eingecremt, hatte sich ihre gewagteste Unterwäsche angezogen und hätte nichts dagegen gehabt, wenn er sie ihr vom Leib gerissen hätte. Sie hatte meterhohe Stöckelschuhe getragen und sich in ein schwarzes Kleid gezwängt, das förmlich nach Sünde schrie.

Und dann hatte sie den Weinkeller um zwei Flaschen erleichtert, die mehr gekostet hatten als ihre gesamte College-Ausbildung. Wenn Cade das herausfand, würde er ihr bei lebendigem Leib die Haut abziehen.

Doch als sie auf Hochglanz poliert und duftend bei Wade angekommen war, war er nicht zu Hause gewesen.

Bastard.

Noch schlimmer – sie hatte auf ihn gewartet. Sie hatte sein Schlafzimmer aufgeräumt wie eine kleine Hausfrau, hatte Kerzen angezündet und Musik aufgelegt. Und fast wäre sie eingeschlafen.

Sie hatte bis ein Uhr morgens gewartet. Wenn er zu diesem Zeitpunkt zur Tür hereingekommen wäre, dann hätte sie ihn mit einem Tritt in den Hintern wieder die Treppe hinuntergeschickt.

Es war seine Schuld, dass sie halb betrunken von dem Wein gewesen war. Seine Schuld, dass sie beim Abbiegen den Abstand der Torpfosten falsch eingeschätzt und das Auto an der Seite aufgeschrammt hatte.

Also war es auch seine Schuld, dass sie jetzt hier an einem Sonntagmorgen elend am Tisch hing und Eiscreme in sich hineinstopfte.

Sie wollte ihn nie wieder sehen.

Sie würde die Männer überhaupt vollständig aufgeben. Die stahlen einer Frau nur Zeit und Energie. Faith würde sie einfach aus ihrem Leben verbannen und sich andere Hobbies suchen.

Gerade wollte sie wieder ihren Löffel in der Eiscreme versenken, als Cade hereinkam. Da er wusste, welche Stimmung dieses besondere Verhalten hervorrief, versuchte er, gleich wieder hinauszuschlüpfen. Aber er war nicht schnell genug.

»Oh, setz dich doch. Ich beiße dich schon nicht.« Sie zündete sich eine Zigarette an und versuchte, gleichzeitig zu rauchen und zu essen. »Alle sind in die Kirche gegangen, um ihre unsterblichen Seelen zu retten. Tante Rosie hat Lilah begleitet. Sie geht wohl lieber in Lilahs Kirche als in Mamas. Ich habe sie weggehen sehen. Ihr Hut war so groß wie eine Truthahnplatte, und sie trug giftgrüne Tennisschuhe, also kann sie nicht mit Mama gegangen sein.«

»Schade, dass ich das verpasst habe.« Cade holte sich einen Löffel, setzte sich und nahm sich ebenfalls von der Eiscreme. »Also, was ist los?«

»Was soll los sein? Ich bin so zufrieden wie eine Gans auf einem Nest mit goldenen Eiern.« Sie blies den Rauch aus und betrachtete ihn mit zusammengekniffenen Augen.

Seine Haare waren noch ein wenig feucht. Anscheinend hatte er sich gerade erst geduscht.

Seine Augen wiesen einen zufriedenen Schimmer auf, und seine Mundwinkel waren zu einem amüsierten Lächeln verzogen.

Faith wusste genau, wann ein Mann so aussah.

»Du hast noch die gleichen Sachen an wie gestern. Du warst gar nicht zu Hause, oder? Wahrscheinlich hast du heute Nacht jemanden glücklich gemacht.«

Cade leckte seinen Löffel ab und musterte sie ebenfalls. »Du wohl eher nicht. Ich werde über diesem Eis bestimmt nicht mein Sexualleben mit dir erörtern.«

»Du und Tory Bodeen. Das ist ja mal wieder perfekt.«

»Mir gefällt es.« Cade nahm sich noch einen Löffel voll Eiscreme. »Komm mir nicht in die Quere, Faith.«

»Warum sollte ich? Mir ist das doch egal. Ich weiß bloß nicht, was du an ihr findest. Sie ist ja ganz hübsch – aber so kühl. Früher oder später wird sie dich einfrieren. Sie ist nicht so wie wir.«

»Du wirst deine Meinung ändern, wenn du sie erst einmal besser kennst. Sie könnte eine Freundin gebrauchen, Faith.«

»*Mich* brauchst du dabei nicht anzusehen. Ich bin eine lausige Freundin, das wird dir jeder bestätigen. Außerdem mag ich sie noch nicht mal so besonders. Wenn du sie ab und zu ficken willst, ist das deine Sache. Hey!« Überrascht und empört blickte sie auf. Cade hatte ihr Handgelenk ergriffen und drückte ihre Hand auf die Tischplatte. »Sex ist nicht für jeden eine beiläufige Angelegenheit.«

»Du tust mir weh.«

»Nein, du tust dir selber weh.« Er ließ sie los, stand auf und warf seinen Löffel in die Spüle.

Nachdenklich rieb sich Faith ihr Handgelenk. »Im Gegenteil, ich sorge dafür, dass man mir nicht wehtut. Wenn du unbedingt dein Herz freilegen willst, damit jemand darauf herumtrampeln kann, dann ist das deine Sache. Aber eins kann ich dir sagen: Du solltest dich besser nicht in Tory verlieben. Das wird nie funktionieren.«

»Wer weiß.« Cade drehte sich zu ihr um. »Aber du scheinst nicht zu wissen, dass du ihr sehr ähnlich bist. Ihr beide versteckt eure Gefühle, weil sie ja jemand verletzen könnte. Tory tut das, indem sie sich verschließt, und du, indem du dich wie eine Wilde gebärdest. Aber der Beweggrund ist der gleiche.«

»Ich bin überhaupt nicht wie sie!«, schrie Faith ihn an, während er aus dem Zimmer ging. »Ich bin *ich*!«

Wütend warf sie ihren Löffel quer durch den Raum. Dann ließ sie die Eiscreme einfach auf dem Tisch stehen und rannte nach oben, um sich anzuziehen.

An irgendjemandem musste sie ihre Wut auslassen, und natürlich traf es Wade, auf den sich sowieso all ihre Gedanken konzentrierten. Sie zog sich auch für diesen Zweck sorgfältig an. Schließlich hatte sie ihren Stolz. Sie wollte großartig aussehen, wenn sie ihn in Stücke riss.

Faith wählte ein dunkelblaues, tailliertes Seidenkostüm, das ausgezeichnet zu ihren Augen passte. Gerade wollte sie die Tür zu Wades Wohnung aufschließen, als sie sich eines Besseren besann und anklopfte.

Als sie ein Fiepen und Jaulen hinter der Tür hörte, verdrehte sie die Augen. Er hatte eins von seinen kranken Tieren mit nach oben genommen. Wie hatte sie sich nur mit einem Mann einlassen können, der mehr an streunende Hunde dachte als an eine Frau?

Gott sei Dank war sie wieder zu Verstand gekommen. Dann öffnete er die Tür, zerknittert, schläfrig und in Jeans, die zuzuknöpfen er sich nicht die Mühe gemacht hatte. Und plötzlich fiel ihr wieder ein, warum sie sich mit diesem Mann eingelassen hatte.

Lust stieg in ihr auf, aber sie verdrängte sie entschlossen, packte seine Hand und drückte ihm den Schlüssel hinein.

»Was?«

»Das ist nur der Anfang. Ich habe dir etwas zu sagen, und dann werde ich gehen.« Sie schob ihn beiseite und trat ein.

»Wie spät ist es?«

Sie biss die Zähne zusammen. Er zerstörte ihr Timing.

»Es ist fast zwölf.«

»Ach du meine Güte, das darf doch nicht wahr sein! Ich muss in einer Stunde bei meiner Mutter sein.« Wade sank auf einen Stuhl und vergrub den Kopf in den Händen. »Wahrscheinlich bin ich in einer Stunde tot.«

»Wenn es nach mir geht, bestimmt.« Schnüffelnd beugte sie sich über ihn. »Du riechst wie eine billige Flasche Bourbon.«

»Es war eine teure Flasche Bourbon.« Übelkeit stieg in ihm auf.

»So.« Sie stemmte die Hände in die Hüften. »Du hast dich also die halbe Nacht herumgetrieben und betrunken! Hoffentlich hat es wenigstens Spaß gemacht.«

»Ich bin nicht ganz sicher. Am Anfang schon.«

»Gut, dann kannst du das jetzt meinetwegen jeden Samstagabend machen«, fuhr sie wütend fort und fügte eifersüchtig hinzu: »Wer, zum Teufel, war es?«

»Wer?« Er ließ seinen Kopf los. »Wer war was?«

»Wer war die kleine Schlampe, die du dir angelacht hast?« Faith ergriff den am nächsten stehenden Gegenstand – eine kleine Lampe –, zerrte die Schnur aus der Steckdose und warf sie durchs Zimmer. Ein Jaulen ertönte aus dem Schlafzimmer und Wade stand schwankend auf. »Du Bastard! Ist sie immer noch hier?«

»Wer? Was, zum Teufel, ist eigentlich mit dir los? Du hast meine Lampe zerbrochen!«

»Ich werde dir gleich den Hals brechen!« Sie rannte ins Schlafzimmer, um der Frau, die ihren Platz eingenommen hatte, die Augen auszukratzen.

Auf dem Bett stand ein kleiner schwarzer Welpe, der sich Schutz suchend an die Kissen drängte und wie wild bellte.

»Wo ist sie?«

»Wer?« Wade hob die Hände. »Wo ist wer? Wovon redest du eigentlich, Faith?«

»Von der Schlampe, mit der du schläfst.«

»Die einzige Schlampe, mit der ich in der letzten Zeit außer dir geschlafen habe, ist die da.« Er wies auf das Bett. »Und sie ist erst seit zwei Stunden da. Wirklich, sie bedeutet mir nichts.«

»Du denkst, du kannst auch noch Witze darüber machen? Wo warst du gestern Abend?«

»Ich war aus, verdammt noch mal.« Er marschierte ins Badezimmer und suchte in seinem Medikamentenschrank nach einem Aspirin.

»Du warst aus, na gut. Ich bin um neun gekommen und habe bis ein Uhr …« Verdammt, sie hatte ihm gar nicht sagen wollen, dass sie so lange auf ihn gewartet hatte. »Du bist nicht nach Hause gekommen.«

Er nahm sich vier Tabletten und spülte sie mit Leitungswasser hinunter. »Ich kann mich nicht erinnern, dass wir gestern Abend verabredet waren. Du triffst ja nicht gern Verabredungen. Das engt dich ein, ist nicht so aufregend.« Wade lehnte sich gegen das Becken und blickte sie rachsüchtig an. »Na, das ist doch jetzt mal aufregend.«

»Es war Samstagabend. Du musstest doch wissen, dass ich vorbeikomme.«

»Nein, Faith, ich muss gar nichts wissen. Du willst ja nicht, dass ich etwas weiß.«

Sie senkte den Kopf. Sie kamen vom Thema ab. »Ich will wissen, wo du warst und mit wem.«

»Das sind eine Menge Fragen von jemandem, der keine Bindung will.« Hinter seinen Augen pochte es zwar heftig, aber es gelang ihm trotzdem, sie böse anzusehen. »Sex, Spaß und Spielchen. Das sind doch die Grundregeln, oder?«

»Ich gehe nicht fremd«, erwiderte sie würdevoll. »Wenn ich mit einem Mann zusammen bin, gehe ich nicht mit jemand anderem aus. Und ich erwarte das Gleiche von dir.«

»Ich war nicht mit einer anderen Frau aus. Ich war mit Dwight zusammen.«

»Das ist eine verdammte Lüge. Dwight Frazier ist ein verheirateter Mann, und er hat sich bestimmt nicht die halbe Nacht lang mit dir herumgetrieben und getrunken.«

»Ich weiß nicht, wo er nach zehn Uhr war. Wahrscheinlich zu Hause bei Lissy. Wir waren zu dritt im Kino.« Seine Stimme klang gepresst und er blickte sie kalt an. »Dann sind sie nach Hause gegangen, ich habe mir eine Flasche Bourbon gekauft und bin durch die Gegend gefahren. Danach war ich betrunken und bin nach Hause gekommen. Aber wenn da irgendetwas anderes, irgendjemand anderer gewesen wäre, hätte mir das auch freigestanden. Genauso wie dir. So hast du es doch gewollt.«

»Das habe ich nie gesagt.«

»Du hast nie etwas anderes gesagt.«

»Ich sage jetzt etwas anderes.«

»Es kann nicht immer nur nach deiner Nase gehen, Faith. Wenn du etwas ändern willst, wenn du wirklich mit mir zusammen sein willst, dann müssen wir auch ein paar meiner Regeln hinzunehmen.«

»Von Regeln habe ich nichts gesagt.« Er drehte ihr das Wort im Munde um. Eben wie ein Mann. »Ich rede von ganz normaler Höflichkeit.«

»Und die bedeutet, ich sitze hier und warte, bis du in der Stimmung bist, um zu mir zu kommen? Das glaube ich nicht. Wir können entweder beide kommen und gehen, wie wir wollen, oder wir haben eine feste Beziehung. Dann brauchen wir uns nicht mehr heimlich hier zu treffen oder uns in irgendein Motel zu schleichen. Dann brauchen wir nicht mehr so zu tun, als hätten wir nichts miteinander. Entweder sind wir ein Paar oder nicht.«

»Willst du mir etwa ein Ultimatum stellen?« Ihr versagte jetzt die Stimme. »Nachdem ich hier die halbe Nacht auf dich gewartet habe?«

»Frustrierend, nicht wahr? Diese Warterei. Das stinkt dir.« Wade trat auf sie zu. »Man kommt sich so missbraucht und verletzt vor. Ich kenne das.«

Verlegen fuhr sie sich mit der Hand durch die Haare. »Davon hast du nie etwas gesagt.«

»Du wärest doch hochgegangen wie eine Rakete. Das ist eben dein Stil, Faith. Als ich letzte Nacht mit der Flasche am Fluss gesessen habe, ist mir eingefallen, dass ich genau das an dir nicht mag und dass ich *mich* bald auch nicht mehr mag, wenn ich dir erlaube, so mit mir umzuspringen. Deshalb sage ich es dir jetzt: Entweder wir versuchen uns wie vernünftige Menschen zu benehmen, die sich lieben, oder wir trennen uns.«

»Du weißt doch, dass ich dich liebe, Wade. Was denkst du von mir?«

Es geht eigentlich eher um das, was sie von sich selber hält, dachte er. »Es gab eine Zeit, da hätte ich dich unter jeder Bedingung genommen. Diese Zeit ist vorbei. Jetzt will ich mehr, Faith. Wenn du es mir nicht geben kannst oder willst, dann werde ich damit leben. Aber ich jage nicht mehr irgendwelchen Brosamen nach.«

»Ich verstehe das nicht.« Erschüttert setzte sie sich auf die Bettkante. Der Welpe kroch auf ihren Schoß und schnüffelte an ihr. »Ich verstehe nicht, wie du das alles gegen mich wenden kannst.«

»Nicht gegen dich. Ich will einfach, dass es ein *Uns* gibt, Faith. Ich liebe dich.«

»Was? Bist du verrückt?« Entsetzt sprang sie auf. »Sag doch nicht so etwas!«

»Ich habe es schon öfter gesagt, aber du hast ja nie zugehört. Es war dir nicht wichtig. Dieses Mal jedoch ist es wichtig. *Ich liebe dich.*« Er ergriff sie an den Schultern. »So ist es nun mal, und du kannst nichts dagegen tun.«

»Was soll ich denn dagegen tun?« Panik breitete sich in ihr aus. »Oh, ist das alles ein Chaos!«

»Normalerweise rennst du immer weg und heiratest einen anderen, wenn ich dir sage, dass ich dich liebe.« Er zog spöttisch eine Augenbraue hoch, als sie ihn mit offenem Mund anstarrte.

»Das ist nicht … Ich …« O Gott, er hatte Recht.

»Dieses Mal könnten wir ja mal etwas Neues ausprobieren. Wir könnten versuchen, wie normale Menschen damit umzugehen und einfach abwarten, was daraus wird. Wir könnten Zeit miteinander verbringen und mehr miteinander unternehmen als nur ins Bett zu springen. Zwischen uns ist doch mehr als nur Sex.«

Sie schniefte. »Woher willst du das denn wissen?«

Lachend wuschelte er ihr durch die Haare. »Na gut, dann sage ich es so: Ich möchte herausfinden, ob zwischen uns mehr ist als Sex.«

»Und wenn nicht?«

»Und wenn doch?«

»Und wenn nicht?«

Er seufzte. »Dann werden wir wohl die meiste Zeit miteinander im Bett verbringen. Wenn bis dahin noch etwas davon übrig ist«, fügte er hinzu und zog das Kissen weg, das der Welpe gerade mit seinen spitzen Zähnchen bearbeitete.

Wade war so solide, so klug und nett und gut aussehend. Und er liebte sie. Aber niemand liebte sie lange. »Ich habe keine Ahnung, wie eine Beziehung zu einem Mann aussehen soll, der mit kleinen Mischlingshunden in einem Bett schläft.«

»Miss Dottie hat sie heute früh auf dem Weg in die Kirche hier abgegeben. Ich war so hinüber, dass ich sie nur noch mit ins Bett nehmen konnte.«

»Was fehlt ihr?«

»Wem? Oh, dem Welpen? Nichts.« Er beugte sich vor und streichelte den kleinen Hund. »Kerngesund. Hat alle ihre Impfungen hinter sich und sie hingenommen wie ein Weltmeister.«

»Was machst du denn dann mit ihr?«

»Sie ist für dich.«

»Für mich?« Faith wich einen Schritt zurück. »Ich will aber keinen Hund.«

»Klar willst du einen.« Er hob den Hund vom Bett und drückte ihn ihr in die Arme. »Siehst du, sie mag dich.«

»Welpen mögen jeden«, protestierte Faith und drehte den Kopf weg, um der Zunge des jungen Hundes auszuweichen.

»Genau.« Wades Grübchen vertieften sich, und er legte Faith den Arm um die Taille. »Und jeder mag Welpen. Sie wird sich auf dich verlassen, dich unterhalten, dir Gesellschaft leisten und dich immer lieben.«

»Sie wird auf den Teppich pinkeln und meine Schuhe zerkauen.«

»Bloß ein paar. Sie braucht Disziplin, Training und Geduld. Sie braucht *dich*.«

Sie kannten sich fast ihr ganzes Leben lang. Und dass sie die meiste Zeit im Bett verbrachten, hieß noch lange nicht, dass Faith nicht wusste, wie Wades Verstand funktionierte.

»Schenkst du mir hier einen Hund oder eher eine Lektion fürs Leben?«

»Beides.« Er küsste Faith auf die Wange. »Versuch es doch einfach mal. Wenn es nicht funktioniert, nehme ich sie zurück.«

Der Welpe war warm und versuchte verzweifelt, sich bei Faith anzukuscheln. Was ging hier vor? Anscheinend versuchten alle ständig, auf sie einzuhämmern. Erst Boots, dann Cade und jetzt Wade.

»Mir dreht sich der Kopf. Ich kann heute nicht mit dir Schritt halten, und das ist der einzige Grund, warum ich ja sage.«

»Zu uns oder zu dem Hund?«

»Ein bisschen zu beidem.«

»Das reicht mir für den Anfang. In der Küche ist Welpenfutter. Geh ihn doch einfach füttern, und ich dusche inzwischen. Ich komme wahrscheinlich zu spät zum Mittagessen bei meinen Leuten. Willst du nicht mitkommen?«

»Danke, aber ich bin noch nicht ganz bereit für Familienessen.« Faith erinnerte sich nur zu gut an das kühle, klare Funkeln in den Augen seiner Mutter. »Geh duschen. Du stinkst schlimmer als ein ganzer Haufen Welpen.« Stirnrunzelnd trug sie den Welpen in die Küche. Sie war sich nicht sicher, ob sie überhaupt zu alldem bereit war. Zu irgendetwas davon.

18

Tory hatte am Montagmorgen kaum den Laden aufge-
sperrt, als die Türglocke ging.

»Guten Morgen, ich bin Sherry Bellows. Ich habe meinen Hund draußen an ihrer Bank festgebunden. Ich hoffe,
das ist in Ordnung.«

Tory blickte hinaus und sah einen Berg von Haaren
brav auf dem Bürgersteig sitzen. »Ist in Ordnung. Er ist
ganz schön groß. Und wunderschön.«

»Er ist ein Zuckerpüppchen. Wir kommen gerade von
unserem Morgenspaziergang im Park, und ich dachte, ich
schaue mal herein. Ich war auch am Samstag kurz hier. Es
war ganz schön was los.«

»Ja, ich war den ganzen Tag auf Trab. Kann ich Ihnen
etwas zeigen oder möchten Sie sich nur umsehen?«

»Eigentlich habe ich mich gefragt, ob Sie nicht eine Aushilfe einstellen möchten.« Sherry warf ihren Pferde-
schwanz zurück und hob die Arme. »Ich bin zwar für die
Jobsuche nicht korrekt angezogen«, sagte sie lächelnd und
zog ihr verschwitztes T-Shirt über ihre Laufhose, »aber ich
bin einfach einem Impuls gefolgt. Ich unterrichte an der
High School. Ich meine, ich werde unterrichten. Die Sommerkurse beginnen Mitte Juni, und ab Herbst arbeite ich
dann voll.«

»Das klingt nicht so, als ob Sie einen Job bräuchten.«

»Ich habe die nächsten zwei Wochen frei, außerdem die
Samstage, und den ganzen September hindurch arbeite ich
nur halbtags. Ich würde schrecklich gern in einem Laden
wie Ihrem arbeiten und das zusätzliche Geld wäre auch
nicht zu verachten. Ich habe während meines Studiums als
Verkäuferin gearbeitet, also kenne ich mich aus. Ich kann
Ihnen auch Referenzen geben, und es macht mir nichts
aus, wenn Sie mir nur wenig bezahlen können.«

»Ehrlich gesagt habe ich eigentlich noch nicht daran gedacht, jemanden einzustellen – zumindest nicht, bis ich weiß, wie das Geschäft anläuft.«

»Es ist bestimmt nicht einfach, den Laden allein zu führen.« Wenn Sherry während ihres Studiums eines gelernt hatte, dann war es Hartnäckigkeit. »Keine Pausen, keine Zeit, den Papierkram zu erledigen, das Lager zu überprüfen und die Bestellungen aufzugeben. Und da Sie sechs Tage in der Woche geöffnet haben, können Sie auch nicht viel Zeit haben, um Besorgungen zu machen. Zur Bank gehen, einkaufen … Sie lassen sich die Sachen wahrscheinlich liefern, nicht wahr?«

»Nun ja …«

»Und jedes Mal, wenn Sie zur Post gehen oder Aufträge aufgeben wollen, dann müssen Sie den Laden schließen oder bis zum nächsten Morgen warten. Das macht Ihren Tag noch länger. Und jeder, der sich solch einen Laden aufbaut, weiß, dass Zeit Geld ist.«

Tory musterte sie prüfend. Sherry war jung, hübsch, verschwitzt vom Laufen und sehr direkt. Und sie hatte Recht. Tory war schon seit acht Uhr im Laden, hatte ihre Korrespondenz erledigt, war zur Bank und zur Post geeilt.

Natürlich machte ihr die Arbeit Spaß. Sie erfüllte sie mit Befriedigung. Aber mit der Zeit würde es immer anstrengender werden.

Zugleich war sie sich aber auch nicht sicher, ob sie ihren Laden mit jemandem teilen wollte, sei es auch nur eine Teilzeitkraft. Sie hatte gern alles für sich allein, musste aber zugeben, dass dies unpraktisch und egoistisch war.

»Das kommt ein bisschen plötzlich, aber lassen Sie mir doch Ihre Adresse, Telefonnummer und die Referenzen hier.« Tory holte ihr Clipboard hinter der Theke hervor. »Dann kann ich darüber nachdenken.«

»Toll.« Sherry nahm den Stift, den Tory ihr reichte, und begann zu schreiben. »Und ich bringe ja noch einen Partner mit, also bekommen Sie zwei für den Preis von einem.« Sie wies nach draußen, wo zwei Frauen stehen geblieben waren, um Mongo zu bewundern. »Er ist so süß, dass die

Leute ihn einfach streicheln müssen. Und wenn sie schon da stehen, werfen sie auch einen Blick in Ihr Schaufenster. Ich wette, sie kommen herein.«

»Clever.« Tory zog eine Augenbraue hoch. »Vielleicht sollte ich auch einen Hund kaufen.«

Sherry lachte und schrieb weiter. »Oh, so einen wie meinen Mongo würden Sie nie finden. Aber so süß er auch ist – verkaufen kann er nicht.«

»Guter Einwand. Und gut getippt«, fügte Tory leise hinzu, als die beiden Frauen den Laden betraten.

»Ist das Ihr Hund?«

»Er gehört mir.« Strahlend drehte sich Sherry um. »Ich hoffe, er hat Sie nicht belästigt.«

»O nein, er ist ja so süß! Wie ein großer Fellball.«

»Sanft wie ein Lamm«, versicherte Sherry ihnen. »Wir mussten uns einfach all die schönen Sachen hier ansehen. Ist dieses Geschäft nicht wundervoll?«

»Sehr hübsch. Ich kann mich gar nicht erinnern, schon einmal hier gewesen zu sein.«

»Wir haben erst am Samstag eröffnet«, warf Tory ein.

»Ich war eine ganze Weile nicht in diesem Teil der Stadt.« Die Frau blickte sich um, während ihre Freundin bereits durch den Laden wanderte. »Mir gefallen die Kerzenleuchter im Fenster. Wir sind gerade in ein neues Haus gezogen und ich richte mich ein bisschen anders ein.«

»Ich hole sie Ihnen heraus.« Tory blickte Sherry an. »Entschuldigen Sie mich.«

»Oh, lassen Sie sich durch mich nicht stören.«

Sherry beobachtete Tory, während sie die Frau bediente. Zurückhaltend, stellte sie fest. Nun, das konnte sie auch. Die Ware verkaufte sich von selbst. Aber es würde vermutlich nicht schaden, wenn sie dabei schwatzte. Es fiel Sherry sowieso schwer, das nicht zu tun, und es wäre wahrscheinlich ein nettes Gegengewicht zu Torys Schweigsamkeit.

Ich werde den Job bekommen, dachte Sherry, während sie weiterschrieb und dabei aus den Augenwinkeln das Geschehen beobachtete. Sie war gut darin, den Leuten

Dinge aufzuschwatzen, und das zusätzliche Geld konnte sie wirklich gut gebrauchen.

Während Tory die Leuchter einpackte, zog Sherry die Kundinnen in ein freundliches Gespräch. Glücklich und bepackt verließen sie den Laden.

»Ich glaube, Sie hätten Sally noch zu den Windlichtern überreden können.«

»Wenn sie sie wirklich haben will, kommt sie wieder.« Amüsiert heftete Tory die Quittungen ab. »Und ich baue darauf, dass ihre Freundin sie während des Mittagessens noch beschwatzt. Sie können gut mit Leuten umgehen. Verstehen Sie etwas von Kunsthandwerk?«

»Ich lerne sehr schnell. Und da ich Ihren Geschmack bewundere, wird es mir leicht fallen. Ich kann gleich anfangen.«

Tory hätte beinahe zugestimmt. An Sherry stimmte fast alles. Doch dann öffnete sich die Tür, und Entsetzen überfiel sie.

»Hallo, Tory.« Hannibal verzog die Lippen zu einem breiten Grinsen. »Lange nicht gesehen.« Er bedachte auch Sherry mit einem Lächeln. »Ist das Ihr Hund da draußen, Missy?«

»Ja, das ist Mongo. Ich hoffe, es macht Ihnen nichts aus.«

»O nein, keineswegs. Er scheint ja absolut freundlich zu sein. Ziemlich großer Hund für ein so kleines Ding wie Sie. Ich habe Sie gesehen, wie Sie mit ihm durch den Park gelaufen sind. Man konnte kaum erkennen, wer wen geführt hat.«

Ein leises Unbehagen durchfuhr Sherry, aber es gelang ihr zu lachen. »Oh, er lässt mich im Glauben, dass ich der Boss bin.«

»Ein guter Hund ist ein treuer Freund. Meistens treuer als Menschen. Tory, willst du mich deiner Freundin nicht vorstellen? Hannibal Bodeen«, fügte er hinzu, bevor Tory etwas sagen konnte, und streckte seine große Hand aus, mit der er sie so oft zum Schweigen gebracht hatte. »Ich bin Victorias Daddy.«

»Nett, Sie kennen zu lernen.« Entspannt schüttelte Sherry ihm herzlich die Hand. »Sie müssen sehr stolz auf Ihre Tochter sein und darauf, was sie hier geleistet hat.«

»Es vergeht kaum ein Tag, an dem ich nicht daran denke.« Er blickte zu Tory. »Und an sie.«

Tory rang um Fassung. Wenn er hier war, musste sie sich mit ihm auseinander setzen. Und zwar allein. »Sherry, es war nett, dass Sie vorbeigekommen sind. Ich werde es mir überlegen und Sie bald anrufen.«

»Danke. Ich versuche, Ihre Tochter zu überreden, mich einzustellen. Vielleicht können Sie ja ein gutes Wort für mich einlegen. Nett, Sie kennen gelernt zu haben, Mr. Bodeen. Ich warte dann auf Ihren Anruf, Tory.«

Sherry ging hinaus und hockte sich vor Mango. Durch die geschlossene Tür hörte Tory hörte ihr entzücktes Lachen und das fröhliche Bellen des Hundes.

»Nun.« Er stemmte die Hände in die Hüften und sah sich im Laden um. »Das ist ja ganz schön hier. Sieht so aus, als ob es dir gut ginge.«

Er hatte sich nicht verändert. Warum sollte er auch? Sah er älter aus? Eigentlich nicht. Er war nicht dicker geworden, hatte keine Haare verloren, und in seinen Augen war immer noch dieses dunkle Funkeln. Die Zeit hatte ihn anscheinend verschont. Und als er sich zu ihr umdrehte, spürte Tory, wie sie schrumpfte, wie all die Jahre, in denen sie sich bemüht hatte, sich von ihm frei zu machen, in sich zusammenfielen.

»Was willst du?«

»Es scheint dir wirklich gut zu gehen.« Hannibal trat an die Theke. Und sie merkte, dass sie sich geirrt hatte. Das Alter war doch nicht spurlos an ihm vorübergegangen. Um seinen Mund hatten sich tiefe Falten eingegraben. »Du bist zurückgekommen, um in deinem alten Heimatort zu protzen. Hochmut kommt vor dem Fall, Victoria.«

»Woher wusstest du, dass ich hier bin? Hat Mama es dir gesagt?«

»Ein Vater bleibt sein ganzes Leben lang ein Vater. Ich habe dich beobachtet. Bist du zurückgekommen, um dich zu brüsten und mich zu beschämen?«

»Ich bin wegen mir hierher zurückgekommen. Es hat nichts mit dir zu tun.« Lügen, Lügen, Lügen.

»Du hast damals die Leute zum Reden gebracht, und sie haben mit Fingern auf uns gezeigt. Hier hast du mich und den Herrn zum ersten Mal verleugnet. Die Schande, die du über mich gebracht hast, hat mich von hier vertrieben.«

»Margaret Lavelles Geld hat das bewirkt.«

In seiner Wange zuckte ein Muskel. Eine Warnung. »Also reden die Leute bereits. Das ist mir egal. Nur ein Lügner schenkt dem bösen Geschwätz Gehör.«

»Sie werden noch mehr von dir reden, wenn du dich weiter hier aufhältst. Sie werden dich schon finden. Ich war bei Mama. Sie macht sich Sorgen um dich.«

»Sie hat keinen Grund dazu. Ich bin der Herr in meinem Haus. Ein Mann kann kommen und gehen, wie es ihm gefällt.«

»Wohl eher weglaufen. Du bist weggelaufen, nachdem sie dich verhaftet und wegen des Angriffs auf diese Frau verurteilt haben. Du bist einfach abgehauen und hast Mama allein gelassen. Und wenn sie dich dieses Mal fangen, bekommst du keine Bewährung mehr. Dann bringen sie dich hinter Gitter.«

»Pass auf, was du sagst.« Seine Hände schossen vor. Sie war auf einen Schlag vorbereitet, aber er packte sie vorn an der Bluse und zerrte sie halb über die Theke. »Du hast mir Respekt zu erweisen. Du verdankst mir dein Leben. Mein Samen hat dich in diese Welt gebracht.«

»Zu meinem ewigen Bedauern.« Tory fiel die Schere unter der Theke ein. Sie stellte sich vor, wie sie sie packte, doch als sie sein wütend verzerrtes Gesicht sah, fragte sie sich, ob sie wohl in der Lage war, sie tatsächlich zu benutzen. »Wenn du Hand an mich legst, gehe ich sofort zur Polizei, das schwöre ich dir. Ich sage es ihnen, wenn du mich schlägst, und ich werde ihnen auch sagen, dass du mich immer schon geschlagen und misshandelt hast. Wenn ich mit dir fertig bin ...«

Als er ihren Kopf an den Haaren zurückzerrte und mit

seinen rauen Fingern über ihre Kehle strich, keuchte sie. Tränen traten ihr in die Augen. »Wenn ich mit dir fertig bin, wirst du endgültig hinter Gitter kommen. Das schwöre ich dir. Und jetzt lass mich los und verschwinde. Dann werde ich vergessen, dass ich dich jemals gesehen habe.«

»Du wagst es, mir zu drohen?«

»Das ist keine Drohung. Es ist eine Tatsache.« Sie spürte, wie seine Wut und sein Hass sie überwältigten. Sie würde nicht mehr lange standhalten können. »Lass mich los.« Sie blickte ihm in die Augen, während sie unter der Theke nach der Schere griff. »Lass mich los, bevor jemand vorbeikommt und dich sieht.«

Widerstreitende Gefühle spiegelten sich auf seinem Gesicht. Torys Finger schlossen sich um das kühle Metall, aber bevor sie die Schere herausziehen konnte, schob er sie zur Seite, sodass sie gegen die Registrierkasse stieß.

»Ich brauche Geld. Gib mir alles, was du hier hast. Du schuldest es mir für jeden Atemzug.«

»Ich habe nicht viel. Du wirst nicht weit damit kommen.« Sie öffnete die Kasse und holte das Geld mit beiden Händen heraus. Sie würde ihm alles geben, wenn er nur endlich verschwand.

»Diese verlogene Hure in Hartsville wird in der Hölle brennen.« Er stopfte sich das Geld in die Tasche. »Und du auch.«

»Und du wirst bereits dasein.« Sie wusste nicht, warum sie das sagte. Sie konnte nicht in die Zukunft sehen, sie war keine Wahrsagerin. Das war zumindest ein Segen. Aber als habe sie eine Vision, blickte sie ihn unverwandt an und sagte: »Du wirst dieses Jahr nicht überleben. Du wirst unter Schmerzen und Angst in einem Feuer sterben. Und während du stirbst, wirst du um Gnade schreien. Um die Gnade, die du mir nie gewährt hast.«

Er wurde blass und wich vor ihr zurück. Dann hob er einen Arm und wies auf sie. »Ihr sollt nicht dulden, dass eine Hexe lebt! Denk daran. Du kannst allen sagen, dass ich heute hier war. Ich komme zurück! Und dann tue ich, was schon in der Minute deiner Geburt hätte getan werden müssen. Du bist mit einer Haube über dem Gesicht zur Welt gekommen. Ein Teufelszeichen. Du bist bereits verdammt.«

Er schob sich aus der Tür und lief mit gesenktem Kopf davon. Bereits verdammt? Blicklos starrte Tory auf die Schere, die immer noch unter der Theke lag. Fast schon hatte sie sie in der Hand gehabt, beinah ...

Dann wäre einer von ihnen jetzt in der Hölle. Und es war ihr egal, wer von ihnen beiden. Zumindest wäre dann alles vorbei.

Sie zog die Knie an, legte ihren Kopf darauf und rollte sich zusammen, wie sie es als Kind so oft getan hatte.

So fand Faith sie, als sie mit ihrem zappelnden Welpen unter dem Arm in den Laden trat.

»Du lieber Himmel, Tory!« Mit einem Blick erfasste sie die offene Kasse, die herumliegenden Waren und die Frau, die zitternd auf dem Boden saß. »Du meine Güte, bist du verletzt?«

Sie setzte den Welpen ab und eilte zu Tory. »Lass mich mal sehen.«

»Ich bin in Ordnung. Es ist nichts.«

»Es ist schon etwas, am helllichten Tag in dieser Stadt ausgeraubt zu werden. Du zitterst ja am ganzen Leib. Hatten sie eine Pistole oder ein Messer?«

»Nein. Nein, es ist schon okay.«

»Ich sehe kein Blut. Aber hier am Hals hast du blaue Flecken. Ich rufe die Polizei. Brauchst du einen Arzt?«

»Nein! Keine Polizei, keinen Arzt.«

»Keine Polizei? Ich sehe einen großen Kerl hier herausschleichen, komme herein, die Registrierkasse ist offen und leer, du liegst hinter der Theke – und jetzt willst du keine Polizei? Was macht man denn in der Großstadt, wenn man überfallen wird? Sandkuchen backen?«

»Ich bin nicht überfallen worden.« Erschöpft lehnte Tory sich an die Wand. »Ich habe ihm das Geld gegeben. Es waren unter hundert Dollar. Das Geld spielt keine Rolle.«

»Dann kannst du mir ja auch gleich welches schenken.

Wenn du deinen Laden so führen willst, wirst du nicht sehr weit kommen.«

»Ich bin hier und hier werde ich auch bleiben. Ich werde nicht wieder davonlaufen. Nichts und niemand bringt mich dazu. Nicht noch einmal.«

Faith hatte nicht viel Erfahrung mit Hysterie, außer wenn es sich um ihre eigenen Anfälle handelte, aber sie vermeinte den ersten Anflug in Torys Stimme zu erkennen. Und ihre Augen sahen auf einmal so wild aus.

»Genau. Warum stehen wir nicht einfach auf und gehen ein Weilchen nach hinten?«

»Ich habe dir doch gesagt, dass ich in Ordnung bin.«

»Dann bist du entweder blöd oder eine Lügnerin. Na egal, lass uns gehen.«

Tory versuchte, Faith wegzustoßen und allein aufzustehen, aber ihre Beine gehorchten ihr nicht. Sie schwankten beide, als Faith sie hochzog.

»Wir gehen einfach nach hinten. Ich lasse den Hund hier.«

»Den was?«

»Mach dir keine Sorgen, er ist fast stubenrein. Hast du irgendwas Alkoholisches hier?«

»Nein.«

»Das hätte ich mir ja denken können. Die ordentliche Tory hat bestimmt keine Flasche Jim Beam in der Schublade. Und jetzt setz dich, hol tief Luft und erzähl mir, warum ich nicht die Polizei rufen soll.«

»Das würde alles nur noch schlimmer machen.«

»Warum?«

»Weil es mein Vater war, der gerade den Laden verlassen hat. Ich habe ihm das Geld gegeben, damit er verschwindet.«

»Er hat dir also die blauen Flecken gemacht.« Faith holte tief Luft. »Wahrscheinlich nicht zum ersten Mal. Nein, Hope hat mir nichts davon erzählt. Wahrscheinlich hast du sie schwören lassen, dass sie es geheim hält, aber ich hatte schließlich Augen im Kopf. Ich habe dich oft mit Schrammen und blauen Flecken gesehen. Du hast immer irgendeine Geschichte erzählt – du wärst die Treppe heruntergefallen oder so. Aber das Komische war, dass du mir nie ungeschickt vorkamst. An dem Morgen, als du wegen Hope zu uns kamst, warst du ganz besonders schlimm zugerichtet, soweit ich mich erinnere.«

Faith trat an den Mini-Kühlschrank, holte eine Flasche Wasser heraus und öffnete sie. »Hast du dich deshalb in jener Nacht nicht mit ihr getroffen? Weil er dich verprügelt hat?« Sie reichte Tory das Wasser. »Ich habe damals vermutlich der falschen Person die Schuld gegeben.«

Tory trank einen Schluck. »Schuld ist derjenige, der sie umgebracht hat.«

»Wir wissen nicht, wer das ist. Es ist tröstlicher, der Schuld ein Gesicht und einen Namen zu geben. Geh jetzt ans Telefon, ruf die Polizei und zeige ihn an. Chief Russ wird ihn suchen lassen.«

»Ich will nur, dass er geht. Ich erwarte nicht, dass du das verstehst.«

»Die Menschen verstehen einander nie. Was Wunder.« Nachdenklich setzte sich Faith auf den Schreibtisch. »Mein Papa hat mich selten geschlagen. Ich glaube, ich habe ab und zu mal einen Klaps auf den Po bekommen, wahrscheinlich sogar seltener, als ich es verdient hätte. Aber er konnte brüllen wie ein Stier, und damit hat er mir ganz schön Angst eingejagt.«

O Gott, ich vermisse ihn so, durchfuhr es Faith.

»Nicht, weil ich dachte, er würde mich jetzt verprügeln«, fuhr sie ruhig fort, »sondern weil er mir jedes Mal so klar vor Augen führte, dass ich ihn enttäuscht hatte. Ich hatte Angst davor, ihn zu enttäuschen. Ich weiß, dass das etwas anderes ist als bei dir. Ich frage mich nur, was ich tun würde, wenn er ein anderer Vater gewesen wäre, ein anderer Mann.«

»Du würdest die Polizei rufen und ihn ins Gefängnis werfen lassen.«

»Genau. Aber das bedeutet nicht, dass ich dich nicht verstehe. Als Papa mit dieser Frau fremdging, habe ich das meiner Mutter nicht erzählt. Eine Zeit lang glaubte ich sogar, sie wüsste es nicht. Vielleicht habe ich ja gedacht, es geht vorüber. Ich irrte mich, aber allein der Gedanke beruhigte mich damals.«

Tory stellte die Wasserflasche auf den Schreibtisch. »Warum bist du so nett zu mir?«

»Ich habe keine Ahnung. Ich habe dich noch nie sehr gemocht, aber das lag wohl hauptsächlich daran, dass ich immer das Gegenteil von dem tat, was Hope machte. Und jetzt schläfst du mit meinem Bruder, und ich merke, dass er mir mehr bedeutet, als ich mir eingestehen wollte. Daher erscheint es mir sinnvoll, dich besser kennen zu lernen, damit ich damit klarkomme.«

»Du bist also nett zu mir, weil ich mit Cade schlafe.«

Die trockene Formulierung brachte Faith zum Lachen. »Irgendwie schon. Und weil ich weiß, dass es dich sauer macht, sage ich dir auch, dass du mir Leid tust.«

»Du hast Recht.« Tory stand auf, dankbar dafür, dass das Zittern nachgelassen hatte. »Es macht mich sauer.«

»Natürlich. Du magst Mitleid nicht. Aber es ist eine Tatsache, dass niemand Angst vor seinem eigenen Vater haben sollte. Und kein Mann – blutsverwandt oder nicht – hat das Recht, einem Kind Wunden und Narben zuzufügen. Und jetzt sehe ich besser einmal nach, was der Welpe draußen angerichtet hat.«

»Welpe?« Tory riss die Augen auf. »Was für ein Welpe?«

»*Mein* Welpe. Ich habe ihr noch keinen Namen gegeben.« Faith schlenderte hinaus und lachte hell auf. »Ist sie nicht süß? Sie ist so ein kleiner Schatz!«

Der kleine Schatz hatte das Geschenkpapier gefunden und führte gerade einen erbitterten Kampf dagegen. Die Fetzen lagen wie Schnee auf dem Fußboden. Außerdem war es dem Hund gelungen, eine Rolle Band aufzutreiben und sich das meiste davon um seinen rundlichen Bauch zu wickeln.

»Oh, um Gottes willen!«

»Reg dich nicht auf. Das Ganze kann doch kaum mehr als fünf Dollar wert sein. Ich bezahle das schon. Da ist ja mein Baby!«

Der Welpe bellte fröhlich, stolperte über ein Stück Band und warf sich Faith anbetend vor die Füße. »Ich schwöre dir, ich hätte nie geglaubt, dass mich ein kleiner Hund so zum Lachen bringen könnte. Und jetzt sieh sich mal einer Mamas kleinen Schatz an, verschnürt wie ein Weihnachtsgeschenk.«

Sie hob den Hund hoch und gab gurrende Laute von sich.

»Du führst dich auf wie eine Idiotin.«

»Ich weiß. Aber ist sie nicht süß? Sie liebt mich über alles. Mama räumt das jetzt auf, bevor die gemeine Frau weiter mit dir schimpft, mein Schätzchen.«

Tory, die bereits am Boden kniete, blickte auf. »Wenn du diesen Vandalen noch einmal mitbringst, beiße ich dich höchstpersönlich in den Knöchel.«

»Ich habe ihr schon ›sitz‹ beigebracht. Sie ist so klug. Sieh mal!« Faith stellte den Hund zu Boden und legte ihm eine Hand auf das Hinterteil. »Sitz! Sei ein gutes Mädchen. Sitz für Mama.«

Der Welpe sprang auf Tory zu, leckte ihr über das Gesicht und jagte dann seinem eigenen Schwanz nach.

»Sehr klug.«

»Ist sie nicht hinreißend?«

»Geradezu anbetungswürdig. Aber sie gehört nicht hier hinein.« Tory sammelte den Rest Papier ein und stand auf. »Geh mit ihr spazieren.«

»Wir wollten eigentlich ein paar hübsche Schüsseln für ihr Fresschen und ihr Wasser kaufen.«

»Nicht meine Schüsseln. Du willst doch nicht etwa von Künstlern handgefertigte Töpferwaren für einen Welpen kaufen?!«

»Was kümmert es dich, wozu ich sie benutze, solange ich sie bezahle?« Entschlossen nahm Faith den Hund auf den Arm und suchte sich zwei zueinander passende königsblaue Schüsseln mit kühnen grünen Schnörkeln aus. »Die gefallen uns. Nicht wahr, mein Liebling?«

»Das ist das Lächerlichste, was ich je gehört habe.«

»Ein Verkauf ist ein Verkauf, oder?« Faith trat zur Theke und stellte die Schüsseln ab. »Mach die Rechnung fertig und vergiss nicht, die Kosten für das Geschenkpapier dazuzuschreiben.«

»Vergiss das Papier.« Tory warf die Fetzen in den Papierkorb und gab den Betrag in die Kasse ein. »Dreiundfünfzig Dollar und sechsundzwanzig Cents. Für Hundenäpfe.«

»Gut. Ich bezahle bar. Hier, halt sie mal eine Minute.«

Faith drückte Tory den Welpen in die Arme, damit sie ihr Portemonnaie hervorholen konnte.

Wider Willen bezaubert, knuddelte Tory das Hündchen. »Du wirst speisen wie eine Königin, was? Wie eine richtige Bienenkönigin.«

»*Bienenkönigin*. Hey, das ist perfekt!« Faith legte das Geld auf die Theke und nahm den Welpen wieder. »Genau das bist du. Eine Bienenkönigin. Ich werde dir auch ein funkelndes Halsband kaufen.«

Kopfschüttelnd gab Tory ihr das Wechselgeld. »Ich lerne ja eine ganz neue Seite an dir kennen, Faith.«

»Mir geht es nicht anders, aber irgendwie gefällt sie mir. Komm, Biene, wir müssen noch Besorgungen machen und Leute treffen.« Sie ergriff die Einkaufstasche. »Ich glaube, so kann ich die Tür nicht aufmachen.«

»Ich helfe dir.« Tory öffnete die Tür und berührte dabei nach kurzem Zögern Faiths Arm. »Danke, Faith.«

»Keine Ursache. Ach ja – du könntest übrigens dein Make-up ein bisschen auffrischen«, fügte sie hinzu. Dann ging sie.

Faith hatte nicht vor, sich mit Tory anzufreunden. Es war zwar faszinierend, über das Privatleben anderer Leute zu spekulieren oder darüber zu klatschen, aber alles nur aus sicherer Distanz.

Trotzdem hatte sie die ganze Zeit vor Augen, wie Tory zusammengekauert hinter der Theke gehockt hatte.

Und sie musste an die hässlichen blauen Flecken an Torys Hals denken.

Hope hatte auch überall Flecken gehabt. Faith hatte sie nicht gesehen, weil das niemand zugelassen hatte, aber sie hatte es gewusst.

Sie hatte etwas gegen Männer, die Frauen Gewalt antaten. Wenn es Verwandte waren, lief man natürlich nicht zur Polizei. Aber schließlich gab es ja auch noch andere Wege.

Sie drückte Biene einen Kuss auf den Kopf und ging geradewegs zur Bank, um J. R. zu erzählen, was seiner Nichte zugestoßen war.

Er verlor keine Zeit. J. R. sagte seinen nächsten Termin ab, erklärte seinem Vertreter, er habe eine Privatangelegenheit zu regeln und lief so eilig zu Torys Laden, dass er mit verschwitztem Hemd dort ankam.

Sie hatte Kunden, ein junges Paar, das sich nicht für eine blauweiße Servierplatte entscheiden konnte. Tory ließ ihnen Zeit. Sie stand auf der anderen Seite des Ladens und ersetzte die Kerzenleuchter, die sie am Morgen verkauft hatte.

»Onkel Jimmy! Ist es draußen so warm geworden? Du bist ja ganz erhitzt. Kann ich dir etwas Kaltes zu trinken holen?«

»Nein ... Doch«, korrigierte er sich. Das würde ihm Zeit geben, sich wieder zu fassen. »Was du gerade da hast, Liebes.«

»Ich komme gleich zurück.« Sie ging nach hinten, lehnte sich an die Tür und fluchte leise. Sie hatte es in seinen Augen gesehen. Faith hatte anscheinend einen Umweg über die Bank gemacht. So viel zu Vertrauen, dachte Tory und riss die Kühlschranktür auf. So viel zu Verständnis.

Sie holte tief Luft und brachte ihrem Onkel eine Dose Ginger Ale.

»Danke, Liebes.« Er nahm einen tiefen Schluck. »Äh, sollen wir zum Mittagessen gehen?«

»Es ist noch nicht einmal zwölf. Außerdem habe ich mir etwas von zu Hause mitgebracht. Ich möchte den Laden nicht mitten am Tag zuschließen. Aber trotzdem danke. Sind Gran und Cecil heute früh gut weggekommen?«

»Ganz früh. Boots wollte, dass sie noch ein paar Tage bleiben, aber du kennst ja deine Großmutter. Sie ist am liebsten für sich. Und sie wird immer nervös, wenn sie nicht zu Hause ist.«

Das junge Paar ging hinaus, wobei die Frau einen wehmütigen Blick zurück auf die Platte warf. »Wir kommen noch einmal wieder.«

»Aber gern. Einen schönen Tag.«

»So, nun lass mich mal sehen.« Die Tür hatte sich kaum geschlossen, da stellte J. R. schon das Ginger Ale beiseite und packte Tory bei den Schultern. Er musterte die wunde Stelle an ihrem Hals. »Dieser Bastard! Warum hast du mich nicht angerufen?«

»Weil du doch nichts hättest tun können. Es war ja schon vorbei. Außerdem wollte ich dich nicht beunruhigen. Aber das hat ja Faith schon erledigt, indem sie sofort zu dir gerannt ist und dir alles erzählt hat.«

»Hör auf. Sie hat genau das Richtige getan und ich bin ihr dankbar dafür. Du wolltest nicht die Polizei rufen, und vielleicht ist es ja auch leichter für deine Mutter, wenn wir es nicht tun. Aber ich gehöre zur Familie.«

»Ich weiß.« Sie ließ sich von ihm in die Arme nehmen. »Er ist ja wieder weg. Er wollte nur Geld. Er ist außer sich vor Angst. Sie werden ihn bald wieder einfangen. Ich wollte nur nicht, dass es hier passiert. Ich will nichts damit zu tun haben.«

»Natürlich nicht. Ich möchte, dass du mir etwas versprichst.« Eindringlich blickte J. R. Tory an. »Wenn du ihn noch einmal irgendwo siehst, selbst wenn er gar nicht versucht, dir nahe zu kommen, dann sag mir sofort Bescheid.«

»In Ordnung. Aber mach dir keine Sorgen. Er hat ja bekommen, was er wollte, und mittlerweile ist er wieder meilenweit entfernt.«

Sie musste es einfach glauben.

19

Den Rest des Tages glaubte sie es auch. Den ganzen langen Nachmittag hindurch schützte sie sich mit diesem Glauben. Und obwohl sie wusste, dass es albern war, stellte sie eine ihrer Kerzen auf die Theke und hoffte, das Licht und der Duft würden die hässliche Atmosphäre vertreiben, die ihr Vater mit sich gebracht hatte.

Um sechs schloss sie die Tür ab und ertappte sich dabei, dass sie die Straße entlang blickte, wie sie es wochenlang in New York gemacht hatte. Es ärgerte sie, dass er sie wieder so vorsichtig und ängstlich machte.

Hatte sie wirklich im Haus ihrer Mutter gestanden und behauptet, sie würde ihrem Vater und all der Angst, die er in ihr Leben gebracht hatte, die Stirn bieten?

Wo war ihr Mut jetzt?

Sie konnte nur fest daran glauben, dass sie ihn wieder finden würde.

Trotzdem verriegelte sie die Autotüren von innen und blickte während der gesamten Fahrt nach Hause ständig in den Rückspiegel.

Sie fuhr an anderen Autos vorbei, winkte sogar Piney zu, der sie hupend überholte. Die Feldarbeit ist für heute zu Ende, dachte sie. Die Arbeiter fahren nach Hause. Dann würde ja auch der Boss Feierabend machen.

Als sie jedoch in ihren Weg einbog, musste sie enttäuscht feststellen, dass er leer war. Ihr war gar nicht bewusst gewesen, dass sie erwartet hatte, Cade zu sehen, und sich darauf gefreut hatte. Sicher, seine Erklärung, dass er bei ihr einziehen würde, hatte sie nicht gerade begeistert, doch je länger sie darüber nachdachte, desto bereitwilliger akzeptierte sie es. Schließlich hatte sie sich sogar darauf gefreut.

Es war lange her, seit sie das letzte Mal jemanden in ihrer Nähe geduldet hatte. Jemanden, mit dem sie den

Tag verbringen, über Nichtigkeiten plaudern, lachen oder streiten konnte.

Jemanden, der da war, wenn die Nacht voller Geräusche, Bewegungen und Erinnerungen war. Und was hatte sie zurückgegeben? Widerstand, gereizte Einwände und schließlich unausgesprochene Einwilligung.

»Du bist eben einfach eine Meckerziege«, murmelte sie und stieg aus dem Auto. Das zumindest konnte sie abstellen. Sie konnte tun, was Frauen normalerweise taten, um Abbitte zu leisten. Sie konnte ihm ein gutes Essen kochen und ihn dann verführen.

Die Vorstellung hob Torys Laune. Cade würde bestimmt überrascht sein, wenn sie sich zur Abwechslung einmal *so* benähme. Hoffentlich wusste sie noch, wie es ging. Es war an der Zeit, dass sie die Dinge wieder in die Hand nahm, dann konnte sie ihm auch ein wenig von seiner Verantwortung abnehmen.

Sie hatte versucht, Jack dadurch zu gefallen, und dann ...

Nein. Entschlossen verdrängte sie den Gedanken und schloss die Haustür auf. Cade war nicht Jack, und sie war nicht mehr dieselbe Frau, die sie in New York gewesen war. Vergangenheit und Gegenwart mussten sich nicht zwangsläufig miteinander verbinden.

Als sie eintrat, wusste sie jedoch, dass auch das nur eine Illusion war. Er war in ihrem Haus gewesen. Ihr Vater.

Sie besaß nur wenig, was er zerstören konnte, und wahrscheinlich hatte er darauf auch nicht die meiste Kraft verwendet. Er war nicht eingedrungen, um ihre Möbel kaputtzumachen oder Löcher in die Wände zu schlagen. Allerdings hatte er beides getan.

Der Sessel war umgekippt. Er hatte ihn von unten aufgeschlitzt. Die Lampe, die sie erst vor wenigen Tagen gekauft hatte, lag zerschmettert da, und eins der Tischbeine war zerbrochen wie ein Zweig.

Tory erkannte Form und Umriss der Dellen in den Wänden sofort. Das war seine Unterschrift. Er hatte sie oft an ihrem Körper hinterlassen, wenn er statt Gegenständen die Fäuste benutzt hatte.

Sie ließ die Tür offen stehen, für den Fall, dass er noch im Haus war.

Doch das Schlafzimmer war leer. Er hatte das Bettzeug heruntergerissen und auf die Matratze eingestochen. Das eiserne Bettgestell war allerdings unbeschädigt geblieben.

Die Schubladen ihrer Kommode waren herausgezogen, überall lagen Kleider herum. Nein, er hatte ihre Sachen nicht wirklich zerstören wollen, sonst hätte er ja auch die Kleider zerschnitten. Das hatte er früher schon einmal gemacht, damit sie lernte, sich richtig anzuziehen.

Er hatte nach Geld gesucht oder nach etwas von Wert, das er verkaufen konnte. Wenn er betrunken gewesen wäre, wäre es noch schlimmer gewesen. Aber so ... Als Tory sich bückte, um eine zerknüllte Bluse aufzuheben, stieß sie einen leisen Schrei aus. Unter den Kleidern lag die kleine, geschnitzte Holzdose, in der sie ihren Schmuck aufbewahrte.

Als sie sie leer fand, sank sie zu Boden. Sie besaß wenig echten Schmuck, das meiste waren nur Nachbildungen und leicht zu ersetzen.

Aber in der Dose waren auch die goldenen Granatohrringe ihrer Großmutter gewesen. Sie hatten schon ihrer Urgroßmutter gehört, und Gran hatte sie Tory zum ihrem einundzwanzigsten Geburtstag geschenkt. Ihr einziges Erbstück. Unbezahlbar. Unersetzlich. Weg.

»Tory!«

Als sie Cades erschreckte Stimme und seine Schritte hörte, sprang sie auf. »Ich bin in Ordnung. Ich bin hier!«

Er stürzte ins Zimmer und riss sie in seine Arme.

»Ich bin in Ordnung«, wiederholte sie. »Ich bin gerade nach Hause gekommen. Er war schon wieder weg.«

»Ich habe dein Auto gesehen und dann das Wohnzimmer. Ich dachte ...« Er drückte sein Gesicht in ihre Haare.

»Bleib einfach einen Moment lang so stehen.«

Er wusste, wie es war, wenn einem das Entsetzen die

Kehle zuschnürte. Er hatte gedacht, dieses Gefühl nie wieder spüren zu müssen.

»Gott sei Dank ist dir nichts passiert. Ich wollte eigentlich vor dir hier sein, aber ich bin aufgehalten worden. Wir rufen die Polizei, und dann kommst du mit nach Beaux Reves. Ich hätte dich heute früh schon dahin mitnehmen sollen.«

»Cade, dazu besteht doch kein Grund. Es war mein Vater.« Sie wandte sich ab und stellte die Holzdose auf die Kommode. »Er ist heute früh in den Laden gekommen. Wir haben uns gestritten und das hier ist doch lediglich seine Methode, mich wissen zu lassen, dass er mich immer noch bestrafen kann.«

»Hat er dich verletzt?«

»Nein«, leugnete sie rasch und automatisch, aber er hatte bereits die wunde Stelle an ihrem Hals gesehen.

Cade sagte nichts, doch seine Augen wurden dunkel und verengten sich zu Schlitzen. Dann wandte er sich ab und ging ans Telefon.

»Cade, warte bitte. Ich möchte nicht die Polizei rufen.«

Wütend erwiderte er: »Du bekommst aber nicht immer, was du möchtest.«

Sherry Bellows feierte ihren potenziellen Job, indem sie eine Flasche Wein öffnete, ihre Sheryl-Crow-CD gerade so laut aufdrehte, wie es ihre Nachbarn noch tolerierten, und in ihrer Wohnung herumtanzte.

Alles lief ganz wunderbar.

Sie liebte Progress. Es war genau die Art von Kleinstadt, in der sie gern leben wollte. Offensichtlich hatten ihre Sterne gut gestanden, als sie ihrem Instinkt gefolgt war und sich an der Progress High beworben hatte.

Sie mochte die anderen Lehrer. Sie kannte zwar noch nicht alle ihre Kollegen besonders gut, aber das würde sich schnell ändern, wenn sie im Herbst ganztags arbeitete.

Sie hatte vor, eine wunderbare Lehrerin zu sein. Jemand, zu dem die Schüler mit ihren Problemen und

Fragen kommen konnten. Und sie würde ihre Schüler dazu anregen, Freude an Büchern zu empfinden, viel zu lesen und eine lebenslange Liebe zu Literatur zu entwickeln.

Oh, sie hatte so viele Ideen, wie sie ihnen die Arbeit interessant und unterhaltsam machen konnte.

Noch Jahre nach der Schulzeit würden sich die Schüler gern an sie erinnern. ›Miss Bellows hat mein Leben verändert‹, würden sie sagen.

Genau das hatte sie immer gewollt.

So sehr gewollt, dass sie mit Feuereifer gelernt und hart gearbeitet hatte, um sich ihr Studium zu verdienen. Aber es war die Mühe wert gewesen.

Sie freute sich sehr darauf, bei Southern Comfort zu arbeiten. Das würde ihr finanziell ein bisschen Spielraum lassen und ihr einen weiteren Zugang zu den Leuten im Ort ermöglichen. Sie würde Freunde finden und binnen kurzem ein vertrautes Gesicht in Progress sein.

Sherry hatte bereits einige Leute kennen gelernt. Ihre Nachbarn in dem Haus, in dem sie wohnte. Maxine beim Tierarzt. Und sie wollte diese Bekanntschaften festigen, indem sie im Juni eine Party gab.

Natürlich würde sie auch Tory einladen. Und den Tierarzt mit den netten Grübchen. Den möchte ich besonders gern näher kennen lernen, dachte sie, während sie sich ein weiteres Glas Wein einschenkte.

Sie konnte auch die Mooneys einladen. Als sie ihre neuen Konten eingerichtet hatte, war Mr. Mooney sehr hilfsbereit gewesen. Und Lissy von der Makleragentur. Sie klatschte zwar gern, aber es war nie schlecht, solche Leute hinter sich zu haben. Außerdem erfuhr man auf diese Weise interessante Dinge. Und Lissy war mit dem Bürgermeister verheiratet …

Noch ein interessanter Mann, mit nettem Lächeln und einem tollen Hintern, dachte Sherry. Gut, dass sie herausgefunden hatte, dass er verheiratet war.

Sherry überlegte, ob es wohl unumgänglich war, die Lavelles einzuladen. Schließlich waren sie die VIPs in Progress. Und Kincade Lavelle war immer sehr nett und freundlich zu ihr gewesen, wenn sie sich zufällig getroffen hatten.

Außerdem sah er unglaublich gut aus.

Sie konnte die Einladung ja ganz zwanglos aussprechen. Hoffentlich würden viele Leute kommen. Sie konnte ja die Terrassentüren offen lassen und so auch den Garten mitnutzen.

Sherry liebte ihre hübsche kleine Gartenwohnung. Sie musste unbedingt noch einen weiteren Gartenstuhl kaufen. Der eine, den sie bereits besaß, wirkte so einsam. Sie hatte nicht vor, einsam zu sein, im Gegenteil: Eines Tages würde sie den richtigen Mann kennen lernen, sich verlieben und heiraten.

Sie war einfach nicht dazu geschaffen, allein zu bleiben. Sie wollte eine Familie. Natürlich würde sie weiterhin als Lehrerin arbeiten, schließlich war das ihr Beruf – aber das war ja schließlich kein Grund, nicht auch Ehefrau und Mutter zu sein.

Sherry wollte alles, und je eher, desto besser.

Summend trat sie auf die Terrasse, wo Mongo döste. Er wedelte einmal kurz mit dem Schwanz und drehte sich auf den Rücken, für den Fall, dass sie ihm den Bauch kraulen wollte.

Gehorsam hockte sie sich hin und kraulte, während sie an ihrem Wein nippte und sich umblickte. Ihre Terrasse ging auf eine Rasenfläche hinaus, die auf der einen Seite von den Bäumen des Parks gesäumt wurde, auf der anderen von einer ruhigen Wohnstraße.

Sie hatte die Wohnung genommen, weil Haustiere erlaubt waren und sie günstig für ihre morgendlichen Spaziergänge im Park lag.

Die Wohnung war zwar klein, aber sie brauchte nicht so viel Platz, solange Mongo draußen herumlaufen konnte. Und in einer Stadt wie Progress waren die Mieten bei weitem nicht so hoch wie in Charleston oder Columbia.

»Das ist der richtige Ort für uns, Mongo. Hier sind wir zu Hause.«

312

Sherry richtete sich wieder auf und ging in die Küche. Während sie sich einen großen Salat zum Abendessen zubereitete, sang sie laut die Songs von der CD mit.

Das Leben war schön.

Als sie fertig war, wurde es schon langsam dunkel. Ich habe mir schon wieder zu viel zu essen gemacht, dachte sie. Das war eines der Probleme, wenn man allein lebte. Allerdings mochte auch Mongo Karotten und Sellerie, also würde er heute Abend eine Gemüsebeilage bekommen. Danach dann ein schöner langer Spaziergang, und vielleicht noch ein Eis für sie.

Auf einmal nahm Sherry aus den Augenwinkeln eine Bewegung wahr, und das Herz schlug ihr bis zum Hals. Mongos Plastikschüssel flog ihr aus der Hand und sie schrie auf.

Doch da presste sich schon eine Hand auf ihren Mund und jemand hielt ihr ein Messer an den Hals.

»Sei still! Sei ganz still, dann schneide ich dich auch nicht. Verstanden?«

Angst stieg in ihr auf, und ihre Haut wurde heiß und feucht. Sie konnte sein Gesicht nicht sehen, aber sie glaubte, die Stimme zu kennen. Das ergab keinen Sinn, überhaupt keinen Sinn.

Langsam glitt seine Hand zu ihrem Kinn. »Tun Sie mir nichts. Bitte, tun Sie mir nichts.«

»Warum sollte ich dir was tun?« Ihr Haar roch süß. Das blonde Haar einer Hure. »Lass uns ins Schlafzimmer gehen, damit wir es uns bequem machen können.«

»Nicht.« Sie keuchte und wollte schreien, aber das Messer verwandelte den Schrei in stumme Tränen, während er sie aus der Küche drängte.

Die Terrassentüren waren jetzt geschlossen und die Rolläden heruntergelassen. »Mongo. Was haben Sie mit Mongo gemacht?«

»Du glaubst doch nicht, dass ich einem so netten, freundlichen Hund etwas tun würde?« Ein Gefühl von Macht durchströmte ihn, machte ihn heiß und hart und unbesiegbar. »Er schläft. Mach dir keine Sorgen um deinen Hund, Schätzchen. Mach dir überhaupt keine Sorgen. Jetzt bekommst du endlich, was du willst.«

Er drückte sie bäuchlings auf das Bett. Er hatte vorgesorgt. Ein Mann musste auf alles vorbereitet sein, selbst bei einer Hure. Vor allem bei einer Hure.

Nach einer Weile schrien sie alle. Und er wollte nicht das Messer benutzen, schließlich war er gut mit den Händen. Er nahm ein Tuch aus seiner Tasche und knebelte sie.

Als sie begann, sich zu wehren und zu strampeln, kam er sich vor wie im Himmel.

Sie war nicht schwach. Sie hielt ihren Körper, den sie so gern zur Schau stellte, gut in Form. Es erregte ihn nur noch mehr, dass sie sich wehrte. Als er sie das erste Mal schlug, war er dem Orgasmus nahe. Und um ihr klar zu machen, wer hier das Sagen hatte, schlug er sie noch einmal.

Dann band er ihr die Hände auf dem Rücken zusammen. Er konnte es sich nicht leisten, dass sie ihn mit ihren scharfen, manikürten Nägeln kratzte.

Ruhig trat er ans Fenster und zog die Vorhänge zu. Nun war es ganz dunkel im Zimmer.

Sie lag stöhnend auf dem Bett, benommen von den Schlägen. Das Geräusch brachte seine Hände zum Zittern, deshalb ritzte er ihr ein bisschen die Haut, als er mit dem Messer ihre Kleider aufschnitt. Sie versuchte, sich zu wehren, doch als er ihr die Spitze des Messers direkt unter das Auge drückte, lag sie ganz still.

»Du willst es doch auch.« Er öffnete seinen Reißverschluss, dann legte er sich auf sie und drang in sie ein. »Das hast du doch gewollt. Nur das.«

Als es vorbei war, weinte er. Tränen des Selbstmitleids rannen über sein Gesicht. Sie war nicht die Richtige, aber was sollte er machen? Sie war ihm über den Weg gelaufen und hatte ihm keine andere Wahl gelassen.

Es war nicht perfekt! Er hatte alles getan, was er wollte, und doch war es nicht perfekt.

Als er ihr den Knebel abnahm, waren ihre Augen glasig und leer. Er küsste sie auf die Wange. Dann schnitt er die

Schnur um ihre Handgelenke durch und steckte sie in die Tasche.

Bevor er das Haus verließ, drehte er die Musik ab.

»Ich kann nicht mit nach Beaux Reves kommen.«

Tory saß in der milden Abendluft auf der Terrasse. Sie war noch nicht in der Lage, wieder hineinzugehen und sich der Unordnung zu stellen, die ihr Vater hinterlassen und die Polizei noch schlimmer gemacht hatte.

Cade blickte nachdenklich auf die Zigarre, die er sich angezündet hatte, um seine Nerven zu beruhigen. Am liebsten hätte er auch einen Whiskey getrunken. »Du wirst mir sagen müssen, warum. So wie die Dinge stehen, macht es keinen Sinn, dass du hier bleibst. Du bist doch eine vernünftige Frau.«

»Meistens«, stimmte sie zu. »Es gibt weniger Komplikationen, wenn man vernünftig ist. Außerdem braucht man nicht so viel Energie. Du hattest Recht damit, die Polizei zu rufen. In dem Fall war ich nicht vernünftig, sondern habe einfach emotional reagiert. Er macht mir Angst. Ich dachte, ich könnte die Furcht und die Demütigung in Grenzen halten, wenn ich die Angst verdränge. Es ist ein schreckliches Gefühl, ein Opfer zu sein, Cade. Man ist wütend und hilflos und zugleich fühlt man sich irgendwie schuldig.«

»Ich will dir nicht widersprechen, aber du bist doch eigentlich klug genug, um zu wissen, dass Schuldbewusstsein bei deinen Gefühlen keine Rolle spielen sollte.«

»Klug genug, es zu wissen, aber nicht clever genug, um es nicht doch zu empfinden. Es wird mir leichter fallen, wenn ich das Haus erst einmal wieder in Ordnung gebracht habe. Aber ich muss immer daran denken, wie Chief Russ heute Abend dasaß, sich Notizen machte und mich anstarrte Und wie mein Vater mich heute und mein ganzes Leben lang eingeschüchtert hat.«

»Dein Stolz braucht doch deshalb nicht verletzt zu sein, Tory.«

»Hochmut kommt vor dem Fall. Das hat mein Vater

heute früh zu mir gesagt. Er liebt es, Bibelzitate zu verwenden, um anderen seinen Standpunkt aufzuzwingen.«

»Sie werden ihn finden. Die Polizei in zwei Landkreisen sucht jetzt nach ihm.«

»Die Welt ist ein bisschen größer als zwei Landkreise. Selbst South Carolina ist ein bisschen größer als zwei Landkreise. Und voller Sümpfe, Berge, Wälder. Voller Orte, an denen man sich verstecken kann.« Unruhig schaukelte Tory hin und her. »Wenn er Kontakt zu meiner Mutter aufnimmt, wird sie ihm helfen. Aus Liebe und aus Pflichtgefühl.«

»Und genau weil das so sein wird ist es wichtig, dass du mit mir nach Beaux Reves kommst.«

»Das kann ich nicht.«

»Warum?«

»Aus vielen Gründen. Zunächst einmal hätte deine Mutter etwas dagegen.«

»Meine Mutter hat dazu nichts zu sagen.«

»Oh, sag das nicht, Cade.« Sie stand auf und trat ans Geländer. Ist er da draußen?, fragte sie sich. Beobachtet er mich? Wartet er? »Das meinst du ja doch nicht so. Zumindest solltest du es nicht. Es ist *ihr* Haus, und sie kann bestimmen, wer es betritt.«

»Warum sollte sie etwas dagegen haben? Vor allem, wenn ich es ihr erkläre?«

»Was willst du denn erklären?« Sie drehte sich zu ihm um. »Dass du deine Geliebte in ihrem Haus unterbringst, weil der Vater deiner Geliebten verrückt ist?«

Cade zog an seiner Zigarre und dachte nach. »Ich würde nicht gerade diese Worte wählen – aber mehr oder weniger schon.«

»Und ich bin sicher, sie empfängt mich mit frischen Blumen und einer Schachtel Pralinen. Oh, sei doch nicht so dumm«, rief sie, bevor er etwas erwidern konnte. »Das Haus gehört deiner Mutter, und ich will dort nicht hin.«

»Sie ist manchmal schwierig … na schön, meistens«, gab er zu. »Aber sie ist nicht herzlos.«

316

»Genau. Und ihr Herz wird es nicht zulassen, dass diejenige Frau in ihr Haus kommt, die ihrer Meinung nach verantwortlich für den Tod ihrer geliebten Tochter ist. Streite dich doch nicht mit mir darüber.« Torys Stimme zitterte. »Es tut mir weh.«

»Na gut.« Mit einer heftigen Bewegung schleuderte er die Zigarre weg. »Wenn du nicht mit zu mir kommen willst, dann bringe ich dich eben zu deinem Onkel.«

»Und das wäre der zweite Teil des Problems.« Tory hob die Hand. »Irrational, stur, unlogisch. Ich gebe zu, das bin ich, deshalb musst du mich gar nicht mehr darauf hinweisen. Aber ich muss die Stellung hier halten, Cade.«

»Das ist doch kein strategischer Hügel auf einem Schlachtfeld.«

»Für mich schon«, erwiderte sie. »Ja genau, das ist mein Hügel auf meinem ganz persönlichen Schlachtfeld. Ich habe so oft den Rückzug angetreten. Du hast mich einmal einen Feigling genannt, um mich auf die Palme zu bringen, aber eigentlich hattest du Recht: Ich bin mein ganzes Leben lang ein Feigling gewesen. Ab und zu habe ich einen Anflug von Mut verspürt, und das macht es nur noch schlimmer, wenn ich dann wieder sehe, wie ich mich zurückziehe. Dieses Mal kann ich das einfach nicht tun.«

»Und wenn du hier bleibst, was ist dann der Unterschied zwischen tapfer und dumm?«

»Ich bin nicht tapfer, und vielleicht bin ich dumm. Aber ich bin ich. Und ich möchte gern wieder ein ganzer Mensch sein. Ich würde alles geben, um diese leere Stelle in mir loszuwerden. Ich kann nicht zulassen, dass er mich fertig macht.«

Tory blickte über den Sumpf, der jetzt, da der Sommer vor der Tür stand, immer dichter und grüner wurde. Dort brüteten Moskitos im dunklen Wasser, durch das lautlos Alligatoren glitten. Man musste mit Schlangen rechnen und lief immer Gefahr, im Morast zu versinken.

Aber es gab dort auch Glühwürmchen und Wildblumen.

Keine Schönheit war ohne Gefahr. Und auch das Leben nicht.

»Als Kind habe ich voller Angst in diesem Haus gelebt. Aber ich gewöhnte mich daran, wie man sich an bestimmte Gerüche gewöhnt. Als ich zurückkam, habe ich es zu *meinem* Haus gemacht und alle Erinnerungen wie Staub aus einem Teppich fortgeschüttelt. Ich habe den Geruch vertrieben, Cade. Und jetzt versucht *er*, die Angst zurückzubringen. Das kann ich nicht zulassen. Und ich werde es nicht zulassen«, fügte sie hinzu. »Ich bleibe hier. Ich säubere dieses Haus von ihm und bleibe. Ich hoffe, er weiß es.«

»Ich wünschte, ich würde dich nicht dafür bewundern.« Cade fuhr ihr mit der Hand über die Haare. »Ich wünschte, ich könnte dich dazu drängen, das zu tun, was *ich* will.«

Tory streichelte ihm über die Wange. »Drängen ist nicht deine Art. Du manipulierst.«

»Nun, es spricht für die Zukunft unserer Beziehung, dass du das erkannt hast und offenbar damit leben kannst.« Er zog sie an sich und drückte ihr einen Kuss auf den Scheitel. »Du bist mir wichtig. Du *brauchst* nicht so zusammenzuzucken. Du bist mir wichtiger, als ich es mir je vorgestellt habe.«

Als sie schwieg, ließ er sich von seiner Frustration leiten. Manchmal war das am aufrichtigsten. »Gib mir etwas zurück, verdammt noch mal.« Er küsste sie leidenschaftlich.

Sie spürte die Forderung, die Wut, die er so gut verbarg, und dieses reine, ungefilterte Gefühl berührte etwas in ihr.

Nein, sie wollte nicht geliebt oder gebraucht werden, sie wollte nicht, dass diese Gefühle in ihr wieder zum Leben erweckt würden. Aber Cade war hier, und allein das reichte aus.

»Ich habe dir schon mehr gegeben, als ich wollte. Ich weiß nicht, wie viel noch da ist.« Sie schmiegte sich an ihn. »In mir geschieht so viel, dass ich kaum Schritt halten kann. Und alles hat mit dir zu tun. Ist das nicht genug?«

»Doch.« Er küsste sie sanft. »Doch, für den Moment ist es genug.« Er streichelte ihr über die Wangen. »Du hattest einen schlimmen Tag, nicht wahr?«

»Es war nicht gerade mein bester.«

»Dann lass ihn uns wenigstens richtig zu Ende bringen. Fangen wir an.«

»Womit?«

Er öffnete die Tür zur Küche. »Du wolltest ihn doch hinausfegen. Dann lass uns das tun.«

Sie arbeiteten zwei Stunden lang. Cade drehte Musik an. Sie hätte nicht daran gedacht und sich wahrscheinlich nur auf die Details konzentriert. Aber die Musik lenkte sie so gut ab, dass sie vergaß zu grübeln.

Am liebsten hätte Tory die Kleider verbrannt, die ihr Vater berührt hatte, aber eine solche Schwäche konnte sie sich nicht leisten. Also wusch sie sie, faltete sie und legte sie wieder weg.

Die beschädigte Matratze drehten sie um. Tory würde sich eine neue kaufen müssen, doch vorläufig ging es erst einmal so.

Beiläufig erzählte Cade die ganze Zeit über von seiner Arbeit. Auch das lenkte sie ab. Dann räumten sie die Küche auf, aßen Sandwiches und sie erzählte ihm, dass sie darüber nachdachte, eine Aushilfe einzustellen.

»Das ist eine gute Idee.« Er holte sich ein Bier und freute sich, dass sie welches für ihn gekauft hatte. »Du wirst den Laden viel mehr genießen können, wenn er nicht deine ganze Zeit beansprucht. Sherry Bellows – das ist doch die neue High-School-Lehrerin, oder? Ich habe sie und ihren Hund vor ein paar Wochen im Supermarkt getroffen. Sie kam mir äußerst energiegeladen vor.«

»Den Eindruck hatte ich auch.«

»Und sehr attraktiv.« Als Tory die Augenbrauen hochzog, trank er grinsend einen Schluck Bier. »Ich denke dabei nur an dich, Liebling. Eine attraktive Verkäuferin ist ein Gewinn fürs Geschäft. Glaubst du, sie würde im Laden auch so knappe Shorts tragen?«

»Nein«, erwiderte Tory bestimmt. »Das glaube ich nicht.«

»Wenn du ihr das gestattest, könntest du damit viele männliche Kunden anziehen. Sie hat sehr hübsche Beine.«

»Schöne Beine. Hmm. Na, ich will mal sehen, wie ihre Zeugnisse sind. Wahrscheinlich gut.« Tory warf den letzten Müll in den Abfalleimer. »Mehr können wir wohl nicht tun.«

»Fühlst du dich jetzt besser?«

»Ja.« Sie räumte Besen und Schaufel weg. »Beträchtlich besser. Und ich bin dir sehr dankbar für deine Hilfe.«

»Ich nehme Dankbarkeit immer gern entgegen.«

Sie holte den Krug aus dem Kühlschrank und schenkte sich ein Glas Eistee ein. »Der Schrank im Schlafzimmer ist nicht sehr groß, aber ich habe ein bisschen Platz gemacht. Und eine Schublade in der Kommode ist leer.«

Cade trank schweigend sein Bier und wartete.

»Du wolltest doch ein paar Sachen von dir hier deponieren, oder?«

»Das stimmt.«

»Also.«

»Also?«

»Aber wir leben nicht zusammen.« Sie stellte das Glas ab. »Ich habe noch nie mit jemandem zusammengelebt, und das tun wir jetzt auch nicht.«

»Gut.«

»Aber wenn du so viel Zeit hier verbringen möchtest, dann kannst du ja auch Platz für deine Sachen haben.«

»Sehr praktisch.«

»Ach, geh zum Teufel!«, sagte sie ohne rechte Überzeugung.

»Du darfst nicht lächeln, wenn du das sagst.« Er stellte die Bierdose auf den Tisch und schlang die Arme um sie.

»Was hast du vor?«

»Ich will tanzen. Ich bin noch nie mit dir tanzen gegangen. Leute, die nicht wirklich zusammenleben, sollten das ab und zu mal machen.«

320

Es war ein langsames Lied, in dem ein Junge ein Mädchen bat, in der Dunkelheit bei ihm zu bleiben.

»Spielst du jetzt etwa den Charmanten?«

»Den brauche ich nicht zu spielen. Das ist angeboren.« Cade schwenkte sie herum und brachte sie damit zum Lachen.

»Sehr gekonnt.«

»Die Tanzstunden mussten sich ja irgendwann mal auszahlen.«

»Armer kleiner reicher Junge.« Tory lehnte den Kopf an seine Schulter und genoss den Tanz, seinen Körper und seinen Geruch. »Danke.«

»Bitte.«

»Als ich heute Abend nach Hause gefahren bin, habe ich an dich gedacht.«

»Das gefällt mir.«

»Und ich habe gedacht, bis jetzt hat *er* alle Schritte gemacht. Ich habe ihn gelassen, weil ich nicht sicher war, ob ich wirklich selber einen Schritt tun wollte. Es war irgendwie leicht, mich …«

»Manipulieren zu lassen?«

»Vermutlich. Und ich habe mich gefragt, wie Kincade Lavelle wohl reagieren würde, wenn er nach Hause kommt und ich habe uns etwas Leckeres gekocht.«

»Es hätte ihm gefallen.«

»Gut, dann machen wir das ein anderes Mal. Dieser Teil hat nicht geklappt. Aber es gab noch etwas.«

»Und zwar?«

Tory hob den Kopf und sah ihn an. »Wie würde Kincade Lavelle wohl reagieren, wenn ich ihn nach dem Essen verführe?«

»Nun …«, brachte er hervor, während sie sich an ihn drückte und ihre Hände zu seinen Hüften gleiten ließ. Erregung stieg in ihm auf. »Ich glaube, das Mindeste, was ich als Gentleman tun kann, ist, es dich herausfinden zu lassen.«

Dieses Mal war sie es, die sein Hemd aufknöpfte, dann ihre Bluse. Sie spürte seine warme Haut und den vibrierenden Herzschlag.

»Ich habe deinen Geschmack in mir getragen, seit du mich zum ersten Mal geküsst hast.« Tory streifte ihm das Hemd von den Schultern. »Ich kann mir einen Geschmack nach Belieben wieder in Erinnerung rufen, und das habe ich mit *deinem* schon unzählige Male getan.«

Sie ließ die Hände über seine Brust, seinen Bauch und zu seinen Schultern gleiten. Er hatte so breite, feste Schultern. »Ich mag es, wie du dich anfühlst. Lange, harte Muskeln. Und es erregt mich, wenn du mich mit deinen von der Arbeit rauen Händen berührst. Sie ließ ihre Bluse zu Boden gleiten und blickte ihn unverwandt an, während sie ihren BH aufhakte und ihn ebenfalls fallen ließ.

»Berühr mich.«

Er umfasste ihre Brüste mit den Händen und fuhr mit den Daumen über ihre Brustwarzen.

»Ja, genau so.« Sie warf den Kopf zurück, als sich die Lust in ihrem Bauch aufbaute. »Genau so. Ich zerfließe, wenn du mich berührst. Kannst du es sehen?« Ihre dunklen Augen blickten ihn an. »Ich will …«

»Sag es mir.«

Sie leckte sich über die Lippen und griff nach den Knöpfen seiner Jeans. »Ich will fühlen, was du fühlst. Ich will das, was in dir ist, in mir. Das habe ich noch nie mit jemandem versucht. Noch nie gewollt. Lässt du es zu?«

Er küsste sie. »Nimm, was du willst.«

Es war ein Risiko. Sie würde weit offen und viel schutzloser sein als er. Aber sie wollte es.

Ihre Lippen senkten sich wieder auf seine, und sie öffnete Kopf, Herz und Körper.

Die Macht ihrer beider Bedürfnisse und Bilder durchzuckte sie wie ein Stromschlag. Sein Verlangen vermischte sich mit ihrem und überflutete sie wie ein erotischer Strom.

»O Gott. Warte!«

»Nein.« Er hatte etwas Derartiges noch nie erlebt. Sie waren *ein* Körper, ein Verlangen, überwältigt von Erregung. »Mehr.« Er schlug seine Zähne in ihre Schulter. »Noch einmal. Jetzt.«

Sie konnte nicht aufhören, es durchfuhr sie wie ein rasender Sturm. Sie zog ihn zu Boden, wand sich unter ihm, flehte, forderte und zerrte an seinen Kleidern.

Als er in sie eindrang, spürte sie, wie sein Blut raste, wie seine Gedanken sich überschlugen. Er war verloren. Sie schrie auf. Sie waren beide verloren.

Sie hörte ihn schon in seinen Gedanken ihren Namen rufen, bevor die Laute über seine Lippen drangen. Als er in ihr kam, wurde auch sie von einem Höhepunkt überwältigt, der so strahlend schön war, dass sie weinen musste.

20

Wade hatte alle Hände voll zu tun – obwohl nicht mehr viel von diesen Händen übrig war, seit er eine Perserkatze namens Fluffy hatte impfen müssen. Maxine steckte mitten in den Prüfungen, also hatte er ihr den Tag frei gegeben und folglich nur seine zwei Hände gegen Fluffys Krallen und scharfe Zähne zur Verfügung gehabt.

Vor einer Stunde war ihm klar geworden, dass er einen Riesenfehler begangen hatte, als er Maxine freigab. Der Tag hatte mit einem Notruf begonnen, der einen Hausbesuch erforderlich machte und seinen Zeitplan vollkommen durcheinander brachte. Hinzu kamen noch kleinere Auseinandersetzungen im Wartezimmer zwischen einem Setter und einem Bichon, die Babyziege der Olsons, der es gelungen war, den größten Teil einer Barbiepuppe zu verspeisen, bis ihr schließlich der Arm im Hals stecken geblieben war, und dazu noch die schlechte Laune der Perserkatze. Bisher ein völlig verkorkster Morgen.

Fluchend, schwitzend und blutend tat Wade seine Arbeit, als Faith durch die Hintertür hereinstürzte. »Wade, Liebling, kannst du mal einen Blick auf Biene werfen? Ich glaube, es geht ihr schlecht.«

»Zieh eine Nummer.«

»Es dauert doch nur eine Minute!«

»Ich habe aber keine Minute Zeit.«

»Ach, komm schon … um Gottes willen, was ist denn mit deinen Händen passiert?« Faith sah, wie Wade knapp einer weiteren Attacke auswich und Fluffy mit dem Arm festhielt. »Hat die böse alte Pussykatze dich gekratzt, Liebling?«

»Leck mich«, murrte er.

»Wieso, hat sie dich da etwa auch erwischt?«, rief Faith ihm hinterher, während er kurz im Wartebereich verschwand. »Ist schon gut, Baby.« Sie streichelte den Welpen. »Daddy kümmert sich gleich um dich.«

Er kam zurück, wusch sich die Hände und gab ein Antiseptikum darüber.

»Sie wimmert und jammert schon den ganzen Morgen. Und ihre Nase ist ein bisschen warm. Sie will gar nicht spielen und liegt nur herum. Siehst du?«

Faith setzte Biene ab, und der Welpe wackelte vor Wades Füße, blickte ihn jämmerlich an und erbrach sich dann auf seine Schuhe.

»Oh! Um Gotteswillen! Sie muss etwas Falsches gegessen haben. Lilah und ich hätten ihr nicht so viele Kekse geben dürfen.« Faith biss sich auf die Lippen, konnte aber ein Kichern doch nicht unterdrücken. Wade stand da und starrte sie nur an, eine Flasche Antiseptikum in der einen Hand, Blutspuren an der anderen und Hundekotze auf den Schuhen.

»Es tut uns schrecklich Leid. Biene, iss das bloß nicht! Das ist bah.« Sie hob den Welpen hoch. »Jetzt fühlst du dich bestimmt wieder besser, nicht wahr, mein Liebling? Da, siehst du, Wade – sie wedelt schon wieder mit dem Schwanz. Ich wusste doch, dass alles wieder gut wird, wenn ich mit ihr zu dir komme.«

»Findest du, es sieht danach aus, als ob alles gut wäre?«

»Nun, Biene war nur schlecht, und vermutlich ist es doch nicht das erste Mal, dass sich ein kleiner Hund bei dir übergibt.«

»Mein Wartezimmer ist voller Patienten, meine Hände sind bis zur Unkenntlichkeit zerkratzt, und jetzt werden auch noch meine Schuhe für den Rest des Tages stinken.«

»Dann geh nach oben und zieh dir andere an.« Als er eine Hand zur Klaue formte, trat Faith rasch einen Schritt zurück. Sie liebte das Funkeln in seinen Augen, wenn er in Rage war. »Wade.«

Er ballte die Klaue zur Faust und stieß sie sich leicht zwischen die Augen. »Ich hole mir jetzt andere Schuhe, und wenn ich wiederkomme, hast du das hier aufgewischt.«

»Aufwischen? Ich?«

»Genau. Hol dir Eimer und Wischmopp und mach sauber. Ich habe keine Zeit dafür.« Er packte die Absätze seiner Schuhe und zog sie aus. »Und mach schnell. Ich bin hinter meinem Zeitplan zurück.«

»Daddy ist heute früh ein bisschen sauer«, murmelte Faith Biene zu, während Wade zur Mülltonne marschierte. Sie blickte auf den Fußboden und verzog das Gesicht. »Na, zumindest ist das meiste auf seinen Schuhen gelandet. So schlimm ist es gar nicht.«

Als er zurückkam, wischte sie gerade pflichtbewusst, aber ungeschickt den Boden auf. Ganze Wasserbäche rannen über das Linoleum. Aber Wade brachte es nicht übers Herz, sich zu beschweren.

»Ich bin fast fertig. Biene spielt hinten mit ihrem Quietschknochen. Sie ist jetzt wieder ganz munter und vergnügt.« Faith tauchte den Wischmopp in den Eimer und verspritzte noch mehr Wasser. »Wahrscheinlich muss das hier jetzt erst mal trocknen.«

Anstatt loszuschreien rieb er sich mit den Händen übers Gesicht und lachte. »Faith, du bist einzigartig.«

»Natürlich bin ich das.«

Als er den Eimer ergriff, ihn ausleerte, den Mopp auswrang und dann begann, das Wasser aufzuwischen, trat sie einen Schritt zurück.

»Oh. Na, so geht es vermutlich auch.«

»Tu mir einen Gefallen: Geh ins Wartezimmer und sag Mrs. Jenkins, sie soll mit Mitch nach hinten kommen. Das ist der Beagle, der die letzte halbe Stunde lang geheult hat. Und wenn du es schaffst, dort draußen für die nächsten zwanzig Minuten irgendwie Ordnung zu schaffen, lade ich dich zu einem feudalen Essen in einem Restaurant deiner Wahl ein.«

»Champagner?«

»Eine Magnumflasche.«

»Dann will ich mal sehen, was ich tun kann.«

Es vergingen auch tatsächlich beinah zwanzig Minuten, bis ein Schrei ertönte. »Wade! Wade, komm schnell!«

Er stürzte hinaus und stand Piney Cobb gegenüber, der unter dem Gewicht von Mongo fast zusammenbrach.

»Ist direkt vor mir auf die Straße gerannt. Allmächtiger! Er blutet ziemlich stark.«

»Bringen Sie ihn nach hinten.«

Die Atmung des Hundes ging flach, seine Pupillen waren starr und erweitert. Sein dickes Fell war voller Blut, und es tröpfelte immer noch mehr auf den Boden.

»Hier, auf den Tisch.«

»Ich bin in die Eisen gestiegen«, murmelte Piney und trat zurück. »Hab versucht, ihm auszuweichen, aber ich habe ihn wohl trotzdem erwischt. Er kam direkt aus dem Park gerannt.«

»Wissen Sie, ob Sie ihn überfahren haben?«

»Ich glaube nicht.« Mit zitternden Händen zog Piney ein verblichenes rotes Taschentuch hervor und wischte sich damit den Schweiß vom Gesicht. »Ich glaube, ich habe ihn nur angefahren, aber es ist alles so schnell gegangen.«

»Okay.« Wade griff nach Verbandsmull, und da Faith gerade neben ihm stand, befahl er ihr: »Drück das fest auf die Wunde. Wir müssen die Blutung stoppen. Er hat einen Schock.«

Dann öffnete er den Medikamentenschrank und holte eine Infusionsflasche heraus. »Halt durch, Junge. Halt durch«, murmelte er, als der Hund begann, sich zu regen und zu winseln. »Drück fest darauf«, wies er Faith an. »Ich gebe ihm jetzt ein Beruhigungsmittel und dann muss ich ihn auf innere Verletzungen untersuchen.«

Faiths Hände zitterten, während sie den Mull auf die klaffende Wunde drückte, die sich am Bein des Hundes entlangzog. Und der Magen drehte sich ihr um. Am liebsten wäre sie vor all dem Blut davongelaufen und aus dem Zimmer gestürzt. Warum konnte Piney das nicht tun? Warum konnte nicht jemand anderer hier sein? Alles roch nach Blut, Antiseptikum und Pineys saurem Angstschweiß. Die Worte lagen ihr schon auf der Zunge, doch dann sah sie Wades Gesicht.

Er war kühl, gefasst, stark. Seine Augen waren konzentriert zusammengekniffen, der Mund bildete eine entschlossene Linie. Sie blickte ihn an und atmete langsam aus. Ihm bei der Arbeit zuzusehen beruhigte sie.

»Keine gebrochenen Rippen. Ich glaube nicht, dass er unter die Räder gekommen ist. Vielleicht ist eine Niere gequetscht, aber darum kümmern wir uns später. Die Kopfwunde ist nur oberflächlich. Kein Blut in den Ohren. Am schlimmsten ist das Bein.«

Und das ist schlimm genug, dachte er. Es würde schwierig werden, das Bein – und damit den Hund – zu retten.

»Ich muss ihn operieren.« Als Wade sich umblickte, sah er, dass Piney auf einem Stuhl zusammengesunken war und den Kopf auf den Knien hatte. »Ich brauche deine Hilfe, Faith. Wenn ich ihn jetzt hochhebe und hinübertrage, musst du dicht bei mir bleiben und weiter auf die Wunde drücken. Er hat schon zu viel Blut verloren. Fertig?«

»Aber Wade, ich …«

»Lass uns gehen.«

Sie tat, was er gesagt hatte. Er ließ ihr gar keine andere Wahl. Sie lief neben ihm her und öffnete mit der freien Hand die Tür. Biene bellte freudig und rannte ihr zwischen die Füße.

»Sitz!«, sagte Wade so scharf, dass Bienes Hinterteil gehorsam zu Boden plumpste. Nachdem Wade den benommenen Hund auf den Operationstisch gelegt hatte, griff er nach einer dicken Schürze und warf sie Faith zu. »Zieh das an. Ich muss Bilder machen.«

»Bilder?«

»Röntgenbilder. Nimm seinen Kopf und halte ihn so ruhig, wie du kannst.«

Die Schürze war schwer, aber Faith zog sie an und tat, was er sagte. Mongos Augen waren halb geschlossen, doch ihr kam es trotzdem so vor, als schaute er sie an und bäte flehentlich um Hilfe.

»Es wird alles wieder gut, Schätzchen. Wade bringt alles wieder in Ordnung. Du wirst schon sehen.«

Beim Klang ihrer Stimme stürmte Biene winselnd auf sie zu.

»Zieh jetzt die Schürze wieder aus.« Während er darauf wartete, dass der Film entwickelt wurde, gab Wade in knappem Ton Anweisungen. »Stell dich dahin und drück wieder auf die Wunde. Red weiter mit ihm. Lass ihn einfach nur deine Stimme hören.«

»Okay, gut. Ähmm.« Sie würgte ein wenig und drückte wieder den Mull auf das Bein. »Wade flickt dich schon wieder zusammen. Du ... du musst auch in beide Richtungen gucken, bevor du über die Straße läufst. Nächstes Mal denkst du aber daran, oder? O Wade, wird er sterben?«

»Nicht, wenn ich es verhindern kann.« Er klemmte die Röntgenbilder an eine Lichttafel und nickte grimmig. »Nicht, wenn ich es verhindern kann«, sagte er noch einmal und holte seine Instrumente.

Scharfe Skalpelle glitzerten silbern in dem gleißenden Licht. Faiths Kopf drehte sich genauso schnell wie ihr Magen. »Willst du ihn jetzt operieren? Einfach so?«

»Ich muss versuchen, das Bein zu retten.«

»Es retten? Du meinst ...«

»Tu einfach, was ich sage, und denk nicht.«

Als er die Kompresse wegzog, verkrampfte sich ihr Magen, aber er ließ ihr keine Zeit für Übelkeit. »Du hältst das hier und drückst diesen Knopf, wenn ich dir sage ›absaugen‹. Das kannst du mit einer Hand machen. Wenn ich ein Instrument brauche, dann beschreibe ich es dir. Gib es mir mit dem Griff nach vorn. Ich lege ihn jetzt in Narkose.«

Wade zog die Lampe herunter und rasierte die Umgebung der Wunde. Dann hörte Faith nur noch das saugende Geräusch des Schlauches, wenn sie auf den Knopf drücken musste, und das Klicken und Klappern der Instrumente. Sie wandte die Augen ab und hätte es am liebsten auch dabei belassen, aber er stieß immer wieder Befehle hervor, die sie zwangen, hinzusehen.

Auf einmal kam sie sich vor wie in einem Film.

Wades Kopf war über Mangos Bein gebeugt, und seine Augen blickten kühl und ruhig, obwohl ihm Schweißtropfen auf der Stirn standen. Seine Hände kamen ihr magisch vor, weil sie sich so geschickt in der Wunde bewegten.

Sie blinzelte nicht einmal, als er den vorstehenden Knochen wieder an seinen Platz schob. Nichts davon war real. Dann beobachtete sie, wie er mit unglaublich winzigen Stichen etwas in der Wunde nähte.

»Du musst seinen Herzschlag mit der Hand prüfen. Zähl bitte die Herzschläge für mich.«

»Es schlägt langsam«, sagte sie. »Aber es kommt mir gleichmäßig vor. Bumm, bumm, bumm.«

»Gut. Sieh dir seine Augen an.«

»Die Pupillen sind schrecklich groß.«

»Irgendwelche blutunterlaufenen Stellen im Weißen?«

»Nein, ich glaube nicht.«

»Okay. Er braucht ein paar Stahlstifte im Bein, weil der Knochen eher zertrümmert als gebrochen ist. Wenn ich damit fertig bin, nähe ich es zu. Dann schienen wir das Bein.«

Die Knochenstückchen machten ihm Sorgen. Hatte er sie alle herausgeholt? Der Muskel war auch beschädigt, und ein paar Sehnen waren gerissen, aber das Schlimmste hatte er wohl gerichtet.

»In ein bis zwei Tagen weiß ich mehr. Ich brauche Verbandsmull und Pflaster. In dem Schrank da drüben.«

Nachdem Wade die Wunde geschlossen hatte, bandagierte und schiente er das Bein, überprüfte noch einmal selbst die Lebenszeichen des Hundes und versorgte die Schramme hinter dem linken Ohr. »Er hat durchgehalten«, murmelte er und blickte zum ersten Mal seit über einer Stunde Faith direkt an. »Und du auch.«

»Ja, ich war zwar am Anfang ein bisschen zittrig, aber dann …« Sie hob die Hände, um zu gestikulieren. Sie waren voller Blut, ebenso wie ihre Bluse. »O Gott«, stieß sie hervor und verdrehte die Augen.

Wade fing sie gerade noch auf und legte sie auf den Boden. Als er ihren Kopf anhob und ihr einen Pappbecher mit Wasser an die Lippen setzte, kam sie schon wieder zu sich.

»Was war los?«

»Du bist in Ohnmacht gefallen – anmutig und im richtigen Moment.« Er küsste sie zart auf die Wange. »Ich bringe dich nach oben. Da kannst du dich waschen und ein bisschen hinlegen.«

»Es geht mir schon wieder gut.« Doch als er ihr beim Aufstehen half, zitterten ihre Beine. »Hmm, vielleicht doch noch nicht. Ich lege mich wohl besser hin.«

Sie lehnte den Kopf an seine Schulter und ließ sich von ihm hinauftragen. »Ich glaube, ich eigne mich nicht zur Krankenschwester.«

»Du warst toll.«

»Nein, du warst toll. Ich habe nie verstanden, warum du eigentlich tust, was du tust. Ich habe mir immer vorgestellt, deine Arbeit bestehe darin, Spritzen zu verabreichen und Hundekacke aufzuwischen.«

»Das ist ja auch meistens so.«

Er trug sie ins Badezimmer und ließ warmes Wasser ins Becken laufen. »Leg einfach deine Hände hinein. Wenn sie erst einmal wieder sauber sind, geht es dir besser.«

»Deine Arbeit besteht aus so viel mehr, Wade. Und du auch.« Ihre Blicke trafen sich im Spiegel. »Ich habe nicht darauf geachtet, habe mich gar nicht bemüht, richtig hinzusehen. Du hast heute ein Leben gerettet. Du bist ein Held.«

»Ich habe das getan, was ich gelernt habe.«

»Ich weiß, was ich gesehen habe. Du bist ein Held.« Sie drehte sich um und küsste ihn. »Und wenn es dir nichts ausmacht, möchte ich mich jetzt splitternackt ausziehen und unter die Dusche gehen.«

»Kannst du wieder allein stehen?«

»Ja, mir geht es gut. Geh nur und sieh nach deinem Patienten.«

»Ich liebe dich, Faith.«

»Ich glaube auch«, erwiderte sie ruhig. »Und es gefällt mir besser, als ich gedacht habe. Und jetzt geh, mir ist so schwindlig, dass ich etwas sagen könnte, was ich später bereue.«

»Ich komme gleich wieder hoch.«

Er sah zuerst nach Mongo und räumte auf, bevor er in

den Untersuchungsraum ging. Piney saß immer noch auf dem Stuhl. Auf seinem Schoß schlief zusammengerollt Biene.

Wade hatte die beiden vollkommen vergessen.

»Kommt der Hund durch?«

»Es sieht gut aus.«

»O Jesus, Wade, mir ist ganz schlecht. Ich habe die ganze Zeit darüber nachgedacht. Wenn ich nur besser aufgepasst hätte! Ich bin da einfach so entlanggefahren und war mit den Gedanken ganz woanders, und dann ist mir der Hund direkt vors Auto gesprungen. Es hätte auch ein Kind sein können.«

»Es war nicht Ihre Schuld.«

»Ich habe ein- oder zweimal ein Reh angefahren. Ich weiß nicht, warum mir das nicht so viel ausgemacht hat. Da war ich eigentlich immer nur sauer. Rehe können ganz schön viel Schaden anrichten an einem Truck. Aber jetzt kommt irgendein Kind aus der Schule nach Hause und sucht nach dem Hund.«

»Ich kenne die Besitzerin. Ich rufe sie an. Sie haben ihn so schnell hierher gebracht, dass es schon wieder gut wird. Daran sollten Sie denken.«

»In Ordnung.« Piney stieß einen tiefen Seufzer aus. »Der kleine Kerl hier ist richtig süß«, sagte er und streichelte Bienes Kopf. »Sie wollte Unfug anstellen und hat eine Weile an meinen Schnürsenkeln geknabbert, und dann ist sie eingeschlafen.«

»Danke, dass Sie sich um Biene gekümmert haben.« Wade nahm sie auf den Arm. Sie gähnte gewaltig und leckte dann die Kratzer auf seiner Hand. »Überstehen Sie den Abend?«

»Denke schon. Ich sage Ihnen die Wahrheit: Ich werde mich jetzt erst mal betrinken. Cade lässt mich wahrscheinlich schon suchen, aber das muss jetzt warten.« Er stand auf. »Sie sagen mir doch, wie das mit dem Hund ausgeht, oder?«

»Klar.« Wade schlug Piney auf die Schulter, als er hinausging.

Das Wartezimmer war leer. Wahrscheinlich waren die meisten seiner Patienten des Wartens überdrüssig geworden und gegangen. Er konnte nur dankbar für die Ruhe sein.

Er setzte Biene ab und gab ihr einen von den Hundekuchen, die Maxine in ihrer Schreibtischschublade aufbewahrte. Dann suchte er in seinen Unterlagen nach Sherry Bellows Nummer.

Ihr Anrufbeantworter ging ran. Wade hinterließ eine Nachricht. Vermutlich hatte sie sich auf die Suche nach ihrem Hund gemacht. Und höchstwahrscheinlich würde sie jemandem begegnen, der den Unfall gesehen hatte. Er beließ es dabei und ging zurück zu Mongo.

Wenige Minuten, nachdem Wade auf Sherrys Anrufbeantworter gesprochen hatte, lauschte Tory ebenfalls der fröhlichen Stimme, die verkündete, jetzt gerade nicht zum Telefon kommen zu können. »Sherry, hier spricht Tory Bodeen von Southern Comfort. Würden Sie mich bitte anrufen oder vorbeikommen, wenn es geht? Wenn Sie noch interessiert sind, haben Sie einen Job.«

Die Entscheidung fühlt sich gut an, dachte Tory und legte den Hörer wieder auf. Nicht nur waren Sherrys Referenzen glänzend, es würde sie auch entlasten, wenn sie ein paar Stunden in der Woche ein fröhliches Gesicht und eine zupackende Person im Laden hatte.

Heute war nicht viel los, aber das entmutigte Tory nicht. Es brauchte Zeit, bis man sich etabliert hatte und Teil des täglichen Lebens der Leute geworden war. Und heute früh waren immerhin einige Kunden gekommen, die sich umgesehen hatten.

Sie nutzte die ruhige Zeit, um einen Arbeitsplan für ihre neue Angestellte auszuarbeiten.

Dann überlegte sie sich den Wortlaut für eine Anzeige in der Sonntagszeitung, mit der sie auch die Leinenwaren bewerben wollte, die sie künftig führen würde. Als die Ladenglocke ging, blickte sie rasch auf. Das Geräusch verursachte ihr schon den ganzen Morgen Herzklopfen.

Als sie Abigail Lawrence erblickte, legte sie den Stift beiseite und lächelte. »Was für eine nette Überraschung!«

»Ich habe Ihnen doch gesagt, dass ich den Weg hierher finden würde. Tory, das ist ja bezaubernd hier! Wunderschöne Sachen.«

»Wir haben einige wirklich begabte Künstler.«

»Und Sie wissen, wie man ihre Objekte geschickt ausstellt.« Als Tory hinter der Theke hervorkam, streckte Abigail ihr die Hand entgegen. »Ich werde eine wunderbare Zeit damit verbringen, hier mein Geld auszugeben.«

»Lassen Sie sich nicht aufhalten. Kann ich Ihnen etwas anbieten? Etwas Kaltes zu trinken oder eine Tasse Tee?«

»Nein, danke. Oh, ist das Batik?«

Abigail trat zu dem gerahmten Porträt einer jungen Frau, die auf einem Gartenweg stand.

»Sie macht wundervolle Arbeiten. Ich habe auch noch ein paar Tücher von ihr auf Lager.«

»Die muss ich mir unbedingt ansehen. Ich möchte alles sehen. Aber diese Batik will ich auf jeden Fall. Mein Mann muss sie mir zum Hochzeitstag schenken.«

Amüsiert nahm Tory das Bild von der Wand. »Möchte er sie als Geschenk verpackt?«

»Natürlich.«

»Wie lange sind Sie verheiratet?«

Abigail legte den Kopf schräg, während Tory die Batik zur Theke trug. Sie konnte sich nicht erinnern, dass Tory ihr in all den Jahren, die sie nun schon ihre Anwältin war, jemals eine persönliche Frage gestellt hatte. »Sechsundzwanzig Jahre.«

»Dann haben Sie also mit zehn geheiratet?«

Abigail strahlte. »Der Job als Ladenbesitzerin bekommt Ihnen.« Sie hatte eine Dose aus poliertem Holz in der Hand und brachte sie ebenfalls zur Theke. »Und dieser Ort anscheinend auch. Sie scheinen sich hier wohl zu fühlen.«

»Ja, es ist mein Zuhause. Abigail, sind Sie wirklich zum Einkaufen aus Charleston hierher gekommen?«

»Ja, und um Sie zu sehen. Und mit Ihnen zu reden.«

Tory nickte. »Sie haben mehr über das Mädchen herausgefunden, das ermordet worden ist.«

»Nein, leider nicht. Aber ich habe meinen Freund gebeten, ähnliche Verbrechen zu überprüfen, die auch in den letzten beiden Augustwochen stattgefunden haben.«

»Es gibt noch andere.«

»Sie wussten es schon.«

»Nein, ich habe es gespürt. Befürchtet. Wie viele noch?«

»Drei, die in das Profil und den zeitlichen Rahmen passen. Ein zwölfjähriges Mädchen, das im August 1975 während eines Familienausflugs nach Hilton Head vermisst wurde. Eine Neunzehnjährige, die im August 1982 Sommerkurse an der Universität in Charleston besucht hat, und eine sechsundzwanzigjährige Frau, die im August 1989 mit Freunden im Sumter National Forest zelten war.«

»So viele«, flüsterte Tory.

»Es waren alles Sexualverbrechen. Vergewaltigt und erwürgt. Keine Spuren von Sperma, aber von physischer Gewaltanwendung, vor allem im Gesicht. Bei jedem Opfer wurde es schlimmer.«

»Weil sie nicht das richtige Gesicht hatten. Es war nicht *ihr* Gesicht. Nicht *Hopes* Gesicht.«

»Ich verstehe nicht.«

Tory hätte es am liebsten auch nicht verstanden. Sie wünschte, es stünde ihr nicht alles so deutlich vor Augen.

»Sie waren alle blond, nicht wahr? Hübsch und schlank.«

»Ja.«

»Er bringt *sie* immer wieder um. Einmal war nicht genug.«

Abigail schüttelte besorgt den Kopf. »Es ist möglich, dass all diese Frauen von demselben Täter umgebracht wurden, aber ...«

»Sie sind vom selben Mann ermordet worden.«

»Die großen Zeitabstände zwischen den Morden weichen von dem typischen Serienkiller-Profil ab. Es liegen so viele Jahre dazwischen. Ich bin zwar keine Strafrechtlerin und auch keine Psychologin, aber ich habe mich in den letzten Wochen ein wenig mit diesem Thema beschäf-

tigt. Auch das Alter der Opfer passt nicht in das Standard-
profil.«

»Dies ist kein Standard, Abigail.« Tory öffnete die Holzdose und schloss sie wieder. »Es ist nicht typisch.«

»Aber es muss doch eine Grundlage geben. Ihre Freundin und die Zwölfjährige weisen auf einen Pädophilen
hin. Ein Mann, der sich Kinder als Opfer aussucht,
schwenkt doch nicht auf einmal zu jungen Frauen um.«

»Das tut er ja auch gar nicht. Das Alter spielt schon eine
Rolle. Jede war in dem Alter, in dem Hope gewesen wäre,
wenn sie noch am Leben gewesen wäre. *Das* ist das Muster.«

»Das hört sich logisch an, obwohl keine von uns beiden
eine Expertin auf diesem Gebiet ist. Vermutlich wollte ich
Sie nur auf die Ungereimtheiten hinweisen.«

»Es könnte noch weitere Opfer geben.«

»Auch das ist nachgeprüft worden, aber mein Kontaktmann hat mir versichert, dass sie niemanden gefunden haben. Das FBI kümmert sich darum.« Abigail presste die
Lippen zusammen. »Tory, mein Kontaktmann wollte wissen, warum ich so interessiert sei und wie ich von der Anhalterin erfahren hätte. Ich habe es ihm nicht gesagt.«

»Danke.«

»Sie könnten helfen.«

»Ich weiß nicht, ob ich das kann. Selbst wenn sie mich
ließen, weiß ich nicht, ob ich dazu in der Lage wäre. Es
war nie leicht, und jetzt möchte ich mich dem Ganzen eigentlich nicht mehr stellen. Ich möchte es nicht noch einmal durchmachen. Ich kann nicht helfen. Das ist Sache der
Polizei.«

»Wenn Sie das wirklich so sehen, warum haben Sie
mich dann gebeten, es herauszufinden?«

»Ich musste es einfach wissen.«

»Tory …«

»Bitte nicht. Ich kann das nicht noch einmal durchmachen. Ich weiß nicht, ob ich es dieses Mal heil überstehen
würde.« Um ihre Hände zu beschäftigen, begann sie, Sachen auf einem Regal hin und her zu schieben. »Die Poli-

zei und das FBI sind hier die Fachleute. Ich will nicht die Gesichter von all diesen Frauen in meinem Kopf haben. Mir reicht schon Hope.«

Feigling. Den ganzen Tag über hallte das Wort in ihrem Kopf wider. Sie ignorierte es nicht, sondern nahm es an. Sie würde lernen müssen, damit zu leben.

Sie wusste jetzt, was sie wissen musste. Wer auch immer Hope umgebracht hatte – er tötete weiter. Und es war Aufgabe der Polizei oder des FBI, ihn zu fassen und aufzuhalten.

Es war nicht *ihre* Sache.

Und wenn ihre tiefsten Ängste wahr wurden und der Mörder das Gesicht ihres Vaters hatte, konnte sie dann damit leben?

Sie würden Hannibal Bodeen bald finden. Dann würde es sich entscheiden.

Als Tory am Abend den Laden abschloss, dachte sie, es würde ihr vielleicht gut tun, etwas durch den Park zu spazieren. Sie konnte ja bei Sherry vorbeigehen und mit ihr sprechen. Kümmere dich um dein Geschäft, mahnte sich Tory. Kümmere dich um dich selbst.

Es herrschte nur wenig Verkehr. Die meisten Leute waren schon von der Arbeit nach Hause gefahren und saßen beim Abendessen. Man hatte die Kinder hereingerufen, damit sie sich die Hände wuschen, und ein langer, heller Abend würde mit Fernsehen, Abwasch und Gesprächen auf der Veranda zu Ende gehen.

Normal. Alltäglich. Kostbar in seiner einfachen Monotonie. Das wünschte sie sich auch für sich selbst.

Sie durchquerte den Park. Die Rosen blühten schon, und überall waren Beete mit roten und weißen Begonien angelegt. Die Bäume warfen lange Schatten, und einige Menschen saßen oder lagen darunter. Junge Leute, stellte Tory fest, die nicht unbedingt um halb sechs zu Abend essen mussten. Sie würden sich später eine Pizza oder einen Burger holen und sich dann irgendwo mit ihresgleichen treffen, um Musik zu hören oder sich zu unterhalten.

Eine kurze Zeit lang hatte sie das früher auch gemacht. Aber es kam ihr so vor, als sei das schon Jahrzehnte her. Als wäre es eine ganz andere Frau gewesen, die sich durch irgendeinen überfüllten Club gedrängt hatte, um zu tanzen und zu lachen. Um jung zu sein.

Das alles war ihr verloren gegangen. Doch das neue Leben, das sie gerade begonnen hatte, wollte sie nicht verlieren.

Tief in Gedanken versunken trat sie unter den Bäumen hervor auf die weite Rasenfläche, die zu Sherrys Haus führte.

Biene schoss wie eine Kanonenkugel über den Rasen auf sie zu.

»Du kommst aber auch herum, was?« Tory hockte sich hin und ließ sich von dem Welpen anspringen.

»Sie war heute die meiste Zeit drinnen.« Faith kam heran und freute sich, als ihr Hund sofort von Tory abließ und zu ihr lief. »Sie hat ziemlich viel Energie.«

»Das sehe ich.« Tory richtete sich auf. »Das ist aber nicht dein normales Outfit«, stellte sie fest und musterte das übergroße T-Shirt über Faiths Leinenhose.

»Es steht mir aber doch, oder? Ich habe mir etwas über die Bluse gekippt und mir das hier von Wade geliehen.«

»Ich verstehe.«

»Hast du ein Problem damit?«

»Warum sollte ich? Wade ist ein großer Junge.«

»Ich könnte jetzt etwas Unfeines sagen, aber ich lasse es lieber.« Faith schob sich ihre Haare hinter die Ohren und lächelte Tory an. »Bist du die Einsamkeit im Sumpf leid? Willst du dir Wohnungen ansehen?«

»Nein, ich mag mein Haus. Ich wollte nur rasch bei meiner neuen Angestellten vorbeischauen. Sherry Bellows.«

»Na, das ist aber ein Zufall. Ich wollte auch gerade zu ihr. Wade ist noch in der Praxis, und er konnte sie den ganzen Tag nicht erreichen. Ihr Hund ist heute Vormittag angefahren worden.«

»O nein. Sie wird untröstlich sein.«

»Es geht ihm schon wieder ganz gut. Wade hat ihn sofort wieder zusammengeflickt. Er hat ihm das Leben gerettet.« Sie sagte das so stolz, dass Tory sie nur verwundert anblickte. »Er ist sich noch nicht sicher, wie gut das Bein verheilen wird, aber ich denke, es wird alles wieder in Ordnung kommen.«

»Das freut mich. Er ist so ein schöner Hund und sie liebt ihn so sehr. Ich kann gar nicht glauben, dass sie ihn heute einfach allein gelassen hat.«

»Man kennt sich eben nie mit den Leuten aus. Da ist ihre Wohnung.« Faith zeigte in die Richtung. »Ich war schon an der Wohnungstür, aber sie hat nicht auf mein Klopfen reagiert, deshalb habe ich gedacht, ich versuche es mal vom Garten aus. Ihr Nachbar hat gesagt, sie nimmt diese Tür hier öfter als die vordere.«

»Die Jalousien sind heruntergelassen.«

»Vielleicht ist die Tür ja auf. Dann können wir rasch hineinschlüpfen und ihr eine Nachricht hinterlassen. Wade möchte gern mit ihr sprechen.« Faith ging über die Terrasse und fasste nach dem Griff der Glasschiebetür.

»Nicht!« Tory packte sie an der Schulter und riss sie zurück.

»Was ist los mit dir? Du meine Güte, ich will doch nicht einbrechen! Ich gehe nur kurz rein.«

»Geh nicht da rein. Tu es nicht.« Tory grub ihre Finger in Faiths Schulter.

Sie hatte es bereits gesehen. Es war wie ein Schlag ins Gesicht und im Mund schmeckte sie Blut und Angst.

»Es ist zu spät. Er war schon hier.«

»Wovon redest du überhaupt?« Faith schüttelte sich ungeduldig. »Würdest du mich jetzt bitte loslassen?«

»Sie ist tot«, sagte Tory gepresst. »Wir müssen die Polizei rufen.«

Hope

Hoffnung ist ein geflügelt' Ding
Es sitzt in deiner Seele
Und singt ohn' Unterlass ein Lied
Das Lied, dem Worte fehlen.

EMILY DICKINSON

21

Sie konnte nicht hineingehen. Sie konnte aber auch nicht weggehen.

Der Polizist, der den Anruf entgegengenommen hatte, war skeptisch und verärgert gewesen, aber gegen zwei – wie er annahm – hysterische Frauen hatte er nicht viel ausrichten können.

Er war gekommen, hatte seinen Gürtel zurechtgezogen, an seiner Mütze gezupft und dann an die Glasscheibe geklopft. Tory hätte ihm direkt sagen können, dass Sherry nicht mehr in der Lage war, ihm zu antworten, aber er hätte ihr sowieso nicht zugehört.

Er ging hinein. Als er nach zwei Minuten wieder herauskam, war das verärgerte Grinsen aus seinem Gesicht verschwunden.

Sofort wurden alle notwendigen Maßnahmen eingeleitet. Als Chief Russo am Tatort erschien war bereits alles mit gelbem Band abgesperrt und die Spezialisten waren schon bei der Spurensicherung.

Tory saß auf dem Boden und wartete.

»Ich habe Wade angerufen.« Da sie sonst nichts tun konnte, hatte Faith sich neben sie gesetzt. »Er muss auf Maxine warten, aber dann kommt er.«

»Er kann hier doch nichts tun.«

»Wir alle können hier nichts tun.« Faith blickte auf das gelbe Band und auf die Schatten, die sich hinter der Tür bewegten. »Woher wusstest du, dass sie tot war?«

»Sherry? Oder Hope?«

Faith drückte Biene an ihre Brust und rieb die Wange an ihrem warmen Fell. »Ich habe so etwas noch nie gesehen. Sie haben mich nicht an Hope herangelassen. Ich war noch zu klein. Aber du hast es gesehen.«

»Ja.«

»Du hast alles gesehen.«

»Nicht alles.« Tory presste die Handflächen aneinander und steckte sie zwischen ihre Knie, als sei ihr kalt. »Ich wusste es, als wir zur Tür kamen. Um den Tod herum ist es dunkel, vor allem bei gewaltsamen Toden. Und *er* hat auch etwas von sich zurückgelassen. Vielleicht nur den Wahnsinn. Es ist genau wie damals. Es ist derselbe.« Sie schloss die Augen. »Ich dachte, er wäre auf mich aus … Ich habe nie gedacht … *Das* habe ich mir nicht vorgestellt.«

Und mit dieser Schuld musste sie von jetzt an leben.

»Du meinst, dass der Mann, der Hope umgebracht hat, auch Sherry getötet hat? Nach all den Jahren?«

Tory wollte etwas sagen, schüttelte dann aber den Kopf. »Ich bin mir nicht sicher. Ich bin mir schon seit langem nicht mehr sicher.« Als sie hörte, wie jemand Faiths Namen rief, sah sie sich um. Wade kam über den Rasen auf sie zugelaufen.

Es überraschte Tory, dass Faith aufsprang, denn sie vollführte nur selten rasche Bewegungen. Dann sah sie, wie Wade und Faith einander in die Arme fielen.

Er liebt sie, dachte Tory. Sie ist für ihn der Mittelpunkt des Lebens. Wie seltsam.

»Geht es dir gut?« Er umfasste Faiths Gesicht mit den Händen.

»Ich weiß nicht.« Bis jetzt war es ihr eigentlich gut gegangen. Alles war ihr so weit entfernt vorgekommen, dass es sie eigentlich nicht berührte. Doch nun zitterten ihr die Hände und ihr Magen verkrampfte sich. Wie nach der Operation, als sie das Blut an ihren Händen bemerkt hatte. »Ich glaube, ich muss mich wieder setzen.«

»Hier.« Wade ließ sie auf den Rasen gleiten und kniete sich neben sie, während er Tory musterte. Sie ist zu ruhig, dachte er. Zu beherrscht. Wenn ihr jetzt etwas zustieße würde sie in tausend Stücke zerspringen. »Kommt doch mit zu mir. Ihr müsst von hier weg.«

»Ich kann nicht. Aber du solltest Faith mitnehmen.«

»Damit du alles mitbekommst und ich nicht? Vergiss es«, sagte Faith.

»Das ist doch kein Wettbewerb!«

»Zwischen dir und mir? Das war es immer schon. Da kommt übrigens Dwight.«

Eine kleine Menschenmenge hatte sich murmelnd und neugierig um die Absperrung versammelt. Gerüchte verbreiten sich in Progress mit Lichtgeschwindigkeit, dachte Tory benommen. Sie sah, wie Dwight sich durch die Menge drängte und direkt auf Sherrys Tür zuging.

»Vielleicht kannst du ja mit ihm reden, Wade.« Faith wies in Dwights Richtung. »Womöglich kann er uns etwas sagen.«

»Ich versuche es.« Bevor er aufstand, berührte er Torys Schulter. »Cade ist unterwegs.«

»Warum?«

»Weil ich ihn angerufen habe. Warte hier.«

»Das war nicht nötig«, erwiderte Tory stirnrunzelnd.

»Ach, halt doch den Mund.« Verärgert suchte Faith in ihrer Tasche nach einem Kauknochen, um Biene bei Laune zu halten. »Du bist auch nicht stärker als ich. Es macht uns doch nicht schwach, wenn wir uns mal bei einem Mann anlehnen.«

»Ich habe nicht vor, mich bei Cade anzulehnen.«

»Du meine Güte, wenn du mit ihm schlafen kannst, kannst du dich ab und zu auch ein bisschen von ihm halten lassen. Ich habe das Gefühl, du lässt alles nur so weit kommen, um dann am Ende eklig zu sein.«

»Warum gehen wir vier heute Abend eigentlich nicht aus? Wir können ja tanzen gehen.«

Faiths Lächeln war messerscharf. »Du tötest mir wirklich den letzten Nerv, Tory. Aber langsam gefällt mir das. Mist, da drüben steht Billy Clampett, und er hat mich gesehen. Na toll. Vor tausend Jahren war ich mal betrunken genug, mit ihm zu schlafen. Glücklicherweise bin ich damals schnell wieder zur Besinnung gekommen, aber seitdem versucht er bei jeder Gelegenheit, die Sache aufzufrischen.«

Tory sah, wie Billy auf sie zukam. »So viel Alkohol gibt es im ganzen Land nicht, dass ich mich mit dem einlassen würde.«

»In dem Punkt sind wir uns ja endlich mal einig. Hallo Billy.«

»Meine Damen.« Er hockte sich neben sie. »Wie man hört hat es hier bisschen Aufregung gegeben. Ein Mädchen ist umgebracht worden.«

»Wie unvernünftig von ihr.« Faith rückte nicht von ihm ab. Diesen Triumph gönnte sie ihm nicht. Aber sie roch seine Bierfahne.

»Ich habe gehört, es sei Sherry Bellows. Das ist doch die, die immer mit ihrem großen Hund durch die Stadt gelaufen ist. Die so kurze Höschen und tief ausgeschnittene Tops getragen hat, als wollte sie Werbung für sich machen.«

Er nahm eine Zigarette aus dem Päckchen, das in dem aufgerollten Ärmel seines Hemdes steckte. Offensichtlich glaubte er, dadurch wie James Dean zu wirken. »Ich habe ihr vor ein paar Wochen ein paar Pflanzen verkauft. Sie war mächtig freundlich, wenn ihr wisst, was ich meine.«

»Sag mal, Billy, musst du eigentlich üben, um so widerwärtig zu sein, oder ist das eine von Gottes Gaben an dich?«

Er brauchte eine Minute, bis der Groschen fiel, aber dann wurde sein Lächeln so sauer wie abgestandene Milch. »Was tust du denn auf einmal wie Miss Hochwohlgeboren?«

»Nicht auf einmal. Ich war schon immer Miss Hochwohlgeboren. Stimmt's, Tory?«

»Stimmt, ich habe dich nie anders gekannt. Das ist dir eben angeboren.«

»Genau.« Erfreut gab Faith Tory einen Klaps auf den Oberschenkel. Sie holte ebenfalls eine Zigarette hervor. »Wir Lavelles kommen schon überlegen zu Welt«, begann sie und blies Billy den Rauch ins Gesicht. »Das liegt an unserer DNA.«

»Als ich damals hinter Grogans Laden deine Titten in der Hand hatte, warst du nicht so überlegen.«

»Oh.« Lächelnd zog Faith an ihrer Zigarette. »Das warst du?«

»Du bist schon immer eine Schlampe gewesen. Du solltest besser aufpassen.« Er blickte zu Sherrys Tür. »Schlampen bekommen letztendlich immer, was sie verdienen.«

»Jetzt erinnere ich mich an dich«, sagte Tory ruhig. »Du hast früher immer Feuerwerkskörper an die Schwänze von Katzen gebunden und sie angezündet, und dann bist du nach Hause gegangen und hast dir einen runtergeholt. Verbringst du deine Freizeit immer noch so?«

Er zuckte zurück. Das Grinsen in seinem Gesicht war verschwunden, und in seinen Augen stand jetzt Angst. »Dich können wir hier nicht gebrauchen. Deine Sorte brauchen wir nicht.«

Dabei hätte er es wahrscheinlich belassen, aber in diesem Moment beschloss Biene, dass sein Hosenbein wesentlich interessanter war als der Kauknochen. Billy gab ihr einen Tritt, dass sie quer über den Rasen flog.

Mit einem wütenden Aufschrei sprang Faith hoch und hob den winselnden Hund auf. »Du schmerbäuchiges, biergetränktes Arschloch. Kein Wunder, dass deine Frau sich einen neuen Kerl sucht. Du kriegst ihn ja wahrscheinlich noch nicht mal mit einem Kran hoch.«

Billy stürzte auf Faith zu. Tory wusste nicht, wie ihr geschah, aber ihre Faust schoss vor und landete auf seinem Auge. Der Schlag war so hart, dass er auf den Hintern fiel. Wie durch einen Nebel hörte sie Geschrei und sich nähernde Schritte. Als Billy aufsprang, tat sie es auch.

Ihre Wut verdichtete sich zu einem heißen roten Ball. Sie konnte beinahe schon das Blut schmecken.

»Verdammte Schlampe.«

Als er ausholte, stellte sie sich in Positur. Sie wollte Gewalt und hieß sie willkommen. Doch auf einmal lag er auf dem Rasen.

»Versuch es mit mir«, schlug Cade vor und zerrte ihn hoch. »Weg da!«, zischte er, als Leute herbeiliefen, um sie zu trennen. »Na los, Billy. Wir wollen doch mal sehen, ob du es auch mit mir aufnehmen kannst, und nicht nur mit einer Frau, die halb so viel wiegt wie du.«

»Darauf habe ich seit Jahren gewartet«, knurrte Billy. Er

sehnte sich danach, seine Ehre vor der ganzen Stadt wiederherzustellen und wünschte sich glühend, einem der Lavelles seine Fäuste in das hochmütige Gesicht zu drücken. »Wenn ich mit dir fertig bin, werde ich mir ein bisschen Spaß mit deiner Nuttenschwester und deiner Fotze gönnen.«

Als Billy auf ihn zustürmte, trat Cade einfach zur Seite. Er benötigte nur einen Kinnhaken und einen gut gezielten Schlag in den Bauch, bis Billy am Boden lag.

Cade beugte sich über ihn und drückte ihm den Daumen auf die Luftröhre. Dann flüsterte er Billy ins Ohr: »Wenn du meine Schwester oder meine Freundin jemals anrührst, ansprichst oder sie auch nur ansiehst, dann stopfe ich dir deine Eier in den Hals, bis du daran erstickst.«

Ohne sich umzublicken trat er zu Tory. »Du solltest nicht mehr hier bleiben.«

Sie war sprachlos. Noch nie hatte sie erlebt, wie Wut ausbrach und kurz darauf so leicht wieder verschwand. Beinah elegant, dachte sie. Er hatte einen Mann zusammengeschlagen, ohne auch nur einen Schweißtropfen zu vergießen, und jetzt redete er ganz sanft mit ihr. Und seine Augen waren kalt wie ein Wintertag.

»Komm jetzt mit mir.«

»Ich muss hier bleiben.«

»Nein, das musst du nicht.«

»Tut mir Leid, muss sie leider doch.« Carl D. trat zu ihnen. Als er Billy sah, rieb er sich nachdenklich übers Kinn. »Hat es hier Probleme gegeben?«

»Billy Clampett hat beleidigende Bemerkungen gemacht.« Sofort standen Tränen in Faiths Augen. »Er war … nun, ich weiß gar nicht, wie ich es sagen soll, er war sehr ausfallend mir und Tory gegenüber, und dann …« Sie schniefte ein wenig. »Und dann hat er meine arme kleine Biene getreten, und als Tory versuchte, ihn aufzuhalten, hat er … Wenn Cade nicht gekommen wäre, ich weiß nicht, was geschehen wäre.«

Leise schluchzend wandte sie sich zu Tory und flüsterte: »Du hättest ihn erledigen können. Fettes, blödes Arschgesicht.«

Carl D. schob die Zunge in die Wange. Nach dem, was er drinnen gesehen hatte, war das hier draußen eine unterhaltsame Erleichterung. »War es so ungefähr?«, fragte er Cade.

»Mehr oder weniger.«

»Ich lasse ihn einsperren, damit er sich wieder abkühlt.« Er blickte sich zur Menge vor der Absperrung um. »Ich glaube nicht, dass hier jemand Anzeige erstatten will, oder?«

»Nein.«

»Gut. Ich muss jetzt mit Tory reden und auch mit Faith. Auf der Wache sind wir vielleicht ein bisschen mehr unter uns.«

»Chief, meine Praxis ist näher«, warf Wade ein. »Ich glaube, dort wäre es für die Damen angenehmer.«

»Ja, das könnten wir machen. Einer meiner Beamten soll sie begleiten. Ich komme sofort nach.«

»Ich begleite sie schon«, sagte Wade.

»Sie und Cade kennen doch die meisten Leute hier. Es wäre nett, wenn Sie mir helfen könnten, sie nach Hause zu schicken. Einer meiner Männer kümmert sich inzwischen um die Damen. Ich muss ihre Aussagen haben«, sagte er, bevor Cade etwas einwenden konnte. »Das ist Polizeiroutine.«

»Wir können doch allein hingehen.«

»Nun, Miss Faith, einer meiner Männer wird Sie begleiten. Das ist Vorschrift.« Carl D. winkte einem seiner Leute.

»Du meine Güte, wie kann so etwas nur mitten in der Stadt passieren?« Dwight rieb sich den Nacken.

Es war ihnen gelungen, die meisten Schaulustigen vom Ort des Verbrechens zu vertreiben. Mittlerweile war es dunkel geworden. Dwight stand mit seinen beiden besten Freunden auf dem Rasen vor der Wohnung.

»Wie viel weißt du?«, fragte Wade.

»Vermutlich nicht mehr als jeder andere. Carl D. hat

mich nicht an den Tatort gelassen, und bis hierher bin ich auch nur vorgedrungen, weil ich der Bürgermeister bin. Anscheinend ist gestern jemand bei ihr eingebrochen. Vielleicht war es ein Raubüberfall.« Kopfschüttelnd rieb er sich die Nase. »Kommt mir allerdings nicht so vor. So viel besaß sie nicht.«

»Wie sind sie bloß an dem Hund vorbeigekommen?«, wunderte sich Wade.

»Hund?« Dwight blickte ihn einen Moment lang verständnislos an. »Ach ja. Ich weiß nicht. Vielleicht war es jemand, den sie kannte. Das erscheint doch irgendwie einleuchtend, oder? Jemand, den sie kannte, und sie hatten einen Streit, der außer Kontrolle geriet. Sie lag im Schlafzimmer«, fügte er seufzend hinzu. »Soviel weiß ich. Das ... na ja, nach dem, was ich aufgeschnappt habe, wurde sie vergewaltigt.«

»Wie wurde sie ermordet?«, fragte Cade.

»Ich weiß nicht. Carl D. hat sich ausgeschwiegen. Weißt du noch, Wade, wir haben gerade gestern Abend noch über sie geredet. Ich wäre fast mit ihr zusammengestoßen, als sie aus deiner Praxis kam.«

»Ja, ich erinnere mich.« Wade sah Sherry vor sich, wie sie munter plauderte und mit ihm flirtete, während er Mongo untersuchte.

»Es gab ein paar Bemerkungen da drinnen.« Dwight wies mit dem Kopf auf die versiegelte Tür. »Über Tory Bodeen. Gerede«, fügte er hinzu. »Ich habe mir gedacht, dass du das sicher gern wissen würdest.« Er seufzte wieder. »So etwas sollte wirklich nicht mitten in der Stadt passieren. Die Leute sollen sich sicher fühlen in ihren Häusern. Lissy wird sich unheimliche Sorgen machen.«

»Morgen werden der Eisenwarenladen und das Waffengeschäft großen Zulauf haben«, mutmaßte Cade. »Vorhängeschlösser und Munition.«

»O Gott. Ich berufe am besten eine Stadtversammlung ein und sehe zu, dass ich die Leute wieder beruhige. Ich hoffe wirklich, dass Carl D. bis morgen irgendetwas herausfindet. Und jetzt muss ich zurück zu Lissy. Sie hat sich bestimmt schon in ihre Angst hineingesteigert.« Er warf einen letzten Blick auf die Tür. »Das hätte hier nicht passieren dürfen«, wiederholte er. Dann ging er.

»Ich bin ihr nur einmal begegnet. Gestern.«

Tory saß auf Wades Sofa und hatte die Hände im Schoß gefaltet. Sie wusste, wie wichtig es war, deutlich und ruhig zu reden, wenn man mit der Polizei sprach. Wenn sie Gefühle oder eine Schwäche erkannten, stießen sie sofort nach, und am Ende sagte man mehr, als man wollte.

Dann machten sie sich über einen lustig.

Und dann verrieten sie einen.

»Sie sind ihr also nur einmal begegnet.« Carl D. nickte und machte sich Notizen. Er hatte Faith gebeten, unten zu warten. Er wollte die beiden einzeln befragen. »Warum sind Sie heute zu ihrer Wohnung gegangen?«

»Sie hatte sich um eine Stelle in meinem Laden beworben.«

»Ach ja?« Er zog eine Augenbraue hoch. »Ich dachte, sie hätte einen Job gehabt. Sie wollte doch an der High School unterrichten.«

»Ja, das hat sie mir auch gesagt.« Beantworte die Frage exakt, mahnte sie sich. Füg nichts hinzu und walz es nicht aus. »Allerdings wäre es bis zum Herbst keine volle Stelle, und sie wollte irgendeinen Teilzeitjob, um ihr Einkommen aufzubessern. Und um in Bewegung zu bleiben, glaube ich. Sie hatte anscheinend jede Menge Energie.«

»Hmm. Also haben Sie sie eingestellt.«

»Nein, nicht sofort. Sie hat mir Referenzen genannt.« Ich habe sie zusammen mit ihrer Adresse auf das Clipboard geschrieben, dachte Tory. Und das Clipboard hatte auf der Theke gelegen, als ihr Vater hereingekommen war. O Gott. O Gott.

»Nun, das ist vernünftig. Ich wusste gar nicht, dass Sie jemanden einstellen wollten.«

»Ich hatte auch eigentlich noch gar nicht darüber nachgedacht, bis sie kam. Sie hat mich überredet. Daraufhin habe ich die Kosten überschlagen und dann beschlossen, dass ich mir eine Teilzeitkraft leisten kann. Heute früh habe ich ihre Referenzen überprüft und sie dann angerufen. Der Anrufbeantworter sprang an, und ich habe eine Nachricht hinterlassen.«

»Hmm, hmm.« Carl D. hatte ihre Nachricht schon abgehört. Außerdem die aus Wades Praxis, eine von ihrem Nachbarn aus der Wohnung über ihr und eine von Lissy Frazier. Sherry Bellows war anscheinend eine beliebte Frau gewesen. »Und dann haben Sie beschlossen, selbst bei ihr vorbeizugehen.«

»Als ich heute Abend den Laden zumachte, wollte ich noch ein bisschen spazieren gehen. Also beschloss ich, durch den Park und bei ihrer Wohnung vorbeizugehen. Ich dachte, wenn sie zu Hause wäre, könnte ich mit ihr über die Stelle reden.«

»Sie sind mit Faith Lavelle dorthin gegangen?«

»Nein, allein. Faith habe ich erst draußen vor dem Haus getroffen. Sie erzählte mir, dass Sherrys Hund am Vormittag verletzt worden sei. Er ist angefahren worden und Wade hat ihn behandelt. Sie ist für Wade dorthin gekommen, weil er Sherry telefonisch nicht erreichen konnte.«

»Also kamen Sie beide zur gleichen Zeit dort an.«

»Ja, so ungefähr. Es muss gegen halb sieben gewesen sein, weil ich ungefähr um zehn oder viertel nach sechs den Laden zugemacht habe.«

»Und als Miss Bellows nicht aufmachte, haben Sie drinnen nach ihr gesucht?«

»Nein. Keiner von uns beiden ist hineingegangen.«

»Aber Sie haben etwas gesehen, das Sie beunruhigte.« Er blickte von seinem Notizblock auf. Tory saß ganz still da, sah ihn unverwandt an und erwiderte nichts. »Jedenfalls so beunruhigt, dass Sie die Polizei gerufen haben.«

»Sherry hat mich nicht zurückgerufen, obwohl sie anscheinend ganz wild auf den Job war. Sie hat auch Wade nicht zurückgerufen, obwohl mir nach unserem ersten Treffen klar war, dass sie ihren Hund vergöttert. Ihre Jalousien waren heruntergelassen, die Tür war zu. Also habe ich die Polizei gerufen. Weder Faith noch ich sind hineingegangen. Keiner von uns beiden hat etwas gesehen. Ich kann Ihnen auch nichts sagen.«

Carl D. lehnte sich auf seinem Stuhl zurück und kaute an seinem Kugelschreiber. »Haben Sie versucht, die Tür zu öffnen?«

»Nein.«

»Sie war nicht zugesperrt.« Schweigend holte er ein Päckchen Kaugummi aus der Tasche und bot Tory einen an. Als sie ablehnend den Kopf schüttelte, nahm er sich selbst einen Streifen heraus, wickelte ihn aus und faltete das Papier danach sorgfältig wieder zusammen.

Tory schlug das Herz bis zum Hals.

»Also ...« Carl D. faltete auch den Kaugummi sorgfältig zusammen, bevor er ihn in den Mund steckte. »Sie beide sind dorthin gegangen. Da ich Faith Lavelle kenne, würde ich vermuten, dass sie ihren Kopf hineingesteckt hat – und wenn nur aus Neugier, wie die neue Lehrerin eingerichtet ist oder so.«

»Das hat sie aber nicht.«

»Haben Sie geklopft? Gerufen?«

»Nein, wir ...« Tory verstummte.

»Sie sind nur vor der Tür stehen geblieben und haben beschlossen, die Polizei zu rufen?« Er stieß einen Seufzer aus. »Sie machen es mir schwer. Ich bin ein einfacher Mann und habe einfache Methoden. Und ich bin seit über zwanzig Jahren Polizist. Polizisten haben Instinkte und Ahnungen. Man kann das nicht immer erklären. Sie sind einfach da. Es könnte ja sein, dass Sie vor Sherry Bellows' Tür so eine Ahnung hatten.«

»Das könnte sein.«

»Manche Leute neigen zu Ahnungen. Man könnte sagen, Sie hatten eine, als Sie uns vor achtzehn Jahren zu Hope Lavelle geführt haben. Auch in New York hatten Sie eine. Viele Leute waren froh darüber.«

Seine Stimme war freundlich, aber seine Augen blickten Tory wachsam an. »Was in New York passiert ist, hat hiermit nichts zu tun.«

»Es hat aber etwas mit Ihnen zu tun. Sechs Kinder sind

wieder nach Hause gekommen, weil sie eine Ahnung hatten.«

»Und eines nicht.«

»Aber sechs«, wiederholte Carl D.

»Ich kann Ihnen nicht mehr sagen, als ich bereits gesagt habe.«

»Vielleicht können Sie das wirklich nicht. Aber mir kommt es eher so vor, als wollten Sie nicht. Ich war vor achtzehn Jahren dabei, als Sie uns zu dem kleinen Mädchen führten. Ich bin nur ein einfacher Mann, aber ich war dabei. Und auch heute war ich da, habe auf die junge Frau geblickt und gesehen, was ihr angetan worden ist. Und ich musste an damals denken. Ich war an beiden Orten und habe beide Morde vor Augen gehabt. Und Sie auch.«

»Ich bin nicht hineingegangen.«

»Aber Sie haben es gesehen.«

»Nein!« Tory sprang auf. »Das habe ich nicht. Ich habe es gespürt. Ich habe es nicht gesehen, und ich habe auch nicht hingesehen. Ich konnte nichts mehr tun. Sie war tot, und ich konnte ihr nicht mehr helfen. Genau wie bei Hope. Oder bei all den anderen. Ich will das nicht mehr in mir! Ich habe Ihnen alles erzählt, was ich weiß, genauso, wie es passiert ist. Warum reicht das denn nicht?«

»Schon gut. Schon gut, Miss Tory. Warum setzen Sie sich nicht wieder und versuchen, sich zu entspannen? Ich gehe nach unten und rede mit Faith.«

»Ich möchte jetzt nach Hause fahren.«

»Setzen Sie sich einfach und ruhen Sie sich aus. Wir bringen Sie bald nach Hause.«

Während er die Treppe hinunterging kaute er nachdenklich auf seinem Kaugummi und dachte über ihre Reaktion auf seine Fragen nach. Das Mädchen war ein Bündel an Problemen. Sie konnte einem nur Leid tun. Aber das würde ihn nicht davon abhalten, sie für seine Zwecke zu benutzen. Es gab einen Mord in der Stadt. Sicher nicht der erste, aber bestimmt der hässlichste seit vielen Jahren.

Carl D. war ein Mann mit Instinkt. Und sein Instinkt sagte ihm, dass Tory Bodeen der Schlüssel war.

Unten an der Treppe lief Cade hin und her. »Sie können jetzt zu ihr hinaufgehen. Sie kann wahrscheinlich eine starke Schulter gebrauchen. Ist Ihre Schwester hier irgendwo?«

»Sie ist mit Wade im Hinterzimmer. Er untersucht gerade den Hund.«

»Schade, dass der Hund nicht reden kann. Piney hat ihn angefahren, nicht wahr?«

»Ja, das hat man mir jedenfalls erzählt.«

»Zu schade, dass Hunde nicht sprechen können.« Carl D. ging ins Hinterzimmer.

Als Cade hereinkam, saß Tory immer noch auf dem Sofa.

»Ich hätte einfach weggehen sollen. Oder besser noch, ich hätte Faith einfach hineingehen lassen sollen, wie sie es unbedingt wollte. Faith hätte Sherry gefunden, wir hätten die Polizei gerufen und es hätte keine Fragen gegeben.«

Er setzte sich neben sie. »Und warum hast du das nicht getan?«

»Ich wollte nicht, dass Faith sieht, was dort drinnen ist. Und *ich* wollte es auch nicht sehen. Aber jetzt erwartet Chief Russ von mir, dass ich mich in Trance versetze und ihm den Namen des Mörders sage. Ich bin doch kein Medium, verdammt noch mal!«

Cade ergriff ihre Hand. »Du hast jedes Recht der Welt, wütend zu sein – auf ihn, auf die Situation. Aber warum bist du wütend auf dich?«

»Das bin ich nicht. Warum sollte ich?« Tory sah seine Hände. »Deine Knöchel sind ja angeschwollen!«

»Sie tun auch ziemlich weh.«

»Wirklich? Danach sah es gar nicht aus, als du ihn geschlagen hast. Du wirkest irgendwie nur leicht verstimmt, so als wolltest du sagen, ›Jetzt muss ich diese lästige Fliege aber loswerden, damit ich weiterlesen kann‹.«

Er grinste und zog ihre Hand an seine Lippen. »Als Lavelle muss man seine Würde wahren.«

»Quatsch. Ich habe gesagt, wie es wirkte, aber das war

natürlich nicht die Realität. Wut und Abscheu waren die Realität, und du hast es genossen, ihm die Luft herauszulassen. Ich weiß das, weil es mir genauso gegangen ist«, sagte sie seufzend. Billy ist ein widerlicher Mensch und jetzt wird er nach einem anderen Weg suchen, um dir etwas anzutun. Aber dann wird er von hinten kommen, weil er Angst vor dir hat. Und das sage ich nur aufgrund meines gesunden Menschenverstandes und eines gewissen Verständnisses für die menschliche Natur, nicht wegen meiner fabelhaften wahrsagerischen Fähigkeiten.«

»Über Clampett mache ich mir keine Gedanken.« Cade strich mit seinen geschwollenen Knöcheln über ihre Wange. »Und du solltest das auch nicht tun.«

»Ich wünschte, ich könnte es.« Sie stand auf. »Nein, ich wünschte, ich könnte mir nur über ihn Gedanken machen, dann wäre ich wenigstens abgelenkt. Warum fühle ich mich bloß so schuldig?«

»Ich weiß nicht, Tory. Warum solltest du?«

»Ich habe Sherry Bellows kaum gekannt. Ich habe noch nicht einmal eine Stunde mit ihr verbracht, sie hat mein Leben kaum gestreift. Mir tut Leid, was ihr passiert ist, aber muss das bedeuten, dass ich darin verwickelt werde?«

»Nein.«

»Das ändert doch auch nichts daran, was ihr passiert ist. Nichts, was ich tue, ändert etwas daran. Was soll das also? Und auch wenn Chief Russ behauptet, er sei offen für meine Fähigkeiten, wird er am Ende genauso wie alle anderen reagieren. Warum soll ich mich da hinein begeben, wenn sie am Ende doch nur alle über mich lachen und mir nicht glauben?«

Sie wandte sich zu ihm. »Hast du gar nichts dazu zu sagen?«

»Ich warte ab, bis du dir darüber klar wirst.«

»Du hältst dich wohl für sehr klug, was? Du denkst, du kennst mich gut. Du kennst mich überhaupt nicht! Ich bin nicht nach Progress zurückgekommen, um eine tote Freundin zu rächen. Ich bin hierher gekommen, um mein Leben zu leben und mein Geschäft zu führen.«

»Schon gut.«

»Red nicht in diesem geduldigen Tonfall mit mir, wenn deine Augen mir sagen, dass du mich für eine Lügnerin hältst.«

Sie war so erregt, dass er aufstand und zu ihr trat. »Ich bin doch bei dir.«

Tory blickte ihn an und ließ sich dann in seine Arme sinken. »O Gott.«

»Wir gehen hinunter und sagen es dem Chief. Ich bleibe bei Dir.«

Tory nickte und ließ sich von ihm wiegen. Und sie akzeptierte die Tatsache, dass er sie womöglich nie wieder im Arm würde halten wollen, wenn sie erst einmal in Sherry Bellows' Wohnung gewesen war.

22

»Brauchen Sie noch etwas, bevor wir hineingehen?«

Tory kämpfte immer noch mit ihrer Nervosität, aber sie begegnete Carl D.s Blick gleichmütig. »Meinen Sie vielleicht eine Kristallkugel? Oder Tarot-Karten?«

Er war durch die Haustür hineingegangen, wie sie ihn gebeten hatte. Dann hatte er die Terrassentür von innen entriegelt, das Siegel entfernt und war auf die Terrasse getreten, wo sie mit Cade wartete.

Wenn man durch die Hintertür eindrang, war die Gefahr nicht so groß, dass man gesehen wurde. Das hatte auch der Mörder gewusst.

Jetzt schob Carl D. seine Mütze zurück und kratzte sich am Kopf. »Sie sind wahrscheinlich ziemlich sauer auf mich.«

»Ja. Sie haben mich zu etwas gedrängt, das ich nicht will. Für mich wird es nicht angenehm werden und für Sie möglicherweise nutzlos.«

»Miss Tory, in der Gerichtsmedizin liegt eine junge Frau in Ihrem Alter auf dem Tisch und wird gerade obduziert. Morgen früh kommt ihre Familie. Das ist für uns alle nicht besonders angenehm.«

Er wollte, dass sie dieses Bild vor Augen hatte. Tory nickte anerkennend. »Sie sind ein härterer Mann, als ich gedacht habe.«

»Und Sie sind eine härtere Frau. Wir haben vermutlich beide Gründe dafür.«

»Reden Sie jetzt nicht mehr mit mir.« Tory öffnete die Tür und trat ein.

Zunächst konzentrierte sie sich auf das Licht. Es dauerte lange, bis sie etwas sagte. In dieser Zeit nahm sie das auf, was im Zimmer war.

»Sie mochte Musik. Sie mochte Geräusche. Sie war nicht gern allein. Sie hatte gern Leute zu Besuch. Stimmen, Bewegung. Sie fand das faszinierend. Sie redete gern.«

Auf dem Telefon lag Staub. Tory merkte gar nicht, dass sie sich die Finger schmutzig machte, als sie darüber fuhr. Wer war Sherry Bellows? Das war das Wichtigste.

»Gespräche waren für sie wie Nahrung. Ohne sie wäre sie verhungert. Sie lernte gern Menschen kennen, hörte ihnen gern zu, wenn sie von sich redeten. Sie war sehr glücklich hier.«

Sie schwieg und ließ ihre Finger über Bilderrahmen, eine Stuhllehne gleiten.

»Die meisten Menschen wollen eigentlich nicht hören, was andere zu erzählen haben, aber bei ihr war das anders. Sie stellte keine Fragen, um dann von sich zu reden. Sie hatte so viele Pläne. Unterrichten war für sie ein Abenteuer. Sie konnte den Kindern so viel beibringen.«

Sie ging an Carl D. und Cade vorbei. Obwohl sie wusste, dass sie da waren, wurden sie immer unwichtiger für sie.

»Sie las gern«, sagte Tory leise, während sie zu einem billigen Eisenregal voller Bücher trat.

Sie sah Bilder vor ihrem geistigen Auge, Bilder einer jungen Frau, die Bücher ins Regal stellte, sie herausholte, sich mit ihnen in dem Stuhl auf der Terrasse zusammenrollte. Zu ihren Füßen schnarchte der große Hund.

Es war leicht, in diese Bilder zu gelangen, sie zu öffnen und Teil von ihnen zu werden. Tory schmeckte Salz – Kartoffelchips – auf ihrer Zunge, und ein zufriedenes Gefühl hüllte sie ein.

»Aber das ist nur eine andere Art, mit Menschen zusammen zu sein. Man taucht in das Buch ein. Man wird zu seiner Lieblingsperson und lebt ihr Leben.

Der Hund legt sich neben dich aufs Sofa oder ins Bett. Überall verliert er Haare. Man könnte einen Mantel aus all den Haaren weben, aber er ist so süß. Also staubsaugst du fast jeden Tag. Drehst die Musik laut, damit du sie beim Saugen noch hörst.«

Musik vibrierte in ihrem Kopf. Laut, fröhlich. Sie klopfte mit dem Fuß den Takt dazu.

»Mr. Rice von nebenan hat sich beschwert. Aber du backst ihm ein paar Plätzchen und bringst sie ihm vorbei. Alle in dieser Stadt sind so nett. Du bist so gern hier.«

Sie wandte sich von dem Regal ab. Ihre Augen blickten leer, aber sie lächelte.

Cades Herzschlag setzte aus, als ihr Blick über ihn hinwegglitt. Sie sah durch ihn hindurch.

»Jerry, der kleine Junge von oben, ist verrückt nach Mongo. Jerry ist süß. Eines Tages willst du genau so einen kleinen Jungen haben, der nur aus Augen, einem frechen Grinsen und klebrigen Fingern besteht.«

Lächelnd drehte sie sich.

»Manchmal gehen sie nachmittags nach der Schule nach draußen und Jerry wirft für Mongo Tennisbälle. Gelbe Tennisbälle, die ganz schmutzig und nass werden. Es macht Spaß, auf der Terrasse zu sitzen und ihnen zuzusehen.

Jerry muss hineingehen, seine Mutter hat ihn gerufen, damit er vor dem Abendessen noch seine Hausaufgaben macht. Mongo ist ganz erledigt, deshalb schläft er auf der Terrasse ein. Am liebsten würdest du die Musik so laut wie möglich aufdrehen, weil du so glücklich bist. So voller Hoffnung. Ein Glas Wein. Weißwein. Nicht wirklich guter Wein, aber einen besseren kannst du dir nicht leisten. Es ist trotzdem schön, ein Glas Wein zu trinken, der Musik zu lauschen und Pläne zu machen.«

Tory trat an die Terrassentür und blickte hinaus. Statt der Dunkelheit sah sie frühe Dämmerung. Der Hund lag wie ein haariger Fußabtreter auf der Terrasse und schnarchte.

»Es gibt so viel nachzudenken, so viel zu planen. So viel zu tun. Du hast ein gutes Gefühl und kannst es gar nicht erwarten, endlich anzufangen. Du willst eine Party geben, viele Leute einladen und mit diesem tollen Tierarzt flirten. Und mit diesem elegant aussehenden Cade Lavelle. Du meine Güte, es gibt viele gut aussehende Männer in Progress. Aber jetzt solltest du dir etwas zu essen machen. Den Hund musst du auch noch füttern. Vielleicht solltest du dir noch ein Glas Wein genehmigen, während du das Essen vorbereitest.«

Tory ging in die Küche und summte die Melodie, die in ihrem Kopf erklang. Sheryl Crow. »Ein Salat. Ein schöner, großer Salat mit extra Karotten, weil Mongo sie so gern mag. Du mischst sie ihm unter sein Fressen.« Sie griff nach unten, fuhr mit den Fingern über den Türgriff des Küchenschrankes, dann keuchte sie plötzlich auf und taumelte zurück.

Instinktiv trat Cade auf sie zu, aber Carl D. packte ihn am Arm. »Nicht!«, flüsterte er. »Lassen Sie sie.«

»Er war da.« Tory atmete jetzt hastig und abgehackt. Sie hatte beide Hände zu Fäusten geballt und an ihre Kehle gehoben. »Du hast ihn nicht gehört. Du kannst ihn nicht sehen. Er hat ein Messer. O Gott. O Gott. Er legt dir die Hand über den Mund. Das Messer hält er dir an die Kehle. Du hast solche Angst. Solche Angst. Du tust alles, wenn er dir nur nicht wehtut.

Seine Stimme klingt leise und sanft an deinem Ohr. Was hat er mit Mongo gemacht? Hat er ihm wehgetan? Die Gedanken überschlagen sich in deinem Kopf. Das ist nicht real. Das kann nicht real sein. Aber das Messer ist so scharf. Er stößt dich vorwärts und du hast Angst, du könntest stolpern und das Messer ...«

Tory schlurfte aus der Küche und stützte sich mit einer Hand an der Wand ab, als sie schwankte. »Die Jalousien sind heruntergelassen. Niemand kann dich sehen. Niemand kann dir helfen. Er zerrt dich ins Schlafzimmer, und du weißt, was er tun wird. Wenn du doch nur von dem Messer wegkämst.«

An der Tür zum Schlafzimmer blieb Tory wie erstarrt stehen. Übelkeit überflutete sie in kurzen, heftigen Wellen. »Ich kann nicht. Ich kann nicht.« Sie drehte ihr Gesicht zur Wand. »Ich will das nicht sehen. Er hat sie hier umgebracht, warum muss ich das sehen?«

»Das reicht.« Cade schob Carl D.s Hand weg. »Verdammt, es reicht.«

Doch als er nach Tory griff, wich sie vor ihm zurück.

»Es ist in meinem Kopf. Ich bekomme es nie mehr aus dem Kopf. Rede nicht mit mir. Fass mich nicht an.«

Sie schlug die Hände vors Gesicht, hielt den Atem an und ließ die Bilder wieder zu.

»Oh. Oh. Er stößt dich aufs Bett, mit dem Gesicht nach unten. Und er ist über dir. Er ist schon hart, und als du ihn spürst, wehrst du dich. Die Angst schnürt dir die Kehle zu. Sie ist heiß. Angst ist heiß.«

Sie stöhnte und sank neben dem Bett auf die Knie. »Er schlägt dich. Fest. Hinten auf den Nacken. Der Schmerz durchzuckt dich. Dann schlägt er dich wieder, auf eine Seite des Gesichts. Du schmeckst Blut. Dein eigenes. Blut schmeckt genauso wie Entsetzen. Ganz genauso. Er zerrt dir die Arme hinter den Rücken, aber das ist nur noch eine andere Art von Schmerz.«

Der Schmerz erfüllte Tory. Sie hatte das Gefühl, ihr Kopf müsse platzen. Sie drückte ihr Gesicht in die Matratze, hielt sich mit den Händen daran fest.

»Es ist dunkel. Im Zimmer ist es dunkel, und die Musik spielt. Du empfindest nur Schmerzen. Du weinst. Du versuchst, ihn anzuflehen, aber er hat dir ein Tuch über den Mund gebunden. Er schlägt dich wieder und du wirst halb bewusstlos. In deinem Dämmerzustand spürst du kaum, wie er dir die Kleider vom Leib schneidet. Das Messer ritzt dich, aber es ist schlimmer, so viel schlimmer, wenn er dich mit seinen Händen berührt.«

Tory schlang sich die Arme um den Bauch und begann, hin und her zu schaukeln. »Es tut weh. Es tut weh. Du kannst noch nicht einmal schreien, als er dich vergewaltigt. Lass es endlich vorbei sein, aber er stößt immer weiter in dich hinein, und du musst weggehen. Du musst irgendwo anders hin. Du musst weggehen.«

Erschöpft legte Tory ihren Kopf auf das Bett und schloss die Augen. Das Blut rauschte in ihren Ohren und Schweiß rann über ihren Körper. Ihr kam es vor, als sei sie lebendig begraben. Ihr war so schrecklich kalt.

Sie musste wieder nach oben. Zurück zu sich selbst.

»Als er mit ihr fertig war, erwürgte er sie mit den Händen. Sie konnte sich nicht mehr wehren. Sie weinte – oder er, ich weiß es nicht. Dann schnitt er den Strick um ihre Handgelenke ab und nahm ihn mit. Er wollte keine Spuren hinterlassen, aber er hat es doch getan. Wie ein Eisrand an einem Glas. Ich kann nicht hier bleiben. Bitte bringt mich hier weg. Bitte, lasst mich hier weggehen.«

»Ist schon gut.« Cade nahm sie in die Arme. Ihre Haut war kalt und schweißbedeckt. »Ist schon gut, Liebes.«

»Mir ist übel. Ich bekomme hier drinnen keine Luft.« Sie lehnte den Kopf an Cades Schulter und ließ sich von ihm hinausführen.

Er fuhr sie nach Hause. Sie sagte nichts und saß nur da wie ein Gespenst, während der Fahrtwind über ihr Gesicht und durch ihre Haare wehte.

In ihm war eine Wut, die er am liebsten an Carl D. ausgelassen hätte. Der Chief hatte beschlossen, ihnen hinterher zu fahren. Doch Tory hatte nichts dagegen gehabt, dass er mitkam. Das waren ihre letzten Worte gewesen. Cade hielt vor dem Sumpfhaus. Bevor er auf der Beifahrerseite ankam, war sie bereits ausgestiegen. »Du brauchst nicht mit ihm zu reden.« Seine Stimme klang gepresst und seine Augen blickten sie kalt an.

»Doch. Du kannst nicht sehen, was ich sehe, also lass mich in Ruhe.« Erschöpft blickte sie dem Polizeiwagen entgegen. »Er wusste das und hat es benutzt. Du brauchst nicht hier zu bleiben.«

»Sei nicht albern«, zischte er und drehte sich um, um auf Carl D. zu warten, während sie schon zur Tür ging.

»Passen Sie bloß auf.« Cade trat dem Chief entgegen. »Sie werden sehr, sehr vorsichtig mit ihr umgehen, sonst lasse ich Sie dafür bluten.«

»Ich verstehe, dass Sie aufgebracht sind.«

»Aufgebracht?« Cade packte Carl D. am Hemd. Am liebsten hätte er den Mann in Stücke gerissen. »Sie haben ihr das zugemutet. Und ich auch«, fügte er hinzu und ließ angewidert seine Hand sinken. »Und wozu?«

»Ich weiß es noch nicht. Ich bin auch ein bisschen

durcheinander. Aber ich werde alles benutzen, was sich mir bietet. Und im Moment ist das eben Tory. Ich ertaste mir meinen Weg, Cade.«

In seiner Stimme und seinen Augen lag Bedauern. »Ich will dem Mädchen nicht wehtun. Ich werde vorsichtig sein, so vorsichtig wie ich kann. Und wahrscheinlich werde ich mich für den Rest meines Leben daran erinnern, wie sie in dieser Wohnung ausgesehen hat.«

»Ich auch«, sagte Cade und wandte sich ab.

Tory kochte Tee, eine Kräutermischung, von der sie hoffte, dass sie ihren Magen beruhigen und das Zittern ihrer Hände mildern würde. Als die beiden Männer hereinkamen sagte sie nichts, sondern holte nur eine Flasche Bourbon heraus und stellte sie auf den Tisch. Dann setzte sie sich.

»Ich könnte einen Schluck gebrauchen. Das ist während der Dienstzeit zwar verboten, aber das hier sind besondere Umstände.«

Cade holte zwei Gläser und schenkte sich und Carl D. einen Doppelten ein.

»Er ist durch die Hintertür gekommen«, begann Tory. »Das wissen Sie. Sie wissen bereits einen Großteil von dem, was ich Ihnen erzählen kann.«

»Stimmt.« Carl D. nahm sich ebenfalls einen Stuhl. »Erzählen Sie einfach weiter, wie es am besten für Sie ist. Und nehmen Sie sich Zeit.«

»Sherry war allein in der Wohnung. Sie hatte zwei Gläser Wein getrunken. Sie fühlte sich gut, aufgeregt, voller Hoffnung. Sie hatte Musik aufgelegt. Als er hereinkam, war sie in der Küche. Sie hat sich einen Salat zum Abendessen gemacht und wollte gerade den Hund füttern. Er ist von hinten gekommen und hat ihr das Messer an die Kehle gehalten, das sie gerade beiseite gelegt hatte.«

Torys Stimme klang flach und monoton, ihr Gesicht war ausdruckslos. Sie hob ihre Teetasse, trank einen Schluck und stellte sie wieder ab. »Sie hat ihn nicht gesehen. Er blieb hinter ihr und hielt ihr das Messer an den Hals. Er hatte die Jalousien zur Terrasse heruntergelassen, und ich glaube, dass er auch die Türen verschlossen hat, aber das spielt keine Rolle. Sie versuchte nicht, wegzulaufen, dazu hatte sie viel zu viel Angst vor dem Messer.«

Geistesabwesend fuhr sie sich mit der Hand an den Hals. »Ich weiß nicht, was er zu ihr sagte. Sie empfand alles sehr viel stärker als er. Er begehrte sie nicht einmal besonders. In ihm waren nur Wut und Verwirrung und eine Art von schrecklichem Stolz. Sie war ein Ersatz, sie war gerade zur Hand für ein … ein Bedürfnis, das er noch nicht einmal verstand. Er brachte sie ins Schlafzimmer und warf sie bäuchlings auf das Bett. Er schlug sie ein paarmal, auf den Nacken, ins Gesicht. Er fesselte ihr die Hände auf dem Rücken mit einem guten, festen Strick. Er schloss die Vorhänge, damit niemand hineinsehen konnte und damit es dunkel war. Er wollte nicht, dass sie sein Gesicht sah, aber mehr noch wollte er ihres nicht sehen. Er hat ein anderes Gesicht gesehen, als er sie vergewaltigte.

Er hat die Kleider mit seinem Messer aufgeschnitten, wobei er sehr vorsichtig war, aber trotzdem hat er sie auf dem Rücken und oben an der Schulter geritzt.«

Carl D. nickte und trank einen Schluck. »Das stimmt. Sie hatte zwei flache Schnitte, und an ihren Handgelenken waren Schürfwunden. Aber wir haben keinen Strick gefunden.«

»Er hat ihn mitgenommen. Er hat dies noch nie zuvor drinnen getan. Es ist immer draußen passiert, und er findet es irgendwie erregend, das mit ihr in einem Bett zu machen. Auch die Schläge bereiten ihm Lust. Er tut Frauen gern weh. Aber mehr noch als Lust verschafft es ihm Erleichterung für seinen aufgestauten Hunger. Für sein Bedürfnis, sich als Mann zu beweisen. Er ist nur dann ein Mann, wenn er eine Frau unterwerfen kann. Wenn er sie vergewaltigt, ist er glücklicher und stärker als sonst. Nur so kann er seine Männlichkeit zelebrieren.«

Der Versuch, ihn zu sehen, sich in ihn hineinzuversetzen, verursachte ihr Kopfschmerzen. Sie rieb sich die Schläfen. »Er glaubt, Frauen seien dazu geschaffen, beherrscht zu werden. Davon ist er überzeugt, aber er geht trotzdem vorsichtig vor. Er nimmt ein Kondom. Woher soll er wissen, mit wem er da schläft? Sie ist doch nur eine Nutte, wie alle anderen auch. Ein Mann muss Vorsichtsmaßnahmen treffen.«

»Sie haben gesagt, er wollte nichts von sich zurücklassen.«

»Ja, er will seinen Samen nicht in ihr lassen. Das verdient sie nicht. Ich ... aber ich spüre fast nichts von ihm.« Tory presste die Finger auf ihre pochenden Schläfen. »Es gibt leere Stellen in ihm. Ich weiß nicht, wie ich es Ihnen erklären soll.«

»Schon gut«, sagte Carl D. »Fahren Sie fort.«

»Es soll eine Bestrafung für sie und Selbstbestätigung für ihn sein. Während des Akts existiert sie nicht für ihn. Sie ist nichts, deshalb ist es auch so leicht, sie zu töten. Jedes Mal wenn es vorbei ist, ist er stolz, aber auch wütend. Es ist nie so, wie er es sich erhofft hat, es befreit ihn nie vollständig. Das ist natürlich ihre Schuld. Beim nächsten Mal wird es besser sein. Er schneidet den Strick durch, dreht die Musik ab und lässt sie in der Dunkelheit zurück.«

»Wer ist er?«

»Ich kann sein Gesicht nicht sehen. Ich kann ein paar seiner Gedanken und seine vorherrschenden Gefühle erkennen, aber nicht sein Gesicht.«

»Er kannte sie.«

»Er hatte sie gesehen, und ich glaube, er hat mit ihr gesprochen. Er wusste auf jeden Fall von dem Hund.« Tory schloss einen Moment lang die Augen. »Er hat dem Hund ein Betäubungsmittel gegeben. Ja, ich glaube, so war es. Er hat ihm irgendetwas mit einem Burger gegeben. Das war alles sehr riskant, machte es aber auch erregender für ihn. Jemand hätte ihn sehen können. Bei den anderen Malen konnte ihn keiner sehen.«

»Welche anderen Male?«

»Hope war die Erste.« Torys Stimme brach. Sie trank noch einen Schluck Tee, um sich zu beruhigen. »Es gab noch vier andere, von denen ich weiß. Eine Freundin von mir hat nachgeforscht und herausgefunden, dass es in den letzten achtzehn Jahren fünf Mädchen waren. Alle sind gegen Ende August umgebracht worden, alle waren jung und blond. Jede war in dem Alter, in dem Hope gewesen wäre, wenn sie noch lebte. Ich glaube, Sherry war jünger, aber er hat sie eigentlich auch nicht gewollt.«

»Ein Serienkiller? Über einen Zeitraum von achtzehn Jahren.«

»Sie können das beim FBI überprüfen.« Sie blickte Cade an, zum ersten Mal, seit sie sich an den Tisch gesetzt hatten. »Er bringt immer noch Hope um. Es tut mir Leid. Es tut mir so Leid.«

Sie stand auf. Als sie ihre Tasse zur Spüle trug, klapperte sie auf der Untertasse. »Ich habe Angst, es könnte mein Vater sein.«

»Warum?« Cade blickte sie unverwandt an. »Warum glaubst du das?«

»Er hat ... Wenn er mich schlug, dann hat ihn das erregt. Er hat mich zwar nie sexuell missbraucht, aber es hat ihn erregt, mir wehzutun. Rückblickend bin ich mir nicht sicher, ob er nicht von meinen Plänen wusste, mich in jener Nacht mit Hope zu treffen. Als er zum Abendessen kam, war er in selten guter Laune. Es war, als ob er darauf wartete, dass ich einen Fehler machte, damit er zuschlagen konnte. Und als ich dann meiner Mutter sagte, das Einmachwachs stünde oben im Schrank – so ein dummer Fehler –, da hatte er mich. Er hat mich nicht immer so schlimm verprügelt, aber an jenem Abend ... Als er fertig war, konnte er sicher sein, dass ich nirgendwo mehr hingehen würde.«

Tory trat wieder an den Tisch. »Sherry war im Laden, als er gestern hereinkam. Er fragte sie nach dem Hund. Und sie hatte gerade die Bewerbung für die Stelle ausgefüllt. Ihr Name, ihre Adresse, ihre Telefonnummer – alles lag auf der Ladentheke. Er konnte sich meiner sicher sein, er konnte sicher sein, dass ich zu viel Angst vor ihm haben würde, um irgendjemandem zu sagen, dass ich ihn gesehen hatte. Er war sicher, dass ich nicht zur Polizei gehe. Aber bei Sherry konnte er sich nicht sicher sein.«

»Sie glauben, Hannibal Bodeen hat Sherry Bellows umgebracht, weil sie ihn gesehen hat?«

»Das war für ihn bestimmt die Rechtfertigung für das, was er vorhatte. Ich weiß nur, dass er dazu fähig ist. Mehr kann ich Ihnen nicht sagen. Es tut mir Leid. Ich fühle mich nicht wohl.«

Sie verließ die Küche und schloss sich im Badezimmer ein.

Sie konnte nicht mehr gegen die Übelkeit ankämpfen und übergab sich. Danach legte sie sich auf die kühlen Fliesen und wartete darauf, dass die Schwäche nachließ. In der Stille, die sie umgab, hallte ihr Herzschlag in ihren Ohren.

Als es ihr etwas besser ging stand sie auf und drehte das heiße Wasser in der Dusche an. Sie war völlig durchgefroren. Eigentlich konnte nichts sie je wieder aufwärmen, aber das Wasser spülte zumindest die hässlichen Bilder von ihrer Haut, auch wenn es sie nicht aus ihrem Kopf löschen konnte.

Danach wickelte sie sich in ein Handtuch, schluckte drei Aspirin und wollte nur noch ins Bett gehen und schlafen.

Cade stand am Fenster und blickte in die mondbeschienene Dunkelheit. Er hatte das Licht ausgemacht, sodass er nur eine silbrig schimmernde Silhouette war.

Das Herz tat ihr weh, weil sie nicht aufhören konnte zu lieben.

»Ich dachte, du wärst fort.« Sie trat zum Schrank, um sich ihren Bademantel herauszuholen.

Er drehte sich nicht um. »Geht es dir besser?«

»Ja, mir geht es gut.«

»Das wohl kaum. Ich wollte nur wissen, ob es dir ein bisschen besser geht.«

»Ja.« Entschlossen schlang sie den Gürtel um den Bademantel. »Es geht mir besser. Danke. Du bist nicht verpflichtet, hier zu bleiben, Cade. Ich weiß selber, was ich tun muss.«

»Gut.« Er wandte sich um, aber sein Gesicht blieb im Schatten, sodass sie es nicht sehen konnte. »Sag mir, was ich für dich tun kann.«

»Nichts. Ich bin dir dankbar, weil du mit mir gekommen bist und mich nach Hause gebracht hast. Du hast schon mehr getan, als ich von jedem anderen hätte erwarten können.«

»Und jetzt soll ich gehen? Erwartest du das von mir? Ich soll gehen und dich allein lassen, mich in netter, angenehmer Distanz halten. Angenehm für wen? Für dich oder für mich?«

»Für uns beide, denke ich.«

»Und mehr erwartest du nicht von mir? Von uns?«

»Ich bin schrecklich müde.« Ihre Stimme schwankte. »Und du sicher auch. Das kann doch auch für dich nicht angenehm gewesen sein.«

Er trat auf sie zu, und sie sah genau das, was sie erwartet hatte. Wut. Sie schloss die Augen.

»Um Gottes willen, Tory.« Cade streichelte ihre Wange, und seine Hände glitten in ihre nassen Haare. »Hat dich denn jeder immer im Stich gelassen?«

Sie konnte nichts erwidern. Eine Träne lief über ihre Wange, und er fing sie mit dem Daumen auf. Gefügig wie ein Kind ließ sie sich von ihm zum Bett führen und auf den Schoß nehmen.

»Ruh dich aus«, murmelte er. »Ich gehe nirgendwohin.«

Sie drückte ihr Gesicht an seine Schulter. Hier waren Trost und Stärke, wie sie ihr noch nie jemand angeboten hatte. Sie schmiegte sich an ihn und hob ihm ihr Gesicht entgegen.

»Berühr mich. Bitte, ich muss dich spüren.«

Ganz sanft glitten seine Hände über ihren Körper. Zitternd griff sie nach ihm und ihre Lippen teilten sich unter seinen und wurden warm.

Langsam löste er den Gürtel ihres Bademantels und zog ihn von ihren Schultern. Dann legte er seine Hand auf ihr Herz. Es pochte heftig, und ihr Atem kam immer noch abgehackt wegen der Schluchzer, die sie unterdrückte.

»Denk an mich«, murmelte er und legte sie auf das Bett. »Sieh mich an.«

Er küsste sie auf die Kehle, auf die Schultern und fuhr mit den Händen durch ihre Haare, während sie begann, sein Hemd aufzuknöpfen.

»Ich muss dich spüren«, wiederholte sie. »Ich muss dich spüren.« Sie legte die Handflächen an seine Brust. »Du bist warm. Du bist wirklich. Mach *mich* wirklich, Cade.«

Sie versank in seiner Zärtlichkeit, und seine Sanftheit löschte das Entsetzen aus, das sie gesehen hatte. Tory begriff, dass die Begegnung ihrer Körper nichts mit Schmerz oder Angst zu tun hatte.

Sein Mund auf ihrer Brust erregte sie, und das Blut pulsierte schneller durch ihre Adern. Seine starken, geduldigen Hände ließen sie alles vergessen. Sie verspürte nur noch das Bedürfnis, sich mit ihm zu vereinigen.

Sie seufzte seinen Namen, als sie den ersten Höhepunkt erreichte.

Er küsste sie wieder, dann ließ er sie den Rhythmus bestimmen. Sie setzte sich auf ihn, und ihr Gesicht war voller Leben und feucht von Tränen.

Sie verschränkten die Finger ineinander, und sie begann, sich auf ihm zu bewegen.

Für ihn gab es nur noch sie, das stetige Heben und Senken ihrer Hüften, ihre Wärme, die ihn einhüllte. Sie blickte ihn unverwandt an, und er sah es, als sie kam. Er spürte die ersten Wellen ihres Orgasmus.

»Gott.« Sie zog seine Hände an ihre Brust. »Mehr. Noch einmal. Berühr mich, berühr mich.«

Er nahm ihre Brüste in die Hand, richtete sich auf und umschloss sie mit seinen Lippen. Als sie seine Haare griff, stieß er tiefer in sie hinein, erfüllte sie, nahm sie. Nahm sich.

Hinterher blieben sie eng umschlungen liegen.

»Du solltest jetzt schlafen«, murmelte er.

»Ich habe Angst vor dem Schlaf.«

»Ich bin doch da.«

»Ich dachte, du würdest gehen.«

»Ich weiß.«

»Du warst so wütend. Ich dachte …« Nein, sie brauchte noch eine Weile. Mut bekam man nicht so ohne weiteres. »Würdest du mir ein Glas Wasser holen?«

»Natürlich.« Er stand auf und zog sich seine Jeans an, bevor er in die Küche ging.

Sie hörte, wie er einen Schrank öffnete und wieder schloss. Als er zurückkam, saß sie in ihrem Bademantel auf der Bettkante. »Danke.«

»Tory, ist dir hinterher immer übel?«

»Nein.« Sie schloss ihre Finger fester um das Glas. »Ich habe noch nie so etwas … Ich kann jetzt noch nicht darüber reden. Aber ich muss reden. Ich muss dir etwas anderes erzählen. Über meine Zeit in New York.«

»Ich weiß, was dort geschehen ist. Es war nicht deine Schuld.«

»Du kennst nur einen Teil der Geschichte. Nur, was du aus den Nachrichten weißt. Ich muss es dir erklären.«

Er fuhr ihr mit den Händen durch die Haare. »Du hast damals eine andere Frisur gehabt. Kürzer und heller gefärbt.«

Tory lachte gequält. »Der Versuch, mich neu zu erfinden.«

»So mag ich es lieber.«

»Ich habe mehr als meine Haare geändert, als ich nach New York ging. Dorthin geflohen bin. Ich war erst achtzehn. Verängstigt, aber neu belebt. Sie konnten mich nicht zwingen, zurückzukommen, und selbst wenn er mir hinterhergekommen wäre, hätte er nichts machen können. Ich war frei. Ich hatte etwas Geld gespart. Das konnte ich schon immer gut, und Gran hat mir auch noch zweitausend Dollar gegeben. Vermutlich hat mir das das Leben gerettet. Ich konnte mir eine kleine Wohnung leisten. Na ja, ein Zimmer. Es lag an der West Side. Ich habe es geliebt. Es gehörte ganz allein mir.«

Sie erinnerte sich an die reine Freude, mit der sie in diesem leeren, winzigen Zimmer gestanden und aus dem Fenster auf die Ziegelfassade des nächsten Gebäudes geblickt hatte. Sie konnte noch den Verkehrslärm von der Straße unten hören.

Sie dachte daran, wie entzückt sie über ihre Freiheit gewesen war.

»Ich bekam einen Job in einem Souvenirladen und habe eine Menge Empire-State-Building-Paperweights und T-Shirts verkauft. Nach ein paar Monaten fand ich eine bessere Stelle in einem besseren Geschenkeladen. Der Weg war zwar länger, aber die Bezahlung war gut, und es gefiel mir, von all diesen hübschen Dingen umgeben zu sein. Ich war eine gute Verkäuferin.«

»Das bezweifle ich nicht.«

»Im ersten Jahr war ich so glücklich. Ich wurde befördert und ich fand ein paar Freunde. Ging aus. Es war alles wunderbar normal. Manchmal vergaß ich sogar, dass ich nicht mein ganzes Leben dort verbracht hatte. Aber wenn jemand eine Bemerkung über meinen Akzent machte, holte mich das wieder in die Wirklichkeit zurück. Doch das war in Ordnung. Ich war genau, wo ich sein wollte und wer ich sein wollte.«

Sie blickte ihn an. »Ich dachte nicht an Hope. Das habe ich nicht zugelassen.«

»Du hattest ein Recht auf dein eigenes Leben, Tory.«

»Das habe ich mir auch gesagt. Ich wollte es so sehr – mein eigenes Leben. Während dieser Zeit fuhr ich einmal, aus reinem Pflichtgefühl, zu meinen Eltern. Vielleicht auch, weil die Dinge aus der Entfernung oft nicht mehr so schrecklich wirken. Ich habe mich vermutlich so … normal gefühlt, dass ich dachte, ich könnte eine normale Beziehung zu ihnen haben.«

Sie schwieg und schloss die Augen. »Aber vor allem bin ich wohl nach Hause gefahren, weil ich ihnen zeigen wollte, was ich aus mir gemacht hatte. Seht mich an: Ich habe hübsche Kleider, einen guten Job, führe ein glückliches Leben.« Sie lachte leise auf. »Ich versagte in jeder Hinsicht.«

»Nein, nicht du. *Sie.*«

»Das spielt keine Rolle. Als ich wieder in New York war, war ich wegen des Besuchs ein wenig aus dem Gleichgewicht geraten. Eines Tages ging ich nach der Arbeit auf den Markt und kaufte ein paar Dinge ein. Ich weiß nicht mehr genau, was. Aber ich ging mit meiner Einkaufstasche nach Hause und räumte alles ein.«

Tory blickte auf ihr Wasserglas. »Ich stand da in dieser winzigen Küche und hielt einen Karton Milch in der Hand. Einen Karton Milch«, wiederholte sie flüsternd. »Auf der Seite war ein kleines Mädchen abgebildet. Karen Anne Wilcox, vier Jahre alt. Vermisst. Aber ich sah gar nicht das Bild, sondern *sie*. Die kleine Karen. Allerdings hatte sie keine blonden Haare wie auf dem Foto. Ihre Haare waren braun und kurz geschnitten, wie bei einem Jungen. Sie saß allein in einem Zimmer und spielte mit Puppen. Es war Februar, aber ich konnte durch ihr Fenster den Himmel sehen. Er war blau, und ich konnte das Meer hören. Karen Anne ist in Florida, dachte ich. Sie ist da irgendwo in der Nähe des Strandes. Und als ich wieder zu mir kam, lag der Karton auf dem Boden und die Milch lief heraus.«

Sie trank noch einen Schluck und stellte das Glas ab. »Ich war so wütend. Was ging das mich denn an? Ich kannte das Mädchen oder seine Eltern gar nicht. Ich *wollte* sie gar nicht kennen lernen. Wie konnten sie es wagen, sich so in mein Leben zu drängen? Warum sollte ausgerechnet ich etwas damit zu tun haben? Dann dachte ich an Hope.«

Tory erhob sich und trat ans Fenster. »Ich konnte nicht mehr aufhören, an sie und an das kleine Mädchen zu denken. Also ging ich zur Polizei. Die hielten mich für eine Irre und verdrehten die Augen. Sie sprachen in einem Tonfall mit mir, als sei ich nicht nur verrückt, sondern auch blöde. Ich war wütend und verlegen, aber ich bekam einfach das Kind nicht aus meinem Kopf. Während mich zwei Beamte befragten, verlor ich die Beherrschung und schrie den einen an, wenn er nicht so engstirnig wäre, dann würde er mir zuhören, statt sich Gedanken darüber zu machen, wie viel Geld ihm der Mechaniker für die Reparatur der Kupplung abknöpfen würde.

Auf einmal wurden sie aufmerksam. Es stellte sich heraus, dass der ältere der beiden, Detective Michaels, seinen Wagen tatsächlich in der Werkstatt hatte. Sie glaubten mir zwar immer noch nicht, aber jetzt jagte ich ihnen Angst ein. Das Gespräch wurde zu einem Verhör und meine Nerven lagen blank. Der jüngere der beiden, der vermutlich den guten Polizisten spielen wollte, ging hinaus, um mir eine Coke zu holen. Als er zurückkam, hatte er eine Plastiktüte dabei. Mit Beweisen. Darin waren hellrote Fäustlinge. Sie hatten sie bei Macy's auf dem Boden gefunden. Dort war das Mädchen entführt worden, während seine Mutter Weihnachtseinkäufe machte. Sie wurde seit Dezember vermisst. Er warf die Fäustlinge wie Fehdehandschuhe auf den Tisch.«

Tory erinnerte sich noch an seine Augen. Jacks Augen. Die Härte in ihrem strahlend schönen Grün.

»Ich packte sie nicht an. Ich war so wütend und schämte mich. Aber ich nahm die Tüte in die Hand, und da sah ich sie ganz deutlich in ihrem roten Mantel. Es herrschte großes Gedränge, alles wollte Geschenke kaufen. Lärm. Ihre Mama stand direkt an der Ladentheke und griff nach einem Pullover. Sie achtete nicht auf Karen Anne, und sie ging ein paar Schritte weit weg. Da kam diese Frau und nahm Karen Anne auf den Arm. Sie hielt sie fest an sich gedrückt und drängte sich mit ihr durch die Menge zur Tür. Niemand achtete auf sie, weil alle so beschäftigt waren. Die Frau sagte zu Karen, sie solle leise sein und dass sie sie zu Santa Claus mitnähme. Dann ging sie sehr schnell die Straße herunter zu einem wartenden Wagen. Ein weißer Chevrolet mit einer Beule in der rechten Stoßstange und New Yorker Nummernschild.«

Tory stieß einen Seufzer aus und schüttelte den Kopf.

»Ich sah sogar das Kennzeichen. Gott, es war alles so klar. Ich konnte den kalten Wind spüren, der in Böen über die Straße peitschte. Ich erzählte ihnen alles, sagte ihnen auch, wie die Frau aussah, nachdem sie die schwarze Perücke abgenommen hatte. Sie hatte hellbraune Haare, blassblaue Augen und war schlank. Sie trug einen weiten Mantel mit eingeknöpftem Pelz.«

Tory blickte sich um. Cade saß auf dem Bett und hörte ihr zu. »Sie hatte die Entführung seit Wochen geplant. Sie wollte unbedingt ein kleines Mädchen, ein hübsches kleines Mädchen. Sie hatte sich Karen ausgesucht, weil sie gesehen hatte, wie ihre Mutter sie zur Kindertagesstätte brachte. Also entführte sie sie. Sie und ihr Mann fuhren direkt mit ihr nach Florida. Sie schnitten ihr die Haare ab und färbten sie und ließen sie nicht nach draußen. Sie behaupteten, sie sei ein kleiner Junge namens Robbie.«

Blinzelnd wandte Tory sich um. »Sie wurde gefunden. Es dauerte eine Weile, weil ich nicht genau sehen konnte, wo sie waren. Aber die New Yorker Beamten arbeiteten mit der Polizei in Florida zusammen und fanden sie innerhalb von ein paar Wochen auf einem Campingplatz in Fort Lauderdale. Die Entführer hatten ihr nichts getan. Sie hatten ihr Spielzeug gekauft, ihr zu essen gegeben und gedacht, dass sie letztendlich alles vergessen würde. Die Leute denken immer, dass Kinder vergessen – aber das stimmt nicht.«

Sie seufzte. Draußen schrie ein Käuzchen.

»Karen war also mein erster Fall. Ihre Eltern kamen anschließend, um sich zu bedanken. Sie weinten beide. Ich dachte, vielleicht ist es ja eine Gabe. Vielleicht soll ich Menschen auf diese Weise helfen. Ich begann, mich zu öffnen, ich las alles darüber, was ich finden konnte, und unterzog mich Tests. Und ich begann, mich mit Jack zu treffen – Detective Jack Krentz, dem jüngeren der beiden Polizisten. Ich verliebte mich in ihn.«

Sie ergriff das Glas wieder und trank es leer. »Nach Karen kamen noch andere. Ich dachte, ich hätte den Grund gefunden, warum ich überhaupt auf der Welt war. Ich war heftig verliebt in einen Mann, von dem ich glaubte, er liebe mich auch und betrachte mich als eine Art Partnerin. Ab und zu brachte er irgendwelche Beweisstücke mit nach Hause und bat mich, sie in die Hand zu nehmen. Ich war begeistert davon, ihm bei seiner Arbeit helfen zu können. Wir taten es in aller Stille. Ich wollte keine Anerkennung dafür. Aber meine Erfolge bei entführten Kindern sickerten trotzdem durch, und auf einmal war ich bekannt. Dann kamen die Briefe, die Anrufe, die flehenden Bitten, die einen Tag und Nacht verfolgen. Immer noch wollte ich nur helfen.«

Tory stellte das leere Glas ab und trat wieder ans Fenster. »Ich merkte nicht, wie Jack begann, mich zu beobachten. Mit diesem kühlen Blick. Ich dachte, er sei eben so. Er war der erste Mann, mit dem ich zusammen war, und als es anfing, auseinanderzubrechen, waren wir bereits über ein Jahr lang ein Liebespaar.

Er traf sich mit einer anderen. Sie war in seinen Gedanken, ich konnte sie riechen, wenn er zu mir kam. Ich fühlte mich betrogen und wütend und stellte ihn zur Rede. Nun, er reagierte noch wütender. Darin war er besser als ich. Ich hatte seine Gedanken ausspioniert. Ich war schlimmer als jedes Monster. Wie sollte er eine Beziehung zu einer Frau aufrechterhalten, die seine Privatsphäre nicht respektierte und in seine Gedanken eindrang?«

»Er hat den Spieß einfach herumgedreht. Er betrügt dich, aber du bist schuld.« Cade schüttelte den Kopf. »Das hast du ihm doch hoffentlich nicht abgekauft?«

»Ich war noch nicht einmal zweiundzwanzig. Er war mein erster und einziger Liebhaber. Und ich liebte ihn. Außerdem hatte ich ja wirklich seine Gedanken ausspioniert, wenn auch unabsichtlich. Also nahm ich die Schuld auf mich, aber es war nicht genug. Er begann, mit mir zu streiten. Er behauptete, ich würde die Anerkennung für die gute, harte Arbeit einstreichen wollen. Seine Gefühle waren ins Gegenteil umgeschlagen und das verletzte uns beide. Und dann kam Jonah. Jonah Mansfield.«

Tory drückte sich die Hand auf die Brust und schloss einen Moment lang die Augen. »Es bricht mir immer noch das Herz. Er war acht und von der früheren Haushälterin seiner Eltern entführt worden. Die Polizei wusste das. Und es gab eine Lösegeldforderung in Höhe von zwei Millionen Dollar. Jack gehörte zu dem Team, das den Fall bearbeitete. Er hatte mir nichts gesagt. Die Mansfields kamen auf mich zu. Sie baten mich um Hilfe, und ich sagte ihnen, was ich wusste. Der Junge wurde irgendwo in einem Keller gefangen gehalten. Ich wusste nicht, ob es ein Einfamilienhaus oder ein Mietshaus war, aber es war auf der anderen Seite des Flusses. Jack war wütend, dass ich ihn hintergangen hatte. Er wollte mir nicht zuhören. Sie hatten dem Jungen nichts getan und wollten ihn zurückgeben, sobald das Lösegeld zu ihren Bedingungen bezahlt war. Wollte ich etwa das Leben eines Kindes riskieren, nur um zu beweisen, was ich für ein Wunderwesen war? Das fragte er mich und untergrub dadurch mein Selbstbewusstsein, sodass ich mir am Ende nicht mehr sicher war.«

Tory holte tief Luft. »Ich bin mir immer noch nicht sicher, was eigentlich die Antwort auf diese Frage ist. Aber ich konnte den Jungen sehen und ich konnte die Frau sehen. Sie würde ihn gehen lassen. Ihr ging es nur um das Geld und um Rache, weil die Mansfields sie entlassen hatten. Ich sagte ihnen, Jonah würde gut behandelt. Er hätte Angst, aber es gehe ihm gut. Sie sollten das Lösegeld bezahlen und tun, was verlangt werde, und dann würden sie ihren Sohn heil zurückbekommen. Eigentlich sagte ich genau das, was die Polizei wollte. Was ich jedoch nicht sah, weil Jack mich so verunsichert hatte, waren die Männer, die mit der Frau zusammenarbeiteten. Sie waren nicht so kühl wie sie.«

Ihre Stimme zitterte. O ja, es bricht dir immer noch das Herz, dachte sie. »Ich sagte Jack, da wären noch zwei Männer. Aber die Ermittlungen hatten ergeben, dass es nur einen gab. Die Frau und einen Komplizen. Ich brächte alles durcheinander und wäre ihnen im Weg.

Als das Geld bezahlt wurde, taten diese Männer, was sie die ganze Zeit über vorgehabt hatten. Sie brachten Jonah und die Frau um.«

Tory holte noch einmal tief Luft. »Ich erfuhr es erst aus den Nachrichten. Auf einmal riefen ständig Reporter bei mir an. Ich zog mich zurück und igelte mich ein, weil Jack sich von mir abgewendet hatte.

Ich weiß nicht, wie die Männer ihre Flucht geplant hatten. Sie hatten einen Van und wollten anscheinend einfach wegfahren. Wahrscheinlich hatten sie gar keinen Plan, weil die Frau hinter allem gestanden hatte. Also fuhren sie einfach nach Westen. Aber die Polizei hatte das Geld gekennzeichnet und wartete schon auf sie.

Zwei Polizisten wurden erschossen, einer der beiden Kidnapper schwer verletzt. Nichts davon hatte ich vorausgesehen. Ich hatte die Eltern zu etwas überredet, das den Tod ihres Kindes zur Folge hatte.«

»Nein, die Entführung war die Ursache für den Tod des Kindes. Die Umstände. Gier. Angst.«

»Ich hätte ihn nicht retten können. Ich habe gelernt, damit zu leben. Genauso wie ich damit zu leben gelernt habe, dass ich Hope nicht retten konnte. Aber etwas in mir zerbrach. Ich lag wochenlang im Krankenhaus, war Jahre in Therapie, aber ich bin nie wieder wirklich heil geworden. Ein Teil der Schuld lastet auf mir, Cade, weil ich mich von Jack so habe ablenken lassen, dass ich mich nicht konzentrieren konnte. Ich habe nicht genug aufgepasst. Mein Leben zerfiel, und ich wollte doch, dass er ein Teil davon blieb. Ein Teil von mir. Selbst als er mich denunzierte und mich von der Presse zerreißen ließ machte ich ihm keinen Vorwurf. Ich machte ihm lange Zeit keinen Vorwurf, und teilweise tue ich das auch heute noch nicht.«

»Ihm ging es mehr um sein Ego als um dich. Mehr um sein Ego als um das Kind.«

»Das weiß ich nicht. Es war eine schwierige Zeit. Er war unglücklich in unserer Beziehung und misstraute mir.«

»Also hat er dich an einem Strick baumeln lassen, den er selbst gedreht hatte. Hast du gedacht, ich würde dasselbe tun, Tory?«

»Ich habe es erwartet«, erwiderte sie leise. »Aber jetzt weiß ich nicht mehr, was ich von dir erwarte. Du solltest nur wissen, dass ich verstehe, wie es für dich ist.«

»Nein, ich glaube nicht, dass du das verstehst. Er hat dich nicht geliebt. Aber *ich* liebe dich.«

Sie gab einen Laut von sich, halb Keuchen, halb Schluchzen, blieb aber, wo sie war.

»Also.« Er stand auf. »Was willst du nun damit anfangen?«

»Ich …« Ihre Kehle war wie zugeschnürt. Doch als sie ihn ansah stellte sie fest, dass nicht Angst sie erfüllte, sondern Hoffnung. Und von Hoffnung getragen stürzte sie sich in seine Arme.

23

So schrecklich ein Mord auch war, er war doch immer auch interessant. Am Tag darauf wirkte er eher wie ein Film als wie das reale Leben. Faith hatte auf jeden Fall keine Lust, sich in Beaux Reves zu vergraben, wenn sie sich in der Stadt im Mittelpunkt des Geschehens aufhalten konnte.

Lilah hatte sie natürlich durchschaut, ihr eine lange Einkaufsliste mitgegeben und gemeint, wenn sie schon klatschen wolle, dann sollte sie wenigstens produktiv dabei sein. Und natürlich auf keinen Fall vergessen, ihr alle Details zu erzählen, wenn sie wieder zu Hause war.

Es gab zahlreiche Möglichkeiten zum Klatschen.

In der Drogerie war man der Meinung, ein alter Freund von Sherry habe sie besucht und überreden wollen, mit ihm zu kommen. Als sie ihn zurückgewiesen habe, sei er durchgedreht. Schließlich war sie erst seit ein paar Wochen in der Stadt gewesen, und ein so junges, hübsches Mädchen hatte bestimmt ein oder zwei Freunde zu Hause zurückgelassen.

Auf der Post gab es nur wenig Zweifel daran, dass Sherrys geheimer Liebhaber der Mörder gewesen war, weil sie sich gestritten hatten. Niemand nannte einen möglichen Kandidaten für die Position des Liebhabers, aber alle waren sich einig, dass sie einen gehabt haben musste. Und er war ganz bestimmt verheiratet gewesen, denn sonst hätte man ja von ihm gewusst, oder?

Dies führte zu der Theorie, dass Sherry gedroht hatte, seiner Frau alles zu erzählen. Der darauf folgende Streit habe zu Gewalttätigkeit geführt.

In der Bank griff man diese Theorie auf und setzte jeden verheirateten Mann in der Gegend zwischen zwanzig und sechzig auf die Liste der Verdächtigen, wobei allerdings Lehrer von der Progress High School bevorzugt wurden.

Aber Faith dachte daran, was Tory gesagt hatte, als sie vor Sherrys Wohnung auf dem Rasen gesessen hatten. Und sie dachte an Hope.

Es konnte nicht schaden, bei Southern Comfort vorbeizugehen und zu hören, was Tory heute zu sagen hatte.

Doch zuerst blieb sie vor dem Supermarkt stehen und betrachtete unschlüssig die Bananen. Ein paar Meter weiter packte Maxine schniefend Äpfel in eine Einkaufstasche. Faith rückte ein wenig näher und griff wahllos nach einem Bündel Bananen.

»Ach, hallo, Maxine. Geht's dir gut, Schätzchen?«

Maxine schüttelte den Kopf und drängte die Tränen zurück, die in ihren Augen standen. »Ich bin ganz durcheinander. Wade hat mir freigegeben, weil ich den ganzen Tag über schon so traurig war, aber ich konnte einfach nicht zu Hause bleiben.«

»Du Arme.«

Faith fluchte unterdrückt, als Boots Mooney zu ihnen trat. Sie war nicht in der Stimmung, sich schon wieder mit Wades Mutter auseinander zu setzen.

Boots gab beruhigende Laute von sich und reichte Maxine ein Taschentuch.

»Es überfällt mich einfach immer wieder.« Maxine betupfte sich die Augen. »Ich habe zu Ma gesagt, ich gehe einkaufen, aber jetzt kann ich keinen klaren Gedanken fassen.«

Boots nickte. »Wir sind wahrscheinlich alle ziemlich durcheinander wegen der armen Sherry Bellows.«

»Ich weiß einfach nicht, wie das passieren konnte. Ich verstehe es nicht. *Hier* darf so etwas doch nicht passieren.«

»Ich weiß. Du darfst keine Angst haben.« Mitleidig strich Faith Maxine über die Schulter. »Die meisten Leute vermuten, es sei ein ehemaliger Freund gewesen, der durchgedreht ist.«

»Sie hatte keinen Freund.« Maxine zog ein zerknittertes Papiertaschentuch aus ihrer Tasche. »Sie ist mit niemandem gegangen, aber sie hatte eine Schwäche für Wade.«

»Wade?« Faiths Hand erstarrte, ebenso wie der mitleidige Ausdruck auf ihrem Gesicht. Über Maxines gesenkten Kopf hinweg blickte sie Boots an.

»Sie kam gern in die Praxis und flirtete mit ihm. Und sie hat mich über ihn ausgefragt. Nicht lästig oder so«, fügte Maxine schniefend hinzu. »Eher freundlich. Interessiert. Sie wissen schon – ob er verheiratet sei, ob er eine Freundin habe, solche Sachen.«

Faith ließ die Hand sinken. »Ich verstehe.«

»Er sieht eben gut aus. Ich war früher selber mal in ihn verliebt, also konnte ich sie gut verstehen.« Bei der Erinnerung wurde Maxine rot und warf Boots einen Blick zu. »Verzeihung, Miss Boots. Wade hat nie …«

»Natürlich nicht.« Boots tätschelte Maxines Arm. »Mit der jungen Frau, die sich nicht in meinen Wade verliebt, müsste etwas nicht stimmen.« Sie blickte mit zusammengekniffenen Augen zu Faith. »Er ist ein wunderbarer Mann.«

»Ja, Ma'am, das ist er, deshalb kann man Sherry auch keinen Vorwurf daraus machen, dass sie ein Auge auf ihn geworfen hatte.«

Wirklich?, dachte Faith. Konnte man das wirklich nicht?

»Sherry und ich waren befreundet«, fuhr Maxine fort. »Sie hat mir manchmal beim Lernen geholfen, und wir wollten ausgehen und feiern, wenn das Semester vorbei ist. Wir hatten vor, nach Charleston zu fahren und in die Disco zu gehen. Sie hat gesagt, sie sei im Moment ohne Mann. Es machte ihr nicht so viel aus, weil sie gerade ihr Examen bestanden hatte und anfangen wollte zu arbeiten, aber sie hielt doch Ausschau nach einem neuen Freund.« Maxine wischte sich wieder über die Augen. »Eines Tages wollte sie heiraten und Kinder haben. Wir haben darüber geredet.«

»Es tut mir Leid«, sagte Boots. »Ich wusste ja nicht, dass ihr euch so nahe standet.«

»Sie war einfach so *nett*. Und sie war klug und wir hatten vieles gemeinsam. Während sie auf dem College war, hat sie auch gearbeitet, genau wie ich. Wir konnten über Kleider und Jungen und einfach über alles reden. Und wir

380

beide liebten Hunde. Ich weiß nicht, was mit ihrem armen Hund werden soll. Ich würde ihn ja nehmen, aber es geht einfach nicht.«

Sie begann wieder zu weinen, um den Hund wie um ihre verlorene Freundin.

»Nimm es nicht so schwer, Maxine.« Faith bemerkte, dass andere Leute näher rückten und neugierig zuhörten. »Wade wird schon ein gutes Zuhause für ihn finden. Und der Chief wird herausfinden, wer es getan hat.«

»Mir ist so elend. Erst gestern noch hat sie gelacht und war ganz aufgeregt. Wir haben zusammen im Park zu Mittag gegessen. Sie wollte bei Tory Bodeen im Laden arbeiten. Zumindest hoffte sie das. Sie hat so viele Pläne gehabt. In der einen Minute war sie noch so lebendig, und dann … Ich bin so traurig und durcheinander.«

»Ich verstehe das.« Faith wusste sehr gut, wie man sich nach dem Tod eines geliebten Menschen fühlt. »Liebes, du solltest jetzt nach Hause gehen. Soll ich dich hinbringen?«

»Nein, danke. Ich gehe einfach zu Fuß. Ich erwarte ständig, dass sie mir mit Mongo auf der Straße entgegenkommt«, murmelte Maxine und wandte sich zum Gehen.

»Ich weiß«, sagte Faith leise. Sie konnte Maxine nicht erklären, wie viel schlimmer es war, jedes Mal das Gesicht einer Toten zu sehen, wenn man in den Spiegel blickte.

»Hier.« Boots reichte auch ihr ein Taschentuch.

»Sie sind wohl auf alles vorbereitet.« Wütend über sich selbst nahm Faith es entgegen und rettete ihr Mascara.

»Es tut mir so Leid um das Mädchen. Dabei kannte ich sie kaum.« Boots begann, Äpfel auszusuchen, damit Faith ihre Fassung wiedergewinnen konnte. »Ich bin heute auch hierher gekommen, weil ich zu Hause keinen klaren Gedanken fassen konnte. Die arme kleine Maxine. Für sie muss es noch viel schlimmer sein. Es war nett von Ihnen, dass Sie ihr angeboten haben, sie nach Hause zu bringen.«

»Dann hätte ich nicht einkaufen müssen.«

Boots legte Faith die Hand auf den Arm, bis Faith sie ansah. »Es war nett von Ihnen«, wiederholte sie. »Ich finde es tröstlich, wenn die Frau, die mein Sohn liebt, freundlich sein kann. Und genauso tröstlich fand ich dieses eifersüchtige Aufblitzen. Na, jedenfalls bin ich froh, dass ich beschlossen habe, J. R. und mir eine kleine Unterbrechung unserer Diät zu gönnen und heute Abend Apfelpfannkuchen zu machen. Bestellen Sie doch Ihrer Mutter und Lilah schöne Grüße, ja?«

Boots verschwand mitsamt ihren Äpfeln und Faith blickte ihr stirnrunzelnd nach. »Dafür, dass Sie immer so flatterig tun, haben Sie ganz schön Durchblick, Miss Boots«, murmelte sie.

Irritiert schob Faith ihren Einkaufswagen durch den Supermarkt und ärgerte sich darüber, dass sie überhaupt hergekommen war.

Sie war eifersüchtig geworden. Verdammt! Hatte Wade zurückgeflirtet? Finster blickte sie die Theke mit den Milchprodukten an. Natürlich hatte er. Er war schließlich ein Mann. Wahrscheinlich hatte er sogar an etwas mehr als nur einen Flirt gedacht. Der Bastard. Wie oft mochte er sich wohl schon Sherry nackt vorgestellt haben …

Um Himmels willen, was tat sie da? Sie wurde wegen einer toten Frau wütend auf Wade. Wie oberflächlich, niederträchtig und schrecklich war sie eigentlich?

»Faith?«

»Was?«, stieß sie hervor und wirbelte herum.

Dwight hob beschwichtigend die Hand. »Huch! Tut mir Leid.«

»Nein, *mir* tut es Leid. Ich war gerade in Gedanken versunken.« Sie zauberte ein fröhliches Lächeln auf ihr Gesicht und beugte sich zu dem Kleinkind hinunter, das im Kindersitz des Einkaufswagens saß. »Na, und du, Süßer? Kaufst du heute mit Daddy ein?«

Luke streckte ihr eine offene Schachtel Kekse entgegen. »Plätzchen«, verkündete er, und da sein Gesicht über und über mit Schokolade verschmiert war, hatte er sie offensichtlich auch sehr genossen.

»Das sehe ich.«

»Seine Mama wird mich skalpieren, wenn ich ihn nicht sauber mache, bevor sie uns wieder zu Gesicht bekommt.«

»Gesichter kann man abwaschen.« Vorsichtshalber trat Faith jedoch außer Reichweite der schokoladenbeschmierten Finger. »Lässt Lissy dich heute die Einkäufe erledigen?«

»Ihr geht es nicht gut. Sie hat sich wegen gestern in eine Hysterie hineingesteigert. Sie sagt, sie habe Angst, auch nur einen Fuß vor die Tür zu setzen. Gestern Abend musste ich sechsmal die Schlösser überprüfen.«

Es sah Lissy Frazier ähnlich, alles so auf sich zu beziehen, aber Faith nickte trotzdem mitfühlend. »Die Sache hat uns alle ein bisschen nervös gemacht.«

»Mittlerweile ist sie das reinste Nervenbündel. Ich mache mir solche Sorgen um sie, Faith – schließlich dauert es nur noch einen Monat, bis das Baby kommt. Im Moment ist ihre Mutter bei ihr. Und ich habe gedacht, dass der Champ und ich ...« Dwight schwieg und wuschelte seinem Sohn durch die Haare. »Dass wir mal abhauen und ihr ein bisschen Ruhe und Frieden gönnen.«

»Ganz der gute Daddy. Hast du irgendetwas über den Stand der Ermittlungen gehört?«

»Carl D. sagt mir gar nichts. Wahrscheinlich ist es auch noch zu früh dafür. Sie werden wohl bald die Ergebnisse der Autopsie bekommen. Carl D. ist ein guter Mann, ich will gar nichts sagen. Aber ein solches Verbrechen ...« Kopfschüttelnd verstummte er. »Daran ist er einfach nicht gewöhnt. Keiner von uns.«

»So etwas ist doch nicht zum ersten Mal geschehen.«

Einen Moment lang sah er sie verständnislos an, dann umwölkte sich sein Blick. »Es tut mir Leid, Faith, ich habe nicht nachgedacht. Für dich bringt das bestimmt alle Erinnerungen zurück.«

»Die Erinnerungen sind sowieso immer da. Ich hoffe nur, dass sie ihn fassen und an den Zehen aufhängen und ihm ...«

»Äh ...« Gequält lächelnd drückte Dwight ihren Arm und verdrehte die Augen. »Kleine Ohren.«

»Oh, entschuldige«, sagte sie. Luke dekorierte gerade seine Haare mit einem Plätzchen. »Schätzchen, Lissy macht dich fertig, wenn du ihr ihren Sohn in diesem Zustand nach Hause bringst.«

»Ich bekomme bestimmt Punkte dafür, dass ich eingekauft habe.«

»Dafür gibt's nicht viele Punkte, und wir reden hier vom Hauptgewinn. Du solltest es mit Schmuck versuchen.«

»Na, du musst es ja wissen.« Dwight kratzte sich am Kopf. »Ich habe selber schon daran gedacht, ihr etwas mitzubringen, um sie von ihren Ängsten abzulenken. Ich wollte bei der Drogerie vorbeifahren und ihr ein Parfüm kaufen.«

»Da haben sie doch nichts Besonderes. Hauptsächlich Altfrauendüfte. Geh zu Tory, da findest du bestimmt, was du suchst. Damit zauberst du sicher ein Lächeln auf Lissys Gesicht.«

Dwight warf einen Blick auf Luke, der mittlerweile den roten Plastikgriff des Einkaufswagens mit Schokolade beschmierte. »Glaubst du, ich gehe mit diesem Elefantenbaby in einen Porzellanladen?«

»Da hast du nicht so Unrecht.« Rasch entwickelte Faith einen Plan, der ihr ausnehmend gut gefiel. »Ich sage dir, was wir tun, Dwight. Du gibst mir das Geld und ich suche etwas aus, das dich zu einem Helden macht. Wenn du mit dem Einkaufen fertig bist und deinem Sohn ein paar Schichten Schokolade abgekratzt hast, kommst du einfach vorbei und ich reiche es dir hinaus.«

»Wirklich? Das würdest du tun?«

»Ich wollte sowieso bei Tory vorbeigehen. Außerdem – wozu sind Freunde schließlich da?«

»Wie gut, dass ich eben noch auf der Bank war. Ich habe sogar Bargeld.« Entzückt zog er seine Brieftasche heraus und zählte ihr Scheine in die Hand. Als er aufhörte, starrte sie ihn vorwurfsvoll an.

»Jetzt komm schon, Dwight. Unter zweihundert kannst du kein Held sein.«

»Zweihundert? Großer Gott, Faith, du holst den letzten Dollar aus mir heraus.«

»Es sieht so aus, als müsstest du noch einmal zur Bank gehen.« Sie zog die Scheine aus seiner Brieftasche. »Das gibt mir mehr Zeit, um das Richtige auszusuchen.«

»Was ist denn mit deinen Einkäufen hier?«, rief er ihr hinterher.

»Oh.« Sie wedelte nachlässig mit der Hand. »Ich komme später wieder zurück.«

Dwight stieß einen Seufzer aus und steckte seine fast leere Brieftasche wieder in die Tasche. »Ich glaube wir sind gerad ausgeraubt worden«, sagte er zu seinem Sohn.

Das ist perfekt, dachte Faith. Sie konnte in den Laden gehen, Tory aushorchen und dabei noch eine gute Tat tun. Und anschließend war es nur ein Katzensprung bis zu Wades Praxis. Außerdem blieb ihr noch genügend Zeit, um sich zu überlegen, ob sie ihn dafür bestrafen wollte, dass sie sich vorstellte, wie er sich vorstellte, Sex mit Sherry Bellows zu haben.

Es hätte gar nicht besser kommen können.

Sie holte Biene aus dem Auto und schmuste mit ihr. »Und du bist jetzt ein braves Mädchen, nicht wahr, damit sich die gemeine alte Tory nicht beschweren kann. Wenn du ganz still sitzt, gebe ich dir auch einen schönen Kauknochen. Ja, das ist Mamas Liebling.«

»Lass den Hund draußen.« Tory schoss hinter der Theke hervor, bereit, Faith den Weg zu versperren.

»Ach, sei doch nicht so gemein. Sie wird hier sitzen wie ein ganz liebes Schätzchen, nicht wahr, Bienchen?« Sie hob eine der Pfoten des Welpen und winkte damit, während sie beide Tory ganz unschuldig anblickten.

»Verdammt noch mal, Faith.«

»Sie ist so brav. Sieh mal.« Faith holte sicherheitshalber zuerst den Knochen heraus. Dann drückte sie auf Bienes Hinterteil, bis der kleine Hund saß. »Außerdem – was ist das eigentlich für ein Empfang? Schließlich habe ich einen Auftrag und Bargeld«, sagte sie und zog das dicke Bündel Scheine hervor.

»Wenn dieser Hund auf meinen Fußboden pinkelt …«

»Dafür besitzt sie viel zu viel Würde. Ich tue Dwight einen kleinen Gefallen. Lissy geht es nicht gut, und er möchte sie mit einem hübschen Geschenk aufheitern.«

Tory stieß empört die Luft aus, aber dann überschlug sie rasch den Wert des Geldscheinbündels, mit dem Faith vergnügt wedelte. »Schmuck fürs Haus oder für den Körper?«

»Körper.«

»Dann wollen wir doch mal sehen.«

»Es war gut, dass Dwight mir zufällig begegnet ist. Männer haben meistens keine Ahnung von solchen Dingen, und Lissy hat nur im Mund Geschmack. Und auch dort nicht so viel.« Faith blieb an einer Auslage stehen und hob ihre Augenbrauen. »Hast du etwa gerade gekichert?«

»Dafür besitze ich viel zu viel Würde.«

»Wenn du mich fragst, hast du tatsächlich zu viel Würde. Zeig mal die Kette da, mit dem rosa Topas und den Mondsteinen.«

»Du kennst dich mit Steinen aus.«

»Darauf kannst du wetten. Eine Frau sollte wissen, wenn ein Mann ihr einen Peridot als Smaragd unterjubeln will. Die ist hübsch.« Sie hielt die Kette ins Licht. »Aber ich glaube, zu viel Metall für Lissy. Eher mein Stil.«

»Führst du so deine Aufträge aus?«

»Ich kann mehr als nur eine Sache gleichzeitig erledigen. Wir legen die Kette einfach beiseite, damit ich darüber nachdenken kann.« Sie ging an den Auslagen entlang. »Geht es dir gut?«

»Ja.«

»Versuch bloß nicht, dich mit mir zu unterhalten.«

Tory öffnete den Mund, schloss ihn wieder und stieß die Luft aus. »Es geht mir ganz gut. Ich fühle mich noch ein bisschen zittrig, aber sonst gut. Wie geht es dir?«

Faith blickte auf und lächelte dünn. »Ach, ist deine Zunge doch nicht abgefallen? Mir geht es auch ganz gut. Ich habe mir beim Einkaufen den Klatsch angehört. Tu nicht so, als ob es dich nicht interessiert. Du bist genauso wie ich daran interessiert, was die Leute sagen.«

»Ich habe schon gehört, was sie sagen. Heute war hier ganz schön viel los. Die Leute lieben es hereinzukommen, einen Blick auf mich zu werfen und dann zu klatschen. Für dich ist das etwas anderes, Faith, du bist eine von ihnen. Ich nicht. Ich weiß nicht, warum ich dachte, dass ich das jemals werden könnte.«

»Und ich verstehe nicht, warum du es gern werden möchtest, aber wenn das dein Wunsch ist, dann musst du auch dahinterstehen. Die Leute werden sich schon an dich gewöhnen. Sie gewöhnen sich an jeden, der lang genug hier wohnt.«

»Wie tröstlich.«

»Zeig mal das Armband da. Cade jedenfalls scheint sich ziemlich schnell an dich gewöhnt zu haben.«

»Rosa und blauer Topas in Silber. Hummerscheren-Verschluss.«

»Sehr hübsch, sehr Lissy. Und dazu diese Ohrringe. Es wird ihr gefallen, dass sie zueinander passen. Für etwas anderes hat sie nicht genug Fantasie.«

»Mir kommt es seltsam vor, dass du Geschenke für sie aussuchst, wenn du sie doch anscheinend nicht leiden kannst.«

»Oh, es ist nicht so, dass ich sie nicht leiden kann.« Mit geschürzten Lippen betrachtete Faith die Ohrringe. »Sie ist zu dumm, als dass ich genug Energie aufbringen könnte, sie nicht leiden zu können. Das war sie immer schon. Sie macht Dwight glücklich, und ich mag ihn. Leg die Sachen bitte in eine Schachtel und pack sie hübsch ein. Dwight schuldet mir was. Ich glaube, die Kette nehme ich für mich selbst. Sie heitert mich auf.«

»Du wirst noch zu meiner besten Kundin.« Tory trug die Schmuckstücke zur Ladentheke. »Schwer vorstellbar.«

»Mir gefallen die Dinge, die du verkaufst.« Biene war mit dem Knochen im Maul eingeschlafen. Faith strahlte sie anbetend an. »Außerdem machst du Cade anscheinend glücklich, und ihn mag ich sogar noch mehr als Dwight.« Sie lehnte sich an die Theke, während Tory Lissys Geschenke in eine Schachtel packte. »Tatsache ist doch: Du schläfst mit meinem Bruder, und ich schlafe mit deinem Vetter.«

»Das macht uns ja fast zu einem Liebespaar.«

Faith blinzelte, dann warf sie den Kopf zurück und lachte. »Du meine Güte, was für ein schrecklicher Gedanke. Ich habe eher überlegt, ob wir uns nicht als Freundinnen betrachten sollten.«

»Noch ein schrecklicher Gedanke.«

»Ja, nicht wahr? Trotzdem – gestern, als wir beide da draußen gesessen haben, habe ich gedacht, dass du und ich wahrscheinlich das Gleiche denken und fühlen. Uns an dasselbe erinnern. Das ist ein starkes Band.«

Tory band die Schnur sorgfältig zu einer Schleife. »Es war sehr einfühlsam von dir, bei mir zu bleiben. Ich sage mir oft, dass es besser ist, allein zu sein. Aber es ist schwer. Manchmal ist es sehr schwer.«

»Ich hasse es, allein zu sein. Mehr als alles andere auf der Welt. Meine eigene Gesellschaft irritiert mich.« Lachend fügte sie hinzu: »Siehst du, jetzt führen wir fast ein intimes Gespräch. Lissys Geschenk bezahle ich mit Dwights Bargeld, aber meine Kette geht auf Karte.«

Bevor sie in ihre Geldbörse greifen konnte, legte Tory die Hand über ihre. Seltsam, wie leicht es ihr fiel, jemanden zu berühren, berührt zu werden, seitdem sie nach Progress zurückgekommen war. »Ich hatte in meinem Leben nie mehr eine zweite Freundin wie Hope. Wahrscheinlich ist eine solche Kinderfreundschaft einmalig. Aber jetzt könnte ich gut eine Freundin gebrauchen.«

Verlegen blickte Faith sie an. »Ich gebe keine besonders gute Freundin ab.«

»Mir geht es seit Hope nicht anders, also starten wir von der gleichen Linie aus. Ich glaube, ich liebe deinen Bruder.« Sie holte tief Luft und zog ihre Hand wieder weg. »Und wenn das stimmt, dann wäre es doch nett für alle Beteiligten, wenn wir beide Freundinnen sein könnten.«

»Ich liebe meinen Bruder auch, obwohl er mir regelmäßig auf die Nerven geht. Das Leben kann ganz schön verzwickt sein.« Faith legte Dwights Geld auf die Theke und zog ihre Kreditkarte heraus. »Du schließt um sechs, nicht wahr?«

»Ja.«

»Wollen wir uns nicht nach der Arbeit treffen? Wir könnten etwas trinken gehen.«

»Gut. Wo?«

Faiths Augen glitzerten. »Oh, ich glaube, Hopes Gedenkstätte wäre ein guter Ort.«

»Wie bitte?«

»Im Sumpf, du weißt schon wo.«

»Um Gottes willen, Faith.«

»Du warst noch nicht da, oder? Nun, dann ist es an der Zeit. Mir scheint es ein guter Ort für uns zu sein. Hast du den Mut dazu?«

Tory griff nach der Kreditkarte. »Wenn du ihn hast.«

Faith schleppte die Lebensmittel nach Hause und reagierte gerade so gereizt auf Lilahs Vorwürfe, dass sie so spät kam, dass sie beide Freude daran hatten.

»Und mecker nicht darüber, dass die Tomaten zu weich oder die Bananen zu grün sind, sonst kaufe ich das nächste Mal nicht mehr für dich ein.«

»Du isst doch auch, oder? Wenn du sonst schon nichts tust, kannst du ruhig alle Jubeljahre mal einkaufen gehen.«

»Die Jubeljahre folgen in der letzten Zeit häufiger aufeinander als früher.« Faith holte den Eistee aus dem Kühlschrank und setzte sich, um Lilah den neuesten Klatsch zu erzählen.

»Also.« Auch Lilah machte es sich gemütlich. »Was sagt man denn so?«

»Alles Mögliche, und das meiste davon so weit hergeholt wie ein liberaler Republikaner. Viele Leute meinen, es müsse ein ehemaliger Freund oder Liebhaber gewesen sein. Oder ein neuer, verheirateter Liebhaber. Aber ich bin Maxine im Supermarkt begegnet, und es stellte sich heraus, dass sie mit Sherry befreundet war. Und Maxine sagt, Sherry habe gar keinen Freund gehabt.«

»Das muss nicht bedeuten, dass nicht irgendein blöder Kerl dachte, er sollte es sein.« Lilah holte ihren Lippenstift heraus und drehte ihn auf. »Ich habe gehört, sie hätte ihn hereingelassen, schließlich hat ihr Hund sich nicht gerührt und es gab keine Einbruchsspuren.«

»Wenn man einen Mann ins Haus lässt heißt das noch lange nicht, dass man vergewaltigt werden will.«

»Das habe ich ja auch nicht gesagt.« Lilah zog sich die Lippen nach und presste sie aufeinander. »Ich wollte ja nur sagen, dass eine Frau vorsichtig sein muss. Wenn du einem Mann die Tür aufmachst, solltest du dich darauf einrichten, dass du ihn jederzeit mit einem Tritt wieder hinausbefördern kannst.«

»Du bist ja so romantisch, Lilah.«

»Ich bin sehr romantisch, Miss Faith, ich würze das nur mit gesundem Menschenverstand. Der *dir* fehlt, wenn es um Männer geht. Vielleicht hat er dem armen Mädchen auch gefehlt.«

»Ich war vernünftig genug, vielen einen Tritt in den Hintern zu geben.«

»Aber zuerst musstest du mal zwei von ihnen heiraten, nicht wahr?«

Faith zog eine Zigarette aus ihrem Päckchen und lächelte Lilah nichts sagend an. »Ich hätte mehr als zwei heiraten können. Zumindest bin ich keine alte Jungfer.«

Lilah blickte sie gleichmütig an. »Wenn an der Ehe wirklich so viel dran wäre, würde sie länger halten. Das Mädchen war doch nicht geschieden, oder?«

»Nein, ich glaube nicht.«

»Faith?« Margaret stand auf der Schwelle und blickte sie streng an. »Ich muss mit dir sprechen. Im Salon.«

»Na schön.« Faith verdrehte die Augen und drückte ihre Zigarette aus. »Ich hätte mich besser noch länger in der Stadt herumgetrieben.«

»Du solltest deiner Mama mehr Respekt zollen.«

»Es würde sicher das ganze System erschüttern, wenn sie das bei mir auch machen würde.«

Langsam schlenderte sie zum Salon. Einmal blieb sie

stehen, um ihre Maniküre zu überprüfen, ein anderes Mal warf sie einen Blick in den Spiegel in der Halle. Als sie eintrat, saß ihre Mutter stocksteif da.

»Ich schätze es nicht, dass du mit den Dienstboten Klatsch austauschst.«

»Ich habe nur mit Lilah Klatsch ausgetauscht.«

»Rede nicht in diesem Ton mit mir. Lilah mag zwar ein geschätztes Mitglied dieses Haushalts sein, aber es ist unpassend, wenn du bei ihr in der Küche sitzt.«

»Ist es denn passend, dass du uns belauschst?« Faith ließ sich auf einen Sessel sinken. »Ich bin sechsundzwanzig Jahre alt, Mama. Deine Vorträge über gutes Benehmen kannst du dir sparen.«

»Sie haben sowieso nie etwas bewirkt. Mir wurde gesagt, dass du gestern mit Victoria Bodeen zusammen warst. Dass ihr gemeinsam die Polizei gerufen habt.«

»Ja.«

»Es ist schlimm genug, dass du mit einer so unschicklichen Situation in Zusammenhang gebracht wirst. Es ist jedoch unerträglich, dass du jetzt auch noch eine Verbindung zu dieser Frau hast.«

»Meinst du mit ›dieser Frau‹ Tory oder die Frau, die vergewaltigt und ermordet wurde?« Faith richtete sich unmerklich in ihrem Sessel auf.

»Ich dulde es nicht. Ich dulde nicht, dass du mit Victoria Bodeen in Verbindung gebracht wirst.«

»Oder?« Faith schwieg. »Siehst du, an diesem Punkt gibt es kein *Oder* in unserem Leben, Mama. Ich komme und gehe, wann und mit wem es mir gefällt. Das habe ich immer schon getan, aber jetzt hast du wirklich nichts mehr dazu zu sagen.«

»Ich habe geglaubt, du würdest aus Respekt vor deiner Schwester jede Verbindung mit der Person meiden, die meiner Meinung nach für ihren Tod verantwortlich ist.«

»Vielleicht habe ich diese Verbindung gerade aus Respekt vor meiner Schwester hergestellt. Du konntest Tory ja nie ausstehen«, sagte Faith im Plauderton, »und ich habe mich dir da vermutlich angeschlossen. Du hättest

Hope am liebsten verboten, sich mit ihr zu treffen, aber du hast es ja nie übers Herz gebracht, Hope etwas zu verbieten. Und wenn du es doch getan hast, hat sie es missachtet. Sie war in dieser Beziehung viel cleverer als ich.«

»Sprich nicht so von meiner Tochter.«

»Ja, *deine* Tochter. Die ich nie sein konnte. Ich sage dir jetzt etwas, was du dir vielleicht noch nie überlegt hast. Tory ist nicht verantwortlich für das, was Hope passiert ist, aber sie könnte sehr wohl der Schlüssel dazu sein. Dich tröstet es ja vielleicht, wenn du dich an Hope als helles Licht erinnerst, als Leben, das ausgelöscht wurde, bevor es überhaupt richtig begann. Mir würde es mehr Trost bringen, wenn ich endlich wüsste, *warum*. Und wenn ich wüsste, wer es getan hat.«

»Bei dieser Frau wirst du weder Trost noch Antworten finden. Sondern nur Lügen. Ihr ganzes Leben ist eine Lüge.«

»Nun gut.« Mit einem strahlenden Lächeln stand Faith auf. »Dann haben wir ja noch etwas gemeinsam, nicht wahr?«

Hüftschwenkend ging sie hinaus.

Margaret stand sofort auf und ging rasch in die Bibliothek. Zuerst rief sie Gerald Purcell an und bat ihn, so rasch wie möglich zu ihr zu kommen.

Als sie sicher sein konnte, dass er innerhalb der nächsten Stunde kommen würde, trat sie zu dem Wandsafe, der hinter einem Ölgemälde von Beaux Reves verborgen war, und nahm zwei Aktenmappen heraus.

Sie würde die Stunde nutzen, um die Unterlagen zu studieren und sich vorzubereiten.

Sie ordnete an, dass der Tee auf der Südterrasse serviert werden sollte, mit Scones und den kleinen glasierten Kuchen, für die Gerald eine Schwäche hatte. Sie genoss das Ritual an den Nachmittagen, an denen sie zu Hause war – das Porzellan, das Silber, die präzise geschnittenen Zitronenviertel, und die Mischung aus braunen und weißen Zuckerstückchen in der Schale.

Solange sie die Herrin in diesem Haus war, würde dieses Ritual erhalten bleiben. Beaux Reves würde erhalten bleiben.

Es war eigentlich zu warm, um draußen Tee zu trinken, aber der weiße Sonnenschirm bot Schatten, und der Garten lieferte den passenden Rahmen. Die Rosenbäumchen, die in schweren weißen Kübeln die Terrasse flankierten, standen in voller Blüte, und ihr Hibiskus fügte mit seinen roten Trompeten eine exotische Note hinzu.

Margaret saß mit gefalteten Händen am Glastisch und blickte über ihren Besitz. Sie hatte dafür gearbeitet und ihn gepflegt. Und nun würde sie ihn beschützen, wie immer.

Als Gerald durch die Terrassentür trat, blickte sie auf. Ihm ist bestimmt schrecklich heiß in Anzug und Krawatte, dachte sie flüchtig, als er ihre Hand an die Lippen zog.

»Danke, dass du so rasch gekommen bist. Möchtest du Tee?«

»Das wäre nett. Du klangst bekümmert, Margaret.«

»Ich bin bekümmert.« Aber ihre Hand zitterte nicht, als sie die Teekanne aus Wedgwood-Porzellan hob und einschenkte. »Es geht um meine Kinder und um Beaux Reves. Du warst Jaspers Anwalt, also weißt du über die Farm, die Besitzungen und die Interessen dieser Familie so gut Bescheid wie jeder von uns. Vielleicht sogar besser.«

»Natürlich.« Er setzte sich neben sie und freute sich darüber, dass sie daran gedacht hatte, dass er lieber Zitrone nahm als Milch.

»Die Kontrolle über die Farm ist Kincade übertragen worden. Zu siebzig Prozent. Das gilt auch für die Fabriken und die Mühle. Ich halte zwanzig Prozent und Faith zehn.«

»Das stimmt. Der Profit wird jährlich aufgeteilt.«

»Dessen bin ich mir bewusst. Die Besitzungen – wie unsere Mietwohnungen und -häuser, einschließlich des Sumpfhauses – gehören uns zu gleichen Teilen. Stimmt das auch?«

»Ja.«

»Und was hätte es deiner Meinung nach für eine Auswirkung auf Cades Veränderungen auf der Farm, wenn ich meine zwanzig Prozent herauszöge und meinen Einfluss beim Verwaltungsrat geltend machte, damit er wieder zu traditionellen Methoden greifen muss?«

»Das würde ihm beträchtliche Probleme bereiten, Margaret. Aber sein Anteil ist gewichtiger als deiner, und er hat gute Profite erzielt. Außerdem hat der Verwaltungsrat über die Farm nicht zu bestimmen, nur über die Fabriken und die Mühle.«

Sie nickte. »Die Mühle und die Fabriken tragen dazu bei, die Farm am Laufen zu halten. Und wenn ich Faith dazu überreden könnte, mir ihren Anteil zu überlassen?«

»Dadurch hättest du sicherlich mehr in der Hand.« Nachdenklich trank Gerald einen Schluck Tee. »Darf ich als dein Freund und Anwalt fragen, ob du unzufrieden mit Cades Arbeit bist?«

»Ich bin unzufrieden mit meinem Sohn, und ich glaube, er sollte seine Gedanken und Energie wieder auf sein Erbe richten, statt sich ablenken zu lassen. Ich möchte, dass Victoria Bodeen das Sumpfhaus und Progress verlässt«, sagte sie und strich sich Butter auf ein Scone. »Faith macht im Moment noch Schwierigkeiten, aber sie wird schon wieder zur Vernunft kommen. Sie hat schon immer nur für den Augenblick gelebt. Ich glaube, ich kann sie dazu überreden, mir ihre Anteile zu verkaufen. Damit hätte ich eine Zweidrittelmehrheit. Ich nehme an, dass die kleine Bodeen für das Haus und den Laden einen Mietvertrag über ein Jahr hat. Ich möchte, dass diese Mietverträge aufgehoben werden.«

»Margaret.« Er tätschelte ihr die Hand. »Es wäre klug, wenn du das auf sich beruhen lassen würdest.«

»Ich werde ihre Verbindung zu meinem Sohn nicht dulden, und ich werde alles Notwendige tun, um der Sache ein Ende zu bereiten. Ich möchte, dass du ein neues Testament für mich aufsetzt, in dem Cade und Faith als Erben ausgeschlossen werden.«

Er dachte an den Skandal, an die rechtlichen Verwicklungen und an den Berg von Arbeit. »Margaret, bitte überstürze nichts.«

»Ich werde dieses Testament erst einsetzen, wenn mir keine andere Wahl bleibt, aber ich werde es auf jeden Fall dazu benutzen, um Faith zu zeigen, wie ernst es mir ist.« Margaret presste die Lippen zusammen. »Wenn sie realisiert, dass so viel Geld auf dem Spiel steht, wird sie zweifellos bereit sein, mit mir zusammenzuarbeiten. Ich will mein Haus wieder in Ordnung bringen, Gerald. Du tätest mir einen großen Gefallen, wenn du dir die Mietverträge einmal ansehen und prüfen würdest, welches der einfachste Weg ist, um sie aufzulösen.«

»Du nimmst in Kauf, dass sich dein Sohn gegen dich wendet.«

»Das ist immer noch besser, als tatenlos zuzusehen, wie er den Namen der Familie in den Schmutz zieht.«

24

Seit meiner Kindheit habe ich kein Tagebuch mehr geführt oder meine geheimsten Gedanken aufgeschrieben. Aber jetzt scheint mir der geeignete Moment dazu zu sein, weil mir meine Kindheit so gegenwärtig ist. Vor allem muss ich es hier tun. Wo Hope ihr Leben verloren hat. Ihre Kindheit.

Mein Papa – unser Papa – hat diesen Ort mit der hübschen Statue und den süß duftenden Blumen für sie angelegt. Er entspricht ihr mehr als das Grab, in dem wir sie an jenem schwülen, stickigen Sommermorgen beerdigt haben. Ich war nie zusammen mit ihr hier, ich wollte es damals nicht, wahrscheinlich aus Trotz. Doch damals erfüllte mich meine Entscheidung mit Befriedigung.

Was sollte ich mit ihren albernen Spielen und ihrer seltsamen, ungekämmten Freundin?

Aber eigentlich hätte ich schrecklich gern mitgespielt. Ich bin eine schwierige Person. Manchmal gefalle ich mir so. Auf jeden Fall liegt es in meiner Natur, immer anderer Meinung zu sein, und damit muss ich eben leben.

Für mich, für uns alle wäre es anders gekommen, wenn es jene Nacht nicht gegeben hätte. Wenn Hope im Nebenzimmer gewesen wäre, als ich am nächsten Morgen aufwachte. Ich hätte immer noch geschmollt wegen meines Verweises vom Abend zuvor. Es hatte eine kleinere Auseinandersetzung wegen Erbsen gegeben, die ich damals verabscheut habe und heute noch nicht gerne esse.

Ich hätte immer noch geschmollt, weil mir das Spaß machte – vor allem, wenn jemand versuchte, mich aus dieser Stimmung herauszuschmeicheln. Ich genoss die Aufmerksamkeit. Alle Aufmerksamkeit, die ich erringen konnte.

Ich wusste schon damals, dass ich in der Rangordnung der Geschwister ganz unten, an dritter Stelle kam. Cade war der Erbe. Außerdem hatte er einen Penis und ich nicht. Das war zwar nicht seine Schuld, aber ich beneidete ihn darum. Solange jedenfalls, bis ich lernte, dass eine Frau die Möglichkeit hat, so viele von diesen interessanten Anhängseln zu besitzen, wie sie will.

Ich habe früh mit dem Sex angefangen und ihn immer ohne Reue genossen.

Mit acht Jahren lagen allerdings die sexuellen Konnotationen von Männern und Frauen für mich noch im Nebel. Ich wusste nur, dass Cade auf seine Rolle als Herr von Beaux Reves vorbereitet wurde, weil er ein Junge war, und das gefiel mir gar nicht. Er bekam Privilegien, die mir versagt blieben, und das nur wegen seines Geschlechts. Und vermutlich auch, weil er vier Jahre älter war als ich.

Mein Vater war so stolz auf ihn. Sicher – er verlangte auch eine Menge von Cade, aber der Ausdruck in Papas Augen, sein Tonfall, seine ganze Körperhaltung verrieten seinen Stolz. Vater und Sohn. Ich konnte nie sein Sohn sein.

Und ich konnte auch nicht sein Engel sein, wie Hope es war. Er vergötterte sie. Er liebte mich und er war ein gerechter Mann. Aber es war offensichtlich, dass sein Herz und seine Hoffnungen Hope und Cade gehörten. Ich war nur eine Art Draufgabe, der Zwilling, der im Gefolge seines Engels kam.

Auch für meine Mutter war Cade eine Quelle des Stolzes. Sie hatte einen Sohn geboren, wie es von ihr erwartet wurde. Der Name Lavelle würde nicht aussterben, weil sie einen männlichen Erben zur Welt gebracht hatte. Sie war sicher froh darüber, dass sich mein Vater die meiste Zeit mit ihm beschäftigte. Was verstand sie schon von Jungen? Ich frage mich, ob Cade diese leise Distanz gespürt hat. Wahrscheinlich, aber irgendwie ist er trotzdem ein bewundernswerter Mann geworden.

Vielleicht auch gerade deswegen.

Natürlich hat Mama ihm Manieren beigebracht, darauf geachtet, dass er sauber war, aber seine Erziehung, seine Zeit, seine Stellung im Leben waren Papas Aufgabe. Ich kann mich nicht erinnern, dass sie Papa jemals nach Cade gefragt hätte.

Hope war Mamas Belohnung dafür, dass sie ihre Sache gut gemacht hatte. Die Tochter, die sie formen konnte, das Kind, das sie von Anfang an bis zu einer passenden Ehe begleiten konnte. Sie liebte Hope wegen ihrer Gefügigkeit und ihrer süßen Art.

Die Rebellin in ihr sah sie nie. Wäre Hope am Leben geblieben, hätte sie sicher genau das getan, was sie wollte, und irgendwie wäre es ihr gelungen, Mama davon zu überzeugen, dass sie sich ihrem Willen beugte.

Sie hat sie auch mit Tory hintergangen. Sie konnte Mama mit allem hintergehen.

O Gott, ich vermisse sie. Ich vermisse meine helle, fröhliche Hälfte. Ich vermisse sie über die Maßen.

Ich war eine Strafe für Mama. Wie oft habe ich sie das sagen hören, also muss es ja stimmen. Ich war nicht so lieb wie Hope, so gefügig. Ich stellte Fragen und kämpfte erbittert um Dinge, aus denen ich mir eigentlich gar nichts machte.

Nehmt mich zur Kenntnis. Verdammt noch mal. Nehmt mich zur Kenntnis.

Ein Jahr vor jenem Sommer freundete Hope sich mit Tory an. Sie fühlten sich einfach zueinander hingezogen. Selbst ich konnte sehen, wie gut sie zusammenpassten. Und vom ersten Moment an waren sie unzertrennlich. Als wären sie Zwillinge, nicht meine Schwester und ich.

Allein schon aus diesem Grund mochte ich Victoria Bodeen nicht. Ich rümpfte die Nase über ihre schmutzigen Füße und ihre schlechte Aussprache, über ihre großen, aufmerksamen Augen und ihre asozialen Eltern. Aber nur, weil sie mit Tory so eng befreundet war.

Ich machte mich so oft wie möglich über sie lustig und ignorierte sie die übrige Zeit. Zumindest tat ich so, denn tatsächlich beobachtete ich sie und Hope wie ein Falke. Ich suchte nach den geringsten Anzeichen dafür, dass ihre Freundschaft einen Riss aufwies, damit ich ihn vergrößern und sie auseinander bringen konnte.

An jenem Tag, an dem Hope starb, spielten sie zusammen vor unserem Haus, weil es Hope streng verboten war, zu Tory zu gehen. Natürlich tat sie es trotzdem heimlich, aber die meiste Zeit verbrachten die beiden auf Beaux Reves oder im Sumpf.

Mama wusste nichts vom Sumpf. Sie hätte es sicherlich nicht gebilligt. Aber wir gingen alle dorthin, um zu spielen. Papa wusste Bescheid, und er bat uns nur, nicht im Dunkeln dorthin zu gehen.

Vor dem Abendessen spielte Hope auf der Veranda Jacks. Ich bestrafte sie, indem ich nicht mitspielte. Als ihr dies jedoch anscheinend nicht die Freude am Spiel verdarb, zog ich mich schmollend auf mein Zimmer zurück und kam erst wieder herunter, als man mich zum Abendessen rief.

Ich hatte keinen Hunger und war immer noch schlecht gelaunt, weil Hope meine Wut auf sie so gleichmütig hingenommen hatte. Deshalb ließ ich meinen Ärger an den Erbsen aus – allerdings glaube ich heute noch, dass ich damals im Recht war –, und der Abend endete damit, dass meine Mutter mich zurechtwies und auf mein Zimmer schickte.

Ich hasste es, wenn man mich vom Tisch wegschickte. Ich machte mir zwar nicht besonders viel aus Essen, aber es war wie eine Verbannung. Ein Therapeut würde wahrscheinlich sagen, dass das für mich der Beweis war, dass ich nicht so wie mein Bruder und meine Schwester zur Familie gehörte. Ich war der Außenseiter, der einerseits seine Unabhängigkeit genoss und sich andererseits verzweifelt danach sehnte, dazu zu gehören.

Ich ging also auf mein Zimmer, als ob ich sowieso nichts anderes gewollt hätte. Das sollten sie denken, und ich wollte auf gar keinen Fall, dass sie mir meine Wut und Verlegenheit anmerkten.

Ein kleines Häufchen Erbsen war also wichtiger als ich.

Ich legte mich aufs Bett, starrte an die Decke und ergab mich meinem Selbstmitleid. Eines Tages, dachte ich, eines Tages bin ich so frei, wie ich will. Niemand wird mich aufhalten. Ich werde reich, berühmt und wunderschön sein. Ich hatte keine klare Vorstellung, wie ich das erreichen wollte, aber es war mein Ziel. Ich sah Geld, Ruhm und Schönheit als eine Art Preis an, den ich erringen würde, während die anderen hier auf Beaux Reves in den Traditionen und Zwängen gefangen blieben.

Ich überlegte, ob ich weglaufen sollte, vielleicht zu meiner Tante Rosie. Das würde meine Mutter bestimmt treffen, da sie ihre Schwester Rosie peinlich fand.

Aber eigentlich wollte ich nicht weg. Ich wollte, dass sie mich liebten, und dieser vergebliche Wunsch war mein Gefängnis.

Später hörte ich Musik aus dem Zimmer meiner Mutter. Sie saß bestimmt in ihrem Wohnzimmer, schrieb Briefe, antwortete auf Einladungen und plante die Speisenfolge für den nächsten Tag. Pflichten der Herrin von Beaux Reves. Mein Vater war sicher in seinem Turmbüro, studierte die Abrechnungen und trank in aller Ruhe ein Glas Bourbon.

Lilah brachte mir verstohlen etwas zu essen, ohne Erbsen. Sie umschmeichelte und liebkoste mich nicht, aber allein die Tatsache, dass sie an mich dachte, rührte mich. Gott segne sie, sie war immer da, beständig wie ein Fels und voller Wärme.

Ich aß, weil sie mir das Essen gebracht hatte. Danach lag ich einfach da, während es im Zimmer dunkel wurde. Ich stellte mir vor, wie Mama Hopes Haare bürstete, was sie jeden Abend nach dem Baden tat. Sie hätte auch meine gebürstet, aber ich wollte nie still sitzen. Danach ging Hope zu Papa hinauf, um ihm gute Nacht zu sagen. Und während sie tat, was von ihr erwartet wurde, plante sie insgeheim ihre Rebellion.

Ich hörte, wie sie den Flur entlangkam und vor meiner Tür stehen blieb. Ich wünschte, ich wäre aufgestanden, hätte die Tür geöffnet und sie gebeten, mir Gesellschaft zu leisten. Vielleicht wäre dann ja alles anders gekommen. Vielleicht hätte sie mir aus Mitleid erzählt, was sie vorhatte. So, wie ich mich fühlte, wäre ich vielleicht mitgegangen, einfach nur, um meiner Mutter eins auszuwischen. Dann wäre sie nicht allein gewesen.

Aber ich blieb stur und eigensinnig im Bett liegen und hörte sie weitergehen.

Ich wusste nicht, dass sie das Haus verlassen wollte. Ich hätte jederzeit aus meinem Fenster blicken und sie sehen können. Aber ich tat es nicht. Stattdessen starrte ich finster in die Dunkelheit und schlief schließlich ein.

Und während ich schlief, starb sie.

Ich spürte nicht, wie unser Band zerschnitten wurde, was man von Zwillingen oft behauptet. Ich hatte keine Vorahnungen oder Albträume. Ich spürte weder ihre Schmerzen noch ihre Angst. Ich schlief einfach, wie die meisten Kinder, tief und sorglos, während meine Zwillingsschwester alleine starb.

Tory jedoch empfand die Schmerzen und die Angst. Ich glaubte es damals nicht, wollte es nicht glauben. Hope war meine Schwester, nicht ihre. Wie konnte sie es wagen zu behaupten, dass sie ihr so nahe war? Wie die meisten anderen zog ich es vor zu glauben, dass Tory ebenfalls im Sumpf gewesen war, dass sie weggelaufen war und Hope mit dem Entsetzen allein gelassen hatte.

Ich glaubte das, obwohl ich sie am nächsten Morgen sah. Sie humpelte unsere Auffahrt entlang, ganz früh am Morgen. Sie ging wie eine alte Frau, als ob jeder Schritt sie Überwindung kostete. Cade öffnete ihr die Tür, aber ich war auf Zehenspitzen oben an die Treppe geschlichen. Ihr Gesicht war totenbleich, ihre Augen riesig.

Sie sagte: Hope ist im Sumpf. Sie konnte nicht weglaufen, und er hat ihr wehgetan. Du musst ihr helfen.

Ich glaube, Cade bat sie höflich herein, aber sie setzte keinen Fuß über die Schwelle. Also ließ er sie da stehen, und während ich zurück in mein Zimmer rannte, sah er in Hopes Zimmer nach. Danach ging alles sehr schnell. Cade rannte wieder die Treppe hinunter und rief nach Papa. Mama lief auch hinunter. Alle redeten durcheinander und niemand achtete auf mich. Mama packte Tory an der Schulter, schüttelte sie und schrie sie an. Und Tory stand nur da, wie eine zerschlissene Lumpenpuppe.

Schließlich zog Papa Mama weg und sagte ihr, sie solle die Polizei anrufen. Dann stellte er Tory Fragen, wobei seine Stimme zitterte. Sie erzählte ihm, was sie und Hope vorgehabt hatten und dass sie nicht hätte kommen können, weil sie gefallen sei und sich verletzt habe. Aber Hope sei hingegangen und jemand habe sie überfallen. All das sagte sie in dem monotonen, ruhigen Tonfall einer Erwachsenen. Und die ganze Zeit über sah sie Papa unverwandt an und sagte, sie könne ihn zu Hope führen.

Später erfuhr ich, dass sie genau das auch tat. Sie führte Papa und Cade und später auch die Polizei durch den Sumpf zu Hope.

Das Leben war auf einmal für uns alle anders geworden.

Faith ließ den Block sinken und lehnte sich auf der Bank zurück. Die Vögel zwitscherten, und der schwere Duft feuchter Erde und üppig blühender Blumen umgab sie. Sonnenstrahlen fielen durch das dichte Blätterdach der Bäume und malten goldene Muster in das dunkle Grün.

Die Marmorstatue ragte empor, schweigend, ewig lächelnd, ewig jung.

Es sieht Papa so ähnlich, das Schreckliche mit dem Schönen zu überdecken, dachte sie.

Ob er wohl diese Frau mit hierher genommen hatte? Hatte die Frau, der er sich zuwandte, nachdem er seiner Familie den Rücken gekehrt hatte, hier mit ihm gesessen, während er an sein Kind dachte und um es trauerte?

Warum hat er mich nie mitgenommen?

Faith legte das Notizbuch beiseite und nahm sich eine Zigarette.

Die Tränen trafen sie unvorbereitet. Sie hatte keine Ahnung gehabt, dass sie überhaupt da waren, darauf warteten, vergossen zu werden. Für Hope, für ihren Vater, für sich selbst. Sie weinte um verschwendete Leben und Träume. Um verschwendete Liebe.

Tory blieb an einem Beet mit Impatiens stehen. Der stille Park war ein Schock. Früher war hier alles nur grün, wild und dunkel gewesen.

Dort stand Hope, für immer zu Stein erstarrt.

Und dort saß Faith und weinte.

Tory empfand Unbehagen, zwang sich aber, auf die Bank zuzutreten, voller Angst vor den Bildern, die sie vielleicht jetzt sehen würde. Sie setzte sich hin und wartete.

»Ich komme normalerweise nicht hierher.« Faith zog ein Papiertaschentuch hervor und putzte sich die Nase. »Daran liegt es vermutlich. Ich weiß nicht, ob es ein schrecklicher oder ein schöner Ort ist. Ich kann mich nie entscheiden.«

»Man braucht Mut, um aus etwas Schrecklichem etwas Friedliches zu machen.«

»Mut?« Faith stopfte das Taschentuch wieder in ihre Tasche und zündete ihre Zigarette an. »Du hältst das für mutig?«

»Ja. Diesen Mut hätte ich nicht gehabt. Dein Vater war ein guter Mann. Er war immer sehr nett zu mir. Selbst nachdem ...« Sie presste die Lippen zusammen. »Selbst danach war er nur nett zu mir. Es ist bestimmt nicht leicht gewesen.«

»Er hat uns auf emotionaler Ebene im Stich gelassen, wie die Psychologen sagen würden. Er hat uns für seine tote Tochter verlassen.«

»Ich weiß nicht, was ich dir sagen soll. Keiner von uns hat jemals den Tod eines Kindes verkraften müssen. Wir können nicht wissen, wie wir damit umgehen würden, oder was wir täten, um den Verlust zu überleben.«

»Ich habe eine Schwester verloren.«

»Ich auch«, erwiderte Tory leise.

»Ich mag es nicht, wenn du das sagst. Und es gefällt mir noch viel weniger, dass es stimmt.«

»Erwartest du von mir, dass ich dir das zum Vorwurf mache?«

»Ich weiß nicht, was ich von dir erwarte.« Seufzend griff Faith nach der Kühltasche, die sie neben die Bank gestellt hatte. »Ich habe eine schöne große Kanne mit Margaritas mitgebracht. Ein guter Drink für einen warmen Sommerabend.«

Sie goss die limonengrüne Flüssigkeit in zwei Plastikbecher und reichte Tory einen. »Ich habe ja gesagt, dass wir zusammen etwas trinken sollten.«

»Das hast du.«

»Also: Auf Hope!« Faith stieß mit Tory an. »Es scheint mir passend zu sein.«

»Das ist stärker als die Limonade, die wir hier für gewöhnlich getrunken haben. Sie mochte Limonade gern.«

»Lilah hat sie ihr immer frisch zubereitet. Viel Fruchtfleisch und Zucker.«

»An jenem Abend hatte sie eine Flasche Coke dabei, die in ihrem Rucksack schon warm geworden war, und sie …« Tory brach erschauernd ab.

»Siehst du es immer noch so deutlich?«

»Ja. Ich wäre dir dankbar, wenn du mich nicht fragen würdest. Ich bin in all den Wochen seit meiner Rückkehr noch kein Mal hier gewesen. Ich hatte nicht den Mut dazu. Ich hasse es zwar, ein Feigling zu sein, aber ich muss auch überleben.«

»Die Leute legen viel zu viel Wert auf Mut und messen

ihm eine viel zu große Bedeutung bei. Ich würde dich nicht als Feigling bezeichnen – aber mein persönlicher Standard ist auch nicht besonders hoch.«

Tory lachte auf und trank noch einen Schluck. »Und wieso?«

»Na ja, dann kann ich ihm wenigstens ohne besondere Anstrengung entsprechen. Nimm zum Beispiel meine Ehen.« Faith gestikulierte mit ihrem Plastikbecher. »Manche Leute würden sagen, ich hätte versagt, aber ich behaupte, ich habe triumphiert, weil ich einigermaßen unbeschädigt wieder aus ihnen herausgekommen bin.«

»War es Liebe?«

»Wann?«

»In Ehe Nummer Eins oder Zwei oder in beiden.«

»In keiner von beiden. Beim ersten Mal war es die reine Lust. Allmächtiger, der Junge konnte vögeln wie ein Kaninchen. Und da Sex eine Zeit lang mein Hauptvergnügen war, hat er durchaus seinen Teil des Handels erfüllt. Er sah gefährlich gut aus, war charmant und unheimlich beredt. Und er war ein Arschloch.« In der Erinnerung prostete sie ihm fast liebevoll zu. »Er war alles das, was meine Mutter verabscheute. Ich musste ihn einfach heiraten.«

»Du hättest doch auch nur mit ihm schlafen können.«

»Habe ich ja auch, aber die Hochzeit war dann wirklich eine Ohrfeige für sie. Auf dich, Mama!« Faith warf lachend den Kopf zurück. »Beim zweiten Mal habe ich dann eher aus einem Impuls heraus gehandelt. Na ja, und der Sex war auch ganz gut. Trotzdem war es nicht das Richtige, weil er viel zu alt für mich war. Außerdem war er noch verheiratet, als unsere Affäre begann. Vermutlich wollte ich damit meinen Vater treffen, nach dem Motto: Wenn *du* deinen Ehebruch genießt, kann ich das auch. Na ja, eine Affäre mit einem verheirateten Mann ist eine Sache, aber mit einem Mann verheiratet zu sein, der fremdgeht, ist eine andere. Ich glaube, am Anfang war er mir sogar treu, aber ich habe mich zu Tode gelangweilt. Und irgendwann hat er sich auch gelangweilt und angefangen zu trinken und mich zu betrügen. Er hatte sich in der Musikszene einen Namen gemacht. Nach einer Weile habe ich ihn dann verlassen. Ich habe eine ganze Stange Geld bei der Scheidung bekommen, aber jeder Penny war schwer verdient.«

Tory dachte daran, wie sie und Hope hier gesessen und über Dinge geredet hatten, die sie tun wollten. Einfachere Dinge, Kinderkram. Aber trotzdem nicht weniger wichtig oder intim als die Dinge, von denen Faith jetzt erzählte.

»Warum Wade?«

»Ich weiß nicht.« Faith atmete geräuschvoll aus und trank einen Schluck. »Das ist mir ein Rätsel. Bei ihm geht's mir nicht um Geld oder Trotz. Er ist nett anzusehen und wir haben großartigen Sex miteinander. Aber der Tierarzt aus dem Ort? Das hatte ich nie vor. Und jetzt muss er alles noch komplizierter machen, indem er mich liebt. Ich werde sein Leben ruinieren.« Sie trank ihre Margarita aus und schenkte sich noch eine ein. »So bin ich eben.«

»Das ist sein Problem.«

Verblüfft starrte Faith Tory an. »Ich hätte nie gedacht, dass du so etwas sagst.«

»Wade ist ein erwachsener Mann. Er hat immer schon getan, was er wollte, und auch immer das bekommen, was er wollte. Vielleicht kennt er dich besser, als du glaubst. Aber ich verstehe Männer sowieso nicht.«

»Oh, sie sind doch einfach zu verstehen.« Sie füllte Torys Glas. »Die Hälfte der Zeit denken sie mit dem Schwanz und die andere Hälfte denken sie an ihre Spielzeuge.«

»Das ist nicht sehr nett von einer Frau mit einem Bruder und einem Liebhaber.«

»Daran ist nichts unnett. Ich liebe Männer. Manche würden sogar sagen, ich hätte zu viele zu sehr geliebt.« Ihre Augen funkelten voller schwarzen Humors. Sie wirkte gar nicht, als würde sie irgendetwas bedauern. Tory merkte, dass sie das Gespräch genoss und Faith beneidete.

»Ich war schon immer lieber mit Männern zusammen«, fügte Faith hinzu. »Frauen sind viel hinterhältiger als Männer und neigen dazu, andere Frauen als Rivalinnen

anzusehen. Männer betrachten andere Männer als Konkurrenten, und das ist etwas ganz anderes. Aber du bist
nicht hinterhältig. Es hat mich viel zu viel Kraft gekostet,
dich nicht zu mögen.«

»Ist das die Grundlage für unseren Waffenstillstand?«

»Fällt dir eine bessere ein?« Faith griff nach ihrem Notizbuch. »Ich hatte das Bedürfnis, ein paar Dinge aufzu-
schreiben, und ich unterdrücke meine Bedürfnisse nur selten. Möchtest du es lesen?«

»In Ordnung.«

Faith stand auf und schritt mit ihrem Drink und ihrer
Zigarette auf und ab. Sie hatte heute wahrscheinlich ernsthafter nachgedacht als in ihrem gesamten bisherigen Leben. Es war zwar nichts dabei herausgekommen, aber es
hatte ihr trotzdem gut getan.

Wäre es nicht seltsam, wenn Torys Rückkehr nach Progress bewirken könnte, dass sie endlich den richtigen Weg
in ihrem Leben einschlug? Faith blieb vor der Statue ihrer
Schwester stehen und betrachtete sie. Und wäre es nicht
eine ultimative Ironie des Schicksals, wenn sie jetzt gerade
finden würde, wonach sie immer gesucht hatte?

Sie blickte sich nach Tory um. Sie wirkt so kühl und so
ruhig, dachte sie. Dabei finden unter der Oberfläche all
diese Stürme statt. Es war bewundernswert, wie Tory diese Fassade aufrechterhielt und darunter nicht zerbrach.

Sie ist gespenstisch, dachte Faith lächelnd. Aber nicht
zerbrechlich.

Zerbrechlich – das war ihre Mutter geworden. Und sie
selbst war auch nicht mehr weit davon entfernt gewesen.
Wie seltsam und zugleich passend, dass gerade Tory sie
aufgehalten hatte, bevor sie zu dem wurde, wogegen sie
ihr ganzes Leben lang angekämpft hatte.

Ein verzerrtes Spiegelbild ihrer Mutter.

Faith drückte ihre Zigarette aus und schob sie unter die
Kiefernadeln.

»Vielleicht sollte ich Schriftstellerin werden«, sagte sie
leichthin und trat auf Tory zu. »Du scheinst ganz hingeris-
sen zu sein.«

Tory hatte sich vom Rhythmus von Faiths Worten und den Bildern, die sie heraufbeschworen, fesseln lassen. Sie war amüsiert und traurig zugleich. Und dann war der Druck gekommen, das Gewicht auf ihrer Brust, das ihr Herz heftiger schlagen ließ.

Der Ort, die Erinnerungen machten sie verwundbar. Sie würde nicht darauf reagieren, würde sie nicht zulassen. Sie würde im Hier und Jetzt bleiben.

Aber die Kälte kroch an ihr empor und um sie herum wurde es dunkler.

Das Notizbuch glitt Tory aus den Fingern und fiel zu Boden. Sie ging unter, etwas zog sie nach unten.

»Jemand beobachtet uns.«

»Hmm? Schätzchen, du hast doch nur zwei Gläser von dem Zeug getrunken, oder? Du verträgst aber nicht viel.«

»Jemand beobachtet uns.« Sie umklammerte Faiths Hand. »Lauf. Du musst weglaufen.«

»Mist.« Faith tätschelte Torys Wange. »Komm schon zurück. Reiß dich zusammen.«

»Er beobachtet uns. Zwischen den Bäumen. Er wartet auf dich. Du musst weglaufen.«

»Hier ist niemand außer uns.« Aber ein eisiger Schauer durchfuhr sie. »Ich bin Faith. Ich bin nicht Hope.«

»Faith.« Tory bemühte sich, die Bilder aus Vergangenheit und Gegenwart nicht durcheinander zu bringen. »Er ist wieder zwischen den Bäumen. Ich kann ihn spüren. Er beobachtet uns. Lauf.«

Faiths Augen weiteten sich. Jetzt konnte sie ihn auch hören, das leichte Rascheln hinter dem Busch am Rand der Lichtung. Panik ergriff sie.

»Verdammt noch mal, wir sind zu zweit«, zischte sie und griff in ihre Tasche. »Und wir sind keine hilflosen Achtjährigen. Ich werde nicht weglaufen.«

Sie zog ihre hübsche .22er mit dem Perlmuttgriff hervor.

»O mein Gott.«

»Reiß dich zusammen!«, befahl Faith. »Wir schnappen ihn uns.«

»Bist du verrückt?«

»Das musst du gerade sagen. Komm heraus, du Schlappschwanz!«

Sie hörte einen Zweig knacken und Blätter rascheln und rannte los. »Er läuft weg. Bastard!«

»Faith! Nicht.« Doch Faith sprintete bereits auf die Bäume zu. Tory blieb nichts anderes übrig, als ihr hinterher zu laufen.

Der Pfad wurde immer schmaler und verlor sich schließlich im Dickicht. Vögel flatterten kreischend auf. Moosflechten verfingen sich in Torys Haaren und sie schlug im Laufen danach.

»Ich glaube, er ist zum Fluss gerannt. Wir holen ihn wahrscheinlich nicht ein, aber zumindest werden wir ihm Angst einjagen.« Sie zielte in die Luft und gab einen Schuss ab. Als Faith ein Platschen hörte, grinste sie wie eine Irre.

»Vielleicht fressen ihn die Alligatoren. Komm.«

Tory konnte den Fluss riechen. Der Boden unter ihren Füßen war schlammig, und sie rutschten aus. »Um Gottes willen, sei vorsichtig, sonst erschießt du dich noch selber.«

»Ich kann mit so einer blöden kleinen Knarre umgehen.« Ihr Atem kam rasch und stoßweise. »Du kennst den Sumpf besser als ich. Du übernimmst die Führung.«

»Sichere das Ding bloß. Ich habe keine Lust, eine Kugel in den Rücken zu bekommen.« Tory rang nach Atem und strich sich die Haare aus der Stirn. »Wir können hier abkürzen. Pass auf Schlangen auf.«

»O Gott, ich weiß schon, warum ich den Sumpf hasse.« Nachdem der erste Adrenalinstoß verebbt war, empfand Faith nur noch Abscheu vor allem, was da krabbelte und sich bewegte. Aber Tory drängte vorwärts und ihr Stolz ließ ihr keine andere Wahl, als ihr zu folgen.

»Was hat dir und Hope hier eigentlich so gefallen?«

»Es ist schön hier und wild.« Sie hörte schwere Schritte und hob die Hand. »Da kommt jemand. Vom Fluss.«

»Er kommt zurück, was?« Faith hob die Pistole. »Ich bin

bereit für ihn. Zeig dich, du Hurensohn! Ich habe eine Pistole, und ich werde auch Gebrauch davon machen.«

Sie hörten, wie etwas zu Boden plumpste. »Jesus Christus, schießen Sie nicht!«

»Komm heraus und zeig dich. Auf der Stelle!«

»Ich will nicht aus dem Hinterhalt erschossen werden. Du meine Güte, Miss Faith, sind Sie das? Miss Faith, ich bin es nur, Piney. Piney Cobb.«

Er trat mit dem Rücken zum Fluss zwischen den Bäumen hervor. Als er seine Hände hoch hielt, zitterten sie.

»Warum, zum Teufel, schleichen Sie hier herum und beobachten uns?«

»Das habe ich gar nicht getan. Ich schwöre bei Gott! Ich wusste gar nicht, dass Sie hier sind, bis ich die Schüsse hörte. Ich habe mich zu Tode erschrocken. Ich wusste nicht, ob ich weglaufen oder mich verstecken sollte. Ich habe nur Frösche gefangen, das ist alles. Seit einer Stunde oder so. Dem Boss macht es nichts aus, wenn ich hier Frösche fange.«

»Und wo sind die Frösche?«

»Der Sack liegt da drüben. Ich habe ihn fallen lassen, als Sie gerufen haben. Sie haben mich zehn Jahre meines Lebens gekostet, Miss Faith.«

Tory sah nur Angst in seinem Gesicht und spürte seine Panik. Er roch nach Schweiß und Whiskey. »Zeigen Sie uns den Sack.«

»Okay. In Ordnung. Er liegt gleich dahinten.« Piney leckte sich über die Lippen und wies hinter sich.

»Passen Sie gut auf, wohin Sie treten, Piney. Ich bin schrecklich nervös und mein Finger könnte zittern.«

Faith zielte mit der Pistole auf Piney, während Tory vortrat.

»Sehen Sie? Hier? Ich habe die Frösche in dem alten Sack gesammelt.«

Tory hockte sich hin und blickte hinein. Ungefähr ein halbes Dutzend unglücklicher Frösche blickte sie an. »Das ist aber ziemlich jämmerlich für eine Stunde Arbeit.«

»Ich habe die meisten verloren, als ich den Sack fallen

lassen habe. Ich habe ihn zweimal fallen lassen«, fügte er hinzu und wurde rot. »Ehrlich gesagt habe ich mir fast in die Hose gemacht, als der Schuss losging. Ich glaube, ich habe gehört, wie jemand weggelaufen ist. Ich hatte aber kaum Zeit, mich darüber zu wundern, weil da schon der Schuss knallte. Und dann dachte ich mir, dass ich mich am besten in Sicherheit bringe. Vielleicht macht ja jemand Zielschießen, wie es Mr. Cade und seine Freunde immer getan haben, und wenn ich nicht aufpasse, erwischt mich am Ende noch eine Kugel. Ich sammle alle paar Wochen Frösche. Sie können Mr. Cade fragen, wenn Sie mir nicht glauben.«

»Was meinst du?«, fragte Faith Tory.

»Ich weiß nicht. Er hat auf jeden Fall Frösche.«

Piney ist kein junger Mann, aber er kennt den Sumpf und hat von der Arbeit auf dem Feld feste Muskeln, dachte sie. Aber sie konnten ihm nichts beweisen. »Es tut mir Leid, dass wir Ihnen Angst eingejagt haben, aber irgendjemand ist um die Lichtung herumgeschlichen.«

»Ich nicht.« Er sah Tory an. »Ich habe jemanden weglaufen hören, wie ich schon sagte. Es gibt hier viele Wege hinein und hinaus.«

Sie nickte und trat einen Schritt zurück. Piney räusperte sich und griff nach seinem Sack. »Ich gehe dann jetzt mal.«

»Ja, gehen Sie nur«, sagte Faith zu ihm. »Wenn ich Sie wäre, würde ich das nächste Mal dafür sorgen, dass Cade weiß, wann Sie wieder Frösche sammeln wollen.«

»Ganz bestimmt. Darauf können Sie Gift nehmen. Ich gehe dann jetzt.« Piney schulterte seinen Sack und hielt den Blick aufmerksam auf Faiths Gesicht gerichtet, bis er im Schatten der Bäume verschwunden war.

25

Seit fast fünfunddreißig Jahren schon angelten J.R. und Carl D. am Sonntagnachmittag. Es war nicht als Tradition gedacht gewesen, und auch jetzt wäre es den beiden Männern nicht in den Sinn gekommen, es als solche zu bezeichnen. Es war einfach nur ihre Methode, sich zu entspannen und ihre Freizeit zu verbringen.

Nachdem J.R.s Vater gestorben war und seine Mutter Iris wieder angefangen hatte zu arbeiten, hatte sie Carl D.s Mutter Geld dafür gegeben, dass sie nach der Schule und an den Samstagen auf Sarabeth aufpasste. Und zwischen den Frauen bestand eine unausgesprochene Vereinbarung, dass sie dabei auch ein Auge auf J.R. hatte.

Fanny Russ kochte wie ein Engel und hatte einen eisernen Willen. Auf beides war sie stolz. J.R. lernte schnell, sie mit Ma'am anzureden. Und in den fünfziger Jahren, als der Ku-Klux-Klan seinen Hass noch im ganzen Süden verbreitete und Schwarze im Diner in der Market Street nicht an der Theke sitzen durften, wurden der kleine weiße Junge und der kleine schwarze Junge in aller Stille Freunde.

Sie machten kein großes Aufhebens darum. Aber jeden Sonntag, nur selten unterbrochen von Ferien oder Krankheit, saßen beide Männer nebeneinander mit ihren Angeln am Flussufer, genauso, wie sie es als Jungen getan hatten. Mittlerweile hatten sie beide weniger Haare und etwas mehr Bauch, aber der Rhythmus des Nachmittags war im Wesentlichen gleich geblieben.

In der ersten Zeit ihrer Ehe hatte Boots J.R. nette kleine Gerichte in einem Picknickkorb mitgegeben. Es hatte J.R. einige Mühe gekostet, sie davon abzubringen, ohne ihre Gefühle zu verletzen. Picknickkörbe mit Geflügelsalat-Sandwiches und säuberlich geschnittenem Gemüse machten alles viel zu weiblich. Ein richtiger Mann brauchte nichts weiter als eine Kühltasche mit Bier und vielleicht ein paar Chips.

Und wenn sie Glück hatten, gab es ein paar Stücke von Ma Russ' süßem Kartoffel- oder Pekannusskuchen.

All das war über die Jahre konstant geblieben. Auch am Fluss hatte es nur wenige Veränderungen gegeben. Der alte Pfirsichbaum war vor drei Wintern erfroren, aber er hatte ein halbes Dutzend Nachkömmlinge hinterlassen, die wie Unkraut aus dem Boden schossen, bis der Stadtrat beschloss, die beiden kräftigsten wachsen zu lassen und die anderen auszureißen.

Jetzt hingen die noch nicht ganz reifen Früchte an den Ästen und warteten darauf, dass Kinder sich an ihnen gütlich taten und sich den Magen verdarben.

Das Wasser floss gemächlich und ruhig dahin wie immer, und die große alte Weide ließ ihre Äste in den Fluss hängen.

Wenn man geduldig genug war, biss ab und zu ein Fisch an. Und wenn nicht, war es auch nicht schlimm.

Die Jahre hatten aus den Männern solide Bürger gemacht, Familienväter mit Hypotheken und Verantwortung. Die wenigen Stunden in der Woche, die sie damit zubrachten, Würmer an ihre Angelhaken zu spießen, zeigten, dass sie immer noch sie selbst waren.

Manchmal diskutierten sie über Politik, und da J. R. ein strammer Republikaner und Carl D. ein ebenso glühender Demokrat war, wurden diese Debatten oft sehr hitzig. Beide genossen es ganz enorm, zu streiten. An anderen Sonntagen, je nach der Jahreszeit, ging es um Sport. Über ein Footballspiel an der High School konnten sich die zwei stundenlang ereifern.

Am häufigsten jedoch drehten sich ihre Gespräche um Familie, Freunde und die Stadt selbst.

Beide wussten, dass sie sich aufeinander verlassen konnten und dass kein Wort von dem, was zwischen ihnen besprochen wurde, das Flussufer verließ. Trotzdem gab es Zeiten, in denen Loyalitäten zurücktraten. Da er dies wusste, wählte Carl D. seine Worte vorsichtig.

412

»Ida-Mae hat bald Geburtstag«, sagte er, öffnete seine zweite Dose Bier und blickte auf die glatte Wasseroberfläche. »Dieser Fritiertopf, den ich ihr letztes Jahr gekauft habe, ist immer noch ein wunder Punkt zwischen uns.«

»Ich hab's dir ja gesagt.« J.R. nahm sich eine Hand voll Kartoffelchips aus der Tüte, die zwischen ihnen stand.

»Ja, ich weiß.«

»Kauf einer Frau etwas mit Stecker, und du bekommst unweigerlich Probleme.«

»Sie wollte doch einen neuen. Sie hat sich die ganze Zeit beklagt, dass der alte nicht mehr richtig funktioniert.«

»Das spielt keine Rolle. Eine Frau will keine Küchengeräte geschenkt kriegen. Sie will etwas Nutzloses haben.«

»Mir fällt ums Verrecken nicht ein, was so nutzlos sein könnte, dass es ihr gefällt. Ich habe schon mal gedacht, ich gehe einfach bei deiner Nichte vorbei und lasse sie etwas aussuchen.«

»Das ist eine gute Idee. Tory hat einen guten Geschmack in solchen Dingen.«

»Ihr Laden ist schön geworden. Sie hat viel zu tun.«

»Sie war schon immer sehr fleißig. Sie ist ein ernsthaftes Mädchen mit viel Verstand. Kaum zu glauben, dass sie so geworden ist – nach allem, was sie erlebt hat.«

Genau diese Einleitung hatte Carl D. angestrebt, aber er blieb trotzdem vorsichtig. Er holte einen neuen Kaugummi aus der Tasche und wickelte ihn umständlich aus. »Sie hatte es wirklich schwer in ihrer Jugend. Ich kann mich noch gut erinnern, wie sie kaum den Mund aufbekam. Sie hat einen immer nur mit ihren großen Augen angesehen. Dein Schwager hatte eine harte Hand.«

»Ich weiß.« J.R. presste die Lippen zusammen. »Ich wünschte, ich hätte damals mehr gewusst. Ich weiß nicht, ob es so einen großen Unterschied gemacht hätte, aber ich wünschte, ich hätte es gewusst.«

»Du weißt es jetzt. J.R., wir suchen nach ihm wegen dieser Geschichte in Hartsville.«

»Hoffentlich fasst ihr ihn, damit er bekommt, was er verdient. Meine Schwester – na ja, ihr Leben ist sowieso

413

beim Teufel. Aber wenn er hinter Gittern wäre, könnte Tory endlich wieder ruhig schlafen.«

»Ich bin erleichtert, dass du das sagst. Ich habe allerdings auch noch etwas Schlimmeres zu erzählen.«

»Was meinst du?«

»Die Geschichte mit Sherry Bellows.«

»Gott, das war furchtbar. Richtig furchtbar«, wiederholte J. R. kopfschüttelnd. »Eine so hübsche junge Frau …« Er brach ab und erstarrte. Fragend drehte er den Kopf zu Carl D. »Allmächtiger, du glaubst doch nicht etwa, dass Hannibal etwas damit zu tun hat?«

»Ich sollte dir das gar nicht erzählen. Aber ich habe die ganze Nacht deswegen wach gelegen. Offiziell sollte ich es eigentlich für mich behalten, aber ich kann nicht. Dein Schwager steht im Moment nicht nur ganz oben auf Liste der Verdächtigen, J. R. Er ist der einzige Verdächtige.«

J. R. sprang auf, ging ein paar Schritte am Ufer entlang und blickte über den Fluss. Es war still, nur ein paar Vögel zwitscherten leise.

»Das kriege ich nicht in meinen Kopf, Carl D. Hannibal ist ein Schläger und ein Bastard. Ich kann nichts Gutes über ihn sagen, aber dass er dieses Mädchen umgebracht haben soll … du meine Güte … Nein, das kriege ich nicht in meinen Kopf.«

»Er hat schon immer Frauen misshandelt.«

»Ich weiß. Ich will ihn auch nicht entschuldigen. Aber zwischen Misshandeln und Umbringen besteht ein großer Unterschied.«

»Der kann ziemlich klein werden, vor allem wenn es ein Motiv gibt.«

»Was sollte er denn für ein Motiv haben?« J. R. hockte sich neben Carl D. und sah ihn an. »Er kannte das Mädchen ja nicht einmal.«

»Er hat sie im Laden deiner Nichte getroffen, an dem Tag, an dem sie umgebracht wurde. Und er hat mit ihr geredet. Soweit ich weiß, waren sie und Tory die Einzigen, die überhaupt wussten, dass er in der Gegend war. Und da ist noch was, das dir nicht gefallen wird«, fügte er hin-

414

zu, als er sah, dass J. R. den Kopf schüttelte. »Es tut mir unendlich Leid, dass ich deine Familie da hineinziehe, aber ich habe eine Pflicht zu erfüllen und darf mich durch Mitgefühl nicht davon abhalten lassen.«

»Darum würde ich dich auch nie bitten. Aber ich glaube, du siehst in die falsche Richtung.« J. R. setzte sich wieder hin. »Ich muss das glauben.«

»Ich habe es auch nicht von Anfang an so gesehen, sondern Tory hat mich darauf gebracht.«

»Tory?«

»Ich war mit ihr am Tatort.«

»Am Tatort?« J. R. blickte ihn entsetzt an. »Du lieber Gott, Carl D.! Warum hast du das getan? Warum hast du ihr das zugemutet?«

»Weil ein Mädchen, das ungefähr so alt war wie meine Ella, noch viel Schlimmeres durchgemacht hat. Ich habe ihr gegenüber eine Verpflichtung, und werde alles nutzen, was mir zur Verfügung steht, um diesen Fall aufzuklären.«

»Tory hat nichts damit zu tun.«

»Da irrst du dich. Sie steckt tief drin. Hör mir eine Minute lang zu, bevor du auf mich einschlägst. Ich bin mit ihr zum Tatort gegangen, und es tut mir Leid, weil es so schwer für sie war, aber ich würde es trotzdem jederzeit wieder tun. Tory wusste Dinge, die sie gar nicht wissen konnte. Sie hat genau gesehen, wie es passiert ist – als wäre sie dabei gewesen. Ich habe schon mal von so etwas gehört, aber ich habe es noch nie zuvor erlebt. Und ich werde es nie mehr vergessen.«

»Du hättest sie in Ruhe lassen müssen. Du durftest sie nicht so missbrauchen.«

»Du hast das Mädchen nicht gesehen, J. R., und ich hoffe bei Gott, dass du niemals einen Menschen sehen musst, dem so etwas angetan wurde. Denn dann würdest du mir jetzt nicht sagen, ich hätte kein Recht dazu gehabt, sie zu missbrauchen. Ich habe einen solchen Fall zum zweiten Mal in meinem Leben gesehen. Wenn wir Tory beim ersten Mal zugehört hätten, dann wäre es vielleicht nicht noch einmal passiert.«

»Wovon, zum Teufel, redest du eigentlich? In Progress ist noch nie eine Frau vergewaltigt und ermordet worden.«

»Nein. Beim ersten Mal war es ein Kind.« Carl D. sah, wie sich J. R.s Augen weiteten und alle Farbe aus seinem Gesicht wich. »Und beim ersten Mal war es auch nicht in der Stadt. Aber Tory war da. Genau wie jetzt. Und wenn sie mir sagt, dass die kleine Hope Lavelle und Sherry Bellows von ein und demselben Mann umgebracht worden sind, dann glaube ich ihr.«

J. R.s Mund wurde trocken. »Hope Lavelle ist von irgendeinem Landstreicher umgebracht worden.«

»So steht es im Polizeibericht. Und alle wollten es nur zu gern glauben. Chief Tate hat es geglaubt, und ich kann ihm keinen Vorwurf daraus machen. Aber nun kann ich nicht mehr daran glauben. Ich werde diesen Mord nicht irgendeinem Landstreicher anhängen. Es hat noch andere gegeben. Tory weiß davon. Das FBI auch, und sie kommen hierher. Sie werden ihn suchen, J. R., und sie werden mit Tory und ihrer Mama – deiner Schwester – reden. Und auch mit dir.«

»Hannibal Bodeen.« J. R. stützte den Kopf auf die Hände. »Das wird Sarabeth umbringen. Es wird sie umbringen.« Er ließ die Hände sinken. »Er wird dorthin zurückgehen. Um Himmels willen, Carl D., er wird zu Sari gehen und …«

»Ich habe schon mit dem Sheriff dort geredet. Er hat einen Mann zur Beobachtung abgestellt, der ein Auge auf deine Schwester hat.«

»Ich muss selbst hinfahren und sie überreden, mit mir zu kommen.«

»Wenn es meine Schwester wäre, würde ich das auch tun. Ich fahre mit dir und regele die Sache mit der Polizei.«

»Das kann ich schon allein.«

»Darauf gehe ich jede Wette ein.« Carl D. nickte und begann, seine Sachen zusammenzupacken. Aus J. R.s Stimme hört er die Wut und die Vorbehalte heraus. Er hatte mit beidem gerechnet. Und auch damit, dass eine lebenslange Freundschaft durch seine Worte Schaden nehmen könnte.

Er konnte nur abwarten und hoffen, dass sie wieder zu flicken war.

»Darauf gehe ich jede Wette ein, J. R.«, sagte er noch einmal. »Aber ich wollte sowieso hinfahren. Ich muss mit deiner Schwester reden, bevor die Leute vom FBI hier sind und mir alles aus der Hand nehmen.«

»Kommst du als Polizist oder als mein Freund mit?«

»Ich bin beides. Dein Freund schon eine ganze Weile länger, aber ich bin beides.« Er schulterte seine Angel und blickte J. R. an. »Und ich beabsichtige, beides zu bleiben. Wenn es dir nichts ausmacht, nehmen wir meinen Wagen. Dann geht es schneller.«

J. R. kämpfte mit sich, doch dann schluckte er die Worte hinunter, die ihm auf der Zunge lagen. Er rang sich ein dünnes, humorloses Lächeln ab. »Es wird noch schneller gehen, wenn du die Sirene anmachst und endlich mal fährst wie ein Mann, statt wie eine alte Dame.«

Erleichterung überflutete Carl D. »Könnte ich machen. Zumindest auf einem Teil der Strecke.«

Cade bemühte sich, seinen Zorn im Zaum zu halten und auf seine Worte zu achten. Jedes Mal, wenn er daran dachte, in welche Gefahr sich seine Schwester und Tory am Abend zuvor begeben hatten, überfiel ihn die Wut.

Vorträge, Drohungen oder Vorwürfe hätten seine Anspannung etwas gelindert, aber sie hätten ihm letztendlich nichts gebracht. Er war ein Mann, der genau wusste, in welche Richtung er wollte. Er musste sich nur noch den besten Weg dorthin überlegen.

Geschwindigkeit spielte dabei keine Rolle, also ließ er sich Zeit.

Cade hatte sich schon seit einiger Zeit keinen faulen Sonntagvormittag mehr gegönnt. Daher hielt er Tory erst einmal so lange wie möglich im Bett. Das tat auch ihm gut.

Dann machte er Frühstück, weil er Hunger hatte und außerdem gemerkt hatte, dass Tory ein Frühstück schon für üppig hielt, wenn sie eine zweite Tasse Kaffee trank. Er sorgte dafür, dass sie sich nur über belanglose Dinge unterhielten. Bücher, Filme, Kunst. Glücklicherweise hatten sie den gleichen Geschmack. Cade hielt das eigentlich nicht für wesentlich, aber es war ein netter, angenehmer Bonus.

Anscheinend glaubte sie, er merkte nicht, wie oft ihr Blick zum Fenster glitt.

Aber er merkte alles. Ihre nervösen Hände, die ständig in Bewegung waren. Dass sie manchmal innehielt, als mühte sie sich, auf eine Veränderung in den Geräuschen draußen zu lauschen. Wie sie zusammenzuckte, als er die Hintertür zuschlagen ließ, während sie draußen im Garten arbeitete.

Er dachte an seine Mutter und ihre Gartenarbeit.

Wie sorgfältig und präzise beide Frauen in ihren Pflichten waren. Mit Hut und Handschuhen knieten sie in ihren Beeten und rissen systematisch Unkraut und verwelkte Blüten ab.

Und wie wütend beide wären, wenn sie wüssten, dass er sie miteinander verglich.

Den ganzen Morgen über waren Torys Stimme und ihr Gesicht völlig ruhig gewesen. Und das allein machte ihn wütend. Sie wollte ihre Nervosität nicht mit ihm teilen. Einen Teil von sich gab sie ihm nicht preis.

Seine Mutter hatte auch immer einen Teil von sich zurückgehalten, dachte er wieder, während er auf der Veranda herumlungerte und Tory zusah. Er war nie wirklich zu ihr durchgedrungen.

Aber zu Tory würde er durchdringen.

»Komm, wir fahren weg.«

»Weg?«

Er zog sie hoch. »Ich muss ein paar Dinge erledigen. Komm doch mit mir.«

Ihre erste Reaktion war Erleichterung. Sie würde allein sein. Sie würde sich aufs Bett legen, die Augen schließen und versuchen, den Aufruhr in ihrem Kopf zu ergründen. Ein paar Stunden Einsamkeit, um die Mauer wieder zu errichten.

»Ich habe auch so viel zu tun. Fahr einfach allein.«

418

»Es ist Sonntag.«

»Ich weiß, welcher Wochentag ist. Und morgen ist Montag. Ich erwarte ein paar neue Lieferungen, einschließlich einer von Lavelle Cotton. Ich muss Papierkram …«

»Der kann bis Montag warten.« Er zog ihr die Gartenhandschuhe aus. »Ich möchte dir etwas zeigen.«

»Cade, ich kann jetzt nirgendwo hinfahren. Ich habe meine Tasche nicht hier.«

»Du brauchst sie nicht«, sagte er und zog sie zum Auto.

»So etwas kann auch nur ein Mann sagen.« Als er sie einfach ins Auto schob, blickte sie ihn finster an. »Lass mich wenigstens meine Haare noch einmal bürsten.«

Er nahm ihr den Hut ab und warf ihn auf den Rücksitz. »Sie sehen gut aus.« Bevor sie noch eine weitere Ausrede finden konnte, setzte er sich hinter das Steuer. »Und wenn sie vom Wind zerzaust werden, finde ich das richtig sexy.«

Cade setzte seine Sonnenbrille auf und legte den Rückwärtsgang ein. »Das ist auch so eine Bemerkung, die nur ein Mann machen kann.« Er bog auf die Straße und gab Gas. »Du siehst hübsch aus, wenn du wütend bist.«

»Dann muss ich ja jetzt eine Schönheit sein.«

»Das bist du auch, mein Liebling. Aber mir gefällt dein Aussehen in jeder Stimmung. Das ist doch praktisch, oder? Wie lange kennen wir uns jetzt schon, Tory?«

Sie hielt sich mit einer Hand die Haare aus dem Gesicht. »Insgesamt? Ungefähr zwanzig Jahre.«

»Nein. Wir kennen uns jetzt seit zweieinhalb Monaten. Vorher haben wir uns nur flüchtig gekannt. Aber seit über zwei Monaten kennen wir uns wirklich. Möchtest du wissen, was ich in dieser Zeitspanne über dich gelernt habe?«

Tory konnte seine Stimmung nicht ganz einschätzen. Sein Tonfall war zwar leicht und sein Gesicht entspannt, aber irgendetwas stimmte nicht. »Ich bin mir nicht sicher.«

»Eine Sache, die ich gelernt habe, ist zum Beispiel: Victoria Bodeen ist eine vorsichtige Frau. Sie ist umsichtig und sie vertraut jemandem nicht leichtfertig. Noch nicht einmal sich selbst.«

»Wenn man nicht umsichtig ist, kann man leicht verletzt werden.«

»Das ist auch so eine Sache – Logik. Eine vorsichtige und logische Frau. Nun, das könnte für manche Menschen eine ziemlich gewöhnliche, ja sogar uninteressante Kombination sein. Aber diese Menschen sehen nicht das Ganze. Sie wissen nichts von der Entschlossenheit, dem Verstand, dem Witz und der Freundlichkeit. Und die meisten wissen auch nichts von der Warmherzigkeit, die umso kostbarer ist, weil sie so selten zum Tragen kommt. Und all das ist – manchmal zu fest – in ein sehr attraktives Paket verpackt.«

Er bog auf einen schmalen Feldweg ein und fuhr langsamer.

»Das ist ja eine umfassende Analyse.«

»Sie kratzt kaum an der Oberfläche. Du bist eine komplexe, faszinierende Frau. Kompliziert und schwierig. Fordernd, weil du dich weigerst zu fordern. Es ist schwer für das Ego eines Mannes, dass du ihn nie um etwas bittest.«

Tory sagte nichts, hielt aber ihre Hände fest verschränkt, ein sicheres Zeichen für Anspannung. Sie hatte die Wut in seiner Stimme gehört.

»Von hier aus gehen wir zu Fuß.«

Er hielt an und stieg aus dem Wagen. Zu beiden Seiten des Weges erstreckten sich die Baumwollfelder. Ihr süßer Duft erfüllte die Luft.

Verwirrt folgte sie ihm durch die Reihen. Die jungen Pflanzen streiften ihre Beine und erinnerten sie an ihre Kindheit.

»Es hat nicht viel geregnet«, sagte Cade. »Nicht viel, aber genug. Wir brauchen nicht so viel zusätzliche Bewässerung wie die anderen Farmen. Wenn der Boden nicht voller Chemikalien ist, speichert er das Wasser besser. Behandelt man ihn natürlich, dann gedeiht er auch. Wenn man jedoch versucht, ihn nach eigenen Erwartungen zu verändern, muss man sich immer mehr um ihn kümmern. In zwei Monaten werden die Kapseln aufplatzen.«

Cade hockte sich hin und hängte seine Sonnenbrille an

sein Hemd, bevor er eine fest geschlossene Kapsel mit der Fingerspitze anhob. »Mein Vater hätte versucht, das Wachstum zu verlangsamen und hätte mit einem Entlaubungsmittel die Blätter abgetötet. Er wusste es nicht besser. So wurde es eben gemacht. Wenn man etwas anders macht, mögen die Leute das nicht besonders. Du musst dich ihnen beweisen. Du musst es wollen.« Er richtete sich wieder auf und sah sie an. »Wie viel muss ich dir beweisen, Tory?«

»Ich verstehe nicht, was du meinst.«

»Die meisten Leute haben dich auf eine bestimmte Art behandelt. Das kanntest du. So war es eben. Aber ich würde sagen, ich habe es anders gemacht.«

»Du bist wütend auf mich.«

»O ja, ich bin wütend auf dich. Dazu kommen wir noch. Aber im Moment frage ich dich, was du von mir willst. Einfach, was genau du von mir willst.«

»Ich will gar nichts, Cade.«

»Verdammt noch mal. Das ist die falsche Antwort.« Als er sich abwandte und wegging lief sie ihm nach.

»Warum ist sie falsch? Warum sollte ich etwas von dir wollen oder wollen, dass du irgendetwas anderes bist, wenn ich mit dir glücklicher bin als jemals zuvor in meinem Leben?«

Er blieb stehen und drehte sich zu ihr um. Die Sonne brannte gnadenlos auf die Felder herunter. »Das ist doch ein Anfang. Du sagst mir, ich mache dich glücklich. Aber jetzt sage ich dir einmal, was daran nicht stimmt. Ich möchte etwas von dir, aber es wird mit uns nicht funktionieren, wenn alles immer nur einseitig ist. Keiner von uns wird dabei lange glücklich bleiben.«

Der Schmerz schoss ihr bis ins Herz. »Du willst dich von mir trennen. Ich …« Ihre Stimme brach. Tränen brannten in ihren Augen. »Du kannst nicht …« Sie suchte nach Worten. »Es tut mir Leid.«

»Das sollte es auch, wenn du so etwas denkst.« Er kümmerte sich nicht um ihre Tränen und blickte sie mit zusammengekniffenen Augen an. »Ich habe dir gesagt, dass ich dich liebe. Glaubst du, das kann ich einfach so abstellen, nur weil du mir so viel Arbeit machst? Ich habe dich hierher gebracht, um dir zu zeigen, dass ich zu Ende bringe, was ich anfange, dass ich mich dem, was mir gehört, ganz hingebe. Du gehörst zu mir.« Er packte sie an den Armen und zog sie hoch. »Ich bin es leid, darauf zu warten, dass du dir endlich darüber klar wirst. Ich liebe, was mir gehört, Tory, aber ich erwarte etwas dafür. Ich habe dir gesagt, dass ich dich liebe. Gib mir etwas zurück.«

»Ich habe Angst vor dem, was ich für dich empfinde. Kannst du das verstehen?«

»Vielleicht, wenn du mir sagst, *was* du für mich empfindest.«

»Zu viel.« Sie schloss die Augen. »So viel, dass ich mir ein Leben ohne dich nicht mehr vorstellen kann. Ich will dich nicht brauchen.«

»Und natürlich ist es für jeden anderen leicht, jemanden zu brauchen. Zum Beispiel für mich, dich zu brauchen.« Er schüttelte sie und sie riss die Augen auf. »Ich liebe dich, Victoria, und das hat mir ein paar nicht sehr angenehme Momente bereitet.« Er küsste sie auf die Stirn. »Aber ich würde es nicht ändern wollen, selbst wenn ich es könnte.«

»Ich möchte ruhig damit umgehen können.« Sie legte ihre Wange an seine Brust und lächelte, als er seine Sonnenbrille abnahm und auf den Boden warf. »Ich möchte einfach normal damit umgehen können.«

»Wie kommst du auf die Idee, dass es normal ist, mit Liebe ruhig umzugehen? Ich fühle mich nicht ruhig.« Er strich ihr über die Haare. »Liebst du mich, Tory?«

Sie umschlang ihn fester. »Ja, ich glaube …«

»Sag einfach nur ja.« Er zog an ihren Haaren, bis sie ihren Kopf hob. »Sag einfach nur ja«, murmelte er und küsste sie. »Sag es ein paarmal hintereinander, damit wir uns daran gewöhnen. Liebst du mich?«

»Ja.« Sie seufzte und schlang ihm die Arme um den Hals.

»Schon besser. Liebst du mich, Tory?«

Dieses Mal lachte sie. »Ja.«

»Fast perfekt.« Er streifte ihren Mund mit seinen Lippen. »Willst du mich heiraten, Tory?«

»Ja.« Sie riss die Augen auf und zuckte zurück. »Was?«

»Ich nehme die erste Antwort.« Er hob sie hoch und wirbelte sie herum. Dann küsste er sie, bis sie keine Luft mehr bekam.

»Nein. Lass mich herunter. Ich muss nachdenken.«

»Tut mir Leid, dass ich dir keine Zeit zur Umsicht gelassen habe. Jetzt musst du wohl damit leben.«

»Du weißt sehr wohl, dass das ein Trick war.«

»Ein Manöver«, korrigierte er sie und trug sie zum Auto. »Und ein sehr gutes, wenn ich das sagen darf.«

»Cade, über die Ehe macht man keine Witze. Außerdem habe ich noch nie ernsthaft darüber nachgedacht.«

»Dann musst du jetzt eben besonders schnell nachdenken. Wenn du eine große Hochzeit willst, warten wir am besten bis zum Herbst, bis nach der Ernte.« Er setzte sie ins Auto. »Aber wenn du wie ich lieber eine kleine, intime Feier möchtest, dann ginge es schon nächstes Wochenende.«

»Hör auf. Hör auf damit. Ich habe noch nicht ja gesagt.«

»Doch, das hast du.« Er ließ sich auf den Fahrersitz gleiten. »Du kannst es zerreden und tun, was du willst, aber es bleibt eine Tatsache, dass ich dich liebe. Und du liebst mich. Und wir wollen heiraten. Ich möchte mein Leben mit dir verbringen, Tory. Ich möchte eine Familie mit dir gründen.«

»Familie.« Der Gedanke erschreckte sie. »Versteh doch, genau deshalb ... O Gott, Cade.«

Er umschloss ihr Gesicht mit den Händen. »*Unsere* Familie, Tory. Es wird *unsere* Familie sein.«

»Du weißt, dass es nicht so einfach ist.«

»Nichts daran ist einfach. Das Richtige muss nicht immer das Einfache sein.«

»Es ist nicht der richtige Zeitpunkt, Cade. Um uns herum geschieht zu viel.«

»Gerade deshalb ist der Zeitpunkt perfekt.«

»Wir reden noch einmal vernünftig darüber«, sagte sie zu ihm, als er wieder den Feldweg entlangfuhr. »Wenn sich mir der Kopf nicht mehr so dreht.«

»Gut. Wir reden, so viel du willst.« Als sich der Weg gabelte, bog er nach links ab. Sofort schoss Tory in ihrem Sitz hoch.

»Wohin fährst du?«

»Nach Beaux Reves. Ich muss etwas holen.«

»Ich will nicht dorthin. Ich kann nicht dorthin.«

»Natürlich kannst du.« Er legte seine Hand auf ihre. »Es ist ein Haus, Tory. Nur ein Haus. Und es gehört mir.«

Ihr tat der Kopf weh, und ihre Handflächen wurden feucht. »Ich bin noch nicht soweit. Und deiner Mutter wird das nicht gefallen. Es ist das Haus deiner Mutter, Cade.«

»Es ist mein Haus«, korrigierte er sie kühl. »Und es wird auch deins sein. Meine Mutter wird sich damit abfinden müssen.«

Und Tory auch, dachte er.

26

Das Haus ist wunderschön, dachte Tory. Nicht prächtig und elegant wie die alten Häuser in Charleston, sondern lebenssprühend und einzigartig. Als Kind hatte sie sich so immer ein Schloss vorgestellt.

Bei den wenigen Gelegenheiten, bei denen sie gewagt hatte, es zu betreten, hatte sie sich mit großen Augen umgeschaut und nur im Flüsterton gesprochen.

Sie war nur selten in Beaux Reves, weil sie zu schüchtern war und immer Angst hatte, der schmallippigen Margaret Lavelle in die Arme zu laufen. Und damals war sie auch noch zu klein gewesen, um sich gegen die scharfen Pfeile von Margaret Lavelles Gedanken zu wehren.

Aber durch Hope hatte sie jedes Zimmer gesehen, gerochen und berührt.

Sie kannte den Blick aus jedem Fenster, das Gefühl der Fliesen und des Holzbodens unter ihren bloßen Füßen und den Geruch von Leder, Bourbon und Tabak, diesen männlichen Duft, der im Turmbüro hing.

Papa.

Sie konnte es sich jetzt nicht erlauben, das Haus durch Hopes Augen zu sehen. Sie musste es allein sehen. In der Gegenwart.

Das Gebäude war genauso faszinierend wie beim ersten Mal. Stolz und beeindruckend ragte es mit seinen Türmen hoch empor. Beaux Reves. Ja, der Name passte. Schöne Träume, mit üppigen Blumenbeeten und großen alten Parkbäumen.

Einen kurzen Moment lang vergaß Tory, dass sie beim letzten Mal, als sie es gesehen hatte, mit Entsetzen in den Augen und Tod im Herzen die Auffahrt hinaufgehumpelt war.

»Es verändert sich nicht«, murmelte sie.

»Hmm?«

»Ganz gleich, was draußen oder drinnen geschieht, das Haus bleibt immer gleich. Das hat etwas von einem Wunder.«

Es bedeutete ihm viel, dass sie mit Entzücken in ihrer Stimme von seinem Haus sprach. »Meine Vorfahren waren selbstbewusst und humorvoll. Das hat sich wohl im Haus niedergeschlagen.« Cade hielt an und stellte den Motor ab. »Komm mit hinein, Victoria.«

Ihr Lächeln erlosch. »Du willst scheinbar unbedingt Probleme bekommen.«

Er stieg aus dem Wagen, trat zur Beifahrertür und öffnete sie. »Ich bitte die Frau, die ich liebe, in mein Haus.« Er ergriff ihre Hand und zog sie aus dem Auto. Sie musste daran denken, wie eigensinnig er sein konnte. »Wenn es Probleme gibt, werden wir schon damit fertig.«

»Für dich ist es leichter. Du stehst auf festem Boden, aber ich muss immer aufpassen, wohin ich meine Schritte setze.« Sie blickte ihn an. »Ist es so wichtig für dich, dass ich mit hineinkomme?«

»Ja.«

»Gut, aber denk an meine Worte, wenn ich stolpere.«

Sie gingen die Stufen zur Veranda hinauf. Tory erinnerte sich daran, wie sie hier mit Hope gesessen hatte. Sie hatten Jacks gespielt oder eine ihrer Schatzkarten studiert. Große, hohe Gläser mit Limonade. Plätzchen. Der Duft von Rosen und Lavendel.

»Abenteuer«, sagte Tory leise. »Das war unser Passwort. Wir wollten noch so viele Abenteuer erleben.«

»Das werden wir jetzt auch.« Er küsste ihre Hand. »Dieses Abenteuer hätte ihr gefallen.«

»Ja, vermutlich. Obwohl sie sich nicht viel aus Jungen machte.« Tory lächelte mühsam, während er die Tür öffnete. Ihr Herz schlug viel zu schnell. »Cade ...«

»Vertrau mir«, sagte er und zog sie hinein.

Drinnen war es kühl. Immer war es kühl, frisch und von Duft erfüllt. Sie erinnerte sich, dass ihr das früher immer wie Magie vorgekommen war. Nie drang die stickige Hitze von draußen ein, nie hingen die Gerüche des Abendessens in der Luft.

Und sie dachte daran, wie sie schon einmal mit Cade hier gestanden hatte. »Du warst groß für dein Alter.« Sie bemühte sich, ganz ruhig zu sprechen. »Du kamst mir immer so groß und hübsch vor. Der Prinz aus dem Schloss. Das bist du immer noch. Hier hat sich so wenig geändert.«

»Tradition ist für die Lavelles wie eine Religion. Sie wird uns von Geburt an eingeimpft, was sowohl ein Trost als auch eine Falle sein kann. Komm mit in den Salon. Ich hole dir etwas Kaltes zu trinken.«

Sie durfte nicht in den Salon, und fast hätte sie das auch gesagt, hielt es jedoch im letzten Moment zurück. Sie durfte nur durch den Hintereingang in die Küche. Lilah gab ihr Eistee oder Coca-Cola, ein Plätzchen oder sonst eine Süßigkeit. Und wenn sie beim Saubermachen half, dann bekam sie einen Vierteldollar für ihre Sparbüchse.

Aber in die Räume der Familie durfte sie nicht.

Entschlossen drängte Tory die alten Bilder zurück und konzentrierte sich auf das Jetzt. Auf einem wunderschönen Tisch neben der Treppe stand eine Vase voller Lilien.

Sie verströmten einen sehr weiblichen Duft. Daneben befanden sich blaue Kerzenleuchter mit großen weißen Kerzen. Sie waren noch nie angezündet worden. Rein, perfekt und unberührt.

Wie eine Fotografie, dachte Tory. Jedes Stück, jedes Arrangement so, als sei es schon seit Jahrzehnten da.

Und nun trat sie in das Bild hinein.

Als sie und Wade auf die Tür zugingen, erschien Margaret oben an der Treppe.

»Kincade.« Ihre Stimme klang scharf. Mit hoch erhobenem Kopf kam sie die Treppe herunter. »Ich würde gern mit dir sprechen.«

»Natürlich.« Er kannte diesen Ton, dieses Auftreten und bemühte sich erst gar nicht um ein höfliches Lächeln. »Ich wollte Tory gerade den Salon zeigen. Komm doch zu uns.«

»Ich würde es vorziehen, unter vier Augen mit dir zu

sprechen. Bitte komm herauf.« Sie drehte sich um, sicher, dass er ihr folgen würde.

»Das wird leider warten müssen«, erwiderte er freundlich. »Ich habe einen Gast.«

Abrupt blieb Margaret stehen. Ihr Kopf fuhr herum, und sie sah gerade noch, wie Cade Tory in den Salon führte.

»Cade, tu das nicht. Es gibt keinen Grund dazu.«

»Es gibt einen sehr wichtigen Grund. Was kann ich dir anbieten? Lilah hat sicher Eistee in der Küche und in der Bar steht bestimmt auch Mineralwasser.«

»Ich möchte nichts. Benutz mich nicht als Waffe. Das ist nicht fair.«

»Liebling.« Er küsste sie auf die Stirn. »Das tue ich nicht.«

»Wie kannst du es wagen?« Margaret stand auf der Schwelle, blass und mit blitzenden Augen. »Wie kannst du es wagen, mir so die Stirn zu bieten, und dann auch noch vor dieser Frau? Ich habe meine Wünsche vollkommen klar gemacht. Ich dulde sie nicht in meinem Haus.«

»Vielleicht habe *ich* meine Wünsche ja nicht klar genug gemacht.« Cade legte seine Hand auf Torys Schulter. »Tory ist bei mir, und sie ist willkommen hier. Ich erwarte, dass jeder, den ich in mein Haus mitbringe, höflich behandelt wird.«

»Da du darauf bestehst, dieses Gespräch in ihrer Gegenwart zu führen, sehe ich keinen Grund dafür, Höflichkeit vorzutäuschen.«

Als Margaret eintrat änderte sich das Bild. Wie eine Bühne, dachte Tory. Nur die Darsteller brachten Unruhe hinein.

»Du kannst schlafen, mit wem du willst. Ich kann dich nicht daran hindern, deine Zeit mit dieser Frau zu verbringen und zuzulassen, dass über dich und diese Familie geklatscht wird. Aber du bringst diese Schlampe nicht unter mein Dach.«

»Sei vorsichtig, Mutter.« Cades Stimme war gefährlich sanft geworden. »Du sprichst von der Frau, die ich heiraten werde.«

Margaret taumelte zurück, als habe ihr jemand ins Gesicht geschlagen. Auf ihren Wangen erschienen hektische rote Flecken. »Hast du den Verstand verloren?«

Wo ist mein Text?, fragte sich Tory. Ich habe doch in diesem seltsamen Stück bestimmt auch etwas zu sagen. Warum fällt mir mein Text nicht ein?

»Ich bitte dich nicht um deine Zustimmung. Ich bedauere zwar, dass es dich so aufregt, aber du wirst dich damit abfinden müssen.«

»Cade.« Tory hatte die Sprache wieder gefunden. »Deine Mutter möchte sicher lieber unter vier Augen mit dir sprechen.«

»Legen Sie mir nichts in den Mund«, giftete Margaret sie an. »Ich habe vielleicht zu lange gewartet. Wenn du nicht von dieser Frau lassen willst, setzt du Beaux Reves aufs Spiel. Ich werde meinen Einfluss geltend machen, damit du als Geschäftsführer von Lavelle Cotton abgesetzt wirst.«

»Das kannst du gern versuchen«, erwiderte er gelassen. »Es wird dir nicht gelingen. Ich werde mich dagegen zur Wehr setzen, und ich bin im Vorteil. Und selbst wenn du meine Position in der Fabrik unterminierst wird dir das bei der Farm nie gelingen.«

»Zeigst du so deine Dankbarkeit? Das ist *ihr* Werk.« Als sie auf Tory zuging, klapperten Margarets Absätze auf dem Parkett. Cade trat einen Schritt zur Seite und stellte sich zwischen Tory und seine Mutter.

»Nein, das ist *mein* Werk. Setz dich mit *mir* auseinander.«

»Oh, wie nett – eine Party.« Gefolgt von Biene schlenderte Faith herein. Ihre Augen blitzten boshaft. »Hallo, Tory. Du siehst hübsch aus heute. Möchtest du ein Glas Wein?«

»Das ist eine hervorragende Idee, Faith. Schenk Tory ein Glas Wein ein. Setz dich mit mir auseinander«, sagte Cade noch einmal zu Margaret.

»Du entehrst deine Familie und das Andenken deiner Schwester.«

»Nein, du tust das. Es ist eine Schande, ein Kind für den Tod eines anderen verantwortlich zu machen. Eine Schande, eine anständige Frau mit so viel Verachtung und Bösartigkeit zu behandeln. Es tut mir Leid, dass du nie deine Trauer und deine Schuldgefühle überwinden und dich um deine anderen Kinder kümmern konntest.«

»Du wagst es, so mit mir zu sprechen?«

»Ich habe es auf alle möglichen anderen Arten versucht. Wenn du weiter so leben möchtest, wie du es in den letzten achtzehn Jahren getan hast, dann ist das deine Entscheidung. Aber Faith und ich haben unser eigenes Leben, und ich werde meines mit Tory führen.«

»Herzlichen Glückwunsch!« Faith hob das Glas Weißwein, das sie gerade für Tory eingeschenkt hatte, und trank es selbst. »Jetzt sollten wir wohl mit Champagner anstoßen. Tory, ich möchte dich als Erste in unserer glücklichen Familie willkommen heißen.«

»Sei still«, zischte Margaret, erntete aber von ihrer Tochter nur ein Schulterzucken. »Glaubst du, ich wüsste nicht, warum du das tust?«, sagte sie zu Cade. »Um mir die Stirn zu bieten. Um mich für irgendwelche eingebildeten Fehler zu bestrafen. Ich bin deine Mutter und habe von dem Tag deiner Geburt an immer nur das Beste für dich gewollt.«

»Das weiß ich.«

»Ist das nicht deprimierend?«, murmelte Faith. Cade blickte sie kaum an und schüttelte den Kopf.

»Ich tue das nicht aus Trotz oder um dich zu bestrafen, Mama. Ich tue es für mich. In meinem Leben ist ein Wunder geschehen – Tory ist wieder zurückgekommen.«

Cade griff nach Torys Hand und zog sie neben sich. »Und ich habe herausgefunden, dass ich zu viel mehr fähig bin, als ich dachte. Ich bin fähig, jemanden zu lieben und das Beste für ihn zu wollen. Ich will auch hier nur das Beste. Sie glaubt das nicht, vor allem nicht nach diesem Gespräch hier. Aber ich weiß es. Und ich habe vor, es zu bewahren.«

»Morgen wird Richter Purcell mein neues Testament aufsetzen. Ihr werdet beide ohne einen einzigen Penny dastehen.« Wütend blickte sie Faith an. »Keinen Cent, verstehst du, wenn du nicht auf meiner Seite bist. Du hast doch kein persönliches Interesse an dieser Frau. Ich werde dafür sorgen, dass du deinen Anteil bekommst – und Cades dazu, einschließlich des Marktwertes deines Anteils am Sumpfhaus und an dem Haus in der Market Street.«

Faith betrachtete eingehend ihr Weinglas. »Hmm. Und wie hoch würde dieser Marktwert sein?«

»Ungefähr hunderttausend«, sagte Cade zu ihr. »Was meinen Anteil am Besitz unserer Mutter angeht, kann ich nichts Genaues sagen. Aber es wird sich irgendwo im siebenstelligen Bereich bewegen.«

»Ooooh.« Faith schürzte die Lippen. »Stell dir das mal vor. Und das alles soll mir gehören, wenn ich Cade sozusagen den Wölfen zum Fraß vorwerfe und das tue, was du möchtest.« Sie schwieg einen Moment lang. »Wann hätte ich jemals das getan, was du möchtest, Mama?«

»Es wäre klug von dir, darüber nachzudenken.«

»Zweite Frage: Wann war ich jemals klug? Möchtest du auch Wein, Cade, oder vielleicht lieber ein Bier?«

»Ich werde dieses Angebot kein zweites Mal machen«, sagte Margaret kalt. »Wenn du darauf bestehst, diese Farce weiterzuspielen, werde ich das Haus verlassen, und wir werden nie wieder ein Wort miteinander reden.«

»Das täte mir Leid.« Cades Stimme blieb ruhig. »Ich hoffe, du änderst deine Meinung noch.«

»Du würdest sie deiner eigenen Familie gegenüber vorziehen? Deinem eigenen Blut?«

»Ohne auch nur eine Minute zu zögern. Es tut mir Leid, dass du offenbar niemals so für jemanden empfunden hast. Dann würdest du es nämlich nicht infrage stellen.«

»Sie wird dich ruinieren.« Margaret blickte auf Tory. »Sie halten sich für sehr clever, weil Sie durchhalten. Sie glauben, Sie haben gewonnen. Aber Sie irren sich. Am Ende wird er Sie so sehen, wie Sie sind, und dann haben Sie gar nichts mehr.«

»Er sieht mich so, wie ich bin. Das ist *mein* Wunder, Mrs.

Lavelle. Bitte zwingen Sie ihn nicht, sich zwischen uns zu entscheiden. Lassen Sie uns nicht alle damit leben.«

»Ich hatte noch ein Kind, das sich für Sie entschied, und es hat einen hohen Preis dafür gezahlt. Jetzt nehmen Sie mir das zweite Kind. Ich werde alle Vorbereitungen treffen, um sofort das Haus zu verlassen«, wandte sie sich an Cade. »Ich hoffe, du besitzt so viel Anstand, dass du sie von mir fern hältst, bis ich fertig bin.«

»Na.« Faith goss ein weiteres Glas Wein ein, während ihre Mutter den Raum verließ. »Das war ja nett.«

»Faith!«

»Ach, sieh mich nicht so an«, wies sie Cade zurecht. »Wahrscheinlich habt ihr beide euch nicht besonders gut unterhalten, aber ich schon. Und zwar blendend. Hier.« Sie drückte Tory das Weinglas in die Hand. »Du siehst so aus, als ob du es gebrauchen könntest.«

»Geh ihr nach und rede mit ihr, Cade. Du kannst das nicht so stehen lassen.«

»Wenn er das versucht, verliert er all den neu gewonnenen Respekt und die Bewunderung, die ich für ihn empfinde.« Faith stellte sich auf die Zehenspitzen und gab ihrem Bruder einen Kuss auf die Wange. »Sieht so aus, als hätte sie uns beide nicht kleingekriegt.«

Er ergriff ihre Hand und drückte sie. »Danke.«

»Schätzchen, das Vergnügen war ganz auf meiner Seite.« Sie sank auf einen Sessel und grinste, als Biene ihr auf den Schoß sprang. »Ich zumindest möchte jetzt feiern.«

»Was denn? Cades Ankündigung, dass er mich heiraten will oder das Unglück deiner Mutter?«, wollte Tory wissen.

Faith legte den Kopf schräg und musterte sie. »Ich kann beides zum Anlass nehmen, aber du offenbar nicht. Du bist viel zu sensibel. Und nett. Oh, das würde sie hassen. Noch ein Grund zum Feiern«, beschloss sie und trank einen Schluck Wein.

»Das ist nicht schön, Faith«, murmelte Cade.

»Ach, lass mich doch ein bisschen darauf herumhacken. Nicht jeder ist so hochherzig wie ihr beide. Du liebe Güte, ihr passt wirklich gut zueinander. Wer hätte das gedacht?

Jedenfalls freue ich mich für euch. Stellt euch das mal vor! Ich freue mich wahrhaftig für euch. Ich glaube, ich bin sogar ein bisschen gerührt.«

»Versuch dich zu beherrschen.« Ungeduldig drehte sich Cade zu Tory und fuhr mit den Händen über ihre Arme. »Ich muss etwas aus meinem Büro holen, dann können wir fahren. Geht es dir gut?«

»Cade, sprich mit deiner Mutter.«

»Nein.« Er küsste sie. »Es dauert nicht lang.«

»Trink deinen Wein aus«, schlug Faith vor, als sie allein waren. »Dann bekommst du auch wieder ein bisschen Farbe.«

»Ich möchte jetzt keinen Wein.« Tory stellte das Glas ab und trat ans Fenster. Sie wollte wieder nach draußen. Hier drinnen konnte sie nicht atmen.

»Wenn du weiter so unglücklich aussiehst, verdirbst du Cade alles. Er hat das getan, weil er dich liebt.«

»Und du?«

»Interessante Frage. Noch vor einem Jahr – nein, wahrscheinlich noch vor einem Monat – hätte ich mich auf ihre Seite geschlagen. Das ist mächtig viel Geld, und ich liebe Geld.«

»Nein, du hättest nie so reagiert, und ich sage dir auch, warum.« Tory drehte sich um. »Wegen Cade hättest du es nicht getan. Weil du ihn liebst.«

»Ja, das stimmt, und wir beide haben es mit der Liebe nicht leicht. Dafür hat meine Mutter gesorgt.«

»Gibst du ihr eigentlich für alles die Schuld?«

»Nein, nur da, wo sie sie auch verdient. Ich habe mir mein Leben ganz gut alleine verfuscht. Cade nicht. Er hat nie jemandem geschadet, auch nicht sich selbst. Ich liebe ihn über die Maßen.«

Überrascht blickte Tory sie an. Faiths Augen blitzten immer noch, aber nun standen Tränen in ihnen.

»Er hat das zu unserer Mutter gesagt, weil es die Wahrheit war, nicht weil er sie verletzen wollte. Ich hätte es getan, um sie zu verletzen. Empfinde Mitleid mit ihr, wenn du nicht anders kannst, aber erwarte das nicht von mir. Er hat eine Chance mit dir, und ich möchte, dass er sie ergreift.«

»Warum hast du ihm das nicht gesagt?«

»Ich sage es *dir*. Ich sehe, was er für dich empfindet, und ich wünschte, ich könnte auch so für jemanden empfinden. Wenn jemand in deinem Leben so wichtig ist ...« Nachdenklich blickte sie auf ihr Weinglas. »Wenn jemand so wichtig ist, dann nimmt dir das etwas weg.« Sie blickte Tory an. »Ist es nicht so?«

»Ja. Aber ich glaube mittlerweile, dass es sich dabei um etwas handelt, das man sowieso nicht braucht. Nicht, wenn man wiedergeliebt wird.«

»Interessant. Das ist eine harte Nuss, über die ich nachdenken muss.« Als Cade wieder hereinkam sah Faith zur Tür. »Ihr wollt jetzt vermutlich allein sein.«

»Ja.«

»Dann werden Biene und ich einfach gehen, nicht wahr, Bienchen?« Sie streichelte den Hund und setzte ihn auf den Boden. »Ich glaube, wir gehen spazieren und bleiben so lange weg, bis die Luft rein ist.« Als sie an ihm vorbeiging, tätschelte sie Cades Wange. »Euch würde ich das Gleiche raten.«

»Noch nicht.« Er wartete, bis sich die Tür hinter seiner Schwester geschlossen hatte, und streckte dann die Hand nach Tory aus. »Ich musste das tun. Lass es uns so sehen, als ob wir den Kreis geschlossen hätten.«

»Cade, es war schwierig für dich, für euch alle. Ich ...«

»Nein, das war es nicht. Und jetzt ist es erledigt. Du und ich, wir fangen gerade erst an.« Er zog eine kleine Schachtel aus seiner Tasche und öffnete sie. Der Diamantring funkelte im Sonnenlicht. »Er hat meiner Großmutter gehört, und ich habe ihn geerbt.«

Panik schnürte Tory die Kehle zu. »Tu das nicht.« Sie wollte ihm ihre Hand entziehen, aber er hielt sie fest.

»Ich habe ihn geerbt und gehofft, dass ich ihn eines Tages der Frau geben würde, die ich heiraten will. Ich habe ihn damals nicht Deborah geschenkt, weil mir das gar nicht in den Sinn kam. Vermutlich wusste ich, dass ich ihn für eine andere aufbewahrte. Dass ich auf eine andere wartete. Sieh mich an, Tory.«

»Das geht alles so schnell. Du solltest dir mehr Zeit lassen.«

»Zwanzig Jahre oder zwei Monate? Zeit war nie wichtig für uns. Wenn du mir nicht glauben und vertrauen kannst, dann sieh nach, was ich empfinde.« Er hob ihre Hand an sein Herz. »Sieh in mich hinein, Tory.«

Sie konnte nicht widerstehen. Sein Herz schlug gleichmäßig unter ihrer Hand und er blickte sie unverwandt an. Vertrauen, dachte sie. Er vertraute ihr mit seinem ganzen Sein. Den nächsten Schritt musste sie tun.

»Ich wünschte, du könntest auch in mich hineinsehen, denn ich weiß nicht, wie ich dir sagen soll, was ich empfinde. Ich habe Angst, weil ich so viel empfinde. Ich wollte mich nie wieder in jemanden verlieben. Aber ich wusste nicht, dass es auch anders sein kann. Ich wusste nicht, dass *du* es sein könntest. Du bist so beständig, Cade.« Lächelnd fuhr sie ihm durch die Haare. »Und du machst mich ruhig.«

»Heirate mich.«

»O Gott.« Tory holte tief Luft. »Ja.« Er steckte ihr den Ring an den Finger. »Er ist wunderschön. Mir wird ganz schwindelig, wenn ich ihn ansehe.«

»Er ist dir ein bisschen zu groß.« Cade strich mit dem Daumen über den goldenen Reif. »Du hast so zarte Hände. Wir lassen ihn enger machen.«

»Noch nicht sofort. Ich möchte mich zuerst daran gewöhnen.« Sie schloss die Hand zur Faust und seufzte. »Sie liebte ihn.« Tränen standen in ihren Augen, als sie Cade wieder ansah. »Deine Großmutter. Sie liebte ihn. Ihr Name war Laura, und sie war sehr glücklich.«

»Das werden wir auch sein«, versprach er ihr.

Sie ließ zu, dass sie ihm glaubte.

Carl D. raste mit eingeschalteter Sirene über die Autobahn. Eigentlich war das natürlich nicht nötig, aber es machte ihm Spaß. Und es hielt J. R. bei Laune.

Als sie sich der Ausfahrt näherten, verlangsamte er das Tempo.

»Vielleicht sollten wir das von jetzt an jeden Sonntag machen, statt zum Angeln zu gehen.«

»Es bringt das Blut ganz schön in Wallung«, stimmte J. R. zu. »Man kommt sich nicht ganz so alt und vertrottelt vor, wenn man durch die Gegend rast.«

»Wer ist hier alt und vertrottelt? Weißt du, was wir machen? Es ist vielleicht ein bisschen einfacher für dich, wenn ich dich bei deiner Schwester absetze und zuerst einmal beim Sheriff vorbeifahre. Dann hast du Zeit, mit ihr zu reden, und sie kann ihre Sachen packen.«

»Gern.« J. R.s Laune sank, aber er bemühte sich, es sich nicht anmerken zu lassen. »Sie wird bestimmt nicht mitkommen wollen, also brauche ich schon ein bisschen Zeit. Ich werde ihr sagen, wir nähmen mit ziemlicher Sicherheit an, dass Han sich in der Nähe von Progress aufhält. Dann glaubt sie, ihm näher zu sein, wenn sie mit mir kommt.«

»Das könnte sogar stimmen, und ich werde ein paar zusätzliche Leute abstellen, die dein Haus im Auge behalten. Du solltest langsam mal dieses tolle Alarmsystem nutzen, zu dem Boots dich vor ein paar Jahren überredet hat.«

»Das habe ich eingeschaltet, seit du die kleine Bellows gefunden hast. Boots sagte, sie hätte keinen Moment Ruhe, wenn ich es nicht anstelle.« J. R. dachte an die Stadt, an die Straßen, die er mit geschlossenen Augen entlanggehen konnte, an all die Menschen, die er mit Namen kannte. Und die kannten ihn. »So etwas sollte man eigentlich nicht tun müssen.«

»Nein, aber manchmal ist das Leben eben so. Du und ich, J. R., wir sind in der gleichen Zeit aufgewachsen. Wir haben viele Veränderungen in Progress erlebt, und die meisten davon waren gut. Wir haben uns ihnen gebeugt. Manchmal haben wir vielleicht etwas dabei verloren – wenn sie Häuser auf einem Feld bauten, wo wir früher Ball spielten, oder wenn sie noch einen Supermarkt eröffneten.

Aber wir haben uns gebeugt. Manche Veränderungen muss man eben einfach hinnehmen.«

J.R. lächelte. »Was, zum Teufel, meinst du damit?«

»Ich weiß auch nicht. Muss ich hier abbiegen?«

»Ja. Pass auf deine Ölwanne auf, die Straße ist voller Schlaglöcher. Ich schäme mich, dass du siehst, wie sie hier wohnt, Carl D.«

»Mach dir nichts draus. Für so einen Scheiß sind wir schon viel zu lang befreundet.« Der Wagen krachte durch ein Schlagloch. Fluchend schaltete Carl D. noch weiter herunter. Dann kniff er die Augen zusammen. »Was, zum Teufel, ist denn da los? Verdammt noch mal, da gibt's Probleme. Verdammt noch mal«, wiederholte er und trat aufs Gaspedal.

Vor dem Haus standen zwei Polizeiwagen. Um den von Unkraut überwucherten Garten war gelbes Absperrband gespannt. Als Carl D. auf die Bremse trat, kam gerade ein Polizist aus dem Haus.

»Chief Russ aus Progress.« Er zog seinen Ausweis heraus und hielt sie dem Uniformierten entgegen. »Was ist hier passiert?«

»Es hat einen Zwischenfall gegeben, Chief Russ.« Das Gesicht des Polizisten wirkte bleich und ernst, seine Augen waren hinter einer dunklen Sonnenbrille verborgen. »Ich muss Sie bitten, hier zu bleiben. Der Sheriff ist drinnen. Er muss erst mit Ihnen sprechen.«

»Meine Schwester wohnt hier.« J.R. packte den Polizisten am Ärmel. »Meine Schwester. Wo ist sie?«

»Sie müssen mit dem Sheriff reden. Bitte bleiben Sie hinter der Absperrung«, befahl er und trat wieder ins Haus.

»Sarabeth ist etwas passiert. Ich muss …«

»Warte.« Carl D. packte ihn am Arm, bevor J.R. dem Beamten hinterhereilen konnte. »Warte. Du kannst sowieso nichts tun. Warte einfach.«

Carl D. hatte bereits den dunklen Fleck auf dem Boden vor dem Hühnerhof gesehen, und einen weiteren neben dem Gras.

Sheriff Bridger war ein stämmiger Mann mit wettergegerbtem Gesicht. Seine Augen waren blassblau und von zahlreichen winzigen Fältchen umgeben. Als er aus dem Haus kam, blickte er sich um, wischte sich den Schweiß von der Stirn und trat auf die beiden Männer zu.

»Chief Russ.«

»Ja, Sheriff. Ich habe Mr. Mooney hierher gefahren, damit er seine Schwester abholen kann. Was ist hier geschehen?«

Bridger blickte J. R. an. »Sie sind der Bruder von Sarabeth Bodeen?«

»Ja. Wo ist meine Schwester?«

»Es tut mir Leid, Mr. Mooney. Wir hatten heute früh Probleme hier. Ihre Schwester ist tot.«

»Tot? Wovon reden Sie überhaupt? Das kann nicht sein. Ich habe noch vor zwei Tagen mit ihr gesprochen. Erst vor zwei Tagen. Carl D., du hast doch gesagt, dass die Polizei hier auf sie aufpasst.«

»Ja, das haben wir auch gemacht. Ich habe heute früh auch einen Mann verloren. Einen guten Mann mit Familie. Es tut mir Leid um Ihre Schwester, Mr. Mooney, und es tut mir Leid um unseren Mann.«

»Setz dich, J. R. Ich möchte, dass du dich hinsetzt, bevor du umkippst.« Carl D. öffnete die Wagentür und schob seinen Freund auf den Sitz. J. R.s Gesicht war alarmierend rot, und er hatte begonnen zu zittern.

»Könnten Sie ihm bitte ein Glas Wasser bringen, Sheriff?«

Bridger nickte und wandte sich an einen der Polizisten. »Purty, bring Mr. Mooney ein Glas Wasser.«

»Setz dich jetzt. Setz dich und komm zu dir. Ich sehe, was ich tun kann.«

»Ich habe noch mit ihr geredet«, wiederholte J. R. »Freitagabend habe ich noch mit ihr geredet.«

»Ich weiß. Bleib einfach hier sitzen, bis ich zurückkomme.« Carl D. entfernte sich ein paar Schritte vom Auto, bis J. R. ihn nicht mehr hören konnte. »Können Sie mir sagen, was hier passiert ist?«

»Wir haben es uns in den letzten Stunden zusammen-
gereimt. Flint hatte die Schicht von zwei bis zehn. Wir
wussten nicht, dass es Probleme gab, bis seine Ablösung
kam und ihn fand. Da drüben.« Bridger wies zum Hüh-
nergehege.

Sein Mann war in einem schwarzen Sack ins Leichen-
schauhaus gebracht worden. Das würde er nie mehr vergessen.

»Er ist in den Rücken geschossen worden, er hatte keine Chance. Er war jung und kräftig und hat noch versucht,
einen Funkspruch an seine Einheit zu schicken, aber dann
hat ihm jemand eine Pistole ans Ohr gehalten und ihm den
Rest gegeben.

Er war dreiunddreißig Jahre alt, Chief Russ. Hatte einen zehnjährigen Sohn und eine achtjährige Tochter. Ich
muss jetzt die Verantwortung dafür übernehmen, dass sie
vaterlos aufwachsen. Ich habe ihn schließlich hierher geschickt. Wir wussten, dass Bodeen gefährlich ist, aber wir
wussten nicht, dass er eine Waffe hat. Bei seinen anderen
Taten hat er nie eine Waffe benutzt. Der Schweinehund hat
meinen Mann in den Rücken geschossen.«

Carl D. wischte sich mit dem Handrücken über den
Mund. »Und Miz Bodeen?«

Sarabeth. Sari Mooney, die bei seiner Ma auf der Veranda gesessen und an ihrem Tisch gegessen hatte.

»Vermutlich wusste sie, dass er kommen würde. Sie
hatte einen Koffer gepackt. In ihrem Schlafzimmer steht
eine leere Kaffeekanne, in der sie anscheinend ihr Haus-
haltsgeld aufbewahrte. Das ist jetzt weg. Die Haustür war
offen, unbeschädigt. Entweder hat sie ihn hereingelassen
oder er ist einfach hereingekommen. Er hat zwei Schüsse
auf sie abgegeben. Einen in die Brust, einen in den Hinter-
kopf.«

Carl D. blickte sich um. »Sie haben sich schon ein Bild
gemacht?«

»Ja. Ich habe mit den Nachbarn geredet. Einer von ihnen hat schließlich gesagt, er habe heute früh gegen fünf,
halb sechs Schüsse gehört. Die Leute hier kümmern sich

um ihre eigenen Angelegenheiten. Niemand hat darauf geachtet.«

Die Hitze war gnadenlos. Carl D. zog ein Taschentuch hervor und wischte sich damit über das Gesicht. Sein Anglerhemd war bereits schweißgetränkt. »Wie ist er hierher gekommen?«

»Kann ich nicht sagen. Vielleicht ist er getrampt. Oder er hat ein Auto gestohlen. Wir ermitteln noch.«

»Und das alles wegen des Geldes in der Kaffeekanne? Das passt nicht. Sie hatte einen Koffer gepackt?«

»Ja. Mit ihren und seinen Sachen. Sie wusste, dass er kommen würde. Wir überprüfen gerade die Telefonanrufe. Wahrscheinlich hat er sie angerufen und sie hat ihm die Lage hier erklärt. Sie war nicht besonders kooperativ uns gegenüber.«

Und er gab ihr die Schuld an der Ermordung seines Polizisten. »Wird Mr. Mooney als nächster Verwandter es schafften, sie zu identifizieren?«

»Ja.« Carl D. rieb sich wieder über den Mund. »Ja, ich denke schon. Haben Sie die Mutter der Toten schon informiert?«

»Nein. Das wollte ich machen, wenn ich wieder im Büro bin.«

»Ich wäre Ihnen dankbar, wenn Sie das mir überließen, Sheriff Bridger. Ich will mich nicht in Ihre Angelegenheiten mischen, aber sie kennt mich.«

»Den Job überlasse ich Ihnen gern. Darauf bin ich nicht besonders scharf.«

»Gut. Dann fahre ich mit J.R. zu seiner Mutter. Das macht es für sie beide einfacher.«

»Okay. Bodeen ist jetzt ein Polizistenmörder, Chief Russ. Vielleicht tröstet es Ihren Freund, wenn Sie ihm sagen, dass dieser Bastard gar nicht so schnell laufen kann, wie wir ihn schnappen werden.«

»Halten Sie mich bitte auf dem Laufenden, Sheriff. Ich tue das Gleiche. Morgen oder übermorgen kommt das FBI. Es könnte sein, dass sie Sie anrufen.«

»Gern. Aber das hier ist mein Bezirk, und es war mein

Mann, der heute früh in einem Leichensack weggetragen worden ist.« Bridger spuckte auf den Boden. »Bodeen sollte zu seinem Allmächtigen Gott beten, dass ihn das FBI vor mir zu fassen kriegt.«

Meilen entfernt biss Hannibal Bodeen in ein Schweinekotelett. Er hatte es – zusammen mit Brot, Käse und einer Flasche Jim Beam – aus einem Haus gestohlen, in das er eingebrochen war. Es war ziemlich leicht gewesen, da die Familie in der Kirche war. Bodeen hatte beobachtet, wie sie in ihren schicken Sonntagskleidern aus dem Haus getreten und alle in einen glänzenden Minivan gestiegen waren. Heuchler. Gingen zur Kirche, um ihren materiellen Besitz vorzuzeigen. Ins Haus des Herrn, um sich zu brüsten.

Gott würde sie bestrafen, wie er alle Stolzen und Selbstgerechten bestrafte. Und Gott sorgt für mich, dachte er, während er den Kotelettknochen sauber abnagte.

Er hatte viel zu essen gefunden in dem großen Haus. Fleisch, das vom gestrigen Abendessen übrig geblieben war. Genug, um ihm wieder Kraft zu geben. Und auch zu trinken, um sein Bedürfnis zu stillen. Dies hier war seine Versuchung, sein Wandern in der Wildnis.

Er warf den Knochen weg und nahm einen tiefen Zug aus der Flasche.

Eine Zeit lang war er verzweifelt gewesen. Warum wurde er bestraft, ein aufrechter Mann? Dann wurde ihm auf einmal alles klar. Er sollte geprüft werden. Gott hatte ihm immer wieder Versuchungen geschickt. Manchmal war er schwach gewesen und ihnen erlegen. Doch nun bekam er diese Chance.

Achtzehn Jahre lang hatte Satan in seinem Haus, unter seinem Dach gelebt. Er hatte sein Bestes gegeben, um den Teufel zu vertreiben, aber er hatte versagt. Noch einmal würde er nicht versagen.

Er hob die Flasche und stärkte sich mit einem weiteren Schluck Whiskey. Bald, sehr bald schon würde er den Auftrag erfüllen, den er erhalten hatte. Doch zuerst würde er sich ausruhen und beten. Und dann würde ihm der Weg gezeigt.

Er schloss die Augen und rollte sich zum Schlafen zusammen. Der Herr wird dafür sorgen, dachte er, und legte die Hand über die Pistole neben sich.

27

Tory sah zu, wie Chief Russ' Auto langsam ihre Auffahrt hinunterfuhr und auf die Straße nach Progress einbog. Sie saß immer noch in dem alten Schaukelstuhl auf der Veranda, auf den sie sich gesetzt hatte, als ihr Onkel ihr erzählte, was mit ihrer Mutter passiert war.

Es beunruhigte Cade, dass sie sich nicht bewegte. Und dass sie schwieg.

»Tory, komm herein und leg dich eine Weile hin.«

»Ich möchte mich nicht hinlegen. Es geht mir gut. Ich wünschte, es ginge mir nicht so gut. Ich wünschte, ich würde mehr empfinden. Aber in mir ist nur Leere und keine Trauer. Was ist mit mir, dass ich nicht um meine Mutter trauern kann?«

»Zwing dich nicht.«

»Ich habe mehr Trauer und Mitgefühl für Sherry Bellows empfunden, eine Frau, die ich nur einmal gesehen habe. Ich habe wegen einer Fremden mehr Schock und Entsetzen verspürt als bei meiner eigenen Mutter. In den Augen meines Onkels habe ich Schmerz und Trauer gesehen. Aber *ich* fühle nichts. Ich habe keine Tränen für sie.«

»Vielleicht hast du ja auch schon zu viele vergossen.«

»Irgendetwas fehlt bei mir.«

»Nein.« Cade kniete sich vor sie. »Sie war nicht mehr Teil deines Lebens. Es ist einfacher, einen Fremden zu betrauern als jemanden, der ein Teil von dir hätte sein sollen, es aber nie war.«

»Meine Mutter ist tot. Sie glauben, mein Vater habe sie umgebracht. Und die wichtigste Frage, die ich mir in diesem Moment stelle, ist: Warum möchtest du bei jemandem bleiben, der aus einer solchen Verbindung entsprungen ist?«

»Du kennst die Antwort. Und wenn Liebe nicht genug ist, dann fügen wir eben noch Verstand hinzu. Du bist nicht wie deine Eltern, genauso wenig wie ich. Das Leben, das wir uns zusammen aufbauen werden, ist *unseres*.«

»Ich sollte dich verlassen. Das wäre vernünftig. Aber das werde ich nicht. Ich brauche dich. Ich brauche dich so sehr. Also tue ich nicht das Mutige und gehe nicht weg.«

»Du würdest auch nicht weit kommen, Liebling.«

Sie lachte zittrig. »Vielleicht weiß ich das ja, Cade.« Es war so leicht, ihn zu berühren, mit den Fingern über seine goldglänzenden Haarspitzen zu fahren. »Glaubst du, wir wären auch zusammen, wenn Hope noch am Leben wäre? Wenn nichts von alledem geschehen wäre und wir einfach ganz normal aufgewachsen wären?«

»Ja.«

»Manchmal ist dein Selbstbewusstsein ein großer Trost.« Tory trat an das Geländer und blickte zu den Bäumen am Rand des Sumpfes. »Seit ich nach Hause gekommen bin ist das schon das zweite Mal, dass jemand gestorben ist. Und ich dachte, beim zweiten Mal wäre ich dran. Er wird noch kommen.«

»Er wird nicht an dich herankommen.«

Ja, sein Selbstbewusstsein kann tröstlich sein, dachte sie. »Er muss kommen. Er wird es versuchen.« Sie drehte sich um. »Kannst du mir eine Pistole beschaffen?«

»Tory …«

»Sag nicht, du wirst mich beschützen oder die Polizei wird ihn schon finden und aufhalten. Er wird zu mir kommen, Cade. Das weiß ich ganz genau. Ich muss mich verteidigen können, wenn es sein muss. Und ich werde mich auch verteidigen. Ich werde keine Sekunde zögern, ihn zu töten, wenn ich damit mein Leben retten kann. Früher wäre das vielleicht anders gewesen. Aber jetzt steht zu viel auf dem Spiel. Jetzt habe ich dich.«

Cades Magen zog sich zusammen, aber er nickte. Schweigend ging er zu seinem Auto und öffnete die Klappe des Handschuhfachs. Seit dem Mord an Sherry Bellows hatte er den Revolver immer bei sich gehabt.

Er gab ihn Tory. »Das ist ein Revolver, ein .38er.«

»Er ist kleiner, als ich ihn mir vorgestellt habe.«

»Er hat meinem Vater gehört.« Cade betrachtete die alte Smith & Wesson. »Weißt du, wie man damit umgeht?«

Sie presste die Lippen zusammen. In Cades Hand wirkte die Waffe gefährlich und effizient. »Man drückt ab?«

»Na ja, es gehört schon noch ein bisschen mehr dazu. Und du willst ihn ganz bestimmt, Tory?«

»Ja.« Sie atmete aus. »Ganz bestimmt.«

»Dann komm. Wir gehen in den Garten und ich bringe dir bei, wie man damit schießt.«

Faith sang vor sich hin, während sie die Lebensmittel in Wades Wohnung brachte. Biene wackelte hinter ihr die Stufen hinauf. Hier roch alles so aufregend nach zahllosen Hunden und Katzen. Vergnügt drückte Faith die Tür mit der Hüfte auf.

Auf einer zerschlissenen Decke im Wohnzimmer lag Mongo, den Kopf auf den Pfoten. Schwanzwedelnd hob er ihn, als Faith hereinkam.

»Na, hallo! Du siehst ja schon viel besser aus, armer alter Bär. Biene, Mongo erholt sich gerade. Kau nicht an seinen Ohren. Er kann dich mit einem einzigen Bissen verschlucken.« Aber Biene schnüffelte und zerrte bereits an Mongo herum.

»Na ja, ihr beide solltet euch sowieso ein bisschen besser kennen lernen. Wo ist der Doktor?«

Faith fand ihn in der Küche, wo er trübsinnig vor einer Tasse Kaffee saß. »Da ist er ja!« Sie stellte ihre Einkaufstaschen auf die Theke, trat zu ihm, schlang ihm die Arme um den Hals und gab ihm einen Kuss auf den Scheitel. »Ich habe eine große Überraschung für dich, Doc Wade. Du bekommst ein von mir eigenhändig gekochtes Essen. Und wenn du deine Trümpfe richtig ausspielst, gibt es nach dem Dessert ein romantisches Zwischenspiel.«

Lautes Gebell ertönte aus dem Wohnzimmer, und sie rannte hinüber. »Oh, ist das nicht süß? Wade, das musst du dir ansehen! Sie spielen miteinander. Also, der große Hund kann Biene ja mit einer Pfote zerquetschen, aber sie haben so viel Spaß!«

Lachend kam sie zurück, blieb jedoch stehen, als sie Wades Gesicht sah. »Liebling, was ist denn los? Ist gestern Abend irgendetwas mit dem Pferd in Hill Place schief gegangen?«

»Nein. Nein, der Stute geht es gut. Meine Tante – die Schwester meines Vaters – ist tot. Sie ist heute früh ermordet worden.«

»O mein Gott. Wade, das ist ja schrecklich! Was ist in dieser Gegend bloß los?« Sie setzte sich ihm gegenüber. »Die Schwester deines Vaters? Torys Mama?«

»Ja. Ich habe sie nicht mehr gesehen, seit ... du meine Güte, ich weiß gar nicht mehr, wann ich sie überhaupt das letzte Mal gesehen habe. Ich kann mich noch nicht einmal mehr daran erinnern, wie sie aussieht.«

»Ist schon gut.«

»Nein, es ist nicht gut. Meine Familie bricht auseinander. Um Himmels willen, Faith, sie glauben, mein Onkel habe sie umgebracht.«

Sie vergaß ihr eigenes Entsetzen, als sie seine Augen sah. »Er ist ein böser Mann, Wade. Ein böser und gefährlicher Mann – aber das hat nichts mit dir zu tun. Es tut mir schrecklich Leid für Tory, wirklich. Auch für deine Tante und deine Familie. Aber ... nun, ich sage das jetzt, auch wenn du dann böse auf mich bist. Sie hat ihn sich ausgesucht, Wade. Und sie ist bei ihm geblieben. Vielleicht ist das ja eine Art von Liebe, aber eine üble Art. Sie kann einem Leid tun.«

»Wir können uns über das Leben anderer Leute kein Urteil anmaßen.«

»Ach, zum Teufel. Das sagen wir immer, aber wir tun es ja doch. Ich weiß, was im Leben meiner Eltern vor sich gegangen ist. Wenn auch nur einer von ihnen einen Funken gesunden Menschenverstand gehabt hätte, dann hätte ihre Ehe entweder funktioniert oder sie hätten sich scheiden lassen. Stattdessen klammerte meine Mutter sich an den Namen Lavelle, als wäre es ein erster Preis, und Papa ließ sich mit einer anderen Frau ein. Und wessen Schuld war das? Ich habe lange Zeit geglaubt, die andere Frau sei schuld gewesen, aber das stimmt nicht. Papa war schuld, weil er sein Ehegelöbnis nicht eingehalten hat, und Mama war schuld, weil sie das geduldet hat. Es ist einfach zu sagen, dass Hannibal Bodeen für alles Schuld trägt. Aber das tut er nicht. Und genauso wenig ist es deine Schuld, oder Torys, oder die Schuld deines Daddys.«

Faith schob ihren Stuhl zurück. »Ich wünschte, ich könnte etwas Netteres sagen. Etwas Sanftes, Tröstliches – aber darin bin ich nicht besonders gut. Du willst jetzt vermutlich zu deinem Daddy gehen.«

»Nein.« Er sah sie eindringlich an. »Er ist jetzt besser allein mit meiner Mutter. Sie weiß, was sie für ihn tun kann. Aber wer hätte gedacht, dass du weißt, was du für mich tun kannst?« Wade streckte die Hand aus. Als sie sie ergriff, zog er sie an sich und verbarg sein Gesicht an ihrem Bauch. »Bitte bleib hier.«

»Na klar.« Faith streichelte ihm über die Haare. Sie fühlte sich ein wenig zittrig – ein seltsames Gefühl. »Wir machen uns einfach einen ruhigen Abend.«

Er war genauso überrascht wie sie, dass sie ihm eine Stütze war. »Ich sitze hier, seit mein Vater angerufen hat. Ich weiß nicht, wie lange schon. Eine halbe Stunde, eine Stunde. Wie erstarrt. Was soll ich denn bloß für meine Familie tun?«

»Wenn die Zeit gekommen ist, fällt dir schon das Richtige ein. Wie immer. Soll ich dir einen frischen Kaffee kochen?«

»Nein, danke. Ich muss meine Großmutter und Tory anrufen. Ich muss mir überlegen, was ich sagen soll.« Mit geschlossenen Augen lauschte er auf das Bellen aus dem Nebenzimmer. »Ich werde Mongo behalten.«

»Ich weiß, Liebling.«

»Seinem Bein geht es gut. Es wird noch eine Weile dauern, bis es ganz verheilt ist, aber es wird in Ordnung kommen. Ich wollte ein gutes Heim für ihn finden, aber … ich kann nicht.« Verwirrt blickte er sie an. »Was soll das heißen, du weißt es? Ich behalte doch nie Hunde.«

»Du hattest bis jetzt nur noch nicht den richtigen gefunden.«

Nachdenklich sah er sie an. Dann lächelte er. »So langsam klingst du ein bisschen zu weise.«

»Das ist die neue Faith. Irgendwie gefällt sie mir.«

»Und diese neue Faith kocht Abendessen?«

»Ganz selten. Ich habe uns zwei Steaks mitgebracht.« Sie trat zur Theke, griff in die Tasche und zog zwei weiße Kerzen heraus. »Lucy vom Supermarkt hat mich gefragt, was ich heute Abend vorhätte, dass ich rotes Fleisch, weiße Kerzen und einen Käsekuchen kaufte.«

Lächelnd stand er auf. »Und was hast du Lucy geantwortet?«

»Ich habe ihr erzählt, ich würde ein romantisches Abendessen für zwei vorbereiten, für mich und Dr. Wade Mooney. Rings um uns her spitzten alle möglichen Leute die Ohren. Faith legte die Kerzen auf den Tisch. »Ich hoffe, es macht dir nichts aus, dass ich indiskret war und dass wir jetzt die Zielscheibe für ausgiebigen Klatsch und alle möglichen Spekulationen sein werden.«

»Nein.« Er umarmte sie und legte die Wange an ihr Haar. »Das macht mir überhaupt nichts aus.«

»Lissy, Liebes, das kommt mir nicht richtig vor.«

»Dwight, wir besuchen nur unsere Freunde und Nachbarn, um unser Beileid zu bekunden.« Lissy hielt sich den Bauch und versuchte, es sich auf dem Autositz bequem zu machen. »Tory hat gerade ihre Mutter verloren, sie ist sicherlich dankbar für ein bisschen Mitgefühl.«

»Morgen vielleicht.« Dwight blickte gequält auf die Straße. »Einen Tag später.«

»Sie hat doch bestimmt keine Lust, sich etwas Anständiges zu kochen, also bringe ich ihr einen schönen Hühnereintopf. Das wird sie bei Kräften halten.«

Trotz ihres mitleidigen Seufzens war Lissy aufgeregt und fasziniert. Torys Mutter war von ihrem Vater erschossen worden. Das war ja wie in einem Hollywood-Film. Und da es ihr gelungen war, Dwight kaum eine Stunde, nachdem sie die Neuigkeiten erfahren hatte, aus dem Haus zu zerren, würde sie wahrscheinlich die Erste sein, die einen Blick auf Tory werfen konnte.

Natürlich hatte Lizzy auch Mitleid mit Tory. Hatte sie nicht schließlich den Eintopf mitgenommen, den ihre Mutter ihr für die Tage nach der Geburt des Babys eingefroren hatte? Jeder wusste doch, dass man etwas zu essen mitbrachte, wenn jemand gestorben war.

»Sie wird nicht in der Stimmung für Gesellschaft sein«, beharrte Dwight.

»Wir sind nicht Gesellschaft. Ich bin schließlich mit Tory zur Schule gegangen. Wir beide kennen sie doch seit unserer Kindheit. Ich kann die Vorstellung nicht ertragen, dass sie in einer solchen Zeit allein ist.« Oder dass ihr jemand zuvorkommen könnte. »Außerdem bist du der Bürgermeister, Dwight Frazier. Es ist deine Pflicht, Beileidsbesuche zu machen. Du meine Güte, pass auf die Schlaglöcher auf, Liebling. Ich muss schon wieder aufs Klo.«

»Ich will nicht, dass du dich aufregst.« Er tätschelte ihre Hand. »Sonst setzen noch die Wehen ein.«

»Mach dir keine Sorgen.« Aber seine Besorgnis gefiel ihr trotzdem. »Ich habe noch mindestens drei Wochen. O Gott, wie sehe ich eigentlich aus?« Besorgt klappte sie den Spiegel herunter. »Schrecklich. Wie eine große, fette Kuh.«

»Du bist wunderschön. Immer noch das hübscheste Mädchen in ganz Progress. Und du gehörst mir.«

»O Dwight.« Sie errötete und fuhr sich durch die Haare. »Du bist so süß. Ich fühle mich im Moment so fett und hässlich. Und Tory ist so schlank.«

»Haut und Knochen. Ich stehe auf weibliche Rundungen.« Er rieb über ihre Brust und brachte sie zum Kreischen.

»Hör auf.« Kichernd gab sie ihm einen Klaps. »Schäm dich. Sieh mal, wir sind fast da und du hast mich ganz durcheinander gebracht.« Sie legte ihm die Hand zwischen die Beine. »Und dich selber auch. Weißt du noch, wie wir immer spazieren gefahren sind, als wir noch jung und dumm waren?«

»Und ich habe dich dazu überredet, es mit mir auf dem Rücksitz von Daddys Auto zu treiben.«

»Du hast mich nicht lang überreden müssen. Ich war verrückt nach dir. Hier draußen haben wir uns zum ersten Mal geliebt. Es war so dunkel und so sexy, Dwight.« Lissy ließ ihre Finger an seinem Bein hinaufgleiten. »Wenn das Baby da ist und ich meine Figur wiederhabe, holen wir uns Mama zum Babysitten. Und dann fahren wir beide hier heraus und sehen mal, ob du mich immer noch zum Rücksitz überreden kannst.«

Dwight atmete geräuschvoll aus. »Wenn du weiter so redest, dann kann ich gleich nicht aus dem Auto steigen, ohne mich in Verlegenheit zu bringen.«

»Fahr einfach ein bisschen langsamer. Ich muss mir sowieso noch die Lippen nachziehen.« Sie holte den Lippenstift aus ihrer Tasche.

»Mama hat gesagt, Luke kann heute Nacht bei ihr schlafen. Wir sollten auch noch bei Boots und J.R. vorbeifahren. Die Beerdigung wird vermutlich in der Gegend um Florence stattfinden. Wir müssen natürlich auch hinfahren, als Vertreter der Stadt. Ich habe gar kein schwarzes Umstandskleid, aber das dunkelblaue wird es vermutlich auch tun, obwohl es diesen hübschen weißen Kragen hat. Das werden die Leute doch sicher verstehen, oder, wenn ich Dunkelblau anziehe? Und wir müssen Blumen schicken.«

So schnatterte sie immer weiter, bis sie in die Auffahrt einbogen. Dwight war nicht mehr erregt, sondern bekam langsam Kopfschmerzen.

Eine Viertelstunde, dachte er. Er würde Lissy eine Viertelstunde geben und sie dann wieder mit nach Hause nehmen, damit sie die Beine hochlegen konnte. Und er würde sich mit einer Dose Bier vor den Fernseher setzen.

Niemand in Progress würde besonders um Sarabeth Bodeen trauern, von ihrer eigenen Familie mal abgesehen. Er sah nicht ein, warum ein Todesfall, der ihm und seiner Stadt so wenig bedeutete, mehr als ein Minimum seiner persönlichen oder offiziellen Zeit beanspruchen sollte.

Er würde seine Pflichtbesuche machen und dann die ganze Sache vergessen.

»Es ist mir ein Rätsel, wie man allein hier draußen leben kann«, sagte Lissy, während Dwight ihr aus dem Auto half. »Aber Tory war ja schon immer seltsam. Na ja …« Sie verstummte und warf einen viel sagenden Blick auf Cades Wagen, der in der Einfahrt stand. »Anscheinend mangelt es ihr ja gar nicht an Gesellschaft. Aber ich kann mir die beiden wirklich nicht zusammen vorstellen, nicht um alles in der Welt. Sie können doch nichts gemeinsam haben, und wie ich das sehe, ist Tory bestimmt nicht die Frau, die einen Mann warm hält – wenn du verstehst, was ich meine. Sie sieht zwar ganz gut aus, wenn man auf diesen Typ Frau steht, aber den Vergleich mit Deborah Purcell hält sie nicht aus. Was Cade wohl in ihr sieht? Um einen Mann wie ihn reißen sich doch die Frauen.«

Dwight erwiderte ein paarmal ›hmm‹ und ›ja, Liebling‹, während er den Eintopf aus dem Auto holte. Er musste seiner Frau nicht unbedingt zuhören, wenn sie eine ihrer Tiraden abließ. Nach einigen Jahren Ehe war ihm ihr Rhythmus so in Fleisch und Blut übergegangen, dass er an der richtigen Stelle das passende Geräusch von sich geben konnte, ohne zu wissen, wovon sie überhaupt redete.

»Er wird ihrer wahrscheinlich bald überdrüssig sein, und dann trennen sie sich wieder. Schließlich gibt es kein echtes Band zwischen ihnen.«

Lissy tätschelte seinen Arm, und weil er das Signal richtig deutete, warf er ihr einen liebevollen Blick zu.

»Wenn er wieder frei ist, laden wir ihn zum Abendessen ein. Und meine Freundin Crystal Bean. Vielleicht finde ich ja sogar einen netten Mann für Tory, einen, der besser zu ihr passt. Das wird bestimmt nicht so einfach, schließlich gibt es nicht viele Männer, die sich mit einer derart seltsamen Frau einlassen würden. Ich schwöre dir, manchmal läuft es mir kalt den Rücken hinunter, wenn sie mich ansieht. Tory!«

Als Tory die Tür öffnete, breitete Lissy die Arme aus. »Liebes, das mit deiner Mutter tut mir *so* Leid. Dwight und ich mussten einfach kommen. Du Arme! Warum liegst du eigentlich nicht im Bett und ruhst dich aus? Sicher hat Cade dir gleich geraten, dich hinzulegen, oder?«

Sie zog Tory in eine heiße, feuchte Umarmung.

»Danke, mir geht es gut.«

»Es *kann* dir gar nicht gut gehen und du brauchst uns gegenüber auch gar nicht so zu tun. Wir sind doch alte Freunde!« Sie legte Tory die Hand auf den Rücken. »Du setzt dich jetzt hin und ich mache dir eine schöne Tasse Tee. Ich habe einen Eintopf mitgebracht, der wird dir gut tun und dich stärken. Cade!«

Sie ließ Tory los und wandte ihre Aufmerksamkeit Cade zu, der aus der Küche kam. »Ich bin froh, dass du hier bist und dich um Tory kümmerst. In dieser schweren Zeit braucht sie alle ihre Freunde. Na, komm mit mir, Liebes.« Sie schlang den Arm um Torys Taille, als müsse sie sie stützen. »Dwight, bring bitte den Eintopf in die Küche, damit ich ihn für Tory aufwärmen kann.«

»Lissy, das ist sehr nett von dir«, begann Tory.

»Ach was, wir sind doch Freunde. Du bist jetzt bestimmt nicht ganz bei dir, aber wir sind für dich da. Du kannst jederzeit auf uns zählen. Nicht wahr, Dwight?«

»Natürlich.« Er warf Cade einen gequälten Blick zu und murmelte: »Ich konnte sie nicht aufhalten. Sie meint es nur gut.«

»Natürlich.«

»Es ist schrecklich, einfach schrecklich. Wie nimmt Tory es auf?«

»Sie kommt zurecht.« Cade blickte zur Küche, aus der Lissys Stimme erklang. »Ich mache mir zwar Sorgen um sie, aber sie nimmt es ganz gut auf.«

»Man sagt, Hannibal Bodeen sei es gewesen. Gerüchte verbreiten sich schnell. Ich habe mir gedacht, du würdest vielleicht wissen wollen, was so geredet wird. Es wird bestimmt noch schlimmer werden.«

»Viel schlimmer kann es gar nicht werden. Hat Chief Russ dir irgendetwas Neues über den Stand der Ermittlungen gesagt?«

»Er hält sich bedeckt. Wahrscheinlich muss er das. So etwas ist hier in der Gegend nicht mehr passiert, seitdem du deine Schwester verloren hast, Cade.« Zögernd fügte Dwight hinzu: »Für dich ist es bestimmt auch nicht leicht, wenn jetzt alles wieder hochkommt.«

»Nein, das stimmt. Aber es sieht so aus, als würde jetzt endlich alles zu einem Ende kommen. Sie glauben, dass Bodeen möglicherweise auch Hope umgebracht hat.«

»Umgebracht …« Dwight holte tief Luft. »Allmächtiger, Cade. Ich weiß gar nicht, was ich sagen oder denken soll.«

»Ich auch nicht. Noch nicht.«

»Dwight, bringst du mir bitte den Eintopf?«

»Bin schon unterwegs«, rief er. »Ich fahre so schnell wie möglich wieder mit Lissy nach Hause. Ich weiß, dass ihr lieber allein sein wollt.«

»Danke. Und ich wäre dir auch dankbar, wenn du die Verbindung von Torys Vater zu Hope nicht erwähnen würdest. Weder gegenüber Lissy noch irgendjemandem sonst. Es ist für Tory im Moment schwer genug.«

»Du kannst dich auf mich verlassen. Sag mir Bescheid, wenn ich irgendetwas für dich tun kann.« Dwight lächelte mühsam.

»Ich verlasse mich auf dich. Ich …«

Aus der Küche erklang ein Kreischen und Dwight stürzte zur Tür. Als er hereinkam, stand Lissy mit weit aufgerissenen Augen und offenem Mund da und hielt Torys Hand fest.

»Verlobt! Ich kann es nicht glauben! Sieh mal, Dwight, was Tory an ihrem Finger trägt! Und keiner von beiden sagt ein Wort!« Sie hielt ihm Torys Hand unter die Nase. Ihr Gesicht leuchtete vor Freude darüber, dass sie die Erste war, die es erfahren hatte. »Wie findest du das?«

Dwight musterte den Ring und sah dann Tory an. In ihren Augen stand Erschöpfung, Verlegenheit und leichte Irritation. »Wundervoll. Ich hoffe, ihr werdet sehr glücklich.«

»Natürlich wird sie glücklich.« Lissy ließ Torys Hand los und watschelte um den Tisch herum, um Cade zu um-

armen. »Na, du bist ja vielleicht hinterhältig. Hast keinen
Ton gesagt und dir Tory einfach geschnappt. Ihr muss sich
ja der Kopf drehen. Das müssen wir feiern. Wir müssen
auf das glückliche Paar anstoßen. Oh.« Sie errötete. »Was
denke ich mir nur! Ach Liebes, du musst innerlich ja ganz
zerrissen sein.« So rasch sie konnte, eilte sie wieder zu
Tory. »Sich erst verloben und dann kurz danach deine
Mama zu verlieren! Aber denk daran: das Leben geht weiter. Das Leben geht immer weiter.«

Tory seufzte nicht einmal, brachte jedoch ihre Hand in
Sicherheit, bevor Lissy sie wieder ergreifen konnte. »Danke, Lissy. Es tut mir Leid, aber ich muss jetzt meine Großmutter anrufen. Ich hoffe, ihr versteht das. Wir müssen uns
um die Beerdigung kümmern.«

»Natürlich verstehen wir das. Sag mir Bescheid, wenn
ich irgendetwas für dich tun kann. Dwight und ich helfen
nur zu gern. Nicht wahr, Dwight?«

»Ja.« Er legte den Arm fest um Lissy. »Wir fahren jetzt
wieder, aber ihr könnt uns jederzeit anrufen, wenn ihr etwas braucht. Und jetzt komm.« Er zog Lissy zur Tür. »Wir
finden schon allein hinaus. Ihr ruft an, hört ihr?«

»Danke.«

»Stell dir das vor! Stell dir das vor!« Lissy konnte kaum
abwarten, bis sie zur Tür hinaus waren. »Trägt einen Diamantring, der so groß ist, dass man blind wird, und das
am gleichen Tag, an dem ihr Daddy ihre Mama erschießt.
Dwight, ich weiß gar nicht, was ich denken soll. Jetzt plant
sie bestimmt gleichzeitig eine Hochzeit und eine Beerdigung. Ich habe dir ja gesagt, dass sie eine seltsame Person
ist.«

»Ja, das hast du mir gesagt, Liebling.« Er schob sie ins
Auto und schloss die Tür. »Mehr als einmal«, murmelte er.

Drinnen setzte sich Cade an den Tisch. Einen Moment lang
musterten Tory und er sich schweigend. »Tut mir Leid«,
sagte er schließlich.

»Warum?«

»Dwight ist mein Freund, und sie gehört eben zu ihm.«

»Sie ist einfach nur dumm. Noch nicht einmal besonders gemein, nur dumm. Sie lebt von den Angelegenheiten anderer Leute, im Guten wie im Schlechten. Und im Moment weiß sie nicht, was sie aufregender finden soll: Victoria Bodeen, einerseits in eine Tragödie und einen Skandal verwickelt, andererseits verlobt mit einem der prominentesten Männer der Gegend.«

Tory schwieg und betrachtete den Ring an ihrem Finger. Ihr Herz schlug immer noch schneller, wenn sie ihn sah. Es war kein schlimmes Gefühl. Nur seltsam.

»So viele Neuigkeiten«, fuhr sie fort. »In ihrem Kopf muss alles durcheinander wirbeln.«

Cades Mundwinkel zuckten. »Spekulierst du jetzt oder hast du hineingesehen?«

»Ich brauche nicht hineinzusehen, man kann ihr doch alles am Gesicht ablesen. Dwight hätte sie nie so schnell hier weg bekommen, wenn sie nicht ganz wild darauf wäre, sich sofort ans Telefon zu hängen und die Neuigkeiten zu verbreiten.«

»Und das ärgert dich?«

»Ja.« Tory stand auf und trat ans Fenster. Seltsam, wie sehr es sie immer noch beruhigte, auf den dunklen Sumpf zu blicken. »Als ich hierhin zurückkam, war mir klar, dass ich wie unter einem Mikroskop leben würde. Ich habe es verstanden, und ich werde auch damit fertig. Meine Mutter … damit werde ich auch fertig. Ich kann sowieso nichts daran ändern.«

»Du musst nicht allein damit fertig werden.«

»Ich weiß. Ich bin hierher zurückgekommen, um mich zu stellen. Um das, was mit Hope passiert ist aufzulösen oder zumindest zu akzeptieren. Ich habe das Gerede, die Blicke, die Spekulationen und die Neugier erwartet. Ich wollte sie nutzen, um mein Geschäft aufzubauen. Das ist kaltblütig.«

»Nein, es ist gesunder Menschenverstand. Ein bisschen hart vielleicht, aber nicht kaltblütig.«

»Ich bin meinetwegen zurückgekommen«, sagte sie ruhig. »Um es mir zu beweisen. Ich habe damit gerechnet, dass ich dafür bezahlen muss. Ich wollte meine Rastlosigkeit stillen, aber ich wusste, dass ich dafür würde bezahlen müssen. Mit dir habe ich nicht gerechnet.«

Sie drehte sich um. »Mit dir habe ich nie gerechnet, Cade. Und ich weiß nicht, was ich mit all dem Gefühl machen soll, das ich für dich empfinde.«

Er trat zu ihr und strich ihr die Haare aus dem Gesicht. »Du wirst es schon noch herausfinden.«

»Für dich ist es so leicht.«

»Vermutlich weil ich immer schon auf dich gewartet habe.«

»Cade, mein Vater ... Ein Teil von ihm ist auch in mir. Das musst du bedenken.«

»Wirklich?« Er blickte sie nachdenklich an, während er mit ihr zum Schlafzimmer ging. »Wahrscheinlich hast du Recht. Dann sollte ich dir aber auch die Chance geben, über meinen Urgroßvater Horace nachzudenken, der eine lange, ausschweifende Affäre mit dem Bruder seiner Frau hatte. Als sie es herausfand und in ihrem Entsetzen drohte, ihn bloßzustellen, brachte Horace sie gemeinsam mit seinem Liebhaber um und machte die Alligatoren ein paar Tage lang dick und glücklich.«

»Das erfindest du.«

»Keineswegs.« Er zog sie aufs Bett. »Na ja, das mit den Alligatoren ist eine Familienlegende. Manche behaupten auch, sie sei einfach nach Savannah geflohen und habe dort bis ins hohe Alter von sechsundneunzig Jahren einsam und unglücklich gelebt. Auf jeden Fall ist das ein dunkler Punkt in der Familiengeschichte der Lavelles.«

Sie lehnte den Kopf an seine Schulter. »Dann kann ich ja von Glück sagen, dass ich keine Brüder habe.«

»Da hast du Recht. Schlaf jetzt, Tory. Nur wir beide sind hier. Und das allein zählt.«

Als sie eingeschlafen war, lag er noch lange wach und lauschte auf die Geräusche der Nacht.

28

»Ich bitte dich, mich zu lassen.«

Tory blickte auf die Türme von Beaux Reves. »Du stellst mich schon wieder zwischen dich und deine Mutter, Cade. Das ist nicht fair.«

»Nein. Aber ich muss mit ihr sprechen, und ich möchte nicht, dass du allein in die Stadt fährst. Ich will nicht, dass du allein bist, solange das noch nicht ausgestanden ist, Tory.«

»Gut, das sehe ich auch so. Aber ich kann doch im Auto warten.«

»Lass uns einen Kompromiss schließen.«

»Oh, wann hast du denn das Wort in dein Vokabular aufgenommen?«

Er lächelte sie an. »Wir gehen durch die Hintertür, und du kannst in der Küche warten. Dort hält sich meine Mutter selten auf.«

Sie wollte widersprechen, schwieg dann aber. Er würde alle ihre Einwände einfach vom Tisch fegen, und sie war zu erschöpft, um sich deswegen mit ihm zu streiten.

Solange es noch nicht ausgestanden ist, sagte er. Als ob es jemals vorbei sein würde.

Sie stieg aus dem Wagen und ging mit ihm über den Gartenweg, vorbei an den blühenden Rosen, den Kamelien mit den glänzenden Blättern, hinter denen ein kleines Mädchen einmal sein Fahrrad versteckt hatte, den Azaleen, die schon längst verblüht waren, und dem duftenden Lavendel.

Hier war die Welt voller Farbe und Duft. Wie ein wunderschönes Gemälde.

Margarets Welt, dachte Tory. Genau wie die perfekte Innenausstattung des Hauses. Es gab nichts zu verändern. Es musste schwierig für sie sein, das Gleichgewicht zu halten, jetzt da Tory in diese Welt eindrang.

»Du verstehst sie nicht.«

»Wie bitte?«

»Deine Mutter. Du verstehst sie überhaupt nicht.«

Fasziniert verschränkte Cade seine Finger mit ihren. »Habe ich dir den Eindruck vermittelt, dass ich sie verstünde?«

»Das ist ihre Welt, Cade. Das ist ihr Leben. Das Haus, der Garten, der Blick aus den Fenstern. Auch vor Hopes Tod war es der Mittelpunkt ihres Lebens, den sie gepflegt und erhalten hat. Und damit hat sie auch nach dem Verlust ihres Kindes weitergemacht«, sagte sie und sah ihn an. »Das alles konnte sie behalten. Es berühren, es sehen und sicher sein, dass es sich nicht verändern würde. Nimm ihr das nicht.«

»Das tue ich nicht.« Er umschloss Torys Gesicht mit den Händen. »Aber ich werde auch nicht zulassen, dass sie das Haus oder die Farm benutzt, um mich ihrem Willen zu unterwerfen. Ich kann ihr nicht mehr geben, als ich ihr bereits angeboten habe, nicht einmal um deinetwillen.«

»Es gibt immer einen Kompromiss. Das hast du doch selber gesagt.«

»Sollte man meinen.« Er küsste sie auf die Stirn. »Aber manchmal gibt es eben nur ein Ja oder Nein.« Bekümmert blickte er sie an. »Bitte mich nicht darum, Victoria.« Er seufzte. »Bitte mich nicht darum, unser Glück von ihrer Zustimmung abhängig zu machen. Sie hat noch nie gebilligt, was ich tue.«

Es war seltsam, dass ihr das auf einmal in den Sinn kam. Er war in einem Schloss aufgewachsen und hatte sich doch genauso wie sie nach liebevollen Worten gesehnt. »Es tut dir weh. Es tut mir Leid, dass ich das nicht gesehen habe.«

»Alte Wunden.« Seine Hände glitten über ihre Arme, dann verschränkte er seine Finger wieder mit ihren. »Sie schmerzen schon lange nicht mehr so heftig.«

Aber von Zeit zu Zeit brechen sie wieder auf, dachte Tory. Er war nie mit einem Gürtel oder mit Fäusten geprügelt worden, aber es gab andere Methoden, um ein Kind zu verletzen. Selbst hier, in dieser schönen Umgebung, so weit entfernt vom Elend ihrer eigenen Kindheit. Schön, ja, dachte Tory. Aber auch einsam.

Jemand sollte auf einer Bank sitzen oder Gerbera für die Vase abschneiden. Ein Kind sollte bäuchlings auf dem Rasen liegen und eine Eidechse beobachten.

Das Gemälde brauchte Leben, Geräusche, Bewegung.

»Ich möchte Kinder.«

Cade blieb abrupt stehen. »Wie bitte?«

Wie war ihr auf einmal dieser Gedanke in den Sinn gekommen? »Ich möchte Kinder«, wiederholte sie. »Ich bin leere Höfe, ruhige Gärten und ordentliche Zimmer leid. Wenn wir hier leben, möchte ich Lärm um mich haben, Krümel auf dem Fußboden und schmutziges Geschirr in der Spüle. In diesen perfekten, unberührten Zimmern könnte ich nicht überleben, und das kannst du auch nicht von mir verlangen. Ich will nicht in diesem Haus wohnen, wenn kein Leben darin ist.«

Die Art, wie sie die Worte hervorsprudelte, brachte ihn zum Lächeln. Er dachte an den kleinen Jungen, der sich eine Festung aus Holz und Teerpappe hatte bauen wollen.

»Das ist ein interessanter Zufall. Ich habe gerade an zwei, möglicherweise drei Kinder gedacht.«

»Okay.« Sie atmete heftig aus. »Gut. Ich hätte wissen müssen, dass du dir schon Gedanken gemacht hast.«

»Ich bin ein Farmer. Wir planen und hoffen, dass das Schicksal mitspielt.« Er pflückte einen Zweig Rosmarin ab, der im Küchengarten wuchs. »Zur Erinnerung«, sagte er und reichte ihn ihr. »Während du auf mich wartest, kannst du darüber nachdenken, dass wir unser Leben planen müssen, und zwar so unordentlich und geräuschvoll, wie wir wollen.«

Sie trat mit ihm in die Küche, wo Lilah an der Spüle stand. Es roch nach Kaffee und Keksen und dem süßen Rosenduft, den Lilah jeden Morgen versprühte.

»Ihr kommt ein bisschen spät fürs Frühstück«, sagte sie. »Aber zum Glück habe ich gute Laune.« Lilah hatte sie in den letzten Minuten voller Freude beobachtet. Die beiden passten gut zusammen. So etwas wünschte sie ihrem Jungen schon lange.

»Na, setzt euch. Der Kaffee ist noch heiß. Ich habe auch noch ein paar Pfannkuchen, die niemand essen wollte.«

»Ist meine Mutter oben?«

»Ja. Und der Richter sitzt im vorderen Salon und wartet auf sie.« Lilah stellte Tassen auf den Tisch. »Sie hat heute noch nicht viel mit mir geredet. Sie hat den ganzen Morgen bei geschlossener Tür telefoniert. Deine Schwester ist letzte Nacht noch nicht einmal nach Hause gekommen.«

Cades Magen krampfte sich zusammen. »Sie ist nicht zu Hause?«

»Brauchst dir keine Sorgen zu machen. Sie ist bei Doc Wade. Das hat sie mir gestern gesagt, bevor sie abgerauscht ist. Anscheinend will in der letzten Zeit keiner außer mir mehr in seinem eigenen Bett schlafen. Setzt euch jetzt und esst.«

»Ich muss mit meiner Mutter sprechen. Gib ihr zu essen«, befahl er und wies auf Tory.

»Ich bin doch kein Hund«, murrte Tory, als er wegging. »Machen Sie sich keine Mühe, Lilah.«

»Setz dich und leg diesen Märtyrerblick ab. Cade muss die Sache mit seiner Mama in Ordnung bringen und du brauchst dir darüber nicht den Kopf zu zerbrechen.« Sie schob das Backblech in den Herd. »Und du wirst alles aufessen, was ich dir hinstelle.«

»Ich habe langsam das Gefühl, er kommt auf Sie.«

»Warum auch nicht? Schließlich habe ich ihn großgezogen. Ich will ja nichts gegen Miss Margaret sagen, aber manche Frauen sind eben nicht zur Mutter geschaffen. Sie sind deswegen nicht schlechter, sie sind eben so.«

Lilah holte eine Schüssel aus dem Kühlschrank und zog die Haube ab. »Das mit deiner Mutter tut mir Leid.«

»Danke.«

Schweigend stand Lilah einen Moment lang da und blickte Tory freundlich an. »Manche Frauen taugen eben nicht dazu, Mutter zu sein«, sagte sie noch einmal. »Deswegen segnet Gott auch die Kinder, die es alleine schaffen, wie es in dem Lied heißt. Du schaffst es allein, Liebes. Das hast du immer schon getan.«

Und zum ersten Mal, seitdem Tory vom Tod ihrer Mutter gehört hatte, kamen ihr die Tränen.

Cade ging zuerst in den Salon. Seine gute Erziehung ließ es nicht zu, dass er einen alten Freund der Familie nicht begrüßte.

»Richter Purcell.«

Gerald drehte sich um. Als er Cade sah, entspannte sich sein strenger, nachdenklicher Gesichtsausdruck ein wenig. »Ich habe gehofft, heute Morgen mit dir sprechen zu können. Hast du einen Augenblick Zeit?«

»Natürlich.« Cade trat ein und setzte sich auf einen Sessel. »Ich hoffe, es geht Ihnen gut.«

»Ab und zu plagt mich meine Arthritis ein wenig. Das Alter.« Gerald winkte ab. »Man denkt immer, so etwas passiert einem nie, und dann wacht man eines Morgens auf und fragt sich, wer, zum Teufel, der alte Mann in dem Rasierspiegel ist. Nun.« Gerald legte seine Hände auf die Knie. »Ich kenne dich, seit du auf der Welt bist ...«

»Also brauchen Sie auch nicht darum herumzureden«, beendete Cade den Satz für ihn. »Ich weiß, dass meine Mutter mit Ihnen über eine Änderung ihres Testaments gesprochen hat.«

»Sie ist eine stolze Frau, und sie macht sich Sorgen um dich.«

»Ach, tatsächlich?« Cade zog die Augenbrauen hoch. »Das braucht sie nicht. Mir geht es gut. Mehr als gut. Und es wäre ebenso unangebracht, wenn sie sich um Beaux Reves sorgen würde«, fuhr er fort. »Wir haben ein sehr gutes Jahr. Es ist sogar noch besser als das letzte.«

Gerald räusperte sich. »Cade, ich habe auch deinen Vater lange gekannt und war mit ihm befreundet. Ich hoffe, du nimmst mir nicht übel, was ich dir jetzt sage. Wenn du deine persönlichen Pläne zurückstellen könntest und dir noch etwas Zeit zum Nachdenken ließest, wäre das sehr hilfreich. Ich bin mir deiner Bedürfnisse und Wünsche bewusst, aber wenn diese Wünsche über die Pflicht und vor allem über die Familie gestellt werden, so kann nichts Gutes daraus entstehen.«

»Ich habe Tory gebeten, mich zu heiraten. Ich brauche dazu weder den Segen meiner Mutter noch den Ihren. Ich kann es nur bedauern, wenn Sie ihn mir verweigern.«

»Cade, du bist ein junger Mann, das Leben liegt noch vor dir. Als Freund deiner Eltern bitte ich dich doch nur, dir Zeit zum Nachdenken zu lassen. Zeit, die du in deinem Alter noch hast. Denk an die Tragödie, die nun in Tory Bodeens Leben aufgetreten ist. Eine Tragödie, die deutlich zeigt, wer sie ist und wo sie herkommt. Du warst noch ein Kind, als sie hier lebte, und du wurdest damals nicht mit den härteren Tatsachen des Lebens konfrontiert.«

»Und welche Tatsachen meinen Sie damit?«

Gerald seufzte. »Hannibal Bodeen ist ein gefährlicher Mann, zweifellos krank. Solche Dinge vererben sich. Nun, ich empfinde großes Mitleid für das Kind, versteh mich richtig, aber es ist nun mal nicht zu ändern.«

»Wollen Sie damit sagen, ›Der Apfel fällt nicht weit vom Stamm?‹ Oder eher, ›So wie man den Zweig biegt, so wächst er?‹«

Irritiert blickte Gerald ihn an. »Beides würde passen. Victoria Bodeen lebte zu lange in seinem Haus und unter seiner Hand, um nicht davon betroffen zu sein.«

»Unter seiner Hand?«, sagte Cade vorsichtig.

»Im übertragenen wie im wörtlichen Sinn. Vor vielen Jahren kam Iris Mooney zu mir, Victorias Großmutter mütterlicherseits. Sie wollte den Bodeens das Sorgerecht für das Mädchen entziehen lassen. Sie sagte, Bodeen würde das Kind schlagen.«

»Sie wollte *Sie* engagieren?«

»Sie tat es. Sie hatte jedoch keinen Beweis für die Misshandlungen. Ich zweifle nicht daran, dass sie die Wahrheit gesagt hat, aber …«

»Sie wussten, dass er sie prügelte und misshandelte, und Sie haben nichts unternommen?«, sagte Cade sehr ruhig.

»Das Gesetz …«

»Vergessen Sie das Gesetz.« Er stand auf und fuhr in dem gleichen kalten Tonfall fort. »Sie hat Sie um Hilfe gebeten, weil sie ein Kind aus einem Albtraum befreien wollte. Und Sie haben nichts getan.«

»Ich konnte Tory ihrer leiblichen Familie nicht wegnehmen. Iris Mooney hatte keinen Beweis, und ich hätte den Fall verloren.« Erregt erhob sich auch Gerald. Er war es nicht gewohnt, dass man ihm solche Fragen stellte. »Es gab weder Berichte von der Polizei noch vom Sozialamt. Nur das Wort der Großmutter. Wenn ich den Fall übernommen hätte, wäre nichts dabei herausgekommen.«

»Das werden wir nie erfahren. Weil Sie den Fall nicht übernommen haben. Sie haben nicht versucht zu helfen.«

»Es ging mich nichts an«, wiederholte Gerald.

»Es ging Sie sehr wohl etwas an. Es geht jeden etwas an. Aber sie hat es überstanden, ohne Ihre Hilfe, ohne irgendeine Hilfe. Wenn Sie mich jetzt entschuldigen möchten – ich habe persönliche Angelegenheiten zu regeln.«

Cade ging rasch hinaus, stieg die Treppe hinauf und klopfte an die Tür seiner Mutter. Ihm ging durch den Kopf, dass es in diesem Haus oft geschlossene Türen gegeben hatte, Barrieren, die erst aufgehoben wurden, wenn man höflich darum bat. Hier waren gute Manieren immer schon höher eingeschätzt worden als Intimität.

Das wird sich ändern, gelobte er sich. Die Türen von Beaux Reves würden offen stehen. Seine Kinder würden nicht darauf warten müssen, dass man sie einließ.

»Herein.« Margaret packte. Sie hatte gesehen, wie Cade mit dieser Frau vorgefahren war, und erwartet, dass er bei ihr klopfte. Vermutlich wollte er sie bitten, ihre Meinung zu ändern, und würde versuchen, einen Kompromiss zu erreichen. Er ist ein Verhandler, dachte sie, während sie Seidenpapier zwischen ihre sauber gefalteten Blusen legte. Genauso wie sein Vater.

Es würde ihr große Befriedigung bereiten, seinen Angeboten und Bitten zu lauschen, um sie dann alle abzulehnen.

»Entschuldige, dass ich dich störe.« Diese Einleitung kam Cade automatisch über die Lippen. Er hatte sie unzählige Male gesagt, jedes Mal, wenn er in ihr Zimmer getreten war. »Es tut mir Leid, dass wir uns in einer solchen Situation befinden.«

Margaret blickte nicht einmal auf. »Mein Gepäck wird heute Nachmittag abgeholt. Ich erwarte natürlich, dass du mir den Rest meiner Sachen schicken lässt. Ich habe bereits eine vorläufige Liste aufgestellt, aber es dauert noch eine Weile, bis sie vollständig ist. Ich habe im Lauf der Jahre einige Dinge in diesem Haus angeschafft.«

»Natürlich. Hast du schon entschieden, wo du wohnen wirst?«

Sein ruhiger Tonfall ließ ihre Hände zittern, und sie warf ihm einen verstohlenen Blick zu. »Ich habe noch keine endgültigen Vorkehrungen getroffen. Solche Dinge wollen sorgfältig überlegt werden.«

»Ja. Ich habe gedacht, dass du dich vielleicht in einem deiner eigenen Häuser wohler fühlen wirst, da du der Gemeinde verbunden bist. Das Gebäude an der Ecke Magnolia und Main gehört uns. Es ist ein hübscher, zweistöckiger Ziegelbau mit einem schönen Garten. Es ist zwar zur Zeit vermietet, aber der Mietvertrag läuft in ungefähr zwei Monaten aus. Wenn du interessiert bist, sage ich den Mietern Bescheid.«

Erstarrt blickte sie ihn an. »Wie leicht es dir fällt, mich hinauszuwerfen.«

»Ich werfe dich nicht hinaus. Das war deine Entscheidung. Du kannst immer noch hier bleiben. Es ist dein Heim. Aber es wird auch Torys Zuhause sein.«

»Mit der Zeit wirst du erkennen, was sie ist. Doch dann wird sie dich bereits ruiniert haben. Ihre Mutter war Abschaum. Ihr Vater ist ein Mörder. Und sie ist nur eine Opportunistin, eine berechnende Schlange, die nie ihren Platz gekannt hat.«

»Ihr Platz ist hier bei mir. Wenn du das nicht akzeptieren kannst, dann musst du dir einen anderen Platz suchen.«

Manchmal gab es eben nur ja oder nein. Und dieses Mal galt das sowohl für ihn als auch für seine Mutter.

»Wenn du willst, gehört das Haus an der Magnolia dir. Falls du jedoch lieber woanders hinziehen möchtest, werde ich für dich ein Haus deiner Wahl kaufen.«

»Aus Schuldgefühl?«

»Nein, Mama, ich empfinde kein Schuldgefühl dafür, dass ich mich für mein Glück entscheide und dass ich eine Frau liebe, die ich bewundere und respektiere.«

»Respektieren?«, fauchte Margaret. »Du sprichst von Respekt?«

»Ja. Ich kenne niemanden, den ich mehr respektiere. Also spielt Schuldgefühl hier keine Rolle. Aber ich werde dafür sorgen, dass du ein angemessenes Heim bekommst.«

»Ich brauche nichts von dir. Ich habe mein eigenes Geld.«

»Ich weiß. Nimm dir für die Entscheidung so lange Zeit, wie du brauchst. Und ich hoffe, dass du damit glücklich wirst. Oder zumindest zufrieden. Ich wünschte ...« Cade schloss einen Moment lang die Augen, weil er es leid war, die höfliche Fassade aufrechtzuerhalten. »Ich wünschte, zwischen uns wäre mehr als das. Ich wünschte, ich wüsste, warum es nicht so sein kann. Wir haben einander enttäuscht, Mama. Es tut mir Leid.«

Margaret presste die Lippen zusammen, damit sie nicht zitterten. »Wenn ich dieses Haus verlasse, bist du für mich gestorben.«

Er sah sie eine Sekunde lang traurig an. Dann wurde sein Blick wieder klar. »Ja, ich weiß.«

Er ging hinaus und schloss leise die Tür hinter sich.

Als sie allein war, sank Margaret aufs Bett und lauschte der Stille.

Cade suchte die Unterlagen zusammen, die er in den nächsten ein oder zwei Wochen brauchen würde und hörte die Nachrichten auf seinem Anrufbeantworter ab, während er seine Aktentasche packte. Er musste Piney anrufen, verschiedene Leute in der Fabrik zurückrufen und bei zwei Mietshäusern vorbeifahren. Für den nächsten Tag war eine Verwaltungsratssitzung anberaumt, aber die konnte verschoben werden.

Sein vierteljährliches Treffen mit seinen Steuerberatern konnte jedoch nicht warten. Er musste nur noch einen sicheren Ort finden, an dem er Tory für ein paar Stunden zurücklassen konnte.

Er blickte auf die Uhr und griff zum Telefonhörer. Faith nahm ab. Sie klang völlig verschlafen.

»Wo ist Wade?«

»Hmm? Unten bei einem Cockerspaniel oder so. Wie spät ist es?«

»Nach neun.«

»Lass mich in Ruhe. Ich schlafe noch.«

»Ich komme jetzt in die Stadt. Tory ist bei mir. Sie will unbedingt in den Laden. Sie hat zwar nicht vor, heute aufzumachen, aber vermutlich will sie sich ablenken. Ich möchte, dass du in den Laden kommst und ein Auge auf sie hast.«

»Hast du nicht gehört? Ich schlafe!«

»Steh auf. Wir sind in einer halben Stunde da.«

»Du kommandierst einen heute früh ja ganz schön herum.«

»Ich möchte nicht, dass eine von euch beiden allein ist, solange Bodeen noch nicht hinter Gittern sitzt. Du bleibst bei ihr, verstanden? Ich komme so bald wie möglich wieder zurück.«

»Was, zum Teufel, soll ich denn mit ihr machen?«

»Denk dir was aus. Steh auf«, wiederholte er und legte auf. Zufrieden ging er mit seiner Aktentasche nach unten.

Das Erste, was ihm auffiel, war, dass Tory ihren Teller beinah leer gegessen hatte. Das Zweite, dass sie geweint hatte.

»Was ist los? Was hast du zu ihr gesagt?«

»Ach, reg dich nicht auf.« Lilah verscheuchte ihn wie

eine Fliege. »Sie hat ein bisschen geweint und jetzt geht es ihr besser. Ist das nicht so, meine Kleine?«

»Ja. Danke. Aber ich kann wirklich nichts mehr essen, Lilah. Ehrlich.«

Mit geschürzten Lippen musterte Lilah den Teller, dann nickte sie. »Ist schon gut.« Sie blickte zu Cade. »Wollen Miss Margaret oder der Richter Frühstück?«

»Ich glaube nicht. Meine Mutter will heute Nachmittag das Haus verlassen.«

»Macht sie das wirklich?«

»Offensichtlich. Ich möchte nicht, dass du hier allein bleibst, Lilah. Möchtest du vielleicht für ein paar Tage deine Schwester besuchen?«

»Könnte ich tun.« Sie trug Torys Teller zur Spüle. »Aber wenn es dir nichts ausmacht, möchte ich lieber hier bleiben.«

»Dann komme ich später noch mal vorbei.«

»Es ist das Beste für Miss Margaret, wenn sie geht. Dann befreit sie sich endlich von dem Haus und auf lange Sicht wird sie glücklicher sein.«

»Hoffentlich hast du Recht«, sagte er und streckte Tory die Hand entgegen.

Tory stand auf, trat nach kurzem Zögern zu Lilah und umarmte sie. »Danke.«

»Du bist ein gutes Mädchen. Denk nur immer daran, dir treu zu bleiben.«

»Ja, das werde ich.«

Tory wartete, bis sie im Auto saßen und die baumbestandene Auffahrt hinunterfuhren. »Ich möchte keine große Hochzeit.«

Cade zog die Augenbrauen hoch. »Okay.«

»Ich möchte so still wie möglich heiraten, und …«

»Und?«

Er bog auf die Straße ab. Tory blickte zum Sumpf. »Und so bald wie möglich.«

»Warum?«

Es sieht ihm ähnlich, diese Frage zu stellen, dachte sie und wandte sich ihm zu. »Weil ich mit unserem gemeinsamen Leben anfangen möchte. Ich möchte damit anfangen.«

»Morgen kümmern wir uns um das Aufgebot. Ist dir das recht?«

»Ja.« Sie legte ihre Hand über seine. »Das ist mir sehr recht.«

Sie lächelte ihn an und sah und spürte nichts vom Sumpf. Von dem, was darin lauerte.

Als sie Cades Auto sah, schlenderte Faith zu Southern Comfort hinüber. Sie lächelte Cade strahlend an und hakte sich bei ihm ein. »Da bist du ja. Ich dachte schon, du hättest es vergessen.«

»Vergessen?«

»Du hast doch gesagt, ich könnte mir heute dein Auto leihen. Hier.« Sie reichte ihm ihre eigenen Wagenschlüssel und blickte ihn kokett an. »Das ist so süß von dir. Findest du nicht, dass er einfach der beste Bruder der Welt ist, Tory? Er weiß genau, dass ich eine Schwäche für sein kleines Cabrio habe, und er leiht es mir immer, wenn ich es haben will.«

Sie nahm die Schlüssel und gab ihm einen dicken Schmatz. »Tory, ich langweile mich zu Tode. Wade hat heute so viel zu tun. Ich leiste dir einfach ein bisschen Gesellschaft, ja? Ich glaube, ich kaufe ihm einen von diesen dicken Kerzenleuchtern, die du im Laden hast.«

Sie wandte ihre Aufmerksamkeit Tory zu. »Seine Wohnung könnte es wahrhaftig gebrauchen, mal ein bisschen aufgemöbelt zu werden. Na, du kennst sie und weißt ja, wovon ich rede. Es sieht ganz so aus, als ob ich demnächst häufiger dort wäre, und ich kann diese schlichte männliche Umgebung so schlecht ertragen. Das Auto steht hinter Wades Haus«, rief sie Cade zu, während sie mit Tory auf die Ladentür zutrat. »Du musst noch tanken!«

Mit einem letzten Blick auf Cades verärgertes Gesicht schloss Tory die Tür auf. »Hat er dich mit dem Auto bestochen?«

»Nein, die Mühe hat er sich nicht gemacht. Aber wenn

er mich so früh aufweckt, muss er auch dafür bezahlen. Er möchte, dass wir aufeinander aufpassen.«

»Wo ist dein Hund?«

»Oh, Biene vergnügt sich bei Wade.« Faith drehte sich um und winkte Cade fröhlich zu. »Er kocht vor Wut. Er hasst es, wenn ich mit seinem Spielzeug fahre.«

»Also fährst du natürlich so oft wie möglich damit.«

»Natürlich. Hast du etwas Kaltes zu trinken? Man kriegt ja kaum Luft, so heiß ist es heute.«

»Hinten. Bedien dich.«

»Machst du heute auf?«

»Nein. Ich habe keine Lust auf Menschen. Also sei nicht beleidigt, wenn ich dich ignoriere.«

»Gilt auch für mich.«

Faith lief ins Hinterzimmer und kam mit zwei Flaschen Coke zurück. Tory hatte leise Musik angestellt und war mit Glasreiniger und einem Tuch beschäftigt. »Du könntest mir auch etwas zu tun geben, bevor ich vor Langeweile sterbe.«

Tory reichte ihr das Tuch. »Damit müsstest du eigentlich umgehen können. Ich habe hinten eine Menge zu erledigen. Lass bitte niemanden herein. Wenn jemand an die Tür kommt, sag einfach, wir haben heute geschlossen.«

»Mach ich.«

Als Tory nach hinten ging, zuckte Faith mit den Schultern. Dann unterhielt sie sich damit, die Waren so zu arrangieren, wie es ihr gefiel, und sich vorzustellen, wie es wohl sein mochte, einen Laden zu haben.

Viel zu viel Arbeit, beschloss sie. Viel zu viele Probleme. Aber es machte Spaß, von so vielen hübschen Dingen umgeben zu sein und sich auszumalen, wer sie wohl kaufen würde.

Hinter der Theke fand sie die Schlüssel für die Schmuckauslage. Sie probierte mehrere Ohrringe an, bewunderte ein Silberarmband und legte auch das an.

Als es an der Tür klopfte, zuckte sie schuldbewusst zusammen und schloss die Auslage wieder.

Sie kannte die Gesichter nicht. Als sie sie musterte, sahen der Mann und die Frau an der Tür sie fragend an. Es war eine Schande, dass Tory nicht offen hatte. Kunden wären zumindest eine Ablenkung.

Faith lächelte strahlend und wies auf das Geschlossen-Schild. Die Frau hielt einen Ausweis hoch.

»Uups.« Das FBI, dachte sie. Eine noch bessere Ablenkung. Sie schloss die Tür auf.

»Miss Bodeen?«

»Nein, sie ist hinten.« Faith betrachtete die beiden eingehend. Die Frau war groß und kräftig, mit kurzen schwarzen Haaren und kühlen dunklen Augen. Sie trug ein wenig schmeichelhaftes graues Kostüm und grauenhaft hässliche Schuhe.

Der Mann hatte entschieden mehr Potenzial, mit seinen lockigen, braunen Haaren und dem energischen Kinn mit einem kleinen, sexy Grübchen. Faith bedachte ihn mit einem gewissen Lächeln und erhielt sogar eine schwache Reaktion. »Ich bin noch nie einem FBI-Agenten begegnet. Wahrscheinlich bin ich ein bisschen aufgeregt.«

»Würden Sie Miss Bodeen bitte holen?«, fragte die Frau.

»Natürlich. Entschuldigen Sie mich bitte einen Moment. Warten Sie hier.« Sie eilte ins Hinterzimmer und schloss die Tür hinter sich. »Das FBI ist da.«

Tory blickte auf. »Hier?«

»Sie stehen draußen. Ein Mann und eine Frau. Der Mann ist nicht übel, aber die Frau hat ein Kostüm an, in dem ich nicht begraben sein möchte. Außerdem ist sie eine Yankee. Bei ihm weiß ich nicht. Er hat bisher den Mund noch nicht aufgemacht. Wenn du mich fragst, hat sie das Sagen.«

»Du meine Güte, das interessiert mich nun wirklich nicht.« Tory stand mit zitternden Knien auf.

Bevor sie ihre Fassung wiedergewinnen konnte, klopfte es energisch an der Tür. Dann wurde sie geöffnet. »Miss Bodeen?«

»Ja, ich … ja.«

»Ich bin Special Agent Tatia Lynn Williams.« Die Frau

zeigte ihren Ausweis. »Und das ist Special Agent Marks. Wir müssen mit Ihnen reden.«

»Haben Sie meinen Vater gefunden?«

»Noch nicht. Hat er Kontakt zu Ihnen aufgenommen?«

»Nein. Ich habe ihn weder gesehen noch von ihm gehört. Er weiß, dass ich ihm nicht helfen würde.«

»Wir möchten Ihnen gern ein paar Fragen stellen.« Williams warf Faith einen scharfen Blick zu.

Sofort schoss Faith hinter den Schreibtisch und legte Tory einen Arm um die Schulter. »Das ist die Verlobte meines Bruders. Ich habe ihm versprochen, bei ihr zu bleiben, und ich werde mein Wort halten.«

Marks zog sein Notizbuch heraus. »Und wie ist Ihr Name?«

»Faith Lavelle. Tory macht zur Zeit vieles durch. Ich bleibe bei ihr.«

»Kennen Sie Hannibal Bodeen?«

»Ja. Und ich glaube, dass er vor achtzehn Jahren meine Schwester umgebracht hat.«

»Dafür gibt es keinen Beweis«, erwiderte Williams gleichmütig. »Miss Bodeen, wann haben Sie Ihre Mutter zuletzt gesehen?«

»Im April. Mein Onkel und ich sind zu ihr gefahren. Ich habe schon seit einigen Jahren keinen Kontakt mehr zu meinen Eltern gehabt. Meine Mutter hatte ich nicht mehr gesehen, seit ich zwanzig war, und meinen Vater eigentlich auch nicht, bis er dann hierher in meinen Laden kam.«

»Und zu diesem Zeitpunkt wussten Sie bereits, dass er flüchtig war?«

»Ja.«

»Und doch haben Sie ihm Geld gegeben.«

»Er hat das Geld genommen«, korrigierte Tory. »Aber ich hätte es ihm auch gegeben, damit er ging.«

»Ihr Vater war Ihnen gegenüber gewalttätig.«

»Mein ganzes Leben lang.« Tory setzte sich.

»Und Ihrer Mutter gegenüber?«

»Nein, nicht wirklich. Das musste er auch gar nicht. Ich

glaube, er hat sie vielleicht erst in den letzten Jahren geschlagen, als ich nicht mehr da war, aber das ist nur eine Vermutung.«

»Mir wurde gesagt, dass Sie keine Vermutungen anzustellen brauchen.« Williams blickte sie eindringlich an. »Sie behaupten, über übersinnliche Wahrnehmungen zu verfügen.«

»Ich behaupte gar nichts.«

»Sie waren vor ein paar Jahren in einige Fälle von Kindesentführung verwickelt.«

»Was soll das mit dem Mord an meiner Mutter zu tun haben?«

»Sie waren mit Hope Lavelle befreundet.« Marks setzte sich, während seine Partnerin stehen blieb.

»Ja, sehr gut befreundet.«

»Und Sie haben die Familie und die Polizei zu ihrer Leiche geführt.«

»Ja. Sie kennen sicher die Berichte. Ich habe ihnen nichts hinzuzufügen.«

»Sie behaupteten, den Mord an ihr gesehen zu haben.« Als Tory nicht antwortete, beugte Marks sich vor. »Vor kurzem haben Sie Abigail Lawrence, eine Anwältin aus Charleston, um Hilfe gebeten. Sie waren an einer Reihe von Sexualmorden interessiert. Warum?«

»Weil alle Opfer von der gleichen Person umgebracht wurden, von der Person, die auch Hope getötet hat. Weil jede von ihnen für den Mörder Hope war, im jeweiligen Alter.«

»Sie … spüren das«, kommentierte Williams. Tory blickte sie an.

»Ich *weiß* es. Ich erwarte nicht von Ihnen, dass Sie mir glauben.«

»Wenn Sie es wissen«, fuhr Williams fort, »warum sind Sie dann nicht zu uns gekommen?«

»Wozu? Um Sie zu belustigen? Um mir immer wieder vorhalten zu lassen, was mit Jonah Mansfield passiert ist? Sie wissen alles, was Sie über mich wissen müssen, Agent Williams.«

Marks holte eine Plastiktüte aus seiner Tasche und warf sie auf den Schreibtisch. Ein einzelner Ohrring befand sich darin, ein einfacher goldener Reif. »Was können Sie uns darüber sagen?«

Tory rührte sich nicht. »Es ist ein Ohrring.«

»Wir wissen ebenfalls über Sie, dass Sie unter Druck sehr kühl reagieren.« Williams trat an den Schreibtisch. »Sie waren so an den Morden interessiert, dass Sie Informationen darüber haben wollten. Wollen Sie denn jetzt nicht wenigstens wissen, welche Informationen Ihnen der Ohrring vermitteln kann?«

»Ich habe Ihnen über meinen Vater alles erzählt, was ich weiß. Und wenn ich kann, werde ich Ihnen dabei helfen, ihn zu finden.«

Marks ergriff die Tüte mit dem Ohrring. »Dann fangen Sie hiermit an.«

»Hat er meiner Mutter gehört?« Ohne nachzudenken nahm Tory sie ihm aus der Hand, öffnete sie und schloss ihre Hand um den Ohrring.

Sie öffnete sich völlig, weil sie auf einmal merkte, wie sehr sie diese letzte Verbindung zu ihrer Mutter wollte. Ein Zittern überlief sie. Dann warf sie den Ohrring wieder auf den Schreibtisch. »Der zweite ist in Ihrer Tasche«, sagte sie zu Williams. »Sie haben sie auf dem Weg hierher abgenommen und den einen in die Tüte gesteckt.« Gelassen begegnete sie dem Blick der Agentin. »Ich brauche mich von Ihnen nicht zur Schau stellen zu lassen.«

»Verzeihen Sie.« Williams nahm den Ohrring an sich. »Ich weiß Einiges über Sie, Miss Bodeen. Ihre Arbeit in New York hat mich interessiert, und ich habe den Fall Mansfield studiert.« Sie steckte den Ohrring in die Tasche. »Sie hätten damals auf Sie hören sollen.« Sie warf ihrem Partner einen Blick zu. »Ich werde das tun.«

»Ich kann Ihnen nicht mehr sagen.« Tory stand auf. »Faith, würdest du die Agents bitte hinausbegleiten?«

»Klar.«

Williams zog eine Visitenkarte hervor, legte sie auf den Schreibtisch und folgte Faith aus dem Hinterzimmer. Kurz darauf kam Faith zurück und setzte sich in den Stuhl, aus dem Marks gerade aufgestanden war.

»Du wusstest es, sobald du diesen Ohrring berührt hattest. Du hast gewusst, dass er ihr gehört. Und das nur, weil du ihn angefasst hast?«

»Ich muss jetzt arbeiten.«

»Ach, komm schon.« Faith trank einen Schluck Coke. »Ich kenne niemanden, der alles so verdammt ernst nimmt. Wir sollten uns ein paar Lotterielose kaufen oder zum Pferderennen gehen. Kannst du da auch die Ergebnisse voraussagen? Das müsstest du eigentlich.«

»Um Gottes willen.«

»Warum denn nicht? Warum kannst du denn nicht ein bisschen Spaß damit haben? Es muss doch nicht unbedingt eine dunkle, deprimierende Last sein. Nein, jetzt habe ich's – viel besser als Pferde. Wir fahren nach Vegas und spielen Blackjack. Du meine Güte, Tory, wir könnten die Bank in jedem Kasino sprengen.«

»Ich will nicht davon profitieren.«

»Warum nicht? Oh, natürlich, das habe ich vergessen. So bist du eben. Du bläst deswegen lieber Trübsal. Ich armes Geschöpf.« Faith tat so, als tupfte sie sich die Tränen ab. »Ich bin übersinnlich begabt, also muss ich leiden.«

Unwillkürlich musste Tory grinsen. »Ich blase keine Trübsal.«

»Würdest du aber, wenn man dich ließe. Ich kenne mich da aus.« Sie schwang sich auf die Schreibtischkante. »Komm doch mit mir zu Wade. Du kannst ja mal in seinem Kopf nachsehen, was er so über mich denkt.«

»Auf keinen Fall.«

»Ach, bitte.«

»Nein.«

»Du bist so gemein!«

»Genau. Und jetzt verschwinde. Und leg das Armband wieder dahin zurück, wo du es hergeholt hast.«

»Na schön. Ist sowieso nicht mein Stil.« Sie beugte sich über den Schreibtisch. »Was denke ich gerade?«

Torys Mundwinkel zuckten. »Es ist einfallsreich, aber

anatomisch unmöglich.« Sie wandte sich wieder ihrem Computer zu. »Danke, Faith.«

Faith öffnete bereits die Tür. »Wofür denn?«

»Dass du mich absichtlich auf die Palme bringst, damit ich nicht Trübsal blase.«

»Oh, gern geschehen. Das ist aber auch ziemlich leicht.«

29

»Wade, Liebling?« Faith klemmte sich den Telefonhörer zwischen Ohr und Schulter und blickte über die Theke in das Hinterzimmer, wo Tory sich anscheinend eingegraben hatte. »Hast du zu tun?«

»Ich? Natürlich nicht. Ich habe gerade einen Dackel sterilisiert. Ein weiterer Tag im Paradies.«

»Oh. Was genau machst du dann … ach nein, vergiss es, ich glaube, ich will es gar nicht wissen. Wie geht es meinem Baby?«

»Mir geht es gut, und dir?«

»Ich habe Biene gemeint. Geht es ihr gut?«

»Sie ist fix und fertig. Nein, es geht ihr wunderbar. Ich bin sicher, sie erzählt dir später von ihrem ersten Arbeitstag.«

»Ich habe heute auch einen ersten Arbeitstag. Sozusagen.« Zufrieden betrachtete Faith die Glasauslagen, die sie auf Hochglanz poliert hatte. »Wann bist du denn ungefähr fertig?«

»Ich denke, so gegen halb sechs. Was hast du vor?«

»Cade hat mir sein Cabrio geliehen, und es wäre bestimmt schön, ein bisschen herumzufahren. Es ist so heiß und stickig, und ich habe unter meinem roten Kleid gar nichts an.« Lächelnd drehte sie eine Locke um ihren Finger. »Du erinnerst dich doch an mein rotes Kleid, Liebling, oder?«

In der Leitung herrschte Schweigen. Schließlich sagte Wade: »Willst du mich umbringen?«

Sie lachte befriedigt auf. »Ich versuche bloß sicherzustellen, dass ein bestimmter Teil unserer Beziehung nicht in Vergessenheit gerät, nur weil wir uns in der letzten Zeit so viel unterhalten haben.«

»Da kann ich dich beruhigen.«

»Dann lass uns doch mit dem Cabrio wegfahren. Wir

könnten uns in einem billigen Motel einmieten und Handelsreisende spielen.«

»Was verkaufst du?«

Lachend erwiderte sie: »Oh, Liebling, vertrau mir. Der Preis wird schon in Ordnung sein.«

»Gut. Ist schon gekauft. Aber wir müssten entweder spät in der Nacht oder ganz früh morgens zurückfahren. Ich habe Termine.«

»Kein Problem. Wade?«

»Ja?«

»Weißt du noch, wie du gesagt hast, dass du mich liebst?«

»Ich kann mich dunkel daran erinnern.«

»Ich glaube, ich liebe dich auch. Und weißt du was? Es fühlt sich gar nicht übel an.«

Wieder schwieg er. »Ich sehe zu, dass ich bin schon um viertel nach fünf hier fertig bin.«

»Ich hole dich ab.« Faith legte auf und tanzte um die Theke. »Tory, komm da heraus! Das ist ja wie im Gefängnis«, sagte sie.

Tory blickte kaum auf. »Du hast noch nie richtig gearbeitet, oder?«

»Warum sollte ich? Ich bin eine Erbin.«

»Es würde dir Erfüllung, Befriedigung und die Freude daran bescheren, eine Aufgabe zu vollenden.«

»Na gut, ich werde hier mit dir arbeiten.«

»Schon mal einen Skilift in der Hölle gesehen?«

»Nein, ernsthaft, das würde mir Spaß machen. Aber wir reden später darüber. Jetzt musst du mit mir kommen. Ich muss schnell nach Hause fahren und ein paar Dinge holen.«

»Dann fahr doch.«

»Wohin ich gehe, musst auch du gehen. Das habe ich Cade versprochen. Und ich bin jetzt schon …« Sie blickte auf ihre Armbanduhr und verdrehte die Augen. »Ich bin jetzt schon seit fast vier Stunden hier.«

»Ich bin noch nicht fertig.«

»Ich aber. Und wenn wir den ganzen Tag hier bleiben,

kommen am Ende die Leute vom FBI noch einmal wieder.«

»Na gut.« Tory legte ihren Kugelschreiber hin. »Aber ich habe meiner Großmutter versprochen, dass ich um fünf bei meinem Onkel bin.«

»Das passt gut. Ich setze dich dann da ab, bevor ich Wade abhole. Bring uns zwei Cokes mit, ich verdurste.« Faith trat wieder in den vorderen Raum und zog sich vor einem von Torys dekorativen Spiegeln die Lippen nach.

»Seit wann hast du eigentlich ein Spiegelbild?«, fragte Tory, als sie mit den Flaschen aus dem Hinterzimmer kam.

Ungerührt schraubte Faith den Lippenstift wieder zu und steckte ihn in die Tasche. »Du bist ja bloß sauer, weil du dich den ganzen Tag in deiner Höhle vergraben hast. Du wirst mir noch danken, wenn wir erst einmal an der frischen Luft sind und das Verdeck unten ist. Wenn der Wind dir durch die Haare weht, bekommt deine Frisur vielleicht mal ein bisschen Stil.«

»Meine Haare sind okay.«

»Ja, wenn man aussehen will wie eine vertrocknete Bibliothekarin …«

»Das ist ein albernes Klischee und eine Beleidigung für einen ganzen Berufsstand.«

Faith zupfte sich ihre blondlockige Mähne zurecht. »Hast du denn in der letzten Zeit mal Miss Matilda aus der Bücherei gesehen?«

Torys Mundwinkel zuckten. »Ach, halt den Mund«, rief sie und drückte Faith die Flasche Coke in die Hand.

»Das mag ich so an dir. Du hast immer das letzte Wort.« Faith wandte sich zum Gehen. »Na, dann komm.«

»Du hast etwas verändert.« Tory musterte die Regale.

Augen wie ein Falke, dachte Faith. »Na und?«

Eigentlich wollte sie sich beklagen, doch dann gab sie ehrlich zu: »Gar nicht schlecht.«

»Entschuldige, ich bin so überwältigt von dem Lob, dass ich glaube, ich werde ohnmächtig.«

»In dem Fall fahre wohl besser ich.«

»Den Teufel wirst du tun.« Lachend tanzte Faith aus der Tür.

Als sie absperrte, merkte Tory, dass sie sich mit Faith großartig amüsierte. Sie lenkte einen wirklich vom Grübeln ab. Und ihr gefiel die Vorstellung, jetzt in einem Cabrio durch die Gegend zu fahren. Sie würde sich einfach nur darauf konzentrieren. Über alles andere konnte sie später noch nachdenken.

»Schnall dich an!«, befahl sie, als sie sich auf den Beifahrersitz setzte.

»Ach ja. Die Luft ist so dick, dass man sie kauen könnte.«

Faith schnallte sich an, setzte ihre Sonnenbrille auf und ließ den Motor aufheulen. Sie grinste Tory schelmisch an. »Und nun noch ein bisschen Musik.« Sie drückte auf den CD-Knopf und Pete Seeger erklang. »Ah, klassisch. Perfekt. Jetzt wollen wir doch mal sehen, aus welchem Holz du geschnitzt bist, Victoria.«

Entschlossen setzte Tory sich ebenfalls ihre Sonnenbrille auf. »Aus ziemlich hartem.«

»Gut.« Faith wartete eine Lücke im Verkehr ab, dann wendete sie mit quietschenden Reifen und passierte die Ampel am Platz, kurz bevor sie rot wurde.

»Du wirst ein Strafmandat kriegen, noch bevor wir aus der Stadt sind.«

»Ach was. Das FBI hält unsere Dorfpolizisten heute bestimmt beschäftigt. Himmel! Ich *liebe* diesen Wagen!«

»Warum kaufst du dir dann nicht selber einen?«

»Dann könnte ich Cade nicht mehr damit nerven, ihn mir zu leihen.«

Als sie aus der Stadt heraus waren, drückte Faith aufs Gaspedal.

Torys Haare wehten im Wind. Sie genoss die Fahrt. Ein Abenteuer, dachte sie. Albern sein. Schon lange hatte sie sich diesem Gefühl nicht mehr hingegeben.

Geschwindigkeit. Hope war gern schnell gefahren. Sie war geradelt wie der Wind, hatte wagemutig die Arme hochgerissen und sich ganz dem Augenblick überlassen.

Jetzt tat Tory dasselbe. Sie warf den Kopf zurück und genoss die Geschwindigkeit und die Musik.

Es roch nach Sommer, und Sommer bedeutete Kindheit ...

»Da ist Cade.«

»Was?« Tory zuckte zusammen.

»Da.« Faith wies auf ein Feld. Zwei Männer standen zwischen den Baumwollpflanzen. Sie hupte und winkte lachend. »Jetzt flucht er bestimmt und jammert Piney vor, was für eine verrückte, verantwortungslose Schwester er hat. Mach dir keine Sorgen«, fügte sie hinzu. »Er denkt bestimmt, ich hätte dich verführt.«

»Ich bin okay.« Tory atmete tief durch. »Mir geht es gut.«

Faith warf ihr einen Blick zu. »Natürlich. Aber du siehst ein bisschen blass aus. Warum ... oh, Scheiße.«

Ein Kaninchen schoss über die Straße. Instinktiv trat Faith auf die Bremse. Der Wagen schleuderte, die Bremsen kreischten, doch dann hatte Faith ihn wieder in der Gewalt.

»Ich kann einfach kein Tier überfahren. Weiß der Himmel, warum sie einfach so auf die Straße rennen. Als ob sie darauf warten, dass ein Auto vorbeikommt und ...« Sie verstummte und warf Tory einen Blick zu. Kichernd schaltete sie herunter. »Oje.«

Tory blickte an sich hinunter. Der Inhalt der Coke-Flasche war auf ihrem Shirt gelandet. Mit den Fingerspitzen zog sie es vom Körper ab und warf Faith einen vorwurfsvollen Blick zu.

»Na ja, ich konnte doch das kleine Häschen nicht überfahren, oder?«

»Tu mir einen Gefallen und fahr bei mir zu Hause vorbei, damit ich mich umziehen kann, ja?«

Gehorsam bog Faith in Torys Feldweg ein und hielt vor dem Haus. Immer noch kichernd sprang sie aus dem Auto. »Ich wasche das Shirt schnell aus, während du dich umziehst. Es ist zwar schrecklich gewöhnlich, aber es wäre trotzdem schade darum.«

»Es ist klassisch.«

480

»Das glaubst du.« Erfreut über die Abwechslung lief Faith die Treppe hinauf. »Lass dir ruhig Zeit beim Restaurieren«, sagte sie und öffnete die Tür. »Du hast es nötiger als ich.«

»Du musst dich vermutlich auch nicht besonders lang herrichten, um in das nächste verfügbare Bett zu hüpfen, oder?«

Grinsend folgte Faith ihr ins Schlafzimmer, öffnete Torys Schrank und sah sich ihre Kleider an. »Hey, ein paar von deinen Sachen sind gar nicht so schlecht.«

»Lass die Finger von meinen Kleidern!«

»Das ist eine gute Farbe für mich.« Sie holte eine dunkelblaue Seidenbluse heraus und drehte sich zum Spiegel. »Bringt meine Augen zur Geltung.«

Tory nahm Faith die Bluse weg und drückte ihr das feuchte Shirt in die Hand. »Da. Mach dich nützlich.«

Faith verdrehte die Augen, ging aber gehorsam ins Badezimmer, um das Shirt auszuwaschen. »Wenn du sie in den nächsten Tagen nicht anziehen willst, könntest du sie mir leihen. Ich habe mir gerade überlegt, dass Wade und ich morgen vielleicht einen gemütlichen Abend zu Hause verbringen. Und wenn alles so läuft, wie ich es mir vorstelle, hätte ich sie sowieso nicht lange an.«

»Dann spielt es doch auch keine Rolle, was du trägst.«

»Diese Bemerkung beweist nur, wie dringend du mich brauchst. Was eine Frau trägt, steht in direkter Beziehung dazu, wie der Mann reagieren soll.«

Tory, die gerade ein weißes T-Shirt aus dem Schrank holen wollte, betrachtete stirnrunzelnd die Seidenbluse. Warum eigentlich nicht?

Sie knöpfte die Bluse zu und trat an den Spiegel, um sich die Haare zu kämmen. Sie würde sie zusammenbinden. Sie wollte schließlich ihre Großmutter trösten, da durfte sie nicht frivol aussehen.

Sie begann, sich einen Zopf zu flechten. Die gleichmäßige Bewegung und das Surren des Deckenventilators lullten sie ein. Mit halb geschlossenen Augen blickte sie verträumt in den Spiegel.

Sie sah, wie das Kaninchen auf die Straße lief. Und panisch vor Angst vor den Menschen floh.

Jemand kam. Jemand beobachtete sie.

Ihre Arme erstarrten in der Bewegung und ihr wurde eiskalt. Auf einmal roch es schwach nach Whiskey.

Die Beute roch den Jäger.

Mit einem Satz war sie an ihrem Nachttisch und holte die Pistole heraus, die Cade ihr gegeben hatte. Ein Wimmern stieg in ihr auf, aber sie drängte es zurück. Als sie aus dem Zimmer rannte, kam Faith gerade aus dem Bad.

»Ich habe es tropfnass aufgehängt. Du kannst es auswringen, wenn …« Ihr Blick fiel auf die Waffe. »O Gott«, stieß sie hervor. Tory packte sie am Arm.

»Stell jetzt keine Fragen, wir haben nicht viel Zeit. Geh vorne raus, beeil dich. Steig ins Auto und hol Hilfe. Ich versuche, ihn aufzuhalten.«

»Komm mit mir. Komm sofort mit mir.«

»Nein.« Tory lief zur Küche. »Er kommt. Los!«

Sie rannte zum Hintereingang, damit Faith Zeit hatte zu fliehen. Und um sich ihrem Vater zu stellen.

Er trat die Tür ein und schlurfte herein. Seine Kleidung war schmutzig, sein Gesicht und seine Arme zerkratzt und übersät von Mückenstichen. Er schwankte ein wenig, aber sein Blick war starr auf seine Tochter gerichtet. In der einen Hand hielt er eine leere Flasche, in der anderen eine Pistole.

»Ich habe auf dich gewartet.«

Tory packte den Revolver fester. »Ich weiß.«

»Wo ist dieses Lavelle-Flittchen?«

Weg. In Sicherheit. »Hier ist niemand außer mir.«

»Verlogene kleine Hure. Du gehst doch keine zwei Schritte ohne diese reiche Göre. Ich will mit ihr reden.« Er grinste. »Ich will mit euch beiden reden.«

»Hope ist tot. Es gibt nur noch mich.«

»Das stimmt, das stimmt.« Er hob die Flasche, stellte fest, dass sie leer war und warf sie an die Wand, wo sie krachend zersplitterte. »Ist ja umgebracht worden. Hat sie aber verdient. Ihr habt beide immer verdient, was ihr bekommen habt. Habt gelogen und seid herumgeschlichen. Habt euch gegenseitig auf unzüchtige Art berührt.«

»Zwischen mir und Hope gab es nur Unschuld.« Tory lauschte auf das Dröhnen des Motors, hörte aber nichts.

»Denkst du, ich hätte es nicht *gewusst*?« Er fuchtelte wild mit der Pistole herum, aber sie zuckte nicht. »Glaubst du, ich habe nicht gesehen, wie ihr nackt geschwommen seid und euch gegenseitig bespritzt habt, bis das Wasser an euren Körpern herunterlief?«

Es bereitete ihr Übelkeit, dass er diese Kindheitserinnerung so in den Schmutz zog. »Wir waren acht Jahre alt. Aber du nicht. Die Sünde lag in dir. Immer schon. Nein, bleib stehen.« Sie hob den Revolver. »Du fasst mich nicht noch einmal an. Und auch sonst niemanden. Hat Mama dir dieses Mal nicht genug Geld gegeben? Hat sie sich nicht schnell genug bewegt? Hast du es deshalb getan?«

»Ich habe nur die Hand gegen deine Mutter erhoben, wenn es sein musste. Gott hat den Mann zum Herrn in seinem Haus gemacht. Leg das Ding weg und gib mir etwas zu trinken.«

»Die Polizei ist auf dem Weg hierher. Sie haben nach dir gesucht, wegen Hope, wegen Mama und all den anderen.« Als er auf sie zutrat, zitterte der Revolver in ihrer Hand. Im Kopf hörte sie das zischende Geräusch des Gürtels, der auf sie niedersauste.

»Wenn du mir zu nahe kommst, schieße ich.«

»Du glaubst, du kannst mir Angst einjagen? Du hattest noch nie auch nur einen Funken Mumm.«

»Was man von mir nicht behaupten kann.« Faith erschien hinter Tory. Die kleine Pistole schimmerte in ihrer Hand. »Wenn sie Sie nicht erschießt, dann tue ich es. Das schwöre ich.«

»Du hast gesagt, sie sei tot. Du hast gesagt, sie sei tot.« Panisch vor Entsetzen sprang er auf Tory zu und drückte sie gegen die Wand. Ein Schuss knallte, und der Geruch nach Blut erfüllte die Luft.

Sie taumelte gegen Faith, während ihr Vater heulend durch die geborstene Tür nach draußen stürmte.

»Ich habe dir doch gesagt, du sollst fahren.« Zähneklappernd sank Tory in die Knie.

»Ich habe aber nicht auf dich gehört.« Faith lehnte sich an die Wand. »Ich habe von Cades Autotelefon aus die Polizei gerufen.«

»Und dann bist du zurückgekommen.«

»Ja.« Faith atmete keuchend aus.

»Ich habe Blut gerochen.« Tory sprang auf. »Hat er dich erwischt?«

»Nein. *Du* hast auf ihn geschossen, Tory. Komm zur Besinnung.«

Tory starrte auf ihre Hände. Sie hielt immer noch den Revolver. Entsetzt ließ sie ihn fallen. »Ich habe auf ihn geschossen?«

»Ich glaube, dein Revolver ging los, als er dich gestoßen hat. Es ist alles so schnell gegangen. Auf seinem Hemd war Blut, da bin ich mir ganz sicher, und ich habe nicht geschossen. Ich glaube, mir wird schlecht. Sirenen.« Faith lehnte sich wieder an die Wand. »Gott sei Dank.«

Als sie hörte, wie ein Motor angelassen wurde, richtete sie sich wieder auf. »O nein! Das ist Cades Auto! Ich habe die Schlüssel stecken lassen.«

Bevor Tory sie aufhalten konnte, rannte sie hinaus. Sie sahen gerade noch, wie das Auto auf die Straße zuraste.

»Cade bringt mich um.«

Tory begann hysterisch zu lachen. »Wir haben gerade einen Wahnsinnigen vertrieben, und du machst dir Sorgen wegen deines Bruders. Das bringst auch nur du fertig.«

»Na ja, Cade kann sehr heftig werden.« Faith legte Tory den Arm um die Schulter. Tory senkte den Kopf und schloss die Augen.

Das Heulen der Sirenen gellte in ihren Ohren. Sie sah die Hände auf dem Lenkrad des Wagens. Die Hände ihres Vaters. Sie spürte die Geschwindigkeit.

Noch schneller. Du kannst sie im Rückspiegel sehen. Panik, Wut, Hass. Sie kommen immer näher.

Dein Arm brennt von der Schusswunde.

Aber du wirst es schaffen. Gott ist auf deiner Seite. Er hat das Auto für dich dahin gestellt. Schnell. Schneller.

Eine Prüfung. Eine weitere Prüfung. Du wirst es schaffen. Musst es schaffen. Aber zu ihr wirst du noch einmal gehen. Oh, du wirst zurückkommen. Und dann wird sie dafür büßen.

Die Hände sind blutüberströmt. Das Lenkrad gleitet dir aus den Händen. Die Welt rauscht an dir vorbei.

Schreie. Sind das Schreie?

»Tory! Um Gottes willen, Tory! Hör auf! Wach auf!«

Sie lag bäuchlings an der Straße. Ihr ganzer Körper zuckte und Schreie gellten durch ihren Kopf.

»Bitte nicht. Ich weiß nicht, was ich tun soll.«

»Es geht schon.« Mühsam richtete Tory sich auf und legte sich die Hand auf die Augen. »Es geht mir gleich besser.«

»Besser? Als sie vorbeikamen bist du zur Straße gerast. Ich hatte Angst, sie würden dich überfahren. Und dann hast du die Augen verdreht und bist zusammengebrochen.« Faith ließ den Kopf in die Hände sinken. »Das ist zu viel für mich. Mehr ertrage ich nicht.«

»Es ist schon gut. Es ist vorbei. Er ist tot.«

»Das habe ich selber gemerkt. Da.« Sie wies die Straße hinunter, wo Rauch und Flammen aufstiegen. Polizeiwagen standen um die Stelle herum.

»Ich habe es krachen gehört und dann gab es eine Art Explosion.«

»Tod im Feuer«, murmelte Tory. »Das habe ich ihm angehext.«

»Das hat er sich selber angehext. Ich will zu Wade. O mein Gott, ich will zu Wade.«

»Wir lassen ihn anrufen.« Tory stand auf und streckte Faith die Hand hin. »Wir gehen hin und bitten jemand, ihn anzurufen.«

»Okay. Mir ist schwindlig.«

»Mir auch. Wir halten uns einfach aneinander fest.«

Eng umschlungen gingen sie die Straße hinunter. Hitze waberte über dem Asphalt. Durch die Hitzewellen sah

Tory die Flammen, das Flackern der Blaulichter, das Beige des Regierungswagens, neben dem die beiden FBI-Agenten standen.

»Siehst du die Unfallstelle?«, murmelte Tory. »Genau gegenüber von der Stelle, wo Hope … genau in der Kurve gegenüber von Hope.«

Als sie ein Auto hinter sich hörte, blieb sie stehen und drehte sich um.

Cade sprang aus dem Wagen, kam auf sie zugerannt und schloss sie beide in die Arme. »Ihr seid okay. Ihr seid okay. Ich habe die Sirenen gehört und dann die Flammen gesehen. O Gott, ich dachte …«

»Er hat uns nichts getan.« Cade roch nach Schweiß und nach Mann. Mein Mann, dachte Tory. »Er ist tot. Ich habe gespürt, wie er starb.«

»Schscht. Nicht. Ich bringe euch beide jetzt nach Hause.«

»Ich will zu Wade.«

Cade drückte einen Kuss auf Faiths Scheitel. »Wir holen ihn, Liebes. Komm jetzt mit mir.«

»Er hat dein Auto genommen, Cade.« Faith hielt die Augen geschlossen und drückte ihr Gesicht an die Brust ihres Bruders. »Es tut mir Leid.«

Cade schüttelte nur den Kopf und drückte sie fester an sich. »Mach dir deswegen keine Sorgen. Es wird alles gut.«

Er half ihnen ins Auto. Als er anfuhr, trat Agent Williams auf die Straße und gab ihm ein Zeichen.

»Miss Bodeen. Können Sie bestätigen, dass das Ihr Vater ist?« Sie wies auf das Autowrack. »Hat Hannibal Bodeen dieses Auto gefahren?«

»Ja. Er ist tot.«

»Ich muss Ihnen ein paar Fragen stellen.«

»Nicht hier und nicht jetzt.« Cade legte wieder den Gang ein. »Wenn Sie hier draußen fertig sind, können Sie nach Beaux Reves kommen. Ich bringe die beiden nach Hause.«

»Gut.« Williams blickte Tory an. »Sind Sie verletzt?«

»Nein, jetzt nicht mehr.«

Eine Zeit lang war Tory völlig benommen. Wie durch einen Nebel nahm sie wahr, dass Cade sie ins Haus und die Treppe hinauf führte. Als er sie auf ein Bett legte, wurde sie bewusstlos.

Nach einer Weile spürte sie etwas Kühles auf ihrem Gesicht. Sie schlug die Augen auf und blickte Cade an.

»Mir geht es gut. Ich bin nur ein bisschen müde.«

»Ich habe eins von Faiths Nachthemden geholt. Wenn du es erst einmal anhast, wirst du dich besser fühlen.«

»Nein.« Sie setzte sich auf und schlang die Arme um ihn. »*Jetzt* geht es mir besser.«

Er strich ihr sanft über die Haare. Dann umschlang er sie fester und barg sein Gesicht in ihrem Haar. »Ich brauche noch eine Minute.«

»Ich auch. Wahrscheinlich noch viele Minuten. Lass mich nicht los.«

»Nein. Das kann ich gar nicht. Ich sah euch vorbeifahren. Faith raste wie eine Verrückte. Ich wollte ihr eigentlich eine Standpauke halten.«

»Das hat sie absichtlich gemacht. Sie liebt es, dich zu reizen.«

»Das hat sie auch geschafft. Ich marschierte über die Felder und gelobte, sie dafür büßen zu lassen. Piney ging neben mir her und grinste wie ein Idiot. Dann hörte ich den Schuss. Ich dachte, mir bleibt das Herz stehen. Ich rannte los, aber ich war noch ein gutes Stück weit von der Straße entfernt, als die Polizeiwagen vorbeifuhren. Dann sah ich die Explosion. Ich dachte, ich hätte dich verloren.« Er begann, sie hin und her zu wiegen. »Ich dachte, ich hätte dich verloren, Tory.«

»Ich war in Gedanken bei ihm im Auto. Ich glaube, ich wollte den genauen Moment erleben, in dem es vorbei war.«

»Er kann dir nie mehr etwas tun.«

»Nein. Keinem von uns.« Sie legte den Kopf an seine Schulter. »Wo ist Faith?«

»Unten. Wade ist bei ihr. Sie kann nicht still sitzen.« Cade lehnte sich zurück und betrachtete ihr Gesicht. »Sie wird herumlaufen, bis sie umfällt, und dann wird er sich um sie kümmern.«

»Sie ist bei mir geblieben. Wie du es ihr gesagt hattest.« Tory stieß einen Seufzer aus. »Ich muss zu meiner Großmutter.«

»Sie kommt hierher. Ich habe sie angerufen. Hier ist jetzt dein Zuhause, Tory. Deine Sachen aus dem Sumpfhaus holen wir später.«

»Das klingt wie eine gute Idee.«

Als sie mit ihrer Großmutter durch den Garten ging, war bereits die Dämmerung hereingebrochen. »Ich wünschte, du könntest hier bleiben, Gran. Du und Cecil.«

»J.R. braucht mich. Er hat eine Schwester verloren, die er nicht vor sich selber bewahren konnte. Ich habe ein Kind verloren.« Ihre Stimme brach. »Ich habe sie schon vor langer Zeit verloren. Aber trotzdem blieb da immer die Hoffnung, dass alles wieder in Ordnung kommt. Jetzt gibt es diese Hoffnung nicht mehr.»

»Ich weiß nicht, was ich für dich tun kann.«

»Du tust es bereits. Du lebst und bist glücklich.« Sie griff nach Torys Hand.

»Wir alle werden auf unsere Art damit fertig werden müssen.« Iris atmete tief ein. »Ich werde sie hier in Progress begraben. Ich glaube, das ist das Beste. Sie hatte ein paar glückliche Jahre hier und J.R. möchte es so. Es wird keinen Gottesdienst geben, da werde ich mich gegen ihn durchsetzen. Die Beerdigung ist übermorgen früh. Wenn J.R. möchte, dann kann der Priester ja ein paar Worte am Grab sagen. Ich würde dir keinen Vorwurf machen, wenn du nicht kommst, Tory.«

»Natürlich komme ich.«

»Das freut mich.« Iris setzte sich auf eine Bank. Glühwürmchen flackerten in der Dunkelheit. »Beerdigungen helfen den Lebenden, eine Lücke zu schließen.« Sie zog Tory neben sich. »Ich spüre mein Alter, Liebes.«

»Sag das nicht.«

»Oh, das geht schon wieder vorbei. Darauf achte ich

schon. Aber heute Abend fühle ich mich alt und müde. Eltern sollten ihre Kinder nicht überleben, aber letztendlich bestimmen Natur und Schicksal darüber. Wir müssen damit leben. Wir werden alle damit leben, Tory. Ich möchte, dass du das, was vor dir liegt, mit beiden Händen ergreifst und festhältst.«

»Das werde ich. Hopes Schwester weiß, wie das geht, und ich lerne von ihr.«

»Ich habe das Mädchen immer schon gemocht. Hat sie vor, Wade zu heiraten?«

»Ich glaube, er hat vor, sie zu heiraten, wird sie aber in dem Glauben lassen, es sei ihre Idee gewesen.«

»Kluger Junge. Und beständig. Er wird sie leiten, ohne ihre Flügel zu beschneiden. Meine Enkel werden beide glücklich werden. Daran halte ich mich fest, Tory.«

30

Wade kämpfte mit dem Knoten seiner Krawatte. Er hasste die verdammten Dinger. Jedes Mal, wenn er eine Krawatte umband, sah er seine Mutter vor sich, wie sie ihn mit einer hellblauen Krawatte würgte, die zu seinem verhassten hellblauen Anzug passte.

Er war damals sechs gewesen, und wahrscheinlich hatte dieses Erlebnis ihn für den Rest seines Lebens traumatisiert.

Krawatten trug man zu Hochzeiten und Beerdigungen. Man kam einfach nicht darum herum, auch wenn man das Glück hatte, einen Beruf auszuüben, in dem man nicht jeden Tag eine umbinden musste.

In einer Stunde wurde seine Tante beerdigt. Auch darum würde er nicht herumkommen.

Draußen ging ein heftiges Gewitter nieder. Bei Beerdigungen musste das Wetter vermutlich schlecht sein, schließlich gehörten ja auch Krawatten, schwarze Kleidung und viel zu stark duftende Blumen dazu.

Wade hätte alles dafür gegeben, sich jetzt noch mal ins Bett legen und die Decke über den Kopf ziehen zu können.

»Maxine hat gesagt, sie passt gern auf die Hunde auf«, verkündete Faith. Sie trug das schlichteste schwarze Kleid, das sie in ihrem Kleiderschrank hatte finden können. »Wade, was hast du mit der Krawatte gemacht?«

»Ich habe sie gebunden. Das macht man normalerweise mit Krawatten so.«

»Festgezurrt würde es eher treffen. Warte, lass mich mal versuchen.« Sie zog daran und rückte sie zurecht.

»Lass das. Es ist doch egal.«

»Nur wenn du so aussehen willst, als hättest du einen schwarzen Kropf unter dem Kinn. Meine Großtante Harriet hatte einen Kropf, und der war nicht gerade anziehend. Halt doch mal eine Minute still, ich habe es gleich.«

»Lass es einfach, Faith.« Er wandte sich ab, um sein Jackett zu nehmen. »Ich möchte, dass du hier bleibst. Es gibt keinen Grund für dich, mitzugehen. Wir brauchen doch nicht beide die nächsten Stunden nass und unglücklich zu verbringen. Du hast schon genug durchgemacht.«

Sie stellte die Tasche wieder hin, die sie gerade erst hochgenommen hatte. »Du willst mich nicht dabeihaben?«

»Du solltest nach Hause fahren.«

Sie sah ihn an und warf dann einen Blick durchs Zimmer. Ihr Parfüm stand auf seiner Kommode, ihr Morgenmantel hing an dem Haken hinter der Tür. »Komisch, ich habe gedacht, da wäre ich schon. Habe ich mich geirrt?«

Wade nahm seine Brieftasche von der Kommode und steckte sie ein. »Die Beerdigung meiner Tante ist nicht der richtige Ort für dich.«

»Das beantwortet zwar meine Frage nicht, wirft aber eine neue auf. Warum ist die Beerdigung deiner Tante für mich nicht der richtige Ort?«

»Du meine Güte, Faith, denk doch mal nach. Meine Tante war mit dem Mann verheiratet, der deine Schwester umgebracht hat und der vor zwei Tagen beinah auch dich umgebracht hätte. Falls du das vergessen haben solltest – ich nicht.«

»Nein, ich habe es nicht vergessen.« Sie wandte sich zum Spiegel, griff nach der Bürste und kämmte sich so ruhig wie möglich die Haare. »Weißt du, die meisten Leute glauben, mein Hirn sei nicht größer als eine Erbse. Ich sei oberflächlich und albern und könne mich nur so lange auf etwas konzentrieren, wie es dauert, meine Nägel zu lackieren. Das ist okay.«

Sie legte die Bürste weg, ergriff ihre Parfümflasche und betupfte sich das Schlüsselbein. »Das ist okay«, wiederholte sie. »Für die meisten Leute. Aber das Komische ist – von dir erwarte ich, dass du besser von mir denkst. Ich erwarte von dir, dass du besser von mir denkst, als ich es selber tue.«

»Ich halte einiges von dir.«

»Wirklich, Wade?« Sie blickte ihn an. »Tust du das wirklich? Und zugleich denkst du, du könntest mich heute einfach so abwimmeln. Vielleicht sollte ich ja einfach zum Frisör gehen, während du auf der Beerdigung deiner Tante bist. Und wenn du das nächste Mal irgendein Problem oder eine schwierige Situation bewältigen musst, gehe ich einkaufen.« Ihre Stimme wurde lauter und härter. »Und dann … dann bin ich sowieso schon wieder weitergezogen, und das Thema hat sich erledigt.«

»Das ist etwas anderes, Faith.«

»Das dachte ich mir.« Sie stellte die Flasche wieder hin und drehte sich um. »Das habe ich gehofft. Aber wenn du mich heute nicht bei dir haben willst, wenn du glaubst, ich wolle heute nicht bei dir sein, dann ist das nichts anderes, als was ich immer schon getan habe. Ich bin nicht daran interessiert, mich immer wieder zu wiederholen.«

Wut stieg in ihm auf, und er ballte die Fäuste. »Ich hasse es. Ich hasse es, meinen Vater so außer sich zu sehen. Ich hasse es, dass deine Familie wieder angegriffen worden ist, und dass meine daran schuld ist. Ich hasse es zu wissen, dass du im selben Zimmer wie Bodeen warst, und mir vorzustellen, was hätte passieren können.«

»Das ist gut, denn ich hasse das alles auch. Und ich sage dir etwas, was du vielleicht nicht weißt: Als es vorbei war, als ich wieder einen klaren Gedanken fassen konnte, da wollte ich zu dir. Du warst der einzige Mensch, den ich brauchte. Ich wusste, dass du dich um mich kümmern würdest, dass du mich festhalten würdest und dass alles in Ordnung wäre, wenn du da wärst. Wenn du mir gegenüber nicht das Gleiche empfindest, dann will ich dich auch nicht brauchen müssen. Ich bin selbstsüchtig genug, um es dann zu beenden. Entweder gehe ich heute mit dir, stehe neben dir und versuche, dir etwas Trost zu geben, oder ich fahre zurück nach Beaux Reves und versuche, dich zu vergessen.«

»Das würdest du auch schaffen«, sagte er leise. »Warum bewundere ich das nur so sehr? Oberflächlich? Albern?«

Kopfschüttelnd trat er auf sie zu. »Du bist die stärkste Frau, die ich kenne. Bleib bei mir.« Er lehnte seine Stirn an ihre. »Bleib bei mir.«

»Das habe ich vor.« Faith umarmte ihn und streichelte seinen Rücken. »Ich möchte für dich da sein. Das ist neu für mich. Und es ist deine Schuld. Du hast so lange an mir festgehalten, bis ich mich in dich verliebt habe. Irgendwie gefällt mir das.«

Sie spürte, wie er sich an sie lehnte. Auch das gefiel ihr. Noch nie hatte sich jemand auf sie gestützt. »Und jetzt komm«, sagte sie und gab ihm einen Kuss auf die Wange. »Sonst kommen wir zu spät, und Beerdigungen sind nicht die passende Gelegenheit für spektakuläre Auftritte.«

Er musste lachen. »Da hast du Recht. Hast du einen Schirm?«

»Natürlich nicht.«

»Natürlich nicht. Ich hole einen.«

Als er zum Schrank trat legte sie den Kopf schräg und musterte ihn lächelnd. »Wade, schenkst du mir zur Verlobung statt eines Diamanten einen Saphir?«

Er blieb wie erstarrt stehen, den Schirm in der Hand. »Verloben wir uns?«

»Einen hübschen, bloß nicht zu groß oder protzig. Eckig geschliffen. Der blöde Kerl, den ich als Ersten geheiratet habe, hat mir überhaupt keinen Ring gekauft, und von dem Zweiten habe ich einen geschmacklosen Diamanten bekommen.«

Sie ergriff den schwarzen Strohhut, den sie aufs Bett geworfen hatte, und trat zum Spiegel, um ihn aufzusetzen. »Das hätte auch ein großer Glasklunker sein können, so wie er aussah. Ich habe ihn nach der Scheidung verkauft und mir von dem Geld zwei Wochen in einem schicken Spa gegönnt. Also – ich hätte gerne einen eckig geschliffenen Saphir.«

Wade trat mit dem Schirm in der Hand auf sie zu. »Machst du mir etwa einen Antrag, Faith?«

»Ganz bestimmt nicht.« Sie warf ihm einen hochmütigen Blick zu. »Und glaub bloß nicht, dass du mich jetzt nicht mehr fragen musst. Ich erwarte, dass du der Tradition folgst und auf den Knien vor mir herumrutschst. Mit einem eckig geschliffenen Saphir in der Hand«, fügte sie hinzu.

»Ich werde es mir merken.«

»Gut, tu das.« Sie streckte die Hand aus. »Bereit?«

»Ich habe eigentlich gedacht, dass ich das wäre.« Er ergriff ihre Hand und verschränkte seine Finger mit ihren. »Aber für dich ist man nie bereit.«

Sie beerdigten ihre Mutter bei strömendem Regen.

Tory hörte dem Priester nicht zu, obwohl er sicher tröstende Worte fand. Sie brauchte seinen Trost nicht. Sie hatte die Frau in dem blumengeschmückten Sarg nie gekannt und verstanden. Wenn Tory trauerte, dann darum, dass sie nie eine Mutter gehabt hatte.

Sie lauschte dem Regen, der auf den Sarg und auf die Schirme prasselte, und wartete darauf, dass es endlich vorbei war.

Es waren mehr Menschen gekommen, als sie erwartet hatte. Sie und ihr Onkel hatten ihre Großmutter in die Mitte genommen. Hinter ihr stand Cecil und neben ihr Cade.

Boots stand leise weinend zwischen ihrem Mann und ihrem Sohn.

Als gebetet wurde, senkten alle den Kopf. Nur Faith behielt ihren oben und sah Tory an. In ihrem Blick lag unerwarteter Trost von jemandem, der verstand.

Dwight war gekommen. Als Bürgermeister, vermutete Tory. Und als Wades Freund. Er stand ein wenig abseits und machte ein ernstes, feierliches Gesicht. Wahrscheinlich war er froh, wenn er seine Pflicht getan hatte und wieder zu Lissy zurückgehen konnte.

Lilah war da, beständig wie ein Fels. Und seltsamerweise auch Cades Tante Rosie, ganz in Schwarz, mit Hut und Schleier. Als sie am Abend zuvor mit einem Schrankkoffer aufgetaucht war, waren alle verblüfft gewesen.

Margaret sei vorübergehend bei ihr eingezogen, hatte sie verkündet, deswegen habe sie sofort packen und woanders hinfahren müssen.

Sie hatte Tory das Hochzeitskleid ihrer Mutter angeboten, das vollkommen vergilbt war und nach Mottenkugeln roch. Dann hatte sie es selbst angezogen und den Rest des Abends getragen.

Als der Sarg in die frisch ausgehobene Grube gesenkt wurde und der Priester seine Bibel schloss, trat J.R. vor. »Sie hatte ein schwereres Leben, als es nötig gewesen wäre.« Er räusperte sich. »Und einen schlimmeren Tod, als sie verdient hat. Sie hat jetzt ihren Frieden gefunden. Als sie ein kleines Mädchen war, gefielen ihr gelbe Margariten am besten.« Er küsste die, die er in der Hand hielt, und warf sie ins Grab. Dann wandte er sich ab und trat zu seiner Frau.

»Er hätte viel mehr für sie getan, wenn sie ihn gelassen hätte«, sagte Iris. »Ich werde eine Weile bei Jimmy bleiben«, erklärte sie Tory. »Und dann fahren wir nach Hause.« Sie legte Tory die Hände auf die Schultern und küsste sie auf die Wangen. »Ich bin glücklich für dich, Tory. Und stolz auf dich. Kincade, pass gut auf mein kleines Mädchen auf.«

»Ja, Ma'am. Ich hoffe, Sie beide besuchen uns bald, wenn Sie wieder nach Progress kommen.«

Cecil beugte sich hinunter, um Tory ebenfalls auf die Wange zu küssen. »Ich kümmere mich um sie«, flüsterte er. »Mach dir keine Sorgen.«

»Das werde ich nicht.« Sie wandte sich um, um die Beileidsbezeugungen entgegenzunehmen. Rosie stand direkt vor ihr und sah sie hinter ihrem schwarzen Schleier mit strahlenden Augen an. »Das war eine würdige, kurze Trauerfeier. Sie gereicht dir zur Ehre.«

»Danke, Miss Rosie.«

»Wir können uns unsere Verwandten nicht aussuchen, aber wir können uns selber entscheiden, was wir daraus machen.« Rosie blickte ihren Neffen an. »Du hast eine gute Entscheidung getroffen. Und ob sich Margaret damit abfindet oder nicht, braucht nicht deine Sorge zu sein. Ich werde mich jetzt einmal mit Iris unterhalten, um herauszufinden, wer dieser große, kräftige Mann ist, den sie mitgebracht hat.«

Sie stapfte in ihrem Zweitausend-Dollar-Chanel-Kostüm und den Birkenstock-Sandalen durch die Nässe.

Tory wusste nicht, ob sie lachen oder weinen sollte. Sie legte Cade die Hand auf den Arm. »Halt deinen Schirm über sie. Ich komme schon zurecht.«

»Ich bin gleich wieder zurück.«

»Tory, es tut mir so Leid.« Dwight ergriff ihre Hand und küsste sie auf die Wange, während er seinen Schirm über sie hielt. »Lissy wollte auch kommen, aber ich habe sie überredet, zu Hause zu bleiben.«

»Es wäre auch nicht gut für sie gewesen, bei diesem Wetter hier draußen zu sein. Es ist nett von dir, dass du gekommen bist, Dwight.«

»Wir kennen uns doch schon so lange. Und Wade ist einer meiner besten Freunde. Tory, kann ich irgendetwas für dich tun?«

»Nein, danke. Ich gehe gleich noch kurz zu Hopes Grab hinüber. Du solltest jetzt wieder zu Lissy fahren.«

»Ja. Nimm den Schirm.« Er drückte ihr seinen Schirm in die Hand.

»Nein, es geht schon.«

»Nimm ihn«, beharrte er. »Und bleib nicht so lange in der Nässe.«

Mit diesen Worten ging er zu Wade zurück.

Tory machte sich auf den Weg zu Hopes Grab.

Über das Gesicht des Engels rann der Regen wie Tränen und fiel auf die Rosen. In der Kugel flog das geflügelte Pferd.

»Jetzt ist es vorüber. Es fühlt sich noch nicht richtig an«, sagte Tory seufzend. »Ich habe eine solche Schwere in mir. Vielleicht war es alles ein bisschen viel auf einmal. Ich wünschte, ich könnte … es gibt so vieles, was ich mir wünsche.«

»Ich bringe ihr nie Blumen.« Faith stand hinter ihr. »Ich weiß nicht, warum.«

»Sie hat ja die Rosen.«

»Das ist nicht der Grund. Es sind nicht *meine* Rosen.«

Tory trat einen Schritt zurück, sodass sie nebeneinander standen. »Ich spüre sie hier nicht. Vielleicht tust du das auch nicht.«

»Ich will nicht beerdigt werden, wenn ich tot bin. Sie sollen meine Asche irgendwo verstreuen. Am Meer vielleicht. Am Meer, weil Wade mich dort bitten soll, ihn zu heiraten. Hope hätte es sicher auch anders gewollt, nur hätten wir ihre Asche wohl eher auf dem Fluss oder Sumpf verstreuen müssen. Das war ihr Lieblingsort.«

»Ja, das stimmt.« Tory griff nach Faiths Hand. »Und in Beaux Reves gibt es auch Blumen, und das war ebenfalls einer ihrer Orte. Ich könnte nach dem Regen welche schneiden und sie in den Sumpf bringen. Oder zum Fluss. Vielleicht wäre es eher richtig, sie ins Wasser zu legen, statt sie am Boden verwelken zu lassen. Würdest du mit mir kommen?«

»Ich habe es gehasst, sie mit dir teilen zu müssen.« Faith schwieg und schloss die Augen. »Aber jetzt nicht mehr. Heute Nachmittag soll es aufklaren. Ich sage Wade Bescheid.« Sie ging auf Wade zu, blieb aber noch einmal stehen. »Tory, wenn du als Erste da bist …«

»Ich warte auf dich.«

Tory sah ihr nach. Dort drüben stand ihre Großmutter mit Cecil, Rosie mit ihrem Schleier und Lilah, die einen Schirm über sie hielt.

J.R. und Boots waren noch am Grab seiner Schwester, die er mehr geliebt hatte, als ihm bewusst gewesen war.

Und da stand Cade mit seinen Freunden und wartete auf sie.

Als Tory auf ihn zuging, ließ der Regen nach, und der erste Sonnenstrahl schimmerte durch die Wolken.

»Verstehst du, warum ich das tun möchte?«

»Ich verstehe nur, *dass* du es möchtest.«

Tory lächelte und schüttelte die Regentropfen von dem Lavendel, den sie geschnitten hatte. »Und du ärgerst dich ein bisschen, weil ich dich nicht bitte, mit mir zu kommen.«

»Ein bisschen. Das wird allerdings aufgewogen durch

die Tatsache, dass du und Faith Freundinnen geworden seid. Trotzdem bin ich entsetzt darüber, dass ich bis zu deiner Rückkehr Tante Rosie ganz allein ausgeliefert bin. Sie hat ein Geschenk für mich, und ich habe es schon gesehen. Es ist ein verschimmelter Zylinder, den ich auf der Hochzeit aufsetzen soll.«

»Er wird gut zu dem mottenzerfressenen Kleid passen, das sie mir geben will. Ich habe eine Idee: Du trägst den Hut, ich das Kleid und Lilah macht ein Foto von uns. Wir suchen einen hübschen Rahmen aus und schicken das Ganze Tante Rosie. Und die Sachen schließen wir dann vor der Hochzeit an einen dunklen Ort weg.«

»Eine brillante Idee. Ich heirate eine äußerst kluge Frau. Aber dann müssen wir das Foto schon heute Abend machen, wir heiraten nämlich morgen.«

»Morgen? Aber …«

»*Hier*«, sagte er und zog sie in die Arme. »In aller Stille, im Garten. Um die meisten Details habe ich mich schon gekümmert, und den Rest erledige ich heute Nachmittag.«

»Aber meine Großmutter …«

»Ich habe schon mit ihr gesprochen. Sie und Cecil bleiben noch einen Tag. Sie sind dabei.«

»Ich hatte noch gar keine Zeit, um mir ein Kleid zu kaufen oder …«

»Das hat deine Großmutter auch gesagt. Sie hofft, du würdest vielleicht das Kleid nehmen, das sie trug, als sie deinen Großvater geheiratet hat. Sie ist heute Nachmittag nach Florence gefahren, um es zu holen. Sie sagte, das würde ihr sehr viel bedeuten.«

»Du hast an alles gedacht, was?«

»Ja. Hast du ein Problem damit?«

»In den nächsten fünfzig oder sechzig Jahren werden wir damit vielleicht einige Probleme haben, aber jetzt im Moment? Nein.«

»Gut. Lilah backt einen Kuchen und J.R. bringt eine Kiste Champagner mit. Die Aussicht hat ihn beträchtlich aufgeheitert.«

»Danke.«

»Da du so dankbar bist, möchte ich noch erwähnen, dass Tante Rosie vorhat zu singen.«

»Sei bloß still.« Tory wandte sich schaudernd ab. »Wir wollen uns doch nicht den Augenblick verderben. Und da sowieso schon jeder zugestimmt hat, was sollte ich da noch für Einwände haben? Hast du dich auch schon um die Hochzeitsreise gekümmert?« Als er zusammenzuckte, verdrehte sie die Augen. »Cade, wirklich!«

»Du hast ja wohl nichts gegen eine Reise nach Paris, oder? Natürlich nicht.« Er gab ihr rasch einen Kuss. »Du könntest den Laden zwar für ein paar Tage schließen, aber Boots möchte dich gerne vertreten, und Faith hat auch ein paar Ideen.«

»O Gott.«

»Aber das musst natürlich du entscheiden.«

»Vielen Dank.« Sie fuhr sich mit der Hand durch die Haare. »Mir dreht sich der Kopf. Wir reden noch darüber, wenn ich wieder zurück bin.«

»Gut. Ich bin ja flexibel.«

»Von wegen«, murrte sie, »du tust nur so.« Sie reichte ihm die Blumenschere und ergriff den Korb mit den Blumen. »Fang nicht schon an, Namen für die Kinder auszusuchen, während ich weg bin.«

Anstrengender Mann, dachte sie, setzte sich in ihr Auto und stellte den Korb mit den Blumen auf den Beifahrersitz. Plante einfach ihre Hochzeit hinter ihrem Rücken. Und dann auch noch genau die Hochzeit, die sie gewollt hatte.

Wie irritierend – und wie schön, von jemandem so genau gekannt zu werden.

Warum war sie denn dann nicht entspannt? Als sie auf die Straße einbog, rollte sie die Schultern. Sie wurde diese Anspannung einfach nicht los. Verständlich. Die letzten Wochen waren ein ziemliches Chaos gewesen, und sie konnte sich gar nicht vorstellen, dass sie in vierundzwanzig Stunden verheiratet sein würde.

Aber sie wollte einen neuen Anfang machen. Sie wollte diese Tür schließen und eine andere öffnen. Tory blickte auf die Blumen neben sich. Vielleicht war sie ja gerade dabei.

Sie hielt am Straßenrand, wo Hope früher immer ihr Fahrrad abgestellt hatte. Dann ging sie über die kleine Brücke, an der Tigerlilien blühten, und schlug den Weg ein, den ihre Freundin in jener Nacht gegangen war.

Hope Lavelle, Spionin.

Jetzt, nach dem Regen, war die Luft feucht und dampfte.

Als sie sich der Lichtung näherte, fiel ihr ein, dass sie besser Holz mitgebracht hätte. Hier würde alles zu feucht sein, um ein Feuer entfachen zu können. Vielleicht war es auch albern, dass sie das bei dieser Hitze tun wollte. Aber wenn sie Holz mitgebracht hätte, dann hätte sie genau wie früher ein Lagerfeuer entfachen können.

In diesem Moment stieg ihr leichter Rauchgeruch in die Nase.

Auf der Lichtung brannte ein kleines Feuer, und daneben lagen angespitzte Stöcke, auf denen die Marshmallows geröstet werden konnten.

Sie blinzelte verwirrt.

»Hope?« Mit zitternden Händen ergriff sie einen der Stöcke und sah, dass er frisch angespitzt worden war.

Es war kein Traum. Es war Realität.

Aber nicht Hope. Nie wieder Hope.

Ihre Brust wurde eng. Heiße Angst stieg in ihr auf, und auf einmal wusste sie es.

Im Gebüsch raschelte es.

Sie wirbelte herum. *Passwort.* Sie dachte es, hörte das Wort in ihrem Kopf. Aber sie war nicht Hope. Sie war nicht acht Jahre alt. Und bei Gott, es war immer noch nicht vorbei.

Als Chief Russ kam, war Cade gerade im Garten und überlegte, wo sie am besten die Tische für den Hochzeitsempfang aufstellen sollten.

»Ich bin froh, dass ich Sie antreffe. Ich habe Neuigkeiten für Sie.«

»Kommen Sie mit hinein. Dort ist es kühler.«

»Nein, ich muss gleich wieder zurück, aber ich wollte es Ihnen persönlich sagen. Wir haben den ballistischen Bericht über Sarabeth Bodeen bekommen. Die Waffe, mit der sie erschossen wurde, war nicht diejenige, die Bodeen bei sich hatte. Es war noch nicht einmal dasselbe Kaliber.«

Cade blickte Russ erschrocken an. »Ich verstehe nicht.«

»Es hat sich herausgestellt, dass Bodeen die Waffe aus einem Haus ungefähr fünfzehn Meilen südlich von hier gestohlen hat, und zwar an dem Morgen, als Torys Mutter umgebracht wurde. Er ist zwischen neun und zehn Uhr vormittags in das Haus eingebrochen.«

»Wie kann das sein?«

»Bodeen müsste schon Flügel gehabt haben, um nach Darlington zu kommen. Oder jemand anderer hat Miz Bodeen erschossen.«

Carl D. rieb sich das Kinn. Seine Augen brannten vor Müdigkeit. »Ich habe mit den Leuten vom FBI geredet, und so langsam setze ich die Puzzleteilchen zusammen. Die Telefonüberprüfung hat ergeben, dass Miz Bodeen kurz nach zwei Uhr früh an jenem Morgen einen Anruf bekam, und zwar von der Telefonzelle vor dem Winn-Dixie im Norden der Stadt aus. Nun, wir haben uns gedacht, dass Bodeen sie vielleicht anrief, um ihr zu sagen, dass er sie holen kommt. Das scheint soweit ganz logisch zu sein. Aber es passt nicht zu den übrigen Fakten.«

»Es muss Bodeen gewesen sein, der sie angerufen hat. Warum hätte sie sonst gepackt?«

»Ich weiß nicht. Aber da ruft er von hier aus gegen zwei Uhr morgens an, gelangt irgendwie nach Darlington, erschießt zwischen fünf und halb sechs den Polizisten und seine Frau, dann begibt er sich nach Süden, bricht in ein Haus ein und stiehlt eine Pistole, eine Flasche und etwas zu essen. Warum sollte der Mann so im Zickzackkurs durch die Gegend rennen?«

»Er war verrückt.«

»Dem will ich ja gar nicht widersprechen, aber deswegen kann er noch lange nicht an einem Morgen sämtliche

Geschwindigkeitsrekorde brechen. Zumal er gar kein Fahrzeug hatte. Na ja, ich will nicht behaupten, dass es nicht möglich gewesen wäre. Ich sage nur, es macht keinen Sinn.«

»Und wer sollte Torys Mutter sonst umgebracht haben?«

»Das kann ich nicht beantworten. Ich kann mich nur auf die Fakten stützen. Er hatte die falsche Waffe, und wir haben keinen Beweis dafür, dass er ein Auto hatte. Na ja, es könnte sein, dass wir noch eins finden und auch die Pistole, mit der er seine Frau erschossen hat. Könnte sein.«

Carl D. zog sein Taschentuch heraus und wischte sich über den Nacken. »Aber mir kommt es eher so vor, als ob Bodeen die Morde nicht begangen hat. Und das würde bedeuten, dass der wirkliche Täter noch frei herumläuft. Ich hatte gehofft, ich könnte mit Tory sprechen.«

»Sie ist nicht hier. Sie ist …« Die Angst schnürte Cade die Kehle zu. »Sie ist zu Hope gegangen.«

Tory öffnete sich, versuchte, ihn zu spüren und einzuschätzen. Aber sie sah nur Dunkelheit. Kalte, undurchlässige Dunkelheit. Das Rascheln im Gehölz bewegte sich im Kreis, und sie drehte sich mit, um sich ihm zu stellen.

»Welche von uns hast du in jener Nacht gewollt? Oder spielte es keine Rolle?«

»Du warst es nie. Warum sollte ich dich wollen? Sie war wunderschön.«

»Sie war ein Kind.«

»Stimmt.« Dwight trat auf die Lichtung. »Aber ich auch.«

Es brach ihr fast das Herz. »Du warst Cades Freund.«

»Klar. Cade und Wade, beinahe selber wie Zwillinge. Reich und privilegiert und gut aussehend. Und ich war ihr pummeliges kleines Maskottchen. Der dicke Dwight. Nun, ich habe sie alle hereingelegt, nicht wahr?«

Er war zwölf, dachte sie und sah ihn an. Erst zwölf Jahre alt. »Warum?«

»Nennen wir es einen Ritus des Erwachsenwerdens. Sie waren immer die Ersten. Einer von beiden war immer der Erste, bei allem. Aber ich war der Erste, der ein Mädchen hatte.«

Er blickte sie amüsiert an. »Ich konnte mich nur nicht damit brüsten. So ähnlich wie bei Batman.«

»O Gott, Dwight.«

»Das kannst du nicht verstehen, du bist eine Frau. Bei Männern ist das so. Es hat mich gejuckt. Und warum sollte mich nicht die kostbare Schwester meines guten Freundes Cade kratzen?«

Er sprach so leise und beiläufig, dass sich nicht einmal die Vögel in ihrem Gesang stören ließen.

»Ich wusste nicht, dass ich sie umbringen würde. Das ist … einfach so passiert. Ich hatte heimlich von dem Whiskey meines Vaters getrunken. Wie ein Mann, weißt du? Und ich war ein bisschen benebelt.«

»Du warst erst zwölf. Wie konntest du so etwas wollen?«

Er umkreiste sie, ohne wirklich näher zu kommen, als wolle er Katz und Maus mit ihr spielen. »Ich habe euch zwei beobachtet, beim Nacktbaden und wie ihr hier auf dem Bauch gelegen und euch Geheimnisse erzählt habt. Dein Alter übrigens auch«, sagte er grinsend. »Man könnte sagen, ich habe mich von ihm inspirieren lassen. Er wollte dich. Dein Alter wollte dich ficken, aber er hatte nicht den Mumm dazu. Ich war besser als er, besser als alle anderen. Ich habe es in jener Nacht bewiesen. In jener Nacht war ich ein Mann.«

Bürgermeister, stolzer Vater, liebender Ehemann, treuer Freund. Welcher Wahnsinn konnte so gut verborgen werden? »Du hast ein Kind vergewaltigt und ermordet. Und das machte dich zum Mann?«

»Mein ganzes Leben lang musste ich mir anhören: ›Sei ein Mann, Dwight‹.« Seine Augen wurden kalt und leer. »›Um Himmels willen, sei ein Mann.‹ Wenn man eine Jungfrau ist, kann man kein Mann sein, oder? Und kein Mädchen würde mich eines zweiten Blickes würdigen.

Das war mir klar. Jene Nacht hat mein Leben verändert. Sieh mich doch jetzt an.«

Er breitete die Arme aus und trat einen Schritt näher. »Ich wurde selbstbewusst, habe mich in Form gebracht und schließlich das hübscheste Mädchen von ganz Progress abbekommen. Man bringt mir Respekt entgegen. Ich habe eine schöne Frau, einen Sohn. Eine gute Stellung. All das hat in jener Nacht angefangen.«

»All die anderen Mädchen.«

»Warum nicht? Du kannst dir nicht vorstellen, wie es ist – oder vielleicht kannst du es doch. Ja, vielleicht kannst du es. Du kannst ja ihre Angst spüren. Während es geschieht, bin ich die wichtigste Person auf der Welt für sie. Ich *bin* die Welt für sie. Das verschafft einem diesen wahnsinnigen Kitzel.«

Sie dachte daran, wegzulaufen. Doch dann sah sie das Funkeln in seinen Augen und wusste, dass er nur darauf wartete. Entschlossen verlangsamte sie ihre Atmung und öffnete sich. Wieder war die Leere da, wie ein tiefer Brunnen, aber darum herum spürte sie einen hässlichen Hunger.

Ihn zu erkennen und sich darauf einzustellen war ihre einzige Waffe. »Du hast diese Mädchen doch noch nicht einmal gekannt, Dwight. Sie waren Fremde für dich.«

»Ich habe mir einfach vorgestellt, sie seien Hope und alles wieder so wie in der ersten Nacht. Es waren nur Schlampen und Verlierer, bis ich sie in Hope verwandelt habe.«

»Bei Sherry war es nicht so.«

»Ich wollte nicht mehr warten.« Er zuckte mit den Schultern. »Lissy steht in der letzten Zeit nicht mehr so auf Sex. Ich kann ihr keinen Vorwurf daraus machen. Und diese kleine Lehrerin, die wollte es. Allerdings von Wade, die dumme kleine Schlampe. Nun, sie hat es von mir bekommen. Sie war allerdings nicht ganz richtig. Nicht ganz. Faith ist perfekt.«

Er sah, wie Tory zusammenzuckte. »Ja, du hast dich ziemlich mit Faith angefreundet, was? Das habe ich mir

504

auch vorgenommen. Ich wollte eigentlich bis zum August warten, um mein kleines Ritual wieder durchzuführen. Aber ich muss mich wohl ein bisschen beeilen. Ach ja, sie kommt übrigens etwas später. Ich habe Lissy überredet, sie zu besuchen, und ich kenne meine Frau. Sie wird Faith eine ganze Weile aufhalten.«

»Dieses Mal werden sie es wissen, Dwight. Dieses Mal kannst du es nicht auf jemand anderen schieben.«

»Dein Vater war recht kooperativ, findest du nicht? Habe ich eigentlich schon erwähnt, dass ich deine Mutter erschossen habe? Ich habe sie angerufen und gesagt, ihr Mann sei auf dem Weg zu ihr und ich sei ein Freund, der sie abholen wolle. Es war eine nette Ablenkung. Die Polizei war beschäftigt, und ich konnte mich ein bisschen zurücklehnen.«

»Sie hat dir nichts bedeutet.«

»Keine hat mir je etwas bedeutet. Nur Hope. Und mach dir keine Sorgen um mich. Niemand wird auf mich kommen. Ich bin ein unbescholtener Bürger und kaufe im Moment gerade im Einkaufszentrum einen Teddy für mein ungeborenes Kind. Einen großen gelben Teddybär. Er wird Lissy gefallen.«

»Ich konnte dich nie wirklich spüren«, murmelte sie. »Denn es gibt nichts zu spüren. Im Inneren bist du beinah leer.«

»Darüber habe ich mir auch Gedanken gemacht. Es hat mir ein wenig Sorge bereitet. Ich habe heute deine Hand angefasst, als Test sozusagen. Aber du empfängst nichts von mir. Du wirst mich jedoch spüren, bevor ich mit dir fertig bin. Warum läufst du nicht weg, so wie sie es getan hat? Du weißt ja, wie sie gelaufen ist und geschrien hat. Ich gebe dir eine Chance.«

»Nein. Ich gebe mir selbst eine.« Ohne zu zögern holte sie mit dem zugespitzten Stock aus und zielte auf sein Auge.

Als er aufschrie, rannte sie los, wie Hope es getan hatte.

Flechten verfingen sich in ihren Haaren, und ihre Füße sanken in dem feuchten Boden ein. Sie rutschte aus, während sie durch die nassen Farnbüsche rannte.

Vergangenheit und Gegenwart vermischten sich zu einem Bild. Die heiße Sommernacht wurde zum feuchten Nachmittag.

Sie hörte die Schritte hinter sich, als er durch das Gebüsch brach.

Und dann blieb sie plötzlich stehen und ging mit Zähnen und Fingernägeln auf ihn los.

Der plötzliche Angriff traf ihn überraschend. Halb blind von dem Blut, das ihm übers Gesicht strömte, ging er zu Boden und heulte auf, als sie ihre Zähne in seine Schulter schlug. Er schlug nach ihr, aber sie hing an ihm wie eine Raubkatze und zog ihm ihre Fingernägel durch das Gesicht.

Keine der anderen hatte sich gegen ihn wehren können. Aber *sie* würde kämpfen.

Ich bin Tory. Wie ein Schlachtruf gellten die Worte in ihren Ohren. Sie war Tory, und sie würde kämpfen.

Und sie wehrte sich, als seine Hände sich um ihren Hals schlossen. Keuchend schlug sie mit den Fäusten auf ihn ein.

Jemand schrie ihren Namen. Sie versuchte, die Hände um ihren Hals zu lösen und würgte, als der Griff sich lockerte. »Ich spüre dich jetzt. Angst und Schmerz. Jetzt weißt du es. Jetzt weißt du es, du Bastard.«

Jemand zog sie weg, aber sie hielt den Blick fest auf Dwights Gesicht gerichtet. Aus seinem Auge lief Blut, und seine Wangen waren völlig zerkratzt.

»Jetzt weißt du es. Jetzt weißt du es.«

»Tory, hör auf. Hör auf. Sieh mich an.«

Bleich und schweißüberströmt hielt Cade sie im Arm.

»Er hat sie getötet. Er ist es immer gewesen. Ich habe es nie gesehen. Er hat dich sein ganzes Leben lang gehasst. Er hat euch alle gehasst.«

»Du bist verletzt.«

»Nein. Das ist sein Blut.«

»Cade, mein Gott, sie ist durchgedreht!« Hustend richtete Dwight sich auf. Ihm kam es so vor, als würde er aus tausend Wunden bluten. Sein rechtes Auge brannte wie glühende Kohle. Aber sein Verstand arbeitete rasch und kühl. »Sie dachte, ich sei ihr Vater.«

»Lügner!« In wilder Wut wehrte Tory sich gegen Cades Griff. »Er hat Hope umgebracht. Er hat hier auf mich gewartet.«

»Hope umgebracht?« Blut tropfte aus Dwights Mund und er sank wieder in die Knie. »Das ist fast zwanzig Jahre her. Sie ist krank, Cade. Das sieht doch jeder. O Gott, mein Auge. Du musst mir helfen.«

Er versuchte wieder aufzustehen, aber seine Beine wollten ihm nicht gehorchen. »Um Gottes willen, Cade, ruf einen Krankenwagen. Ich verliere noch mein Auge.«

»Du wusstest, dass sie hierher kamen.« Cade hielt Torys Arme fest und musterte das zerkratzte Gesicht seines Freundes. »Du wusstest, dass sie sich regelmäßig nachts hier trafen. Ich habe es dir selbst erzählt und wir haben darüber gelacht.«

»Was hat das denn damit zu tun?« Dwight drehte sich um, als er Zweige knacken hörte. Keuchend kam Carl D. angerannt. »Gott sei Dank. Chief, rufen Sie einen Krankenwagen. Tory hatte einen Nervenzusammenbruch. Sehen Sie sich an, wie sie mich zugerichtet hat.«

»Du meine Güte«, murmelte Carl D. und eilte zu Dwight.

»Er wollte, dass ich weglaufe. Aber ich bin stehen geblieben.« Tory hatte aufgehört, sich zu wehren und legte ihre Hand über Cades. Carl D. hockte sich hin, um Dwights verletztes Auge mit seinem Taschentuch zu verbinden. »Er hat Hope und die anderen umgebracht. Er hat auch meine Mutter erschossen.«

»Ich sage euch doch, sie ist verrückt«, schrie Dwight. Er konnte nichts mehr sehen. Verdammt noch mal, er konnte nichts mehr sehen. Seine Zähne begannen zu klappern. »Sie will nicht begreifen, was ihr Vater getan hat.«

»Wir bringen Sie ins Krankenhaus, Dwight, und dann klären wir das.« Carl D. sah Tory an. »Sind Sie verletzt?«

»Nein. Sie wollen mir nicht glauben. Sie wollen mir nicht glauben, dass er all die Jahre unter ihnen gelebt hat. Aber so war es.«

Sie blickte Cade an. »Es tut mir Leid.«

»Ich will dir auch nicht glauben. Aber ich tue es trotzdem.«

»Ich weiß.« Sie richtete sich auf. »Die Waffe, mit der er meine Mutter erschossen hat, liegt auf dem Speicher in seinem Haus, auf den Balken an der Südseite.« Vorsichtig rieb sie sich den Hals, wo seine Finger dunkle Druckstellen hinterlassen hatten. »Du hast einen Fehler gemacht, Dwight. Du hättest mich nicht so nahe kommen lassen dürfen. Du solltest vorsichtiger mit deinen Gedanken umgehen.«

»Sie lügt. Sie hat sie selber dorthin gelegt. Sie ist verrückt.« Er taumelte, als Carl D. ihn hochzog. »Cade, wir sind unser ganzes Leben lang Freunde gewesen. Du musst mir glauben.«

»Eins kannst *du* mir glauben«, erwiderte Cade. »Wenn ich früher hier gewesen wäre, dann wärst du jetzt tot. Das kannst du glauben. Denk immer daran.«

»Sie kommen jetzt besser mit mir, Dwight.« Carl D. legte ihm Handschellen an.

»Was tun Sie da? Was, zum Teufel, tun Sie da? Gilt denn das Wort einer Verrückten mehr als meins?«

»Wenn die Waffe nicht an der Stelle liegt oder die Schüsse auf den jungen Polizisten und die hilflose Frau nicht aus ihr abgegeben wurden, dann werde ich mich ausgiebig bei Ihnen entschuldigen. Kommen Sie jetzt. Miss Tory, Sie fahren besser auch ins Krankenhaus.«

»Nein.« Sie wischte sich mit dem Handrücken das Blut vom Mund. »Ich muss erst noch das tun, weswegen ich hierher gekommen bin.«

»Dann tun Sie es«, sagte Carl D. »Ich kümmere mich schon um ihn. Ich komme später noch bei Ihnen vorbei, Miss Tory.«

»Sie ist verrückt«, schrie Dwight immer wieder, während Carl D. ihn wegzog.

»Er ist beleidigt.« Tory lachte zittrig auf und drückte sich die Finger auf die Augen. »Beleidigt, weil er wie ein Verbrecher behandelt wird. Das Gefühl ist sogar noch stärker als der Hass und der Hunger.«

»Denk nicht an ihn«, sagte Cade. »Sieh ihn dir nicht an.«

»Du hast Recht, Cade. Du hast Recht.«

»Das war schon das zweite Mal, dass ich dich beinahe verloren hätte. Ich will verdammt sein, wenn es noch einmal passiert.«

»Du hast mir geglaubt«, murmelte Tory. »Ich konnte spüren, dass es dir wehtat, aber du hast mir geglaubt. Ich kann dir gar nicht sagen, was mir das bedeutet.« Sie schlang die Arme um ihn. »Du hast ihn geliebt. Es tut mir so Leid.«

»Ich kannte ihn ja nicht einmal.« Und doch empfand Cade Trauer. »Wenn ich die Zeit zurückdrehen könnte …«

»Das können wir nicht. Ich habe lange gebraucht, um das zu lernen.«

»Dein Gesicht ist voller Schrammen.« Er küsste sie.

»Seins sieht schlimmer aus.« Tory lehnte den Kopf an seine Schulter. »Ich bin gelaufen, wollte wegrennen, aber plötzlich war da dieses Gefühl in mir. Der wütende Wunsch zu leben. Er sollte nicht gewinnen, er sollte mich nicht wie ein Kaninchen jagen können. Er sollte endlich selber erfahren, wie es ist.«

Ich werde dieses Bild nie wieder aus dem Kopf bekommen, dachte Cade. Tory, die mit Blut im Gesicht wie eine Katze gegen Dwight kämpfte. Und seine Hände, die um ihren Hals lagen.

»Er wird es leugnen«, sagte Cade. »Er wird sich die besten Anwälte nehmen. Aber das spielt keine Rolle. Am Ende wird es keine Rolle spielen.«

»Nein, ich denke, wir können uns auf Agent Williams verlassen. Arme Lissy.« Sie seufzte. »Was wird sie jetzt tun?«

Tory blieb auf der Lichtung stehen, um die Blumen aufzuheben. Das Feuer war heruntergebrannt, und die Sonne schien durch die Bäume. »Ich komme mit Faith zurück und tue dies ein anderes Mal. Heute gehört uns beiden.« Zusammen gingen sie ans Flussufer.

»Wir haben sie geliebt, und wir werden immer an sie

denken.« Tory warf die Blumen ins Wasser. »Aber jetzt ist es vorbei. Endlich. Ich habe so lang darauf gewartet, mich verabschieden zu können.«

Tränen standen in ihren Augen, aber sie war jetzt ganz ruhig. Sie wandte sich zu Cade. »Ich möchte dich morgen im Garten heiraten und dabei das Kleid meiner Großmutter tragen.«

Er zog ihre Hand an seine Lippen und küsste sie. »Wirklich?«

»Ja. Ja, das will ich. Und ich möchte gern mit dir nach Paris fahren, an einem Tisch in der Sonne sitzen und Wein trinken. Und dich lieben, wenn die Sonne aufgeht. Und danach lass uns hierher zurückkommen und uns ein gemeinsames Leben aufbauen.«

»Wir sind doch schon dabei.«

Er zog sie an sich. Sonnenstrahlen glitten über die moosigen Flechten. Auf dem Fluss schaukelten die Blüten.

HEYNE BÜCHER

Judy Blume

Judy Blume erzählt
»Geschichten von Frauen-
freundschaften, denen man
sich nicht entziehen kann.
Großartig, aufwühlend,
bewegend.«
THE NEW YORK TIMES

»Äußerst spannend und
voller Gespür für die Magie
des Augenblicks«
FIT FOR FUN

Zeit der Gefühle
01/13032

Sommerschwestern
01/13113

Zauber der Freiheit
01/13183

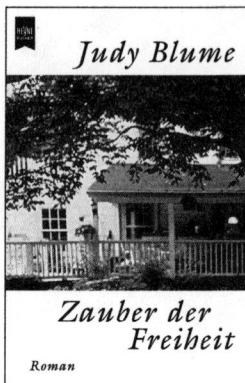

01/13183

HEYNE-TASCHENBÜCHER